汉冶萍三部曲之

红顶尴尬

胡燕怀 著

长江出版传媒
长江文艺出版社

图书在版编目（C I P）数据

红顶尴尬 / 胡燕怀著. -- 武汉 ：长江文艺出版社,
2018.10
ISBN 978-7-5702-0462-5

Ⅰ. ①红… Ⅱ. ①胡… Ⅲ. ①长篇历史小说－中国－
当代 Ⅳ. ①I247.5

中国版本图书馆 CIP 数据核字(2018)第 102244 号

责任编辑：田敦国　　责任校对：陈　琪
封面设计：笑笑生设计　　责任印制：邱　莉　胡丽平

出版：长江出版传媒　长江文艺出版社
地址：武汉市雄楚大街 268 号　　邮编：430070
发行：长江文艺出版社
电话：027—87679360
http://www.cjlap.com
印刷：武汉中科兴业印务有限公司

开本：720 毫米×1020 毫米　1/16　印张：26.25　插页：2 页
版次：2018 年 10 月第 1 版　　2018 年 10 月第 1 次印刷
字数：380 千字

定价：39.80 元

目 录

第一章 老伙计与新东家

说起盛宣怀和袁世凯之间矛盾的由来，切莫以为仅仅是京汉铁路改线那么简单。铁路改线那是摆到了明处两人不能不争的面子问题，其实他们还有着更深层次的利益冲突。

光绪二十七年（1901 年）的年末，袁世凯由山东巡抚升任直隶总督兼北洋大臣。这个所谓疆臣领袖的职位，此前在李鸿章离任后已经历了四任前任：他们是继任者王文韶、荣禄、裕禄两位满员以及李鸿章又回任了一次。

原来，甲午战败北洋水师全军覆没，李鸿章赴日议和，签订丧权辱国的《马关条约》，成为举国唾骂的众矢之的。为了平息众怒，朝廷不得不开去他盘踞了二十多年的直隶总督兼北洋大臣之职，调任两广，以示“薄惩”。年近耄耋的中堂李大人心灰意冷，倒也落得在广州优哉游哉，苟度残年，满以为今生必将终老岭南无疑，谁知几年后——光绪二十六年（1900 年），北方大乱，八国联军入侵，北京陷落，慈禧和光绪仓皇西逃。最后要与洋人议和的时候，逃到西安的小朝廷这才想起了“素以对外交涉见长”的李鸿章，于是匆忙下旨让他回任直隶总督，敕命全权大臣与洋人议和谈判。

李鸿章不肯再接这份烫手的差事，在广州拖延着，找各种借口不肯北上，可他终究还是不敢抗旨。当他最后不得不从广州启程北上路过上海时，这位北洋的老东家感慨万千地对跟随他多年的小伙计盛宣怀说：“和议成，我必死。”后来的事果然被他不幸言中。光绪二十七年九月《辛丑条约》签订，李鸿章咯血死于北京贤良寺，时年七十九岁。直隶总督的位置空缺了出来，袁世凯的机会也到了。靠着在戊戌政变中出卖维新派而讨好了慈禧，后又疯狂镇压义和团，他终于得到了疆臣领袖的职位。

盛宣怀为了袁世凯的上台也曾不遗余力。

早在"东南互保"时，盛宣怀即为袁世凯继任李鸿章之位大造舆论，他致信时任山东巡抚的袁世凯说："……合肥老矣，旋乾转坤，中外推公。"那时盛宣怀说"中外推公"，恐怕还不仅仅只是奉承之言，更是以他敏锐的眼光预见到了袁世凯未来在政坛上的崛起。这次在李鸿章死信传出之前，盛宣怀又秘密电告袁说："傅相昨日两点钟已不能言，神气恍惚，病势甚危。……北门锁钥，非公莫属。" 接着又凭借专折奏事的特权，索性向朝廷举荐袁世凯："……唯俄约未定，天津未还，直督一席，慰廷(袁世凯字)颇孚众望。"盛宣怀是何等精明之人，他绝不会无缘无故为袁世凯叫好。他已经把满朝文武仔细权衡了一遍，确认这个小他十五岁的袁某人是北洋新东家的最佳人选。盛宣怀很看重直隶总督的人选，因为北洋是他的起家之地，现在虽然已不在北洋做官了，供职中央(庚子年由四品太常寺少卿超升正三品宗人府府丞，第二年加官"太子少保"，又迁授正二品的工部右侍郎，同时还担任着中国铁路总公司的督办大臣)，但他还兼着轮船招商局和中国电报总局的督办，那些都是依靠北洋起家的企业，至今还在北洋名下。盛宣怀之所以看好袁世凯，那是因为两人都是李鸿章的门下。虽然早年间两人一个抓经济一个抓军事，并且年龄悬殊，彼此交往不多，但毕竟有同门之谊，将来在重大事情上互相援引关照也并非不可能。其二，最重要的是政见相同。此前在练兵、变法、洋务以及对外交涉、义和团等一系列问题上，两人都有着惊人一致的立场和观点，这就保证了他们将来不会产生根本的矛盾和冲突。

但是，盛宣怀想错了。

他绝不会想到，袁世凯的心里正扒拉着另外的小算盘。

袁世凯的政治野心是逐步膨胀起来的。甲午战后的第二年即光绪二十一年(1895 年)，袁世凯奉命收编淮军残部并招募新勇共七千余人，在天津小站编练新式陆军。他大胆改革兵制，聘请德国军官为教官，按照西法训练军队，并大量培植私人亲信，成为未来北洋新军的核心中坚。几年之后，这支新式陆军成为清廷的精锐之师，部伍整齐、装备先进，让人耳目一新。戊戌变法期间，这支军队也一度成为维新派所倚重的力量。就连慈禧所发动的戊戌政变，在一定程度上也是依赖了这支军队。袁世凯后来之所以能超越张之洞、刘坤一等一班老臣而坐上直隶总督的宝座，毫无疑问除了慈禧的恩宠之外，还有一个更重要的原因就是他手握重兵。袁世凯已经初尝了练兵和掌握兵权的甜头，他不会就此打住。果然，在上任直隶总督的第二年，在兼任了政务处参预政务大臣和练兵大臣后，他就名正言顺地拿出了一个要训练六镇北洋新军的计划，每镇一万二千五百余人，合计近八万人。这支大军从装备到兵饷需要一笔庞大的开支，而这笔钱朝廷是拿不出来或是不能足额拿出来的，袁世凯不得不动起了脑筋——他的眼光盯上了北洋的洋务企业，这其中主要是盈利丰厚的轮船招商局和中国电报总局。

轮、电二局三十多年前创立时即明确了官督商办体制，这个“官”即是直隶总督，早期投入的官本也在盈利后已经偿还。盛宣怀虽是轮、电二局的创始人，但很长一段时间他被排斥在外，只是一个挂名的会办。后来他看准时机将控制权夺了回来，兼任了轮、电二局的总办——后来改为督办，并一直兼任至今。如今经过这么多年的发展，盛宣怀及其家族已经成为轮、电二局最大的股东。轮船招商局两万股中，盛宣怀及其家族占去了一万一千多股；而电报总局的两千原始股中，盛氏家族占了九百股，已成为事实上的控股人。袁世凯现在凭借官势要空手夺利，这无异于剜心割肝之痛，盛宣怀当然不会同意。

当然，袁世凯还得假惺惺地装样子。他依靠当时的领军机大臣荣禄，自己躲在幕后，而是让户部出面。光绪二十八年（1902年）九月，户部给时在上海的盛宣怀发来一份电报，吓唬说舆论对盛宣怀独揽轮、电、铁路、纺织、银行等利权多有诟病，御史们已准备联名弹劾他；还说他身兼十六个肥差，是“一手握十六颗夜明珠”；建议他将轮、电二局收归官办，“归入户部筹饷”，以“平息非议”。盛宣怀很生气，回电表示强烈反对，坚决抵制。

当然盛宣怀并不知道袁世凯是主谋，他发电报向袁世凯诉苦说：“轮、电发端于北洋，宣怀系文忠（李鸿章）所委，而非钦派……二十余年不过坚忍办事而已。至于利息盈亏，皆股商受之。局外不知，辄以独揽利权为诟病。时局如此，亦愿藉此卸肩。”后面那句话原不过是发牢骚、说气话，言不由衷的故作矫情，但袁世凯要的就是这句话。

袁世凯心想事成，不久他的机会来了——九月二十三日，盛宣怀之父盛康在常州去世。接到噩耗，盛宣怀心里叫苦不迭。根据惯例他必须马上向朝廷报丧，奏请开去本兼各职，回籍守孝三年，名为“丁忧”。也就是说现在再也用不着袁世凯出面来强夺了,不管盛宣怀愿不愿意,他都必须拱手交出职权。老父亲偏偏在这节骨眼上去世,真是天不助我啊!盛宣怀的心里不禁一阵悲怆。“丁忧”三年,不仅要开去差缺停发官俸,还要失去很多机会,因此贪恋仕途的官员,多有隐匿父母之葬不报者。但朝廷对此现象也有着非常严厉的惩罚措施:一旦御史举报纠参查证落实,轻则革职查办,重则治罪入狱。盛宣怀不愿在这节骨眼上让御史抓住把柄,他赶忙草拟了一份丁忧守孝、奏请开去各项差缺的电文发往京城。但他不甘心就此失去轮、电二局,冥思苦想着对策,忽然他眼前一亮,想起了历史上的“夺情”。

所谓“夺情”,就是本应回籍“丁忧”守制的官员,因工作岗位重要而无法离开,由皇帝亲自出面挽留,留职戴孝为国效劳,谓之“夺情”。被“夺情”的官员遇此情况都要婉言推辞,不管真心还是假意,不能一开始就满口应允,要向皇帝反复哀求收回成命,以表明自己是一个孝子。一直到“戏”演够了,最后“圣命难违”,这才勉为其难地答应下来。明朝的万历皇帝和本朝的康熙、乾隆爷都有过“夺情”先例。因为“夺情”是夺人所孝,只有皇帝才有这个特权,况且谁都不愿意背“不孝”的恶名,所以历史上从来就没有“丁忧”的官员自请“夺情”的。这可怎么办?盛宣怀想来想去,忽然想起了张之洞,当晚就给他发去了一份电报,言明自己即将回籍“丁忧”守制,所兼任的中国铁路总公司督办和汉阳铁厂督办依例也将被朝廷免去,而这正是当年接办汉阳铁厂的先决条件。根据当初章程条款的规定,一旦没有了这个先决条件的保证,双方的合作即告终止,由湖广总督衙门收回铁厂,发还商款。盛宣怀的要挟有点明目张胆,但他相信通古博今的张之洞应该能明白他的真实意思。发完电报,盛宣怀又与沪上受他节制的几位总办通了电话,交代安排了公务,然后便携了妻妾儿女回常州奔丧去了。

盛家在常州城里有两处老宅:一处是老父盛康致仕后,在青果巷老宅原址上扩建的九进祖宅,当年盛宣怀就出生成长在这里,整个盛氏家族也都住在这里。后来盛康陆续娶了四房姨太太,兄弟子侄多了住不下,盛宣怀也发迹了,他就在周线巷另买了地大兴土木,又建起了一栋前后十一进的大宅院,往后他这一支系每年回常州团聚,就住在周线巷。这两处大宅院相距不过百米,重檐叠嶂,蔚为壮观。这次丧事的终七道场就在青果巷老宅里举行,“满七”后再移柩苏州留园的家祠,停厝三年。

盛宣怀回到家穿上毛边麻衣，孝帽孝带扎束停当，先去拜见了父亲的遗容，接着又探望了四位姨娘，好言抚慰了一番，征求了她们对丧事的意见，然后就做主操办起来。盛宣怀是家里的长子，他本来还有同父异母的三位弟弟，但是二弟寯怀和四弟善怀都早夭，三弟星怀甲午战争中帮办淮军营务在前线阵亡，所以四房的孝子中只剩下了他一个人。

盛家是常州城里的官宦世家、名门望族，盛宣怀又是名满天下的洋务大员，所以盛家丧事的排场很大。《讣告》在《申报》刊出后，各地的唁电如雪片般飞来，江浙一带的亲朋故旧、同僚部下、商贾同仁，乃至上海租界里的买办大班、洋人领事都纷纷赶来吊唁，真是宾客盈门，香客不绝于途。丧礼中的很多事情，依据习俗都必须孝子亲力亲为，盛宣怀也是年近六旬的人了，一边迎来送往，一边心里还在惦记着“夺情”，眼巴巴地望着，所以他这个孝子当得很累。

这一年芦汉铁路的建设进入了关键时候，南北两端同时开始大规模地铺轨；黄河大铁桥已经开始动工兴建；从萍乡到株洲的运煤铁路已经修到了湖南醴陵，年底醴陵火车站也即将竣工；而不久前经奏请朝廷批准，遴选华员出洋考察泰西各国钢铁厂的计划也已付诸实施，由三品京堂衔的汉阳铁厂总翻译李维格带队，日前已从上海登轮放洋。千头万绪，种种的局面铺排，整个的洋务事业都有条不紊地按计划进行，这些都离不开盛宣怀的操持、策划和安排。不难想象，如果没有了盛宣怀，这些事情会搞成什么样子？盛宣怀在心里很自信：至少在目前朝廷还找不到能代替他的人，他还是洋务的“头牌”“金不换”，所以在他看来，皇帝出面“夺情”挽留应该不成问题，更何况他还借重了张之洞的资望呢！他甚至连假意推辞的话都想好了。

但事与愿违，“头七”刚过，以军机处名义发来的“奉上谕”到了，一道简短的电文仿佛当头一记闷棍，把盛宣怀敲蒙了。皇帝并没有“夺情”挽留，而是“允准盛宣怀回籍‘丁忧’守制三年，保留中国铁路总公司督办大臣和汉阳铁厂督办的职务，其他所有本兼各职一概免去。……拟派张翼督办轮、电二局。”

盛宣怀无比愤怒！他甚至有点情绪失控，当着家人和宾客的面将电报撕了！张翼何许人也？他是庚子年间出卖开平煤矿给英国的罪魁祸首。皇帝不“夺情”也就罢了，怎么可以“钦派”这样的人来督办轮、电二局呢？出于对轮、电二局前途的忧虑，盛宣怀当即发电报给时在开封的袁世凯求援：

"公督办商务，此为中国已成之局面，公既意在维持，愿勿令其再蹈开平覆辙。伏乞主持公论。"盛宣怀将全部希望寄于袁世凯一身，在他看来，即便自己不得不交出轮、电二局，那也得交个可靠的人手上吧？盛宣怀愤怒过后便是沮丧。想到这些年来为了国家不计个人怨谤，自己竟落得一个这样的下场，不禁内心好一阵悲凉。此刻"夺情"不成，他甚至还有点迁怪张之洞，认为是张之洞怕他在汉阳铁厂问题上翻案，所以只奏请朝廷让他保留中国铁路总公司和汉厂督办。其实盛宣怀愤怒也好沮丧也罢他怨不了别人，事情注定了就是这么个结局。因为他的"丁忧"正是袁世凯求之不得的机会，袁世凯和领军机大臣荣禄早就密谋布置好了圈套，要趁机赶走盛宣怀，夺回北洋的"钱袋子"。这种情况下还指望皇帝"夺情"挽留，那岂不是痴人说梦？只可惜盛宣怀还蒙在鼓里，还直把袁世凯引为知己。可叹！

碰巧朝廷来谕旨那天，日本驻沪总领事小田切也来常州吊唁。陪同他来的还有刚刚辞去清政府实业顾问、正式出任八幡制铁所常驻大冶铁矿监督的西泽公雄。西泽此前做过一任日本驻汉口总领事，他这次来大冶任职，是根据光绪二十四年（1898 年）日本原外相伊藤博文访华时，通过张之洞的牵线，由日本八幡制铁所与盛宣怀正式签订的《煤铁互售合同》中的有关条款的规定。宾主坐在客厅里喝茶说话，看得出来盛宣怀今天心情很不好，情绪有些低落。小田切以为他还沉浸在父葬的悲痛里，便劝他节哀顺变。但是西泽公雄却一语道破了盛宣怀的心事。

"杏翁恐怕不仅仅是因为丧亲之痛吧？"西泽浅浅地笑了笑，"我刚从北京来。据我所知，杏翁的不情之请遭到了朝廷的拒绝，轮、电二局也保不住了。"

"的确如此，"盛宣怀不由得在心里暗暗佩服日本人的精明，他老实承认说，"朝廷今天刚刚来了谕旨。本来我希望办完丧事就能尽快投入工作，但是朝廷不同意，他们给了我三年假期，在家守孝。"

"我知道这是'丁忧'，大清的制度。"西泽说，他来大清已经二十多年了，是典型的"中国通"，"不过万幸的是，杏翁铁路督办和汉阳铁厂督办的职务保留了，这并不影响我们之间的合作。"

盛宣怀苦笑道："如果我连这也免了，那你们该麻烦了。"

西泽公雄接道："是的，那样我们将不得不同新的伙伴打交道。通常情况下我们不希望更换合作伙伴，因为那样又得重新去相互了解。"

小田切自负地说："但是我们确信不会发生那样的情况。"

"你们凭什么确信？"盛宣怀问道。

小田切笑道："别忘了我们还有外交途径。只需通过我国的驻京公使与贵国政府交涉，稍施压力，贵国政府就能满足我们的请求。"

"当然这只是假设，幸好这样的事情并没有发生。"西泽公雄接着说，"但我们却从轮、电二局的结局看到了汉阳铁厂未来的危机。"

"这话怎么讲？"盛宣怀问。

西泽公雄解释道："轮、电二局跟汉阳铁厂一样，也是官督商办企业，但大清的官场向来无信，况且铁打的衙门流水的官，谁能保证汉阳铁厂将来不会落得同样的下场？真到那时候谁来保证我们的利益？"

盛宣怀的心里咯噔了一下，说实话，此前他还真没想过这个问题。他沉思了一下，问："依二位的意思，那该怎么办？"

"首先以立法来保护公司的利益，这是西方的通行做法。我在北京任实业顾问时就曾多次向当局提议尽快出台《公司法》，但是只听楼梯响，不见人下楼。"西泽公雄说。

"其次要使汉阳铁厂尽快摆脱'官督商办'的'官督'二字。"小田切接着说，他们好像事先商量好了，一唱一和，"成为纯粹的商办注册公司，撇清跟官府的所有关系，这样才能根本消除官府的觊觎之心。"

盛宣怀道："可汉阳铁厂的股本里还有四百六十万两的官本。"

小田切回道："那就偿还官本！"

"说得容易。可是……钱从哪里来？"盛宣怀有些犹疑。

小田切答道："商办后招商扩股，或者借外债。日本的银行愿意继续贷款给阁下。"

"其实我们还有一个更好的建议。"西泽公雄故意卖关子。

盛宣怀有些不耐烦："请说。"

西泽公雄继续道："脱离官督商办后，将汉阳铁厂、大冶铁矿和萍乡煤矿归并组合，组建成一个新的纯商办的汉冶萍公司！"

"……请说！"闻言，盛宣怀的眼睛一亮。

西泽公雄信心满满地说："它将是中国第一家中外合资的大型股份制公司。"

"中外合资？"盛宣怀有些讶然。

“对！由中日合股商办。”小田切说，“日本财团可以为未来的公司提供充足的资金，日方现有的对华借款则以债权的方式入股。”

盛宣怀警觉起来，冷冷地说：“二位好像对合办很感兴趣？”

小田切答道：“很简单，我们要确保在未来若干年内，大冶铁矿石能源源不断地供给我们的八幡制铁所。”

“二位的建议倒是不错。关于组建汉冶萍公司的问题，其实并非阁下的首次提出，有人早就想到并向我建议了，但是目前的时机不成熟。如西泽先生所言，首先是没有立法的保证；其次汉阳铁厂的官方监督是湖广总督衙门，改变体制、脱离官督商办，这些都必须呈报张之洞大人同意并奏请朝廷允准。至于将来是否可能中日合办，那更是后面考虑的事情了，现在说这话为时尚早。”盛宣怀巧妙地玩了一下太极推手。

日本人表示理解，起身告辞。临走的时候他们又提了一个新的问题：根据《煤铁互售合同》，日方自光绪二十六年七月开始，就派出矿轮“大冶丸”和“饱浦丸”运送焦炭来中国，并回程载运铁矿石。但大清海关只允许日轮在上海港装卸货物，日方矿轮想直航大冶，遭到了海关的拒绝。他们的理由是：长江内河港口并非对外通商码头，日轮直航大冶有损国家主权。

“这个问题，你们应该去向北京的外务部提出。”盛宣怀委婉地说，“也就是从前的总理衙门，外务部尚书仍是庆亲王奕劻。”

西泽公雄解释道：“这个我知道，我已经向外务部交涉了。但是一牵涉到国家主权，他们就都不肯作声了，人人谨小慎微，生怕因‘丧权辱国’遭到御史言官的弹劾。庆亲王的意思，还是希望杏翁先拿个意见出来。”

“这有什么好怕的？”盛宣怀的火气又上来了，“他们怎么不想想，日轮直放大冶对双方都有好处！日本的进口焦炭可以直接卸到汉阳铁厂的晴川阁码头，日轮也可以直接从大冶装运矿石出口，双方都减少了途中的转运装卸过程，降低了成本，何乐而不为？”

小田切回道：“我们也是反复跟外务部讲这个道理，但是他们听不进去。”

盛宣怀气恼地说：“有这么一批做官在上的人，他不管你办事的人有多大难处，他们要做的只是掂量风险，保乌纱帽。——二位请放心，这件事包在我身上了！”

“谢谢！”日本人鞠了一躬，走了。

盛宣怀当即拟了一封电报，直接发给庆亲王奕劻，反复说明日轮直航大冶对双方的好处，表明自己“不囿于名而重于实”的观点。不久外务部咨文海关，日本矿轮自此即获允准可以直航大冶了。

这天，盛宣怀的小老乡、中国电报总局会办陶湘从上海赶来常州吊丧。陶湘也是常州人，字兰泉，号涉园，幼时即怀实业救国的理想，后在盛宣怀的举荐下，以县学生保送鸿胪寺序班，现在已官至候补道员。盛宣怀很看重陶湘的精明能干，当年重掌轮、电二局后即擢拔重用了他。这一年陶湘刚刚三十出头，比盛宣怀整整小了二十七岁，是名副其实的“忘年交”。

“兰泉，”盛宣怀和陶湘在客厅里坐了下来，叫着他的字，“你来得正好，我也有事正准备找你商量。”

“恩公请吩咐。”陶湘毕恭毕敬地说。因为盛宣怀对他有知遇之恩，所以他一直引盛宣怀为师长，执弟子礼。

“你不在上海干了，我想咨调你去京师任职。”

“去京师？”陶湘有点意外，“是不是轮、电二局要收归官办了，新东家要来了，恩公提前给我们做个安排？”

“也不全是，是对你另有重用。”

“恩公，只怕是……”陶湘沉吟着。

“怎么，你心里不是一直想去京师吗？”盛宣怀有些诧异。

原来陶湘是一个大藏书家。他不专重宋元古本，而以明本及清初的精刊本为搜求目标，比如毛氏汲古阁本及内府“殿版”（清初武英殿版），其中尤嗜好开花纸本。所谓开花纸，是明代原产于浙江开化县的开化纸，久而久之以讹传讹叫成了“开花纸”。也有人说是这纸上偶有淡红色的晕点，所以又叫“桃花纸”。这开花纸薄而坚，色莹白，细腻腴润，精洁美好，无与伦比。开花纸还有一个不为人知的雅名，被称为“榜纸”——意即科考后写榜的用纸。清初的“殿版”书多用开花纸印，只可惜这种造纸技术在清初以后失传了。陶湘凡开花纸本必收，不问何类，故藏书界一时有“陶开花”的雅号。陶湘藏书主要在三十多岁之前，此时的他年纪轻轻便已有藏书三十万卷；到了三十多岁以后他又开始散书，主要精力则致力于实业界和金融界，民国后出任过汉冶萍公司董事、天津中国银行经理以及受聘担任过故宫博物院的专门委员。陶湘在实业界有何成就不为后人所知，但他却在史上留下了大藏书家的赫赫名声。

“是的，能在京师任职，公私兼顾，这是晚生一直以来就有的想法。”在恩公面前，陶湘老老实实地承认。原来清末辛亥以前，这开花纸本的内府“殿版”流落到江南和民间的并不多，主要还是集中在京城的皇族权贵、高官大吏以及文人雅士手里，所以藏书界有句话说：江南无开花，说明收藏开花纸“殿版”的主要地点还是在北京，“晚生担心的是才疏学浅，恐不能胜任新职，辜负了恩公所托。”

“没问题！那原本就是个可闲可忙的差事，以你的精明能干一定能胜任！”盛宣怀大包大揽，旋即压低了声音，“你的对外公开身份是芦汉铁路北段养路处机器厂总办。”

“对外……公开身份？”陶湘糊涂了。

盛宣怀点头笑道：“当然不仅仅如此，你还另外负有重任。要是单纯这点小差事派你陶兰泉去，那岂不是大材小用？”

“恩公请明示。”

“未来三年守制，我将待在这苏常之地不能动弹，犹如鸟兽之困于笼中，井蛙之与世隔绝。天下大事，充耳不闻；朝中政局、官场百态，概莫晓焉！想想三年后重返官场，那时已恍若隔世，可悲啊！你愿意我做这样的人吗？”

“当然不愿意。况且恩公也不是甘于受困之人。”陶湘老实回答说。

“所以我需要有个人，将天下发生的大事，朝廷政局的细微变化，乃至京城官场上的一举一动，都能适时地传达给我。”

“晚生明白了！”陶湘说，“恩公是想与朝廷暗通声气，在京城安插个耳目。”

“是这么个意思。”盛宣怀点点头，“不仅仅是暗通声气，还有官场上的应酬打点也是必不可少的。从前傅相在世的时候，我等都是大树底下好乘凉，官场上该操的心自有他老人家操，我等顶多只是去跑跑腿而已。而今不行了，凡事得自己操心了，该烧香的庙到了日子就得去进香，拉下一次你就得罪了庙里的菩萨。所以得有个人在京城里盯着，时时刻刻提醒一下。”

“恩公说得极是。”

“兰泉，你去身份最为合适。你在京城里收藏那些内府殿版图书，少不了要跟那些皇族亲贵、达官显宦交往，你的消息渠道多又能掩人耳目。况且你人又很聪明机灵，所以我挑来挑去这才挑中了你。”

“恩公请放心，晚生一定不负所望！晚生即日便启程前往保定。”

“不是保定，是京师。”盛宣怀纠正。

“芦汉铁路北段养路处，那不是设在保定吗？”

“养路处设在保定，但是你把机器厂搬到京城里去。”

“明白了！”陶湘笑了笑。

“还有，” 盛宣怀临送陶湘走的时候又低声叮嘱，“这件事一定要保密，往来的电报都要走电报局，电报局现在不是我们的了，所以一定要使用密码，尤其是牵涉重要的人事，务必要用密码指代。这些年你在电报总局也研究过密码，临走之前你编一套密码本出来。”

“是！”陶湘满口应允。

几天以后陶湘送来了一个密码底本，密码底本里的人名倘不点破，是万万猜不到是何许人的。比如“青莲”指的慈禧跟前的红人李莲英，语出李白的号“青莲居士”；而“青公炉房”则指李莲英开的银号。“卧雪”指的袁世凯，语出《后汉书·袁安传》中“袁安卧雪”的典故。“三藏”指的是唐绍仪，用了唐僧玄奘的名字；“段干木”指的段芝贵；“承泽”指的奕劻，因为海淀的承泽园是赏赐给奕劻的私家花园，“乔梓”则指的是奕劻、载振父子，“贝”则专指贝子载振；“九公”“那公”指军机大臣瞿鸿禨、那桐；“曲江”专指张荫棠，因唐代诗人张九龄是曲江人；“纯阳尚书”则是指外务部尚书吕海寰，此处用了唐代吕洞宾的号“纯阳子”……

盛宣怀仔细地翻看着密码底本，连声说“好”，之后在两人之间使用了好多年。

每年十月大沽口封冻，北洋停止对外通商，直隶总督兼北洋通商大臣的官邸和办公地点都要照例由天津搬到保定。但是今年不同了，光绪二十八年(1902 年)九月重阳刚过，袁世凯就早早地率领着他的工作班子和妻妾家人浩浩荡荡地开到了保定。威风凛凛的总督仪仗行进在古城保定的街头，惹得在一旁“回避”的市民百姓窃窃私语，议论纷纷：

“制台大人每年都是冬天来保定，今年怎么提前了？”

“新官上任三把火。袁大人去年署理，今年实授了。”

“恐怕还是练兵吧？北洋大练兵，据说天津小站练不下了，陆军学堂也建到了保定，今后北洋练兵主要在保定了。”

谁也不知道袁世凯为什么心血来潮，这一年提前来到了保定。

保定街头还残留着两年前“庚子拳变”的痕迹，当年这里是义和团进攻的主要目标，原因是保定城里的洋人多。保定城里的洋人主要不是传教士，而是芦汉铁路聘请的工程技术人员。洋人多，自然跟在洋人屁股后面的“二毛子”也多，这些人都是义和团“杀无赦”的对象。保定围城后，刚刚铺轨的芦保铁路又被义和团拆毁，洋人断了后路，也没法撤退到北京。事后统计，保定城陷后，城内四十多名洋人及其家属，最后侥幸活下来的只有九人。几个月后八国联军打进北京，联军统帅瓦德西在主持紫禁城阅兵后，立即分兵进剿北京周边被义和团盘踞的城镇，保定再次又成了进攻目标。时任直隶总督的裕禄已在天津自杀，受命接任直隶总督兼北洋大臣的李鸿章还慢吞吞地行走在来北方的路上。保定城里官衔最高的官员是直隶布政使廷雍，李鸿章发出电报命令他万勿与联军对抗。廷雍听了李鸿章的话，打着白旗迎接联军入城。谁知联军进城后疯狂报复，还经过所谓“国际审判”处死了廷雍等一批官员。联军最后离开保定的时候，将他们抢劫的财物装了数百辆大车。

历经两次劫后余生的保定，今天迎来了它的新主人。

浩浩荡荡的仪仗在督署门前停下，辕门前跪伏接驾的是保定地方的府州县官员以及芦汉铁路北段总务署的员司。当初芦汉铁路动工兴建，朝廷曾划定南北段分别由湖广总督和直隶总督督办负责，因此铁路机构都名正言顺地挂靠在了总督衙门。芦汉铁路北段总署最早是和直隶布政司衙门合署办公的，义和团进城后放了一把火给烧了。后来《辛丑条约》成，芦汉铁路复工，保定城里的衙门除了督署大多损毁，于是铁路北署又搬到了总督衙门的西跨院办公。

“各位请起！请起！”袁世凯下轿，微笑着弯腰来扶跪在地上的官员。当他搀扶起一位面皮白净、骨骼清瘦的中年候补官员时，仔细端详了一会，问道，“如果本部堂没猜错，阁下可是朱葆第？”

名叫朱葆第的官员受宠若惊，赶忙打拱回道：“回禀慰帅，卑职正是直隶候补知州、芦汉铁路北段备料处总管朱葆第。”

“听说前年联军进城前，阁下是最后几位还留在廷雍大人身边的人？”

“是。当年布政使廷雍大人准备跟洋人和谈，因为卑职懂外语，廷雍大人便让卑职留在身边，以便随时听用。”

“可后来你并没有充任和谈翻译。”

“是，卑职后来，后来……”

“你后来干什么去了？”袁世凯双目炯炯。

“卑职后来……奉命出城，可是不幸落入拳匪之手。待卑职侥幸脱身逃回，联军早已入城，廷雍大人等已经罹难。”

“那你是否知道，在联军进城前，直隶藩库里的那十万两银子还在不在？”

“什么……十万两银子？”朱葆第直翻白眼，“卑职并不知晓。”

袁世凯打住不说了，径直往前走去，继续去搀扶别的官员。

朱葆第呆站在那里，脸色渐渐地有些难看了。

袁世凯问的是桩无头公案。那年联军进入保定后，存放在直隶藩库里的十万两官银突然不翼而飞，民间因而有了种种传说。有的说，那批银子实际在联军进攻前就已经不在了，掌管藩库的直隶布政使廷雍明知覆巢之下没有完卵，他索性让义和团提前将银子转移走了。也有人说，那是廷雍大人企图买命暗中贿赂了洋人，但洋人言而无信，拿走了银子最终还是没有放过他。甚至还有人说，那是廷雍大人明知联军进城后自己性命将不保，索性临死前再捞一把，贪污掉了。但是谁都没有料到，这一年袁世凯就是为了这桩悬案而提前来保定的。

那一夜，朱葆第躺在床上辗转反侧，彻夜未眠。

朱葆第，字东奎，盛宣怀的小同乡，常州武进人。同治末年经盛宣怀保荐，成为首批留美幼童，赴美攻读邮电专业。成年回国后长期在盛宣怀手下从事洋务技术工作，得到信任和器重，曾出任上海电报局总办、中国铁路总公司总翻译、芦汉铁路北段备料处主管等职务。

没有人知道，朱葆第其实就是这桩无头公案现在唯一幸存的涉案人。说起他跟这桩案子的关系，传奇而富于戏剧性。

原来联军进城前，直隶布政使廷雍就得到了消息，此次联军是专为蓄意报复而来，他们在攻下了束鹿、永清等县城后，不仅大肆烧杀，还公然抢劫了县库。此时直隶藩库里还存有十万两库银，廷雍担心联军入城后官银不保，便寻思找个可靠的地方提前将这些银子藏起来。朱葆第立功心切，便献计说可以转移到保定南门外的法国教堂，说他跟那座教堂的莫里克神甫是莫逆之交，知道教堂里有个很秘密的大地窖。原来朱葆第还在美国留学的时候就入了耶稣教，在保定的这几年，因为经常去南门外的教堂做礼拜，跟莫里克神甫建立了很厚的私交,所以他知道教堂里的这个秘密。但是廷雍听说,南门外的法国教堂不久前刚遭到义和团洗劫焚毁,已经成为一片废墟,莫里克神甫至今生死不明。朱葆第说正因为如此那里才最安全:其一,因为是废墟,所以不被人关注;其二,义和团去过了,他们不会再去;联军为保护洋人的利益而来,他们更不会去找教堂的麻烦。廷雍觉得朱葆第的话有道理,就同意了。他还当面许诺事成之后,以护卫官款有功向朝廷请赏,擢升朱葆第为直隶候补道。为了保险起见,朱葆第白天特地乔装去南门外侦察了一番,他在教堂的废墟上还真的找到了那个地窖的入口。是夜,三十多只大木箱满装库银,分码在三辆大车上,上面还覆盖了柴草作伪装;廷雍又从布政使衙门挑选了一班精壮健硕的衙役,化装成平民,暗藏刀械,在一名藩库小吏的率领下随车护卫。他们趁着夜色神不知鬼不觉悄悄出了保定城南门,谁知走到半道上,那个藩库小吏突然心生歹念,他将朱葆第叫到一旁密商,说是眼下天下大乱,朝廷和皇上都跑得没了影儿,咱们不如趁这机会将十万两银子私分了,朱大人多得,他们愿少得,然后大家各自逃命。书吏的话遭到了朱葆第的怒斥,在他的凛然正气威慑下,书吏和众衙役暂时放弃了邪念。后来大家将库银运到了目的地,藏进地窖。在藏银的过程中,朱葆第竟在地窖里意外遇见了受伤后躲藏在此、奄奄一息的莫里克神甫。朱葆第决定留下来救助莫里克神甫,他让藩库小吏带领众衙役连夜回城去向廷雍大人禀报。在回城的路上,藩库小吏和众衙役贼心不死,越走越不甘心,他们又重新商定索性一不做二不休,返回去杀了朱葆第和那个洋神甫,将银子私分然后大家逃走。谁知就在他们返回教堂的路上,他们偶遇了联军的先头部队,联军误将他们当成了"拳匪",迎头一排乱枪,把他们全部消灭了。朱葆第对此一无所知,他还在地窖里精心照料着莫里克神甫。几天后神甫的伤势渐有好转,朱葆第决定回城,他这才在路上看见了那个藩库小吏和众衙役横陈的尸体。他没有料到,在他离开后的这几天,保定城里的形势也大变:联军进城后果然抢劫了藩库,但是藩库里空空如也,联军恼羞成怒,在保定城里大肆烧杀掠抢,疯狂报复;他们还在督署里"升堂",联军指挥官自称是"国际法官","开庭审判"所谓"犯罪"的中国官员。他们宣布:直隶布政使廷雍、保定守尉奎恒、参将王占奎,因犯"怂恿和默许拳匪滥杀无辜"、"戕害外国侨民"罪被"判处死刑,立即执行","宣判"完毕后,三人当即被拉到城南的凤凰台上,"枭首以示众"。

藩库小吏和众衙役死了，廷雍大人也死了，朱葆第马上意识到，藏银这件事已经死无对证，他是这个世界上唯一幸存的涉案人，而那个被他救活的法国神甫则是唯一的知情人。这时候一个可怕的贪鄙念头，在他怒斥了那个藩库小吏几天之后，竟然也开始在他的脑海里浮现并挥之不去。他最终还是没能经受得住那十万两银子的白花花的诱惑。战乱平息后的某一天，在法国神甫的协助下，朱葆第秘密地转移走了那批藏银——当然，他没忘记给法国人也留下了两万两，尽管他对他有救命之恩，但他还是以此作为他保守秘密的酬谢。第二年《辛丑和约》签约，联军撤军，太后和皇上回銮，重新修建的保定南门外的法国教堂也已竣工，随后莫里克神甫就被调到南方教区去了，这件事从此在直隶境内就再也没有第二个人知晓。如此说来袁世凯那天的问话又是什么意思？他是故意诈唬还是已经听到了什么风声？朱葆第仔细回忆了这件事的经过和每一个细节，又觉得是天衣无缝没有任何疏漏。不过，那些天他的心里很忐忑不安。

朱葆第的厄运终于临头了。那天，直隶按察使司衙门的衙役奉命把他“请”到了臬司衙门的刑讯室。袁世凯没有出面，由按察使大人亲自审问。朱葆第拒不承认他跟这件事有任何联系。但袁世凯不怕你不承认，他们是有备而来(他们此前在廷雍的遗物中发现了他蒙难前记下的日记。)按察使大人拿出廷雍的日记让朱葆第自己看。廷雍的日记里面白纸黑字，清清楚楚地记录了这件事，朱葆第抵赖不过了，便改口说廷雍大人的确委派他秘密转移过这批库银，但银子运出城后即遭到了联军抢劫，押运的衙役也被杀死了，有尸体作证；朱葆第本人也落入了联军之手，九死一生好几天之后才侥幸逃脱回来。按察使大人当即戳穿了他的谎言，他请出了一个朱葆第意想不到的人来对证，原来他们早已从南方教区请回了莫里克神甫。神甫说那两万两银子他并没有据为己有，而是补贴到教堂的重建中去了。朱葆第无言，双膝一软，不由自主地跪在了地上。

后面的事情再没有了悬念，朱葆第被投进了直隶的大牢，等待朝廷的发落。他整天哭哭啼啼万念俱灰，后悔自己一时鬼迷心窍动了邪念。当然退赃是必需的，按照《大清律》，念在系初犯，而且平日官声尚可，退出贪赃所得兴许还有一条活路，但革职、流放、苦役，哪一条活路都是朱葆第难以接受的。不久这出戏的“总导演”终于亲自登场了——那天袁世凯亲自莅临大狱巡视，朱葆第“扑通”一声跪倒在他面前，喊了一声“慰帅救命”！然后是拼命磕头苦苦哀求。袁世凯终于心软了，长叹一声“人才难得”，后来真的设法将朱葆第保下来了——抑或有人说他根本就没有将这件事上奏朝廷，而是自行作了处置了断。朱葆第从此公开投靠袁世凯，他后来还出任了袁世凯督办的京张铁路的会办兼备料总管，他和京张铁路总工程师詹天佑是留美同窗好友，据说詹天佑当初也替他求过情。但明眼人一眼看出来这些都是表面原因，真实的内幕是袁世凯和朱葆第作了一次暗中的交易：朱葆第是盛宣怀手下少数几个能掌握他核心商业机密的亲信之一，因为每次与洋人的商业谈判，都几乎是朱葆第在场充任翻译。这是袁世凯目前最急于拿到手的情报，也是朱葆第之所以能投靠袁世凯的资本。

而正在南方忙于父丧的盛宣怀，此时还被蒙在鼓里。

袁世凯要亲自来常州吊唁，这更是盛宣怀所始料未及的。

此前盛府老太爷的丧闻不仅在《申报》上刊登了讣告，还依据当时江南的绅商习俗，特地在印书铺里印了好几千份讣闻，分别寄送给全国各地的官场故旧、上司同僚、商贾同仁、亲朋好友等，以示郑重。因此来自全国各地的唁电、祭文、挽联以及赙仪每天如雪片般飞来。有些交情稍深的外省督抚如张之洞等，还派了代表来。在亲自到场祭奠的官员中，官衔最高的要数与盛宣怀平级的江苏巡抚了，在他的率先垂范下，江苏省内包括上海道在内的司道府州县官员几乎全到了，只有咫尺之遥的南京城里的两江总督却端着架子还没有到。如今远在千里之外的“疆臣领袖”——直隶总督兼北洋大臣袁世凯却屈尊驾到了，生前只有道员衔的盛老太爷，在死后真是享尽了哀荣。

袁世凯原本也是来过唁电的，在盛宣怀看来这就已经足够了，很给面子了，他没有更高的奢望。而袁世凯事先也没打任何招呼，借着在河南办理公务的机会，突然心血来潮，决定要来常州吊唁。他绕道武昌，乘兵船在江阴登岸，轻车简从，也不张扬，直奔常州而来。直到进了常州城后，这才派了一个随从来盛府通报。盛宣怀闻讯受宠若惊，赶忙大开中门迎接。

鼓乐声中，骑在马上的袁世凯远远而来。盛宣怀身着麻边孝衣、腰扎孝带、头戴孝帽，率领子侄跪倒路边。

袁世凯远远地即跳下了马，健步过来，亲切地搀扶起盛宣怀及其子侄。

盛宣怀拱手道：“家严不幸谢世，有劳慰帅远道来唁，合门感激不尽！”

“应该的，应该的。”袁世凯连声说，“杏翁与袁某同出傅相门下，多年知交，情如手足，理应在令尊大人灵前一祭。”

袁世凯当场送了一千两银子的赙仪，然后步入灵堂，命随从抬上祭品，在灵前燃香三揖，亲自宣读了祭文，又是三揖，方才礼毕。接着袁世凯步入灵堂深处，将率领子侄跪在灵堂右首白幛后的盛宣怀执了手，连声道：“杏翁请起，请起！——各位子侄也请起！”

当晚，袁世凯留宿盛府，两人秉烛夜谈。

“外界有传闻说，杏翁这次丁忧，本意是希望朝廷出面‘夺情’挽留的，可有此事？”闲聊了一会，袁世凯忽然笑眯眯地问。

“没有，没有，绝无此事。”盛宣怀矢口否认。

“怎么，没有此事？”袁世凯偷眼觑着盛宣怀。

“绝对没有！慰帅是从哪儿听说的？”

“我可是从领军机大臣、中堂荣禄大人那儿听说的。他说是张之洞在奏折里提出来的，如果不是杏翁所托，张之洞怎会说那话？”

“那……也许只是张香帅的好意吧？”盛宣怀赶忙掩饰，“的确不是盛某的本意。为人者忠孝二字是根本，这点盛某还是记得的。”

“我也想这应该不是杏翁的本意。”袁世凯又赶忙给盛宣怀搬来“梯子”，“因为杏翁在给我的电文中，就有‘时局如此，也愿藉此早日卸肩’的话。”

“盛某的确说过这话。”盛宣怀老实承认。

“除非杏翁是言不由衷。杏翁是聪明人，分明已看到了眼下时局不利，正好借此机会急流勇退，免成众矢之的，这是明智之举。”

盛宣怀讷讷地说：“盛某在慰帅面前，不敢言不由衷。”

“所以实不相瞒，当中堂荣大人征求我的意见时，问我是否要为杏翁向朝廷请求‘夺情’，我当场就表示坚决反对。——杏翁可知袁某为何要反对？”

盛宣怀望着袁世凯道：“因为慰帅知道，那原本不是盛某的本意？”

“错矣！错矣！”袁世凯摇着头，“袁某是为了保全杏翁。”

盛宣怀愣道：“慰帅此话怎讲？请赐教。”

袁世凯也不说话，起身去公文夹囊中取出了几份奏章，放在了盛宣怀面前。

“杏翁请看，这些都是御史们弹劾阁下的奏章，军机处把它们都压下了。中堂大人好意，让袁某特意带来给杏翁一睹。”

“不过老调重弹。”盛宣怀满不在乎地说，“盛某不用看就知道，御史们无非还是那几句‘损公肥私’‘独揽利权’的话，不新鲜。”

“哎呀杏翁，你错了！”袁世凯惊乍地喊着，拿起一份弹章硬塞给盛宣怀，“你一定要看看，这回可是跟从前不同了！”

盛宣怀狐疑地接过那份弹章，看着看着，脸色渐渐地变了；又拿起了一份，不待看完已是满脸阴云，错愕在那里。

“怎么样杏翁，袁某没说错吧？你看这份折子里，把阁下所有的底细都抖搂出来了。”袁世凯指着先前那份弹章，念道，“芦汉铁路首期向比利时国借款三百万镑，按时下通例以九折实付，可得回扣一成，约三十万镑，合白银三百万两，中外经手人各得半数，便是一百五十万两之多。……正太铁路借款合同已同俄国华俄公司签约，另外三条铁路汴洛、沪宁、道清也正在与英、比两国公司洽谈中，此四路中方经手人可得佣金七十万镑，约合白银七百万两；连带芦汉路所得，五路共得佣金约合白银八百五十万两，皆落入盛宣怀一人私囊。这还不包括铁路备料采购所得，所以人送盛宣怀绰号‘五路财神’。……”

“佣金为西方商业交往规则所允许，是合法的。”盛宣怀讷讷地说。

“但你是借朝廷的差事敛财！借国家的铁路公司发财，借洋务发财！而且是个人发财，吃独食，同僚和属下都没份。俗话说一家保暖千家怨，人家能不跟你急，能不眼红，能不由妒生恨吗？官场同僚能不弹劾你吗？”袁世凯高腔大嗓，“——你看，还有这份弹章：电报局看似清水衙门，每年向国外采购大批电线、电料，回扣亦在五六十万两之巨。光绪二十四年电料采购合同改签出价最高之英国，皆因彼国提高了佣金回扣比例之故。……”

盛宣怀好像被当众扒光了衣服，尴尬得无言以对。

“杏翁，没话可说了吧？”袁世凯冷冷地问，“这回御史的弹劾可都是有根有据，实实在在，言之凿凿，铁证如山！这是老调重弹吗？——难道你还没看出来吗？这些都是知根知底的知情人爆出来的！”

“知情人？”盛宣怀愣住了，“他是……谁？”

“话既然挑明了，袁某也就不隐瞒你了，是你的心腹弟子朱葆第。”

听到这个名字，盛宣怀的心咯噔往下一沉。

原来如此！怪不得弹章里面说得有鼻子有眼，不是知情人哪知道这么详细，可见袁世凯并没有说假。可朱葆第为什么要背叛自己呢？此前倒是听说他曾偶尔流露过怨言，意思是埋怨盛宣怀的手伸得太长、抓得太死，责怪他把芦汉铁路的备料采购签约权都拿走了，轮到他这个备料总管什么好处也得不到。可盛宣怀真是想不明白：难道他得到的好处还少吗？他之所以能有今天的出息，不都是因为自己的提携吗？人怎么能忘掉别人对你的大恩大德，老是揪着眼前的蝇头小利放不下呢？真是个忘恩负义的小人！

“从前杏翁也曾多次遭到过御史们的弹劾。”袁世凯又说，“不过其一，那时候御史们都是捕风捉影，还不知道底细；其二，也是最主要的，傅相在世。有傅相这棵大树在头顶上罩着护着咱们，风来雨来都让他老人家给挡回去了。如今不同了，这折子只要递上去，立马就能捅破天。杏翁信不？”

“我信，我信。”盛宣怀诺诺连声。

“所以荣中堂把这些东西都扣下来了。他也是念杏翁是北洋的老人了，不忍心杏翁老来跌倒；再则令尊大人仙逝，杏翁也正好趁此机会借坡下驴，老老实实地在原籍蛰伏几年，躲过御史们的风头，免成众矢之的，岂不正是好事？何必还要恋恋不舍，舍不得撒手呢？”

“不，舍得，舍得。”盛宣怀言不由衷地说。

“该撒手时就要撒手。荣中堂也曾私下对袁某说：‘当局者迷旁观者清，鄙见盛公此时果能及时告退，群疑即息。朝廷需才汲汲，决不能容彼久居林下，转瞬东山再起，声光必以韬晦而愈明，岂不大妙？’”

“荣中堂……真是这么说的？”盛宣怀的眼睛倏地睁大了。

“当然！袁某之亲来贵籍，一是为了吊唁令尊，二则也是奉了中堂大人之命专程为此事而来，将御史们的弹章送杏翁过目，当面说清楚这件事情。”

“中堂大人和慰帅的回护之恩，盛某没齿难忘！”盛宣怀站起来深深打了一拱，“其实也并非盛某舍不得撒手。军机来电让户部接手轮、电二局，归于筹饷，盛某也是实在想不通！轮、电二局乃北洋创办，跟户部从来就没任何关系！他凭什么来接管？况且让张翼来督办轮、电二局，更是盛宣怀所不许！”

“杏翁以为该当如何？”小瓜皮帽下袁世凯那双灼灼大眼在问。

“轮、电二局要官办也只能归北洋，不归户部！督办大臣万不可用张翼！”

“杏翁这么一说，袁某心里有底了。”袁世凯等着的就是这句话，“现在袁某还想听听杏翁的意见，阁下认为轮、电二局收归北洋官办后，商股怎么退还？”

“当然是按市价加股息退还！”盛宣怀脱口而出，似乎他早已想好了，“仅以电报为例。股票面值原为一百两，据光绪二十八年三月所估，二十一省电报陆线总计值银二百四十万两，摊到每股已达一百七八十两，以年派七厘利息计算，实际股价已近每股二百两。这还不算水线价值，加上津沪海线和恰克图出洋线，股价还要略高于陆线。”

“这恐怕不大可能吧？”袁世凯瞪大了眼睛，“北洋出不了这个价！”

“那慰帅打算出价多少赎回商股？”

“以股票面值价赎回，且分期分批，在若干年内赎完。”

“慰帅这不是明火执仗，官夺商利，以石压卵吗？”盛宣怀急了。

“杏翁，你急什么呀？——对！话虽说得不好听，可你说得没错，就是这样！“实话跟你说吧，北洋现在最大的要务就是筹饷练兵。北洋拿不出那么多钱来赎回商股！北洋还指望着以轮、电之利来练新军呢！告诉你，有六个镇近八万人的北洋新军正在北方等着军械、兵饷，犹如嗷嗷待哺的婴儿！”袁世凯终于道出了实情。

“可是商人们不服呀！他们会以略低于市价的股价，将股票竞相抛售给洋人。洋人一旦掌控了我国之电报，国家将毫无秘密可言！”盛宣怀有堂而皇之的理由。

“当年电报局招商章程上已经说得清清楚楚，袁世凯也早就想好了对应之策，持股人必须是中国人，洋人持有该股等于作废。收归官办后袁某将再次登报重申，你看有哪个外国人还愿意干这只赔不赚的买卖！”

盛宣怀摇着头说：“慰帅如此作为，实难服众。”

“商人们有什么服不服的？”袁世凯也有些耐不住了，“这几十年来他们的股价，早已连本带利数倍地拿回来了。现在举国救亡图强，国家兴亡，匹夫有责，他们难道连这也不懂吗？”

“在商言商。商人逐利，天经地义。”盛宣怀分辩说。

“商人逐利，那也不能贪得无厌吧？‘君子喻于义，小人喻于利’，他们不懂，难道杏翁你也不懂吗？”袁世凯咄咄逼人地问，“轮、电二局中杏翁都是大股东,还望杏翁能带头率先垂范,晓以大义,说服众商。”

“嘿嘿,盛某为商代言,这些话……委实有些难以开口。”

“杏翁现在觉得难以开口了,可从前都是说得冠冕堂皇的。”袁世凯揭老底,“几年前杏翁上了一道《条陈自强大计折》,袁某可是清清楚楚记得这么说的:‘泰西诸邦,用举国之才智,以兴农商工艺之利,即藉举国之商力,以养水陆之兵,保农工之业。盖国非兵不强,必有精兵然后可以应征调,则宜练兵;……’以商力养兵,白纸黑字,杏翁自己说的话莫非忘记了?”

“记得,记得。”盛宣怀的脸红了。

“这些年杏翁得洋务之利颇为丰厚,不说富可敌国,说沪上首富应该不假吧?”袁世凯敲打着眼前的那些弹章,弦外有音地说,“阁下还会斤斤计较于这股票之价吗?倘若因小失大,那可是辜负了荣中堂和袁某此来的一番好意啊!”

盛宣怀马上听懂了话里的意思,立时软了下来:“岂敢!岂敢!盛某草木余生,敢不知难而退,让出轮、电,尽心竭力,以助慰帅练兵?!”

第二天一早,盛宣怀亲送袁世凯至水埠码头,两个人打躬作揖,挥手告别。袁世凯不虚此行,他已经得到了他所想要的东西。直到这个时候盛宣怀才明白,袁世凯此来吊唁不过是名,为轮、电而来向他摊牌才是实。望着那位矮矮壮壮、套着宽大蓝袍马褂踌躇满志渐渐远去的背影,盛宣怀的心里没有一点由此带来的荣耀感,而是酸溜溜的不是滋味。

盛宣怀返身就给京城里的陶湘发了一封电报,要求他迅速调查此事,尤其是那个朱葆第的背叛。

不久陶湘的回电到了,据他在京城里多方密探打听,事情的经过是这样的:“……北洋练兵无饷,卧雪(袁世凯)觊觎轮、电之利久矣,遂有谋夺之志。时串通军机大佬,于九月间以户部名义强夺遭公坚拒,复又盯住东奎(朱葆第)。卧雪手中握有东奎把柄,揪住不放,逼出实情;又在京组织一班御史,组成交相弹劾之势,准备先置公于死地而后再夺轮、电。岂料令尊仙逝,公回籍守制,卧雪觊觎之物此时已唾手可得,无须再动干戈,方罢手息事,公亦侥幸得以保全。眼下卧雪慈眷正隆,胃口甚大,此次志在必得,公宜委曲求全,万不可与之抵牾。先退而求自保,日后相机再图,方为上策。切切!”

“原来如此!”盛宣怀拍着电文,咬牙切齿,心中却禁不住百感交集。自己好心好意为袁世凯上台出力，想不到他恩将仇报，一上台就对自己反咬一口！轮、电是盛宣怀早期洋务的成功之作，是他几十年心血的结晶，也是他心中的最爱，不仅见证了他在官场上的争斗沉浮，也是他后来的洋务事业得以陆续展开的坚强后盾。比如南洋公学（上海交大前身）每年二十万两银子的办学经费，上海图书馆的开办经费，还有汉阳铁厂动辄数十万两的周转资金等，都来自于轮、电的腾挪。用盛宣怀自己的话说，轮、电就是一块“肥壤”，正因为有了这块“肥壤”，他才能源源不断地接济其他的“瘠壤”。如今眼睁睁地看着“肥壤”被别人攫走，如果不是丁忧守制身不由己，依盛宣怀的性格他是绝不会轻易让步的！而据理力争、抗争到底的后果，最后必然只会落得个身败名裂的下场。盛宣怀哪里会想到，这其中竟然还包含了袁世凯精心谋划的一个阴谋呢？如此说来，倒是老父的仙逝在无意中保全了自己。此前还有些怪老父死得不是时候，现今才知道那是苍天有眼啊！袁世凯此次来常州名为吊唁，实为夺轮、电而来，他软硬兼施、恩威并用，手段让人不可小觑。谁说生姜是老的辣？自己这块年长袁世凯十五岁的“老姜”，偏偏还是玩不过他那坨“嫩姜”！当然官场不仅仅靠心智手腕，还要有凌人之上的官威和官势作资本，正所谓官大一级压死人。按理说盛宣怀的官也不算小了，可在袁世凯这样的新贵面前，他照样不能保护住自己辛辛苦苦创下的轮、电二局，照样不能保住自己的利益，只能眼睁睁地看着口袋中的真金白银被人掏走。商家的利益，唯有靠当大官、当更大的官才能维持！“以官护商，以商谋利”，这是盛宣怀又一次悟到的真理！这一次盛宣怀茅塞顿开：从前自己只顾埋头干事，根本无暇顾及官场升迁，那时有了成绩自然会有李鸿章举荐和朝廷的慧眼擢拔。但现在不行了，必须要变官场上的被动等待为主动经营，去为日后的飞黄腾达作更多的铺垫。既然官场上的人都这样做，他盛宣怀也不能免俗，当然也得这样做！由此他又想到了那尚在自己手中的汉阳铁厂。现在轮、电被人夺走了，汉阳铁厂将来是否能保得住呢？不错，它现在还是块“瘠壤”是个包袱，但盛宣怀看准了，将来它一准是个赢利的大户，是块人人都垂涎争夺的香饽饽，大肥肉！不能永远指望张之洞这个“保护神”。他已年届古稀，而且随时可能离任，谁能担保将来有一天继任湖广总督的不是“卧雪”者之流？是得未雨绸缪防患未然了。盛宣怀忽然想起不久前日本人来吊唁时，曾向他提到过的那个关于“汉冶萍公司”的建议，心里不禁怦然一动。三年守制，他有足够的闲暇时光来好好地琢磨这个建议,以及未来将要实施的全部细节。

不久轮、电二局被正式收归官办。关于电报总局,收回的理由冠冕堂皇,还使用了谕旨的方式:“奉上谕:‘各国电务,多归官办,凡遇军国要政,传递消息,最称密捷。中国创自商办,诸多窒碍,亟应收回,以昭郑重。’着即以袁世凯为督办大臣,直隶布政使吴重熹着开缺以侍郎候补,派为驻沪会办大臣。……”而关于轮船招商局,袁世凯则干脆直接来了一封免职、任职电报:“吾兄创办轮船招商局, 功绩卓著……现撤销轮船招商局督办一职,札委候选四品京堂杨士琦为该局总理,不日来沪赴任。另委徐润复任该局会办,以资驾轻就熟。仍望吾兄随时指点匡益为盼。……”

接到这封电报,盛宣怀一口气堵在喉咙眼里半天出不来。袁世凯不仅夺走了轮、电二局,把他从局子里赶了出来,竟然又将他的冤家对头徐润请回了招商局。当年徐润接替唐绍仪出任过招商局总办,他和徐润斗了数十年,不料笑到最后的还是徐润,盛宣怀的心里难堪、屈辱、满腹愤怒!可那也仅仅只是难堪、屈辱、愤怒而已。君子报仇,十年不晚,他将这口怨气深深地埋在了心里。他在后来给陶湘回电的时候,说了这样一句话来形容他对袁世凯的认识:“……‘卧雪’是只笑面虎,他对你张开血盆大口时,还要和你甜言蜜语一番。”

第二章 “丁忧”岁月

光绪二十九年(1903 年)的新正刚过,一支庞大的送葬船队满载披麻戴孝的男女老幼由常州出发,沿着运河水道向南逶迤而来。灵船上摆放着黑漆大棺,船头上插着死者生前显赫的衔牌和仪牌,引路幡在料峭的寒风中飞舞,纸钱飘飘洒洒,哭声和送葬的乐声低回呜咽。船队最后停靠在了苏州的盘门码头,码头上早已搭好芦棚,阊胥一带聚集着人山人海,人们纷纷赶来争睹盛家老太爷百年之后的盛事。须臾灵柩起运上岸,盛家的孝子孝孙以及太太、小姐等女眷们也陆续登岸,浩浩荡荡地护送灵柩起程,移入留园的盛家祠堂。盛康的灵柩将在盛家祠堂停厝三年,然后再运回盛家在江阴县马镇老旸歧的祖坟地安葬。盛宣怀三年守制剩下的时光,就将在这儿陪伴父亲的灵柩度过了。

留园在姑苏城外寒山寺附近,占地三十五亩,号称中国四大古典园林之一,但在当年,它却是盛家老太爷盛康致仕后买下的私家园林。有人曾经误以为这是盛宣怀发迹后买下的,其实不然。盛家买下留园的时间是同治十三年(1873 年),那一年二十九岁的盛宣怀刚刚进入李鸿章幕府不久,根本不具备这实力。而生前曾出任武昌粮法道、湖北盐运使兼布政使等官职的盛康,其宦囊之充实毋庸置疑。留园还是块风水宝地。据说同治初年太平军进攻苏州,在城外放了一把火,大火从城西的浒墅关烧起绵延十数里,一直烧到阊门城墙下,三天三夜火光冲天,把个水软风细的姑苏城烧成了满目焦土。而唯独西城外的一处绿地却安然无恙:池水依旧清澈,高枝照样连理,花圃依然锦簇。原来这是明朝万历年间太仆寺少卿徐泰时的园林,后来被清朝嘉庆年间的柳州知府刘恕买了下来，苏州人故而称刘园。这场兵灾过去若干年后，正好致仕在家的盛康看中了这块劫后之地，又从刘恕的后人手中买了过来。倒是这名称由“刘园”改为“留园”，其中颇有一段佳话趣事。

关于留园名字的得来，俞曲园在他的《留园记》里说得清清楚楚。俞曲园即俞樾，吴中名士、大学问家，后世红学大家俞平伯的祖父，与盛康是老朋友，两人常有诗酒往还。盛康在留园修整一新后请俞曲园前来游园，并请他作文记之。俞曲园酒后才情大发，把留园之“留”发挥得淋漓尽致：“……出阊门外三里有刘氏寒碧庄焉，而问寒碧庄无知者，问有刘园乎则皆曰有。盖是园也，在嘉庆初为刘君碧峰所有，故即以其姓名其园，而曰刘园也。咸丰中余往游焉，见其泉石之胜，花木之美，亭榭之幽深，诚足为吴中名园之冠。……今方伯(指盛康)求余文为之记，余曰：‘仍其旧名乎？抑肇锡以嘉名乎？’方伯曰否否！寒碧之名至今未熟于口，然则名之易而称之难也。吾不如从其所称字，即以其故名而为吾之新名。昔袁子才得隋氏之园而名之曰‘随园’，今吾得刘氏之园而名之曰‘留’，斯二者将毋同？余叹曰：美矣哉斯名乎！……夫大乱之后，兵燹之余，高台倾而曲池平不知凡几，而此园乃幸而无恙，岂非造物者留此名园以待贤者乎？是故，泉石之胜留以待君之登临也，花木之美留以待君之攀玩也，亭台之幽深留以待君之游息也，其所留多矣！岂止如唐人诗所云‘但留风月伴烟梦’者乎？自此以往，穷胜事而乐清时，吾知留园之名长留于天地之间矣！”盛康无非是取其谐音而名之留园，可到了俞曲园那里，却发挥成了“长留天地”之“留”。

盛康在买下留园后，又在留园门口加盖了一排房子，是为盛家的家祠。家祠平日的用途主要用来停厝和祭祀，此外就用来做慈善，利用闲置的房舍开了一家药厂——作为施舍义药的药庄。盛家每年都要向民间的贫病之人施舍大量的中药制剂膏丸丹散，在苏常之地颇得民众口碑。

灵柩停厝，丧事也告一段落，盛家的大队人马就该各自返回上海和常州了。盛家这次为老太爷盛康举办丧事，男女老幼出动总数不下好几百号人。单就盛康这一支系来说，盛宣怀有同父异母兄弟四人，三位弟弟虽然分别早故和为国捐躯，但他们在去世前都已娶妻生子。盛宣怀这一支更是人丁兴旺，不算上已经故去的董夫人和刁夫人，他后来又陆续娶了五房妻妾，七房夫人共为他生下八儿八女，还有数不清的孙儿、孙女和外孙；加上父亲生前留下的几房姨娘，还有他寡居的一群弟媳，老爷、太太、少爷、小姐又都有各自的丫鬟、跟班和男仆女佣等，说总数在两百号人一点也不夸张。这还是盛康直系的。大家族中盛康还有一个哥哥和两个弟弟，盛宣怀的叔伯兄弟姐妹更是多得数不过来。如此规模的一场丧事，就是在过去的大家族中也不常见。庄夫人作为长房的当家大嫂，专门负责女眷的来往接待和丧仪安排等，几百号人里面她竟然能把礼节做得面面俱到、滴水不漏，叫人无可挑剔，充分显示了她超强的组织能力和领导能力。

大家族里还有一件见怪不怪的事，那就是长幼有序通常并不表现在年龄上，也就是说长辈比晚辈尊长，但晚辈又比长辈年长。盛宣怀的子女分为前后两拨：前面由董夫人和刁夫人所生的三儿四女为一拨，此时早已成年，公子们成房立户，小姐们多已出嫁为人妻为人母。长子昌颐这一年已经人到中年四十出头，娶了四房妻妾连生六个女儿最后才生下长孙盛毓常，他自己也早就得了外孙做了外公。另外一拨是由盛宣怀后来的五房妻妾所生的子女，除了秦氏未育，也是三儿四女(六公子和八公子早夭)，此时均未成年。他们是：四公子盛恩颐和七小姐盛爱颐，庄夫人所出；五公子盛重颐和五小姐盛关颐，刘氏如夫人所生；柳氏如夫人生了六小姐盛静颐和七公子盛昇颐；萧氏如夫人则生了独生女儿八小姐盛方颐。第二拨子女中以四公子和五公子最年长，此时也不过才是刚刚十多岁的少年；七公子盛昇颐此时还在牙牙学语。庚子年“东南互保”时出生的盛七小姐不久前刚上了幼稚园，而去年出生的最小的盛八小姐此时还抱在手上不会走路。盛宣怀的这两拨子女中，年龄相隔最小的也有近二十岁，最大的有四十岁。所以当长房的那些已经出嫁的孙女们回娘家来，随便抱起一个小女孩或是小男孩，那都是自己的嫡亲长辈，都得小心翼翼地喊八姑、七叔，不敢搞错了。

七小姐盛爱颐从小就表现出倔强的小姐脾气和叛逆性格。兴许是母亲庄夫人在大家庭中当家的缘故，她的遇事果断、霸气以及不服输的脾性都遗传给了她，盛七小姐一进幼稚园就表现得很独立，有个性，有主见，说一不二，有着很多的小小追随者。留园中的标志性景观冠云峰和岫云峰，那是太湖石堆砌起来的假山，男孩子爬上去了，小小年纪的七小姐哭着闹着非要自己爬上去不可。这种不服输不甘人后的性格导致了若干年后盛家析产分家，七小姐敢于向几千年的男权社会挑战，向整个盛氏家族叫板，打下了民国的第一场女权官司。这种过于倔强自尊的个性，也导致了她后来与宋子文的爱情悲剧。少年盛老四和盛老五的性格此时已初见端倪。四公子盛恩颐因为从小受母亲庄夫人的娇纵溺爱，养尊处优，性格懦弱，缺少主见，导致了他后来遇事优柔寡断，女人一灌迷魂汤就糊涂，风流纨绔的人生道路。因为庄夫人的缘故，盛宣怀最终将自己的事业交给盛老四来继承掌管，这不能不说是个不该有的错误。相比盛老四，盛老五虽然在年龄上相隔了一年，但实际上两个人出生只相隔了一个月：一个在光绪十七年(1891 年)年末，一个在光绪十八年(1892 年)年头。就是因为相隔这一个月的时间，按照当初庄氏、刘氏同时进门，谁先生下公子谁扶为正室的约定，刘氏如夫人刘嫣红从此失去了成为盛家掌门人的机会，为此而郁郁寡欢了一生。也许正是因为知道母亲在大家庭中地位不高，五公子盛重颐从小就很懂事：他从不在兄弟姐妹面前争强好胜、惹是生非；他为人随和谦让，求学上进，踏踏实实，一步一个脚印。这导致了他后来在商界以稳重独树一帜，自己虽独立创业也能创下骄人的业绩。所以有后人评价说，盛宣怀如果在接班人问题上不犯错误，而是选择盛老五做继承人，汉冶萍后来就不会那样。

大家族的人散去了，留园里一下显得空空荡荡。盛宣怀只留下了成年子侄在留园轮流值守，其他的人要么返回了常州，要么由庄夫人率领又回到上海过起了大公馆的生活。盛宣怀身边还留下了一个工作班子，由他的几位亲信幕僚和文案组成，处理日常往来的电报和信函。虽然“丁忧”守制在家，很多职务开缺了，但他毕竟还担任着铁路总公司和汉阳铁厂的督办，那里有很多的大事小情都等着他来拍板定夺。好在电报很方便，苏州就设有电报局。不过那时的电报都是有线，摩尔斯无线报机还要等几年后才能发明出来，所以每天都得有人往返奔走在留园和电报局之间。其时盛宣怀已年近六旬，他每年在冬春之交都要频发老痼疾寒喘病，所以他的身边还必须有一位女人来照顾生活起居。当初在决定五位妻妾中谁留下来伺候老爷时，庄夫人倾向让刘嫣红留下来。但刘嫣红这些年来养成了逆反心理，对庄夫人一直不服气，凡是庄夫人说的她必不买账。当然庄夫人自己是不能留下来的，她是当家人，大公馆里上上下下一百多号人，一时一刻也离不开她。而柳氏和萧氏还有抱在手上的小囡囡。孩子虽然用不着她们自己带，大公馆里有的是奶妈、丫鬟、女佣，但孩子太小，为娘的不在身边毕竟还是放心不下。剩下的便只有秦氏了。按理说秦氏没有孩子没有挂欠，又是护士出身，她留下来照顾老爷应该是最合适的。况且秦氏年轻漂亮，善解人意，她还是老爷的最宠。但这也是最让庄夫人放心不下的。庄夫人本来想让老爷再换个别的人，但是盛宣怀一口咬定了非秦氏莫属。临离开留园那天，庄夫人私下里敲打叮嘱秦氏说："老爷现在是守制期间。你知道守制的禁忌吗？蓄发，净身，不能近女色。再说老爷的岁数大了，身子骨也不硬朗了，你要收敛节制自己，千万记住要跟老爷分床睡！"

在盛宣怀的众位妻妾中，七姨太秦碧珍是最为另类的一个。

秦碧珍既不是大家闺秀，也不是小家碧玉，她是教会女校毕业的女学生。

盛宣怀跟秦碧珍的认识是在医院里。那是前年的冬天，盛宣怀的寒喘病犯得厉害，被送进了上海的基督教教会医院。盛宣怀的这个老毛病，还是三十多年前同治末年那个最寒冷的冬天，他奉旨在直隶、山东赈灾，爬冰卧雪后落下的病根。当年他犯病最厉害的时候，喘得整晚不能够躺下睡觉，只能坐在床上。那时董氏夫人已经去世，跟随他去北方的是刁氏如夫人。刁氏只好整晚不睡，陪伴伺候他，给他通宵达旦按摩，以致后来时间久了，她的胳膊都肿胀得不能抬起来。盛宣怀那次在教会医院也是喘得不能入睡，后来医院就给他派了个年轻的女护士专门做按摩，伺候他入睡，那个女护士就是秦碧珍。初次见她的时候盛宣怀不禁大吃了一惊：天啊！她怎么长得那么像年轻时候的刁氏？而且她按摩的手法也像极了刁氏！这让盛宣怀常常不由自主地陷入一种似真似幻的境地：他仿佛又回到了三十多年前，回到了北方那冰天雪地的夜晚，在小旅店里与刁氏夫人相依为命的情景。这让他对秦碧珍充满了好感，也充满了依恋。后来相处的时间长了，他才得知了秦碧珍的身世。原来秦碧珍是关外大连人，幼时就父母双亡成了孤儿，童年还被人贩子贩卖过，后来流落到上海被租界里的孤儿院收养，再后来长大她就进了美国基督教圣公会的圣玛利亚女校学习——就是后来张爱玲所进的那所著名的学校，那时它还不是贵族学校。秦碧珍学习很刻苦用功，尤其是她的外语成绩好，她不光能讲一口流利的英语，而且还跟学校的一位日籍老师自学了日语。而这后一点尤其让盛宣怀心仪。

再后来事情的发展就不言而喻了：盛宣怀先是聘秦碧珍做了他的外文秘书（中国的高官和富商大贾使用女秘书，想来始自盛宣怀），半年后他决定正式纳她为妾。前后算起来这应该是他的第七房姨太太了，但是秦碧珍对此并不介意。当然出于自尊，她开始也拒绝过，但最终她还是接受了。那年头女权和独立精神尚未普及进中国，有多少女子不爱富贵呢？女学生也概莫能外。但是斜桥老公馆里盛宣怀的妻妾们却开始噘嘴巴了：怎么，还要纳妾呀？老爷都这岁数了，就是再好女色，有四房妻妾也该收敛一点了。她们照着镜子，各自评价着自己：庄夫人畹玉虽说有点臃肿发福，但她毕竟还只有三十多岁，明眸皓齿，皮肤白皙细嫩，就女人来说还远没到人老珠黄的阶段；稍小点的刘嫣红保养得不错，仍然雪肤花彩，身材姣好；柳氏和萧氏更不用说了，她们还只有二十多岁，成熟性感，正是少妇的大好时光。年轻的四位妻妾丝毫不觉得自惭形秽，面对那位年近六旬的糟老头子，她们充满着足够的自信。但是盛宣怀也自有他纳妾的理由：不为生理所求，而是工作所需，他需要一位事业上的帮手。这么一说妻妾们无语了，秦碧珍正式成为了斜桥盛家公馆里的一员。她的生活表现出了完全不同于其他妻妾们的志趣：她让盛宣怀在公馆的空地上建了一座网球场，还凿出了一个游泳的大池子。当公馆里的太太们聚在一起“叉麻雀”纸牌赌钱时，她却喜欢弹钢琴、唱歌。她给太太们讲《圣经》里的故事，最终将刘嫣红和柳氏拉进了基督教会，而庄夫人则是至死不变的虔诚佛教徒。萧氏从前是庄夫人娘家的陪嫁丫头，后来被老爷收了偏房。按理说不当丫头反仆为主了，理该抬起头挺起腰，但她在庄夫人的面前还是不改从前，低眉顺眼成了习惯，唯庄夫人的马首是瞻。庄夫人是佛教徒，萧氏当然也顺理成章地成为佛教徒。斜桥盛家公馆里太太们的宗教信仰，由是分成了对立的两大阵营，秦碧珍是另一个阵营的首领。这也是庄夫人最恨她的地方：自从她来了以后，庄夫人在大公馆里的权威开始受到挑战。当然秦碧珍并不常在公馆里住，她更多的时间是陪老爷在外面处理公务，陪同他出席跟洋人的谈判，帮助他处理往来的中外电报信函。从前这个角色是由庄夫人亲自担任的，若干年前盛宣怀出远门办差总不忘带上庄德华，那时不仅仅是为照顾自己的生活起居，庄夫人还能凭着自己大家闺秀的良好文化教育，以及一手工整娟秀的蝇头小楷，帮助盛宣怀处理公文、禀牍、信函。但如今更多的文牍却是中外文两个版本了，除了秦碧珍，庄夫人已经不能胜任。时过境迁，不知她心里会做何感想？

早春二月，京城护城河边的垂柳枝条上，刚刚吐出了星星点点鹅黄色的嫩芽泡泡，小北风还刀子似的拉着人脸生疼。这天，一辆洋车拉到了东城交道口菊儿胡同一处四合院门口停下，一个青衣小帽装扮的年轻人从车上走下来，上前叩响了门环。一会儿黑漆大门拉开了半扇，一个家仆模样的人探出脑袋来，上下打量着来者：“这位爷，您找谁？”

“在下陶湘，芦汉铁路北段养路处机器厂总办。”说着掏出名帖递了进去，“朋友介绍来见索爷，说这儿有殿版书要出手。”

“您请稍候。”仆人说，进去通报了。一会儿出来，将陶湘领了进去。

四合院不大，场面显得局促、仄狭，但回廊上却是雕梁画栋，色彩虽然陈旧，却依然可见当年的气派与辉煌。陶湘是个精明人，到眼就能看明白：果然只有半拉院子，是个富贵场上的败落人家。

进了北屋，光线有点暗，好半天陶湘才看清楚，炕上大虾似的蜷缩着一个人，旁边的小炕桌上摆放着烟枪、烟灯。那个人好似睡梦未醒，半天都没有动弹一下，只是不停地打着哈欠，示意陶湘自己坐下来。

“想必他就是索爷了？”陶湘想。

不久前在京城一个藏书界朋友的聚会上，有人给陶湘介绍了这位索爷。索爷是满洲上三旗镶黄旗人，祖上是康熙年间的笔帖式，后来在内务府做官，曾官至五品的内务府武英殿修书处总提调。再后来子子孙孙就都在修书处当差了，他们吃刻书、印书这碗饭一吃就吃了一百好几十年，直到三十多年前同治八年（1869 年）的一把大火将武英殿烧毁，修书处的书版也随之付之一炬，修书处不得不关了门。到了索爷这辈，皇家修书的差事没有了，别的营生他又不会，只靠着一点旗籍俸禄度日，加之索爷又抽上了大烟，家道很快就败落了下来。朋友说索爷家里有祖上传下来的殿版珍品，其中“开花纸”的印本也不少，比如康熙朝的《御制诗》就是很难得的珍本。但索爷书读得不多，却是个爱书如命的“书痴”：他宁可卖房子卖地，也从来不卖书。这些年索爷就靠典卖维持生计，家里的珠宝玉器、古董字画卖完了，地卖完了，还卖了半拉院子。朋友说没什么可卖了索爷这回恐怕要卖书了吧？于是有人找上门去。谁知索爷狮子大开口，一套内府刻的开花纸印本的圣祖康熙皇帝的《御制诗》第三集八卷共三册，竟要了三万两银子的天价，比市价整整高出几十倍还多，吓得那人自己退了出来。大家说看得出来索爷这么做其实是唬人，他根本就没有想要卖书的意思。倒是陶湘对这位索爷有了兴趣，决定亲自去会会他。

“是你自己收藏吗？”炕上的索爷问，说着自己慢慢坐了起来。他骨瘦如柴,看上去年约五旬,满脸都是烟容,"我这儿殿版书的要价可不低。"

"我知道。"陶湘说。

"可是它也不是虚高、乱高,说它高也有高的道理。"索爷打着哈欠,"比如那套圣祖仁皇帝的《御制诗》三集共二十八卷,是内务府开花纸印本里面印制最精致的,而其中又尤以第三集共八卷计三册最为精美难得。你知道为什么吗?"

"为什么?"

"因为它是康熙五十四年专门在江南印制的。那时李煦任苏州织造,为了取悦圣上,他极尽搜罗,用的是最好的开花纸'榜纸'和最好的刻工、印工,印制上精益求精,美轮美奂,无与伦比。乾隆以后,就再也没有见到这么好的开花纸和这么好的刻工、印工了。"索爷说这话的时候,屋里的顶棚上忽然响起了轰隆隆的声音,吓了陶湘一跳,听那声音仿佛是千军万马在通过。

"……这是耗子,请勿介意。"索爷说。

"您说得没错。"陶湘接着说,"乾隆以后内府虽偶有开花纸印本,但那都是康熙爷留下来的库存。乾隆朝更多的是罗纹纸印本,可见开花纸在乾隆朝后期就已渐渐失传了。而近世出产的浙江开化纸,就只能糊雨伞用了。"

"不光纸没有了,版也没有了。"索爷又说,这时候顶棚上又响起那隆隆的声音,"同治八年武英殿大火,康熙《御制诗》的书版全部化为灰烬,即便能找到那么好的开花纸,也印不出那样的印本了。它是绝本啊!"索爷感叹说,"绝本了,你说,它价钱能不高吗?"

"是该高点,可也……太离谱了吧?"陶湘讷讷地说。

"开花纸印本,一万两一册,就这价!你爱买不买!"索爷硬邦邦地说。

陶湘只好从屋子里退了出来。刚到大门口,便见胡同里前呼后拥地进来一抬八抬官轿,没有鸣锣开道,前面打的衔牌和仪牌是太医院钦赐某品医官。官轿在斜对过的大宅门前停下了,医官从轿内走下,有太监当场宣读圣旨,那家的男女老幼出来好多人跪在地上接旨。俄顷,宣旨完毕,医官跟着那家人进去了。陶湘好奇,问送客出来的索爷家仆:"对过那是谁家呀?"

"荣禄家。"家仆低声说,"听说中堂大人病了,这不,老佛爷派宫里太医院的御医来给他瞧病了。"

“荣禄大人生病了？”陶湘愣了一下。

后来陶湘又隔三岔五地往菊儿胡同跑。看起来他真是舍不得放弃那些殿版书，反复跑去跟索爷泡蘑菇，砍价。实际上他真正关注的，却是菊儿胡同里正在发生的另外一件事情，那就是荣禄的病情。盛宣怀安插陶湘在京城里做耳目，他真是选对了人，陶湘在这方面天赋异禀，具有特殊的敏感和眼光。换成一般人，听说荣禄生病了，恐怕顶多也就是听听而已，耳旁风过去了。人吃五谷杂粮，谁能不生病？没人能掂出这件事里头特殊的分量。但是陶湘不同，他记住了，并且开始在心里琢磨起来：倘若是一般的头痛脑热，老佛爷会派御医来给荣禄瞧病，并且煞有介事地颁旨抚慰吗？可见他患的不是一般的病，或者至少病情已经不轻了。由此就又可以继续推想：荣禄是老佛爷的心腹重臣，在“百日维新”中立下奇功，由此飞黄腾达，从直隶总督、北洋大臣再到军机大臣，又继礼亲王之后领衔军机。试想想，这样举足轻重的人物如果沉疴不起一命呜呼，枢廷和官场重新洗牌后必有一番新的格局变动。万事谋于先，倘能提前做好应对之策，那将会占尽便宜。聪明的陶湘正是看到了这件事里所包含的特殊意义。

至于那批殿版书，果然不出陶湘所料，他后来每去一次，索爷都要把价格降一次。殊不知正是顶棚上那些隆隆奔跑的耗子提醒了陶湘：索爷已经快要撑不住了。你道这是何故？原来索爷抽大烟年长日久，家里顶棚上的耗子也跟着上了瘾。现在索爷囊中羞涩，只好拼命克制烟瘾少抽，但是顶棚上的耗子们却熬不住了，它们犯了烟瘾，这才不时地跑出来“大闹天宫”。索爷一次次地降价，陶湘并不急于出手。索爷急了，说你到底买不买呀？陶湘说买呀！不急，您还没降到我想要的价位呢。于是陶湘便有了由头，隔三岔五地往菊儿胡同跑。他还暗中买通了索爷的家仆，要他密切关注荣禄家的动静。索爷家的院子里有棵高大的老槐树，家仆爬到树梢上，就能把荣禄家院子里的情况看得清清楚楚。索爷的家仆不定期地向陶湘报告：菊儿胡同最近又来过了哪些人物探望过荣中堂。比如直隶总督兼北洋大臣袁世凯什么时候来过，总理外务部大臣、庆亲王奕劻什么时候也来了，还有老佛爷身边的总管太监李莲英等。这让陶湘愈加相信了自己的判断：这些大人物不断地来探望，看来荣禄真是没治了。挨过二月到了三月初的一天，索爷家仆又向陶湘报告说，昨天他在大槐树上看见荣禄家的院子里进来了一群裁缝，他们在当院里摆开案板就做开了衣服。陶湘马上意识到，这是做寿衣的裁缝进屋了,荣禄时日不多了,家人已经在为他准备后事。而此时,索爷也已把他的殿版书的价格一降再降降到了最低点:那套原先要价三万两银子的内务府开花纸印本的康熙《御制诗》第三集,陶湘只花了一千两银子就买了过来。

接下来陶湘想要知道的是:荣禄之后,谁将会是他的继任者?

根据祖制,自从雍正年间创设军机处以来,领军机大臣便一直由王大臣担任,近两百年来少有例外。荣禄便是这少有例外中的一个。荣禄不是皇族宗室,他是满洲正白旗,瓜尔佳氏,靠着父功,仅仅是个小小的荫生出身。他后来之所以能爬上这样的高位,当然与慈禧的宠眷和提携有关,民间甚至还有他和慈禧的暧昧传说。荣禄不是王大臣,但他是满大臣。检索近两百年来的领军机大臣无一汉人,由此可以确定担任领军机大臣的必要条件是:必须是王大臣,或至少是位高权重、深得当今宠信的满大臣。陶湘扳着指头算了一下:荣禄之后,满大臣中再也无有能跟他比肩者;而近支皇室中,无论资历还是才干,都找不出能担纲领衔大臣的角色。在咸丰皇帝的同父异母兄弟中,本来六弟恭亲王奕䜣是最有才干的,可惜他受慈禧猜忌,光绪十年被罢黜领军机大臣,回家赋闲,现已去世,其支系后裔一直被冷落不受重视。光绪皇帝本生父、七弟醇亲王奕譞曾出任海军衙门总理大臣,权位崇高,无人企及,可惜十年前也已去世,其支系后裔因为要避皇帝之“嫌”而一直淡出朝政。最后剩下的便只有默默无闻的五弟惇亲王奕誴一支了。其后裔载濂、载漪、载澜兄弟,本来戊戌后已在政坛上崛起,载漪之子溥儁还被慈禧立为皇储大阿哥,准备接替光绪皇帝。但不幸的是,他们在“庚子拳乱”中因扶持义和团对洋人主战,被八国联军列入必须惩办的祸首名单,可怜载家兄弟的最后结局或流放或自杀,大阿哥也被废。近支皇室中既然挑不出合适的人选,这个位置就不得不让给远支宗室了。

远支宗室中有个绕不开的人选,他就是庆亲王奕劻。

奕劻是乾隆皇帝第十七子永璘之孙,是道光皇帝的堂侄,咸丰皇帝隔两服的堂弟。光绪十年慈禧罢黜恭亲王,奕劻开始在政坛上崛起,他就在那年进入总理各国事务衙门任总理大臣,主持外交,进封庆郡王。次年设立海军衙门,受命会同醇亲王奕譞办理海军事务,甲午战后封庆亲王,权位渐崇。庚子年间担任与外国谈判议和的第一签约大臣,名字排在李鸿章之前,但他为人滑头,凡事都往后躲,让李鸿章出头露面。后总理衙门改为外务部，他还是担任总理大臣。奕劻是近年来朝堂上最为活跃的王大臣，很受慈禧的宠眷，其长子载振去年曾代表清廷赴英参加英国国王爱德华七世的加冕典礼。无论资历还是声望，如果不出意外，荣禄之后的领军机大臣非此君莫属，京师舆论也莫不如此认为。

但是，陶湘还是想再证实一下。

证实的最好办法，当然就是亲自去庆王府里走走看看。在陶湘看来，一座即将要飞黄腾达、显赫一时的王府，它事前不会毫无征兆动静，如果留心观察，肯定能在细枝末节上发现不同于从前的异常。同时陶湘认为，作为当事人，奕劻对这件事的拿捏应该是最靠谱的，就算他再有城府再沉得住气，也不可能不露出一点蛛丝马迹来。不久，机会还真来了。那天陶湘跟着一位朋友去了后海定阜大街的庆王府。本来这时候陶湘跟庆王府还高攀不上，但是他的那位藏书兼收藏字画的朋友刚刚结交上了奕劻的长子、贝子载振。载振附庸风雅，平时喜欢玩点古董、字画，他最近刚刚揽到手了一桩跟古董、字画有关的皇差。

原来"庚子拳乱"八国联军打进北京，烧杀抢掠，疯狂报复；占领紫禁城后又大肆哄抢文物、古董，大量宫藏的珍宝流落到民间。有一个数字最能说明问题："庚子拳乱"后的三年之内，北京琉璃厂新开业的古董店犹如雨后春笋，其数量是咸丰朝以来近五十年所开张字号的总和。比如日后较为著名的悦古斋、墨宝斋、名雅斋、韵古斋等，都是在这时候开张的。那时候形容联军入城是"百业凋敝，唯富一行"，这"一行"说的就是古玩行。第二年"辛丑回銮"慈禧回到宫中，大量流失的国宝让她心中不快，本来打算向民间颁旨征收，并严禁私下交易宫中宝物，一旦发现将无偿抄没并严加治罪。但很多大臣反对采用这样过激的做法，他们认为"圣驾回銮，人心甫定"，恐生激变，主张用"赎买"的办法回收宫廷流失的珍宝。慈禧最终采纳了这个建议。到后来，不知怎么这个肥差事就落到了奕劻之子载振的手中。由内府出钱，载振全权负责收购流落于民间的"国宝"，收什么，不收什么，怎么收，给什么价，全由他一人说了算。坊间估计，振贝子单凭这桩差事，从中贪污中饱私囊就不下百万。也因为朝廷出重金回收"国宝"，导致这一时期市面上造假之风盛行，大量的赝品"国宝"充斥于市。陶湘的这位朋友就是被载振请来帮忙鉴定字画的。

在庆王府门前，陶湘才真正见识了什么叫作"门庭若市"。一乘乘的马车，一抬抬的轿子、肩舆，把门前挤得水泄不通。他们中多数是等着排队来求见老王爷的各级官员，也有带着古玩、字画来求见贝子爷载振的“献宝”人。有的官员帖子递了进去，他们就被轮流叫进花厅里等候；有的官员的帖子当场被退了回来，但他们并不气馁，缠着门丁说好话，塞银子贿赂，请求再通报。朋友告诉陶湘，庆王府门前的这种热闹是最近才出现的。京中风传庆亲王即将要高升中堂、领衔军机，本来是三月底的寿诞，京官和地方官们趋之若鹜，纷纷提前赶来捧场巴结。而来登门拜访的官员多了，“宰相门前七品官”，连那些守在门前的门丁也明显要比从前倨傲不恭了。陶湘笑了笑，心中已然有数。

陶湘朋友是常来庆王府的熟客。前门人太多，他们被门丁领着，从侧门进了王府。他们被安排坐在里面的小花厅里喝茶，等候载振的会见。从窗户里望出去，王府里正在大兴土木，民夫、工匠们一派繁忙，有的整修园林，有的翻盖房屋，有的重新油漆、勾描那些看上去并不陈旧的回廊曲榭、亭台楼阁。

“看来，庆王府即将焕然一新，别有一番新气象了。”陶湘意味深长地说。

“那是当然。”朋友也笑着说，“人履新，气象新嘛。”

这时候载振出来了。他看上去比陶湘还年轻，二十六七岁年纪，长相天地饱满，一身贵族子弟的气派。陶湘和朋友施礼见过载振，载振也客客气气地还了礼。接下来载振就请陶湘朋友帮忙鉴定一幅他带来的字画：“这幅名画是宫藏的传世之宝，这次好不容易收了回来。阁下是鉴赏大家，今天请阁下来，借阁下的眼力帮忙给长长眼。”载振客气地说。

“不敢，不敢，贝子爷客气了。”陶湘朋友谦让说。

那幅画摊开在茶几上，是唐李升的《袁安卧雪图》。

陶湘朋友仔细端详起那幅画来。陶湘对字画是外行，不敢造次，只能在一旁冷眼旁观。他看出这是一帧绢本立轴，长约四尺许，帧首有宋徽宗的瘦金体横书：唐李升袁安卧雪图；帧首左方有乾隆皇帝的御题诗，小行书。陶湘由于藏书倒是对印章多少有过一些研究，他仔细观看乾隆皇帝在画上留下的那几方收藏印——“乾隆御览之宝”“乾隆鉴赏”“三希堂精鉴玺”“宜子孙”“古稀天子之宝”“御书葫芦印”“信天主人印”等，实在看不出有什么破绽。

“……从印章上看倒像是高宗纯皇帝所藏。”陶湘朋友沉吟着说，“但是关于此画的画法，‘江村销夏录’中有记载，所谓‘以焦墨作山石皴法，苍莽非人力可到……隆暑张之，凛然有寒气。’何为焦墨皴法？今已失传，故当世做假之人过不了此关，在此露出了马脚，不过是仿其形似而已。此为赝品无疑。”

“赝品？”载振似乎有些意外，“阁下……可否再多看几眼？”

“再多看也是赝品。”陶湘朋友肯定地说，“而且画题也不对，李升不是唐人。他是五代十国的前蜀国成都人，小字锦奴，善画人物，写蜀中山水尤妙，时亦有小李将军之称。”

“袁安是东汉汝阳人，后做到河南尹。”陶湘有些卖弄地插话说，“《后汉书》中有关于他卧雪的记载：‘……安未达时洛阳大雪，人多出乞食，安独僵卧不起。洛阳令见而贤之，举为孝廉。’”

不待陶湘说完，载振已冷冷地举起了茶杯送客。

从小花厅里出来，陶湘低声地问朋友：“看得出来，你把那幅画说成了赝品，振贝子好像对此很不高兴？”

“那本来就是赝品。”朋友说，“也许那是他出了高价收来的吧？”

刚从王府侧门出来，就突然遇见一辆装饰明黄色龙凤图案的凤辇疾驰而来，前呼后拥着一群太监，在侧门前停了下来。

有门丁旋即传呼起来：“五格格、六格格回府！——”

撞见了王府女眷，陶湘和朋友赶忙依例回避。

俄顷，但见从凤辇上袅袅婷婷走下两位浓妆艳抹的满洲贵妇，在奴婢侍女的簇拥下进了王府，然后那辆凤辇又往来路返回了。

陶湘站着，狐疑地望望那辆凤辇，又回头望望那两位满洲贵妇远去的背影。

“陶先生，你怎么哪？”朋友在一旁低声提醒，“咱们该走了。”

“……门上大哥，劳驾请问问，”陶湘忽然拉住旁边的一位门丁，“两位格格这是从哪儿回府呀？”

“你管得着吗？”那门丁把眼一瞪，“你谁呀？”

“嘿嘿，我们是贝子爷的客人，刚刚从王府里面出来。”陶湘赶忙掏出一点散碎银子塞过去，赔着笑脸，“打听打听，长长见识。”

门丁的态度立时有了改变，炫耀地说：“你没见着吗？刚才那是宫里的凤辇,是慈禧老佛爷自己乘坐的凤辇!送我们格格回来的!”

“这么说,两位格格原来是进宫去了。”

“进宫有什么稀罕呀?我们格格天天进宫!”

“天天?”陶湘愣着,“慈眷隆盛,那可不多见。”

“什么呀!你知道她们去干什么?”门丁诡秘地笑着,压低声音,“我们老王爷天天派两位格格进宫去,陪老佛爷‘叉麻雀’。”

“什么……‘叉麻雀’?”陶湘不懂,又问。

“你连这个都不懂?‘叉麻雀’就是耍纸牌,赌钱!”门丁鄙夷地瞥了陶湘一眼,“听说两位格格每人每天各携带千金入宫,我家老王爷对她们有个规定:跟老佛爷赌钱,只准输,不准赢。”

“哦,哦。”陶湘喃喃自语着。

当晚,陶湘即用密码给盛宣怀发了一封电报:“……菊儿胡同(荣禄)病入膏肓,无可救药。枢廷易主在即,都中格局将变,承泽(奕劻)崛起铁定无疑。本月二十九日即为其生日,京师图结者趋之若鹜,门庭若市。请速作打算。”

盛宣怀收到这封电报的时候,刚好郑观应到苏州留园来访。他们坐在留园的贵宾厅——林泉耆硕之馆喝茶谈话。郑观应这次是应邀而来,盛宣怀要跟他探讨关于组建汉冶萍公司的可行性及诸多细节问题。几年前盛宣怀接手官督商办汉阳铁厂后,郑观应曾出任过一任汉阳铁厂总办,他对汉阳铁厂的最大贡献就是历尽重重艰难,终于使甲午战前战后已停产两年多的汉阳铁厂大烟囱里又重新冒出了滚滚浓烟,同时他对汉阳铁厂也进行了大刀阔斧的整顿。可是终因汉阳铁厂官办时期留下的种种问题积重难返,更因官场人事的掣肘和难于合作,加之郑观应本人身体欠佳,他在一年后急流勇退,坚辞了总办一职。不过盛宣怀相信,正是这一年时间,郑观应对汉阳铁厂的情况已有了全面了解,加之他本来就是盛宣怀当年接办汉阳铁厂的智囊人物,具备常人所不具备的见识,所以盛宣怀这才特邀他来苏州单独面谈。

“杏荪大人这个想法好,路子对!”郑观应肯定地说,“汉冶萍必须完全商办,摆脱官家桎梏,未来才有出路。在大清所谓‘官督商办’不过是幌子,官督者实则官家说了算,官为刀俎,商为鱼肉。轮、电二局就是个最让人痛心的例子，袁项城说夺就夺走了，商家只能干瞪眼。”在轮、电二局中粤商是大股东，而郑观应又是粤商领袖，所以去年袁世凯夺轮、电时，他曾率领粤商与之抗衡，因此在这方面最有切肤之痛。

“你放心，不是不报，时候未到。关于轮、电二局，盛某人决不会就此善罢甘休！”说起轮、电二局，盛宣怀余恨未消信誓旦旦，“这回是日本人提醒了我。正是从轮、电的结局看到了汉厂未来可能的厄运，所以未雨绸缪。”

“大人打算如何进行？”

“你我这次商量好了，马上就草拟章程和奏稿，上奏朝廷。”

“急不得，急不得。”郑观应摇着头，“依敝人之见，大人商办汉冶萍公司的计划，没有个三年五载的磨难，恐难付诸实现。”

“陶斋兄何出此言？”

“大人打算如何让张之洞应允？”

“官家所担心者，无非官款着落。倘若汉冶萍商办，原先投入之官款，将按照投入之年限叠加计算利息全额退还。”

“不，大人把问题想简单了。”郑观应侃侃而谈，“大人现在主要面临两难：摆脱‘官督’为一难，这‘商办’又是一难。——先说这摆脱‘官督’难在何处？大凡官督商办的洋务厂局，无论办得是否有实效，只要它在，那都是地方督抚的政绩，面子工程。可是一旦商办了，跟官场无关了，人家就会说那是办砸了，办不下去了，不得已才改弦更张。于是这政绩、面子自然也就不存在了，岂不是自己给自己难看？其二，大凡官督商办洋务厂局，起步都离不开官费。依据官股，厂局每年都要提取报效公费，官员无论公私个人均少不了银钱好处，一旦退出官督，这眼见得的好处也没有了。有这两点，敝人敢断定，要想张之洞对汉阳铁厂痛痛快快撒手，绝非易事。除非——”

“除非什么？”

“除非他从湖广总督离任。或者百年之后作古，兴许会有机会。”

“……请接着往下讲。”

“再说‘商办’之难。切莫以为摆脱‘官督’以后商股就会滚滚而来，这是一厢情愿的想象！当年官督商办接办汉阳铁厂时，大人曾对招募商股满有信心，可结果如何？这么多年来汉厂仅募到一百万两商股，其中还主要是轮、电二局及中国通商银行、萍乡煤矿调剂过来的九十万两，根本就没有私商股份！那些所谓古陵记、上海广仁堂、南洋公学、钢铁学堂的股份，实际上敝人最清楚内幕，都是大人和亲属自掏的腰包。敝人没说错吧？”

盛宣怀的脸红了，在郑观应面前他说不了谎。

“汉厂当时为何招不到商股？那是因为大人接手这个烂摊子时，没人相信它会赢利！”郑观应一针见血，“商人逐利，无利不起早。明知道无利可图或要亏本，谁还敢入股，把银子往里面砸？即便汉厂现在脱离了‘官督’，它也招不到商股，因为同样没有人相信它会赢利！大家都知道，制约汉厂的两大要害问题至今仍在：一是缺少煤焦，二是机炉的更换和技术改造。”

“这两个问题已经在着手解决了。”盛宣怀说，“煤焦问题，当年你出任汉厂总办果断决定开发萍乡煤矿，无疑是正确的。现在株萍运煤铁路正在加紧抢修，估计明年或最迟后年就可以修通，那时汉厂的煤焦供应从此无后顾之忧了。汉厂机炉的改造问题，眼下李维格正带着矿料样本在欧美考察咨询，汉厂的技术改造他应该已然心中有数，估计回国后即可着手进行了。”

“这些不都需要时间吗？”郑观应笑了笑，“所以商办汉冶萍公司的内外时机都还不成熟。而且敝人听说朝廷的《公司律》也即将要出炉了，这对商办公司无疑是个福音。眼下倒不如耐心等待时机，一边做好官场的疏通铺垫工作，一边抓紧解决汉厂内部的问题。到时候万事俱备，水到渠成，一气呵成。”

“陶斋兄条分缕析，所言极是。”盛宣怀表示赞成，他拿起桌上陶湘的那封电报问，“奕劻生日这件事，你看当如何处置？”

“当然要去打点！”郑观应说，“做官场的疏通铺垫工作，这正是难得的时机！而且在人家发达之前巴结和大红大紫以后再去巴结，那效果肯定不同！陶兰泉探得了这么绝密有价值的情报，你要错过不用太可惜了。”

“行，到了那天，我让陶兰泉代表我去庆王府走一遭。”盛宣怀说。

可是到了第二天，盛宣怀就改变了主意——他决定亲自赴京去祝寿。

“我想过了，让人代表莫如亲自前往。”盛宣怀对郑观应说，“从前盛某在官场上结交甚少，那时主要有傅相在，不用我等操心。如今不同了，不得不亲力亲为了。我与老庆过去虽然相熟，但毕竟只有公务往来，泛泛之交，并无私好。我想亲自去更显得心诚。此其一。其次，老庆很快就要荣升中堂入主军机，成为枢廷一人之下万人之上的实权人物，将来汉冶萍的很多事情都少不了要依仗于他。陶斋兄说得对，与其将来有求于他找上门去，还不如现在巴结他。而且这次赴京，我还可以借祝寿之机跟他好好谈谈汉冶萍的事，趁他现在还未曾日理万机，提前打个招呼，好让他先入为主有个印象。”

“好倒是好，”郑观应沉吟着，作难道，“可大人你现在是‘丁忧’戴孝之身。众目睽睽之下，如何敢背着不孝之名，千里迢迢违例去京师？倘被御史揪住把柄参劾，那后果将更不堪设想。”

“盛某以为，孝与不孝，不在名而在实；孝在生前而不在死后。家父生前也是重实不重名之人。他主张治学要经世致用，谆谆教导儿孙重实学而轻功名，使宣怀受益终生。如果不是囿于名而确是出于实，他在九泉之下肯定也会赞成，所以家父对盛某戴孝赴京一定能谅解。至于如何去京师嘛，”盛宣怀诡秘地笑了笑，“我自然有办法。”

临动身起程那天天气变了，倒春寒，淫雨夹着飞雪，盛宣怀的寒喘病也开始犯了，但他还是决定起程。他在父亲的灵前祷告，说明自己心里的苦衷以及不得不亲赴京师的理由，希望得到父亲的谅解，原谅他的“不孝”。他说得动了感情，声泪俱下。令人称奇的是，本来是雨夹着雪北风呼呼的天气竟雨过天晴，太阳也露出了笑脸。

盛宣怀没有带小妾秦碧珍，怕不方便，他只带了一名随从悄悄回到了上海。为了保密，他不敢惊动轮船招商局的那些旧日同僚和部下，没有打电报让他们给他预留船票；而是提前写信，让庄夫人派家里的下人自己去码头上买好了船票。船票也是买的普通票，不敢买头等舱，怕目标太大太显眼。盛宣怀自己还化了装，不穿官服不带仪仗、随从，青衣小帽，装扮成一个普普通通跑单帮的商人小老头，带着一名小伙计，在一个夜晚，神不知鬼不觉地在外滩的金利源码头登上了开往北洋的招商局客轮。几天后到了天津，那时京津间已通火车，京津铁路和芦汉铁路都已延伸到了正阳门外的前门车站。陶湘按照约定到车站来接盛宣怀，一见面他吓了一跳，几乎都认不出盛宣怀来了。

芦汉铁路北段养路处机器厂在京师设有官署，陶湘没有将盛宣怀安排在官署下榻，也没有安排他住在京师专门接待地方官员的馆驿。而是按照事先的约定，在庆王府附近的胡同里找了家小客栈，安顿了下来。

“打听到怎么送礼了吗？”刚住下来，盛宣怀就迫不及待地问。

“京中官场的寿仪，一般都在千金至数千金不等，那要视交情和官品而定，不过那还是整寿。”陶湘说，“老庆今年六十七岁，散生，原本不作大庆。只不过京中风传他要入主军机，所以官场上来巴结的人多，这才把个场面闹大了。听说前后要搞半个月，光堂会就要唱到下月初六。”

“知道卧雪那边送多少吗？”

“卑职在直隶总督衙门有个内线，据他打听，这回袁项城准备亏血本大出手，向老庆豪掷两万。”

“那我们也送两万！”盛宣怀说，“不过不是银子。”

“那是什么？”

“日元。日元是金本位，两万日元的银行券，可以在横滨正金银行北京分行兑换两万枚金币。”盛宣怀笑了笑，“用外币送礼，一来显得咱们不一样，别致不落俗套；二来中国人都知道，金子比银子贵重。”

“可实际并非如此。”陶湘反驳说，“按照光绪二十九年的海关汇率，1美元等于2.005日元，1两白银等于1.5美元，换算下来，1两白银等于3日元还要略多一点，两万日元不过才兑换中国白银六千多两。这礼是不是太轻了？”

“不轻了。你刚才不是说，京中寿仪都在数千两之间吗？”

“可是袁某人送了两万！学生以为，无论如何不能比他少。”

“数字上一点也不比他少！那些满洲王爷，他们一不跟洋行做买卖，二不跟洋人借款，他们哪里懂得什么海关汇率？他们看的只是表面文章！”盛宣怀摆摆手，“这事不要再说，就这么定了！”

陶湘不好再开口了，他知道盛宣怀的为人秉性，向来在金钱上抠门，精于算计。用日元送礼，亏他想得出这么个办法！以为数字相同，且金子比银子好看，就可以蒙混糊弄人。既然是为了糊弄人，那又何必千里迢迢冒着风险来京送礼呢？盛宣怀这人，你说他守财也好吝啬也好，有时候他倒真不是舍不得花，而是出于商人的本能，一到花钱的时候就要习惯性地算计，能省的地方他要尽量省。搞企业是这样，个人生活也是这样。比如向外洋订购机器设备，他要反复多次地多方比较、选择，才能最后确定下来。在个人生活上他也从来没有奢华的要求，吃的普通饭菜，极少享用燕鲍翅。如果公馆里的开销大了，他还要亲自审验账目，压缩开支。上海滩前年就开始有了小轿车，很多洋行买办、富商大贾都买了汽车，像盛宣怀这种身家的人当然也不在话下，妻妾们也一直吵闹着要买，可盛宣怀就是不点头，他说马车一样能坐。

第二天陶湘就去庆王府登门投了帖。祝寿期间庆王府宾客盈门，人来人往，盛宣怀露面多有不便。不久老王爷传谕出来，让盛宣怀某日深夜去见。

不久陶湘又打听到一个新消息：庆王府放出话风来说，这次老王爷寿庆只收红寿面，不收寿仪。盛宣怀说庆王府不收礼，那可怎么办？陶湘笑了，说大人您还真相信啊？学生听去过庆王府的人出来说，那都是说的假话、装样子，不过不当面收而已。盛宣怀说不当面收那怎么收？陶湘说，听说在老王爷会客的小花厅的茶几上，摆放着一只盛八音钟的空木匣子，那是示意客人趁着喝茶等候主人会见的工夫，自己将银票投进去。然后待客人告辞再将匣中银票取走登记，谁送了谁没送谁送了多少照样清清楚楚。这一番话说得盛宣怀啧啧连声：自己在官场上也还算是见过世面的，如今这样的送礼从前闻所未闻。

到了见面的那日，果然应验了外面的传言：盛宣怀坐在王府的小客厅里喝茶，等候奕劻的会见。旁边的茶几上果然有一只精美的紫檀木匣子，他偷偷掀开匣子看了看，里面果然是空的。他迟疑了一刻，将那张两万日元的银行支票投了进去。刚刚投完，庆王着便衣而出，辞色和蔼，俨然春风大雅。

盛宣怀赶忙离座行礼，恭贺寿诞，将手中红寿面奉上。奕劻也还了礼，收下红寿面，说了些"盛公以丁忧之身，迢迢千里而来，令本王如何感动"之类的话。随后盛宣怀把话题引到了汉冶萍上，介绍了汉冶萍各厂矿的近况，着重讲述了从官督商办到纯商办、组建汉冶萍公司的种种理由和必要性。基本上是盛宣怀一个人在说话。奕劻很认真地听着，聚精会神，全神贯注，时常频频颔首，有时候还要插话问一问。最后盛宣怀说："王爷即将要荣膺大任了，希望王爷在日理万机中拨冗关注汉冶萍，玉成此事。"奕劻大包大揽，说："如果真有盛公你说的那么一天，小事一桩，汉冶萍的事包在本王身上了！"听了这话盛宣怀心花怒放，他没有想到老王爷说话办事竟是如此爽快！有了老王爷的这句话，他觉得这次来北京真是不虚此行。一个多小时的会见结束后，盛宣怀回到客栈还兴致勃勃，又和陶湘谈了许久关于汉冶萍的构想。

盛宣怀神不知鬼不觉地原路返回江南。只是他万万没有想到，他如此保密的行踪，临到头来还是露了馅。原来《申报》有一名驻京记者从前见过盛宣怀,也知道盛宣怀丁忧守制在籍。可是有一天在对庆王府周围的暗访中,无意间发现了他熟悉的身影。后来他在报道庆王府庆寿如何门庭若市的《京都纪闻》中披露了这件事,意思是说连在籍守制的人都趋之若鹜,千里潜行赶来巴结权势人物。这下又被某些御史揪住了把柄,上疏参劾盛宣怀“违制”。好在庆亲王出面斡旋了一下,总算没有受处分,最后是皇帝下旨“申斥”,搞得盛宣怀灰不溜秋的。不过汉冶萍这件事总算有了盼头,盛宣怀还是觉得值。果然过不多久,荣禄去世,庆亲王奕劻出任领军机大臣,原外务部总理大臣照样保留,兼管财政处、练兵处事务,集内外大权于一身,更加权势熏天了。

盛宣怀由此开始了充满希望的等待。

只有一件事盛宣怀没有想到:多年担任总理各国事务衙门大臣的庆亲王奕劻居然精通外国银行里的汇率。还有一件事盛宣怀更是没有料到:这次老庆做寿,袁世凯送给他的不是两万两银子,而是整整十万两!

盛宣怀等来的第一件事,犹如当头一记闷棍!

光绪二十九年(1903年)七月,清廷迫于朝野舆论对举外债修筑铁路的不满和指责,以及要求收回铁路路权的日益高涨的呼声,颁旨下放铁路筑路权,允许民间在报官备案注册后成立铁路公司,允许民间以集资的方式募集商股修筑铁路,但是严禁民间公司向外国银行借款以及暗掺洋股。盛宣怀虽说已回籍守制,但他作为中国铁路总公司的督办大臣并未被免职,类似这样关于铁路问题的重大决策,按理说事前应该征求一下他的意见,或至少应该跟他通下气。但是盛宣怀事前完全被蒙在鼓里,对此一无所知。盛宣怀压抑着心中的愤懑和不满,向朝廷上奏,坦陈铁路路权下放的种种弊端:比如因各省商贾情况参差不一,商力微薄,很难依靠民间集资来筹集到修筑铁路所需的大量资金;而且技术水准和施工质量都会存在很多差异;更致命的问题是地方自办铁路,往往胸无全局,“各自为政,自成系统”。后来的事实果然验证了盛宣怀的论断。比如南浔铁路、粤汉铁路的粤段和湘段、广东潮汕、新宁、福建漳厦及其他铁路,都是省界分明、互不连接,难以构建成全国统一的铁路干线网。尤其是滇越铁路,不仅不与国内铁路相连,甚至还单独使用了窄轨。正是因为路权下放导致了如此多的恶果,这才有了若干年后盛宣怀重新掌权的“收回路权,铁路国有”的政策,这才有了因川汉路、粤汉路风潮而引发的天下大乱，这才有了武昌首义和辛亥革命，这才有了大清王朝的彻底崩溃和瓦解。当然，这些都是后话了。但在当时，盛宣怀的那份奏折却并没有引起当局足够的重视，它如泥牛入海，从此没了消息。

盛宣怀随后又给奕劻写信，重申自己对路权下放的否定态度，着重阐述了它对汉阳铁厂带来的致命后果。他指出路权下放后，各地就可以自行决定是否使用和购买洋轨，不一定非要向汉厂购买了；汉阳铁厂从前那种依靠朝廷行政命令，修铁路就必须购买汉厂铁轨的垄断营销模式已被彻底打破。而铁轨又是汉阳铁厂的产品大宗，是关乎汉阳铁厂生死存亡的关键所在。路权下放不仅影响了汉厂的产品销路，还掐断了汉厂流动资金的来源。原来过去向外国银行贷款修路，都是从所贷的款项中提前向汉厂预付一部分轨价定金，这些预付金就成了汉厂的生产流动资金。如今禁止向洋人贷款修路了，这些预付金自然也就没了踪影。既没有流动资金，产品又销路不畅，汉阳铁厂只有死路一条。盛宣怀强调说，汉厂目前还是官督商办，尚有官股四百余万两，汉厂倒闭，官方和商家都将遭受重大损失。当然盛宣怀没有明说，在受损的商家中，他的损失将是最大的。不仅如此，还有一件事盛宣怀也不好在信里明说，路权下放对他个人最直接的损失就是：不贷款修路了，从此以后，他从外国银行再也拿不到那百分之五的佣金了。

盛宣怀给奕劻写这封信的目的，是希望他的意见能送达上听，朝廷权衡利弊，最终能收回成命。盛宣怀满怀希望地眼巴巴地盼望着，但是奕劻只给他回了一封十六个字的冷冰冰的电文："路权下放，大势所趋，奏折留中，爱莫能助。"

盛宣怀仿佛一下子掉进了冰窟窿，浑身透凉。在经历了最初的不解、愤怒和委屈后，他开始静下心来，不得不面对眼前的困境：轮、电二局没有了，汉阳铁厂也即将要停产关门。盛宣怀这时隐隐地有了一种预感，这次的铁路路权下放，似乎就是冲着他来的。毫无疑问对手这也是一记重拳，打在了他最致命最要害的地方。很显然，有人撇开他这个中国铁路总公司的督办大臣，趁他开缺守制之机，利用了所谓的舆论呼声，推行了一个与他之前完全相悖的铁路政策。那么枢廷中谁具备有如此的能量？领班军机大臣、庆亲王奕劻当然是个不能不想到的人物。可盛宣怀怎么也想不通，自己与他素无过隙，而且不久前还冒着风险亲自赴京为他祝寿示好，他还大包大揽答应要为汉冶萍帮忙,怎么会转瞬之间就翻脸,落井下石呢?不久陶湘从北京发来密电:“庆邸慈眷隆盛,独揽朝政,阴结外臣,与卧雪沆瀣一气。……”原来如此!路权下放背后那只看不见的手果然是袁世凯!自己因轮、电与袁世凯结怨,袁世凯则明夺轮、电,暗掐汉厂。如此看来老庆收了他的两万日元却并没有帮他;自己那次去北京也没有巴结上老庆,老庆看不上他,老庆转而去与兵权在握的袁世凯结盟了。

盛宣怀于是有了一种在官场被边缘化的危机感。表面看这似乎跟他回籍守制有关,但他心里清楚,这还是源于袁世凯的挤兑和打压。让盛宣怀百思不得其解的是:他勤勤恳恳、不计怨谤为朝廷办事,今天怎么就走到了这一步,又为什么会走到这一步?此刻他最需想明白的事情就是:他既无科场功名也非正途出身,一条白身子到底凭什么在官场立足?显而易见,他凭的是在洋务方面的见识和才干——自己干的那些事情,别的官员干不了或者干不好,这才有了他的用武之地。毋庸置疑,眼下中国的洋务属于官方垄断,进入官场干洋务为许多人提供了晋身机会,所以盛宣怀曾天真地认为:干好洋务就能做官,洋务干大了就可以做大官,正所谓“以商谋官,以官护商”。因此那些年他拼命地干事,把摊子铺得越大越好。按理说他后来干的事情不可谓不大,做的官也不能算小了,但他仍然逃脱不了人为刀俎我为鱼肉的命运。那时候盛宣怀并没有意识到,他人生的出发点和落脚点都在“商”而非“官”上,而他最大的问题就在于:明明人在官场,却总把自己当成商人,他从来就没有想过要做一个纯粹的官。他检讨自己的人生目标,却原来内心深处真正向往的,只是做一个拥有巨额财富、兼富贵于一身的成功的红顶商人——红顶子只不过是外在的装饰,商人才是他的核心所在。于是官场也理所当然地把他当成商人玩弄于股掌之上,于是也就有了一个商人在官场中的尴尬和危机感。那一刻盛宣怀恍然大悟:商人永远只属于商场,而官场则属于政客;商场是利益的角逐,官场却是权力的争斗!官场的第一目标永远是谋取权力而非牟取利益;只有谋取到足够保护自己利益的权力,才有可能最终拥有利益。

不久,出洋考察的李维格回国了。他的回来让盛宣怀重新看到了汉阳铁厂的未来希望,一扫他这段时间以来的阴霾心情。

李维格,字一琴,江苏吴县人,咸丰五年(1855 年)出生,候补郎中衔。幼年随父亲到上海读书,后进入一所外国人办的学校学习,成年后渐渐萌生了出国求学的想法。李维格家境不好,父母为他出国举债筹款。他先后在英、法、日、美留学,学习英文、法文以及西方科学技术知识,回国后曾在江南制造总局任提调和南洋公学教授,盛宣怀接办汉阳铁厂后聘其为汉阳铁厂总翻译,去年受盛宣怀派遣出洋考察西方钢铁工业,酌订机炉及配件设备,旨在为汉阳铁厂未来的技术改造和扩建作准备。李维格率领洋工师赖伦、彭脱等一行于去年十月由上海出发,先美后欧,绕地球一周,历时近一年,不久前刚刚回到上海,然后他马不停蹄地赶赴苏州,向盛宣怀当面汇报出洋经历。

生料、钢质、销路是盛宣怀最为关注的三大端,也是李维格这次出洋考察的三大主题。关于生料,他向盛宣怀汇报说,英国最有名望的钢铁化验专家史戴德对他所带去的大冶铁矿石、白石和萍乡煤焦的样品进行了精准的化验,皆属佳妙。现已测得:大冶铁石含铁60%~65%,远远优于英国的克里夫伦大铁矿。确如当年张之洞所聘请的洋工师对大冶铁矿石的化验,不光质优,而且储量丰富,大冶铁矿和萍乡煤矿都可供数百年之开采,因此汉阳铁厂有着非常光明的前途和未来,值得花大力气去改建和扩建。关于钢轨的质量问题,经化验确认,易脆裂的原因的确是当年张之洞决策上的错误造成的,他采用了酸法贝色麻炉而不是碱法马丁炉炼钢。大冶铁矿石中普遍含磷较重,而酸法炼钢不能去除铁质中过高的含磷量,导致钢轨在高压下的易脆裂。他据此已订购了两座每座容积为30吨的马丁炉,今后大冶铁矿的所有高磷矿石都可以炼钢轧轨了。

“这两座马丁炉,职司已仔细核算过建安成本。”李维格说,“拆掉旧贝色麻炉安装新炉,浪费太大,成本太高,还不如建新厂。无奈汉厂两面临江一面临湖,厂地狭窄,无法就地扩建,只能在大冶另择厂地建新厂。”

“现在何来的资金再建新厂?”盛宣怀叹了口气,“当年我就向张之洞建议,铁厂厂址应该选在大冶,可他不听。——大冶新厂迟早是要建的,不过不是现在。”

“那要等到什么时候?”

“汉厂大有起色,产品销售开始赢利之后。”

“好吧,那就只有在原地打滚,拆旧炉安新炉。”李维格继续说,“再有就是关于产品销路方面的考察——”

“产品销路是最让盛某人头痛的。”盛宣怀神色忧郁地说,“不久前朝廷明发上谕，向各省下放铁路筑路权，皇帝的女儿不愁嫁的好日子结束了。”

“宫保大人请勿忧虑。”因为“庚子拳乱”中盛宣怀创设“东南互保”有功，朝廷加封他为“太子少保”，所以李维格称呼他为宫保，“路权下放，这丝毫不会影响汉轨的销路。”

“哦？何以见得？”盛宣怀极为关注。

“汉轨未来畅销之关键，是物美价廉。物美者赖有大冶之铁矿石和萍乡之煤焦为基础。前在英国时史戴德氏曾说，似大冶之铁和萍乡之煤优良者，世界少有，此乃天富中国矣！汉阳铁厂更换机炉后，所生产之轨可确保质量精妙，决不会逊于洋轨。此乃其一。”李维格稍作停顿，“其二，职司前在英国时，即听闻英国有钢铁公估局，英厂所产钢铁，概由公估局派人到厂验收，合用然后打戳，由公估局注册发给文凭，畅销全球。汉厂未来之钢货，计非公估局派人来华验收不可。获得文凭，即已获得全球通行证，所以职司已提前预为联系妥当。”

“一琴的意思，是说汉厂未来的产品要行销世界？”

“对！进入国际市场。”李维格兴奋地说，“除了质量上乘，还有一点就是要价廉，方有竞争力。关于汉轨之价格，职司在回国途中，已与洋工师仔细核算过成本，还可以降低不少。目前汉厂所售芦汉铁路之贝轨及附属零件，售价平均在每吨 8 英镑 10 先令，这个价格要高于进口洋轨 1 个多英镑，其原因是焦炭成本高，因为汉厂现在使用的是从日本进口的焦炭。萍乡煤矿建成尤其是株萍运煤铁路通车后，煤焦成本马上就可以降下来。根据职司等人的核算，碱法马丁炉钢轨及附件的成本约为 6 英镑，以国际市场通行价格 7 英镑 6 先令 5 便士计算，每吨尚可获毛利 1 个多英镑。我们还可以略低于国际市场的价格出售。如此价廉物美，岂能不成为国际市场的抢手货？到那时，别说国际市场，国内市场更是抢手。为什么？道理很简单，汉轨质量丝毫不逊色于洋轨，而且减少途中运输费用，减少所耗时间，谁还会舍近求远，舍廉求贵，舍简求繁去购买洋轨？职司所说的路权下放对汉厂未来之钢轨销路无丝毫影响，道理正在于此。”

李维格思路清楚，有条不紊，侃侃而谈。他的话有根有据，数据精确，胸有成竹，信手拈来，让人不得不信服。盛宣怀不禁赞许地望了他几眼。

“这还是按目前汉厂的生铁成本来核算的。”李维格又补充说，“如果将来在大冶再建炼铁新厂，生铁成本价格将更低，获利更巨。”

“一琴还有什么想法？”盛宣怀微微颔首。

“汉厂钢货除了物美价廉,职司认为还必须品种多样。”李维格又说,“目前汉厂以钢轨为大宗,并不适合国际市场需要。中国铁路刚刚兴起,所需钢轨有限,而外洋钢铁所需,不仅仅是铁路,还有造船、桥梁、建筑等诸项,所以汉厂产品要想进入国际市场,就必须多样化,不限钢轨一种。通过考察后职司以为,汉厂产品进入国际市场,首先要瞄准美国西部而非欧洲。”

“为什么？”

“美国钢铁工业发达,但都在东部。美国的商人宁愿向欧洲出口钢铁,而不愿向本国的西部运输钢铁产品。为什么?因为东西远隔万余里,陆运昂于海运。所以美国西部是一个具有巨大潜力的钢铁市场。唯由我国运钢货去往美国西部,须横渡太平洋,轮船若无回载,其运资必昂,钢价亦必高。职司在旧金山时,觅得一商机:美国西部所产松木,向为中东各国进口大宗,但苦于运木船只缺乏回载。职司与运木轮船公司经初步洽谈,该公司极愿承运我国未来之钢铁出口,并且运脚给予优惠,每吨仅美金 3 元,约合 12 先令……”

李维格滔滔不绝地说着,盛宣怀简直听得入了迷。此前他跟李维格其人并无太多的交往,他是听南洋公学总办汪凤藻和总教习、美国人福开森的极力推荐才把他调任到汉阳铁厂的。他庆幸自己又得了一个难得的人才,视野开阔,头脑清楚,目标明确,见识超群。汉阳铁厂未来的技术改造和扩建,盛宣怀完全可以放心地交给他了。堂侄盛春颐自郑观应辞职后就一直担任汉阳铁厂的总办,他虽是自己人,勤恳尽职,用起来放心,但毕竟没有留洋求学的经历和眼界,眼光和见识有局限。盛宣怀的心里已经有了一个打算。

几个月后,盛宣怀下札正式委任李维格为汉阳铁厂总办。

第三章 老牛吃嫩草

从前，黄浦江沿线从招商局码头到十六铺码头有一种水上营生，操业者多为宁绍一带来沪谋生的船民。每逢码头上停泊的客轮开始上客了，他们就摇着小舢板围着客轮叫喊吆喝，售卖些小百货、副食、烟草和时令鲜果等，沪人谓之“舢板佬”。更有那外国大邮轮因为吃水太深不能进港，泊在吴淞口外的外海，“舢板佬”的机会来了，他们中的胆大兼粗通外语者，往往敢冒着风浪之险，摇着小舢板划到外海，围着邮轮叫卖，常常能卖到更好的价钱。从宁波府镇海县来沪的阿耀，从前干的便是“舢板佬”的营生。

从今天起，阿耀便要脱离这种营生了——一位在盛杏荪大人府上做账房的镇海同乡，介绍他去盛家做事。

在静安寺路斜桥的盛家大公馆，阿耀第一次大开眼界，见识了什么叫作沪上的富贵人家。整个大公馆占地一百多亩，前门在静安寺路，后门已到了北京西路。进门是一片宽阔的修剪得平平整整的大草坪，有喷泉、雕塑、枝形路灯，然后是林荫夹道的法国梧桐树。两栋欧式风格的大洋楼呈一前一后布局，远处还有几排平房样的建筑，那是马车库、马厩以及园丁、勤杂工等的住处。

“这么大的地盘，这么多的房子，该要住多少人啊！”阿耀感叹说。

“你知道盛家有多少人吗？”镇海同乡略带点炫耀地说，“光是男仆女佣就有二百七十七人！——加上你，往后就是二百七十八了。”

阿耀惊呆了：“要……这么多下人啊？”

“老爷现在有五房妻妾，大公馆里总共住着六位少爷和四位未成年的小姐，前三房少爷已经有了孙少爷和孙小姐，每个孩子都配有专职的养娘、奶妈、保姆，每一房都有各自的管事、跟班、账房，每个太太、少奶奶又都有自己的一班丫鬟、随从，你算算这得要多少下人伺候？”

“啧啧，啧啧。”阿耀只剩下吧嗒嘴皮的份儿了。

阿耀毕恭毕敬地站在了庄夫人的面前。

“你就是阿耀？大名叫什么？”庄夫人从佛堂上下来，坐在皮沙发上，上上下下地打量着阿耀，“今年多大了？”

“回夫人的话，阿拉大名傅宗耀，字筱庵，今年虚岁三十了。”

“看上去人倒蛮伶俐的。”庄夫人点点头。

“启禀夫人，阿拉这位老乡还会洋文呢！”旁边的同乡赶忙插话。

庄夫人问阿耀：“是这样吗？”

“是。”阿耀回答，“阿拉十五岁就到了上海，先在洋人的耶松船厂做小工，平日留心跟洋人学洋文，后来进了船厂的夜校学洋文，再后来阿拉从船厂出来，先在南市做‘马路通事’——”

“什么是‘马路通事’？”庄夫人打断，好奇地问。

“新到上海的洋人来逛老城厢，不熟悉路径不懂方言，阿拉临时给他当向导翻译，上海人叫‘马路通事’。”

“挣的洋佃钱老多吧？”

“阿拉两头抽。洋人给一份，购物的铺号也给一份。”

“后来怎么不干了？”

“僧多粥少。后来洋人也慢慢知道了阿拉和店铺合伙下套坑他，就不找马路通事，而改找洋行了。阿拉就又去做了‘舢板佬’，专跑吴淞口外的大邮轮。”

“为何又不干了？”

“夫人，这碗饭不好吃啊！”阿耀叹息说，“吃水饭虽然挣钱多，可是太危险。尤其是跑吴淞口外，遇上了大风浪小舢板一下翻了，人财两空，租界的水警还要开着汽艇驱赶。阿拉还是愿意来伺候大公馆，跑腿打杂，求夫人赐口饭吃。”

“好吧，”庄夫人说，“老规矩，先试用两个月。”

日后鼎鼎大名的傅筱庵，就这样开始了他的发迹之路。

阿耀开始只是听差，干些跑腿、打杂的事。各房的夫人、太太、小姐和少爷临时有些采买等事项，都是喊阿耀去跑腿。阿耀头脑活络，对老上海的每个角落都熟门熟路，对各种商店的聚集之地清清楚楚。比如石路之北是桂圆店，咸瓜街是药材行和参茸店，九江路的日本商店里专门售卖金刚牌和狮子牌的日本牙粉，十六铺口和老闸桥堍是鲜果行，正丰街是戏衣店及伶人所用的家伙店，宝善街是鞋袜店、笺扇店，望平街是帽子店，棋盘街和福州路是书坊店与笔墨店，三茅阁桥是呢绒店，北京路和黄埔滩是银行，宁波路和天津路是钱庄，南京路是钟表店和银楼，昼锦里是化妆品店，小花园是女鞋店，二马路是颜料店，抛球场和小东门、新北门是皮货店，等等，他都烂熟于心，能信口道来。

庄夫人看阿耀年少乖巧、办事得力，后来就将浦东和虹口一带的房地产交归他经租。原来虹口开了很多的外资纱厂，而浦东多洋商船厂，盛家在浦东和虹口都有很多房地产，靠出租给工人获利。但往往房租很难收得起来，庄夫人一直为这件事头痛。想不到阿耀经手后，很快扭转了这种局面，不仅每月的租金能按时收回来交给账房入账，甚至从前拖欠的租金也收回来了。原来阿耀在江湖上广结广交，很快和外资纱厂、洋人船厂的华人领班成了朋友，通过他们的帮助，工人的房屋租金在发工资之前就已经代扣了下来。由于阿耀的活络能干，后来很多在浦东拥有房地产的老板就索性都交给阿耀经租了，阿耀从租金中提取一定比例的佣金，渐渐地有了自己的积蓄。与此同时，庄夫人也将越来越多的盛家生意交给阿耀经手，甚至连自己的生意也交给他。阿耀天生就是个经商和理财的好手，他眼光敏锐大脑反应灵活，盛家的生意在他手里只赚不赔。而且庄夫人又在暗中偷偷对他进行过几次考察，发现他品行端正、手脚干净，不贪不占，益发对他信任好感了。不到三年时间，阿耀很快就成了庄夫人最心腹的亲信，盛家的“红笔师爷”（账房先生）。

阿耀极善奉迎和讨好。庄夫人每天半天礼佛念经，半天“叉麻雀”打纸牌，跟姨太太们赌钱。阿耀知道庄夫人有这个嗜好后就经常找机会陪她打牌，从最初的临时替补上场到后来的场场不离。阿耀摸熟了庄夫人吝啬的脾性，牌桌上喜赢不喜输，于是就故意在牌桌上输钱给她，让她高兴。从此庄夫人一打牌就离不开阿耀，阿耀也因此获得了更多的巴结讨好庄夫人的机会。

光绪三十一年（1905 年）五月，适逢庄夫人四十寿诞，阿耀用自己的积蓄去法国马车行订购了一辆小巧玲珑、富丽堂皇、藤制座位的马车送给庄夫人专用。该马车配以健壮矮小的云南白马拖拽,耀眼醒目,别出心裁,独树一帜,一出动就满城侧目,回头率极高,极大地满足了庄夫人的虚荣心。这辆马车后来也成了盛公馆当家夫人的身份标志,在上海滩人所皆知。原来阿耀早就摸准了庄夫人的心思:她不喜欢和其他的姨太太乘坐同样的马车出门。

阿耀成功地获得了庄夫人的信任,但这只是他的第一步。如果仅仅停留于此,那他顶多也就是个盛家大公馆的管家而已。阿耀还有更大的野心,他要获得老爷的信任和重用,登上更大的社会平台,进入盛宣怀所掌管的那些官督商办企业,出人头地。但他又凭什么能获得盛宣怀的信任和好感呢?

光绪三十一年(1905 年)九月,盛宣怀三年守制期满,从苏州回到了上海。据风水阴阳先生的掐算,老太爷盛康的灵柩还得在苏州留园的家祠里停厝一段日子,到了来年春季择吉月吉日吉时,再运回江阴马镇老旸岐的祖坟地安葬。盛宣怀依例向朝廷上了一道折子,说明自己三年守制已经期满,照例向皇上谢恩,感谢皇上允许自己离职,给了自己一个行孝的机会。这道折子实际是向朝廷“销假”,表明自己又出来做官了,言下之意就是:我被免掉的那些职务该要还给我了吧?朝廷于是下旨,恢复盛宣怀宗人府府丞、太子少保的职衔,派充会办商约大臣,常驻上海与外国谈判。至于从前的工部右侍郎,无影无踪了,这也是盛宣怀最不开心的地方:宗人府府丞、太子少保都是虚衔,会办商约大臣和铁路督办大臣是临时差事,也是洋务虚衔,只有工部右侍郎才是盛宣怀唯一实授的、可忝列六部九卿的正途官职,是名正言顺的从二品。也就是说,盛宣怀现在除了一身虚衔,再没有一个正经官职了。他再一次感受到了官场上那只看不见的黑手对他的钳制,以及被边缘化的恐惧。

盛宣怀回到斜桥的盛家大公馆。他内心深处隐隐地还有另一种恐惧,那就是不敢面对他如花似玉、年轻貌美的五房妻妾。

盛宣怀真的老了,他出生于道光二十四年(1844 年)的春天杏花烂漫时节。那年父亲盛康正在京城赶考,一晚忽得梦,梦见常州青果巷老宅院子里的那棵杏树繁花似锦,第二天朝廷发榜,盛康中了进士;而在常州城里,盛宣怀也呱呱坠地,盛康后来给儿子起字号“杏荪”,也是源于这个典故。这一年盛宣怀已年过花甲六十二虚岁了,在五房妻妾中庄夫人是最年长的,她出生于同治五年(1866 年),今年刚刚三十九岁,与盛宣怀整整相隔了二十二周岁。跟其他的几位如夫人则年龄间隔更大,与刘嫣红相差二十四岁,与柳氏相差二十八岁,与萧氏相隔三十二岁,而最小的秦碧珍今年才只有二十四岁,盛宣怀跟她相差了整整三十八岁。老夫少妻历来为民间所戏谑,谓之“老牛吃嫩草”。

盛宣怀在死了董夫人和刁夫人后四十多岁才开始纳妾,这是受了官宦大户人家妻妾成群、多子多福传统的影响(盛宣怀之父盛康娶了六房妻妾,致仕后还纳了妾)。盛宣怀出生官宦人家,自小衣食无忧,身体素质应该说还是不错的。但他那时毕竟已经四十多岁,随之而来的是无可遏止的身体衰老、江河日下和力不从心。最要命的是,那个曾困扰了他一生的寒喘病,又成为他夫妻生活中的最大障碍。盛宣怀对此产生了一种莫名的恐惧,越来越表现出一种消极回避的态度,常常寻找各式各样的理由和借口,来敷衍和搪塞他的那些正在青春妙龄、情欲旺盛的妻妾们。在苏州留园守制,必须远离妻妾,蓄发净身,那当然是个最好的冠冕堂皇的理由。在那三年时间里,他一面治病、调养身体,抓住这难得的机会蓄精养锐、抱元守一;一面抓紧读书,思考问题,用电报处置他管辖范围内的那些日常事务,同时应对陶湘不断从北京给他传来的有关朝廷政局的种种风吹草动。那段时间里,留在身边照顾他饮食起居的秦碧珍到底年轻活泼精力旺盛,有好几次春心荡漾,耐不住饥渴,频频向他发起挑逗,都被他道貌岸然地严词拒绝。如今守制期满回到了老公馆,他还有什么理由来拒绝妻妾们的正当要求呢?

盛宣怀就是一个字:忙。光绪三十年(1904 年),《公司律》终于千呼万唤始出来,正式颁布。其要旨是:允许成立民间商办公司,在农工商部注册后受法律保护。这让盛宣怀再次看到了未来商办汉冶萍公司的希望,增强了信心。早在苏州留园守制的时候,他就仔细想过了未来操办汉冶萍公司的方法和步骤,认为最好还是采取步步为营、以既成事实达到最后目的的方式,首先在上海成立一个汉冶萍驻沪总局,名义上协调管理汉冶萍三厂矿事务,实际是为了打出汉冶萍这块招牌,同时为将来的合并和商办造舆论。他在给朝廷的奏折中,谈到成立这个汉冶萍驻沪总局的主要理由是:汉冶萍三厂矿都与洋人有单独的商务往来,成立驻沪总局便于协调。想不到清廷很快就批准了奏折。后来盛宣怀还给张之洞去了一封电报,试探他对汉冶萍合并商办的态度:"……上海既设汉冶萍总局,以通有无,前年开平亦有此局,今既有商部,应否遵照商律注册?"在盛宣怀看来,如果张之洞应允注册,毫无疑问他就默许了汉冶萍的合并商办。谁知张之洞缄口不语,既不回电,也不表态、不理睬。盛宣怀也顾不上深究他是何意,不管三七二十一,守制期满回到上海后就开始张罗成立汉冶萍驻沪总局。他找房子、物色人马、制订章程守则,忙得不亦乐乎,总算把那块招牌挂出来了。

等盛宣怀忙完公事回到老公馆,他看到的是妻妾们的那种眼光。

他必须要对妻妾们有个交代,他没有理由再回避了。那么从谁开始呢?

从前妻妾成群的官绅大户人家,在夫妻性生活上往往都会遵循一定的规则和顺序:要么约定俗成,事先说好;要么循环往复,轮流坐庄,以确保老爷一碗水端平,避免乱套和保证公平公正。那种随心所欲、由着老爷的性子和好恶、随意乱点鸳鸯谱的情况不是没有,但那一般都是极度专横跋扈的老爷;稍稍顾及家庭和谐的都不会那样做。盛宣怀就属于后者。

盛宣怀的房事由庄夫人亲自掌管,事情的由来得要从十多年前说起。那时候盛宣怀还在天津海关道和津海关监督任上,一年中的大部分时间都在北方做官;庄夫人和刘嫣红产下四公子恩颐和五公子重颐后不久又有孕在身,柳氏也刚刚娶进门,老爷在北方的生活起居需有人照顾,庄夫人和刘嫣红既然不便脱身,随侍老爷北上的任务便理所当然地由柳氏承担了。柳氏名飞雪,是天津城里一个小商户人家的女儿,生得颇有几分姿色,家住海关街上。当年盛宣怀每天往返衙门,八抬官轿都要鸣锣开道从她家门口走过。她露了几次脸,便被盛宣怀看上了,托人上门提亲。道台大人看中了自家闺女,虽说只是纳妾,但对小户人家来说那便是赏脸和高攀了,柳家欢天喜地嫁了女儿。如今柳氏随丈夫返津住衙门,她等于是回娘家,自然乐意得很。半年之后盛宣怀带着柳氏由津返沪,柳氏的小腹已经微微隆起,而盛宣怀却像变了个人似的,仿佛一下子苍老了十多岁,回沪后便大病了一场。庄夫人把柳氏好好地训斥了一顿,此后再也不敢派小妾随侍老爷去天津了,她便派自己的陪嫁丫头萧小红随侍老爷北上。又过了几个月盛宣怀回到上海,小红哭红着眼睛向庄夫人投诉,说老爷在天津"那个"了她。她向天发誓说这不是她的过错,她本本分分伺候老爷,没有勾引和挑逗。庄夫人叹了口气,丝毫没有责怪萧小红,反而做主,把她作为"收房"丫头嫁给了盛宣怀,那时候萧氏还不到十六岁。此后盛宣怀去北方赴官差上任，庄夫人不再给他派小妾、丫头随侍了，而是派的男仆。想不到这一招效果出奇地好，盛宣怀离开女色几个月，再回到上海时他脸色红润、腰板挺直，身体素质有了明显提高，连寒喘病也减轻了许多，庄夫人说这便是清心寡欲的好处。此后她便以老爷的身体不宜纵欲为由，公开管控起了盛宣怀的房事。后来盛宣怀常驻上海了，她的这个理由就更显得重要，房事索性采取了轮流坐庄的方式，由她亲自掌管、安排。好在庄夫人办事公道，公开透明，并不"以权谋私"，所以小妾们虽有不满，却抓不到她的把柄。

"守制都过去三年了，三年前的顺序谁还记得？"盛宣怀讷讷地说。

"你不记得我记得。"庄夫人说，"接下来的顺序，应该从刘氏开始。"

"可是……"盛宣怀打住不说了。

盛宣怀有些话不好说，他现在对女人的兴趣已经大不如从前，有些挑剔了。这一方面是他自己老了，另一方面女人们在他的眼中也有了变化。比如庄夫人，她现在已经发福，浑身的赘肉包裹得像只水桶，让他提不起兴趣；再比如刘嫣红，她虽说保养得不错，还算得上是风韵犹存的话，但毕竟徐娘半老，身上的魅力有限了；而柳氏和萧氏，当年吸引他的时候早已经过去。盛宣怀现在要说还有兴趣的话，他只对一个人，那就是秦碧珍。秦氏不仅仅是他现有五房妻妾中最年轻的，而且是唯一没有生过孩子的。年轻的秦碧珍不仅具有其他妻妾已不再有的身体上的优势，她还跟其他的妻妾不同，其他妻妾在房事活动中都是"逆来顺受"，被动得如同一具木偶，听凭老爷的玩弄和摆布；秦碧珍却偏偏不同，她疯癫而主动，要老爷配合她由她摆布，在床上玩出种种的花样儿，让盛宣怀觉得既新鲜又刺激。

"老爷打算从谁开始？"庄夫人看出了盛宣怀的心思，问。

"要不，从……秦氏开始吧。"盛宣怀吞吞吐吐。

"也行。"庄夫人今天在房事上少见地开明，依从了他，"正好刘嫣红的身上来事了，那就从秦氏那儿，重新开始吧。"

那一晚盛宣怀玩得兴起玩出了事，乐极生悲。秦氏会来事，她一会儿颠鸾倒凤，一会儿翻云覆雨，慢慢地把盛宣怀的情欲撩逗得兴奋起来，那三年中积攒起来的饥渴和热情，如同火山爆发。可盛宣怀毕竟是六十多岁的老人，高潮时他忘记了收敛和压抑，只顾癫狂尽兴，结果哮喘发作了，一口气没有喘过来，憋死过去。幸亏秦氏是护士出身，懂得急救，赶忙将他平铺在床上，做心肺复苏和人工呼吸，这才慢慢苏醒了过来。好在家里装了德律风，赶忙联系医院。紧接着教会医院的救护车风驰电掣赶来，把盛宣怀接走了……

从前上海滩上有一种职业女性，专门给人梳头，称为梳头女佣，沪上俗语也叫梳头娘姨。清代江南女子发式繁复，引领时尚潮流。清初有著名的“牡丹头”“荷花头”“钵盂头”等高髻发式，所以《清宫词》中有“闻说江南高一尺，六宫争学牡丹头”之语。到了清末，又有“苏州厥”“平三套”“连环髻”“巴巴头”“圆髻”“双飞蝴蝶”等；光绪以后，未婚女性多用“双丫髻”、“蚌珠头”或者垂辫于后，而已婚妇女多梳圆髻，或加细线网结；庚子年以后则不分长幼，皆短发覆额，是所谓“刘海”。这还是所谓民间发式。更有那权贵、官宦人家的命妇、小姐，要梳“二把头”等更为复杂的满洲发式。所以那时沪上妇人的发髻，除了穷人是自己胡乱梳理几把外，一般只要是稍稍有点身份和讲究的人家，都要雇请专门的梳头女佣来打理。沪上的梳头女佣多来自宁波、绍兴一带，如同宁绍帮的男人以钱庄业结帮在上海打拼天下一样，宁绍平原上的底层女性也以另一种方式传帮结带，闯进了大上海。梳头女佣分两种：一种“走梳头”是流动性的，受雇于数家或十数家的太太、小姐，事先说好每月的工钱，约定是天天来或者隔日来；另外一种则是固定的，只受雇于某一官宦或富豪人家。

盛府中的每一位太太、小姐，都有着自己固定的梳头娘姨。

阿耀要荐自家媳妇去盛府做梳头女佣，蓄谋已久。

庄夫人原先是有梳头女佣的，后来那女佣家有变故辞了工。那时的官绅人家雇请男女佣工，一般都由荐头店推举。所谓“荐头店”，是上海最早的佣工中介，专门介绍男女佣工到人家里去做工。介绍成功后，荐头店老板按照佣工的工资从主雇双方收取一定比例的提成，作为中介报酬。这些荐头店多为苏州、无锡人所开，门口挂着某姓荐头店的招牌，旁边照例写着八个小字：“至亲好友，无保不荐。”表明这些荐头店所推荐出去的男女佣工，都是身世清白，有铺保，人品可靠的，因为荐头店要为自己所推荐的佣工承担后果责任。那时规定用工长短与荐头店无涉，但只要佣工犯有盗窃、作奸犯科等情，荐头店就必须为此承担连带责任，所以荐头店在推荐佣工方面是极为慎重的。所谓“至亲好友，无保不荐”这句话，的确是荐头店老板真实心理的写照。

盛府管家托的是静安寺路东头的张记荐头店代为物色梳头女佣。阿耀跟张记荐头店的老板很熟，此前他为盛公馆跑腿听差，跟这家荐头店没少打交道，是老主顾了。阿耀虽说没有铺保，但他举荐的人，张荐头还是能信得过的。

阿耀举荐的人，是他的媳妇蔡阿莲。但他没有对张荐头说真话，他只说那是他一个宁波乡下的“表妹”。

凭着阿耀现在是庄夫人跟前的红人，他本来可以直接去向庄夫人举荐佣工，而用不着去绕张荐头那么大一个弯子。但是阿耀心思缜密，他对未来计划中的风险现在尚不能确定，想为自己留一条后路。

阿莲那时本来已在宁波衙门里为知府老爷的内室当梳头女佣。阿莲梳头手艺好，为人也头脑活络，能说会道，所以知府老爷一家很喜欢她，工钱也没少给，阿莲根本就没想过要到上海来。阿耀劝了她不少好话，最后问她：你将来想不想大富大贵？待在宁波没有出头之日，上海才有大富大贵！你跟阿拉去上海，阿拉有事情办不了，需要你当帮手。阿莲问什么事情？阿耀说现在不能跟你说，说了你也不懂。后来阿莲就辞了知府老爷家，跟着阿耀到上海来了。

那一天，张荐头按照事先的约定，将阿莲送到盛公馆面试。庄夫人见她口齿伶俐、说话得体，人也很灵醒体面，先是有了几分好感。后来又当场让阿莲给她梳头。阿莲手脚麻利，娴熟地为庄夫人梳了个“三绺头”的发式：在挽起的三绺头发的发髻上，十字叠加插上银簪子。那时正值冬季，梳完头发，阿莲又为庄夫人戴上了俗称“乌兜”的攒珠遮眉勒子，庄夫人顿时显得清清爽爽、神采奕奕。庄夫人自己在镜子里照了照，对阿莲的手艺十分满意。此时阿耀按照事先的约定进来“演戏”了：他装着是无意间邂逅了阿莲，并当着庄夫人的面认了“表妹”。庄夫人见是阿耀的“亲戚”，当然更加欢喜信任了。她留下阿莲，按规矩先给了张荐头二百文作为车资，约定试用三天后再来接洽。三天后张荐头来了，庄夫人对阿莲赞不绝口，双方很快就说定了工钱，张荐头又从中作保签了契约，庄夫人和阿莲各按工钱的三成和两成付了荐头酬劳，这件事到此就算完成了。

接下来不到一个月的工夫，按照阿耀的吩咐，阿莲很快就熟悉了大公馆，跟各房的姨太太们也厮混得烂熟。这天阿耀把她叫到僻静处，神秘兮兮地从身上掏出了一个物件。一看见那物件,阿莲顿时羞得脸孔通红。

“死鬼！你哪来的那东西呀？”阿莲嗔道,一边又偷偷望了一眼。

“嘻嘻,认出这好东西了?”阿耀嬉皮笑脸着,“告诉你,这可是从街上的铺子里花大价钱买来的！”

阿耀手里拿着的是一只阳具的模型,外形、颜色、纹路、肌理都仿制得惟妙惟肖。

“买的?”阿莲头摇得像拨浪鼓,“阿拉不相信,铺子里会有这物件卖！”

“怎么没有?阿拉真是买的!”阿耀很认真地说,“就在虹口那边文监师路的日本人开的药店里买的,它还有一个正儿八经的名字呢。”

“什么名字？”

“‘角先生’。——嘻嘻,听上去很文雅吧？”阿耀嬉笑着。

“阿拉听不懂！”阿莲扔下一句话,扭头要走。

“你别走呀,阿拉话还没说完呢!”阿耀赶忙拉住她,把“角先生”塞到她手里,四顾后低声说,“拿着,别让人看见了。这是送人的。”

“送人？”阿莲的眼睛睁圆了,“这东西……送谁？”

“你说送谁？——当然是送给盛家的姨太太嘛！”

“好哇！原来你瞒着阿拉,跟姨太太干这种事……”

“你胡说什么呀？”阿耀一巴掌扇了过去,“阿拉是正经事！”

“要送你自己去送！羞死人的。”阿莲捂着脸说。

“阿拉好送,还用得着你们女人吗?”阿耀翻着白眼,“你们女人在一块,有些话好说一些嘛！”

“这么说,你让阿拉来上海搭帮手的事情,就是这事？”

“对呀！这是为了老爷——老爷岁数大了,姨太太们还年轻,你明白吗？”

阿莲是否真的听明白了不得而知,但是阿耀心里清楚,这是目前他最有可能接近老爷、获取老爷信任与好感的一条捷径。原来阿耀自从成功地走进盛公馆,获得庄夫人的信任后就一直在琢磨:如何能进一步获取老爷的器重,从而在前程上获得更大的上升空间和发展平台。当然,靠同样对付庄夫人的阿谀逢迎的手段去巴结盛宣怀,这也并非不行,但阿耀总觉得这样做小人味太浓,功利性太明显,手段也太拙劣,容易让阅人无数的老爷一眼识破。最好是不露声色地投其所好或者急人所难,让老爷从心里把你认作是他最知己贴心的心腹。那么盛公馆里眼下有什么事情是盛宣怀最难最闹心的呢？当阿耀精明的眼光扫视过他那五位年轻的情欲旺盛的妻妾时，他的心里有数了，当然这也是走的一步险棋。盛公馆门风淳朴，毫无疑问那是得益于庄夫人治家之严。这样做最大的风险就是：一旦事发，行事者极有可能被当作教唆良家妇女“诲淫”的“淫邪之徒”，送进县牢或租界巡捕房去蹲号子。如果这样，阿耀先前的所有努力都将前功尽弃。他之所以让媳妇阿莲出来经手这件事，就是为了以防万一躲避风险，他不愿意自己在盛公馆好不容易获得的地位毁于一旦；而他千方百计地要撇清跟阿莲的夫妻关系，那也是为了防止万一事发后自己不被牵连。当然也不排除还有另外一种可能性：事发之后盛家人并不吭声张扬，那被当作是“家丑”不可外扬的事情，其实正是人人心中所盼，只不过是碍于脸面要装装正经而已。

阿耀和阿莲反复商量的结果，七姨太秦碧珍成了他们的首选目标。在他们看来，秦氏是洋学生，思想开放，性格活泼，易于接受“新鲜事”。

那天，阿莲坐在秦氏房里闲聊。聊着聊着，两个人聊到了年龄上。

“七姨娘，听说老爷要大了你将近四十岁？”阿莲问。

“三十八岁。”秦碧珍说。

“哟，隔着两辈人的岁数呢。”阿莲嬉笑着，低声问，“老爷夜晚那事，嘻嘻，干不动了吧？”

“你怎么知道老爷不行了？”秦碧珍抬起头来，反问。

“嘿嘿，阿拉自己想的，老爷岁数大了嘛。”阿莲讪笑着，“阿拉还听说，这次老爷送到教会医院去急救，就是跟七姨娘干那事时犯了病。”

“你听谁胡嚼舌头了？”秦碧珍不满地说，“那是老爷他本身有毛病！犯了病，怎么能怪得上我？”

“唉，也是。阿拉乡下倒是有句俗话，叫嫩草撑得死牛。”阿莲忽然神秘地压低声音，“七姨娘听说过，有一种日本进口的‘角先生’吗？”

“你……也知道‘角先生’？”

“嘿嘿，听说的。虹口那边的日租界里，有卖的。”阿莲说着环顾左右，极警觉的样子，从身上抖抖索索地摸出那个“角先生”露出一角，“看，就是这东西，听说守寡的，男人长期不在家的，老夫少妻的，还有庙里的尼姑，都用这个。”

“这么说你用过它？”秦碧珍不动声色，又问。

"阿拉不用。"阿莲羞红了脸,"阿拉男人年轻,在身边。"

"拿出来吧,别藏着掖着了,这没什么好稀奇的。"秦碧珍大大方方地说,转身去拉开了床头柜的抽屉,也拿出了一个木质的"角先生"。

阿莲惊讶地大张着口,好半天说不出话来。

"原来……七姨娘早就有'角先生'了?"

"不,我也是刚刚才听说。其实在西方,这早已不是什么秘密了。他们讲究女权,男女平等……"

正说着,萧氏进来了。萧氏因为和秦碧珍年龄相仿,所以常来串门。

阿莲慌慌忙忙地藏"角先生",不想已经被萧氏瞧见了。

秦碧珍笑道:"不用藏了,萧姐已经瞧见了。"

"你们……那是什么呀?"萧氏两颊绯红,问。

"你不会认不得这是什么东西吧?"秦碧珍嬉笑着说,"你天天晚上都想的。"

"你才天天想呢!"萧氏涨红着脸,回头训斥阿莲,"……你个梳头的娘姨,好不晓得做下人的规矩!你背着老爷和太太,敢拿这种淫邪的把戏,来引诱教唆良家妇女!老爷和太太晓得了,看不把你送到官府去问罪!"

几句话倒是把阿莲唬住了,她脸上变了色,吓得赶忙就要下跪。

"行了行了,别动不动就下跪。"秦碧珍说,"六姨娘向来对下人好得很,她这是逗你玩呢!——'角先生'没收了,你走吧。"

阿莲悻悻地走了,屋里只剩下了秦氏和萧氏。

"萧姐,怎么样,这东西就送给你吧?"秦碧珍玩弄着阿莲拿来的那个象牙"角先生",故意挑逗萧氏说。

"你拿开,我才不要呢!"

"装装就行了,何必那么认真嘛!"秦碧珍嬉笑着说,"我知道你是言不由衷。其实这是好东西啊!有了这位'角先生',你晚上就用不着守活寡了。"

"瞧你……说什么呢!"萧氏嗔道。

"要不,你拿去试试?"

"我不……"

"没事。除了你知我知天知地知,没人知道。"

……

到后来萧氏索性低头不语了。临走的时候,秦碧珍将那个"角先生"硬塞给了她，萧氏也就半推半就地收下了。

这以后，阿耀又指使阿莲去向五姨太柳氏吹风，装作无意间透露了这个秘密。柳氏很好奇，她派自己手下的一名亲信，来到虹口日租界文监师路的日本药房，购买“角先生”。谁知他问了一家又一家，可就是没有一家药店有出售那玩意儿。后来柳氏辗转打听，这才知道购买“角先生”是要使用暗语的，否则人家根本就不会卖给你。听阿莲说盛公馆里只有阿耀知道暗语，但阿耀推三阻四不肯说，他要保守秘密，垄断为盛公馆女人们服务的“专利”。柳氏只好请托阿耀，去为她买“角先生”。

这一天阿耀来到文监师路，走进一家挂着太阳旗的日本药店。

“很荣幸为您服务。”日本掌柜迎上前来，谦恭地弯着腰，“先生您需要什么？我们这里有刚刚到货的东亚眼药水，樱花万金油。”

“不要眼药水，也不要万金油，只管乐举高升。”阿耀低声说。

“那是什么东西？”日本掌柜嘟囔着，转身走开了。

阿耀懂行，他掏出一把银钱放在了柜台上，分成两小堆，然后取下礼帽反扣在钱上，自己也转身离开了。

一会儿阿耀又转了回来，拿走礼帽。——其时“角先生”已在礼帽中了。

原来“乐举高升”就是“角先生”的隐语，不说出这四个字，店家是绝对不会卖的。“角先生”分为大中小三种型号，制作材料又分为木质、玉质、骨质、皮质、金属等多种材质。银钱摆成两小堆，那是表示要买二号（中号）；三小堆表示是三号（小号），不分堆则表示是一号（大号）。至于买什么材质的，钱数就能说明。所以掌柜掀开礼帽便能一目了然，整个交易过程无须任何语言交谈。

不久刘氏听说了，也托阿耀为她购买了“角先生”。

至此，盛公馆中除了庄夫人，四位如夫人都已各自拥有了“角先生”。此时的阿耀，明着是盛公馆的管家、“师爷”，是仆人之首，是庄夫人最亲信的人，暗中他还是四房姨太太们的闺中密友。他成了盛公馆女主人们最信赖的人，姨太太们很多不便抛头露面的事情都交给他去办。但是这样的事情是不可能长久瞒得住庄夫人的——当然阿耀也没打算要长久瞒着庄夫人，如何让夫人和老爷知晓这件事，正是他下一步要思谋的行动计划，谁知此时庄夫人却自己发现了端倪。

事情因七公子昇颐而起。

七公子昇颐为柳氏所出。那天,五岁的昇颐把他妈妈秘藏的“角先生”翻找出来了,在外面吹泡泡玩——其时上海滩上已经有了从日本进口的、用橡胶制作的充气型“角先生”——不巧刚好被路过的庄夫人看见。庄夫人很好奇,反复摆弄了好半天,才终于弄明白了那是什么物件。她怒气冲冲叫来柳氏责问,这才知道,不仅仅是柳氏,盛公馆其他三房姨太太都拥有这种名叫“角先生”的“淫具”。作为大公馆的一号女主人,庄夫人在大家族中享有很高的威信,向来以治家严格著称。她执掌家政后,分门别类制订了一整套严苛的家规,约束、规范着从主人到仆人的所有言行,没有谁敢违犯。但在如此严密的管控之下,盛公馆还是出现了这种东西,毫无疑问这是对她严于治家的嘲讽和挑衅!庄夫人当然揪住不放,严查穷追,想不到最后竟然追到了阿耀身上。庄夫人知道问题严重了,在上海滩,下人以种种淫邪的手段勾引姨太太、败坏门风的事情,在那时的豪门大户中并不少见,他们或卷财私奔,或事发后送官究办,无不闹得满城风雨,臭名远播。她没有料到阿耀也是这样的人。那时的阿耀还不到三十岁,翩翩少年,一表人才,又是盛府当红“师爷”,登堂入室,满目佳丽,动了邪念似乎也在情理之中。可自己不辨忠奸,当初那样信任和器重阿耀,委小人以重任,无异于是纵容了他的作奸犯科。想到这里,庄夫人好不悔恨交加!刚好那时老爷从教会医院出院回家,闻听此事后亦大怒,立即动“家法”用私刑。谁知阿耀受尽百般苦刑,就是拒不承认自己与姨太太们有染。盛宣怀不信,以为那是阿耀的牙关紧,又分头去审讯四位姨太太,企图从她们身上打开缺口。可经过百般审讯与严查密访,居然还是找不到阿耀与姨太太们有“奸情”的任何证据。此时阿耀终于开口说话了。他说老爷和夫人别白忙活了,你们是不可能找到那些所谓的“证据”的,因为阿耀在进盛公馆前,已像太监进宫那样做过了“自宫”手术,他并不是一个真正意义上的男人。盛宣怀让人检查了他的身体,果然不虚此言。盛宣怀和庄夫人不禁愕然:阿耀既然不以勾搭成奸为目的,那他为何千方百计以“角先生”引诱姨太太们?又为何在进盛家前“自宫”?阿耀说他之所以要那样做,其实只有一个目的,那就是哄哄姨太太们,替老爷解围,减轻压力。他说老爷的岁数大了,又身患痼疾,还是应以保养身体为首要。至于为何在进盛家前要“自宫”,他说他知道到时候会百口莫辩,唯有这样他才能证明自己的清白。

盛宣怀和庄夫人被阿耀的话彻底震撼了!他们没有想到会有如此苦心

孤诣、忠心耿耿的奴仆，竟然不怕触犯忌讳，敢于关注主人最为私密、敏感的私生活，竟然可以为了帮助主人而舍身“自宫”！就是亲生儿子也莫过如此吧？当然阿耀也对他们说了假话：他把所谓“自宫”的时间提前到了进盛公馆之前。而实际的情况却是：他决定了这个计划后才咬牙去做的手术。在他看来，这是他必须付出的一个代价。不过若干年后，阿耀重又做手术恢复了他作为男人的本来面目——当初他的所谓“自宫”，原本就是个故意留下了伏笔的并不彻底的手术。这以后阿耀又继续表现出他的孝心。这年冬天盛宣怀的寒喘病进入频发季节，而且病情明显比往年加重。他遍请名老中医诊治，使用了各种偏方、古方，可还是收效甚微。这其中有个方子用药古怪，要使用活螺丝做药引子，可那时正是天寒地冻，哪来的泥中活物？阿耀听说后毫不迟疑地纵身跃入已经结了冰的肇家浜，摸回了螺丝。他为老爷煎药熬汤，日夜守候在老爷的病床边，感动了盛宣怀夫妇，他们就在那个时候收了阿耀为“义子”。

盛宣怀对中医彻底失望后，继而转向了西医。

日本医生北里博士，是秦碧珍介绍认识的。秦碧珍从前在教会医院当护士时就认识北里医生。她说北里医生先留法后留德，留法时学的是西医内科，后来留德时又学西医外科，他是同时擅长西医内科和外科的医学双博士。秦碧珍还说，德国的外科尤其是胸外科举世闻名。于是盛宣怀听从了她的劝告：既然看过了那么多名老中医都收效甚微，何不换西医看看？

北里博士的诊所开在闸北靠近虹口的日侨聚居区内，门脸不大，门口挂着的牌子上用日文和中文分别写着“北里博士诊所”。盛宣怀去的那天，秦碧珍已经提前跟他预约好了，所以诊所里没有别人，北里医生已恭候多时了。

北里医生年约五旬，个子不高，体型微微有些发胖，圆脸上的眉眼生的很小，这看上去让他有点慈眉善目的感觉。他给盛宣怀作了仔细全面的身体检查，详细询问了他的既往病史。北里医生很健谈，无须翻译人员，他的带江浙官话口音的中文说得很地道。

“其实像您这种情况，我倒建议您还是应该看中医。”北里医生很坦诚地说，“我最近刚刚研究过中医，发现中医辨证论治的思想很伟大。对于慢性疾病来说，中医是有可能从根本上解决问题的。”

“可是几十年了，中医并没有能治好我的病。”盛宣怀说。

“这个原因可能很复杂。也许您一直没有找到适合您的中医；也许您在治病这个问题上浅尝辄止，头痛医头脚痛医脚，没有配合医生作很好的治疗和调养。我猜想，作为中国的铁路大臣，您一定非常忙碌。”

“也许……是吧。”

“中医在近世也呈现出衰弱的趋势。”北里医生又说，“中国古代名医荟萃、群星灿烂，比如像华佗、孙思邈、张仲景、李时珍等。可是进入近世后，您听说过还有这样的大医家吗？没有了！很可惜，很多古老的医术和古药方都失传了，很多中国人也正在失去对中医的信心。”

“您虽然推崇中医，可您还是选择了西医。”盛宣怀揶揄地说。

“是。”北里医生的脸红了，很尴尬地说，“很多中国人去西方留洋学医，也选择了西医。现在的人功利，西医能救急，功效性强。”

盛宣怀：“对！我要的就是功效。”

“我想您还是一个陈年性的肺气肿型支气管哮喘。”北里医生结束了检查，做出结论说，“我必须坦率地告诉您，西医目前也没有更好的治疗方法，只能在您发病时设法用药物减轻您的痛苦。”

“能这样，我就心满意足了。”

“我会为您调制一种专门的药剂。每当发病的时候，就用注射器把药剂注射到咽喉呼吸道里面，能很快缓解病情。”北里医生说，“外面那是您的如夫人吗？请把她叫进来，听说她曾是教会医院的护士，我将把这项工作交给她去做。”

秦碧珍被叫进了检查室，北里医生向她交代注射应注意的事宜。

“……哈哈！想不到我们在这里见面了！”一个熟悉的声音响起，门推开处，一个人已经走了进来。盛宣怀回头去看，原来是日本驻沪总领事小田切。

“小田先生，怎么……是您？”盛宣怀愣住了。

“我感冒了，也来看北里博士。”小田切说，“盛大人也是来看病的吧？这可算您看对了人，北里博士的医学水平是一流的。”

“谢谢您的夸奖。领事先生，您请稍候。”北里医生说，他正在调试药剂。

“没事，没事。”小田切和盛宣怀闲聊了起来。聊着聊着，他突然话锋一转，“盛大人，听说您最近正在为汉冶萍筹措很大一笔借款？”

“小田先生听谁说的？”盛宣怀眯缝着眼，不露声色地问。

“嘿嘿，这个盛大人就不必打听了。”小田切讪笑着，“最近，盛大人频繁会见了英国汇丰银行、渣打银行和法国法兰西银行、俄国道胜银行的买办，又拜见了他们的大班，这个总不该有假吧？”

“会见西方银行的大班、买办，就一定是借款吗？”盛宣怀反问。

“您无须隐瞒，您的汉冶萍现在正是缺钱的时候。”小田切微微笑着，“萍乡煤矿工程即将告竣，但是向国外订购的炼焦设备还没有钱支付，不能起运；株萍运煤铁路也到了最后的铺轨阶段。汉阳铁厂那边，资金的缺口更大，光是订购新的马丁炉、淘汰旧的贝色麻炉一项，就是一笔巨大的费用；而听说如果筹建新的大冶铁厂，那将花费更巨。我粗略估算了一下，汉冶萍目前所缺少的资金，大约在一千二百万日元到一千五百万日元之间。”

“您用日元作为计算单位，这恐怕有点自作多情吧？”盛宣怀冷冷地说。

“不，我有信心，有足够的信心。阁下如果要借款，肯定会首先考虑日本的银行。”小田切继续微笑着说，“因为我们曾经有过很好的合作历史，早在几年前就签订了《预借矿价合同》。”

“不，那只是煤铁互易，是提前支付货款，而非真正意义上的借款。”

“但那也是借款的一种方式。”小田切当即反驳，“因为它有期限、有利率，只不过是偿还的方式是物不是钱。请盛大人再把《预借矿价合同》里的条款重温一下，那里面是有很多约定的。”

盛宣怀近期确实在考虑向外国银行贷款投入汉冶萍之事。确如小田切所言，萍乡煤矿的建设和汉阳铁厂的技术改造，已到了功败垂成的关键时刻，而成败的核心问题就是资金。如果资金的投入有保障，若干年工程完工后汉冶萍将以焕然一新的面貌出现在世人面前，到那时将会有更多的商股入股，民办汉冶萍总公司的合并和重组也将水到渠成。但如果资金投入阻滞，工程将不得不延缓乃至中途停止，整个进度和重组计划都将被打乱，后果将不堪设想。面对眼前的资金难题，盛宣怀曾设想过以招募商股的方式来解决，但任凭你费尽口舌，沪汉两地的商人就是紧紧捂住了口袋，轻易不肯掏钱出来。事情明摆在那里：汉冶萍年年亏损，眼下又正是缺钱的时候，谁也不敢保证钱投进去后会不会打水漂。商人逐利，在没有把握的情况下谁都只能捂紧钱袋子。招股的方式行不通，而获利最丰的轮、电二局此时已是他人口中肥肉，想在盛氏企业内部作腾挪周转又极为有限，摆在盛宣怀眼前的出路便只有一条：借外债。举借外债既属不可避免，盛宣怀此时考虑更多的还是向谁借的问题。从张之洞到盛宣怀，他们在外债问题上传承下来一个基本思想：宁借西方，不借东方（日本）。而在向西方列强的借款中，他们又主张宁借小国，不借大国。这是因为在他们看来，西方列强只为了谋利，而日本则很早就对汉冶萍表现出了野心。至于主张向西方小国借，那是因为小国相比起大国来说，更便于驾驭。此次向比利时借款修筑芦汉铁路，就是出于这个考虑。但眼下这次借款盛宣怀却没有考虑西方小国，接触的尽是英、法、美、俄等欧美大国。那是因为这次的资金缺口太大，他担心小国不具备实力。但是大国的胃口也大，因此盛宣怀首先要做的，就是摸清楚各国洋人在利益上都有各自的哪些诉求，谁最狮子大开口，以便从中择善而行。为了避免洋人结成利益同盟，盛宣怀采取各个击破的方法，在跟这些欧美大国的银行单独接触时都是极其隐秘的，除了七姨太秦碧珍作为翻译和秘书全程参与以外，其他的人根本都不晓得。那么日本人又是如何知道这些情况的呢？

过了不久，有一天阿耀来见盛宣怀，神情诡秘，欲言又止。

“你到底想说什么？”盛宣怀问。

“有件事，阿拉……不晓得该不该对干爹讲。”

“有话尽管讲。”

“七姨娘她……暗中跟日本人来往。”

“胡说！你有什么证据？”

“阿拉有一天，看见七姨娘进了日本人的领事馆。”

于是阿耀讲述了事情的经过。那天，他无意间经过日本驻沪总领馆的门前，突然看见一个熟悉的身影一闪，进去了。那是秦碧珍，阿耀看得清清楚楚。可是七姨太进日本人的领事馆去干什么呢？阿耀一头雾水，百思不得其解。他守在门前，等了好长的时间，也没见七姨太出来。

“有这事？”盛宣怀也愣住了。

后来盛宣怀装着无意还问过秦氏。秦氏矢口否认，她说她从来没进过什么日本总领馆，也不知道日本总领馆的大门朝何方开。盛宣怀说那是阿耀亲眼所见，秦氏说那一定是阿耀认错了人。但是阿耀心里不服气，不承认自己认错了人，他从来都不怀疑自己的眼力。于是从那以后，但凡秦氏出门，阿耀便要悄悄跟踪在后面。他想证明自己在老爷面前并没有胡说八道。

但是不多久，阿耀的跟踪就出了问题。

那天阿耀跟踪秦氏到了虹口日租界的地面，秦氏乘坐的马车在前面拐了个弯，进了一条里弄。阿耀乘坐的黄包车正要跟进去，路边忽然蹿出来几个带刀的日本浪人，团团围住了黄包车。他们将阿耀从黄包车里拉出来，不由分说，便是劈头盖脸的一顿拳脚，打得阿耀晕头转向分不清南北。打完了，阿耀又被关进了一间黑屋子里，结结实实饿了好几天。后来有一天黑屋子的门打开了，一个西装革履的日本人进来，问阿耀："想知道你为什么挨打、挨关吗？"

阿耀无力地摇了摇头，他已经没有一点力气了。

"你太爱管闲事了。"那个日本人说。

"你们……放我出去。"

"想出去，容易。你得与我们合作。"日本人说，拿出一张事先写好了几行毛笔字的纸，"你必须在这上面签字，画押。"

那是一份契约，阿耀匆匆扫了一眼，大意是说，他以他在上海和宁波乡下的一家老小的性命作担保，保证今后不再多管闲事，保证不再跟七姨太秦碧珍过不去；并且对于这件事，他将永远在老爷和太太面前守口如瓶。

阿耀别无选择，他签了名，画了押。

这是阿耀第一次跟日本人的合作。后来抗战期间上海沦陷傅筱庵公开投敌，算起来那已是阿耀与日本人的第二次合作了。因为已经有了第一次，所以第二次也就完全没有了心理障碍。很多人当时都指责傅筱庵的汉奸行为，那是因为他们不知道傅筱庵的潜史；三十多年前的那不光彩的一笔，注定了阿耀今生今世的命运。

阿耀在医院里调养几天后，日本人将他送回了盛公馆。小田切也亲自登门，向盛宣怀致歉并说明原因，说是阿耀在日租界和日本浪人寻衅斗殴，受伤住进了医院。对于阿耀这几天的失踪，盛宣怀和庄夫人正在万般急切之中，小田切的话让他们信以为真。当然，阿耀也不敢把实情告诉他们。但是阿耀对秦碧珍却从此有了提防。他知道老爷身边的这个女人来头不简单，她和日本人关系神秘，要不然日本人的总领事也不会出面护着她。可究竟是什么关系他眼下并不清楚，更不敢去搞清楚。秦碧珍的身世之谜要到若干年后才会揭开。

当然，北里医生配制的药剂更是好东西。在北里医生的诊所里，有间小型的实验室,他用各种化学试剂尝试着给病人配制各种特效药。北里医生配制的这种呼吸道喷雾剂,让盛宣怀寒喘病发作时只能整夜坐着、不能入睡的痛苦历史一去不复返了。尽管北里医生早已言明,这种配方药剂治标不治本,只能作暂时的缓解病情之用,但这已经让盛宣怀相当满意了。在盛宣怀看来,北里博士已经是个相当不错的好医生了,他至少比中国的许多所谓"名老中医"都要强。因此盛宣怀还给北里博士送了块匾,就挂在他诊所进门的正面墙上,上面用盛宣怀从小练就的魏碑体书法,端端正正地写着四个黑顿顿的楷体大字:良医良相。

第四章 与虎谋皮

大冶县位于长江中游南岸、鄂省之东南部，矿藏富甲天下，尤以铜、铁著称。县南铜绿山有三千多年前的古铜矿采炼遗址，是春秋时期中原青铜器铸造的主要原材料供应基地。县北的铁山、碧石渡一线为铁矿富集带，魏晋时期即开始设炉冶炼。唐天祐二年(公元 905 年)，武昌节度使秦裴在今县境内设置采矿冶炼机构，名曰"青山场院"；宋乾德五年(公元 967 年)升"青山场院"为县治，取"大兴炉冶"之意为大冶县。县境之东北毗邻长江，沿江而下十余里有黄石港、石灰窑、道士洑小镇。石灰窑因盛产石灰而得名。石灰窑、道士洑之间有西塞山，绝壁千仞，雄峙江面，为吴楚之界的古要塞。因唐代大诗人刘禹锡的《西塞怀古》以及张志和那首著名的《渔歌子·西塞山前白鹭飞》，使西塞山成为名闻遐迩的江南名山。黄石港商旅繁盛，是鄂东重要的水运码头，轮船招商局及英商怡和、太古等轮船公司，很早就在此地设有客运码头，但汉阳铁厂和日本八幡制铁所的矿石转运码头则建在黄石港下游的石灰窑。当年大冶铁矿建成投产，为便于装运矿石到汉阳铁厂，运矿铁路索性就直接铺到了石灰窑江边。几年前，日本人在取得煤铁互易和购买大冶铁矿石的特许权之后，就紧挨着汉阳铁厂的矿石专用码头又修了座东矿码头，专供日本矿轮停靠和装运矿石之用。根据《煤铁互售合同》中的规定，日本人还以农商省的名义在石灰窑设立出张所(办事处)，任命西泽公雄为首任大冶铁矿监督(亦称驻在员，后改称出张所所长)，专门负责处理和经办购运矿石事宜。

光绪三十二年(1906 年)三月的一天上午，西泽公雄从石灰窑江边日铁出张所那幢白色的两层小楼里走出来(那幢小白楼被当地人称为“西泽公馆”),向江边码头走去。

江南正是草长莺飞的时节,那天的天气也很好,太阳热烘烘地照着,春风暖融融地吹拂在脸上,令人有些犯困。这一年西泽已经年近四十了,日本明治维新开始的那年他出生于江户一个普通的下级武士家庭,明治维新有机会让他接受了全面正规的教育,并获得了工学博士学位。西泽公雄青年时代曾有过在军队服役的历史,军衔到了少佐,这让他一生都钟爱日本的军服,至死不改。哪怕是后来当外交官了,只要不是正规的不宜穿军装的外交场合,他都一身戎装。他在担任清政府实业顾问期间,京城里的人们就常常可以看到:一个穿着笔挺的将校军装的日本人,奔走于北京的各大衙门之间。如今他改行当日铁驻在官了,穿军装就更是成了他无所顾忌的爱好。西泽公雄生活规律,喜爱整洁,有洁癖:他的皮鞋永远擦得铮亮,大分头梳得平分顺直,腮帮子刮成铁青色,身上穿着的那套明治三十八年才刚刚换装的三八式藏青色将校军服,总是熨烫得平平整整,有着锹形兵科领章的风纪扣,在任何时候都扣得整整齐齐。

西泽公雄今生似乎同大冶结下了不解之缘。早在担任日本驻宁波领事期间,他就知道了大冶。那时候张之洞为筹办汉阳铁厂,正在大张旗鼓地开发建设大冶铁矿,西泽听到这个消息心头为之一振。原来日本很早就有发展近代钢铁工业的计划,九州境内的筑波已探明有丰富的煤炭蕴藏可资利用,但铁矿的家底却一直不明,因此明治维新后不久,日本政府即设置了专门的铁矿资源调查机关,选派一名叫吕野的博士,带领一群学生对日本全国的铁矿资源进行大普查。那时还在工科专门学校就读的西泽公雄,有幸参加了这次大调查。他们奔赴北海道、赤谷铁山、釜山铁山,对日本全国的铁矿进行了摸底式的勘察研究,均不理想,发现铁矿石要么含铁品位太低,要么蕴藏量太小都不宜开采。直到这时候他们才不得不相信残酷的事实:日本是铁矿资源的贫国,上天并没有特别地眷顾大和民族。也是从那时起,这件事就在西泽公雄脑子里留下了深深的烙印。后来在宁波领事任上,当他第一次听说大冶铁矿之后,就萌发了要亲自去大冶考察的强烈愿望。他在那年的夏天放弃了回国探亲的假期,从宁波到上海,只身溯江而上,进入长江中游幕阜山余脉的崇山峻岭,作了一次几乎丢掉性命的私人冒险考察,遗憾的是那次考察半途而废了。后来他还曾一度从宁波调任汉口,其目的还是不死心，为了能接近大冶铁矿，继续完成他的考察。但张之洞及其手下官员们天生的戒备心理，并没有给他这个机会。直到光绪二十三年（1897年）他受聘担任清政府的实业顾问后，他的愿望才得以实现。其时日本政府靠着清政府甲午战争的赔款，正在着手筹建八幡制铁所，但铁矿石的来源没有着落，日本朝野都在担忧八幡制铁所的无米之炊。此时的西泽公雄，正是凭借着清政府实业顾问这个官方身份，堂而皇之地对大冶铁矿进行了实地考察，并获得了大量绝密的一手资料。他惊异于大冶铁矿石的优良品质及其储量的丰富！当他得知盛宣怀接手汉阳铁厂后经营困难、准备向德国礼和洋行借款时，立即密告了日本政府并出谋划策："……由我国提供此项资金，将铁政局及大冶铁矿管理权掌握到我国手中。……借款之举，吾日本若能着先鞭，是为上举。"日本政府采纳了西泽公雄的建议，并将此建议定为以后日本发展钢铁工业的国策。于是这才有了后来的日本前首相伊藤博文访华时与张之洞"煤铁互易"的约定，也才有了后来的《预借矿价合同》。

一个人为国家忠诚服务能获得国家如此的首肯，那是莫大的荣耀，也是西泽内心所一直引以为傲的。所以他后来辞掉风光的清政府实业顾问来做日铁驻在官，就是表明他对国家一如既往的忠诚，他将为国策问题竭尽余生心力。他来大冶的这几年，通过他的不懈努力，在大冶铁矿的许多要害岗位安插了多名日籍职员，使日铁驻在所的日籍职员总数增加到了七名，远远超过了当初《煤铁互售合同》中关于日方职员人数的约定；后来又获得批准，在石灰窑江边盖了那幢白色的洋楼作为日铁出张所官舍；接着又通过多方交涉，在石灰窑设立了直通日本国内的电报局和邮政局等，日本人从此真正在大冶站稳了脚跟。西泽公雄成了"大冶通"，他后来甚至爱上了大冶这块土地。他在大冶生活工作了将近三十年，那几乎是他生命的一半时间。

日铁专用的东矿码头就在西泽公馆旁边不远，几分钟就走到了。正在码头边停靠的是日本矿轮"大冶丸"，此时码头上人声鼎沸，劳动号子此起彼伏，苦力挑夫们正在往"大冶丸"上挑运铁矿石。码头上的矿石装卸没有机械，运矿火车将铁矿石运来后翻倒在铁路边，完全依靠人力将它们挑运到矿轮上。从江边岸上的矿石堆场到趸船，有长长的栈桥相连接，挑夫们就是挑着这一担担矿石，走在摇摇晃晃、吱嘎作响的栈桥上。他们每挑一担矿石倒在矿轮上，就当即从工头的手里领一个铁制的筹码牌，然后每天凭筹码牌跟日铁出张所结算工钱。因此挑夫们都尽量快跑,以求拿到更多的筹码牌,挣到更多的工钱。但是有时候箩筐里的铁矿石就不能保证装满了,如果遇上挑剔的日本监工或是西泽公雄本人,那就会有麻烦了。通常的做法是让你挑回到岸上去,待矿石重新装满后再挑到矿轮上去,以示惩罚。遇上哪个脾气暴戾的日本监工不高兴了,他会对中国苦力高声地叱骂或抽上几鞭子。平心而论西泽公雄不打人不骂人,即便惩罚他也总是笑眯眯的,所以码头上的中国苦力背地里都叫他"笑面虎"。

西泽公雄没事的时候喜欢从办公室里出来,在码头上溜达。今天他上上下下转了一圈,没有发现让他不满意的人和事,这让他在这个阳光明媚的春日里继续保持着良好的心情。他抬腕看了看手表,看看时间差不多了,就走回到矿石堆场上来。此时运矿的火车已经卸完了矿石,刚刚鸣响第一次汽笛,这是在提示乘坐本次列车的旅客现在可以上车了。按照常规,三分钟后它将鸣响第二次汽笛,启程向铁山铺进发。

西泽公雄今天要搭乘这趟火车去铁山。

从石灰窑江边到铁山铺的这条运矿铁路,是清末中国的第三条铁路(前两条是唐胥运煤铁路和台湾铁路),也是湖北省内的第一条铁路。它全长约七十华里,沿途设铁山铺、盛洪卿、下陆、石堡四站,于光绪十八年(1892年)八月,先于汉阳铁厂一年建成通车。这条铁路耗银约四十万两,由德国人设计建造,所用路轨、枕木、客车、货车以及火车头全部从德国进口,火车驾驶及铁路的主要技术岗位都由德国人担任。火车主要用途是运输铁矿石到江边,每天往返开行约十次。除货车外还加挂了两节客车,以方便矿上的职员、矿工上下班及沿途乘客乘坐,但乘客需另买票。

西泽公雄正要准备登车,迎面走来了"大冶丸"上的两名水手,一名大岛茂,一名大平次郎。八幡制铁所早期一共有四艘矿轮,定期往返于大冶和日本国内,来得多了,西泽公雄跟船上的水手都混熟了。

"西泽长官好!"两名水手立正跟西泽打招呼,敬礼。

"二位好。"西泽回答,盯着他们说,"你们——又是去快活岭喝酒吧?"

两个人不好意思地笑了笑。

"嘿嘿,待在船上没事。"大岛茂讪笑着说。

石灰窑从前是个仅有几十户人家的江边小村,村里人靠在黄荆山挖煤烧石灰为生。自从大冶铁矿运矿铁路建成通车,尤其是日本人来了以后,石灰窑的人口剧增，从前的江边小村很快膨胀成了一座拥有几千人口的江边小镇，各色商铺林立，日本人和中国人都在此设立电报局、邮政局，甚至还有了专为过往的中外船员水手设立的“红灯区”——快活岭一条街。在那条街上，酒馆、赌馆、烟馆、妓院等吃喝玩乐的场所应有尽有。石灰窑后来居上，它的商业繁荣，已呈现出了将要超过上游的商业古镇黄石港的强劲发展趋势。

“别喝醉了，早点回船。”西泽公雄回头叮嘱。

“是！”

西泽公雄登上客车车厢，刚刚坐定，火车就鸣笛启动了。

“西泽所长，您这是要去铁山铺的矿务局吗？”卖票的中国乘务员点头哈腰，抢着跟西泽公雄打招呼。西泽在这条铁路线上的熟人也很多。

“不，今天去盛洪卿。”西泽用生硬蹩脚的大冶话，装腔作势地回答。这些年来他一直在努力学习大冶方言，了解大冶的风俗民情，力图全面地融入当地人社会。盛洪卿是铁山铺前面的一个站，也是当地最大的村庄。

“哟，去那里干什么呀？”

“嘿嘿，我的干亲家‘独眼铳’请我去呷喜酒。”西泽有些得意地回答。

“独眼铳”是铁山当地的名人。关于日本人西泽公雄与“独眼铳”之间传奇的交往，还要从当年西泽公雄对大冶铁矿的第一次考察说起。

十五年前的光绪十七年(1891 年)初夏，西泽公雄放弃了回国探亲的年假，打算利用这个假期实施他的大冶铁山考察计划。他从宁波出发乘海船到了上海，然后换乘招商局的江轮溯江而上。到了黄石港，一下船，码头上迎面就是一块当地官府立的告示牌，上面写着：此地瘟疫流行，过往旅客慎行。西泽公雄稍稍的迟疑犹豫了一下，他还是走进了鄂东的群山峻岭。一路行来，他看到的都是诡异而令人恐怖的景象：黄石港街头冷冷清清，行人稀少，商铺大多关门闭户；正在修筑的运矿铁路也全线停工了，工地上到处是横陈的钢轨、枕木，空荡荡的看不到一个人影；从黄石港到铁山铺的七十里官道上，行人路断人稀，一路上不断看到的就是倒毙在路旁的遗尸，路幡飘飘的出殡队伍，空气中充斥着哭爷喊娘的哀号声，以及阵阵令人作呕的尸臭。

西泽公雄确实来得不是时候，他赶上了大冶县史上最惨烈的一次瘟疫大流行，当地人称之为“发人瘟”。那次瘟疫大流行，席卷了整个大冶县的北部地区，史志记载死了好几万人，连正在修建的大冶铁矿和运矿铁路，也不得不停工放假，洋人早就跑得不见了人影。很多村庄都死绝了户，连抬尸出殡安葬的人都找不到。西泽公雄本来是可以中途返回的，但他考察的心情太过迫切，又格外珍惜这次机会，不想放弃；更主要的是他心存侥幸，自以为身体强健，不相信噩运会降临到自己的头上。于是他义无反顾地一头闯进了这块死亡之地。

西泽公雄风餐露宿，奔走在大冶铁山方圆百里的一座座山岭之间。大冶铁矿放假，空荡荡的工地上没有一个人，他正好无所顾忌、无所阻拦地进入矿区考察。他攀悬崖，越沟壑，测量，绘图；他挥舞着地质锤，不断地敲打着那些裸露的被国际地质界命名为“大冶石灰岩”的岩石，采集矿石标本。刚开始的日子里他自我感觉良好，有一天他忽然欣喜地发现：在漫山遍野裸露着的岩石上，竟然到处都是晒干了的星星点点可供充饥的红薯片，可随手取食，根本不用担心自己所带的干粮不够。那些干红薯片可生吃也可熟食，尤其用火烤过后嚼起来嘎巴脆响，香甜而多淀粉。西泽公雄那时并不知道，这是大冶所独有的一道民俗风景。原来大冶县境内山多田少，红薯半年粮；又因为山地上到处都布满了裸露的石灰岩，不能成片耕种，山民只能在岩石空隙间散种红薯，待到秋后收了红薯也无须搬运回家，往往就地加工，切成红薯片直接晾晒在岩石上。等到来年青黄不接的时候，主家这才想起山上的那些干红薯片，于是再收回家去。大冶民风淳朴，山民憨厚，那些晾晒在山上的红薯片，饿了可随时供路人充饥，但从来不用担心被偷丢失。因为红薯在大冶方言中被称为“苕”，“苕”又有愚蠢、弱智的意思，所以“大冶苕”后来也就成了戏谑大冶人的别称。

但是仅仅到了第三天西泽公雄就撑不住了。起先只是轻微的腹泻，他以为是吃了那些露天晾晒的干红薯片不洁所致，服用了几片随身携带的止泻药还是无济于事。到后来腹泻愈来愈厉害，并伴有喷射状的呕吐和高烧高热。西泽公雄知道，这已经是典型的霍乱症状了。他明白自己是在穿越疫区时感染的，潜伏期又浸染了山林中的瘴疠之气，但这个时候他已经毫无办法了。那时他正躺在大冶铁山的主峰狮子山下野鸡坪的一条荒无人烟的山沟里，浑身无力，高烧引起的抽搐和痉挛让他晕死了过去。……西泽公雄好多天后醒了过来，他发觉自己躺在一间农家茅屋里，那是一家三口：男主人，女主人，还有一个三岁的名叫“苕伢”的他们的孩子。男主人看上去比他的年龄稍大一点,闷声闷气的不爱说话。那家男主人还有一张可怕的脸:左眼没有了,一块肉红色的疤瘌扭曲着覆盖在左眼的位置上,然后把整个左边的半边脸都拉扯得变了形。西泽公雄从男主人那难懂的大冶方言中总算听明白了,男主人是个猎户,打铳为生,那天在山上打猎的时候发现了他,就把他背了回来。男主人还告诉西泽公雄,他大名叫盛茂林,就是山下那个名叫盛洪卿的村子里的人,不过这一带的人都喜欢叫他的绰号"独眼铳"。他没有问西泽公雄的来历,他把他当成了大冶铁矿那些拿着锤子,成天在山上敲敲打打的洋人"矿师"。西泽公雄告诉他,自己不是山下铁矿的矿师,他是个日本人;他反复比画着说明日本的地理方位,告诉"独眼铳"日本是个海洋中的岛国。但是"独眼铳"仍然一头雾水,不明白日本到底在哪里。后来西泽公雄能下地走动了,他才发觉这家人原来是离群索居,单独住在铁山腹地的一处深山坳里,当地人叫"住庄屋"。再后来西泽公雄还知道了,"独眼铳"是当地猎户中的名人——他因枪法好而出名。别看现在他是独眼,但当年他的铳打得极准,天上飞的,地下跑的,指哪打哪,百发百中,弹无虚发,倒在他铳口下的猎物不计其数。他的名声如雷贯耳,传说连山上的野兽听到他的名字都害怕。只要听说他上山来了,满山的虎啸狼嚎顿时一片寂静。山上的野兽怕他,也恨他。传说有一年的一天晚上,一个豹子家族来找他寻仇,包围了他的家。结果他弹无虚发,那群豹子都倒在了他家门前,他的左眼就是那次被豹子抓瞎的。

猎户大多懂得一点草药医术,"独眼铳"用自己独特的方法给西泽公雄治病。他每天都上山去,扯回几把不知名的草药煎水,喂给西泽公雄喝。西泽公雄的病竟奇迹般地渐渐好了起来。但是有一天西泽忽然发现,他的病好了,可是女主人却病倒了——那堂客跟他患的是同样的病症:腹泻,呕吐,高烧发热。"独眼铳"照例每天上山去,扯回那些不知名的草药,煎水给他堂客喝。但他的堂客却没有西泽公雄幸运,她在一天午夜时分停止了呼吸心跳,抛下她的丈夫和那个才三岁的"苕伢",撒手人寰了。这时候西泽公雄才蓦然明白:那个堂客的病正是他传染给她的!他们一家人住在这天然的这与世隔绝的深山里,本来已经远离了外界的瘟疫,可是"独眼铳"把他背回家里,同时也把传染源带进了自己家里——毫无疑问,是他的到来害死了女主人!是他给"独眼铳"的家庭带来了灾难!当他明白这点后,负罪感立刻充塞了他的心头!他不断向"独眼铳"表达自己内心的不安和愧疚。"独眼铳”闷闷地说:“不怪你,是我心甘情愿的。你说她是传染死的,可同在一个屋里,我怎么没传染,苕伢怎么也没传染呢? ”临离开铁山要返回宁波那天,西泽公雄去祭奠女主人,在她的坟前默默祈祷。他发誓将来如果有可能,他一定要好好报答这户人家!“独眼铳”照例在一旁闷闷地说:“用不着,那是她的命。”

若干年后,西泽公雄真的有机会来报答“独眼铳”了。

西泽公雄出任清政府实业顾问那年,来铁山考察的时候他找到了“独眼铳”。几年过去了,他依然住在山上那幢破烂的茅草庄屋里,依然打铳为生,孑然一身,只是外表看上去苍老了许多。“独眼铳”还有一个变化,他破罐子破摔,酗酒了。他的打猎所获,基本上都换成烧酒麻醉了自己。打猎的日子也越来越艰难,随着铁山的开发,山上的猎物已越来越少,打不到猎物就只有挨饿。那个名叫苕伢的孩子也已经快十岁了,衣衫褴褛,营养不良,跟父亲过着饥一餐饱一顿的日子。一个失去主妇的家庭,孤独的鳏夫带着未成年的儿子,几年来父子俩过着世界上最糟糕的生活。可如果当年他的堂客不死,他的家境是不是比现在稍许好些呢?西泽公雄在心里问自己。最简单的帮助当然就是给他留下一些钱。但是西泽公雄想过了,那样做只会助长他的酗酒。“独眼铳” 现在最在意的就是苕伢——那个没有母亲的儿子,那是他今生唯一的最后的希望,也是西泽心中的负疚和最痛。临离开前,西泽征求了“独眼铳”的同意,给苕伢正式起了个大名叫盛东福——来自东瀛的福气——然后将他带到汉口, 送进汉口日租界的教会学校住校。今后盛东福所有上学的费用都将由西泽公雄来承担。临行前,“独眼铳”还按照当地的习俗,让儿子结拜西泽公雄做“干老子”,让他从此以后受惠于义父有个名分。“独眼铳”为此郑重其事,放了鞭炮,还摆了家族酒公证。用大冶人的话说,他和西泽公雄从此就结为了“干亲家”。

几年以后,西泽公雄正式出任日铁驻在所长官,常驻大冶石灰窑了。盛东福也在汉口接受着良好的教育,一天天长大。这让“独眼铳”重新燃起了对生活的希望,酗酒也慢慢地有所收敛。西泽公雄趁势出资给他在山下买了几亩水田,又帮他在盛洪卿盖了房子,强行让他从山上搬了下来。从此“独眼铳”以种田为生,打猎反倒成了他的业余爱好。每当农闲没事的时候,他喜欢带着他的新鲜猎获,坐着运矿火车,到石灰窑去探望他的日本“干亲家”,请他尝尝鲜。两个人烹炒煎炸,美美地喝上几杯酒。去年“独眼铳”十八岁的儿子盛东福从教会学校毕业,西泽公雄将他聘为日铁驻在所常驻铁山的华籍职员,月薪六十日元,差不多相当于每月二十两银子,算起来比大冶知县的年俸还要高。此等好事让当地人羡慕得红了眼,说“独眼铳”是前辈子积的德,今生结交了这么好的日本干亲。盛东福成年后说了一门亲事,西泽公雄今天就是去铁山喝他干儿子的喜酒。就是这个盛东福,此后若干年在他干爹的提携下步步高升,民国后做到了大冶铁矿的副矿长。他忠心耿耿为日本人卖命,对日本人感恩戴德。西泽公雄离职去世后,尤其是抗战爆发大冶沦陷后,日军强占了大冶铁矿,他更是卖身投靠日本人,受到日本人的重用,曾出任过汪伪的大冶县维持会长,出卖过地下抗日组织,是名副其实的铁杆汉奸,抗战胜利后被国民政府处决。九泉之下的“独眼铳”如果有灵,不知他会做何感想?

火车开行不到一个小时,就到了盛洪卿站。村中鼓乐吹打,鞭炮齐鸣,西泽公雄熟门熟路,循声自己找了过去。但见新房内外都挤满了亲友,花轿也刚刚将新娘子抬进了门,“独眼铳”正站在门口等候迎接他。西泽公雄来得不早不晚,他是踩着点到的。这些年西泽早已熟谙了大冶的民俗“早姑娘晚媳妇”。意思是吃婚宴喝喜酒,去女方家的客要赶早,去男方家的客过了正午再去也不迟。因为嫁女吃早饭,新娘子从娘家发轿就磨磨蹭蹭,娘家人还要故意对迎亲的新郎进行种种的“刁难”和“盘剥”。等到新娘子好不容易抬进婆家门的时候,常常午时已过,那些望眼欲穿的男方家的客人,早就饿得前胸贴后背了。花轿已到,尊贵的客人西泽公雄也已到齐,喜宴随即开席。西泽公雄今天被安排坐在了首席首位,在大冶乡间,这是只有极高声望的尊亲长辈才能坐的位置。酒过三巡,新郎新娘双双上来叩拜恩人义父,新娘还亲自给义父捧茶。西泽喝完茶,按照大冶的习俗掏出早已准备好的“茶礼”——那是一把日元金币,叮叮当当黄灿灿地放在茶盘里,引得周围客人的一片艳羡和惊呼。酒席结束后的余兴就是闹洞房。大冶民间向来有“三天无大小,舅爷当老表”的说法,意思是新婚三天之内无长幼之分,来客都要去闹洞房。正在此时,日铁驻在所的一名日方职员神色慌张地跑进来了,他是刚刚搭乘运矿火车从石灰窑赶过来的。他跑进现场,对着西泽公雄用日语耳语了一番,西泽公雄的脸色顿时变了,当即起身离去。

在场的人不知道出了什么事,事后他们才知道,码头上出了人命。

原来西泽公雄离开后不多久,“大冶丸”上的那两个日本水手从快活岭喝完酒，醉醺醺地回来了。他们在码头栈桥上与挑矿石的中国苦力发生口角，那个名叫大岛茂的水手拔出匕首，将一名盛姓的中国脚夫当场刺死。愤怒的中国苦力们打抱不平，揪住两名日本水手痛打了一番，然后扭送到道士洑的巡检司衙门关押，“大冶丸”也被困在了石灰窑，不能动弹……

“‘大冶丸’水手事件”通过电报，快速传到汉冶萍驻沪总局的时候，盛宣怀的第一反应是两个字：好事。

那时候盛宣怀正因为借款一事而被日本人苦苦纠缠，毫无疑问这件事给了他一个摆脱日本人纠缠的理由。

盛宣怀这次向外国财团借贷，本来一开始就没考虑日本，他秘密接触的都是欧美大国。但是一圈密谈下来，盛宣怀发现，天下条条蛇都咬人，那些欧美大国也并非善类，他们同样是狮子大开口，要价很高；在贷款的利息和实付比例上分毫不让；而且还要附加很多苛刻的以“权”为标志的贷款抵押条件。你的贷款不是要用来完成萍乡煤矿的开发建设和汉阳铁厂的改扩建工程，以及新建大冶铁厂吗？比如法国的东方汇理银行提出来，他们要萍乡煤矿的开采权作抵押；英国汇丰银行要完成改造后的汉阳铁厂的经营权作抵押；而麦加利银行则要未来新建的大冶铁厂的全部管理权作为抵押。西方财团正是以“权”的抵押来实现他们对利的谋取。令盛宣怀尤其不能容忍的是，这些西方银行贷款普遍都有一个附加条件：那就是对每笔贷款都负有监管的责任，即同时向中方派遣财务人员，随时跟踪和审计、监督贷款用途。也就是说借了钱自己还不能做主，怎么使用还得听人家的。盛宣怀不能接受这些条件，他对自己从前“借西不借东”的贷款信条开始有了怀疑，认为与其这样，还不如向日本人借——日本既不要以“权”作抵押，也不对贷款跟踪监管，他们只要铁矿石能保障供给就行。盛宣怀将他的想法用电报向张之洞禀报，但遭到坚决反对，张之洞坚持不准向日方借贷。汉冶萍现在仍是听命于湖广总督衙门的“官督商办”企业，他的话盛宣怀还不能不听。盛宣怀只能佯装出“反正我现在不着急”的样子，在外国银行之间斡旋、磨嘴皮，寄希望于找到并利用他们之间的利益矛盾冲突，迫使某个西方银行主动降低条件。

其实盛宣怀忧心如焚。如果说新建大冶铁厂因为经费短绌，还可以稍微往后拖延几年的话，那么汉阳铁厂和萍乡煤矿的资金短缺，已经到了刻不容缓的地步：资金再不到位，眼看就要前功尽弃了！就在这时好事找上门来了——俄国的华俄道胜银行愿意以优惠的条件,向汉冶萍提供贷款。

此前盛宣怀与西方银行接触时撇开了俄国,那是因为俄国在刚刚过去的日俄战争中战败,元气大伤,他担心俄国人暂时不具备重新进入国际社会竞争的实力。但是他不知道的是,正是因为这次战败,才大大地刺激了俄国人高傲的自尊心。军力排名世界第一、连拿破仑都无法征服的偌大的俄罗斯帝国,竟落败在一个小小的东亚岛国手里,这是俄国人无论如何都不能接受的耻辱。他们急于谋求自己曾经的大国地位,证明自己大国的实力,因而表现出了要与日本全面抗衡的迫切愿望。南进长江流域,就是他们下一步的目标。

盛宣怀是在一天的午后,突然接到俄国驻沪总领馆打来的电话,说是总领事阔雷明先生要亲自登门拜访他。自从轮船招商局和中国电报总局被袁世凯收去后,盛宣怀在上海的办公衙门就不得不从轮船招商局搬出来,临时设在了外滩的中国通商银行里面。后来汉冶萍驻沪总局设立,为长远计(兼作未来商办汉冶萍公司之驻沪总部),在四川路买地盖了楼,盛宣怀的办公地点从此就正式搬到了四川路,门上挂了两块招牌:一块是汉冶萍驻沪总局,一块是中国铁路总公司。盛宣怀就在这里会见了阔雷明总领事。

双方坐下来稍事寒暄后,立即进入了正题。

“根据可靠消息,盛大人麾下的汉冶萍因为急需资金,正在谋求向国外银行贷款,可有此事?”阔雷明开门见山。

“唔,曾经……是有这么个想法。”盛宣怀回答得含糊其辞,他以为俄国人是上门来兴师问罪的。

“不是想法,而是已经行动了。”阔雷明当面戳穿,“阁下已经秘密同英国的汇丰、麦加利,法国的东方汇理以及美国的花旗等银行接触多次了。但是让我们想不通的是,阁下为何偏偏忽略了我们?您对俄罗斯有成见吗?”

单刀直入的发问让盛宣怀有些难以招架,他理了理思绪,谨慎地挑选着字眼,避免刺激俄国人的自尊:“贵国新近在我国的东北……嗯,受了些挫折,军费上开支增加很多,外交上亦有些被动……”

“你还不如直说俄国吃了败仗。”阔雷明耸耸肩,直言不讳,“这用不着隐瞒。不错,我们不得不放弃了在东北的利益,但这并不表明我们在其他方面也放弃。也许正是因为失去了东北,所以我们才更珍惜这次的机会。”

“什么机会?”

“通过汉冶萍,进入长江流域的机会。”

“但是阁下应该知道,长江流域是英国的利益范围,他们是不会欢迎阁下的,日本也不会欢迎。几年前日本与英国签订同盟条约,他们的目的就是为了要阻止贵国的南下。众所周知,长江中游的大冶,它所出产的铁矿石,对日本正在起步的钢铁工业有着举足轻重的特殊意义。”

“也许正因为如此, 俄国才更愿意不惜代价参加这次竞争, 并力争胜利。”阔雷明毫不掩饰,赤裸裸道出了他们的真正目的:通过借款控制汉冶萍,将日本的钢铁工业扼杀在摇篮里。

“阁下打算……如何不惜代价?”盛宣怀沉默着。

“当然是以最优惠的条件。比如说借款利息,可以在其他西方各国基准利率的基础上下浮若干个百分点。不仅如此,还会有很多其他方面的优惠。具体内容,要请盛大人与华俄道胜银行直接面商。”

盛宣怀后来与华俄道胜银行的代表秘密商谈了好几次,俄国人开出的条件确实很优惠也很诱人,盛宣怀已经动了心。这次晤谈前,盛宣怀忽然多了个心眼:他故意瞒着秦碧珍,没有带她去,而是另外带了秘书和翻译。他要以此来检验阿耀曾经对他说过的那些话是否属实。但是不多久日本人还是知道了(由此盛宣怀也排除了对七姨太的怀疑),打上门来兴师问罪。

“盛大人,”日本驻沪总领事小田切面容严峻,他和兴业银行理事井上辰端坐在汉冶萍驻沪总局的会客厅里,“您瞒着我方与华俄道胜银行密商借款一事,严重违反了你我之间有关的合同规定,也伤害了我们之间合作的友谊。”

“总领事阁下,盛某不知您所说的违犯合同规定,到底是指的什么合同什么规定?乞盼说明。”盛宣怀不卑不亢,不露声色。

“自然是《预借矿价合同》。”小田切说,“其中有关担保的规定。”

井上辰背诵道:“该合同第二条规定,‘以大冶之得道湾矿山(附图)、大冶矿局现有及将来接展之运矿铁路及矿山吊车并车辆、房屋、修理机器厂(此系现在下陆之修理厂)为该借款之担保项。此项担保在该限期内不得或让,或卖,或租于他国之官商,即欲另作第二次借款之担保,应先尽日本。’”

“对呀!盛某谨遵合同,并无违反呀!”

“请注意这句话,”小田切提醒,“‘即欲另作第二次借款……应先尽日本’。”

“总领事先生，”盛宣怀笑了起来，“请总领先生不要断章取义。那句话的原意是说：‘即欲另作第二次借款之担保，应先尽日本。’它说的是第二次借款担保，即以上述财产作为再次借款的担保，而非借款本身。”

“有借款才会有担保，担保和借款不可分离。盛大人的意思是不是说，担保先尽日本，贷款去找别人，它是这样的意思吗？”小田切冷笑着，“实可见两者说的是同一回事，要不然何须多此一举？”

“哎呀，总领先生怎么可以……如此释文断义？”盛宣怀也被搅糊涂了。

“它的原意就是如此！‘即使要作第二次的借款和担保，应该先考虑日本。’——盛大人，您说，我们这样理解不对么？”小田切冷笑着问。

“如果……我们不以上述财产作为第二次借款的担保呢？”盛宣怀终于脑子开窍，转过弯来，找到了问题的核心所在。

“阁下打算以何作担保？”小田切愣了愣。

“汉阳铁厂或萍乡煤矿。”

“不可能。”小田切摇着头，“我们调查过了，汉阳铁厂现在还是官产，阁下无权以官产作抵押借外债。萍乡煤矿已经抵押给了德国的礼和洋行。除此以外，阁下的手上便只剩下了大冶铁矿。大冶铁矿中的多数铁山都是官产，只有得道湾等少数几处是商股铁山。运矿铁路本来也是官产，贵国政府已经破例让阁下担保了一回，不会再有第二回了。”

这下，轮到盛宣怀无话可说了。

这以后日本人反复地来纠缠，双方在本不应产生歧义的合同条款上各持己见，争执不下。盛宣怀当然明白日本人这是故意找茬，搅浑水。因为他们很清楚，俄国人如果插手汉冶萍成功，那无疑是掐住了日本人的“死穴”。就在此时，“‘大冶丸’水手事件”传来，盛宣怀终于有理由拒绝日本人了。

盛宣怀约见了日本国驻沪总领事小田切。

“总领事阁下，”盛宣怀彬彬有礼地说，“鉴于湖北省大冶县日前发生了贵国水手刺死我国民众的‘大冶丸’水手事件，中日双方正在交涉之中，我不得不遗憾地知会总领事阁下，同时终止你我双方关于商约借款的接触和洽谈。”

“盛大人，有这必要吗？”小田切问，“这两者实际是可以同步进行的。”

“不，总领大人忘记了，”盛宣怀笑着说，“我国的外务部曾经有过规定，在办理中外交涉期间，暂停与相关交涉国的商务谈判，以交涉为先。”

小田切："难道……就不能稍稍变通一下吗？"

"总领事先生请原谅，朝廷制度，恕盛某不敢私下变通。再说了，"盛宣怀顿了顿，"汉冶萍目下系官督商办，举借外债须报请我国外务部批准。就如同上次的《预借矿价合同》，最后必须外务部同意，并在合同上盖章方可有效。眼下正值中日交涉期间，外务部不会盖章的。"

"不知阁下与俄国的借款谈判，是否还会继续？"小田切沉默着。

"当然！汉冶萍正在等米下锅，刻不容缓。"盛宣怀肯定地回答，"贵国退出，诚非盛某本意，实在爱莫能助。"说罢，假惺惺的满脸歉意。

"日俄两国在中国有重大利益冲突，而汉冶萍又事关日本的根本利益所在。请阁下务必慎重考虑，三思而后行。"小田切说罢鞠了一躬，转身离去。

盛宣怀并不认为小田切最后这话里含有威胁的意味，他很自信自己对列强的洞悉和驾驭技巧。没有了日本人的干扰，盛宣怀加紧了与俄国人的谈判进程。但是不久，这个进程就不得不被打断——上海"周生有案"发生了。

原来日俄战争中俄国海军被打败后，很多舰只和人员四散逃命，其中奥斯科巡洋舰败逃来到上海，滞留上海港。舰上的俄国水兵、一等伙夫阿基夫，有一次酒醉后在外滩乘坐黄包车时不付车钱，与车夫、宁波人周生有发生争执，阿基夫拔出匕首将其当场刺死。惨案发生后，巡捕将凶犯逮捕。按照国际法，外国军人在中立国犯罪要受中立国的法律审判制裁，照理应将该犯交给中国当局，但巡捕房却将凶犯交给了俄国领事署，俄领事署随即又转交给了奥斯科军舰，说是要按"军律"处置。随后俄军方对该犯做出了袒护处理。此事在上海引发众怒，尤其是宁波籍工匠、工商业者纷纷集会抗议，强烈要求将俄犯"交由华官重新审问"。盛宣怀就是在此民情汹汹之时，接到朝廷电旨，受命为首席谈判大臣，会同上海道等地方官，与俄国人展开了艰苦的谈判。

但随着对案情的深入调查，真相被一步步揭露出来，盛宣怀发现了案件背后的一个惊人内幕：清醒过来的阿基夫在后来的审讯中供认，他是受人指使和怂恿的。原来穷愁潦倒的俄国水兵阿基夫有天在外滩邂逅了几名日本浪人，日本浪人请他喝酒（国家之间虽有战争，但这并不影响个人之间的交往），把他灌得酩酊大醉。后来日本人便跟他打赌，挑唆他寻衅滋事，阿基夫脑子一热就闹出了这么一件事。说者无意听者有心,参与会审的中国官员倒并不认为凶犯这么说有什么特别之处,反倒以为那不过是他的开脱之词,但盛宣怀却猛然顿悟:原来日本人这是以其人之道还治其人之身,他们如法炮制了一个俄国版的"'大冶丸'水手事件",目的就是以同样的理由阻止他与俄国人的借款谈判。

盛宣怀仿佛已经确信无疑地感受到了事件幕后小田切伸过来的那双黑手,案件突然变得复杂起来。毫无疑问俄国人和日本人都希望他追查这条线索:俄国人当然希望揪出幕后凶手和挑唆者,借以减轻阿基夫的罪责;日本人则是希望把案件拖入遥遥无期的调查(肇事的日本浪人也许早就不知去向了),那么他与俄国的借款谈判也将会遥遥无期地拖延下去。此时如何处置案件,摆在盛宣怀眼前便有两条路:或繁,或简。繁就是把问题复杂化,沿着日本浪人这条线索继续追查,那样正好中了俄国人和日本人的圈套;简就是把问题简单化,对阿基夫的供认置之不理,因为第三者的挑唆和怂恿并不能成为凶犯减罪的理由。尽快平息众怒又不开罪俄国人,对朝廷和上海民众有一个说得过去的交代,这应该是处理"周生有案"应奉行的原则。盛宣怀在对外交涉中从来不会把简单问题复杂化,他理所当然地选择了后者。

也是同样的理由,他不得不终止了与俄国人的借款谈判。

从石灰窑到大冶县城,走官道四十华里。自从"'大冶丸'水手事件"发生后,西泽公雄已经在这条路上坐轿子走过了好多回。

平常日子,西泽公雄去县城的机会并不多。自从大冶铁矿石开始输日本后,大冶县衙的佐杂编制里就多了一个特别的官职:总理矿务委员,正八品,与县丞平级。总理矿务委员常驻石灰窑,其职责是会同日铁驻在所官员,共同处理矿石对外输出和运输中出现的问题。平常需要中方出面协商处理的码头上的一些小问题,西泽直接找这位矿务委员就解决了。但"'大冶丸'水手事件"是人命关天的大事情,那位矿务委员又很小胆,好多事情都不敢挑担子,西泽公雄就不得不一次次地跑大冶县城,直接找知县大人交涉洽谈了。

西泽公雄第一次去大冶县城拜会大冶县现任知县林佐,是几年前他刚刚出任日铁大冶驻在官的时候。那当然是一次纯外交礼节性的例行拜访。

但他对那位外表清癯干瘦、有着一副好老头形象的大冶县知县却留下了极好的印象。林佐，直隶顺天府大兴县人氏，与张之洞是大同乡，光绪初年出任大冶知县；从张之洞督鄂的光绪十五年(1889年)开始，又曾前后三次出任大冶县知县，一次大冶矿局总办。林佐等于说在大冶前后一共干了四任知县。这让省城藩司衙门前那些天天望眼欲穿，等着挂牌候补的官员们私下便有了不满和非议，说张之洞任人唯亲，重用同乡林佐，无非因为林佐跟他是同乡。可后来西泽公雄跟林佐接触多了以后，发现根本不是那么回事。林佐亲民、清廉，这是大冶百姓所公认的。他还具有当时中国的很多官员所不具备的特质：热心洋务，实干好学。光绪初年盛宣怀受李鸿章委派、首次带领洋矿师赴鄂勘察大冶铁矿，就正好是在林佐任上，林佐给予了盛宣怀极大的支持配合，两人间至今还保留着很不错的私谊。张之洞督鄂后，大冶县又成了鄂省办铁的首度开发之区，林佐在任上出色完成了张之洞交给他的许多高难度工作，比如从潘、杨二姓手中购置铁山产权，比如为修筑大冶运矿铁路征地等。林佐在处理对外交涉中务实不图虚名，敢挑担子负责任。林佐有别于同时代大多数中国官员的思想守旧、抱残守缺，他还非常善于学习。比如近世以来中国先贤所主张的睁眼看世界的那些著作，如魏源、林则徐、郑观应等，他基本都读过了。平心而论，他的眼光、学识、才干和人品，在当时中国的基层官员中是出类拔萃的。张之洞任人唯贤，怪不得他要屡次三番地起用林佐，而把那些只会牢骚满腹地排着长队等待候补，只知道升官发财的庸官恶吏们撇在一旁，一坐就是好多年的冷板凳。

西泽公雄从北门进了大冶县城，经过徐家垴，穿过熙熙攘攘的街市，来到了西桥的县衙前，正好遇上县太爷林佐带着一群佐杂随从要出门。西泽公雄一问，原来是重新修缮后的金湖书院今天竣工开学，县太爷要赶去出席庆典。林佐不由分说，把西泽公雄也一块拉了去。

位于大冶湖畔青龙阁旁的金湖书院是大冶县县学，始建于南宋末年，也是著名的大冶八景之一“金湖映月”。后经历代兵燹水患，几毁几建。最近的一次毁于光绪末年的大洪水，林佐在任上积极筹款兴学，锱铢积累，终得大功告成。新竣的金湖书院规模扩大了将近一倍，他还仿照省城武昌两湖书院的办学模式，广泛延聘师资，在金湖书院设置了近代科学的基础课程，比如数学、格致、天文、地理等，让学生入学就能接受近代科技知识的普及教育。工学博士西泽公雄今天来得正是时候，林佐当然不会放过他。就在这次的庆典大会上，西泽公雄当场被聘为金湖书院的客座教习，他还应邀向全体师生及来宾作了关于西方现代工业的现场即兴演讲。庆典结束回到县衙，用过午膳，西泽公雄这才有机会坐下来，和林佐正式开始了关于“‘大冶丸’水手事件”后续事宜的洽谈。

“上次敝人前来会晤贵知县，谈到我方对于处理‘大冶丸’水手事件的基本态度，提出三点意见：一、由日铁负责对受害者殓葬，并按当地生活标准对家属进行赔偿和抚恤；二、肇事者立即释放，交由我方带回自行处置，同时被贵县江防营扣押之‘大冶丸’放行；三、对在码头上聚众斗殴日籍员工的中国苦力，其为首者由中国官府负责拘捕和严加惩戒，并保证日后不再发生类似事件。今磋商期限已到，不知阁下对此有何答复意见？”西泽公雄问。他上次来县城会晤林佐是在十天前，事件发生的第二天，那时他的态度还很强硬。

“本县已将事件发生之本末及贵方意见详细禀报上司，今正式回复贵驻在官：我方不能完全同意贵方所提出之三条意见。”林佐正襟危坐，不卑不亢地回答，“其一，关于肇事凶犯之处置问题。该犯系来华船员水手，而非在华之外交人员，故不享有外交赦免权，在华犯罪，理应交由我国依《大清律》审讯处置。其二，中国苦力聚众斗殴日籍员工，系日籍员工蛮横不讲理、草菅人命引发众怒而起。日籍员工错在先，有因才有果，惩因方能戒果，不能单方责罚中国苦力。待凶犯得到惩处，我方自然会对其为首者进行劝诫训导，以免滋生后事。”

西泽公雄一时说不出话来。找了一个茬子：“可是贵县江防营扣押‘大冶丸’已近半月之久，给日铁造成严重经济损失。贵方这么做，又有何根据？”

“这个……”林佐沉吟着，忽然脑子一转，找到了理由，“凶犯既系该船水手，案发后船、犯一并扣押调查，也属在理。今既查明系凶犯个人行为，与该船无关，本县自当放行该船。”

“人呢？”西泽公雄追问。

“凶犯必须扣押，得到法办！”林佐斩钉截铁，毫不含糊。

“林大人，贵县……难道就不能通融通融吗？”西泽公雄忽然笑容可掬，换了一副嘴脸，连他的声调也明显柔和了许多。

林佐有些吃惊地望着西泽公雄，他想不明白，一个态度曾经那么强硬的人，怎么会变脸这么快，突然转弯软了下来？

“西泽先生，怎么个……通融？”林佐不动声色地问。

“比如说，我方原意给予受害者以双倍的赔偿。又比如说，贵县的金湖书院将来每年的办学经费，将由日铁固定资助。”

“这有点诱人。本县想，你们应该还有条件吧？”

“当然，换取贵方不再对肇事者的追究。”

林佐沉默了。他不知道，西泽公雄对事件的处理态度此时已发生了根本性的变化，而这种变化正是来源于日本八幡制铁所驻华代表、日本国驻沪总领事小田切的指示。小田切在指示中说：“……尽快结束‘大冶丸’水手事件，避免纠缠，以争取先于俄国人开展对汉冶萍贷款的谈判，抢占先机，符合帝国的根本利益。为此，可不惜做出必要的让步。”原来不久前日本内阁农商务大臣、外务大臣、大藏大臣联名向总理大臣提出“清议案”，要求再次确认日本政府对汉冶萍之未来方针，随后外务大臣小村寿太郎马上给小田切发去了密电，指出日本“对大冶铁矿方针，在于使其与我制铁所关系更加巩固，而为永久性者；同时又须防止该铁矿落于其他的外国人之手。……我国的对华交涉，须以此方针为根本原则。”所以，西泽公雄这次就是抱着让步和息事宁人的态度来的。当然同样让西泽公雄想不到的是，林佐日前也接到了盛宣怀的电报。恰恰相反，盛宣怀在电报中让他设法拖延、羁縻，不让“‘大冶丸’水手事件”结案。林佐当然不明白盛宣怀为何要这么做，但他相信上面这么做自然有这么做的道理。

“西泽先生，您要明白，追究凶犯其实并非仅仅是我们官方的意见。”林佐开始踢皮球了，“受害者亲属来到本县击鼓鸣冤，坚决要求惩办凶手，这才是最主要的。中国有句老话说‘杀人偿命，欠债还钱’，这两者天经地义，古往今来，亘古不变，中国的老百姓就笃信这个道理。所以要想获得通融，除非凶犯得到了受害者亲属本人的原谅，除此，别无他法。”

林佐话音刚落地，就像是为了印证他的话似的，县衙前院里响起了闹嚷嚷的人声。有衙役进来禀报说，外面来了很多请愿的老百姓，清一色姓盛，他们高举着锄头耙叉，包围了县衙。原来盛姓在铁山是大姓，除了盛洪卿外还有好几个姓盛的村子，都是同宗同派，被日本人刺死的那位姓盛的苦力就正是铁山人。他们不知从哪儿听说官府已接受了日本人的贿赂，打算跟日本人谈判，同意让日本人花钱消灾，释放凶犯，了结此案，于是群情激愤,在宗族的组织和发动下,赶来请愿,坚决要求惩办凶犯。林佐听罢对西泽公雄抱歉地摊摊手,意思是说:你听到了,我没骗你吧?

林佐不敢怠慢,赶快接见了请愿百姓的代表。为了证明自己的清白,并非如传言中传说的那样,他还特意拉上西泽公雄一起参加了接见。没想到进来的请愿代表中,竟然有西泽公雄的干亲家"独眼铳"。原来姓盛的那位死者,不仅仅是"独眼铳"的本家,还是"独眼铳"的远房表侄。死者家里只有一位瞎眼老母,"独眼铳"理所当然地成了老表姐的代理人。两个人在这种场合下见面,自然很是有些尴尬。不过"独眼铳"坦坦荡荡说:"我们今天不是讲私情的,我们这是代表两国交涉,各为其主!"

会谈自然不会有什么结果,但却让西泽公雄意外看到了一个解决问题的途径:通过"独眼铳"去做死者亲属的疏通工作。

于是有一天,西泽公雄提着礼品,来到了铁山"独眼铳"的家中。

"啊,西泽先生来了!""独眼铳"照例很热情很高兴,"你今天来得正好,我昨天刚刚打到了一只麂子,正准备给你分条腿送过去呢!"

"是吗?不用送了,"西泽也显得很高兴,"我今天赶上口福了。"

"说吧,红烧还是清炖?"

"先不忙烹调。我今天来的主要目的,是想去你那位老表姐家。"西泽公雄亮亮手里的礼品,"我想登门去看看她老人家。"

"你去……她家?""独眼铳"警觉起来。

"她儿子不幸死在了我们日本人的手里,作为大冶这个码头上日本政府派遣的最高长官,我深感失职、内疚和不安。难道我想去看看她,向她当面表达一下我的歉意,连这也不可以吗?"

"独眼铳"无话可说了。

死者的村庄就在盛洪卿旁边,离着不远。路上,"独眼铳"向西泽公雄详细介绍了他的这位远房表姐怎么"命苦",年轻的时候怎么守寡,又怎么有"骨气",无数次地谢绝了媒人的上门劝说,宁死不改嫁;后来又如何瞎了眼,又如何含辛茹苦地把独生儿子拉扯大;再后来她还获得了朝廷和皇帝旌表的"节妇"名号,县志上给她作了记载,宗族还为她立了牌坊,等等。"独眼铳"说起他这位远房表姐的时候,是满脸的骄傲和自豪。

西泽公雄来到了死者的家中,虽不能说是家徒四壁,但几十年生活的窘迫却随处可见。那位瞎眼的孤老太太,正因为失去了寄托着她全部生命希望的独生子，而在精神上和肉体上一齐坍塌了。她静静地躺在床上，不吃也不喝，骨瘦如柴，形容枯槁，全凭着亲房家族的好心人偶尔过来照料一下她。西泽公雄没有惊扰她，只在她的床前默默鞠了躬，然后放下带来的礼品，就离去了。

西泽公雄后来又在“独眼铳”的陪同下，去了盛氏的宗祠，凭吊了停厝在那里的死者的灵柩。西泽公雄在做这些事的时候，虔诚专注，看得出来他的脸色是凝重的，表情是沉痛的。这让“独眼铳”对他的这位干亲家忽然有了一种格外的好感和歉意，他觉得自己应该帮他一把了。

“听说大冶民间有个习俗，”在返回盛洪卿的路上，西泽公雄忽然问，“只要死者生前的仇家给死者披麻戴孝端灵牌，死者就可以原谅仇家，从此不再追究，也不在阴间向仇家索命追魂，是这样吗？”

“你……什么意思？”

“我想让凶犯在死者出殡的那天，亲自来为他守灵，披麻戴孝端灵牌。以此来换取你们对他的原谅，行吗？”

“你是说那个日本人无须偿命了？”

“是。如果你们能够同意，日铁还愿意对死者亲属给予双倍的赔偿和抚恤。”西泽公雄说，“我刚才看了死者家里的情况，让人很揪心。说实话，死者已去，不可生还，而安顿好生者才更有实际意义。况且，你们忍心让另一位命运相似的日本母亲，也同样陷于失去独子的痛苦吗？”

“你是说……那个凶犯？”

“对。大岛茂君也是孤儿，他出生在北海道的渔民家庭，他的母亲在他很小的时候就守寡了，把他拉扯大同样也很不容易。请看在另一位母亲的份上，宽容并放过他一马吧。”说罢，西泽公雄低头，深深鞠了一躬。

“西泽先生，你这是干什么？”“独眼铳”赶忙扶起他。

“独眼铳”沉思着，有好一会儿不再吭声。

“……西泽先生，你对你刚才说的能负责吗？”“独眼铳”忽然问。

“当然！我们可以先与死者亲属签下一份契约，白纸黑字，请人作公，不得反悔。契约签订后，赔偿给付立即到位。”

“那凶犯披麻戴孝端灵牌呢？”“独眼铳”紧追了一句。

“你放心，到了出殡的那天，我将亲自送大岛茂君来，在死者灵前赎罪！”西泽公雄拍着胸脯说。

这以后“独眼铳”真心实意地帮起自己的干亲家。他先是设法说服了自己的那位老表姐，善良的老太太听说凶手那边也同样是孤儿寡母时，她主动放弃了对凶犯偿命的追究。后来“独眼铳”又利用自己与死者同姓同宗好说话的有利条件，在死者的宗亲里面做了很多的说服工作。最主要的，还是日铁的赔偿额让死者的家族动了心。那笔几千两银子的赔偿和善后，不光可以让老太太衣食无忧地度过她生命中余下的时光，还可以让她的许多宗亲都分得一杯羹。

契约签订后，西泽公雄凭着这份契约找到了林佐，言明已得到死者亲属的谅解，双方已就赔偿和赎罪协商妥当，要求释放被关押的大岛茂(此前“大冶丸”已经放行)。林佐既已有言在先，在这种情况下自然不好再说什么，于是层层上报，县里报到府里，府里报到省里，省里又报到北京。西泽公雄又搬动日本国的驻华外交机构层层出面配合，北京的外务部很快回电，批准了“关于‘大冶丸’水手案结案，释放凶犯大岛茂”的报告。这起因大冶铁矿石输日引起的涉外纠纷正式宣告结束，此时离案发已经过去了三个多月。

出殡那天，“独眼铳”左等右等，望断秋水也没见西泽公雄将大岛茂送来。两天前，他已将出殡时间提前告知了西泽公雄，并且还在西泽公馆见到了大岛茂。那时候他刚被释放出来不久，住在西泽公馆里调养身体。西泽公雄当着大岛茂的面拍了胸脯，再次表示一定会依约办事，决不食言。于是大家指责“独眼铳”，讥笑他痴，听信小日本干亲家的话，连带大家都被日本人耍了。“独眼铳”还不服气，说西泽先生不是这样的人，你们等着吧，说不定他们此时正好在盛洪卿站下了火车，正往这里来呢。可西泽公雄和凶犯最终还是没有等来。乡俗出殡时间既定下了就不能再改，灵柩只得起程登山。

办完丧事，“独眼铳”背着铳，登上了开往石灰窑的运矿火车。

“独眼铳”没有坐在客车车厢里。他站在客车和矿车的连接处，脸色铁青；放眼望去，运矿火车如同一条蜿蜒的长龙在田野上起伏爬行；他头上的辫子不知什么时候散开了，列车卷起的狂风迎面吹来，长发飞舞，连同他眯缝着的那只被酒精烧红的眼睛，看上去仿佛一头怒冲冲的独眼怪兽。

到了西泽公馆，他一脚踹开了西泽办公室的门。

“把凶犯交出来！”“独眼铳”厉声地呵斥。

“对不起，他已经回国了。”西泽公雄站在窗前，转过身来。

“你！……骗人！”“独眼铳”恶狠狠地说，举起了手里的铳。

西泽公雄不再说话，转过身去，一动不动伫立在窗前。

铳口慢慢瞄准了西泽公雄的后脑勺。

土铳举了很久很久。终于，还是缓缓放下了。

“独眼铳”啐了一口，恨恨地转身离去。

初夏的一天清晨，天还没有亮，薄雾笼罩的长江江面上，只有航标灯在闪闪烁烁。停泊在石灰窑日铁码头边的日本运矿驳轮“大埔丸”上，某水手正好早起撒尿。他站在船舷边，快意地“哗哗”地往长江里放水，于是他偶一抬头，睡意蒙眬的双眼正好目睹了这样一幅景象：在东方鱼肚白的背景下，远处西塞山峥嵘的山形横亘在长江上，一支铁甲舰队忽然从斜刺里绕过了西塞山脚，黑烟突突地往上游石灰窑方向驶来了。——没错，那既不是客轮也不是商船，那就是兵舰！它巨大的前甲板炮塔在黎明的曙色里轮廓分明。

那名水手呆呆地看了好半天，赶忙去喊起了他的同伴。

日本人围在船舷边，叽叽喳喳地小声议论起来。

“这是哪国的兵舰，看清楚了吗？”有人问。

“天没大亮，看不清楚。”有人答。

“不会……是大清国的吧？”

“胡说！大清国哪里还有海军？十年前早被我们的海军打败了。”

“会不会是我们的海军？”又有人问，“听说帝国海军的第三舰队就在长江口外的吴淞公海上游弋。”

……

天色渐渐地明朗起来，日本人这才看清楚了：领头的旗舰是一艘轻型巡洋舰，舰首上漆着“威廉王子号”几个普鲁士文的白色字母，上面悬挂的是黑白红三色的国旗，中央加一只秃鹫的徽号。

“那是德国海军的军旗！”有人认出来了，“是德国的远东舰队！”

德国舰队显然是冲着日本人来的。到得近前，几艘军舰并没有减速，它们在江面上迅速地分散开来，成扇面以散兵队形，仿佛黑云压城一般地朝日铁码头停泊的“大埔丸”包抄了过来。那架势仿佛是要来撞船了。

“德国人要干什么？”日本人慌神了，有的已经开始往趸船上跑。

可是德国兵舰并没有真的朝着码头撞过来，它们在离“大埔丸”一百多码的地方突然停了下来，熄火，抛锚，停在了江面上。

全部炮塔上的炮口，一齐虎视眈眈地瞄向了日铁码头。

时间在窒息的宁静中一分一秒过去了，可是德国人并没有开炮。

得到报告的西泽公雄早已从西泽公馆里冲了出来。他站在江边，紧张地望着停泊在长江里的德国舰队，一头雾水。

一个小时后，西泽公雄登上了“威廉王子”号。接待他的，是德国海军远东舰队司令棣特利斯少将。

“请问贵军来此的目的？”西泽公雄用标准的伦敦英语发问。

“毫不掩饰地说，”棣特利斯摆出德国老贵族特有的傲慢，“十天前我军奉命从胶州湾的海军基地出发，目的地是湖北省大冶县石灰窑江边的日铁码头。我们此行的目的，是奉我国皇帝威廉二世陛下亲自下达的口谕，专程来此，向贵方宣示普鲁士帝国的愤怒和尊严，并向贵方提出严重抗议！”

“可否……请将军阁下明示？”

“大冶铁矿运矿铁路系由德国提供资金并设计建造，由德国提供管理人员，全部的车辆、设备等亦由德国引进。自从大冶铁矿石开始输日后，贵方的觊觎之心愈来愈令人难以容忍，所作所为已严重损害了我国的利益。”

这么一说，西泽公雄倒是明白了。原来《预借矿价合同》未订之前，日本人就已经敏锐地觉察到了，未来能否源源不断地确保向八幡制铁所输出矿石，关键是铁路运输，即从铁山铺到石灰窑江边的这段运矿铁路必须掌握在日本人手里。这就是为什么后来的合同中，日本人坚持要用运矿铁路作为借款抵押的原因所在。合同签订后，西泽公雄又利用合同中有关聘请日方技术及管理人员的有利条款，这几年来在运矿铁路的管理和技术要害部门中大肆排挤德国人，安插日本人，引起了德国人的强烈不满。

“将军阁下，请您正视这样一个事实：《预借矿价合同》已将大冶运矿铁路作为借款担保，整体抵押给了日本的正金银行。我方有权保障自己的合同利益，我方的所作所为也完全在合同允许的范围之内。”

“争论合同条款那是外交官们的事情。”棣特利斯腾地站了起来，骄横地说，“作为军人，我的职责是用克虏伯大炮为国家代言！”

“好吧，将军阁下，既然您要这么说，那么毫无疑问，我们也会奉陪到底！”西泽公雄毫不示弱，“我们既然能够打败号称世界第二的俄罗斯海军，我想对于位列世界第三的普鲁士海军来说，应该也不在话下。”

西泽公雄说完,优雅地不失外交礼仪地鞠了一躬,转身离去。

西泽公雄回到岸上的公馆里。这时驻汉口的总领馆来了一份密码电报,原来几个小时前,几乎与德国舰队抵达石灰窑的同时,德国总领馆已经向日本驻汉总领馆递交了一份内容相同的外交抗议照会。可能是德国舰队提前到达了目的地,所以引起了一片虚惊。也是在那份电报里,驻汉总领馆通知西泽公雄,游弋在吴淞口外的帝国海军第三舰队,正奉命紧急进入长江内河。

两天后,日本海军的一支特混舰队抵达了石灰窑,马上呈扇形从外围包围了德国舰队。消息传开,石灰窑和黄石港立刻人心惶惶。一年前,日本人和俄国人刚刚在中国东北打了一场日俄战争,莫非一年后,在中国长江流域的腹地又要打一场日德战争?但是石灰窑江面密布的外国战舰却是不容置疑的事实。这种事情中国人向来宁可信其有,不可信其无。于是石黄两镇顿时陷入了混乱之中,商店纷纷关门停业,市民百姓卷起金银细软四出逃难。

但是混乱很快就平息了下来。县署及时贴出安民告示,告之民众说,"两国兵船此来原系友好访问","前偶有龃龉,经知县林佐设法安抚开导,今已尽释前嫌,握手言欢","望市民百姓安心从业,勿惊勿扰"。后来县城百姓还真的看到了这样一幕:父母官林佐大人在县衙设宴款待了两国海军的将弁。知县林佐因为成功化解了这场战争危机而在事后受到朝廷的褒奖。可他到底是如何"设法安抚开导"的,内情却不为人知。后来有知情人说,林佐是捺了个大便宜,这场战争本来就打不起来,德国人只不过为挑衅、示威而来,他们并没有发动一场战争的准备,一看日本人也强硬了起来,于是借坡下驴就地一滚,跟日本人"握手言欢"了。后来又有了另外一种说法,说这次德国人之所以来大冶挑衅,原是受了俄国人的挑唆和怂恿,说俄国人谋求插手汉冶萍的计划,因为上海的"周生有案"而失败,便想出了这么个计谋,挑动德国人出来跟日本人干。那时的列强在中国营垒分明:俄国、德国、法国是利益同盟,它们主要控制着中国的北方和西南;英国、美国、日本是利益同盟,它们的主要控制范围在长江流域和东南沿海。本来法国和德国在欧洲是死对头,但是到了亚洲它们却成了盟友,所以这才有了后来针对日本的"三国干涉还辽"。

再后来的事情,就是知县林佐以东道主的身份,陪同两国的海军官兵参观了大冶铁山，游历了西塞山、东方山等地方名胜，宾主皆尽兴而归。德国海军远东舰队司令棣特利斯少将临分别的时候，主动向日本海军第三舰队司令瓜生赠送了他的挎刀。在西方，军官互赠佩刀是友好的表示，那既是绅士风度，也是一种时尚。瓜生也回赠了挎刀。棣特利斯送给瓜生的那把挎刀，是德国皇家海军军官的制式佩刀，做工精良，刃体为罕有的人工焊接大马士革钢制造；手柄为象牙缠绕金线，重层鎏金，极尽豪华；护手可折叠，上面浮雕为德国皇家海军图案，柄头两侧镶嵌红绿宝石各一，象征军舰的两盏定位灯。

第五章 惊涛洞庭湖

清光绪三十二年(1906 年),中国有两条铁路竣工通车。

四月一日, 中国铁路总公司督办大臣盛宣怀陪同湖广总督张之洞,在汉口大智门火车站登上芦汉铁路通车庆典的花车,对芦汉路南段进行了视察验收。他们与负责芦汉路北段验收的直隶总督、北洋通商大臣袁世凯相会于黄河大铁桥上,共同完成了对芦汉铁路的全线验收。至此,中国第一条南北腹省大干线宣布正式竣工通车,并在随后更名为京汉铁路。芦汉铁路从提出计划到实施完成前后历时十七年,通过张之洞、盛宣怀两代人的接力,终告梦圆。

喜讯接踵而至,六、七月间,从江西萍乡到湖南株洲的株萍运煤铁路也宣告建成,同时萍乡煤矿的主体基建项目“大煤槽”也全面竣工。盛宣怀又马不停蹄赶到汉口,乘坐汉阳铁厂的“汉萍”号轮船,赶往湖南、江西参加通车庆典。

“汉萍”号是深水客货两用轮船,属汉阳铁厂运输股,此前一直固定跑沪汉航线,为客户运送大宗钢铁产品。“汉萍”号底层货舱顶层客舱,除了运货,它同时还具有比较好的客运接待条件,所以这次株萍铁路通车庆典,厂方就临时把它抽调出来,作为专门的接待船只。

汉阳铁厂的铁矿石和煤焦都需走水路从外地运入,维持汉阳铁厂正常生产的运输系统是个庞大复杂的机构。不过在汉冶萍公司成立前,煤铁运输有个分工:汉厂运输股专门负责汉冶航线的铁矿石运输,船名多以“汉”字号开头,如“汉顺”“汉兴”“汉利”等;汉湘航线的萍乡煤焦运输,则专由萍乡煤矿驻汉阳运输所下辖的株洲转运局和岳州转运局负责，隶属其麾下的船只多以“萍”字号开头，如“萍富”“萍强”“萍安”等。那时这几处合起来的拖驳有上百艘，以汉阳为中心，跑下游的去大冶运输铁矿石；跑上游的去湖南运输煤焦，每天在长江水道上往来奔驰不绝，蔚为壮观。

那时萍乡煤矿还有好几十艘木帆船，主要供萍煤在上游转运之用。原来从前未修通株萍运煤铁路之前，萍乡所产的煤焦，从宋家坊萍河码头运到株洲渌水入湘江口，全程三百里，全系溪流，河道浅窄，且有土坝一百余座，仅能行驶小木船，名曰“倒划”，装载量也极为有限。出渌水，入湘江，亦多浅滩。直至进入洞庭湖，过了城陵矶，进入长江主航道，方可通行无阻，直达汉阳。

从汉阳到株洲水路有近千里，“汉萍”号在途中抛锚停歇了两夜：第一夜宿岳州，第二夜宿长沙。这次株萍运煤铁路建成通车，萍乡所产煤焦可以通过火车直接运送到湘江边的码头装船，解决了长久以来困扰汉阳铁厂的煤焦运输难题，是盛宣怀接手汉阳铁厂“官督商办”十年来的头等可喜可贺之事。也许是这件事现在已跟张之洞没有了直接关系的缘故吧，他这次没有来，但他已咨文湖南巡抚岑春蓂，务必给予全力支持和高规格接待，岑春蓂已提前妥为布置。“汉萍”号上的嘉宾除了盛宣怀及其幕僚、随从外，还有湖北铁政局、汉阳铁厂的部分官员们，负责株萍运煤铁路设计、施工的中外主要工程技术人员，以及中外新闻记者。

嘉宾们从汉阳出发，溯江而上，然后从城陵矶进入洞庭湖，一路饱览江湖风光。第一夜宿岳州时，岳州知府备下了洁净的馆驿和丰盛的酒食，他的接待已经让“汉萍”号上的嘉宾们啧啧称赞了。第二天“汉萍”号继续纵穿八百里洞庭，沿湘江南下。第二夜宿长沙，岑春蓂亲率省城藩臬司道府县官员，亲往长沙金华殿码头迎候，又是同样盛情的款待。

盛宣怀这次出来还带了秦碧珍，名义上说是为了照顾他的生活起居，实际上是秦碧珍耐不住大公馆的寂寞，想出来游山玩水。岑春蓂从前在湖北做汉黄德道时，汉阳铁厂正在他的治下，所以跟盛宣怀很熟。是夜在长沙，岑春蓂特地把盛宣怀两口子请到了自己的官邸里，他让自己的妻妾陪着秦碧珍“叉麻雀”，自己则陪着盛宣怀喝茶聊天。

岑春蓂，广西西林人，壮族，字尧阶，荫生出身，官至湖北汉黄德道、湖北按察使、署理贵州巡抚，今年不久前才刚刚奉旨调任湖南巡抚。岑春蓂在中国近代史上是个平庸的默默无闻的人物，除了几年后的清宣统二年(1910年)，他在处置长沙饥民抢米风潮时开枪镇压百姓所留下的恶名外，史上几乎没有留下什么有关他的记载。倒是他的父叔辈和兄弟辈，在中国近代史上都是鼎鼎大名，如雷贯耳的人物。其父岑毓英，以镇压西南边民起义军功卓著，于光绪初年升任云贵总督；其叔岑毓宝，在中法战争中，亦以军功署理云贵总督；与其小一岁的胞弟，后来历任四川总督、两广总督、云贵总督的岑春煊，并称为"一门三总督"，在广西当地传为美谈。岑春蓂虽身为哥哥，无论官衔还是官声都要逊于弟弟岑春煊，这其中当然还另有原因。原来庚子年间八国联军攻陷北京，慈禧与光绪仓皇西逃，时任甘肃按察使的岑春煊最先率部"勤王"，由此深得慈禧的好感和信任，日后屡获升迁。岑春煊忠肝赤胆、性情刚烈，最是疾恶如仇、刚直不阿，本来就是个性情中人，又仗着背后有慈禧太后撑腰，对官场上的贪腐之风大兴挞伐。他在四川总督任上，一次弹劾官员四百多人；在两广总督任上，光是有名有姓、有凭有据的贪官污吏，就处理了一千多人，很多官员"闻岑色变"，把他称为"清末'三屠'"的"官屠"(另"两屠"是：张之洞"士屠"，袁世凯"人屠")。岑春煊对于袁世凯勾结庆亲王奕劻把持朝政、狼狈为奸早就看不惯了。他是那时候唯一敢公开站出来与袁世凯抗衡叫板的人物，故时人有"南岑北袁"之说。

两个人聊着聊着，聊到了当今朝政，自然也就聊到了袁世凯身上。

"杏翁，"岑春蓂叫着盛宣怀的尊称，他比盛宣怀要年轻个十好几岁。听得出来，岑春蓂问得小心翼翼，"不知阁下对慰廷这个人究竟有何看法？"

"尧阶大人，你呢？"盛宣怀不露声色，故意反问，"盛某倒是想先听听，阁下对袁项城这个人有何看法？"

"我嘛，嘿嘿，实在是……不好说，不好说。"岑春蓂干笑着。他没有料到盛宣怀会就势"反将"，闹得一时很窘迫，有点语无伦次。

"你太不像你那位弟弟了！"盛宣怀有点揶揄意味地说，"阁下昆仲二人性格如此截然相反！换成是云阶(岑春煊字)，早就快人快语放炮了。"

"杏翁误会了，倒并非是敝人有何顾虑。除了捕风捉影道听途说，敝人尚无缘与慰廷直接交道，故知之不深。倒是杏翁您，在北洋鞍前马后多年，首创轮、电二局，劳苦功高。慰廷后来那样对您，实在是有失公允，令我等局外人也抱不平。"岑春蓂故意点出盛宣怀的心头之痛。

"夺我轮、电者，袁项城也！"盛宣怀咬牙切齿，恨恨地说。提到轮、电二局,他的气就不打一处来。

岑春蓂偷偷地瞟了盛宣怀一眼,心中已然有数了。

“日前看到邸报上说,云阶的两广总督免了,任命他为云贵总督,这有些不太合常例。到底是怎么回事?”盛宣怀问。

“还能是怎么回事?无非是得罪了老庆和慰廷呗。”岑春蓂叹了口气,“说西南的边民闹事,那不过是找个借口罢了。把他这个炮仗子排挤到边陲去,离枢廷越远越好,这才是他们的目的。”

“你应该劝劝云阶。”盛宣怀说,“官场上他那样的性格做派太易招致树敌了。你们昆仲二人的性格要是能稍微作一个互补,那是最好了。”

“今生不可能了。”岑春蓂摇着头,“江山易改,本性难移。”

“怪不得俗话说一娘生九子,九子九不同的。”盛宣怀笑了起来。

第三天,“汉萍”号继续启程,沿湘江南下。盛宣怀和嘉宾们站在顶层甲板上,凭栏远眺湘江两岸的秀美风光。满船的嘉宾中只有秦碧珍是女宾,这使她看起来非常显眼出众。秦碧珍年轻、美貌、活泼,喜说喜笑,当她以女人的敏感察觉到自己正在成为船上众多男性目光的焦点时,她的活泼和率真就表现得更加肆无忌惮了。比如看到一只水鸟她会惊叫起来,咋呼呼地指着让别人看;比如看到江中的渔民起网,她则会拍着手又跳又笑。其实盛宣怀早就看出来了,从上船的第一天起,就有无数男人的目光开始追逐她。只是碍着他是这船上品级最高的官员,碍着他身上穿着的那套威严而体面的二品官服,那些男人淫邪而贪婪的目光表现得猥琐而偷偷摸摸,并且总忘不了要朝他怪异地一瞥。盛宣怀当然明白那是什么意思。羡慕?嫉妒?恨?高官厚禄美人,那是多少男人所梦寐以求的啊!凭什么都让他这个白发糟老头子占全了呢?这一年盛宣怀已经六十三岁,他确实老了:须发全白,腰也开始微微地佝偻起来,与秦碧珍的青春活力相比,他则愈益显得老气横秋。他知道只要他与她站在一起,这种对比就会愈加强烈、刺眼,所以几天来他会尽量避免众目睽睽之下与她站在一起。秦碧珍很另类,在他众多的妻妾中是个绝无仅有的例外。她好动不好静,爱表现自己,喜欢出风头,盛宣怀现在开始有些后悔不该带她出来了。当然秦碧珍也不是船舱可以关得住的人。此刻她就站在不远处,正和两个洋人用英语交谈着,不时地爆发出旁若无人的快意的格格笑声。

盛宣怀和李维格等几位官员待在一起。这时有位官员告诉盛宣怀,如果不是正好赶上汛期丰水，像“汉萍”号这样的深水轮船是不可能开到株洲的，因为从渌水入湘江口开始，湘江就有很多的浅滩。工程技术人员曾作过专门的水文勘测，最枯水的年份，株洲、长沙间的湘江平均水深只有0.6096米，刚及膝盖。不说浅水平底船过不去，就是大点的木帆船也要卸载才能过。所以株洲转运局和岳州转运局采取了分段转运的办法：即从渌水的入江口至芦林塘177公里浅滩水路，分段由木帆船和“萍元”“萍贞”等六艘浅水平底船运送；然后从芦林塘至岳州城陵矶104.5公里深水道，改由吃水较深的“萍富”“萍强”两艘拖轮拖运。从岳州到汉阳两百多公里水路，还要改用其他的拖驳运输。这还不包括在萍河和渌水上游的分段转运。这样多次的分段转运自然导致了煤焦的损耗和运输成本的增加，可以说每一块能有幸运送到汉阳的萍乡煤焦都弥足珍贵，来之不易。盛宣怀这还是第一次亲临汉湘航线视察，只有身临其境，他才更加深刻地体会到，在这条航线上工作的人们的艰辛。

“你是……鸿沧吧？”盛宣怀望着身边那位滔滔不绝、如数家珍地向他介绍情况的官员，忽然想起了他的字。

“他正是鸿沧，大名卢洪昶。”李维格在一旁介绍说。

“卑职卢洪昶，汉阳运输所坐办。”卢洪昶说着打了一拱。

卢洪昶是浙江宁波人，字鸿沧，十四岁至杭州进纺织厂当工人，仅上过工人夜校，因聪慧好学自学成才。后转至上海，供职于轮船招商局，几年后升任轮船副理。甲午战争时所在轮船征为军用，往来于渤海辽东，数次以奇计脱险，颇得盛宣怀赏识、看重。后应盛宣怀邀请，参与汉阳铁厂经营管理。因其熟悉船运，盛宣怀便让他主持汉阳铁厂的船政。卢洪昶在家乡口碑颇隆，原因是他倡导了“堕民”的脱籍解放。原来宁绍平原上旧有“堕民”之籍，是颇遭社会歧视的所谓底层“贱民”，其子弟虽有才智也不得上进。卢洪昶遂矢志于“堕民”脱籍，以全社会之正义与公平。此后他利用自己的官场资源，奔走官宦之门，联络省内名绅联名呈报朝廷，请特旨开放“堕民”。不久前刚获朝廷颁旨准奏，宁绍两地之“堕民”遂得脱籍，从此一视同仁。

“你们干得不容易啊！”盛宣怀由衷地赞叹说，“汉阳铁厂之所以能勉强维持生产至今，全赖你这萍煤的运输源源不断。”

“多谢大人褒奖，这是卑职份内该做之事。”

“对了，”盛宣怀忽然想起来什么，问，“从前水路运煤，从萍乡到株洲的运费合每吨多少钱？”

“回大人的话，从前萍乡煤焦水运到株洲150公里，含起卸、装船、翻坝等费用在内，约为每吨白银1.5两；而从株洲至汉阳水运约1000公里，单价亦为每吨白银1.5两，实可见上游转运之艰难，耗力之艰巨。”

盛宣怀点点头又问：“株萍运煤铁路通车后，这段运费可以降低多少？”

“卑职已经仔细测算过了，包括铁路的运费、调车费、上下车力资等在内，约合白银为每吨0.56两，差不多可以降低三分之二左右。”

“好啊，”盛宣怀欣慰地说，“萍乡煤矿这艰难的一页总算是翻过去了，萍煤的运输也从此由单一水运变为了水陆联运。”

“将来还会更好。”李维格接着说，“将来粤汉铁路建成了，株萍运煤铁路与粤汉铁路接轨，萍乡的煤焦就可以用火车直接运到武昌城下。到那时，煤焦运输成本还将大幅降低。”

“到那时候，”卢洪昶接着自嘲地说，“卑职这个主持船政的坐办恐怕也，该向大人辞职告老还乡了。”

“胡说！还早着呢！”盛宣怀说，“萍乡煤焦即便通过铁路直接运到了武昌，还是要用船运到汉阳。再说了，还有大冶的铁矿石，那不也要用船运吗？所以说，你这个管船运的坐办别想卸担子开溜！——说到这里，倒让我想起了一个人。”盛宣怀说着，开始往嘉宾人堆里张望寻找。

“大人，您找谁？”李维格问。

“我要找达潮——詹天佑呢！”盛宣怀说。

“那不是他吗？”李维格指着不远处，“正和七姨太、两个美国人在说话。”

“去喊他过来。还有那两个美国人，一块过来！”

三个人被叫了过来，七姨太也随后走了过来。

“达潮，现在我才明白了你的苦心，你当初的坚持是对的。”盛宣怀对那位身材微胖的中年官员由衷地说，并嘉许地拍了拍他的肩膀，“否则，将来我们是无法与粤汉路接轨的。”

那位体型微胖的官员很腼腆，脸微微地红了。他名叫詹天佑，字达潮，祖籍江西婺源，出生于广东南海，中国首批留美幼童之一；在美国攻读铁路工程，回国后成为中国首位铁路工程师。光绪二十七年（1901年）受盛宣怀的委派，来协助美国铁路总工程师李治、马克，修建株萍铁路的萍醴段（从江西萍乡至湖南醴陵)，双方在使用何种轨距上发生了争执。美国人主张运煤支线采用窄轨，以降低修造成本。但詹天佑主张用英国标准轨距1.35米，以便与此前已修好的安萍铁路(安源到萍乡)接轨；更重要的是，将来还可延展萍醴段到株洲，与未来的粤汉铁路接轨，并入整个国家铁路网。

毫无疑问，詹天佑的主张更具长远眼光。詹天佑以助理工程师的身份推翻了美国人先前的设计，美国人不干了，他们带着设计图撂挑子撤走了。盛宣怀见洋人撤走，一度还逼迫詹天佑让步低头，服从美国人。但詹天佑坚决不从，并主动承担了全部工程任务。在没有图纸的情况下，他带领中国工程技术人员重新开始了勘测设计。湘东萍河段水面宽、水流急，铁路大桥是工程施工的难点，美国人满以为詹天佑到时候解决不了技术难题，还会回头来求他们。谁知詹天佑却采用土洋结合的办法，成功地解决了技术难题，萍醴铁路三跨萍水，最终顺利地完工。詹天佑在萍醴铁路初试牛刀，为几年之后他担纲建造难度更大的京张铁路奠定了技术基础，美国人也在事实面前终于服气。接下来的萍醴铁路顺利延伸到株洲段，就是由美国人继续接办、完全按詹天佑的设计方案来完成的。

“我看你们刚才谈得很热烈，怎么，还在争论吗？”盛宣怀又问。

詹天佑望了一眼两位美国人，用英语说了句俏皮话：“不，我们之间的争论，早在几年前的事实面前就已经结束了。”

站在一旁的秦碧珍翻译了这句话。

“毫无疑问詹比我们更具眼光。”马克用蹩脚的汉语说，“尤其是萍醴段铁路桥三跨萍水河的精巧设计，简直是无与伦比的杰作！”

“盛大人，请您放心，”李治将詹天佑和马克都揽在怀里，“我已经向詹表示道歉了，我们已经和好如初。”

“好，好。”盛宣怀高兴得连声答应。

船到株洲后众人弃船登岸。在株洲火车站，早已有一列通勤车在生火待发，众人上了火车后火车立刻启动了。今天还不是株萍铁路通车庆典的时刻，正式的通车庆典安排在几天后第一列运煤列车从萍乡开出的时候。列车在湘东的土地上奔驰着，众人亲眼看见了萍醴铁路桥三跨萍水的精巧设计。株萍运煤铁路全长90公里，耗银约三百万两，是湖南、江西境内的第一条铁路。一个多小时后，通勤列车停靠在了萍乡车站，早有萍乡煤矿总办张赞宸率领手下员司多人，以及江西袁州知府、萍乡知县等地方官，恭立站台上迎候。大家见面互相打躬作揖，迎入萍乡煤矿招待所安顿不表。

翌日，萍乡煤矿“大煤槽”举行竣工投产的庆典。所谓“大煤槽”，即是总平巷的俗称。剪彩后，盛宣怀一时兴起，竟乘坐窿内的运煤车在井下走了四里路，最后还怀抱着一块巨大的煤块升井而出。这一瞬间盛宣怀成了外国记者手中聚光灯聚光的焦点，后来很多的中外报纸都发表了他这张抱着煤块的照片。看得出来，虽然是六十多岁的老人了，盛宣怀累得够呛，脸上花里胡哨，把官服也弄脏了，但他的脸上依然灿烂地笑着，这笑容足已说明了他内心的快意。是啊！十年来让他愁肠百结的汉阳铁厂的燃料问题，现在总算得到彻底解决了。

株萍铁路通车庆典那天，一列满载的运煤列车停靠在萍乡火车站，它的后面加挂了那列通勤车。萍乡火车站人山人海，万头攒动，无数的老百姓从四面八方涌来，要亲眼看见祖祖辈辈几千年来所没有见过的怪物：犹如神话中的钢铁长龙，喷烟吐火，风驰电掣，日行千里！

吉时已到，锣鼓喧天，鞭炮齐鸣，随着盛宣怀手中的剪子剪断红绸，三声惊天动地的汽笛声过后，钢铁长龙缓缓启动了。此时盛宣怀和嘉宾们已迅速登上了通勤车，他们从车窗里伸出手来向萍乡告别。列车抵达湖南境内第一站——醴陵三阳石火车站，站台上冠盖如云，湖南巡抚岑春蓂亲率合省官员早已恭候在此。这是事先约定好要做的一篇应景文章：岑春蓂亲自来到湘境，代表湖南欢迎株萍铁路首列运煤列车入湘。盛宣怀和岑春蓂手拉着手在三阳石车站第二次剪彩，放行运煤专列，象征着赣煤从此在湘境内畅行无阻。然后他们登上通勤车，一同返回株洲。

至此，本次的庆典活动全部结束，嘉宾们依原路返回。“汉萍”号第一夜泊长沙，第二夜泊岳州。第三天，“汉萍”号继续启程，沿着洞庭湖主航道向北，直奔城陵矶，准备从那里进入长江。就在“汉萍”号离开岳州码头不久，大约在岳州和城陵矶之间的某个偏僻的水域，“汉萍” 号突然停下不走了。起初它还挣扎了一阵子，但只留下了烟囱里的一道道突突黑烟，以及船身的一阵阵抽搐震颤，最终还是无奈地熄火停轮了。船上的嘉宾这时都以为是“汉萍”号出了故障，在最初的阶段，谁也不会把这次意外的停船，去和一次蓄意的水下设障拦截、然后绑架船上人质的精心阴谋联想在一起。一会儿船长来到顶层告诉大家，“汉萍”号并非是发生了机器故障，而是洞庭湖里有旧渔网类的东西缠绕住了螺旋桨，需要花点时间来清理那些障碍物。

听他这么一说，大家都安下心来，照旧在顶层甲板上轻松地说话聊天，看风景。

须臾，一声悠长而尖锐的哨声响过，惊起两旁芦苇丛中的水鸟扑棱棱地飞起，有无数条舢板从层层叠叠的芦苇丛中钻了出来，如流星般飞快地划过来，从四面八方团团围住了"汉萍"号。那些舢板上的人，有的衣衫褴褛，有的则干脆袒露着上身，把一身黝黑的瘦骨嶙峋的肌肉暴露在七月火辣辣的骄阳下。他们的脸上干瘦，是缺乏营养的菜色，目光呆滞而凶残。他们手里的武器只有少许的几条"汉阳造"，多数都是湖铳、鱼叉、梭镖之类。这时候从斜刺里又划过来一条稍大的船，在距"汉萍"号不远处停下，船头上立着一杆白底银边的帅旗，帅旗上写着一个斗大的"白"字。帅旗下叉腿站立着一位长发飘飘、身着白袍白褂、头系白巾的白衣女人，她的肩上扛着一支毛瑟枪。

"惊扰各位了！"白衣女人站立船头，一手握枪一手抱拳，朝"汉萍"号上打了一拱，"行不改名坐不改姓，在下白沅，江湖人称'白寡妇'。"

话音落地，"汉萍"号上忽然一片哗然！传说中鼎鼎大名的洞庭湖女匪酋"白寡妇"，原来活生生地就在眼前了。

"冤有头债有主，今日剪径劫道，只为了一个人——盛宫保盛大人，与他人无干，请勿要多管闲事。"说罢，"白寡妇"又打了一声口哨。

哨音落地，早有一干人等已经持械飞身上了"汉萍"号。没有费多大力气，他们很快就在顶层甲板上找到了盛宣怀。盛宣怀的目标太明显，他是船上唯一的红顶子官员。"汉萍"号这次出来参加庆典，没有请求湖广总督添派亲兵卫队，看来是个不该有的疏忽，盛宣怀束手就擒。

事情来得太突然，此时的盛宣怀早已吓得浑身筛糠了："你们……要……要干什么？"他抖抖索索地问。

"对不起，盛大人，久闻大名，如雷贯耳，我们大哥有请了！"一个土匪小头目说着做了个手势，又努了努嘴。

立刻有两个喽啰上来，架住了盛宣怀，拖着就走。

"我是朝廷命官，你们……还有没有王法啊？"盛宣怀声嘶力竭地喊。

李维格、卢洪昶等一帮手下的随从、幕僚，一个个都是手无缚鸡之力的文弱之士，他们眼睁睁地看着盛宣怀被劫持走了。

船上很多人这时候才回过神来，知道是遇上劫匪了。反应敏捷的外国记者,赶快打开了手中的镜头盒盖。

此时盛宣怀已被带离“汉萍”号,上了一艘小木船。

“你们等一等!我也要跟老爷去!”就在小木船即将要离开“汉萍”号的刹那间,跟在盛宣怀后面的秦碧珍哭喊着,不知从哪儿来的勇气,忽然纵身一跃,一脚跨上了小木船。

外国记者的镜头,敏捷地抓住了这稍纵即逝的瞬间。

须臾,又是一声悠长的口哨划过长空,那些劫匪和小船,连带被抓的人质,片刻间已经在芦苇荡里消失得无影无踪……

洞庭湖的劫匪无异于把天捅了个大窟窿!

盛宣怀被绑票的消息,通过电报和新闻纸立刻传遍了全中国和西方世界。钦命太子少保,中国铁路总公司督办大臣、会办商约大臣,二品衔的前工部右侍郎在公务活动中被绑匪劫持,这在大清朝的历史上也是绝无仅有的。外国的电讯稿上,也首次对盛宣怀使用了“中国首富”、“中国近代工业化的领军人物”等称谓和评价。那些曾有幸作为事件的当事人和目击者的外国记者,舞动生花妙笔,写出一篇又一篇的通讯报道,详细地、加油添醋地描述了事件发生的经过。尤其是后来秦碧珍那义无反顾地纵身一跃,更是成为外国记者津津乐道的华彩章节,许多西方报纸都在头条位置上刊出了秦碧珍那惊世骇俗纵身一跃的照片。有许多读者为这位小女子的情义和勇敢而深深感动,流下了热泪。还有许多报纸不惜篇幅刊出了关于“白寡妇”的考据文章,关于她的神奇传说、身世以及那些听起来让人毛骨悚然的复仇和杀戮的故事。

这件事对朝廷的震动可想而知,它让朝廷尴尬万分和颜面尽失。事情发生后,一道口气严厉的上谕电传武昌,训斥了张之洞不该有的疏忽和失误,责令他务必会同湖南地方,立即设法营救人质,剿灭劫匪。压力最大的莫过于湖南巡抚岑春蓂了,事情发生在他治下的地盘上,作为地方父母,他自然难辞其咎。其实岑春蓂对于剿匪并不是没有自己的打算。过去湖南匪患猖獗之地,一是湘西山区,二是湘北湖区。从前的几任湖南巡抚剿匪,剿洞庭湖区,土匪就跑到湘西山区去了;剿湘西山区,土匪又跑到洞庭湖区去了。与其说是剿匪,还不如说是赶土匪跑路。岑春蓂打算好好谋划一下,想要从根本上治理湖南匪患。但是他上任伊始,一切都还未来得及开展,就发生了盛宣怀被绑架这件事,眼下他也只能头痛医头脚痛医脚,先发兵剿匪,救出人质再说。于是岑春蓂亲自挂帅,督率提督、千总、游击等全体将佐,出动全省所有的绿营官兵,对洞庭湖区进行了一次扫荡大清剿。可说起来容易做起来难。洞庭湖土匪多如牛毛,大大小小数以千伙计,而"白寡妇"只不过是其中规模并不大的一伙,要找到他们难于上青天;而且八百里洞庭湖港湾湖汊众多,沙洲小岛星罗棋布,到处水天茫茫,犹如迷魂阵一般,岑春蓂能动用的兵力有限,单就湖南一省的那点兵力投放进去,无异于是往汤锅里撒了把胡椒面,况且绿营官兵也大多不悉水战。总之这次清剿,不光是"白寡妇"和人质的影儿没有见到,官军还中了其他土匪的埋伏,损兵折将,狼狈逃回了长沙、岳州。岑春蓂又赶忙急电张之洞,请求派水军前来助战,张之洞于是派出了长江水师。"楚才""楚豫"等十几艘兵舰兴师动众倾巢出动,在洞庭湖主航道上绕圈打转转,逡巡了好几天,一无所获。不熟悉水情,那些兵舰根本就不敢偏离主航道,生怕一下子搁了浅。

盛宣怀被洞庭湖土匪绑架的消息传到上海斜桥的家里时,大公馆里仿佛投下了一颗重磅炸弹,顿时炸了窝。不少人私下认为,老爷被绑架,肯定是凶多吉少,回不回得来现在还不好说。况且那种蛮荒之地,老爷那么大的岁数了,能禁得住惊吓和折腾吗?即便回来了,恐怕也跟收尸差不离。盛家的天仿佛在那天塌了,四房妻妾,孤儿寡母,呼天抢地,哭作了一团。就连一向沉稳的庄夫人也慌了神,有些沉不住气了。

俗话说夫妻本是同林鸟,大难来时各自飞。妻妾们在哭过之后就开始各打各的小算盘,各找各的退路了。大公馆里的公共设施、陈设,开始有人偷偷地往自己的房里搬了。大公馆里还有自己单独的生意、买卖,由各房认股投资,由庄夫人亲自掌管,傅筱庵管账。(在庄夫人的提携下,阿耀现在已是盛家的总账房,他正式启用了傅筱庵的大名,不再用小名。)便有小妾担心:万一老爷回不来了,那各房的买卖岂不是要被庄夫人吃黑独吞了吗?于是便找到她,编出种种借口要提前退股份。一人这样做,众人跟着学,于是纷纷来找庄夫人退股,庄夫人也给逼得没了招。幸好傅筱庵给庄夫人出了个主意:哪一房来退股都行,只管退!但必须签一份文书承诺:家难临头,退股即视同自愿散伙。将来不管老爷是否回得来,承诺将主动放弃未来盛家之财产继承权。这么一说,再也没有哪房来要求退股了。

那是老爷出事半个多月后的一天午后,毒辣的斜阳依然蒸腾着七月的暑热，在盛家大公馆的客厅里，从英国进口的电风扇正呼呼地转动着，庄夫人和日本驻沪总领事小田切坐在沙发上说话。自从老爷出事以后，日本人对此表现出了特别的关心，小田切隔不上一两天就来访，过来坐坐，看看庄夫人，互相交流一下双方所得到的有关绑架事件的最新进展和消息。尽管到目前为止，任何实质性的进展也没有。

“……夫人，您看上去憔悴多了。”小田切看着庄夫人，关切地说，“请务必宽心，保重自己的身体。”

“唉！我怎么……能够宽心呢？”庄夫人揉着红肿的眼睛，叹了口气说。

这半个月来庄夫人饱受煎熬，几乎没有好好睡觉。一闭上眼睛，她的眼前就出现了老爷胡子拉碴的面孔，可怜巴巴地望着她，好像是叫着她的小名对她说：畹玉，你要想办法来救我呀！自从十六年前的那个冬天，她和刘嫣红以双妾的身份进入盛家以来，要说她和盛宣怀之间的夫妻感情有多么深多么好，那似乎还说不上。他们和寻常夫妻一样，也有磕磕绊绊、赌气吵嘴的时候。早些年正是老爷仕途和事业的关键时刻，那些年老爷多数的时间都在北方，他们之间聚少离多。后来虽然常驻上海了，但是老爷的身边又多了几位更年轻美貌的女子。庄夫人的本心是不同意老爷纳后面几房小妾的，但是老爷自己坚持，庄夫人不得不做出了让步。单凭这一点就能证明，真要是夫妻感情特别的好，老爷能纳这么多的妾吗？就比如当年的刁玉蓉，老爷虽说没有给她正室名分，可老爷那是真心对她好，她活着的时候老爷发誓不纳妾，她死了以后老爷还要为她独守空房两年。不过话又说回来了，毕竟夫妻了一场，养育了一双儿女，毕竟还把她扶正做了盛家的掌门人，再怎么说感情还是有的。庄夫人曾经不止一次地设想了老爷回不来的后果，当然依盛家的家底，各房把孩子抚育长大应该不成问题，但是老爷不在了，这个家也会很快散掉，到那时各房争产、兄弟反目的结局就在眼前，庄夫人简直不敢想下去了。笃信吃斋念佛的她，只能成天躲在她的佛堂里，敲木鱼念经，祈祷菩萨保佑老爷平安归来。

这一年的夏天，长江中下游的天气也很反常，特别的热，素来夏天清爽的上海，今年竟然也如同火炉一般难熬。俗话说心静自然凉，心里有事烦着，那天气就愈益觉得热了，让庄夫人彻夜难眠。

“请您放心，”小田切又接着说，“对于盛大人的蒙难，我们不会坐视不管的，因为盛大人的安危，直接关系到我们大日本帝国的利益。”

“谢谢阁下的好意。可你们管,你们能怎么管呢?”庄夫人反问,她以为这不过是日本人拿来安慰她的应景话。

“停泊在吴淞口外的帝国海军第三舰队,已经做好了准备随时进入长江中上游。”小田切说,“帝国的驻京公使正在与贵国的外务部协商,以便排除外交上的障碍,取得贵国的谅解和许可。”

“没用的。”庄夫人连连摇头,“把兵舰开到洞庭湖里去剿匪,无异于用大炮打蚊子。武昌的张大帅不是也派兵舰去了,有用吗?”

“据我所知,张之洞的长江水师缺少在浅水沼泽地区登陆作战的设备。况且,”小田切顿了一下,“他们是盲目开进去的。之前他们没有确切的情报,并不知道人质所在的准确位置。”

“可你们知道吗?”庄夫人反问,“洞庭湖那么大,你们知道老爷被关押在哪个湖汊子里,或者在哪座小岛上?”

“目前还不知道。”小田切老实地承认,“但我们肯定会得到这方面的情报,七姨太现在不是跟盛大人在一块吗?这点请夫人放心。”

小田切一句话说漏了嘴,庄夫人有点发蒙:“秦氏跟老爷在一起,这跟……你们的情报有关系?”

“哦,不不。”小田切赶忙掩饰,“我的意思是说,有七姨太跟盛大人在一起照应他,夫人您应该放心了。”

“今天是第十七天了。”庄夫人勾着手指说,“这么多天绑匪不闻不问,他们到底什么意思?他们该不会……撕票了吧?”

“不会,拿到赎金才是他们的最终目的。我估算了一下,也许最近这一两天,绑匪就该有人上门来了。”

“啊?”庄夫人面露恐怖之色。

“夫人别怕,绑匪派人上门来送信,江湖上谓之‘打单’,通常不会有什么危险。”小田切安慰说,“但有两点请夫人务必谨记。”

“哪两点?”

“其一,万万不可向租界巡捕房报警。倘若逮捕了绑匪信使,盛大人也就性命堪忧了,这其中的道理夫人可明白?”

“其二呢?”庄夫人点点头。

“千万别跟绑匪讨价还价,他说多少夫人权且应允多少,然后在筹款、付款的时候再设法拖延时间。”

庄夫人记在了心里。小田切又坐了一会，便起身告辞了。

傅筱庵走了进来，他的手里抱着一大摞新闻纸。自从老爷出事以后，从来不看报纸的庄夫人开始关心起时政来，她每天让傅筱庵将上海滩上能搜集到的中外新闻纸全部买来，研究上面关于绑架案的最新报道。英文报纸她让傅筱庵给她翻译，中文报纸则亲自阅读、研究。庄夫人家学渊源深厚，自小受过良好的教育，阅读新闻纸当然不在话下。

“关于老爷的案子，今天的报纸上有什么最新消息吗？”庄夫人问。

“回夫人的话，没有什么最新消息。”傅筱庵谦恭地回答，“倒是英文版的《字林西报》上，这篇文章还有点意思。”

“说什么？”

“这篇文章里说，老爷出事后德国人和日本人都争相大献殷勤。最近德国在胶州湾的海军和日本停泊在公海的水军，都有向长江中上游调动的迹象。文章说外国军舰进入长江中上游，至少能对绑匪起个威慑的作用。文章里还说，最近在岳州街头，日本浪人也显著多了起来，其中有些很可能是日本的谍报人员。”

“别听他的，外国人那是瞎起哄，做样子，解决不了实际问题。”庄夫人说，“倒是刚才小田切的话提醒了我，咱们得提前有个准备。”

“什么准备？请夫人吩咐。”

“阿耀，你说，”庄夫人望着傅筱庵，“你估计绑匪这次会开多大的口？”

“哎呀……难说。”傅筱庵沉吟着，“依老爷的身家，怎么着……也得上百万吧？”

“啊！要那么多呀？”庄夫人的脸上有些变色了。

“新闻纸上说，绑匪就是冲着老爷这‘中国首富’的名头来的。”

“什么‘中国首富’呀！不过是外面的名声好听而已，你怎么也跟着嚼舌头？”庄夫人沉着脸，不满地说，“我问你，老爷他要真是‘中国首富’，前几年他能拿我的私房体己去做官场应酬吗？他要是‘中国首富’，大公馆的日子能过得这么紧紧巴巴，连辆小汽车也买不起吗？你说，老爷他是‘中国首富’吗？有这样的‘中国首富’吗？”庄夫人连珠炮似的发问，随即口气缓和了下来，“……现在家里能筹得出这么多的现银吗？”

“筹不筹得出都得想办法筹。夫人，救人要紧啊！”傅筱庵说，“说要一百万，那只不过是我心里想的。到底要多少，还得等绑匪派人上门来以后才知道,说不定要不了这么多呢?”

“那倒也是。”庄夫人自圆自说,“租界里已经发生的那几起绑架案,绑架的都是上海滩有头有脸的大富户,听说也没有超过三十万的。洞庭湖土匪穷乡僻壤没见过大世面,他们应该不会狮子大开口。”

“但愿……如此吧。”傅筱庵说。

傅筱庵下去了,庄夫人开始翻阅那些中文报纸,下午的时光在电风扇搅起的燠热的旋风里悄悄地流逝着。

不知什么时候,傅筱庵突然一头闯了进来,他神色张皇,表情紧张,上下牙打磕:“夫人!来来来了!……来了!”

“谁来了?”庄夫人抬起头,一时没明白。

“绑匪来了……到了门口。”

庄夫人愣了一下,强作镇静地:“慌什么?请他进来吧。”

不一会儿,一位年过五旬的乡下老太太,跟在傅筱庵后面走了进来。老太太看上去土苗装扮,头上梳元宝髻,发髻上斜插着一根大银簪子,大热的天额头上还勒着绣花的黑布乌兜。一身黑布褂裤宽袍大袖,上身是镶蓝边的大襟褂,下身是灯笼裤,裹黑布绑腿,足蹬一双黑布绣花鞋,一双天足。

老太太的后面还跟着两个小马弁,东张西望着也进来了。

仿佛刘姥姥进了大观园,老太太和两个小马弁站在客厅里,有好一阵子他们的目中无人,左顾右盼中只有满屋的奇珍异宝和装饰、陈设,只有满目的艳羡和惊奇。客厅四周那一人多高的柚木雕花护壁板,头顶上高悬的枝形水晶大吊灯,落地窗上从法国进口的彩花玻璃、绛红色的落地丝绒长窗帘,墙上一盏盏金光闪闪的壁灯和一幅幅风景油画,从英国进口的红皮大沙发,以及夏天撤去地毯后露出来的法国彩绘地砖等,引得他们的嘴里啧啧连声。老太太更是喃喃感叹着:“有钱人,到底是上海的有钱人啊!”

在庄夫人的想象中,满以为进来的会是位凶神恶煞、满脸横肉的彪形大汉,却没想到是一位小老太太。这让她很感意外,一时间竟也愣住了。

“老人家,”傅筱庵在一旁提醒,“这位就是我们庄夫人。”

“哦,你就是庄夫人?”老太太醒过神来,她操着一口常德官话,上前欠欠身子道了个喏,“见过庄夫人,夫人万吉。”

“老人家免礼。”庄夫人赶忙回答,“不知老人家……怎么称呼?”

“你就叫我‘黑寡妇’好了,我们土苗都这么叫的。”

庄夫人心中好奇:“那新闻纸上说的‘白寡妇’,又是你什么人?”

“‘白寡妇’是我儿媳妇,我们婆媳俩都守寡。现在我老了,让位给她了,她是黑水营的大当家,舵把子。”

“老太太是我们老当家的。”旁边一个马弁骄傲地说。

“老人家别站着,你坐呀!”庄夫人找话说。

老太太扫了一眼,就在旁边的大沙发上盘腿打坐了下来。

“庄夫人,我听你家老爷说起过你,你是盛家的当家人。”老太太很健谈,“今天见了面,才晓得你我原不是一样的人。到底是官家太太,在家养得又白又胖。哪像我们这些水猫子,为了生计风里来浪里去,晒得像荞麦粑粑。”

“我家老爷现在怎么样了?”庄夫人并不想跟她拉家常,直奔主题。

“老爷在我们那儿好着呢!老爷是贵人,朝廷的大官,我们可不敢亏待他。——哦,对了,”老太太似乎想起了什么,赶忙从怀里掏出一个信封,“盛大人捎家信回了。”说罢朝小马弁使了个眼色,努努嘴。

小马弁刚接过信封,还不待他上前去递给庄夫人,傅筱庵就上来接过去了,转身恭恭敬敬地呈送给庄夫人。

趁着庄夫人拆信看信的工夫,老太太从腰间抽出一杆黄铜旱烟袋,两个小马弁赶忙为她装上烟丝,又拿出两块火镰石“啪啪”地打火。傅筱庵见状,从旁边的茶几上拿起一盒火柴,轻轻一划,给老太太点着了旱烟袋。

两个小马弁惊奇地睁大了眼睛,望着火柴杆在烟灰缸里烧成灰烬。

庄夫人看信,老太太吧嗒着旱烟袋,两个小马弁则对一旁飞快旋转的电风扇产生了浓厚的兴趣。他们蹲在电扇旁,东瞄瞄西看看,显然是在探究这拖拽着一根长线的铁家伙,何以就能不停地旋转扇出风来?

信果然是老爷写回来的,那熟悉的字体庄夫人到眼就能认得出来。老爷的信开头照例是“见字如晤”,接着介绍了他的近况,说他现在很好,“绿林好汉”们对他很优待,让庄夫人不要为他担忧。他说现在的关键是要想方设法筹款救人,他劝导庄夫人不要吝啬钱财,钱没有了还可以再赚,要尽可能满足绑匪们的要求。他还在信里特别给她指明了主要的筹款路径,包括可以提取哪几家外国银行里的存款,以及拿哪些股票去变现,哪些房地契拿到典当行去抵押,总之要设法凑齐一千万两。看得出来,这封信完全是按土匪的口气来写的。

“一千万两？”庄夫人倒抽了一口凉气，“要……这么多呀？”

“夫人，这多吗？”老太太反问。她抽完了一袋烟，翘起一只脚，在鞋底上敲打着烟袋锅，“我听说你们盛家富可敌国，比朝廷的钱还多呢！我儿媳妇她说了，好不容易逮住个首富，让你们出一千万不多。”

“老人家，你别听人家胡说，我们盛家那都是虚名啊！”庄夫人开始哭穷了，“就是倾家荡产，我们也拿不出那一千万呀！……”

“别跟我哭穷，不耐烦听！”老太太皱着眉呵斥，忽然一扬手，烟袋杆从手里飞了出去，不偏不倚正好打在了一个小马弁的手背上。那小马弁“唉哟”一声赶忙缩回了手。原来那个小马弁突发奇想，正想把手伸进电风扇里去试试。

“不想要你的狗爪子了？”老太太厉声喝问。

那个小马弁红着脸，赶忙拾起地上的旱烟袋，毕恭毕敬送到老太太面前。

“小子，这有什么好稀奇的?那叫……电风扇！”老太太训斥说，“大当家的在家里没跟你们讲过吗？这大上海的稀罕物件还多着呢！”

傅筱庵和庄夫人相视了一眼。

“嘿嘿，夫人该笑话我们是土包子，没见过世面吧？”老太太笑眯眯地说，有点难为情的样子，“不过实不相瞒，我那儿媳妇她可是见过大世面的人！她在上海念过洋人办的女学堂——对了，那洋学堂叫……什么名字来着？”

“回大当家的话，叫——‘剩马的牙’女校。”一个小马弁赶忙抢着说。

“不对，那叫圣玛利亚女校。”傅筱庵在一旁掩着嘴吃吃地笑，“美国基督教圣公会于同治十二年创办的教会女校。”

“对对，就是你说的那个名。——小子，你什么记性啊？还‘剩马的牙’呢，剩你娘的狗屁！”老太太粗鲁地骂着，一边自己笑得前仰后合，“所以上海有哪些有钱人，我家儿媳妇她心里一本账呢！你以为随随便便绑你家老爷的票啊？她说你们盛家的买卖大着呢！有银行，纱厂，轮船公司，电报公司。不光在上海，在湖北、江西那边还有大买卖呢！她还说你们盛家最来钱的买卖就是修铁路，听说光是修从汉口到京师的那条铁路，你们盛家就一次挣了不下好几百万两的银子。所以我家儿媳妇说你们盛家拿得出一千万，那就肯定拿得出一千万！夫人你糊弄得了我这没见世面的老婆子，可你糊弄不了我家儿媳妇！——我没说错吧？”

老太太一口一声的“我家儿媳妇”，充满着自豪与自信。

庄夫人和傅筱庵面面相觑，这下倒搞得庄夫人无言以对了。

“嘿嘿，老人家，好商量，好商量。”傅筱庵赶忙出来打圆场，“初次来上海，不知你们一共来了几位，在哪落脚啊？”

“怎么，打听人数、住处，好报官抓我们啊？”老太太连声冷笑，“告诉你，怕抓我们就不来了。不过我家儿媳妇早就算准了，谅你们也不敢报官。别忘了，你家老爷还在我们手里呢！”

“老人家误会，误会。”傅筱庵连忙解释，“敝人是好意，看有没有需要我们帮忙的地方？再说了，那赎金……嘿嘿，不是也得面交吗？”

“多谢好意，这次的赎金不用面交。——现如今的事情真新鲜呐，绑‘肉票’都不用现钱买卖了。”老太太自己感叹着。

“那该……怎么交付？”庄夫人追问了一句。

“我家儿媳妇交代了，上海的外国银行信誉好，索性就在银行里开个户头，夫人将银子陆续打进这个户头里去就行。我家儿媳妇还说了，这次的筹款期限是一个月，一个月后银行户头里如果满了一千万两，我们这边就打电报回去，通知老家那边放人。否则，”老太太突然变了脸，嗖地一下从沙发上跳下地，恶狠狠地说，“别怪我们到时候翻脸不认人，撕票了！”

老太太说完，旁若无人地往门口走去。忽然又站住了，回过头来：“银行的户头一开好，马上就派人送到府上来。”说完她头也不回地走了。

那两个小马弁跟在后面，依依不舍地回头张望着，也走了。

“夫人，您看！”傅筱庵忽然神色怪异，指着老太太刚才站立的地方。

庄夫人顺着他手指的方向看去，脸上不禁也变了色——在老太太刚才落地的地方，有两块地砖已经碎裂了。

在东洞庭湖一座名叫牯牛洲的小岛上，盛宣怀的老毛病又犯了。

自从落入匪掌这半个多月以来，盛宣怀在经历了从最初的惊恐、抵触、抗拒到后来的屈从、淡定、坦然，走过了一段复杂的心路历程。

盛宣怀这一生可谓多磨难多坎坷，尤其是在他年轻时的创业初始阶段。但他还从未经历如此急剧的瞬间从天堂跌入地狱的变故：刚刚还是红顶子耀眼的朝廷二品大员，刚刚还前呼后拥众星捧月高高在上人模人样，顷刻间一落千丈，变成了任由一群山野草民玩弄于股掌之上的阶下囚、“肉票”。从庚子年“东南互保”开始，这几年盛宣怀尽管在官场上郁郁寡欢并不得志，但那只不过是身处高位的烦恼，到了底层到了下面，在那些下级僚属和普通老百姓面前，他仍然还是拥有至尊无上的威严和优越感。每想到此，一种巨大的心理落差、屈辱和愤怒就充斥了他的心头。但盛宣怀很快就明白了，在这天高皇帝远的“江湖”上，并没有人承认和敬畏他头上的红顶子，他和土匪们过去以及将来所有要绑架的人质一样，只是一群名叫“肉票”的普通人——或者顶多叫作“有钱人”。接下来的事情简单而明了：给钱，或许还有一线生机；不给钱，那就只有死路一条。盛宣怀并不否认自己是“有钱人”，但绑匪称他为“中国首富”，向他索要巨额赎金，这让他颇为惶惑不安。他问自己：你是“中国首富”吗？他不知道，也许是，也许不是。他不知道自己怎么一不小心就惹上了这个名号，但他却知道自己这个“有钱人”是怎么来的，来得太不容易了！如果抛开早期创业初始阶段所经历过的那些磨难和心酸不说，这些年在官场上，他如履薄冰如临深渊，小心翼翼地为朝廷办差，躲过了数不清的明枪暗箭，咽下了满满一肚子的委屈和苦水。他还得时刻提防着那些不怀好意，向他瞪着红眼睛、张着血盆大口的顶头上司们。他只不过是利用了西方合法的商业规则，锱铢积累，才攒下了他现在的这份家当。本想着将来能为子孙后代留下一份庞大殷实的家业，可话又说回来了，不正是这份树大招风的家当才招致了他今日的劫难吗？钱财亦是祸水，可见这句话并非没有道理。古训有云：财也大产也大，将来儿孙祸也大。倘若子孙纨绔，败家则更如水推沙，繁华锦绣，过眼烟云，正所谓富不过三代。想到这里盛宣怀豁然开朗，大彻大悟，心里反而平静多了。他主动去见“白寡妇”，对她千万赎金的要求满口应承，说应该没有问题，并原意亲笔写家信劝导庄夫人积极筹款救人。对待钱财的心看淡了，对待生与死也似乎更从容淡定。他回顾自己这一生，认为可以用四个字概括：不虚此生。就私来说，他这辈子虽无缘金榜题名、位极人臣，但毕竟高官厚禄、名利双收，妻妾成群、儿孙满堂，可谓富贵兼得；就公而言，他这一生幸逢国家“三千年未有之变局”，他躬行实践，边干边学，凭借卓越的胆识和才干，敢为天下先，办成了许多号称“天下第一”的洋务事业，丰功伟绩、煌煌大业，造福于后世，足以让他名垂青史、万世不朽。如此人生，对一个已然六十多岁、功成名就的老人来说，死还有何憾？当然要说盛宣怀唯一的遗憾，那就是还有件大事没有完成:即在自己的有生之年完成对汉冶萍的合并重组。盛宣怀已经想好了,如果这次有幸劫后余生,回去后他要做的第一件事就是赶快抓紧时间,时不我待,马上落实外国银行贷款,确保汉阳铁厂按时完成扩建和技术改造,萍乡煤矿顺利收官,让它们同时具备面向社会扩招商股的基础条件;然后争取尽快获得官方对合并重组的认可,让汉冶萍早日从官督商办的桎梏中挣脱出来,完成在农商部的登记注册,成为中国名副其实的第一大商办股份公司。

好在身边还有七姨太的陪伴,盛宣怀永远忘不了她从"汉萍"号上往贼船上纵身一跃的那个瞬间,娇小柔弱的身躯那一刻在他的眼里和心里是那样的伟岸如同大丈夫一般。她这只"同林鸟"并没有在大难临头的时候独自飞走,而是主动留了下来与他共患难同生死,这让他的心里充满了感激和怜爱。

盛宣怀也得亏了这次有七姨太陪伴身边,落难之初她对他心理的慰藉和情绪的稳定起了至关重要的作用,当然更主要的是她对他生活起居的照顾。这半个多月来他们跟随"白寡妇",从东洞庭湖迁徙到了西洞庭湖,又从西洞庭湖迁回到东洞庭湖,在洞庭湖上跟官军玩捉迷藏,打游击,风餐露宿,苦不堪言。不是秦碧珍的照顾,盛宣怀早就拖垮了。洞庭湖的土匪除了偶尔抢劫绑架成功有几顿好饭以外,多数情况下都是饥一餐饱一顿,吃的是难以下咽的猪狗食;有时弄不到粮食了,芦根藕带也能对付几天,养尊处优的盛宣怀可吃不下这些。

好在"白寡妇"对盛宣怀生活上还算特别优待,她知道这张巨额"肉票"的价值,所以好吃的都先尽着他这个官老爷。加之秦碧珍这个女人很能干,她能想法设防让老爷尽量少吃苦:比如在芦苇丛中掏个鸟窝,给老爷煮上几颗鸟蛋;比如弄条鱼给老爷熬锅鱼汤补补身子等,保证了老爷最基本的营养,而且这些事情在洞庭湖上并不是很难办到。最难过的当然还是夜晚了。时值盛夏溽暑,洞庭湖的蚊虫状如飞蚁,嗡嗡嘤嘤,成群袭来,难以入睡。七姨太便坐在他窝棚的地铺旁边,挥舞着大蒲扇,成宿成宿地为他驱赶蚊子。这让盛宣怀不禁想起了三十多年前的那些漫漫冬夜,在冰天雪地的北方小客栈里,如夫人刁氏坐在他的身边,整宿整宿地为他按摩的情景。

盛宣怀是个有福之人,他这一生每当在难中的时候,身旁总会有一位美娇娘陪伴着他,悉心地照料他。

说起来那还是在盛宣怀人生最低谷的时期，大约是在同治末年到光绪初年的十余年间，他在李鸿章的麾下当幕僚。仕途上丝毫看不到还有什么前程，干什么就失败什么，到头来还得拿常州的老家底和刁氏的私房来弥补官场上的亏空，他的心情降到了冰点。偏偏那时候的差事还多，他几乎每年冬天都要奉旨外出赈灾，风雪驰驱，从此落下了寒喘病的老病根。那时候他身边是刁玉蓉相伴，每当夜晚喘得不能躺下入睡的时候，他就得整宿整宿地坐着，刁玉蓉就彻夜为他做按摩，以致后来她的两只胳膊都肿胀了。盛宣怀就在那时候暗暗在心里发誓：刁氏在，不纳妾，这一辈子决不亏待刁玉蓉！后来他果然做到了。但是他最终没能给刁氏一个名分将她扶正，导致刁氏以一死为他解了围，从此给他心里留下了一个永远的痛。他感念刁氏的情意，为她守了两年空房后这才正式迎娶了庄德华和刘嫣红，想不到当年的那一幕如今又在秦氏身上重演了。

当初盛宣怀在教会医院里之所以对秦碧珍一见钟情，很大原因就在于秦碧珍的外貌酷似刁玉蓉。人生太奇特了，这秦碧珍莫非真就是刁玉蓉投胎转世？此时躺在洞庭湖牯牛洲窝棚里的盛宣怀，也在心里暗暗发誓：如果今生他们劫后余生，还有机会回到上海斜桥的那个家里，他一定要超乎其他妻妾特别地优待七姨太，报答她，决不辜负她。

七姨太善交际，她居然很快就和“白寡妇”成了好朋友。

其实秦碧珍和“白寡妇”的交好，是因为她发现了对方也是圣玛利亚女校的校友。那天秦碧珍又去芦苇丛中掏鸟窝，无意中撞见一位年轻的女子正背对着她，在湖水中沐浴。时值夏日黄昏，落霞晚照，披着满湖的金晖，她仿佛一条美人鱼，雪白的胴体融入进粼粼碧波之中，满头的秀发瀑布似的倾泻在湖面上。

夕阳下的这幅美人沐浴图，不禁让秦碧珍看呆了。也许就在这个时候她不经意的举动惊动了沐浴的女子。“谁？”年轻女子大喝一声，一转身飞快地从芦苇丛中抽出了毛瑟枪，眨眼的工夫黑洞洞的枪口已经瞄准了偷窥者。这个时候秦碧珍才看清楚了，那个年轻的沐浴女子原来是“白寡妇”。

秦碧珍目不转睛地望着“白寡妇”——在她湿漉漉的两座乳峰之间，垂吊着一枚银质的基督十字架校徽，那是圣玛利亚女校独有的校徽。

秦碧珍从胸前也掏出了那枚同样的校徽，并高高举起给“白寡妇”看，“白寡妇”的枪口这才慢慢地放下了。

那枚小小的校徽很快拉近了她们之间的距离，让她们成了无话不谈的朋友。她们常常坐在一起，回忆起当年在圣玛利亚女校度过的时光。她们并没有同校，“白寡妇”要比秦碧珍年长几岁，秦碧珍入学的时候，“白寡妇”已经毕业离校了，但对于圣玛利亚女校她们有许多共同的记忆。比如每天必修的《圣经》课，那个古板的红鼻子英国神甫，还有永远不变的枯燥的中文、英文、医学和女红课程，早晚要举行的祈祷礼，每学期八十块鹰洋的高昂学费以及校规中关于学生毕业后只准嫁给基督徒的严格规定等，说到这里她们会心地相视一眼，然后开心地自嘲地哈哈大笑起来。

秦碧珍正是从这样的交谈中，了解到了“白寡妇”白沅的身世。

原来白沅娘家是岳州城里数一数二的大户，她是独生女，爹娘的掌上明珠。她在十五岁那年被送进了上海的圣玛利亚教会女校。二十岁那年暑假她在从上海回家的路上，在洞庭湖上被一股土匪绑票，向她家里索要一笔巨额赎金。绑架她的土匪部落名叫“黑水营”，领头的匪首姓黑，却是一个二十出头、文文静静的白面书生，小名黑伢子。岳州城里的娘家在设法筹款，赎金没有送到，她就只能被羁押在黑水营。这白沅从小娇生惯养，天生的大小姐脾气，独往独来，天不怕地不怕，竟然很快跟土匪们厮混成了哥儿们。

原来这黑水营曾是太平天国水军的最后一支残部，咸丰末年在洞庭湖上被清军水师打败后就落草为寇了，黑伢子的父亲就是这支水军残部的头领。那时候黑伢子有个远大理想，他想重新组建一支水军，在洞庭湖上与清军决战，重振天国雄威。黑伢子向白沅家索要的巨额赎金就与他的这个计划有关。但是黑伢子从未走出过洞庭湖，他对外面的世界一无所知，他的重建水军计划仍然停留在他父亲的木帆船时代。黑伢子对外面世界的无知，他的迂腐和莫名其妙的幻想，让白沅笑掉了大牙。白沅就给他讲外面的世界现在是什么样子，以自己那点有限的知识给他介绍近代的工业技术，介绍世界海军的发展趋势和舰船知识。

慢慢地日子久了，她竟然爱上了匪首黑伢子。不久家里的赎金送到了，谁知白沅却在这个时候不肯回家了，她宣布要嫁给黑伢子，那笔赎金也摇身一变成了她的嫁妆。白沅的举动让岳州城里的父母气得大病一场，差点丢了性命。事情还没完，这白沅后来又隔三岔五地回娘家敲竹杠，资助黑伢子的重建水军计划。不久这件事情就被岳州城里因商业竞争而与白家结怨的那些仇家得知，他们如获至宝，马上报了官——这白家的罪名不仅仅是

“通匪”，而且还“资匪”，资助的竟然是当年“长毛贼”的残部。此案非同小可，官府接报后立即派兵查抄了白家，白沅父母被下了死牢，随后因为受不了酷刑和惊吓，死在了狱中。爱妻家破人亡，黑伢子报仇心切，不顾自己势单力孤，决心要攻打岳州城。他临时联络了一支邻匪准备一齐行动，不想岳州城里的仇家已串通官府，花重金将那支邻匪买通。黑伢子中了官军的埋伏，为官军俘获并被杀害，他的头颅悬挂在岳州城楼上示众。白沅发誓要为娘婆两家报这不共戴天之仇。那时候黑水营的当家老大还是江湖上人称“黑寡妇”的黑伢子的母亲，自此婆媳联手，两位寡妇秣马厉兵，发愤图强。若干年后她们先是踏平了那支背叛黑水营的邻匪，接着又奇袭岳州城，血洗全城，将当年陷害白家的仇人斩尽杀绝，东洞庭湖的湖水也因此被染红。

秦碧珍很是钦佩“白寡妇”敢爱敢恨的巾帼豪气。她天真地以为，利用她跟“白寡妇”同学的这个身份，或许可以争取同情和网开一面。

“你这次要我家老爷出一千万的赎金，还是为了你那个计划吗？”有一次，秦碧珍故意说到了赎金，她想好好地跟白沅谈一下。

“当然！”白沅雄心勃勃地说，“我要用那些钱购买最新式的铁甲快船和汉阳造枪炮，建立一支无可匹敌的水军，称霸洞庭湖！”

“一个女人，你怎么尽想着那些？”秦碧珍叹了口气，摇摇头，“难道你就不想过正常女人的日子了？仇也报了，我劝你还是放弃那个计划……”

“不行！那是我男人一辈子的理想！我答应过他，我得帮助他实现！你什么意思啊？放弃计划，是不是意味着你就可以不拿赎金来了？告诉你，这绝不可能！期限一到，差一两银子我照样‘撕票’！——连同你一块撕！”白沅露出了她六亲不认的狰狞面目。

游说不行，看来只能想别的办法了。

“我们不能坐以待毙，得想办法。”秦碧珍回到窝棚，悄声跟盛宣怀说。

“能有什么办法？”盛宣怀叹了口气，“看守这么严，四处水天茫茫，不辨东南西北，就是让我们跑都跑不出去。”

“得想办法送信出去。”秦碧珍又说，“把我们现在的藏身之处告诉外面的人，让他们设法来营救咱们。”

“送信出去也没用。洞庭湖这么大，官军找不到我们。”

“如果有准确的地址和地图，他们应该就能找到我们。”

“你……有地图？”盛宣怀惊诧地问。

“不，我没有地图。”秦碧珍笑了笑，“不过这半个多月在洞庭湖上来回迁徙，我已经把水路都记熟了，这张图现在就在我的脑子里。”

“土匪行踪不定，有图官军也找不到我们。”

“不一定。现在官军已停止清剿，土匪们也松懈了，他们终于不用再捉迷藏，可以歇歇脚停下来松一口气了。所以我估计，我们在牯牛洲要待上一段日子，这正是个极好的机会。”

“你打算让谁去送信？”

“在这里，谁都不可信，自然是我亲自去。”

“你去？”盛宣怀望着秦碧珍，“可是……‘白寡妇’能让你送信出去吗？”

“当然要找别的理由。凭着圣玛利亚女校校友的这点脸面，恳求‘白寡妇’放我去一趟汉口，应该不成问题。只是老爷，您必须得按我说的来。”于是附耳对盛宣怀交代了一番。

随后盛宣怀就“病”倒了——老毛病寒喘病犯了。当然也不算是全装病，那几天盛宣怀刚好感染了一点湖上的风寒，有点微微的气喘。本来这次出来秦碧珍是带了药的，可她那纵身一跃，把备用药都留在了“汉萍”号上。盛宣怀按照秦碧珍的吩咐，小病大装，越是人前越是喘得厉害。

秦碧珍去找白沅，要求亲自去汉口为老爷买药。

“寒喘病？这种病我记得夏天一般不会犯吧？”白沅在圣玛利亚也学过医。

“你说的是一般。可我家老爷是特例，他着凉了夏天也犯。”秦碧珍早想好了应对，“喘得晚上整宿不能入睡，只能坐着，让人给他捶背。”

白沅不信，亲自去看了盛宣怀的病情，果然喘得厉害。

“为什么要去汉口买药？”白沅又狐疑地问，“岳州不能买吗？”

“岳州买不到，老爷要的是特药。”

“你说，是什么特药，我派人去汉口买。”

“不，你派去的人搞不清楚。这药很复杂，是日本医生发明的，要去日租界找日本医生，用日本特有的方法按处方临时加工配制。从前在上海时，老爷用的特药就是由日本医生北里博士配制，我亲自在一旁监制的。”

白沅沉吟着，无话可说了。

“你对我还有什么不放心的？老爷还在你这里呢！”秦碧珍又说，“你放心，我不会跑的，我要是想跑，当初就不会跟着老爷来了。你要的人质是老爷,老爷要是有个三长两短,你就是留着我,也拿不到一两银子的!”

“白寡妇”思量再三后终于还是同意了,为了保险起见,她还专门派了两个机灵的小喽啰化装成七姨太的跟班一路跟随,对她密切监视。他们在城陵矶上了英商怡和汉宜线的客轮,下水船快,半天一宿后就到了汉口,下榻在日租界的小旅馆里。那两个小喽啰从未见过外面还有如此美妙的花花世界,秦碧珍略施小技,很轻易地就让他们醉倒在小旅馆里。

然后秦碧珍走进了日本驻汉总领馆。

“请立即发报联系帝国驻上海总领事小田切先生,”秦碧珍用一口流利的日语对驻汉总领事说,“我有重要的情报需马上向他报告。”

……

第四天,秦碧珍就带着那两个小喽啰回到了洞庭湖上。事情顺顺利利,人员也平平安安,没有引起白沅的任何怀疑。但是不久后的一天破晓时分,借着朦胧的曙色掩护,日本海军第三舰队的陆战队员使用橡皮登陆艇,悄无声息地在洞庭湖中的牯牛洲成功登陆,对“黑水营”的土匪展开突然袭击。只用了不到十几分钟,睡梦中的土匪已死伤大半,少数星散而逃。白沅本人的尸首也在天明后找到了,她倒在芦苇丛中,美丽的大眼睛不肯瞑目,毛瑟枪枪膛中的子弹已经全部射完,那枚圣玛利亚女校的校徽从她的脖子上滑落了下来,浸泡在碧波荡漾的湖水中。秦碧珍过来捞起了那枚校徽,后来她专门找到日本海军的舰队司令官,请求日本人安葬了“白寡妇”,并连同那枚校徽一同埋在了她身边。

盛宣怀没有想到竟然是日本人救了他。当日本海军陆战队的队员把他背到了日本军舰上的时候,他就只剩下流泪和哽咽的份了。老爷获救的消息传到上海,庄夫人立即去租界巡捕房报了警。等警察们赶到老太太一行人的住址去抓捕时,却已是晚到了一步,人去楼空了。在汇丰银行的那个账户里,赎金已经打进去了一百多万。当然盛家人也早已通过租界当局,将那个账户冻结了——只能进不能出,但土匪们却被结结实实地蒙在了鼓里。

劫后余生回到上海的盛宣怀只作了短暂的休整,就毫不犹豫地与日本人签订了关于汉冶萍的借款合同。合同借款总额合计一千五百万日元,借款期限长达三十年,年息七厘;首期付款七百万日元,主要用于汉阳铁厂和萍乡煤矿的收尾工程。小田切以双重的身份在合同上签了名:他既是日本正金银行的代表,又是帝国驻上海的总领事。

第六章 看不见的夹缝

这一年，盛宣怀步入了他入仕以来最为尴尬的时期。

清末那场虎头蛇尾、治标不治本的官制改革，最终成了奕劻、袁世凯勾结，卖官鬻爵、安插亲信、扩充势力、垄断朝政的千载良机。它发端于“仿行宪政”的光绪三十二年(1906年)下半年，但其实早在几年前的“戊戌变法”期间就已经提出并初步尝试进行了，为此康有为还专门写了《康南海官制议》一文。只是因为百日维新失败，官制改革才被暂时搁置了下来。几年后，在变法图强的强大呼声下，连慈禧本人也意识到改革已属不可避免，宪政必是大势所趋，于是她借光绪皇帝的名义，于光绪三十二年九月一日正式颁布了《仿行宪政上谕》。上谕中说：“……故廓清积弊，明定责成，必从官制入手，亟应先将官制分别议定，次第更张。”第二天，清廷又连续发布上谕，责成“由载泽、世续、那桐、荣庆、铁良、戴鸿慈及袁世凯等共同编纂官制改革方案”，而由奕劻、瞿鸿禨、孙家鼐三人最后“总司核定”。

这个专门负责编纂官制改革方案的机构，几天后正式成立了一个常设的办事机构，名曰官制编纂馆。袁世凯贿赂拉拢编纂大臣，将自己的亲信安插进其内部，把整个官制编纂工作牢牢掌控在自己的手中。编纂馆的办公地点曾一度高度保密，但终于还是几次泄了密，最后不得不索性设在了“组长”自己的家里——奕劻在海淀的私家园林承泽园内。

这承泽园位于海淀挂甲屯，建于雍正三年(1725年)，最早为圆明园的附属园林之一，曾赐果亲王允礼为邸，到了道光年间为寿恩固伦公主府。咸丰十年(1860年)，英法联军火烧圆明园，周围园林尽毁，唯独承泽园幸免于难。光绪二十年该园赐予庆亲王奕劻,民国后成为北京大学的一部分。

这处远离闹市的皇家园林,因为官制编纂馆的入驻而热闹了起来。每天都有数不清的官员从城里赶来,园门前一片红顶子耀眼。如果说从前庆亲王奕劻卖官鬻爵还有些偷偷摸摸遮遮掩掩的话,那么这次就到了他的"庆记公司"公开挂牌开张、明码实价营业的时候了。不要责怪官场上的人太看重自己头上的顶戴花翎了,官制改革牵涉到每个官员的切身利益。读书科考、官场钻营,战战兢兢几十年,没了衙门就没了饭碗,谁愿意自己一朝被裁撤,成了赋闲在家无所着落的混混?于是拿钱行贿走门路,力求保住个一官半职保住差事,就成了绝大多数人不得不拼命抓住的救命稻草。于是这才有了这座从前幽静无比的园林,如今白天门庭若市、车水马龙,夜晚通宵排队、堵塞于途的盛景。

盛宣怀第一眼从邸报上看到这个九人名单时,心里就开始打鼓——他没法不打鼓,除了奕劻和有过节的袁世凯,他与这九个人中的其他人几乎没有来往。分析这个名单,大致可以把这九个人分为三派:其中有六个是满人,占总数的三分之二,体现了清廷在重大决策问题上历来重满抑汉的原则立场,毫无疑问他们唯老庆的马首是瞻,可以把他们称之为多数派或主流派。袁世凯虽说是汉人,但这些年来他和奕劻穿一条裤子,早已是天下尽人皆知。所以明眼人一眼就能看出来,这个九人名单实际上最后还是庆亲王奕劻那伙人说了算。至于孙家鼐和瞿鸿禨,那只不过是拿出来当花瓶摆样子,搪塞一下舆论而已。孙家鼐可以算作中间派的代表。他时年已近耄耋,暮气沉沉,一生当好人,只栽花不栽刺,随大流不得罪人。军机大臣瞿鸿禨,倒是个旗帜鲜明的反对派人物。

瞿鸿禨字子玖,号止庵,晚号西岩老人,湖南长沙人,一生为官清正廉洁,早就对庆亲王奕劻和袁世凯之流相互勾结、沆瀣一气、狼狈为奸不满了,曾多次当众斥责袁世凯。清末朝臣中可分为两派,一派是"清流",一派是"浊流"。"清流"专指清正廉洁的官员(它有别于张之洞等人早期议论朝政、抨击时弊的"清流"),瞿鸿禨是其领袖人物。"浊流"则指袁世凯、奕劻之流及其追随者。据说袁世凯曾几次拉拢贿赂瞿鸿禨,均遭到了他的严词拒绝。但在这个九人名单中,瞿鸿禨毕竟势单力薄,孤掌难鸣。不久就有消息传来,有自知之明的瞿鸿禨知难而退,以体弱多病、难胜重负为由,婉辞了这个九人小组的"副组长"职务。瞿鸿禨此举,正中奕劻、袁世凯等人的下怀,如今连个唱反调的人都没有了,“庆记公司”也就开得更加肆无忌惮。

盛宣怀很后悔自己当年处事的轻率。当年陶湘费尽周折,好不容易提前打听到了庆亲王奕劻即将入主军机处的绝密情报,只可惜他没有利用好这个价值连城的情报。当然这也要怪他为人吝啬,在官场上斤斤计较,出手太抠门;更要怪他不了解老庆这样的满洲权贵,小看和低估了他的胃口——区区两万日元的贺礼,你以为就能让他对你盛某人倾心相交,从此引为知己?笑话!要知道,袁世凯的贺礼是整整十万两白银,瞧人家那出手,豪阔而大方!

就年龄而言,袁世凯相比盛宣怀虽说是晚辈,但他熟谙官场,洞悉老庆这些人的癖好,所以能投其所好,一矢中的。单就这点而言,他就比盛宣怀要高明了不知多少倍!盛宣怀后来屡屡输给袁世凯,也就在情理之中的事了。后来奕劻曾当着盛宣怀的面要退还这两万日元,搞得他很尴尬。盛宣怀曾听人说过,奕劻虽贪得无厌,但他的“钱品”还不算太坏,如果收了钱没办成事,他决不“吃黑”,事后肯定要退还钱。盛宣怀于是便说这是下官给王爷的寿诞贺礼,而非请托王爷办事。有了这个台阶,奕劻这才作罢,不再提退钱的事了。但事后盛宣怀反复琢磨了许久,奕劻退钱这件事到底说明了什么?毫无疑问这是他给他的暗示,是他表明的一种态度,他在告诉盛宣怀:他已在袁世凯和盛宣怀之间做出了选择,今后他的屁股要坐到袁世凯那条凳子上去了,阁下的事情对不起,本王恐怕只能爱莫能助了。后来的事情似乎也印证了这点。比如袁世凯夺轮、电二局,比如他“丁忧”复出后丢了工部右侍郎的职务,比如汉冶萍的合并商办等,这些事情上奕劻并没有给予他特别的关照,那两万日元等于说是打了水漂。不过话又说回来了,即便他当初的贺礼跟袁世凯的一样多,甚或还要超过袁世凯,奕劻就会跟他坐一条板凳吗?不可能!因为袁世凯的手里还握有他盛宣怀没有的东西,那就是位高权重的直隶总督,还有他麾下那支虎视眈眈的北洋陆军。可见并非仅仅只有银子,像奕劻这样的老政客,权位才更是他更看重的。也许正是因为这个原因,盛宣怀后来没有刻意地再去修补和奕劻的关系。他知道修补了也没用,那样做只会浪费银子。这几年袁世凯权势快速膨胀、如日中天,两个人的结盟已牢牢不可撼动了。如今自己那个老冤家对头终于又有了一次极好的机会,他可以利用这次的官制改革,冠冕堂皇地排挤、打击盛宣怀,再次挤压他的官场生存空间。当然盛宣怀现在还不知道袁世凯将会怎样对他动手，但他知道袁世凯毫无疑问肯定会动手。现在的关键是要掌握京城里的动向，了解官制改革的进程和内情，以便随时做出应对之策。看来这又得要让陶湘出马了。

陶湘现在已是京汉铁路北段机务处的处长。这些年来他忠心耿耿地履行着自己本职之外的“特别兼职”，成为盛宣怀安插在北京的卧底和耳目。因为经常在京城里有特殊的工作和应酬，为了方便，京汉铁路通车后，他就将原先设在保定的机务处搬到了丰台。收到盛宣怀从上海发来的电报指示后，陶湘立即就开始了外围行动。

几天后陶湘马上就意识到了，事情远非他想象的那么简单。原来这次编纂官制改革方案采用全封闭的方式进行，即全体编纂大臣和所有的工作人员，吃喝拉撒睡都在承泽园内。园门前增设了警戒线，三步一哨五步一岗，戒备森严，陶湘还没靠近警戒线，就被岗哨不问三七二十一呵斥着驱赶开了。为了保密和避免外界的干扰，据说里面的人还不准会客，不准外出，不准回家，如同软禁了一般。而且官制改革方案一天不完成，一天不获得皇上和老佛爷的认可，他们那帮人就得关在承泽园内一天不得“获释”。陶湘在外围跑了几天，根本打听不到任何消息，这时候他才想起不久前刚认识的庆王府里的一位朋友。那位朋友是庆王府的满文笔帖式，是奕劻身边的人，想来应该多少知道一点底细。于是这天陶湘来到后海定阜大街上的庆王府，把那位朋友约了出来。

这些年陶湘在京城里广交朋友，不管是官场民间、政商学界、三教九流，他都跟人家交往。当卧底搞情报刺探消息，需要的是广泛的人脉资源。有些人也许一时半会、三年五载都用不上，但说不定什么时候就会派上了大用场。陶湘待人热情诚实，出手阔绰大方(盛宣怀给他提供了充足的活动经费)，加之又是藏书界名人，“陶开花”的雅号名满京师，自己还有着一份令人艳羡的铁路上的差事，有很多人都愿意跟他交往，所以这些年他结交了不少的朋友。这其中就有庆王府的那位小书吏，小名阿尔春，满洲镶蓝旗，跟庆亲王奕劻是本旗。陶湘是在不久前与朋友聚会的酒席上认识他的，听说是庆王爷的跟班笔帖式，两个人年龄又相仿，谈话也还算投机，这个关系将来肯定用得着，所以陶湘跟他互留了名帖。如今看来，陶湘这个朋友果然没有交错。

“兰泉兄端着铁路的饭碗，怎么对这个也感兴趣了？”两个人刚刚在茶楼的雅间里落座,阿尔春就笑着问。

“受人所托,受人所托。”陶湘也笑着打哈哈。

“关于这个嘛,”阿尔春沉吟着,“王爷虽然也住在海淀那边,但是常常人手不够了让兄弟过去临时听差,所以兄弟倒是多少也知道一点点。编纂大臣们住进承泽园也有半个多月了,听说他们迄今为止实际只做了一件事。”

“一件什么事?”

“厘定官制宗旨大略,也就是首先确定官制改革的原则意见。最后定下来的主要有这么三条:其一,三权分立,采用君主立宪国官制;其二,先订行政、司法官制,暂不议及议院;其三,本次只议定中央各部的官制,暂不涉及地方官制。别看就是这么简简单单的三条,那可是争吵了半个多月才最后定下来的。”

“怎么,那里面的人也会有争吵?”

“有哇!比如那个军机大臣瞿鸿禨,就是第一盏不省油的灯!他跟我家王爷和慰帅天天争吵顶牛……”

“等等!你打住,打住。”陶湘赶忙打断,“可我早就听说,瞿鸿禨不是已经托词开缺,自己退出了编纂馆吗?”

“兰泉兄有所不知,他的确一度退出了编纂馆,而且还是自己主动上奏婉辞的。可当他听说有人要裁撤军机处时,却又自己跑回来了,你说好笑不好笑?简直如同儿戏一般!”阿尔春说起瞿鸿禨来也是哭笑不得,“这位老爷子太有个性了,他说他要回去当绊脚石,不能就这么便宜了袁慰廷他们。”

“裁撤军机处?”陶湘一激灵,“这是怎么回事?”

“当然这是慰帅的意思喽。”阿尔春压低声音,“理由是既然采用君主立宪国的官制,当然只有内阁,没有军机处。”

“裁了军机处,这不是明摆着要赶瞿鸿禨赋闲回家吗?”

“就是这意思。不过慰帅这棋下得高,既要搬掉瞿鸿禨,又让他有苦说不出。本来慰帅的安排,是想让我家王爷出任内阁总理大臣,他自己做内阁副总理大臣。没想到让瞿鸿禨上上下下这么一搅和,这件事就泡汤了。”

“怎么泡汤了?”

“皇上和太后不批准呀!——当然,主要是老佛爷不批准。老佛爷说了一句话:‘其他的官制可仿效立宪国家,军机处还是保留着好。’”说完,阿尔春就不吭声了。

“接着说呀！”

“没得说的，讲完了。敝人知道的，就只有这么多。”

“你才知道这么一点点？太可惜了。”陶湘惋惜地说，“这官制改革的好戏都在后头，还没开锣呢。比如裁撤哪些衙门，比如各部的官制如何设定等，这才是最好看的重头戏。请问老兄，如何才能看到这出好戏？”

“你看不到这出好戏。”

“假如我请老兄帮忙把我带进承泽园里去呢？”

“我可以带你进去，但是进去了你也看不到里面的好戏。”

“这是为何？”

“因为里面也隔离封闭了，岗哨重重，你根本接近不了核心机密。”

原来不光是园门前警戒森严，园内也同样布满了重兵，岗哨重重。这承泽园分为南北两大部分，园门向南开，南部为宫门和附属房屋，北部才是园区建筑的主体部分，有正堂、花厅和房间等，南北中间隔以溪湖，通过湖上的栈桥沟通。官制编纂馆就住在承泽园的北部，栈桥上日夜都有岗哨。所以阿尔春说即便能进得了承泽园，也通过不了栈桥到达北部园区。

“看守这么严啊？”陶湘愣了，“那吃喝怎么办？圈在里面不食人间烟火，岂不是要成仙了？”

“当然照吃照喝不误——从外面往里送啊！”阿尔春笑着说，“听说吃饭是在正阳楼订的外卖，正阳楼为此还在承泽园内专门支了个茶水炉，每天派两个伙计，日夜轮流着伺候各位大人的茶水。”

除了阿尔春，陶湘还有一个重要的消息来源，那就是慈禧身边的总管太监李莲英。当年李鸿章在世时，与李莲英的联络应酬都是交给盛宣怀去办的，由此盛、李二人建立了一种不同于一般交情的关系。盛宣怀很看重这关系，李鸿章去世后他又把这种关系接续了下来，每年的四时八节，生日、庆寿，以及冬夏的“两敬”(热天的“冰敬”和冬天的“炭敬”)他都按时操办，打点送礼。陶湘驻京后盛宣怀就将这条线索移交给了他，所以陶湘现在有事要找李莲英，那也是熟门熟路。不过也不能凡事都去找，只能是重要的事情或者要证实某个重要的消息时，陶湘才去见见李莲英。奕劻和袁世凯相互勾结，想借裁撤军机处来排斥瞿鸿禨的消息，他就是在李莲英那里得到证实的。

陶湘随后综合从其他渠道得来的消息，隐去人名，用密语给盛宣怀发了关于官制改革的第一封电报：“……本次官制改革的宗旨大略已定，要点如左：（甲）三权分立，采用君主立宪国官制；（乙）先订行政、司法官制，暂不议及议院，其他各官署照旧；（丙）先议京师各衙门及官制设置，暂不涉及地方官制；（丁）把官员统一分为特简官、请简官、奏补官、委用官四种，厘定各官，俱有专守；（戊）妥善安排因为官制改革而致闲散的官员。又，闻卧雪（暗指袁世凯）力主裁撤军机，建立内阁，以承泽（暗指奕劻）为总理，己为副总理，其居心不良。九公（暗指瞿鸿禨）知悉后去而又返，一腔正气，砥柱中流，公开与卧雪抗衡，致此议送达上听后遭否决，长春老人（暗指慈禧）已明确表示要保留军机处。此事已经青莲居士处（暗指李莲英）证实，可见坊间传说并非空穴来风，实可预见未来之枢廷必有政潮风暴迭起焉。余事待陆续后禀。”

陶湘与正阳楼的结缘，是因为吃螃蟹。

人在异乡，常常会莫名其妙地涌起一股乡愁。那乡愁说不清道不明，不知道什么时候因为什么事它就来了，有时候甚至于只是突然回想起了家乡的几句小调一声乡音，甚或是几样小吃。今年重阳节前后，陶湘就正好陷入了这样的乡愁。原来这几年陶湘在北京任职，家眷一直放在常州老家没有带来，孤身远行，重阳临近，人逢佳节倍思亲，突然就想家了起来——陶湘的想家，是因为他想起了家乡阳澄湖的大闸蟹。

俗话说“九月重阳，蟹子爬墙”，阳澄湖大闸蟹此时正是肥大黄多的时候。他不禁想起了江南那道著名的淮扬名菜“清炖蟹粉狮子头”，想起了那一只只肥硕鲜美的清蒸大闸蟹，口腔里已是盈盈地灌满了口水。谁料到这一想便是想得益发地不可收拾，直想得他愁肠百结，彻夜难眠。第二天陶湘便满京城去跑，想寻找淮扬菜馆吃顿大闸蟹，以解乡愁。不想那时候京城的餐饮业是鲁菜的天下，鲁菜里的胶东菜系素以烹饪海鲜著称，虽有海蟹，毕竟与淡水河鲜不是一回事。偶尔遇上一两家淮扬菜馆，也因为南北阻隔迢迢千里运输不易，而没有大闸蟹。陶湘正在怅然失望之时，忽一日听朋友某君说，前门外肉市南口的正阳楼有小笼清蒸大闸蟹，于是急不可待，直奔而去。

同光时京师素有“八大楼”之说。所谓八大楼，就是指的八家著名的酒楼，按名气大小依次为东兴楼（萃华楼）、泰丰楼、致美楼、鸿兴楼、正阳楼、新丰楼、安福楼和春华楼。八大楼基本都是山东菜系，即使有的酒楼开张营业时并非山东菜，但做到后来敌不过一统天下的鲁菜，也纷纷改弦更张。

从前这正阳楼的菜在八大楼里平平没有特色，人气、排名也不靠前，但近年花重金从济南聘来了新的掌柜和大厨，对鲁菜进行改进创新，尤重传统的燕鲍翅等名菜的精细烹饪，赢得了官场大佬和绅商士子的好评，口碑相传，在京城一时声名鹊起，冠盖京华，大有领衔八大楼之势。在服务上正阳楼也独辟蹊径，特别制作了一辆外卖送餐的大马车，专门往高墙深院的官绅大户人家送定制酒席。车内炉灶笼屉设置齐全，即使是三九寒冬，那菜送到了还热气腾腾。承泽园内的官制编纂馆这次之所以在正阳楼订餐，恐怕也是出于这个原因。正阳楼这位新聘请的掌柜慧眼独具，极善经营，正是京汉铁路的通车让他看到了新的商机：其一，南方河鲜运到京城快捷便利了。比如大闸蟹，从前不敢运是因为走大运河的水路到北京，木帆船要耗时一个多月，途中因河道淤塞还得改走旱路，时间太长，中途倒腾，螃蟹伤亡殆尽；如今从上海、南京直接装筐用火轮船运到汉口，上水船慢顶多三天；而从汉口到北京，火车只需两天，前后不过五天就运到了京城。不仅仅是大闸蟹，两湖之地江湖相连，千湖之省，富甲天下，很多名贵的河鲜也可以快速运到京城。其二，京汉路通车后，长江中下游的很多官商士子进京，再也无须绕道上海、天津走海路了，他们往往乘坐客轮溯江而上抵达汉口，然后转乘火车进京。而正阳楼恰好就在前门火车站旁，得天时地利，过往的客流络绎不绝。于是新掌柜灵机一动，特地从扬州请来了以烹饪河鲜见长的淮扬菜掌勺名厨，从此正阳楼在鲁菜的基础上又正式添加了淮扬菜。

陶湘进得门来，果然是厅堂敞亮，布置古雅。他来不及坐下，对笑脸迎上来的伙计先是大喊了一声："堂倌，小笼清蒸大闸蟹！"

随后不久，便有伙计来到他的座位前，弯腰笑问："客官，文吃，武吃？"

陶湘不说"文吃"，却按常州酒楼里的习俗，答了一声"雅吃"。

果不其然，等了不一会儿，一个精致的红木食盘端了上来，里面摆着一只小蒸笼，几只精致的青花瓷小碟，小碟里盛着酱油、醋、蒜蓉、姜丝、香油等佐料，还有一壶烫热的老黄酒；余外，就是一套一字摆开的"蟹八件"了。那"蟹八件"显然是银质的，柄上有錾花图案，比一般常用的铜质"蟹八件"显得要高档；它用开水煮沸消毒过，一件件擦拭得银光闪闪。

揭开蒸笼盖，腾腾的热气散去，蒸笼里躺着的。就是那只让陶湘朝思暮想、寝食难安的阳澄湖大闸蟹了。它被十字草绳五花大绑着，浑身通红，蜷缩成一团。

陶湘的神情庄重而虔诚，他先用筷子小心翼翼地夹起大闸蟹，放到“蟹八件”中的“小方桌”上，然后用圆头剪刀剪断草绳，再逐一剪下两只大螯和八只蟹脚，将腰圆锤对着蟹壳四周轻轻敲打一圈，先将蟹壳敲松，方便锨盖；再以长柄斧劈开背壳和肚脐，用钎子剔蟹肚的蟹肉，捅出、钩出蟹腿肉，蘸了佐料送入口中，一股久违的家乡口味霎时间舒坦了他的全身；然后用长柄勺刮下最美味的蟹黄、蟹膏，慢慢享用、品尝；之后再拿起钎、镊、叉、锤或剔或夹或叉或敲，一件件工具轮番反复使用，一只大闸蟹，足足让他吃了半个时辰。

吃完了，陶湘并不急于离开，他闭目养神，似乎还要仔细回味一番；又将那些空壳的蟹螯、蟹腿、蟹脚等残渣归拢到一起，仔细摆弄了半天，这才起身剔着牙，心满意足地付账而去。伙计过来拾掇桌子的时候不禁呆住了：他看到小蒸笼里，赫然趴着一只完整的空壳大闸蟹。

正阳楼的掌柜知道，这是遇到了真正的吃家。

第二天陶湘又去了，品尝过正宗的淮扬名菜“清炖蟹粉狮子头”，算是彻底解了馋。随后隔三岔五地就约上三五知己，去正阳楼赏菊吃蟹。去得多了，陶湘就和正阳楼的掌柜熟识了。掌柜的姓蔡，虽是生意场中人，却颇懂相面之术，很看好这个年纪轻轻的京汉铁路局的陶处长，慢慢地两人成了朋友。

这是不久前刚刚发生的事情。如今正好踏破铁鞋无觅处的陶湘，仿佛突然看到了新的希望：他打算利用和正阳楼的这层关系，跟着送餐的伙计，乔装混进承泽园里去，亲自去现场打探一番。

那天陶湘又来到了正阳楼，掌柜的一见说：“今天吃什么？”

“嘿嘿，今天不为吃而来。”陶湘诡秘地笑着，“今天来给掌柜的跑堂。”

“跑……堂？”蔡掌柜让他笑得莫名其妙。

“请问，海淀承泽园是不是在你这儿订了餐？”

“是呀！”蔡掌柜说，“可这跟你陶处长何干？”

“有哇！这关系还大着呢！”于是附耳与他耳语了一番。

蔡掌柜听后沉吟着，好半天不吭声。

陶湘急了："掌柜的，你倒是给句话呀！"

"你该不会……把我这买卖也给搞砸了吧？"

"掌柜的，你想到哪儿去了呀！受人所托，我只是带着耳朵进去帮人听消息，保证在里面一声不吭——再说了，那儿有咱说话的地方吗？"

"你行吗？"掌柜的在心里掂量一番后，觉得似乎并无大碍，乐得顺水推舟送人情，不过他还是说出了自己的担心，"你没干过这行，别人一看就知道你是生手。万一里面的人盯上你怀疑你了，怎么办？"

"那还不好说吗？我就说我是正阳楼新来的堂倌。"

"有你这般岁数的新堂倌吗？"掌柜的笑了起来，但总算是点头应允了。

"怎么不可能？咱是家道变故，中年学艺。"陶湘笑着回应了一句。

陶湘化了装，当天中午就跟随正阳楼送餐的伙计，顺利地进了承泽园。

园内果然戒备森严。进入编纂馆所在的北园，还有好几道岗哨。不过因为是正阳楼送餐的队伍，而且已经送了多日，沿途岗哨并未过多盘查。

编纂馆每天的膳食，早餐正阳楼不管，据说由"都一处"等处送烧卖等早点，中餐和晚餐都由正阳楼送，分别送四桌，一桌是在小花厅里，供编纂大臣享用，刚好九个人，是燕翅鲍上等酒席；其余的三桌摆在大厅，供全体工作人员进餐，是普通席。中午不让喝酒，晚餐提供酒水。

陶湘有意留在了小餐厅里。伙计们摆好餐具后，九大臣开始陆续地进来入座了。此前陶湘没见过九大臣，但他一眼就认出来了，并排走在前面的，毫无疑问是庆亲王奕劻和直隶总督袁世凯。庆亲王的服装上有明显的身份标志：朝服上绣有亲王才有的五爪蟒纹，而他身边那个操着河南口音官话的矮矮胖胖的中年人，不用说就知道是袁项城了。年纪最大的那位老头，显然是大学士孙家鼐；而最后走进来的瞿鸿禨，陶湘也是猜出来的。他年近六旬，面容清癯，身体瘦弱，有着南方人独有的清奇骨骼，胡须留得很长，颇有些仙风道骨；唯有他的目光高傲而桀骜不驯，就连走路也是独来独往，不肯与人为伍，似乎宣示着他骨子里的那种决不与汝辈同流合污的决心。

"玖公，来来，这里坐。"已经和奕劻并排坐在首席的袁世凯看见瞿鸿禨进来，赶忙站起来打招呼，"慰廷在此虚席以待。"

"不敢，不敢。"瞿鸿禨操着长沙官话连连摆手，面含讥讽之色，"那是内阁总理大臣和副总理大臣的位置。瞿某人的嘴巴敢造次，屁股可不敢造次。”

袁世凯当众讨了个没趣，脸上立时就有了尴尬之色，讷讷道：“玖公，你还在为这事耿耿于怀吗？袁某不过是出于公心，既然仿行宪政，当然应该以责任内阁取代军机处。如今朝廷已有定论，军机处继续保留，再设内阁不过是形同虚设、徒有虚名罢了。”

瞿鸿禨随便拣了个位子坐下来，含笑道：“如此说来，慰帅期望着有朝一日接替王爷做内阁总理大臣、独揽朝政的愿望，岂不是要落空了？”

“你！……”袁世凯的脸涨红了，但他克制着恼怒，“玖公，慰廷一向敬重您老的人品文章，在您老面前毕恭毕敬执弟子礼……”

“打住，打住。”瞿鸿禨连连摆手，“瞿某这就不明白了，瞿某不才，何来如此的荣幸，敢有袁大人这样的门生弟子？”

“玖公难道忘了吗？”袁世凯说，“当年玖公出任河南学政，袁某人的弟弟有幸做了玖公的门生，这不等于袁某也是玖公的门生吗？”

“原来如此……哈哈哈！”瞿鸿禨突然朗声大笑起来，“瞿某一辈子饱读诗书，堂堂翰林院编修、侍讲学士、内阁学士，竟然有了你袁大人这位白丁门生！瞿某真乃不胜荣幸之至，高攀了！哈哈哈！……”

这话狠狠刺中了袁世凯内心的痛处。袁世凯一生都以自己没有科举功名而遗憾，他腾地站起来，正待要发作，却被坐在旁边的荣庆一把按了下去。

“玖公，话也不能这么说吧？”荣庆在一旁替袁世凯解围，“几千年的科举选士，曾经埋没过多少人才！玖公敢说，金榜之外的一概都是白丁么？正因为如此，朝廷去年才颁旨，明令废止了科举。如今国家正在用人之际，玖公若仍以科甲论出身，沾沾自喜，恐怕就有些不太合时宜了。”

“依荣庆大人的意思，废除了科举，未必从前的出身也一概抹去，不认账了？”瞿鸿禨冷笑着反问，“瞿某记得，荣庆大人好像是蒙古人里少有的以学问考取进士的吧？你也进过翰林院，你也是侍读学士，同样是读书人，只可惜荣大人少了读书人的骨气，为了荣华富贵而趋炎附势。”

瞿鸿禨影射的是荣庆的一段往事。当年荣庆仕途不畅，出任山东学政时巴结上了时任山东巡抚的袁世凯，从此官运亨通步步高升。

荣庆的脸上下不来了，红一阵白一阵。恰在此时菜已上齐，奕劻赶快出面打圆场：“食不言睡不语，各位，到此为止。——来来，吃饭！”

孙家鼐也赶忙附和:“对,对,吃饭,吃饭!”

伙计们在一旁忙碌起来,他们给九大臣盛饭、递手巾,伺候九大臣吃饭。趁这时机陶湘不由得多看了瞿鸿禨几眼,坊间传说,瞿鸿禨的长相酷似先皇同治帝,这就引起了慈禧对他的一种特别情感。据说当年庚子拳变,瞿鸿禨就在跟随慈禧西逃的贴身大臣中,小朝廷当时所有的谕旨都是瞿鸿禨草拟的,他的学识和文笔获得了慈禧的赏识。第二年辛丑回銮,瞿鸿禨就进了军机。也有人说,正是这次西行和慈禧的朝夕相处,才让慈禧发觉瞿鸿禨的长相很像自己的儿子载淳。传说不知是否可靠,但后来得到的证实是:慈禧每回召对军机大臣议事, 完毕后她总要把瞿鸿禨单独留下来说会儿话;有时候深宫寂寞了或者想儿子了,她也会宣旨召瞿鸿禨进宫。瞿鸿禨为人狷介,直言无忌,锋芒外露,个性太强,得罪了很多人,包括像袁世凯这样权势熏天的人物。但这些人似乎都忍让着并不跟他过分的计较,莫非他们也是因为慈禧对他的特别看待?陶湘出生于同治末年,当然无缘瞻仰先皇尊容,他看不出来瞿鸿禨是否真的酷似先皇,但瞿鸿禨生活朴素、崇尚节俭的传闻眼下却是得到了证实:面对满桌的美味佳肴,瞿鸿禨的筷子常去的却总是那几碗素菜,他对那些燕翅鲍视而不见。

瞿鸿禨饭量不大,吃完一小碗饭后他就放下了筷子。他抹抹嘴,站起来说了一句话:“敝人吃完了饭,现在可以说话了吧?再次重申今天会议上敝人说过的一句话:建议这次官制改革过后,当了军机大臣的就不做各部尚书;要做各部尚书,你就先辞去军机大臣!”

甩下这句话后,瞿鸿禨就气宇轩昂地离开了小餐厅。

正在吃饭的几位大臣,面面相觑着。

奕劻皱着眉头说:“吃饭吃饭,吃饭不议朝政。”

后来陶湘才搞清楚,瞿鸿禨这句话针对的是袁世凯的北洋系。原来军机大臣里的徐世昌,此时正兼着兵部尚书;而荣庆,则兼着礼部尚书。

陶湘跟着送了几天饭后,他发现这样听来的消息极其有限:一则九大臣吃饭的时间很短暂;二则他们吃饭时多数情况下都不谈及公事。而正阳楼留在园内伺候茶水的伙计,却可以随时拎着水壶进入会场去为九大臣续水。这让陶湘怦然心动,于是他和掌柜的商量,又把自己换成了伺候茶水的伙计。

从此陶湘可以方便地出入九大臣议事的会场了。当然也不能进去得过于频繁,过于频繁了容易引起怀疑。陶湘第一次提着开水壶进去为九大臣续水,当续到奕劻面前的时候,奕劻抬起头来多看了他几眼,那眼神里充满着疑虑,直看得陶湘心里怦怦直跳:莫不是庆亲王认识自己?可想来想去,后来陶湘才依稀记起,当年盛宣怀"丁忧"偷偷潜来北京,他曾陪着他去过庆王府,难道那次他跟庆亲王打过照面?陶湘对此已经没有确切的记忆了。——也许曾经见过,要不然奕劻怎么会有那样狐疑的眼神?不过好在奕劻并没有深究,看了几眼也就过去了。

陶湘第一次进入会场,听到的是关于裁撤中央"五寺"的讨论。九大臣似乎唯独在这件事上没有争论,达成了空前的共识:"……太常寺、光禄寺、鸿胪寺并入礼部,太仆寺并入兵部,大理寺改为大理院,专司审判。"陶湘在当天晚上的电报里如是禀报盛宣怀,几天后他又报告了中央关于"大部制"的调整和设置:"……外务部、吏部、学部照旧;巡警部改为民政部;户部改为度支部;礼部以三寺并入;兵部改为陆军部(海军部及军咨府随后成立),太仆寺和练兵处并入;刑部改为法部,专任司法,监督大理院审判;工部并入商部,改名为农工商部;轮船、铁路、电线、邮政设立专司,名为邮传部;理藩院改为理藩部。"陶湘作为官制编纂会议的亲自"参与者"和"旁听者",会议中九大臣所有关于中央官制改革讨论的前后经过、细枝末节,全部都化为了电报密码,飞到了千里之外的上海,飞到了盛宣怀的手中。

十月末,盛宣怀接到了与他仕途至关重要的一封电报:"……会议已议决,裁撤中国铁路总公司,所有与铁路有关事务均划归邮传部;邮传部拟设一尚书和左右俩侍郎,都中谋之者众,欲图从速。"

几天后,盛宣怀匆匆赶到了北京。

盛宣怀这次是从上海坐招商局的轮船溯江而上先到汉口,然后再转乘京汉路快车进京的,它比传统的绕道海上到天津,然后再进京的线路在时间上要提前两天,而且不再受海上的风浪颠簸之苦。

盛宣怀这次进京,带了二十万两银票,目标是邮传部尚书。

带这么多银子进京,足以表明了盛宣怀志在必得的决心。动身前,他曾扳着手指头对朝中可能的竞争者一一作了检点。作为轮、电二局的创始人、芦汉铁路的督办大臣,盛宣怀除了目前与邮政尚无关联外,他发觉能在铁路、轮船、电报等诸项事业上与自己比肩齐名的人物还根本没有。而北洋那边又多以军人为主,似乎也缺乏竞争邮传部尚书的合适人选。也就是说,这个邮传部尚书舍我盛某人其谁?袁世凯这次想要排挤自己都不容易!——他总得要有摆到桌面上来的理由和人选吧?想到这里盛宣怀便信心满满:看来事情成败的关键,只需拿下奕劻就大功告成了。在盛宣怀看来,只要能花钱办成的事情就不是难事,他吸取了上次送礼的教训,准备这次重拳出手,不惜重金,一步到位。这些年"庆记公司"卖官鬻爵是明码实价,盛宣怀对行情早已有所耳闻。据说外放一个富庶之地的督抚大约需报效八万到十万两银子,一个同级别的京官尚书大约应该也不会超过这个数(京官的出息不如地方官)。如果需要,盛宣怀甚至愿意多出一倍的价格,即以二十万两白银来获得这个职位。邮传部尚书对眼下的盛宣怀来说太重要了,它不仅能使盛宣怀掌控未来全国的铁路建设,获得更大的个人利益,还有可能让他重新夺回轮、电二局,并在汉冶萍合并重组上提供诸多便利。盛宣怀不相信贪得无厌的奕劻,面对如此一笔重金他会不动心。

陶湘照例到前门火车站来接站,并安排盛宣怀下榻在附近的六国饭店。陶湘告诉盛宣怀,目前官制改革的机构设置方案已获得最高层的批准,设在承泽园内的编纂馆完成了历史使命,已奉命解散。官制改革现在进入到最后的关键时刻:为每个部级衙门配置主官和副官,即关系到官员的屁股落位问题。配置的方法是:除外务部多尚书仍如旧制外,其他各部一律都是一尚书两侍郎的设置,不论满汉;但提名上报的尚书候选人可报两名,侍郎候选人可报三名,供顶层圈选。候选人提名的方法是:原有各部的由各部提名报军机处,由军机处审核后再上报圈选;新设立的部由军机处直接提名,然后统一上报圈选。

"如此说来,邮传部尚书提名,看来由老庆直接拍板决定了?"盛宣怀问。

"对,应该是这样。"陶湘答,"就是不知道是否会在军机处走走过场,征求一下那几位的意见,做做表面的文章?"

"走过场也是老庆最后说了算。"

"那倒也是。"

"老佛爷又一次把发财的机会赏给了老庆。"盛宣怀感叹,"未必她就不知道,老庆背着她的所作所为?"

"怎么会不知道?西边的那是何等精明之人!"陶湘笑着说,"据说她曾说过这样的话:‘奕劻贪,换个人上来就不贪了吗?贪的人没野心。’可见奕劻的贪是她默许的。也有人据此推测说,作为一个远支宗室,奕劻深知慈禧的疑心重,他就是因为贪,才最终没有引起慈禧更大的猜疑。”

“通过自污的办法来保护自己,亏他想得出。”盛宣怀说,“好了,不说他了,北洋那边邮传部尚书的人选打听到了没有?”这是他最为关心的。

“晚生在北洋那边的线人刚刚打听到,袁世凯这次准备举荐两个邮传部尚书的候选人,首选是陈璧。”

“就是那个……做过顺天府尹的福建闽侯人陈璧?”

“对,就是他。这几年他跟袁世凯走得很近,直隶的教育、实业多半都倚重他,他先后创办过京师工艺局、顺天中学堂及五城中学等,在顺天中学堂开设英文、法文、日文等新学科。还创办农务学堂,在南苑建立农业科学试验场,聘请日本农业专家教授农桑、水利等新技术。他还参与创办了天津造币厂及大清银行,是袁世凯在洋务方面的左膀右臂。”

“还有一个是谁?”

“张百熙。”

“他不是管学大臣,一生都在办教育吗?”

“是啊!京师大学堂一直就是他在主持。他还主持了《钦定学堂章程》的制订,是‘壬寅学制’的主创者。此前因为他举荐过康有为,后来在教育改革中又大胆启用新进,引起朝廷猜忌,于是加派荣庆为管学大臣,对其进行监督。从此张百熙屡遭荣庆的排挤,这几年日子很难过。”

“张百熙跟北洋素无半点瓜葛,袁世凯为何会提名他?”

“恩公可能还不晓得吧?张百熙和袁世凯新近刚刚结了儿女亲家——张百熙的次女嫁给了袁家的三公子袁克良。”

“有这事?”盛宣怀愣着,这个人物是他此前所没有预料到的。

“袁项城举荐的这两个人选,陈璧虽粗通洋务,但其资历、声望、成就等毕竟难与恩公比肩;张百熙资历、品级足够,曾出任过工部尚书、吏部尚书、户部尚书等,但他毕竟与洋务隔阂。所以相比之下,恩公还是有胜算的。”

“看来……那二十万两都得扔进去了。”盛宣怀喃喃地说。

“恩公说什么……二十万两?”陶湘不解地问。

“你马上去庆王府投帖,约个时间,我要亲自谒见庆亲王,探听一下虚实。”盛宣怀沉吟着,“还有,李莲英那边的关系也得用起来。你从庆王府出来后再去趟南城的琉璃厂，跟李莲英约个时间，我在老地方请他。"

"是。"

几天后的一天夜晚，盛宣怀如约去了庆王府，奕劻总是把这种官场上私下里的会见安排在晚上。还是在几年前见奕劻的那间小花厅里，茶几上照例摆着一个精致的紫檀木匣子，盛宣怀进来后照例一个人先喝茶，坐着等。趁这等的机会，盛宣怀掏出那几张总共二十万两的银票，全部投进了木匣子里。

一会儿，奕劻青衣小帽终于走了进来。几年不见，他已显见地苍老了许多，眼泡肿了，眼袋也垂了下来。盛宣怀在心里算了算，今年他应该七十了吧？

接下来是施礼，落座，照例的寒暄，客套。

"这段时间王爷领衔官制改革，为国操劳，宵衣旰食，日理万机，真是劳苦功高。"盛宣怀说着奉承话，想往正题上引。

"哪里，哪里，杏翁夸奖了。"奕劻说，抬起肿眼泡："杏翁不是在上海会办商约吗？怎么有空进京来了？"

"京汉铁路局有点涉外的公务，盛某亲自来京处理一下。"盛宣怀早就想好了理由，"顺便来谒见王爷，问候王爷吉祥。"

"谢谢。"奕劻说，再没下文了。他明知盛宣怀的来意，但就是不主动点破。

"王爷，关于这次官制改革，嗯……外间有些传说，"盛宣怀迟疑着，终究还是鼓起勇气主动亮出了话题，"说铁路总公司要裁撤，成立新的邮传部，专门管理铁路、轮船、电报、邮政诸务，不知是否属实？"

"你从哪里听到的消息？"奕劻问，既不肯定也不否定。

"嘿嘿，外面的传说嘛。"盛宣怀讪笑着，"承蒙圣恩和王爷提携，盛某多年来操持洋务，首创轮、电，继办钢铁，督办京汉等五大铁路，不敢说运筹帷幄、功勋卓著，却可以说任劳任怨、竭尽驽钝。"

"杏翁在洋务方面的成绩有目共睹，有口皆碑，无人比拟。"

"多谢王爷的抬举！"盛宣怀要的就是这个评价，接下来他该要道出自己的来意了，"如蒙朝廷不弃，盛某愿以花甲残年继续为国效力，献身洋务，竭尽绵薄，恳请王爷成全！"

"这么说，杏翁是想在邮传部弄个职位？"奕劻盯着盛宣怀，单刀直入。

“正是。”盛宣怀的脸微微地红了。

“不知杏翁想要什么职位？”

“嘿嘿，那就……酒楼里的伙计——堂倌（堂官）吧。”六部堂官就是尚书，盛宣怀不好意思直说，玩了个噱头，说完还有意朝那个木匣子瞟了一眼。

“杏翁……此言差矣！”奕劻忽然变了脸，正色道，“皇家的差事，都是钦命，朝廷正供，哪有自己跑来开口讨要的？”

奕劻突然转变的态度让盛宣怀有些措手不及，他望着奕劻那张云遮雾障的老脸，又望望茶几上那只木匣子，嗫嚅道：“王爷，盛某的意思……”

“杏翁，请不要再说了！”奕劻已是满脸冰霜，“本王承蒙皇上和皇太后倚重，委以重任，主持官制改革，岂敢辜恩负职，假公济私？”

“王爷！盛某的意思是说，是说……”

奕劻已端起茶杯送客了。盛宣怀只好打住，悻悻地起身告辞。刚走了两步，又被奕劻叫住了，他从木匣子里拿出那几张银票，交还给了盛宣怀。

在庆王府碰了钉子，让盛宣怀心里很是不快。他百思不得其解：一个尽人皆知贪得无厌的老庆，为何突然变了嘴脸假装正经起来？如果仅仅是为了装样子，那也用不着到最后非得要退还银票呀？再说了也没有第三者在场，他装模作样给谁看？莫非是又嫌礼轻了？可他根本就没拿正眼瞧银票一眼，怎么就知道多少？再说了，整整二十万两，不少呀！

“老庆变脸，这是在堵恩公的嘴，让恩公死心。”陶湘沉思着说，“老庆那儿，恐怕……没戏了。”

“怎么说？”

“退还银票就表明，邮传部尚书这个职位可能已经内定有人，不可改变了。所以你送去多少银子都没用。”

“内定了？谁？”

“还能有谁？自然是袁世凯，他可能早就和奕劻做好了交易。不光是邮传部，还有中央各部，他们早就把自己的人都安插好了。”

“会有……这事？”盛宣怀愣了。

“恩公不信，可找人证实一下。”陶湘又说。

盛宣怀要想证实这件事也很容易，他的儿女亲家孙宝琦就是最合适的人选。孙宝琦和奕劻、袁世凯都是儿女亲家。

说起孙宝琦，那可是清末民初一个赫赫有名的人物。孙宝琦，字慕韩，浙江杭州人，自幼跟随做京官的父亲在北京长大。其父孙诒经是光绪皇帝的老师，曾入值南书房、毓庆宫，迁任侍讲学士。孙宝琦因父功而荫任户部主事，十九岁那年出任直隶候补道，督办铜元局，又创办了北洋育才馆及开平武备学堂，后来在民国显赫一时的军阀吴佩孚、萧耀南、靳云鹏等人都曾是他的学生。孙宝琦志向高远，有很好的语言天赋，年轻时即刻苦学习外语，没想到后来竟是因为这而铺就了他人生的成功之路。

孙宝琦的发迹始于“庚子拳变”。那年八国联军入侵北京，他作为随员护驾慈禧、光绪仓皇西逃。由于他天生的记忆力惊人，读书过目不忘，加之又精通英文、法文，所以临时充当了朝廷的译电员。不论何方来电，他无须翻密码本，随手可译，再紧急的电报到了他那儿也不误事，所以极得慈禧和奕劻的赏识，做了军机处官报局局长。辛丑回銮后，第二年即出任驻法国公使。在驻法公使任上，对革命党抱有同情的孙宝琦，又瞒着清王朝偷偷干了一件惊天动地的大事，那就是救了在伦敦蒙难后逃到巴黎的孙中山。

原来孙中山到法国后，有一天湖南籍留学生汤芗铭及王某三人得知孙中山行踪，就合谋以同学为由将孙骗出寓所，到一咖啡馆喝咖啡，中途汤芗铭悄悄退出，潜入孙中山的寓所，将其行礼及文件包一并偷出，内有机密文件及兴中会会员名单，送至驻法公使馆向孙宝琦邀功。孙宝琦一面敷衍汤芗铭，一面暗中嘱人将行李、文件送还，并送上一笔旅费，致密函给孙中山“危险速逃”。因为这孙宝琦很得革命党人好感，民国以后他曾两度出任国务总理。

说起孙宝琦和奕劻结儿女亲家，还有一段轶闻趣事。

孙宝琦娶有五房妻妾，一生共生育了八个儿子和十六个女儿。长女孙用慧，许配给了盛宣怀的四公子盛恩颐。孙用慧长盛恩颐三岁，此时已长成风姿绰约的少女，虽已及笄，但因盛家四公子尚未成年，所以并未迎娶。次女孙用智，许配给了奕劻的五公子载伦。原来光绪二十八年(1902年)，奕劻长子载振代表清廷赴英国参加国王爱德华七世加冕典礼，载伦就是陪同其兄出洋的随员之一。他们在巴黎的清廷驻法公使馆逗留期间，亲眼看见了孙家姐妹的惊人美貌和出众才华，尚未婚配的载伦看上了孙家二小姐孙用智，爱慕不已，以致回国后还害上了相思病。以庆亲王家的权势，想娶谁家的女儿应该都不成问题，但无奈那时满汉通婚尚有严重的障碍，为祖宗制度所不容。奕劻爱子心切,恳切向慈禧哀告求情,慈禧终为所动,当年发布懿旨允许满汉通婚。于是奕劻亲自上门,向孙家提亲,把孙宝琦吓得要死。他说:“王爷!我怎敢高攀您家公子?我办不起嫁妆呀!”奕劻说:“别急!别急!到时候我派人先把嫁妆晚上送到府上,新媳妇过门时再带过去就行了。”去年孙宝琦刚好从驻法公使任上卸任回国,今年不久前庆王府就正式迎娶了孙家二小姐。孙二小姐的嫁妆当时轰动了北京城,殊不知那些嫁妆都是庆王府头天晚上偷偷送过去的。跟王爷家攀亲,让孙家撑足了门面。

孙家住在东四六条,小胡同里掩藏着一大片广宅深院。去年孙宝琦回国后,正在署理顺天府尹任上。盛宣怀那天去的时候,孙宝琦刚好从衙门里退公回家。孙宝琦年龄上比盛宣怀要小二十多岁,虚龄正当不惑,但他是个美髯公,年轻时就蓄了胡子,银须飘飘,风仪俊俏。一见亲家公来,自然很是高兴,热情款待了一番。大小姐孙用慧也出来拜见了未来的公公。两家此前早已说定,待两年后盛四公子年满十八周岁就正式迎娶孙家大小姐。这时候盛宣怀才说明来意,托亲家去庆王府走动走动,帮忙说说话,探探庆王的口风,看能否谋取到邮传部尚书这个职位。当然,盛宣怀并没有隐瞒他已经在庆王府碰壁这件事。他告诉孙宝琦,也不必过分勉强,万一不成,能知道内幕情形也不错。

孙宝琦是个热心爽快人,立即满口答应了。临走时盛宣怀又留下了那二十万两银票,托孙宝琦转交,他还是不能相信:难道这么多银子真的就打不动奕劻的心?

几天后孙宝琦到六国饭店来回话了,他退还了二十万两银票,告诉盛宣怀,邮传部尚书确已内定,不可改变了;不过奕劻有个建议:如果盛宣怀对邮传部右侍郎有兴趣的话,他倒是可以从中帮忙提名。盛宣怀不置可否,鼻子里哼了一声,心想这个建议也太侮辱人了!邮传部右侍郎也值得盛某人跑这么几千里到北京来吗?也许这个邮传部右侍郎本来就是盛某人的,奕劻又拿来从中敲一次竹杠?凭盛某人的业绩和能力,就是我不开口,朝廷也早该把这个邮传部右侍郎给我了!要知道,早在几年前,盛某人就已经是工部右侍郎!……

盛宣怀到了最后,只能寄希望于从顶层获得突破了。

约见李莲英的办法跟二十年前几乎没有两样:先去琉璃厂东街拐角处

那间由太监们开办的名叫“朝天阁”的古董店——也就是陶湘和盛宣怀密电码中所戏称的“青莲公房”，花银子在店里备上一份包含“面子”和“底子”的“底面双礼”，然后约定一个见面时间，到时候只管提前去到菜市口的米市胡同，在便宜坊楼上朝南的那间雅间里等着便是。

从前李鸿章在世时，有事要走李莲英的门路，都是交由盛宣怀去跑。如今，他则是陶湘替他去跑了。

盛宣怀等了不一会儿，李莲英果然准时出现了，他这人从来都很守时。

两人寒暄客套了一番，刚坐下，便宜坊最著名的焖炉烤鸭也开始上来了。

“杏荪大人约敝人来，恐怕是因为官制改革的事吧？”李莲英开门见山。

“李公公真是绝顶聪明之人。”盛宣怀给李莲英斟上酒，笑着恭维说。

“这段时间，托敝人在老佛爷跟前递话的，都是因为这事。”

“盛某也是这事。”盛宣怀端起了酒杯，笑着说，“请李公公在皇太后的面前，为盛某多多美言！”

李莲英端起酒杯：“好说，好说。”

两个人一齐干了杯。酒过三巡，两个人对面坐着。

“不知杏荪大人这回心仪的是哪个衙门，什么位置？”李莲英问。

“自然是邮传部尚书。”盛宣怀答，“公公常年在皇太后身边伺候着，盛某想知道，皇太后有没有属意的人选？”

“这个嘛倒是没听说过。不过，”李莲英沉吟着，“这邮传部尚书可是个大香饽饽啊！不说别的，单在敝人这儿，杏荪大人您就是第三位了。”

“哦？前面那二位是谁？”

“张百熙大人和陈璧大人呀！他们都托敝人在皇太后跟前为他们美言。”

盛宣怀愣住了，他没有想到，张百熙和陈璧已经走在了他前面。

“敝人正在好为难呢！”李莲英又说，“你说这两位大人我到底为谁说话？为张大人说话吧得罪了陈大人，为陈大人说话吧又得罪了张大人，我总不能两个人都说话吧？如今可好，又有第三位大人来了。不过您这好说，我指定为您说话！……为啥？谁让咱们多年的交情深呢？当年中堂李大人在世的时候就没把我当外人，惦记着我，关照着我。如今您杏荪大人更是这样对待我，我心里感激着呢！您放心，我指定为您说话！而且我还听说了，每个部尚书只能上报两个人,由老佛爷最后圈定。那两人肯定是报不了名——"

"不,是我报不了名。"盛宣怀说。

这回轮到李莲英惊讶了。他望着盛宣怀问:"庆王爷专门管上报名单,杏荪大人……没有去找他?"

"找是找过了,可是……"盛宣怀摇着头。

"哎呀,这就有些不好办了。"李莲英满脸的难色,"倘若是名单里有您杏荪大人,敝人还可以找机会,斗胆在太后老佛爷的耳边敲敲边鼓,为您说几句话。可这候选名单里没有杏荪大人……"

"盛某就是因为这事来向公公求援的。"盛宣怀站起来,毕恭毕敬打了一拱,"恳请公公想办法挽救。"

"办法?"李莲英苦着脸,"咱能有什么办法呀?"

"公公在皇太后身边伺候着,总能想到办法的。"盛宣怀说着,从身上掏出那几张银票,"总共二十万两银票。倘能如愿,愿以此酬谢!"

李莲英的眼睛睁大了,滴溜溜地望着那些银票。

"哎呀,这银子倒是好东西,人见人爱。"李莲英苦着脸说,"可咱也得有那能耐给人办成事啊!咱一个阉人,有几斤骨头几两肉咱自己心里清楚。无非是在太后老佛爷身边待着,大伙瞧得起咱,方便的时候给人家递几句好话,办点好事,落得个顺水人情。可要让咱在太后跟前去提名邮传部尚书的候选人,那不是公开干预朝政吗?咱有几个脑袋呀?有祖宗的成法摆在那儿,咱敢吗?……杏荪大人,您可真是抬举了李莲英啊!不是敝人不帮您,实在是敝人没那能耐,帮不了您啊!……"

看着李莲英一脸的苦相,盛宣怀也不好再说什么了。

"他倒是没说假话,可能也是真帮不了您。"事后陶湘说。

"现在怎么办?"盛宣怀叹息一声,问。

"学生有句话,不知当说不当说?"

"什么话?"

"请恩公考虑奕劻的那个建议,退而求其次。"

"……你说。"盛宣怀望着陶湘。

"学生已设身处地想过恩公以后的处境。铁路总公司裁撤,铁路划归邮传部,您铁路督办大臣的身份已不复存在,如果在邮传部不能任职,这就意味着铁路事务将从此与您无关。但您还是汉阳铁厂督办,汉阳铁厂以铁轨为大宗,如果不依托铁路,那些铁轨将行销何方?正所谓皮之不存毛将焉附,这是其一。"陶湘顿了顿,"其二,关乎官场上的体面。撤销中国铁路总公司后,恩公现在唯一的钦命官职,就只有那个所谓的会办商约大臣了。谁都知道那是因洋人通商而设,临时任命,并非正途,况且还是副职(正职由外务部尚书吕海寰兼任)。所以恩公迄今为止空有个二品的官衔,而无实际官职。有衔无职在官场等于候补,恩公处境尴尬,实际已经被排挤到了边缘。学生以为,如果此时能出任邮传部右侍郎,眼下倒还真是个不错的选择:一则保全了汉阳铁厂产品的销路;二则也稍稍顾及了官场脸面。而且将来有机会了还可相机再图,由侍郎而尚书也许更顺理成章,恩公以为如何?"

这些话就是陶湘不说,盛宣怀自己也能想明白。

盛宣怀后来又去了孙宝琦家里,托他去给奕劻回话,说他已仔细考虑并采纳了庆王爷的建议。临走的时候,盛宣怀没忘了给孙宝琦留下银票,托他转交——当然,那已经不是二十万两,而是八万两了。

官制改革后各部尚书、侍郎的候选人名单,在那年的十一月底送到了慈禧在颐和园的案头。那天光绪皇帝照例来请安,带来了那份名单。

"皇上怎么自己没圈点?"慈禧问。

"孩儿觉得……还是请皇阿玛先圈点。"

"皇上难道没看出点什么名堂来吗?"慈禧皱着眉头,翻看着那些名单。

光绪抬起头来,满脸惶惑。

"皇上不觉得,这里面北洋的人太多了吗?"慈禧气恼地说,"把国家大事当成了自己家的私事来安排,那个袁世凯也太大胆了吧?他想干什么啊?是什么意思啊?这次老庆拿了袁世凯多少好处呀,这么帮衬他?……将来尾大难掉了,皇上难道就没想过那么一天吗?"

光绪满脸通红,嗫嚅着说:"是,是,皇阿玛教训得极是。孩儿也是这么觉得,可又有些拿捏不准,所以……所以才请皇阿玛先圈点。"

"名单先放这儿吧,我要看看,想想。"慈禧说。

后来瞅个空子,李莲英看到了那份名单。邮传部尚书的候选人果然是陈璧和张百熙,陈在前张在后;邮传部侍郎的候选人有三个,第一个就是盛宣怀。排名位置不同也表明地位的不同,排在前面的毫无疑问是首选。在左右侍郎中又以左为尊,看来奕劻收了那八万两银子,是把盛宣怀作为左侍郎上报的。

李莲英是真心想为盛宣怀说几句好话。

“……小李子，现在京城里的老百姓，平日里都在议论些什么呀？”有一天，李莲英在为慈禧梳头的时候，慈禧突然问。

“太平盛世，老百姓安居乐业，他们议论得最多的，自然是感念皇上和太后老佛爷的恩典。”李莲英张口就来，忽然又灵机一动，“……不过议论得最多的，还是今年上半年通车的京汉铁路。”

“哦？怎么个议论法？”

“他们说现在从京师去湖广，或者从南边进京城来，太容易了！坐快车，在火车上睡一宿觉，一睁眼，两千多里地，一天一夜，嘿，到了！过去进趟京城老费劲了！又是水路，又是旱路，倒腾一个多月。老辈人传说有千里眼顺风耳，可谁也没见过，如今这不全有了吗？火车一日千里，电报比顺风耳还快，过去哪朝哪代都不敢想的事情，如今在本朝全都眼见为实了！……”

从镜子里偷觑过去，慈禧的嘴角俘上了一丝笑意。

“议论最多的，当然还是那些行商坐贾，跑买卖做生意的。”李莲英又说，“京汉铁路通车了，他们把北方的货物运到南方去，又把南方的土特产运到北方来，方便了呀！……老佛爷您是好久没出宫去走动走动了。前些日子，正是南方柑橘和大闸蟹上市的季节，正阳门那一带的酒楼里，清蒸大闸蟹喷儿香。前门大街上，满街摆着卖的都是南方运来的柑橘，一个个又大又甜，可是让京城里的人尝了鲜。不光京城里的买卖人挣了钱，一条南北大铁路，两千多里地，该有多少老百姓靠着它贩这贩那，干着小本买卖的营生？他们都在心里感激北京城里太后老佛爷的恩赐。”

“怎么……是我的恩赐？”

“老佛爷您忘了？当年的两路之争，直隶的李鸿章大人要修津通铁路，湖广的张之洞大人要修芦汉铁路，两位大人争执不下，最后闹到太后老佛爷这儿了。还是老佛爷英明，您一拍板说：‘得！那就先修芦汉路吧’，于是这才有了这条南北大铁路——这芦汉铁路不就是今天的京汉铁路吗？”

“嘻嘻，是有这么回事。”慈禧笑了起来，“这么说，咱们这朝廷里的事情，老百姓他们都清楚？”

“清楚！后来都传说开了。”李莲英说，“要说这芦汉铁路呢后来还多亏了两个具体操办的人，一位是湖广总督张之洞大人，一位就是盛宣怀盛大人，这两位大人都为京汉铁路立下了汗马功劳。可今天李莲英要斗胆在老佛爷面前说一句：若论两位大人功劳的高下，这盛大人似乎还要略胜一筹。张大人虽说敢为天下先，创办了汉阳铁厂，可那铁轨毕竟不能用，是个半途而废的烂摊子，并没有办成呀！……民间有句俗话说改房子不如盖房子。盛大人接手汉阳铁厂后，他得从头开始，要想办法治理那个烂摊子；铁厂不能无米之炊，他得要重新开办萍乡煤矿，还得要筹款修铁路。就是花了这整整十年的工夫，盛大人居然就把这件事情办得妥妥帖帖，风风光光了！您说盛大人这是不是后来者居上呢？所以说这次官制改革，盛大人进邮传部——”

“住嘴！”慈禧呵斥了一声，“奴才！这国家大事，有你多嘴的份吗？”

镜子里，老太婆的脸已经黑沉了下来，李莲英不敢再往下说了。

“告诉你，我恨他！从今往后，不许在我面前再提这个人！……”

慈禧说这话的时候咬牙切齿，眼眶里居然挤出了几滴老泪。

李莲英不禁愕然。

几天后，在便宜坊楼上，李莲英把这件事偷偷告诉了盛宣怀。

“唉，你怎么不小心把她给得罪了呀？”李莲英皱着眉头问。

“我、我……不知道呀！”盛宣怀莫名其妙，一头雾水，“我什么时候又因为什么事情触犯过皇太后？”

“而且还得罪得不轻！提到杏荪大人，老佛爷恨得咬牙切齿，伤心流泪。”

“那这次邮传部右侍郎——”盛宣怀不禁愣住了。

“邮传部的事，恐怕是凶多吉少了。”李莲英摇着头，叹了口气说。

后来盛宣怀冥思苦想了好几天，始终想不出来他到底因为什么事情触犯惹恼了慈禧。这个猜不透的谜一直要等到两年之后，才能够揭晓谜底。

果不其然，不久官制改革的方案正式公布，中国铁路总公司裁撤，成立新的邮传部，接管铁路、轮船、电报、邮政等事务；首任邮传部尚书为张百熙，邮传部左右侍郎均没有盛宣怀的份。——不仅仅是没有份，看到邮传部右侍郎的名单，盛宣怀不禁怒发冲冠，肺都要气炸了！列位，你道这现任的邮传部右侍郎是谁？原来就是几年前那个曾经得到过盛宣怀提携和重用，口口声声称他为“恩公”，后来又背叛了他的小同乡朱葆第。朱葆第投靠袁世凯仅仅才几年，果然在官场上混得风生水起，现在已经超过他了。

盛宣怀现在的处境被陶湘不幸而言中。

临离京之前，孙宝琦将那张八万两的银票也退回来了。

返回上海那天，北方寒潮来袭，凛冽的北风卷着鹅毛大雪在京城漫天飞舞，陶湘照例送盛宣怀去前门火车站。盛宣怀心情忧郁犹如这阴霾的天气，他的仕途亦如这阴霾的天气，看不到一丝光明。如今看来还不仅仅是袁世凯的排挤打压，官场上他还有来自顶层的更大误解和压力。为国为君任劳任怨当差办事，没想到却落得如此下场，那一刻盛宣怀心灰意冷，甚至萌生了退意。他想到自己已经年逾花甲，这一辈子能官居二品，在官场上也算是光宗耀祖、不虚此生了；私蓄上虽不敢说富可敌国，却也算得上富甲一方吧——正该是在家颐养天年，儿孙绕膝、享受天伦之乐的时候，他何苦还要腆着一张老脸，在官场中苦苦打拼、拼命钻营，为自己惹来这无穷无尽的烦恼？他想起了父亲盛康，那是堪称自己官场楷模的人：知足常乐，急流勇退，致仕回乡，过一份富足而恬静的晚年生活。可父亲毕竟跟自己不同，盛宣怀一想到那押进了自己大半个身家，至今还依然悬在半空中没有着落的汉冶萍时，他又只能硬着头皮撑下去了。

到了汉冶萍商办成功的那天，我决不留恋官场，立即辞官，告老还乡！在隆隆向南行驶的列车上，坐在头等车厢里的盛宣怀，此时已经在心里暗暗下定了决心。

第七章 丁未政潮

光绪三十三年(1907年),岁在丁未。

这一年的春天来得早,三月中旬京津道上就已是一片桃红柳绿、春意盎然了:铁道线两侧的田野上,随处可见一丛丛盛开的桃花、杏花,如火如荼、似银似雪;柳树和杨树嫩绿的新叶在柔软的枝条上飞舞着,从车窗外掠过。坐在豪华舒适的特别加挂的专列车厢里,新组建的农工商部尚书、年轻的贝子爷载振正倚窗眺望,专注地观赏着窗外的风景。这一年他刚到而立之年,依靠父亲奕劻在朝中的权势,在去年的丙午官制改革中脱颖而出,年纪轻轻就忝列十三部尚书,正可谓少年得志,春风得意。

载振此行的目的地并非是天津,而是雪冻冰封的关外东北。原来清廷正酝酿地方官制改革,准备以东北作为试点,改军府制为行省制。载振此行就是奉慈禧老佛爷差遣,专程去关外巡视考察。不过载振更愿意把这次春天里的差遣当作是一次难得的离京外出春游,所以从正阳门火车站一登上专列开始,他的心里就充满着向往和轻松愉悦。

京津间的这条出关铁路当年曾有个不为现代人知的名称:京榆铁路因为山海关在历史上被称为"榆关"而得名。京榆铁路是关东铁路的关内段,所以又名关内铁路,它也是当年两路之争中李鸿章最后使出的撒手锏。当年李鸿章借口沙俄修筑西伯利亚大铁路,上奏叫停了芦汉铁路,将芦汉路每年二百万两的官费转拨到了关东铁路,从而釜底抽薪,把张之洞逼到了骑虎难下的绝境。所谓关内铁路,实际是在原唐胥运煤铁路的基础上,向北延伸到山海关,向南与津芦铁路(天津至卢沟桥)连接而形成。后来关内铁路从山海关延伸到了奉天(沈阳),所以又顺理成章地叫了关内外铁路。兴许是嫌这名字实在叫得不怎么样的缘故吧,这才在本年度刚刚正式更名为京奉铁路。不过京奉铁路关外段此时仍在抓紧施工,并未正式修通,所以振贝子一行要去东北,就只能在天津乘船,经海路去大连,在那里搭乘南满铁路火车北上,然后再换乘中长铁路火车,方可走遍东北三省。于是天津就成了振贝子此行不得不盘桓逗留的中转站。

自然用不着担心振贝子一行在天津的接待。炙手可热的权臣之后、从天而降的政坛新贵,千载良机,谁不抢着巴结呢?更何况直隶总督兼北洋大臣袁世凯还是振贝子口中口口声声地拜把"四哥",作为这块地面的主人,他自然要尽地主之谊。袁世凯便将全程陪同接待的任务交给了心腹干将、直隶道员兼天津巡警总办段芝贵。

段芝贵,安徽合肥人,字香岩,同治八年(1869年)出生,北洋武备学堂毕业,曾留校任教习,后任职于新军,在袁世凯的提携下屡获升迁。但段芝贵内心并不满足,一直期盼着飞黄腾达的机会,这次他终于盼来了人生中的重大机遇。

段芝贵鞍前马后,陪着载振在天津游览名胜、吃喝玩乐,极尽殷勤讨好之能事。这晚,段芝贵领着载振一行来到天津著名的大观园听戏。台上演出的是盛行于京津一带的"卫梆子"(又叫河北梆子),剧名《花田错》,讲述的是一对有情人错误百出、令人捧腹的相恋经过,最后皆大欢喜,终成眷属。《花田错》是娃娃旦的戏,主角不是小姐而是丫鬟。丫鬟春兰在自家小姐和相公之间来回传信,穿针引线消除误会,有点类似于《西厢记》里的红娘。振贝子对梨园行本就不甚在行,加之在京时也只是偶尔听听皮黄,对这地方戏"卫梆子"不甚听得懂,正在渐生厌倦之时,剧中的主角、丫鬟春兰粉墨登场了。剧场里顿时人声鼎沸起来,喝彩声叫好声不绝于耳,有的人甚至当场掏出大银锭子,捋下手上的金搬指就往戏台上砸。

振贝子忍不住朝那位春兰姑娘多瞧了几眼。这一瞧就瞧出了日后的大名堂,直瞧得他目不转睛、如痴如醉!那春兰姑娘十七八的年纪,丰容盛鬋、雪肤花彩;更有一副好嗓子如莺如燕,度曲缠绵悱恻、余音绕梁;尤其是她那双乌溜溜的大眼睛,美目顾盼,风情万种,仿佛会说话一般。她在台上的一颦,一笑,一嗔,一怒,一举手,一投足,嬉笑怒骂,活脱脱地表现出一位俊俏可爱、调皮淘气的丫鬟春兰。那时即便是在大城市的戏曲舞台上,旦角也多为男扮女装，真正登台的坤伶极为少见，而色艺双绝的坤伶尤其凤毛麟角。怪不得见多识广、连在欧洲见过大世面的振贝子也被她倾倒了呢。

“她就是你说的那个杨翠喜？”载振回过头来，问段芝贵。

“回贝子爷的话，正是。”段芝贵赶忙回答，载振对杨翠喜心生好感的表情当然没能逃过他的眼睛，“杨翠喜是天津卫近年来最蹿红的坤角，您瞧这满园子为她捧场的人就知道了。”

“这个杨翠喜，什么来历？”

“听说她本姓陈，小名二妞儿，原籍直隶北通州。幼年因家贫被卖给了杨姓乐户为养女，从小拜师习艺，取名杨翠喜。”

“这么说，她已随杨姓乐户入了优籍？”

“是。不仅如此，杨家为了多赚钱，还为她注册了娼籍，她是津门名妓。”

“哎呀！倡优两籍……”振贝子叹息一声，不往下说了。

接下来，整个演出过程中，振贝子的眼睛就再也没有离开过杨翠喜。

段芝贵自然明白贝子爷那一声叹息的含义。很显然，生性风流的贝子爷是看上了杨翠喜，但《大清律·吏律》中有明确的法律规定：严禁官吏为倡优二籍的女子赎身脱籍，蓄为侍妾使女。不过上有政策下有对策，后来官场上也衍生出了一种私下解决的变通之法，即某官家如若看上了某在籍女子，可先托身世清白的某民家出面代为该女子赎身脱籍，然后再以转卖或转送的名义，转手从某民家处获得该女子，则不为违法，此办法在官场和民间被戏称为“倒口袋”。段芝贵当的是天津警察局的局长，这一套江湖路数他自然熟谙于心。但他觉得现在还不到跟贝子爷挑明的时候，拍马屁不能急，得等到火候。

不巧的是，接下来的几天大观园挂牌公示：杨翠喜因故暂停在大观园的演出。段芝贵赶忙派出自己的手下四处打听，这才知道杨翠喜原来早已经有了相好，他就是天津卫著名的才子李叔同。

李叔同祖籍山西，出生于天津的一个富商家庭，留学日本归来。他正在热烈地追求杨翠喜，每晚都到大观园茶楼来为杨翠喜捧场，散场后亲自打灯笼送她回家。李叔同工诗、善画、懂音律，热衷于中国传统戏曲的改良，他不仅经常为目不识丁的杨翠喜解说戏曲历史背景，更指导杨翠喜唱戏的身段和唱腔，他是杨翠喜亦师亦友的至交。

李叔同留学回国后还在天津组建了国内第一个话剧团体“春柳社”，杨翠喜也是春柳社的成员。那时话剧在国内被称为文明戏，此前春柳社花了大半年心血排练的西洋话剧《茶花女》，最近马上就要在天津正式对外公演了，眼下他们正在抓紧时间进行公演前的突击彩排，杨翠喜在大观园的停演就与这有关。

因为这是国内第一次正式公演西洋话剧，所以轰动一时，京、津、沪的新闻纸上连篇累牍地登出了演出海报和各种评论文章。振贝子前年出使英国，在巴黎曾看过原版正宗的《茶花女》，虽说看得似懂非懂，但毕竟见过了大世面，按说他应该不会如国人般那么好奇；唯其这次有杨翠喜的参加，才格外吊起了他的兴趣。为此他还把原定登船启程的日期往后推迟了几天，目的就是为了观看这场中国首演的话剧《茶花女》。

平心而论，如果不苛责，那天的首演还真是大获成功。虽然囿于条件的所限，舞台上的布景、灯光、道具、服装等极简陋，甚至有些不伦不类，但演员的表演却是用心用情用到了极致，获得观众们热烈的掌声。尤其是扮演女主角玛格丽特的杨翠喜和扮演男主角阿芒的李叔同，他们对爱情至死不渝的忠贞让不少观众感动得当场落泪。许是剧中那个贫苦的从农村来到城市的乡下姑娘阿尔丰西娜，她的命运和自己的经历太相似的缘故吧，杨翠喜把玛格丽特内心的善良单纯和来到城市后的虚荣、堕落演绎得惟妙惟肖。她有着极高的戏剧天分，拿捏人物准确而有分寸。要知道，她饰演的那个巴黎名妓，与几天前在大观园里扮演的那个丫鬟春兰，那是天壤地别的两种人！振贝子没有想到，一个大字不识的中国民间女伶竟然也能演欧洲文明戏，而且她还演得那么好！当然他也并不知道，李叔同为此而在幕后在她身上倾注了多少心血，因为段芝贵有意对他隐瞒了这段故事。但不管怎么说，振贝子这回是实实在在看懂了这部中国版的《茶花女》，他由此更对杨翠喜有了一种念念不忘难以割舍的感觉。

终于到了登船启程的日子。振贝子公务在身，不敢逗留过久，但他心事未遂，又不愿就此放弃，于是几次在袁世凯和段芝贵面前欲言又止。袁世凯不愧是过来人，心知肚明："小王爷有什么事尽管开口，交给香岩去办。"

"可这事有些，有些……"

段芝贵知道贝子爷不好开口，赶忙说："贝子爷您不用说了，卑职知道是件什么事了。您只管放心去关外，等您再回到天津，卑职一准给您办妥了！"

当面拍着胸脯子说了大话，事后段芝贵才发觉，其实也并非那么容易。

首先是杨家不同意。杨家从小栽下这棵摇钱树，辛辛苦苦好不容易长大了，到了该摘果子的时候了，岂肯轻易让她赎身脱籍？可是又碍于官家人不敢得罪，于是狮子大开口，漫天要价，要了个天文数字的身价。中间人传话过来，气得段芝贵一脚踹翻了椅子。段芝贵不愧是天津巡警总办，他随便找了杨家乐户一个茬，把杨家养父抓到警察局关了几天后，杨翠喜的身价很快就以一万二千金谈妥了。接下来是要找个身世清白的民家出面代为赎身"倒口袋"了。找谁？自然不能找李叔同。李家虽说是天津富商，有根底也有钱，但一直不同意李叔同跟杨翠喜来往，因此李家不会出钱为杨翠喜赎身。段芝贵在杨翠喜的那些追求者中，最后挑中了一位，他是"天津八大家"之一的盐商王益荪。原来杨翠喜蹿红后，在她的身边围绕着一大群追求者，这其中最痴情的就是盐商王益荪。当年王益荪曾经出到了三万两的身价愿为杨翠喜赎身，无奈为杨家所不允。

所谓"天津八大家"，是指天津卫最有钱的八大家族。民谣说："天津卫，有富家，估衣街上好繁华。财势大，数卞家，东韩西穆也不差。振德黄，益德王，益照临家长源杨。高台阶，华家门，冰窖胡同李善人。"这益德王就是王益荪的先人。说起这王家在天津颇有名望，它早年依靠盐务起家而非正经的盐商。传说王家原籍山西，先祖迁到天津后精于生意，首先是代为盐商们收购苇席、麻袋从中谋利，曾被人称作"麻袋王"。后来挣了钱，攒下资本，在城西永丰屯一带放印子钱，继而又开设了益德号钱庄，并转而进入盐商行业，逐渐发富，跻身"八大家"之列。

益德王家的后人很重视教育，看重读书的门风，清末著名的教育家严修、张伯苓等人都是王家的至交；天津后来著名的南开中学、南开大学，王家便是主要的捐助人。王益荪最初听说能用一万二千金为杨翠喜赎身，自然高兴得很。可后来听说只让他出钱"倒口袋"当冤大头，他就坚决不干了。不干了段芝贵也有办法让他干，想要找点盐商的茬更容易。段芝贵如法炮制，将王益荪客客气气"请"进了警察局。还没关上几个时辰，王益荪便乖乖的就范了。最后就该是设法支开李叔同了，有那小子在眼前，碍手碍脚的碍事。不久机会就来了，刚好李叔同要陪同母亲回浙江平湖老家探亲。李叔同是很看好自己和杨翠喜的这段感情的，尽管家人反对，但他相信自己和杨翠喜一定会终成眷属。杨翠喜是他人生中的第一位红颜知己，他爱的是杨翠喜不拘一格的个性，才情迸发的灵性，万千洒脱的风情，善解人意的心性。所以回南方后，他还给杨翠喜寄来了两首《菩萨蛮》，表达他对杨翠喜的一往情深：

（其一）

燕支山上花如雪，燕支山下花如月；额发翠云铺，眉弯淡欲无。夕阳微雨后，叶底秋痕瘦；生怕小言愁，言愁不耐羞。

（其二）

晚风无力垂杨柳，目光忘却游丝绿；酒醒月痕底，江南杜宇啼。痴魂销一捻，愿化穿花蝶；帘外隔花荫，朝朝香梦沾。

不久振贝子一行也很快从东北返回了。心里牵挂着远方佳人，振贝子并没有多少心思在公务上，跑马观花地跑了一圈后就赶快打道回程了。回到天津的那天夜晚，段芝贵把杨翠喜亲自送进了振贝子下榻的饭店，没人知道杨翠喜那晚是如何屈从的。段芝贵随同佳人送进去的还有一张十万两的银票，他心仪的目标是：黑龙江巡抚。

振贝子返回北京了。还是那节加挂的专列，来的时候是空车，返回已经满载：除了金银珠宝、奇珍异玩，还多了一位如花似玉的二八佳人。不久，邸报上正式发表了朝廷关于东三省官制的任命，全是北洋的班底：东北总督徐世昌，奉天巡抚唐绍仪，署理吉林巡抚朱家宝，段芝贵以“奋勇勤能，才堪应变”由道员连升三级，以布政使衔署理黑龙江巡抚。

任命发表，朝野大哗。段芝贵献美邀官，有知其内幕的小报记者纷纷撰文披载内情。天津当地出版的《醒俗画报》上还刊登了一幅漫画，题为《升官图》，图中一官员拜倒在一位美女脚下，而那位美女脚下踏着的正是黑龙江图。后来，全国发行量最大的报纸上海《申报》，其附刊《点石斋画报》还转载了这幅漫画。由此北洋系的丑恶行状渐为国人所知，舆论上形成了一片讨伐之声。

可怜了李叔同，几个月后他从南方回到天津，大观园中早已经是人去楼空。“人面不知何处去，桃花依旧笑春风”，面对物是人非，李叔同号啕大哭，伤心欲绝。他不知道该怨恨谁。怨恨这权贵横行的世道吗？可他根本怨恨不上。不错，天皇贵胄的贝子爷和段大人横刀夺爱，可人家不是豪强，既非抢也非绑，人家是正儿八经地花了钱经了官为她赎身脱籍，然后杨翠喜心甘情愿地上了贝子爷的床，又上了他的火车。李叔同你自己没有能力，怨谁？如此说来，那就该指责杨翠喜水性杨花，贪恋荣华富贵，负心变心，薄情寡义了？但是千万不要把她从前说过的那些海誓山盟当真。杨翠喜只是一个普通的出自农家的女子，一个靠卖笑卖唱为生的底层娼优，不要苛求她真的如玛格丽特般对爱情的忠诚和至死不渝。人都不能免俗，面对着那扇突然在她眼前洞开的皇室豪门，面对着她毕生见所未见、闻所未闻的荣华富贵，她的难以抗拒诱惑也就不难理解了。所以后来李叔同在他那首脍炙人口的《送别》中唱出了“天之涯，地之角，知交半零落”的慨叹，这应该是有所指的，也是他当时心境的凄凉和无奈的真实写照。据说他后来皈依佛门，也与这段感情的创痛经历有关。

滞留上海的岑春煊，接到瞿鸿禨密码电报的那一刻，当即就做出了一个决定：先斩后奏，立即曲线进京！

说起岑春煊何以会滞留上海，这其中也与庆、袁一党有关系。去年官制改革后，奕劻借口滇缅交界处的片马一带发生边民冲突，将岑春煊从两广总督调任云贵总督。岑春煊明知是奸党诡计，称病拒不就任，向朝廷疏陈病状，并乞假就医上海，得到太后恩准，这才有了他在上海的滞留。但到了今年二月间，朝廷突然第二次任命他为四川总督，并在谕旨中明确“不准进京请训”。岑春煊明白这并非太后本意，而是庆、袁之流做贼心虚、阻挠他进京的诡计，所以并不理睬，继续滞留上海，信守他和瞿鸿禨的密约：“等待时机，回京发难。”

瞿鸿禨和岑春煊的第一次交往，应该是在庚子年护送慈禧、光绪西逃的路上。那时候瞿鸿禨还是礼部侍郎，是跟随小朝廷外逃的众多大臣中的一员，因为文笔出众，刚刚受命入值军机，帮忙起草谕旨、电稿类文书。岑春煊名将之后，那时还是甘肃布政使，他亲率两千兵马，风餐露宿二十多天赶来“勤王”，为光绪和慈禧“护驾”。两个人就在小朝廷颠沛流离的那段时光里有了接触和了解。刚直不阿、疾恶如仇、洁身自好、不畏权贵，成了他们共同的人格品性。人以类聚物以群分，两个人从此惺惺相惜，互为欣赏。后来两个人仕途通畅，瞿鸿禨升了军机大臣，岑春煊则在地方督抚的职位上频频升迁，但两人的品格、秉性丝毫未变，瞿鸿禨以“清流”领袖著称，岑春煊则以“官屠”闻名。面对着后来庆、袁一党把持朝政的局面，两个人走到了一起，共同举起与权奸斗争的大旗，号令天下，就不足为奇了。去年丙午官制改革期间，当岑春煊听说瞿鸿禨以体弱多病为由，辞去了官制改革九人小组的“副组长”以示抗议时，当即派自己的亲信、亲家于式枚秘密进京，劝说瞿鸿禨务必留在九人小组，做庆、袁之流的眼中钉。瞿鸿禨后来的复出据说就与此有关。那次于式枚还同时带去了岑春煊的密电码本，面交瞿鸿禨，以供两人今后单独联系。去年岑春煊受排挤调往云贵，心里不痛快，慢吞吞地刚走到上海，瞿鸿禨的密电到了，给他支招：向朝廷乞假，滞留上海。与此同时，瞿鸿禨在军机处坐等岑春煊的请假电报。电报一到，不等奕劻等人知道，他就拿着电报直接送给慈禧批假，奕劻等人想阻止也来不及了。后来岑、瞿约定：岑在上海静待时机，瞿坐镇北京，一旦时机到来，瞿用电报通知，岑即从上海返京，两人共同联手发难。如今时机终于到了：杨翠喜一案为“清流”向“浊流”发难提供了把柄，直接攻击的矛头虽然是载振和段芝贵，但毋庸置疑，“清流”派这次是冲着那两个人身后的后台来的。

岑春煊进京前还必须去见一个人，那个人是盛宣怀。

岑春煊滞留上海期间，盛宣怀并未和他主动来往，除了两人此前并不认识外，主要原因还是上海鱼龙混杂、各方耳目众多，盛宣怀不想给人错觉，认为他们是一党的。庆、袁毕竟还在台上，他不想为此招惹来不必要的麻烦，所以避嫌疑还是有必要的。但盛宣怀毕竟也是受袁世凯排挤打击、在官场上失意的人，从感情上说他对岑春煊有亲近感。因此岑春煊在一个深夜突然造访斜桥的盛公馆时，对他的到来，盛宣怀觉得既有些意外，又似乎在意料之中。

“久仰！久仰！”两个人互相抱拳，打量着对方。

“深夜冒昧来访，叨扰杏翁了！”岑、盛二人年龄悬虚，盛宣怀要比岑春煊大了一大截，所以岑春煊尊称盛宣怀为“杏翁”。

“哪里，哪里。”盛宣怀连声说，“云帅深夜屈尊来访，盛某不胜荣幸之至。”

两人落座后，盛宣怀言不由衷地说：“云帅就医上海，本该盛某先往探望，以尽地主之谊。无奈俗务繁忙，难以脱身，反倒是云帅反客为主，捷足先登了。惭愧，惭愧。”

“俗礼！免了，免了。”岑春煊挥着大手，毫不计较，“岑某今夜突然来访，杏翁一定觉得很意外吧？”

“倒也不觉得怎么意外。你我虽初次谋面，却神交已久。”

“此话怎讲？”

“去年株萍铁路通车，有幸在长沙与令兄岑春蓂有一番肺腑长谈。那时盛某便料定，今生与你伯仲之交只是早晚的事情。”

“家兄后来也与我谈到你。”岑春煊很知己地说，“他说你同样深受袁项城的排挤打击，满腹怨气。从那时起，我就视你为同路人了。”

“如此说来，你我同是天涯沦落人了？”盛宣怀笑着问。

“相逢何必曾相识。哈哈哈！……”岑春煊豪爽地大笑起来，“既然如此，杏翁，我也就不拐弯抹角了。”说罢压低了声音，“天津杨翠喜的事情听说了吧？嘻嘻，现在该轮到老庆和袁项城撅起屁股挨板子了！”

“云帅今晚就是为这事而来？”

“正是！邀请杏翁出山，共同联手，扳倒庆、袁！”

盛宣怀却反应冷淡，摇头，沉吟着：“恐怕……高兴得太早了。”

“杏翁什么意思？”

“杨翠喜的事情，你们拿到证据了吗？”盛宣怀用“你们”撇开了自己。

“这还能有假吗？”岑春煊瞪起铜铃眼睛，“段芝贵盗用盐商王益荪的名义‘倒口袋’，王益荪出价一万二千金为杨翠喜赎身；段芝贵献美后即获得晋升；后来杨翠喜带到北京，振贝子不敢将她养在庆王府，而是藏在海淀的承泽园里。——你看新闻纸上，记者们把这些情况都调查得清清楚楚。”

“可新闻纸成不了证据。”盛宣怀不无担忧，“老庆和项城老谋深算，他们是何等奸猾之人，不会轻易让你们拿到证据的。”

“杏翁好像对这件事……没什么信心？”

“我是担心声势闹大了，他们早就准备好了退路。”

“决无此可能，这回他们是赖不掉的！”岑春煊武人性格，高腔大嗓，“人证杨翠喜就在北京，这该没错吧？抓起来只需稍加用刑，她就吐出实言。玖公（瞿鸿禨）电报上说，现在朝野舆论大哗，都察院群情激愤，御史们纷纷准备上章弹劾，京城大小新闻纸一片谴责之声！玖公的门生、大主笔汪康年先生，正在京城创刊《京报》，随时准备口诛笔伐奸党。形势如此大好，同仇敌忾，稳操胜券，杏翁您怎么又会没有了信心呢？”

岑春煊说得没错，盛宣怀是真的没有信心。到底年纪长了那么多，在官场上见多识广，他担心他们根本就斗不过老庆和老袁。没有十足的把握，盛宣怀是绝对不会去冒险的。他犹豫着，迟疑着，有好半天没有开口。

“杏翁，您倒是给句话呀！”岑春煊急了，“实不相瞒，今晚来邀请您加盟，这也是玖公的意思。他在电报中交代我，离沪前一定要跟您见一次面，争取一切可以争取的力量。他估计您对庆袁一党那也是咬牙切齿，睚眦必报。”

“好吧，就算是支持你们，我同意参加，但我有条件。”

“什么条件？杏翁请讲。”

“其一，我只反袁，不反庆。”

“您这是……什么意思？”

“我的对头是袁世凯，不是老庆。”

“可他们是勾结在一伙的！狼狈为奸，不能分开。”

“我跟老庆没有过节。去年官制改革，老庆还私下关照过我。后来之所以没成功，那完全是另外的原因，与老庆无关。”

“其二呢？”

“我只能暗中参加，不能明着参加。”

“何谓明参加，暗参加？”

“暗参加就是我出钱资助，只出钱，不出人。你们公开的活动、联名等等，我也一概不参加。”

“杏翁这是……想为自己留条退路吧？”

“就算是吧。”盛宣怀毫不掩饰，非常坦然，“我与云帅不同，毕竟年近古稀，暮气已重，仕途上也没有了大志向，行将就木前更不想再冒什么风险。而且盛某之名在官场上也无足轻重，可有可无。不像云帅和玖公，久居高位，振臂一呼，天下景从。老朽心存私念，还望云帅谅解。”

“理解，理解。”至此，岑春煊也不好再勉强了。

“其实你们要用钱的地方很多。”盛宣怀又说，“听说汪康年的《京报》就是因为筹款艰难而一直待产腹中；策动言官上奏弹劾也须花钱；鼓动新闻界造舆论更须花大笔的钱。这些钱都算我的——我捐资八万两，够了吧？”

“杏翁慷慨解囊，雪中送炭，岑某在此谢过了！”岑春煊倒头便拜。

“云帅请起！请起！”盛宣怀赶忙扶起岑春煊，“当然，如果可能，事成之后，盛某还有三件事，务请云帅关照成全。”盛宣怀又说。

“杏翁还有什么话，尽管讲出来。”

“第一，袁世凯倒台后，请归还北洋夺去的轮、电二局。”说起轮、电，盛宣怀的眼睛里闪烁有光，“最近我请郑观应去做了一个调查。这五年来，袁世凯为筹措北洋军费涸泽而渔，已经把轮、电二局糟蹋得不成样子了！年年亏损不说，固定资产无分毫增加，还变卖了不少，比如招商局上海浦东码头、南京下关码头以及天津塘沽码头，都被败家子们卖了！”

“当初袁项城巧取豪夺，那种做法本身就是违反《公司律》的。”岑春煊说，“这件事我答应你。”

“其二，批准汉冶萍合并重组，从官督商办脱胎为纯商办股份制公司。”

“这是好事。还有第三件呢？”

“邮传部右侍郎朱葆第，卖身投靠，请罢其官。”

“清除袁党，那是必须的！”岑春煊大包大揽，“这三件事，我都答应你！”

岑春煊准备启程了。他从上海溯江而上，摆出经鄂去川赴任的架势，并在动身前给朝廷发了一封电报：“……臣病体勉可就道，未敢再事迁延。当于三月初四由沪力疾起程，取道长江，溯鄂入蜀。”这封电报极大地麻痹了奕劻等人，他们满以为这个“岑疯子”不会进京来找麻烦了。谁知几天后，岑春煊到了汉口就停下来不走了，又给朝廷发了一封电报：“……蜀中尚为安谧，督篆护理有人，臣赴任迟速不争数日。闻由汉赴京乘铁路快车为时仅一日半，请求即附京汉快车北上，趋叩宫门，跪求圣训。”军机处那边还在商量以何种理由驳回岑春煊进京的请求，岑春煊已经在前门火车站下车了。下车后他直奔西苑三海——慈禧那时已从颐和园回宫，正住在西苑南海的仪鸾殿。

史记，岑春煊在四天的时间里奉太后之召“入对凡四次”，几乎每天一次，“每次入对至少一小时之久”。岑春煊对慈禧详细说了让朝野舆论大哗的杨翠喜一案的前后经过，面参奕劻“亲贵弄权，贿赂公行，以致中外效尤，纪纲扫地，皆由庆亲王奕劻贪庸误国，引用非人”。又劾袁世凯“……内结亲贵，外树党援，以遂彼窃国之谋。借口于新政，东省各文武要职，无不遍布私人，为之羽翼”。

与此同时，瞿鸿禨的湖南同乡、都察院监察御史赵启霖在瞿的授意下上了《劾段芝贵及奕劻、载振疏》，除揭露段芝贵购买名伶杨翠喜献美邀宠外，还揭发段以十万金向奕劻父子贿买黑龙江巡抚一事内幕，弹劾奕劻父子“置时艰于不问，置大计于不顾，尤可谓无心肝”。

慈禧闻言大怒，当即下令由醇亲王载沣、大学士孙家鼐负责查办全案，待调查结果出来后再行决定惩处。舆情汹汹之下载振也慌了神，赶忙求救于“四哥”袁世凯。袁世凯指点将杨翠喜秘密送回天津，偷偷交给盐商王益荪，并给王益荪送去厚礼封口，请其代为遮掩。手下人不敢大白天的乘火车将杨翠喜送回，而是雇了一条小舢板，趁着夜色由运河水路悄悄划到了天津卫。由此王益荪成了本案的唯一受益人：他先前用三万金没有办成的事情，现在只用一万二千金就抱得了美人归，拣了大便宜不说，而且凭空得了丰厚的礼物，还白白送了振贝子一个人情。此等好事王益荪岂能不干？

在西苑南海，许是人上了年纪就喜欢絮叨叙旧的缘故吧，那天君臣二人说完国家大事，不知怎么就又唠起了庚子年间逃亡的那些事。

“看见岑爱卿，我就总会想起庚子年间的事。”慈禧叹息一声说，“那是——好像是庚子年的七月初二吧？外间传洋人已经破城，大清早的，七八辆骡车先由神武门出宫，然后匆匆忙忙出了德胜门……”

“不，老佛爷您记错了，那天是七月初三。”岑春煊纠正说，“臣是六月初九从甘肃兰州出发‘勤王’的。臣当时带了两千兵马、五万两银子，昼夜兼程整整走了二十四天。臣记得清清楚楚，七月初三傍晚到达的良乡。那时听说洋兵已入城，皇上和两宫往西去了，臣顾不得鞍马劳顿，又拍马追了上去。直到第二天臣才追上了圣驾和两宫。”

“……对，是在怀来县境内追上的。”慈禧回忆起来了，“当时听说有援兵到了，后宫的人都哭了，大家这时候才把心放了下来。‘勤王’的谕旨早就发下去了，可天下的督抚都没来！北方的督抚害怕跟洋人打仗，他们不敢来；南方的督抚有了异心，他们只顾去搞他娘的‘东南互保’。”慈禧说这话的时候放了粗口，咬牙切齿，“只有你这个小小的布政使亲率兵马赶到了。只有你心里惦记着皇上和两宫的安危。你是好人，大忠臣啊！……”慈禧红着眼眶说。

“臣世代受恩于朝廷，虽粉身碎骨，万死不辞！”岑春煊的眼眶也红了。

“我记得好像就是你追上来的那个夜晚吧？我和皇上夜宿于一座破砖瓦窑，后宫其他人和大臣们连破窑都没有，他们都是露宿于官道旁。岑爱卿你又是整整一宿没睡，亲自带着兵丁在砖窑四周护驾守卫。第二天清早醒来，我见你的官服上全被露水湿透了，那时我就对你说过一句话：‘若得复国，决不敢忘德！’你还记得吗？”慈禧说着掏出手帕，擦起眼睛来。

“记得！如今朝中奸邪当道，臣此次进京就没打算再走了。臣恳请留在都中，为皇上、皇太后护驾守卫，当一条看家的恶犬！”

慈禧记住了他说的这句话。几天后任命下来了，邮传部尚书张百熙因病去世，空缺由岑春煊接任。岑春煊第一天到邮传部上任，在接见属员的时候，他见到了右侍郎朱葆第，不禁朝那个骨骼清奇、面皮白净的中年人多看了几眼。

从外表上看，朱葆第实在不属于那种通常上所说的獐眉鼠目、形容猥琐的小人，但这个盛宣怀常州府武进县的小同乡，当年经盛宣怀的力荐才得以赴美留学的首批幼童之一，学成回国后又屡受盛宣怀的提携和器重，最后却忘恩负义、卖主求荣，甘愿投靠到袁世凯的门下，反咬盛宣怀一口。对于这样的人品，中国传统文化中无论是官场还是民间，人们往往最为唾弃和嗤之以鼻，而不论当时的前因后果。平心而论，当年如果不是袁世凯想置盛宣怀于死地，抓住了朱葆第贪污的把柄，如果朱葆第不是出于危机中的自保，无论他对盛宣怀有多么不满的情绪，他应该都不会主动背叛盛宣怀的。实际上朱葆第是个非常敬业认真的人，他投靠袁世凯后，在京张铁路和沪宁铁路的建设上还做出过很大的贡献。但就是因为他投靠了袁世凯这个污点，历史把他连同他的功绩全都湮没了。

新任尚书到任首日例行接见全体部员，仪式为尚书居中堂而坐，左右侍郎分坐两旁，然后各部员依官秩、品级依次进见上司，自报家门，分坐两行。但那天岑春煊到邮传部后，他给右侍郎另外单设了一个位置，让朱葆第一个人远远地坐在一旁。岑春煊还当众羞辱，说朱葆第“人品太差，本部堂羞与为伍”，朱葆第狼狈不堪，当场拂袖而去。后来岑春煊又抓住朱葆第的某一个过失，上疏弹劾他，很快朱葆第就被罢免，成为“官屠”入京后的第一个牺牲品。

岑春煊不等大事告成，就实践了对盛宣怀的三件承诺之一。消息传到上海，盛宣怀欢欣鼓舞、开心异常。他庆幸自己加入“清流”的正确决定，他相信“清流”这回是真的要全面告捷了。

的确，开始的形势真是一片大好。

二十四岁的醇亲王载沣在跟着大学士孙家鼐前往天津调查杨翠喜案

的时候，也曾经一度雄心勃勃，踌躇满志。在当时的满洲贵族和宗室子弟中，普遍存在着对汉大臣尤其是对袁世凯这样的野心家掌握兵权的不满和担忧。那时的北洋新军已有六"镇"(相当于师的建制)，接近十万人，直接听命于袁世凯，在朝中已成尾大难掉之势。慈禧她肯定是看到了这点，这才将原任陆军部尚书的徐世昌调为东北总督，让东三省全部变成北洋系的班底。其实她那样做另有目的，是为了分割袁世凯的势力，将北洋系化整为零。有谁能体会得到她的这番苦心呢?年轻的载沣只是觉得，杨翠喜案正是他向北洋系发难、扳倒袁世凯的一次极好机会。载沣对袁世凯的不满还有另外一个原因，那就是戊戌年的变法维新中袁世凯对光绪皇帝的背叛和出卖。作为光绪皇帝的亲弟弟，兄弟俩在一起的时候不会不说到这点，哥哥的仇弟弟不会不记在心中。载沣对庆亲王奕劻当国也相当不满。毕竟是远支皇室，他凭什么窃据高位，掌握国家的军政大权?他欺负咱们家没人是不是?

看来，载沣是要好好地在杨翠喜案上做一篇大文章了。

到了天津，将一干涉案人等传讯到衙门逐个讯问后，事情的原委经过就全部有了改变：杨家人承认是盐商王益荪出面替杨翠喜赎身脱籍的；王益荪承认自己确实花一万二千金替杨翠喜赎身脱籍，但那是心仪杨翠喜已久，特意花重金买来自己做妾的；并声称杨翠喜一直就在自己家中，她是自己的第三房姨太太，从未将她送人。王益荪还说，我花钱买了自己喜欢的东西，我干吗送人呀?把杨翠喜传讯到案后，杨翠喜的口供跟王益荪的一模一样，声称自己从良后很珍惜这个机会，一直在王家老实本分地为人妾，从未想过要重操旧业，更不认得什么段大人和贝子爷。而段芝贵贿赂载振那十万两银子的事更是查无实据。草草调查完毕，孙家鼐要回京复命了，载沣说："孙大人，您这就要走呀?"

孙家鼐说："是呀！调查清楚了，该回京复命了。"

"这能说调查清楚了吗?要走你走，我就不信抓不住他们的小尾巴！"载沣气呼呼地说。他心有不甘，不愿就此放弃，"杨翠喜的口供里还有很多疑点。比如有一次她无意间说到了'西所戏园'，那是庆王府承泽园里的地名呀！她说她从未去过京城，可她怎么会知道承泽园?又比如她对通州八里桥那一带很熟悉，街道、店铺、小吃等。本王疑心她是坐船路过那里，从水路偷偷回到天津的。"

"小王爷,那可都是你有意诱供,诱她胡说八道啊!"

"本王打算微服私访,去运河边上走一遭,找找那些船家和水手。沿着这条线索追下去,一定能揭开事实真相。"

"罢了!罢了!"孙家鼐连连摇头,"小王爷,打住,打住吧。"

"孙大人,你到底什么意思啊?你不查,还不让本王查!"载沣耐不住了,"本王知道你怕得罪人。你怕老庆和老袁,可本王不怕!"

"小王爷……唉!"孙家鼐长叹了一口气,"这么说,小王爷是一定要把这案子查个水落石出吗?"

"当然!本王就不信抓不住他们的把柄!"

"可小王爷知道皇太后老佛爷是什么意思吗?"

"皇太后什么意思?"载沣愣住了,"那不明摆着,派咱们俩来把这件事情调查清楚吗?"

孙家鼐捋着白胡子,诡秘地笑道:"恐怕没有那么简单。实不相瞒,从领受差事的那刻起,老朽就一直在寻思琢磨:这皇太后她到底是怎么个意思?凡事你只有先琢磨透了,才知道那事该怎么办。"

"孙大人……你琢磨透了?"

"不敢说全都琢磨透了,但至少能猜出个七八分了吧。"孙家鼐得意地笑着,"请问小王爷,杨翠喜一案如果查实公开,确如社会上所传言的那样,最丢脸的人,您以为会是谁?"

"那还用说吗?"载沣脱口而出,"庆亲王奕劻和振贝子!"

"不尽然。"孙家鼐摇着头,"连小王爷也有份——恐怕最丢脸的,还是你们整个皇族。还有,现在的袁世凯已比不得几年前了,手握兵权,坐拥十万精兵,如果把他逼急了,你知道那会是什么结果吗?"

载沣一下子愣住了,回答不出来。

"所以老朽揣摩,在这件事情上慈禧老佛爷有两条原则,决不可逾越。"

"哪两条原则?"

"其一,保全皇家脸面;其二,借这件事情打击、分化、瓦解北洋系。"孙家鼐望着载沣,"小王爷,难道您不该打道回府吗?"

载沣望着孙家鼐,一句话也说不出来。此时他心里最想说的话,应该是那句流传千年的俗语"姜还是老的辣",或者是那句"与君一席话,胜读十年书"。

回到京城交差复命，慈禧老佛爷对调查的结果果然很满意。她对孙家鼐说，小王爷年轻气盛，就是一头初生的牛犊，天不怕地不怕，这次让你这头老牛带他出去磨炼磨炼，那是很有好处的，他肯定大有收益，也能快点成熟起来。听到这些话，醇亲王载沣的后脊梁上不禁冒出了冷汗，他心里对孙家鼐的点拨感激万分，随即谕旨下："醇亲王载沣，着在军机大臣上学习行走。"

调查结果，推翻了先前新闻纸上对案件的描述和报道，领头参劾的监察御史赵启霖为此革职，朝廷在训斥他的谕旨里说他"……以诬蔑亲贵重臣名节夺职"。这导致了整个言官队伍的不服和群情激愤，他们纷纷起来上疏弹劾庆王父子俩，尤其是都察院号称"乌台三霖"(除赵启霖外，还有江春霖和赵炳麟)的另外那"两霖"更是一马当先，奋不顾身。在强大的舆论面前，清廷只好撤去段芝贵署理黑龙江巡抚一职，又允准了载振乞请开去各项差使的辞职请求，舆论这才稍微平息了下来。

天下人都看清了，慈禧才是决定这场政争胜负的人。

接下来，庆、袁一党密谋的反击开始了。

反击的第一步，就是设法将岑、瞿二人隔开，孤立，断了两人之间的奥援。

"岑春煊慈眷正隆，想要调他离京，恐怕不那么容易。"奕劻对袁世凯说。

"也不一定。"袁世凯低头沉思，"请问王爷，这些年老佛爷她平生最恨的是什么人？为什么恨那些人？"

"自然是康梁之流的维新党人。"奕劻说，"他们老逼着西边的'归政'。"

"对！我有办法了！"袁世凯一拍脑门子兴奋地说，"我们就用这个办法，赶走'岑疯子'！"

那一年，恰好两广地区爆发了由同盟会领导的"钦廉起义"，作为领军机大臣的奕劻，在向慈禧禀报该地区的"匪乱"时肆意夸大"匪情"，吓得慈禧忧心忡忡。接着奕劻又指出：现在能解决两广危机的大臣只有岑春煊，因为他在前一任中打下了良好的基础，非岑春煊不足以平息两广"匪乱"。慈禧有些迟疑不决，因为刚刚答应了人家留京任职的请求。

奕劻知道慈禧仍在眷顾于他，索性进谗言说："老祖宗您知道岑春煊为何想留在北京？他是为了便于和瞿鸿禨暗通声气，互为奥援。您又知道岑、瞿二人为何要掀起这场政潮？其目的是为了‘推翻大老(奕劻),排斥北洋(袁世凯),为归政计’。”跟着又拿出了岑春煊在戊戌年间曾保举康、梁的三份奏章,并摆出瞿鸿禨与汪康年的关系以及汪康年与康、梁的关系为证据,指出正好趁此机会将岑春煊调离京城,达到一箭双雕的目的。

庆、袁一党居心险恶,有意将丁未年间的这场政争与戊戌年间的帝、后斗争拉扯到了一起,轻而易举取得了主动权。果不其然,不久谕旨下,调岑春煊为两广总督。进京当了不到一个月邮传部尚书的岑春煊,就这样又被排挤出了中央,邮传部尚书一职由北洋系陈璧接任,岑春煊只得离京赴任。他走到上海时又故技重演,上疏乞求滞留上海治病,谁知这回被慈禧一口回绝了。

第二步,各个击破,先对瞿鸿禨开刀。岑春煊调离中央后,瞿鸿禨孤立了,但他为官清廉,办事谨慎,对手很难抓住他的什么把柄,想要对他下手,看来还需等待时机。这天下朝后,慈禧又将瞿鸿禨留下来单独说会儿话。闲聊中慈禧问瞿鸿禨:如果罢免了庆亲王奕劻,谁可以接替他?结果两人遍数了朝中的王大臣,无论资历、才干,竟然没有一个合适的人选;而刚刚进入军机处“学习行走”不久的醇亲王载沣又太年轻太嫩,不堪重用。那是两人之间的一次非常私密知己的谈话,牵涉到的是大清朝的最高机密。按理说对这种机密谈话,老成持重的瞿鸿禨本应在心里深埋不露,但他实在按捺不住内心的狂喜了,认为这是慈禧有意要罢黜老庆了,便把这件事告之了门生、主持《京报》的汪康年。谁知汪康年嘴上也缺个把门的,又把这件事告诉了英国《泰晤士报》的驻京记者,结果这个消息很快就在《泰晤士报》上发表出来了。西方人误读为:北京马上要发生一次政变,代表宪政派的庆、袁等人即将被罢黜解职。西方舆论为之哗然,英国政府尤其担心奕劻下台后会影响中英关系。

不久,慈禧邀请西方驻京公使的夫人来颐和园游园,英国公使夫人便在大庭广众之中核实这件事,逼迫慈禧对此做出解释,搞得慈禧十分狼狈和恼火。庆、袁一党得知此情况后,认为机不可失,立即策动御史弹劾瞿鸿禨。袁世凯派自己的心腹、农工商部侍郎杨士琦出面联络御史。无奈都察院的御史们早就痛恨庆、袁一党了,不屑与北洋为伍。最后好不容易觅得翰林院出身的编修恽毓鼎,以一万八千金的重赏及外放布政使的许诺为诱饵,诱得恽毓鼎投入袁世凯门下,愿为刀笔。

恽毓鼎，字薇孙，祖籍江苏常州人，长期担任清末宫廷的史官。恽毓鼎在仕途上很不得志，一直是个没有权势、生活清苦的普通小京官；而政治态度上，此前他对庆、袁一党的狼狈为奸、把持朝政也是非常痛恨。但在重金贿赂和外放肥缺的引诱下，他见钱眼开，终于放弃了读书人的精神，卖身求荣。恽毓鼎上疏弹劾瞿鸿禨“暗通报馆，授意言官，阴结外援，分布党羽”。不久谕旨下，“瞿鸿禨着即开缺回籍”。至此“清流”派已经全线败北。岑春煊和瞿鸿禨这两大领袖人物，或者被罢官，或者被排斥，已经远离了权力中心。后来常州籍老乡痛恨恽毓鼎的卖身投靠行为，纷纷登报声明，与他脱离同乡关系。

第三步，穷追猛打，置岑春煊于死地，把“清流”派最后的一线希望扑灭。岑春煊虽说眼下暂时失宠，但毕竟人还在，地位还在，说不定慈禧哪天回心转意，想起落难时岑春煊的忠心，又对他眷顾起来，重新重用他，也并非完全没有可能。必须趁热打铁，猛追穷寇，想办法让他永远失宠，永世不得翻身。为此，袁世凯问计于时任两江总督的端方。端方与袁世凯的看法完全相同，认为只要有新的证据在手，把岑春煊和康、梁死党绑在一起，他就彻底完蛋了。

上海在两江总督的治下，一直是维新派活动的基地，也是维新派海外和国内联络的中转站，端方自告奋勇愿意替袁世凯去“寻找”新证据。端方转而又把这件“差事”交给了上海道台蔡乃煌。蔡乃煌直接造假，他请来香港照相馆的摄影师，利用最先进的照片拼接技术，拼接拍摄了两张假照片：一张是岑春煊滞留上海治病期间，在上海寓所前与康有为女婿麦孟华的合影；另外一张是岑春煊与康有为两人在上海《时报》馆前的合影。其实这两张照片的真实来源是：前一张是岑春煊滞留上海期间，与自己的前幕僚、预备立宪公会的新任主席郑孝胥在上海寓所前的合影；第二张则是康、梁戊戌变法前在上海《时报》馆前的合影，原本跟岑春煊没一点关系。照片辗转送到北京，由奕劻直接送到慈禧手中，这时候就有了一个新编的故事版本：岑春煊滞留上海期间，康有为女婿、维新党人麦孟华奉命打前站联络，自日本秘密潜回上海，与岑春煊见面。随后康有为也从日本秘密回国，在上海与岑春煊会面，两人密谋商谈许久，确定了方针大计：利用这次段芝贵的“送美贿买”案向庆、袁发难，以达到“归政”的目的，与前面奕劻所说过的“打倒大老，排斥北洋，为归政计”形成一个完整的证据链。看了照片“铁证”，慈禧对岑春煊“康、梁死党”深信不疑，对岑春煊的看法也有了根本改变。接着恽毓鼎第二次劾章上，慈禧毕竟念在岑春煊对朝廷的功劳，赦免他一死，就地罢官免职。

不久《京报》馆遭官府查封，查抄的时候意外得到了一本账本，《京报》的经费来源，竟然大半都来自于盛宣怀的资助。

政潮后期，袁世凯许是同样意识到了慈禧对他的猜忌之心吧，上奏主动辞去了他的八个兼职，又拱手交出六镇北洋新军中四镇的指挥权给陆军部尚书铁良。慈禧还不甘心，索性一不做二不休，使出明升暗降的惯用手法，免去袁世凯的直隶总督、北洋大臣，升任他为军机大臣兼外务部尚书。至此，慈禧利用这次政潮打击、分化、瓦解北洋系的目的，就全部达到了。

瞿鸿禨离开了军机处，袁世凯又进了军机处，明着跟奕劻搞到了一起。这种局面又是慈禧所不爽的。惯于搞平衡是政治家权术的基本手段，很显然，军机处需要新进一位德高望重的大臣了，以制衡奕劻和袁世凯。

于是，这个机遇就落到了张之洞的头上。

六月中旬，政潮尚未最后结束，此时岑春煊已离开邮传部前往两广，瞿鸿禨也已被开缺回籍，到这时“清流”败局已定。盛宣怀不得不承认，他和袁世凯的较量再一次输了。但他暗中又有些庆幸，幸亏当初对结局的预判没有盲目乐观，给自己预留了退路，没有公开倒袁，也就没有和庆、袁一党闹翻脸，给自己保留了官场上的回旋余地。此时张之洞充体仁阁大学士的任命已公开发表。

有清一代惯例，体仁阁大学士通常不授给地方督抚，如果授给地方督抚，就表明该督抚也即将要奉调入京任职了。陶湘这时从京城来电说：京中风传香帅（张之洞）将入军机，以制衡卧雪（袁世凯）。这个消息打乱了盛宣怀的计划初衷，搞得他有点手忙脚乱。那是因为他万万没有预料到，丁未政潮的另一个结果是：政局大洗牌，把在湖广总督的位置上安安稳稳坐了将近二十年的张之洞挪动了。当年盛宣怀从张之洞手里接手汉阳铁厂、改官办为官督商办，谁都知道那其实是一场政治交易：盛宣怀替张之洞解围，张之洞则给盛宣怀他想要的东西。官督商办章程里也明确将湖广总督对汉阳铁厂的官方监督权规定了下来，而这一权力当时事实上是赋予张之洞的。十几年来张之洞以湖广总督之尊兼任汉阳铁厂的官方监督，对盛宣怀和汉阳铁厂扶持有加。因为张之洞明白，他是汉阳铁厂的创办者，四百六十万两的官费亏空至今，他人接手无论成败，最后的账都会记在张之洞的身上。可以说汉阳铁厂始终包含着张之洞的政治利益。而一旦张之洞调离湖广，其后的继任者必然会继承这一职责，但新任湖广总督很难具备张之洞在朝中的影响和威望，也不可能和盛宣怀形成以政治利益为基础的唇齿相依关系，盛宣怀和汉冶萍的诸企业就将失去政治上的保护伞，盛氏的督办地位也会变得十分脆弱。正如当年袁世凯强夺轮、电一样，接任者可能随时会以“合法”身份，以一纸新的督办任免令，从盛宣怀手中抢走对汉冶萍的控制权。而要制止这种情况发生，最好的办法就是成立完全商办的“汉冶萍煤铁厂矿有限公司”，将自己从官方委派到企业的督办身份，一跃变为商办股东们推举的总理。根据《公司律》的规定，才有可能杜绝以后清廷官场对汉冶萍的觊觎和干预。而这一切，他必须要赶在张之洞离任前完成。他原本是想等倒袁成功以后、自己人再度执掌了邮传部再相机而动的，现在丁未政潮把这件事的紧迫性大大提前了。

盛宣怀赶忙致函张之洞，正式提出汉冶萍合并、重组、商办的要求，希望能得到他的支持和认可。如果说盛宣怀在几年前就已开始考虑汉冶萍的合并重组，但那时的想法既笼统也模糊，只是大抵觉着会对企业的发展有好处；通过这几年的实践和思考，他的想法也渐渐清晰明确了，愈来愈觉得汉冶萍的重组商办已是企业发展绕不过去的一条必由之路，尤其是张之洞即将调离湖广，自己随时有可能失去对汉冶萍的控制，空前的危机感更使这件事成了燃眉之急。当然，后面的这个理由是自己的私心，是不太好摆到桌面上来谈的。盛宣怀把汉冶萍合并、重组、商办的理由，归结为外交、经济、政治三个方面共四条，向张之洞摆了出来：

其一，外交方面，从抵制日本觊觎、挽回国家利权的角度考虑。“外势日重，觊觎日险，汉冶滨江，尤难保护”，汉冶萍商办后可“明示中外，此厂矿为全国商力团结而成，自较官办为稳慎”。“……将来东人必有大志于我国，今欲保全我铁矿，唯有切实声明，我厂我矿全系商力团结而成，隐杜觊觎，方能永保权力。”盛宣怀这是在为政府将来的解困着想，意思是说将来万一有一天，日本人对中国提出关于大冶铁矿的主权要求时，政府可用汉冶萍为商办而非官办为由加以拒绝。这个理由听上去当然有些勉强可笑，因为日本人对汉冶萍的觊觎，不会因为企业体制的改变而有所顾忌。但不幸的是，盛宣怀的预言在几年后变成了事实:民国初年,日本向袁世凯的北洋政府提出臭名昭著的“二十一条”,其中就公然提出“中日合办汉冶萍”。这个蛮横的要求,就是因为在汉冶萍公司的全体股东会上没有获得通过,才最终挫败了日本的阴谋。

其二,经济方面,从便于扩充招募股份和偿还洋债的角度考虑。“因本厂所用商本已七百数十万两,……尚需添本二百万两”,而“本厂实在商股只有一百万两,萍乡商股亦只有一百五十万两,其余皆属重息借贷之款”。在盛宣怀看来,合并商办有助于提高汉冶萍的公信力,从而募集到企业发展所必需的资金并偿还内外债务:“……必应注册成一完全公司,庶可使人信从,添招商股。”

其三,经济方面,从煤铁关系的角度考虑。“萍矿合并汉厂后有利于招股”,因为目前的局面是“煤盈铁亏”,“……唯蹈常袭故者流,尚谓制铁不如采煤得利之速,盖心目中念念不忘开平之利益。”“若不将萍矿归入铁厂,商请仍复迟疑,故归并之举刻不容缓”。

其四,政治方面,从张之洞调离湖广总督后汉冶萍可能面临的政治局面的角度考虑。这条理由不能不说,但又不能说得过于露骨,让人看出私心,必须说得冠冕堂皇:“招股为第一难事,轮电则已得厚利,为官所夺;粤路则已集巨股,为绅所哄……且将来继公督楚,必是旗族,继侄办厂,必是部员,能俟至弥亏收利之后,尚可为轮电之续;如不待成功即归腐败,前人苦心,后人藐之,国人倒乱,外人攘之。”意思是说汉冶萍现在如果不合并重组改制,将来很可能像轮电那样糟蹋在继任官员手中;前人苦心将付之东流,外人也会趁乱而入。

盛宣怀认为,有了这四条堂而皇之的理由,张之洞没有道理不同意。郑观应多年前就曾对他说过,封疆大吏大多视洋务事业为自己的政绩和脸面,所以一般都不太会轻易撒手或作改变,除非该大员离任或去世。从前盛宣怀曾多次非正式地跟张之洞谈过汉冶萍的合并重组,试探他的态度,但无一例外都遭到了冷遇。盛宣怀认为,这很可能就是郑观应说到的那种心态在作祟。如今他即将离任了,他应该不会不同意。第二天,盛宣怀以同样的理由向朝廷上了《奏汉冶萍厂矿现筹合并扩充办法折》,并给自己的儿女亲家、外务部尚书吕海寰同时写了一封信,希望通过他的游说,获得朝中更多人的支持。当然,盛宣怀在几经犹豫后,还是厚着脸皮分别给奕劻、袁世凯写了信，希望得到他们的支持。他在丁未政潮中曾暗中资助他们的政敌，他估计他们肯定不晓得那件事。

所有寄出的信函除了吕海寰简短地回了封电报、答应尽力争取外，其他的都如石沉大海，没有了回音。张之洞对此的态度仍然如前，置之不理，不置可否。七月底，朝廷果然补授张之洞为军机大臣。一直到八月初他起程赴京就任，也没对盛宣怀的信函做出任何答复。随后新任湖广总督赵尔巽到任。赵尔巽是汉军旗人，果如盛宣怀所料“继公督楚，必是旗族”。盛宣怀只好赶忙给新任总督写信，希望他支持汉冶萍的合并重组。赵尔巽初来乍到，根本没搞清楚“官督商办”是何意思，以为那就是“官商合办”，以为盛宣怀现在所要坚持的仍是当初确定的“官督商办”方针，便表态同意“官商合办”，但对汉阳铁厂所欠官款当初商定的处置办法提出异议。原来官办时期，汉阳铁厂耗官费五百多万两，当初盛宣怀与张之洞签订的官督商办章程里规定了偿还办法：从以后该厂生产的生铁里每吨提银一两，逐年偿还；官本还清后仍按原办法继续提银，报效鄂省，“盖厂由鄂省发起，利应鄂省同享”。这个官督商办章程是通过上奏朝廷后批准的。这些年来，汉阳铁厂已归还官本一百多万两，尚余欠四百六十万两，赵尔巽认为应将这四百六十万两官本“债转股”，由股生利，股本永在。凭空又扯出个“官商合办”，盛宣怀自是叫苦不迭。但人家是新任湖广总督，又是汉阳铁厂的顶头上司，不好驳人家的面子，只好假意顺从，但暗中出难题堵他的嘴：《公司律》第三十三条规定，官商合办可以，“债转股”也行，但根据股权相配的原则，鄂省还必须另外再入股一百多万两现银。后来，赵尔巽终于搞清楚了盛宣怀的本意，他是要将汉冶萍与官家完全脱钩商办。赵尔巽对前任定下的事情不敢轻易做主变更，于是这件事又推回到了张之洞的身上。

说起来张之洞对盛宣怀的不理不睬，半是因为他在离鄂之前还有太多的公私事务需要处理，在武昌还有很多的官场和民间应酬，实在顾不上去搭理他；半是他一眼洞穿了盛宣怀的心思，瞧出了在那些冠冕堂皇的理由后面，掩藏着的他的私心和猫腻。

应该说张之洞对于这次进京任职，心里是喜忧参半的。

清朝不设宰相，官场和民间一般都习惯把以大学士身份兼任的军机大臣称为“相”。宰相，一人之下，万人之上，在封建时代，那是一个人所能达到的最高地位了。进入权力中心，身处庙堂之尊，入参军机，入阁拜相，忝列枢廷，位极人臣，这不就是半世苦读的士大夫们所梦寐以求的吗?要说张之洞没有丝毫喜悦心情，那应该是说不过去的。更何况在他之前，他们南皮东门张氏家族已经出了一位军机大臣张之万，一门两“相”，光宗耀祖，那是何等的荣耀！所以张之洞在拜折谢恩的时候，心里涌起的是对朝廷和老太后知遇之恩的万分感激之情。但那种喜悦很快过去了，张之洞清醒地认识到，他将要面临的是何等困难的局面，他这次的提拔进京，也绝非是“一日看尽长安花”的得意和喜悦。他知道自己终生只不过是那位深宫老妇人手中握着的一枚棋子，十八年前她曾动用这枚棋子去制衡李鸿章，现在她又要用这枚棋子来对付奕劻和袁世凯了。朝中的局势有目共睹:丁未政潮中庆、袁一党新胜，政治障碍扫除，他们的地位更加巩固，气势也正盛，这种时候他张之洞凭什么与他们抗衡？作为老牌的“清流”，他将来又能与那股“浊流”为伍吗？除了为官的清浊之分，其实他和袁世凯在洋务以及立宪等诸多问题上政见相合，并没有什么分歧。那么他们将来的关系是和还是斗?最主要的是他这枚棋子已非当年，早已没有了从前的勇气和锐气，已经老而又朽了。这年张之洞已经满了七十整寿，人到七十古来稀，他不知道自己在行将就木前还剩下多少时间。但朝廷的谕旨是不可抗拒的，从补授军机大臣到奉旨离鄂，中间总共只有不到十天时间，张之洞要移交督篆和公文档案，要出席汉口各商会为他举行的临别聚餐会;绅商各界还决定，要捐资在武昌蛇山黄鹤楼旧址上为他修建一座纪念堂，堂名“抱冰堂”，请他题字。“抱冰堂”之意源于张之洞手书的横幅“抱冰握炭”。除此张之洞还有大量的私事需要处理。比如遣散幕府，妥善安排幕僚。做军机大臣不比做地方督抚、封疆大吏，没有大量的公牍文书和地方行政事务，所以不需要一个庞大的私人秘书工作班子。还有家塾也要另作安排，这些年张之洞在武昌督署中开有家塾，请来当今名儒执教子弟。在此读书的，主要是自己几个尚未成年的幼子如仁霁、仁实、仁蠡等，还有孙辈，以及从南皮老家来借读的族侄、族孙等。最小的儿子“张十三”张仁蠡是庚子年生的，今年七岁，刚刚才发鸿蒙。准备搬家也是件主要的大事，搬家当然以张之洞的藏书、手稿及古董最为大宗，后堂也要清点家什细软之类。张之洞此时仍有朝云和暮雨两位如夫人。为了这次的搬家，他在汉口那边已经挂了专列，还有北京那边找房子的事，已交由在户部当主事的长子张权去办理了。就在忙得不可开交之时，盛宣怀请求汉冶萍合并商办的信函到了。

首先,张之洞认为没有必要。在他看来,“官督商办”和商办并没有根本的区别,完全商办无非是说没有了官府的管辖、监督,商家可以更自由,也更自主。但官督商办就不自由、不自主吗?汉阳铁厂这些年官督商办,本部堂束缚过你们的手脚吗?你们该怎么干还怎么干,该招募商股时照样招募商股,该开发萍煤了照样去建萍乡煤矿,本部堂阻挠过吗?至于信函中所说合并商办后对招募商股有利的理由,那更是扯淡,无稽之谈!君不见商办公司在募集商股的时候,哪家的股东不是瞻前顾后,狼上狗不上的?川汉铁路公司是这样,粤汉铁路交由商办后也是这样。外面披着官家这层皮,有官家罩着、护着,对商家来说绝对是好事而不是坏事,老百姓掏钱认股也更愿意相信官家。至于说商办能杜绝日本人的觊觎,官本没有好继承人等,那更是牵强附会之说。

其次,张之洞认为盛宣怀提出汉冶萍合并商办,完全是出自商人的逐利之心,是小人的过河拆桥之举。很明显,汉阳铁厂官督商办至今已十一年了,这十一年是汉阳铁厂发展最困难的时期。最主要的困难有三:首先是缺少煤焦,无米之炊;其次是钢轨产品不合格,没有市场销路;其三是新建萍乡煤矿和汉阳铁厂的技术改造,缺少大额的资金。这三大困难的解决,哪一样都离不开官府的鼎力相助!比如开发江西萍乡煤矿。可江西不在湖广总督的管辖范围,很多问题那是不是得湖广总督出面,通过上奏朝廷,然后再与两江总督以及江西地方官员协商解决?征地,拆迁,保护煤炭资源、禁止私设小煤窑等,哪一样不需要地方官府的给力相助?产品没有市场销路吗?好说,还是由湖广总督出面上奏朝廷,给你要来了中国铁路总公司首任督办大臣的职务,把全中国的铁路市场都交给了你。要建设萍乡煤矿,改造汉阳铁厂,需要大量的资金。仅仅依靠盛宣怀个人的东挪西借、移缓就急,毕竟杯水车薪,无济于事。缺少大笔资金,主要靠外国银行的借款。但很多外国银行贷款附有苛刻条件,有的还需要地方政府乃至外务部的出面担保。这些不都需要湖广总督出面承担和游说吗?如今可好,萍乡煤矿顺利建成了,汉阳铁厂的技术改造也已全面完成,汉冶萍即将迎来全面赢利的大好局面。大难处都过去了,你小子现在想来摘掉官家这顶帽子了,你这不是过河拆桥是什么?你安的什么心以为本部堂看不出来吗?你这是想把汉冶萍攥在自己手里,为自己多牟利!——因为你盛宣怀是汉冶萍最大的个人股东!

张之洞将盛宣怀的信函扔进了废纸篓里，不再理睬。他用冷漠表明了自己的基本态度，同时也表明了对盛宣怀人品的轻蔑。

八月初的一天，张之洞在武汉三镇绅商各界的欢送下，在汉口大智门火车站登上专列，隆隆地往北方去了。他把盛宣怀为汉冶萍的合并商办争取官方理解和支持的最后一线希望，也远远地抛在了身后。

即便没有你张大人的支持，盛某同样也要把这件事办成！当盛宣怀眼巴巴地盼望着答复，后来听到李维的报告，明白张之洞的基本态度后，他在心里对自己发誓般地狠狠说了这么一句。

但来自北京方面的情况确实不让人乐观。《奏汉冶萍厂矿现筹合并扩充办法折》递上去后，京城里反应冷淡，据说奕劻和袁世凯看到这份奏折后，相互冷笑一声，就把奏折"留中"了。袁世凯当时还讥讽地说了一句："武进（指盛宣怀）当初不是暗中供给大谋（指岑春煊），指望大谋来代的吗？"不久后奉命在京城打探政情的陶湘给盛宣怀发来了一封电报，谈到了庆、袁一党现在对待盛宣怀的态度："暗中供给一事已泄。……卧雪（指袁世凯）宗旨，必使钧处能安然潜伏而后已。倘有动作，彼必按之，防意甚严，恐无论如何降首下心，亦不能洽。"意思是说，盛、袁之间的关系现在已经到了高度紧张的地步，盛宣怀现在只要有任何的动作，袁世凯必定打压，"倘有动作，彼必按之，防意甚严。"也就是说，汉冶萍合并重组的方案你企望在庆、袁那里获得支持和通过，那是根本不可能的。袁世凯现在只需要你老老实实地待着，而且你们之间眼下的紧张关系，也不是你盛宣怀一个人低头赔罪就可以改善的。

不久，亲家吕海寰又来了一封密信。信中说，他有一次蒙皇太后单独召对，趁便讲了汉冶萍的合并重组和改"官督商办"为商办的问题。谁知皇太后听了后根本不表态，反倒是牢骚满腹地表示了对阁下的不满，说阁下忘恩负义，说阁下对皇上对朝廷对她本人都存有异心，说她不想再听到阁下的名字了。吕海寰出于好意来信透露这件事，顺便询问亲家，从前到底是因为什么事情如此得罪了慈禧老佛爷？盛宣怀接信后一头雾水，他搜索枯肠也想不起来，自己勤勤恳恳做事，忠心耿耿做官，到底是怎么得罪了她。他想起去年在京城的时候李莲英也曾说过这话。足可见最高层已经对他有了看法，这并非空穴来风。

官场上下阻力重重，如此看来，汉冶萍的合并重组真是无望了？

第八章 鸳鸯谱

在盛宣怀众多的子女中，四公子盛恩颐的婚事是最让他上心的。那是因为，他已经选定了盛恩颐要做他未来事业的继承人。

其实决定这件事也并非一帆风顺，盛宣怀经历了很多矛盾和波折。

盛宣怀开始考虑接班人的问题，是在光绪二十八年(1902 年)的年末，父亲盛康去世、他在苏州留园准备开始“丁忧”守制期间。那一年他已经虚龄满了五十九岁，是真正的六旬老翁，花甲之人了。到这一年，盛宣怀手中已掌握了轮船招商局、中国电报总局、汉冶萍煤铁厂矿、中国通商银行以及华盛纺织厂等一大批官督商办或商办的企业。想到这些年来创业的艰辛和守成的艰难，盛宣怀不敢在接班人的问题上掉以轻心。他认为要继承和发展这偌大的一摊子产业，当好盛氏大家族的掌门人，就必须在人品、德行以及知行才干上都出类拔萃，为盛氏家族各房所认可、称道。

盛宣怀的子女可分为前后两大拨。前头包括原配董夫人所生的三子三女以及由刁氏如夫人所生的四小姐在内，共三男四女；后面则包括庄夫人及刘氏、柳氏、萧氏四房妻妾(七姨太秦氏未生育)共生育五男四女，其中六公子和八公子夭折，剩下的刚好也是三男四女。在这六个儿子中，次子和颐早年就过继给了二弟为嗣；出生于庚子年的七子昇颐还只有七岁，尚在幼龄，所以盛宣怀的接班人实际只能在长子、三子、四子和五子四个儿子中考虑。盛宣怀的这两拨儿女前后年龄相差很大，三子和四子要相隔二十多岁，所以导致前面一拨的年龄偏大，后面的一拨尚未成年。比如长子昌颐，这一年他已经四十多岁，儿孙绕膝了；三子同颐也已迈入不惑；而后一拨年龄最长的四子恩颐，却只有虚龄十六，还是个懵懂少年。按常理来说，盛宣怀的接班人就应该在年富力强的长子或三子中考虑，但盛宣怀偏偏把他兄弟二人撇到了一旁不予考虑，而宁愿在年幼的两个儿子中做出选择。盛宣怀这样的考虑当然并非完全出于私心——取悦于他现任的妻妾。首先，长子昌颐和三子同颐都已不再年轻，他们接受的也都是旧式传统教育，几十年来舒舒服服地生活在大家庭的庇护之下，生活安稳，衣食不愁，不思进取。他们没有机会像他们的父亲那样，年纪轻轻就进入李鸿章幕府，经受了洋务实践的种种历练和磨难。在盛宣怀看来，他们并不具备掌管这么一大批洋务企业的能力。其次，在盛宣怀的计划中，这个接班人将来是要被送往西方去留学的。不仅仅是学习西方的语言，更主要的是要全面系统地学习西方先进的科学技术和企业管理，精通洋务，所以从接受新事物上来说，当然还是年轻人好一些。于是剩下来的，就只有四公子和五公子之间的竞争了。

四公子盛恩颐，为盛家现任掌门人庄夫人德华所出，出生于光绪十八年(1892 年)十一月。他们自小一块长大，亲密无间，两小无猜。这一年小哥俩虚龄十六，富贵人家的子弟，一对翩翩少年，明眸皓齿，丰神韶秀，在大公馆里惹上上下下的人喜爱。小哥俩的性格也截然相反：四公子恩颐许是受庄夫人溺爱，从小就染上纨绔之气，公子哥的脾气大，派头也大，爱虚荣、大手大脚，听不得别人说好话、灌迷魂汤；又生来耳朵根子软，遇事爱冲动，优柔寡断，缺少主见，成则飘飘然，败则垂头丧气。五公子重颐则自幼表现出与他年龄不相称的成熟，文静内向，沉稳有主见，喜怒从不形于色；遇事决不盲从随大流，爱思考，爱穷根究底。盛宣怀在他们哥俩还小的时候，就看出了他们性格上的巨大反差。比如在盛公馆是否买汽车的问题上，四公子叫闹得最凶，五公子却不置可否无所谓。还有件事也最能说明问题。每年过年，小哥俩都要收到颇为丰厚的一笔压岁钱。四公子恩颐拿这笔钱不太当回事，往往一掷千金，很慷慨、随意地赏赐给那些对他说好话、恭维他的盛家仆人、跟班和丫头。而五公子则把钱袋子捂得很紧，轻易都不肯拿出来，从小就晓得存到钱庄里去生利。到后来年龄稍长些了，懂得了一点股票常识，又看到大公馆里的人都喜欢跟着大管家傅筱庵买股票，于是便把累年积攒的那些压岁钱从钱庄里取了出来，在大管家那儿专门开了个户头，也跟着炒起股票来。到后来他炒股炒出了一些门道，也爱自己琢磨了，不断地总结经验教训，不再盲目从众了。比如不久前满公馆的人都看好“橡皮股”，唯独五公子不看好，结果大家都买亏了，只有五公子一个人赢。大家都以为五公子是瞎蒙的，谁料他小小年纪，竟能当众说出一番股市上的头头道道来，震惊了大家。大家都说，五少爷才真正得了老爷经商做买卖的嫡传。盛宣怀自己也认定，五公子盛重颐才是他心目中合格的继承人。但后来他却违心让四公子盛恩颐做了接班人，做出了他平生最为错误的一个决定。后世有人评说汉冶萍最后的衰亡，除了抗战这个大的历史背景外，跟掌门人盛恩颐的软弱无能也有极大的关系。其实盛宣怀当初做出这个决定，并不仅仅因为五公子是庶出，他还有更多不得已的苦衷。

那时大公馆里的各房都有自己经营的一些产业，比如股票、债券、房地产、外贸等，单独核算，自负盈亏。经营得好的，小日子自然过得要比别的房滋润。盛宣怀那时候之所以要将一部分产业分到各房去经营，一方面是为了补贴各房的家用，另一方面也是为了调动大家的积极性，让大家都别闲着，只会饭来张口、衣来伸手坐享其成，都去体会一下赚钱的不容易，也磨炼一下经商的本领。于是各房便有了自己单独的账房，聘请专门的人来打点生意、管理钱账，这些专门聘请的人就被称为“某房师爷”。因为聘请外人理财让人不放心，所以各房的师爷实际上都由娘舅家的亲戚来担任。比如五房的师爷就是刘嫣红的亲弟弟刘光庆，四房师爷是庄夫人的堂兄庄清华。很多亲戚师爷在小账房经历过磨炼以后，后来进入盛宣怀掌控的很多企业做事的，也不在少数。

刘家祖上从前在常州城里也是读书做官、有头有脸的大户人家，到后来败落了，到了刘光庆这一代，就只能靠教塾馆来谋生糊口。刘光庆年轻的时候在科举上也算是尽了力的，少年时代他曾凭着苦读中过县学的秀才。但读书入仕那条路太苦了，况且那年头读书入仕也不见得是唯一的出路，常州城里有个最好的例子摆在那里，那就是盛杏荪。他也是秀才出身，最后却凭着入参李鸿章幕府，凭着洋务的业绩，照样飞黄腾达出人头地。盛杏荪给常州的读书人树立了一个不太好的榜样，让他们心烦意乱思想浮躁，从此再也没有多少人能沉得下心来埋头苦读。不久朝廷又废除科举，读书人求取功名彻底无望，于是纷纷改弦更张，寻找别的出路。洋务在那个时候被视为升官发财的终南捷径，于是刘光庆一咬牙，在年过二十以后断然辞了教塾馆的营生，进了上海同文馆（后来改称为广方言馆）学习。几年以后，在粗通了一点西学皮毛、学会了几句洋泾浜英文后，刘光庆从同文馆肄业了，那一年盛宣怀刚刚接手汉阳铁厂不久，便给他在银钱股安排了一个司库职员的位置。但刘光庆嫌位置安排低了，又自恃督办大臣盛宣怀是自己的亲姐夫，在厂里不服节制，专横跋扈，目无上司，把汉阳铁厂总办郑观应以及银钱总董、盛宣怀的堂侄盛春颐统统都不放在眼里。不久刘光庆贪污事泄，被盛春颐揪住把柄。那时正值汉阳铁厂非常时期，对员司的廉洁和自律约束很严，但是碍于亲戚情面，盛春颐和郑观应都不好处理。盛宣怀得知后，一怒之下亲自出面将刘光庆除名，毫不理会他的苦苦求情；而且放出一句狠话：今后的盛氏产业不准再录用此人！后来刘光庆转而又去应聘上海的其他几家洋务企业，谁知竟都因为他曾被汉阳铁厂除名而落聘。刘光庆颜面尽失，对盛家恨之入骨，但他已不可能再回塾馆去当孩子王了，于是刘嫣红就出面让他进了盛公馆，当起了五房的“师爷”。刘光庆转而在外甥的调教上下功夫，督促他的学业，刻意规范他的行为，盛重颐后来的少年老成和他在经商方面表现出来的早熟，除了天赋异秉，很大部分显然就来自于这位舅老爷的谆谆教导。

随着两位少爷的渐渐长大，在大公馆的众人眼里，兄弟俩越来越表现出秉性上的明显差异，包括老爷在内的很多人，都不惜把溢美之词放到了五少爷的身上。而这正是刘光庆所期盼的，他把东山再起、复仇雪耻的希望都寄托在了外甥身上：年迈的老爷肯定将不久于人世，如果能辅佐盛重颐成为盛家的掌门人，到那时谁也不能阻止他刘光庆扬眉吐气，重回盛氏产业！当他把这样的意思私下里告诉姐姐的时候，刘嫣红听了直摇头。

“白日说梦话吧？你这是一厢情愿的事。”

“你别不相信。”刘光庆说，“前朝道光爷的时候，四阿哥和六阿哥争夺皇位，四阿哥的老师杜绶田就是凭借‘藏拙’之计，帮助四阿哥夺得了皇位。”

“那是争皇位！你不是杜绶田，重颐也不是四阿哥。”

“道理是一样的。只要重颐表现得足够优秀，他就能得到老爷的垂青。”

“不可能啊。”刘嫣红摇头叹息，“自从庄德华抢先了那一步，这一辈子咱们就输了，重颐凡事都只能屈居于四公子之后。嫡庶长幼，这是千百年来祖宗传下来的，是没法子改变的事。老爷不可能撇下嫡出的，去垂青庶出的。”

“可是——如果没有嫡出的呢？”刘光庆忽然问，他的目光阴冷。

“你想……干什么？”刘嫣红愣住了，脸色惨白，嘴唇哆嗦，“兄弟，你可千万别胡来呀！老爷知道了，咱们就都完了！”

“你已经输过她一次了。这次，我不想你再输了！”刘光庆阴鸷地说。

不久，四公子恩颐就遭遇了一次绑票。那时候四公子和五公子同在南洋公学的外院（附属小学）上学，学校是寄宿制，礼拜六接回来礼拜天送去；每到礼拜六的下午，盛公馆都是派一辆双座马车去到徐家汇路的南洋公学，接两位小少爷回家。这一天马车又按时来到了学校，但是放学的时候却不见了五少爷，一打听，原来五少爷被五房派人来提前接走了。提前接走的原因是五少爷最近身体不太舒服，送他到教会医院去瞧病。结果马车只接上了四少爷一个人回家。谁知马车在返回的路上忽然被一群歹徒拦截，四少爷被绑票劫走。这事一出，大公馆里仿佛塌了天，庄夫人闻讯后当即晕倒在地。好在出警及时，公共租界巡捕房竭尽全力快速侦破，抢在绑匪“撕票”之前——甚至绑匪连赎金都没来得及开口要，案子就破了，四少爷被成功解救了回来。后来在对绑匪的审讯中有人供认，盛公馆里有人与绑匪勾结，花重金雇请绑匪绑票，戕害四少爷。五房的师爷刘光庆自然有最大的嫌疑，那天就是他派人将五公子提前接走的。而且五公子不早不晚偏偏在那天被提前接走，这也是个永远说不清楚的疑点。但因为负责联络的绑匪头目漏网潜逃，这条线索无法继续追查，刘光庆在被巡捕房关押了几天后终因查无实据给放了出来。这件事发生的那年，两位少爷十三岁，盛宣怀还在苏州留园“守制”没有期满，但这件事给了他莫大的震惊：如果真的让五公子盛重颐做了他的接班人，很难想象在他百年之后，盛公馆里将会是一番什么样的情景？心狠手辣的刘家人卷土重来，疯狂报复，妻妾易位，兄弟相残……每当想到这一幕幕残忍的景象，盛宣怀都会不寒而栗。从年龄上来说，他要远远年长于现在的妻妾们，毫无疑问他会走在她们前面。在他百年之后的相当长的一段时间内，盛公馆里必须要有一位强有力的且能服众的当家人出来维持局面，这个大家庭才有可能继续维系，不至散伙。在盛宣怀看来，这个当家人只能是庄夫人。庄夫人最难得的长处，就是她办事还算公道，待人处事基本能一碗水端平，而且心胸开阔，能容人，不怀私心，不给旁人诟病。就凭这些，虽有刘氏和柳氏暗中作对，但她基本上还能得到各房的认可和信服。除此之外，她最大的长处还是当家理财的能力。偌大的盛公馆里，四房妻妾，五房少爷，八位小姐，还有大房和三房的孙辈，每一房都有管事、跟班、账房，每位太太和少奶奶又都有自己的跟班随从，仅佣人就有二百七十多人。大公馆里整天车水马龙、冠盖如云，达官贵人川流不息，公子小姐蜂来蝶去。一般的人，能记住这几百个人的名字和几百张面孔就不容易了，更何况还有老公馆的亲戚朋友，哪个要过生日，哪个要出嫁，哪个孙子要满月，哪个外孙女过周岁，哪个亲家来往的礼品送多少，哪个佣人是谁介绍进来的，介绍人与盛家是何种交情，逢年过节该往哪家走动，哪一笔生意是亏是赢……庄夫人心里清清楚楚都有一本账。有一件事最能从细微处看出庄夫人的这种能力。每到年关岁末，盛公馆前都是人头攒动，原来盛家向穷人和乞丐散钱，每人施舍一个红包，由庄夫人亲自掌握发放。有些人领了红包后又排队来领第二次，但那些人都被庄夫人一个个指认了出来。你道这是何故?原来庄夫人早有留心，她一边发红包，手中的红色指甲油一边轻轻在别人的手掌上蹭一下，留下了一道印子做记号。没有人能在她面前蒙混过关。因此盛宣怀也认定了，要保持大家庭未来的稳定兴旺，就必须继续维护庄夫人当家人的地位。

要想维护庄夫人当家人的地位，毫无疑问盛氏产业未来的接班人就只能选择四公子盛恩颐。五公子盛重颐再优秀，盛宣怀也只能忍痛割爱了。他还把这件事作为遗嘱正式公开了，目的是让那些心存非分之念的人早日放弃，让没安好心的人从此不再觊觎。至于四公子身上的那些毛病和不成熟，盛宣怀只能寄希望于他将来随着年龄的增长以及学业的长进而慢慢克服了。

绑架案虽然因为缺少人证而成了无头案，但显然刘光庆已不适宜于再留在盛公馆里了。盛宣怀遂宣布五房的舅爷为盛家不受欢迎的人。刘光庆只好灰溜溜地离开了盛公馆。

接下来，就该要为四公子的终身大事操心了。

盛宣怀为盛家四房未来的儿媳妇内定了一个框框：除了门阀、家世、长相、教养等这些必备的条件外，他还有一个苛刻的特殊条件：她必须是出过洋，懂得外语。因为按盛宣怀的计划，过几年四公子一旦成年，儿媳娶进门后，他将马上送恩颐去英国留学。儿子的身边需要这样一位对西方世界不陌生的少奶奶。

那年头，深锁重帷的千金小姐不难找，可出过洋的女性凤毛麟角!哪里去找?

要找寻这样的新女性,别无他处,只有外交官的女儿。

清朝外交官是中国封建官场中最早开门走向世界,最先经历欧风美雨洗礼的人。自从第二次鸦片战争的炮火轰开了北京城,条约上明文规定,允许外国公使驻京后,清廷也开始陆续向西方派驻外交使节了。同治初年,湖南湘阴人郭嵩焘以署理广东巡抚、兵部侍郎身份,受命钦差大臣、特命全权公使,首度出使英法两国。他是清廷最早派驻外国的外交使节。那时候清廷的眼里只有英、法、俄、德、美这些老牌西方列强,因而派驻外交使节一般也只局限于这几个国家,到后来慢慢派的多了,北京还专门成立了总理各国事务衙门,官员们这才明白:官场上原来还有一个新的职业分工——职业外交官。职业外交官们起初对国外并不甚了解,他们怀揣着一颗惴惴不安的心,硬着头皮出洋赴任。开始时他们基本上都是独身出去,到后来在外面待的时间长了,渐渐地眼界扩大思想开化了,觉得外国也并不比国内差,于是就开始带家眷出去了(西方很多外交场合也需要偕夫人出席)。更有甚者,后来甚至开始携带子女出去了——尤其是女儿。那些官宦人家的女孩,在国内本来无一例外都是接受的“三纲五常”的旧式传统教育,现在她们突然走出去了,挣脱了束缚,眼界大开了,在外面的世界里无拘无束呼吸着自由、文明的空气,西方的文化、礼仪、习俗、生活习惯等,无不潜移默化地影响和改变着她们。几年后,她们跟随做外交官的父亲回来了,她们一口洋文,一身异域的装扮,举手投足间更多了几分“洋范儿”;她们亭亭玉立,鹤立鸡群,成为那个时代上流社会脂粉群中最为亮丽独特的风景。有的甚至还被荣幸地召进宫去,成为工作在慈禧身边的贴身女秘书。有女出洋,且有幸将来接近最高权力中心,这是官场上多少人梦寐以求的啊!于是当外交官,带女儿出国,成了那个时候的一种官场时尚。

那时候盛宣怀已经和外务部尚书吕海寰结了儿女亲家。吕海寰字镜宇,山东掖县人,清末著名外交家,曾在总理衙门的英国股和美国股任股长,又先后出任驻英、法和德、荷等国公使,回国后历任工部、兵部、外务部尚书,钦差商约大臣,督办津浦铁路大臣等。“辛丑回銮”前,吕海寰和盛宣怀同为会办商约大臣,被清廷派驻上海,与外国谈判修改商约事宜。那时头等钦差商约大臣为李鸿章,后来辛丑条约成,李鸿章咯血而亡,吕海寰接替李鸿章头等钦差商约大臣,成为盛宣怀的顶头上司。两个人秉性相投,遂由工作关系发展到了私人关系，知交很深，于是一拍即合，要结为儿女亲家。但那时吕海寰的公子小姐都已定亲，只有一位抱在怀里吃奶的八小姐尚未许配，盛宣怀这边刚好也有一位庚子年出生的七公子昇颐尚在牙牙学语，两人年龄相当，于是就由两位老爷做主，当场拍板定下了亲事。如今听说亲家要为四公子选一位懂洋文的儿媳，吕海寰对外交界知根知底，热心推介说：你何不去找孙宝琦呀！他家的女儿多，够你选的。

吕海寰说得没错。美髯公孙宝琦生殖力旺盛，他一生娶了五房妻妾，共生了八位少爷和十六位小姐，孙家小姐的人数是盛家小姐的两倍。孙宝琦首次担任驻外使节，是在光绪二十八年（1902 年），那年他才三十五岁，但至少已经生下了八位小姐和五位少爷。他出洋赴任的时候只带了一位夫人，和同为十三岁的大小姐、二小姐，其余的小妾和子女都留在了北京的家中。一年后，奕劻的五公子载伦随团出使英国，在巴黎逗留期间，看上了孙家二小姐孙用智，从此害上了相思病。为此奕劻厚着老脸恳求慈禧，慈禧这才颁布了允许满汉通婚的懿旨。孙家大小姐孙用慧至今待字闺中，她比盛恩颐大三岁，吕海寰推介的就是她。

光绪三十一年（1905 年）初冬，大清国驻英、法公使孙宝琦任满，带着夫人和大小姐、二小姐以及在国外出生的九小姐、十小姐，取道上海回国，这给盛宣怀提供了一个极好的见面相亲的机会。孙宝琦还在途中的时候，吕海寰便把这个消息早早通报给了盛宣怀，让他准备在上海接待，正好借这个机会考察一下孙家大小姐孙用慧，看是否满意。其实盛宣怀和孙宝琦并不陌生，说起来两人还有一段同事关系。当年两人都是老北洋系的人，同在李鸿章麾下经营洋务，孙宝琦以直隶候补道员身份创办铜元局的时候，盛宣怀曾奉命协助过他。但毕竟两人的年龄悬殊太大（盛宣怀年长孙宝琦整整二十三岁），交往不多，只是曾经相熟而已，论交情还不是太深。

但这已经足够了。

不久，法国邮轮“爱纳斯脱西蒙”号到达上海。因黄埔江水浅不能停靠，大邮轮只能泊在吴淞口外，法邮公司再用小渡轮接上客人，转送到上海外滩的法邮公司码头登岸。盛宣怀和上海道等地方官员早已经恭候在码头上了。孙宝琦一家及随从、跟班、仆役等数十人上了岸，那天因为天色已晚，盛宣怀并未看清孙家大小姐的尊容。盛宣怀将孙宝琦全家安排住在了上海最好的汇中饭店，当天晚上是上海道等地方官员的公务接待，眷属不出席。

第二天盛宣怀在汇中饭店摆私宴为孙宝琦全家接风洗尘,他把庄夫人和四公子盛恩颐都带去了。

宴会开始前,孙家的两位小姐出来拜见了盛宣怀夫妇。大小姐孙用慧这一年年满十六,已经是亭亭玉立的少女了。就容貌来说她要稍稍逊于二小姐,说不上倾国倾城,但也算得上漂亮了;外表看上去很厚道,是那种秀外慧中的大家闺秀。那天她身着一件红色的天鹅绒外套,足蹬一双路易十五式的高跟女鞋,头戴一顶白色的翻檐丝绒帽,上面插一支绿羽。二小姐孙用智也是一身法国贵妇的装扮,不过她的天鹅绒外套是紫色的,冠上是以白色羽毛为饰。在此前半个多月的等待中,庄夫人已无数次地想象过,跟自己未来的儿媳(她已经认定了)初次见面的情景,想象过她的装扮:她应该身着绿色绣花镶边的琵琶纽大襟褂裤,足蹬一双绣花鞋,头上梳的是少女双螺髻,或者是时下流行的“苏州罢”和“扬州桂花头”,头上扎着黑色的绣花乌兜,额前留一绺弯弯的刘海。她完全没有想到孙家大小姐会以这样一种西式的装扮来到她的跟前,搞得她毫无思想准备,一时间眼花缭乱,只顾上下打量着孙家小姐,不知道说什么好。

“请伯父、伯母勿要见怪。”孙用慧许是看出了什么,上前款款地说,“并非是我姐妹俩有意如此。我们都是中国人,本来回国了就理应着中土服装。无奈我姐妹俩当初出国的服装现在已不合身,国外又一时找不到缝制唐装的地方,所以今日只好身着异服来见,请伯父、伯母见谅。”

这一番话说得温婉有理而善解人意,孙家大小姐一下子获得了盛宣怀夫妇的好感和认可。

“没事,没事。”庄夫人连声地说。

“大侄女身在异国多年,却不忘根本,难得,难得。”盛宣怀也跟着说。

汇中饭店是纯番菜饭店,孙宝琦一家对吃西餐早已轻车熟路,盛宣怀也不陌生,倒是苦了庄夫人和盛恩颐,他们都是第一次吃西餐,开始在刀叉的配合使用上闹了一些笑话,孙家两位小姐就落落大方地过来帮助他们。对于今天两家人聚餐的原因,在座的人除了盛宣怀夫妇心里有数外,其余的人一概都被蒙在鼓里。四公子并不知道今天是为自己相亲,所以他反倒显得很坦然,毫无羞涩之心,还故意跟孙家姐妹调笑打闹。孙家大小姐在宴会上表现得很矜持,端庄稳重;孙家二小姐比大小姐则更活跃、开朗一些。孙宝琦夫妇当然也不明底细,他以为只是故旧重逢,和盛宣怀时而叙叙旧,时而说说在国外的逸闻趣事，又时而说说天下大势和朝中情形，总之宴会气氛融洽，两家人都很愉快。

第二天，孙宝琦夫妇又带着两位小姐，来到斜桥的盛公馆回拜。

盛家给予了热情的款待。午饭过后，在两栋洋楼之间那块宽阔的大草坪上，在冬日午后温暖的阳光下，孩子们聚集在花园里，围在孙家姐妹身旁，听她们说在国外的见闻。盛公馆里的女孩子，有的年龄与孙家姐妹相仿，比如大房的孙小姐盛佩玉、盛毓菊等；有的则比孙家姐妹小，比如五小姐盛关颐、六小姐盛静颐。七小姐盛爱颐、八小姐盛方颐此时纯粹是个孩子，还不到六岁，也跟着混在人堆里面凑热闹。男孩子则有四公子盛恩颐和长房长孙盛毓常，五公子盛重颐通常不喜欢到这种场合来。那天宋家三姐妹刚好也在盛公馆。原来宋家姐妹的母亲倪桂珍早年在盛家当“养娘”(介于乳母和女佣之间的类似于保姆的角色，专门负责孩子们的生活起居)，宋家姐妹有时会到盛公馆来看望母亲，因而和盛家的小姐们都很熟。那一年宋家三姐妹中的大姐宋霭龄也是十六岁，与孙家大小姐同年；宋庆龄、宋美龄则与盛家的五小姐、六小姐年龄相仿。宋霭龄因为不久即将要启程去美国佐治亚州的卫斯理安女子学院留学，因此她对了解西方很感兴趣，一定要来听听孙用慧讲她在西方的见闻。

“巴黎的名胜古迹很多。”孙用慧说，“就比如说宫殿吧，著名的宫殿有卢浮宫、凡尔赛宫、爱丽舍宫和枫丹白露宫。卢浮宫是世界上最大、最古老的博物馆，位于巴黎市中心的塞纳河北岸，里面珍藏着数不清的宝贝，其中最著名的有三件：一是女神维纳斯的雕像，二是胜利女神的雕像，三是蒙娜丽莎的画像。可你们知道吗？”孙用慧略带羞涩地压低了声音，“女神维纳斯雕像是断了双臂的，她的上身全身袒露，没有穿衣服……”

“啊?！”女孩子们惊叫起来，都捂住了眼睛。

“凡尔赛宫是法国皇帝路易十四至路易十六的皇宫，爱丽舍宫最早是私人的王宫，后来也成了皇宫。枫丹白露宫是法国皇帝的行宫，主要供皇帝打猎住宿，犹如我国的圆明园。只可惜圆明园早在几十年前，毁于了英法联军的大火。”

“除了宫殿多，巴黎还有著名的香榭丽舍大道、凯旋门、埃菲尔铁塔，还有巴黎歌剧院、巴黎圣母院。”孙用智又补充说。

少男少女们大睁着双眼，听着这些仿佛天外来客般陌生的地名。

“你讲的是法国,美国你去过吗?”宋霭龄问,“我很快就要去那里留学了。”

“没有。”孙用慧回答,“但是听说西方世界都差不多,美国也是英语国家,并且美国人都是欧洲移民过去的。”

“姐姐去的是美国佐治亚州梅肯市的卫斯理安女子学院。”宋庆龄插话说,“父亲答应了,过两年也送我去那里留学。”

女孩子们便都望着宋家姐妹,眼睛里流露出羡慕的眼神。

“连下人家的孩子都能出洋,偏偏父亲不放手我们。”五小姐盛关颐叹了口气说,“还老是让我们学英文,给我们请英文老师,有什么用?”

“其实出不出洋无所谓,她说的那些地方我也知道。我在上海看巴黎画报。”向来有些心高气傲的大房孙小姐盛佩玉嘴一撇,有点不屑地,说这种话通常是女孩子爱虚荣的表现。

“画报是画报!那能跟实景比吗?”盛毓菊顶撞姐姐,回头问比自己还要小的五小姐盛关颐,“五姑,你不是也看过那画报吗?”

五小姐盛关颐不回答,怀疑地问孙用慧:“那么多地方,你们……都去过?”

“当然!”孙用慧自豪地回答,“我们在巴黎住了三年多,有的地方还不只去过一次呢,比如卢浮宫。”

“原来你们一直在法国,没有去过美国。”宋霭龄露出失望的表情。

“美国离法国远着呢。”孙用慧说,“可我们去过英国。”

“法国和英国相隔并不遥远,中间就隔着一道英吉利海峡。”孙用智解释说,“家父身兼两国公使,每年都要带着我们全家,多次往返于伦敦和巴黎之间。”

“其实相比较之下,我们更喜欢英国人的生活方式。”孙用慧说。

“为什么?”宋霭龄问。

“英国人的生活方式更讲究精致。比如这个时候,英国人要喝下午茶。”

“下午茶?下午茶有什么讲究?”一直没吭声的盛恩颐好奇地问。

“相传下午茶是维多利亚女王时代一位公爵夫人最先开始的。”孙用慧介绍说,“在英国,贵族们的饮食习惯是早餐丰富,午餐简单,晚餐最为丰盛,但是礼节繁复,而且晚宴开始的时间很晚。据说维多利亚女王的女侍从官——就是那位公爵夫人,在每天的下午到了三四点钟以后就会觉得很饿,她就让女仆准备一杯红茶几片面包,先垫垫肚子,没想到效果很好。后来公爵夫人经常邀请亲友共饮下午茶,大家一边喝茶一边闲聊,共享轻松惬意的午后休闲时光。没想到这种习俗后来在上流社会的社交圈里流行开来,成为一种时尚。"

"早都听说过英式下午茶。原来也就是一杯红茶几片面包, 这么简单啊?"盛佩玉又有些不屑的表情,插嘴说。

"NO,NO,"孙用慧摇着头,"开始的时候确实很简单,后来渐渐地演变成上流社会聚会的社交场合,无比地讲究,还衍生出了各种礼节。"

"你们可能还不知道吧?"二小姐孙用智神秘地说,"我姐姐的英式下午茶是最地道的,她在英国专门向一位伯爵夫人学习过。"

"是吗? 那我们也喝英式下午茶! "盛恩颐带头喊了起来。

"对对! 喝英式下午茶! "孩子们纷纷附和,兴奋地跟着喊。

"不行,不行。"孙用慧连连摇手,"英式下午茶有很严格的要求,要事先做很多准备,现在来不及,来不及。"

"这有什么来不及的?"盛恩颐闹这种事最起劲,"你说吧!需要什么东西,我马上让管家去办! ——管家,你过来! "

"四少爷,您吩咐。"大管家傅筱庵颠颠地跑了过来。

盛恩颐说道:"我们要喝英式下午茶。听孙小姐的,需要什么东西,你去办。"

"是。——孙小姐,您说。"傅筱庵弯着腰。

"……那我们今天就先简化一下吧,但无论怎么简化,英式下午茶有三样东西是少不了的:一是名贵的红茶。最好是出产于印度的大吉岭红茶和锡兰的高地红茶。"孙用慧这时候也不好再推辞了。

"哟,那可没有。"傅筱庵说,"老爷喝的是国货,祁门红茶。"

"那也行。其二,要有高档的茶具,细瓷的杯碟或银质的茶具;要有茶壶、过滤网、茶盘、茶匙、茶刀、三层的点心架、糖罐、水果盘等用具。"

"这些基本上都有。"傅筱庵说,"银质茶具还是俄国人送给老爷的。"

"其三,就是点心了。最少要有三道点心,一道咸的,两道甜的。"

"这也不难办到。"傅筱庵说,"家里的点心房,备有现成的。"

于是傅筱庵去做准备了。孩子们欢呼雀跃,在孙用慧姐妹俩的指挥下,纷纷帮着搬桌子、摆椅子,热情很高。旁边的佣人们也赶快围了上来帮忙,把少爷、小姐们解脱了出来。圆桌摆好了，还铺上了雪白的桌布。孙用慧这时候站在桌子旁凝眉沉思，又张目四顾，似乎在寻找什么。

“怎么，还缺点什么吗？”盛恩颐跑过来问。

“要是有点音乐就好了。”孙用慧自言自语地说，“英式下午茶通常都要有音乐相伴，最好是英国古典的乡村音乐。”

盛恩颐笑道：“好说！我让下人去把客厅里的留声机搬出来。”

一会儿，客厅里的留声机就被搬到了花园里。孙用慧在仅有的几张戏曲唱片里挑来选去，最终还是选了一张昆曲《牡丹亭》，那是盛家老爷的最爱。

听说孙家的大小姐要亲自示范英式下午茶，原本在客厅闲谈的孙宝琦夫妇和盛宣怀夫妇都到花园中来了，其他各房的姨太太和丫鬟仆妇们闻讯后也都到花园中来了。孙家大小姐在这个下午，成了盛公馆众人瞩目的中心。

众目睽睽之下，孙用慧开始动作优雅地泡茶。她用银匙舀出茶叶，放到茶壶里，然后缓缓地冲入沸水。数分钟后，再用过滤网过滤掉茶渣，将馥郁的红茶汁缓缓地倒在银质和白瓷的茶杯里，由侍女首先端给盛宣怀夫妇、孙宝琦夫妇以及其他的姨娘们，然后才是盛家的少爷和小姐饮用。

“这有什么？一杯又苦又涩的茶。”盛恩颐连连啧吐着。

“不就是一杯普通的茶吗？没什么特别的味道啊！”盛佩玉跟着说。

“喝英式下午茶，讲究的就是环境，氛围，心情。”孙用慧侃侃而谈，“维多利亚时代的贵族妇女去赴下午茶会，必须穿缀了花边的蕾丝裙，还要将腰束紧。喝茶的时候姿态要优雅，茶要慢慢地啜饮，点心要细细地品尝，交谈要低声絮语，举止要仪态万方。男士则衣着整洁，举止彬彬有礼。或者你也可以不参加谈话，在一旁静静地读上几首莎士比亚的十四行诗：‘当四十个冬天围攻你的朱颜 / 在你美的园地挖下深深的战壕 / 你青春的华服，那么被人艳羡 / 将成褴褛的败絮，谁也不要瞧 / ……’”

喝着茶，点心就端上来了，不过是几样家常普通的中式点心。

“今天最大的美中不足在点心上。”孙用慧说，“如果是正宗的英式下午茶，茶点一般先由女主人亲自提前下厨准备，讲究的有多到二十多道。还需要有一个专门特制的三层点心架，摆满点心，由仆人送上来。三层塔的第一层放置咸味的各式三明治，如火腿、芝士等；第二层和第三层则摆放甜点。

一般而言第二层放草莓塔，这是英式下午茶必备的；还有手制的饼干、巧克力，英式的松饼、蓝莓蛋糕等。请注意品尝点心的顺序是：先从底层拿起，先咸后甜。”

“原来这么有讲究啊！”盛恩颐这时又感叹说。

“关于英式下午茶，今天暂且先简单介绍到这里。以后盛家伯父、伯母各位姨娘，还有在座的各位少爷、小姐如果去北京，我一定为大家准备最地道的英式下午茶。欢迎大家去我们家作客！”说完，孙用慧款款鞠了一躬。

花园里顿时响起了热烈的掌声。

那一刻，在盛宣怀夫妇的眼里，这个儿媳妇就已经被定了下来。

几天后，孙宝琦全家搭乘北洋线海轮，取道天津返回北京去了。盛宣怀夫妇在送走他们后，又坐下来再次仔细审视了孙家大小姐一番：官宦世家，系出名门，正室嫡出，门当户对；知书达理，学贯中西；性情忠厚，温婉贤淑。除了年龄比四公子盛恩颐年长三岁外，这个未来的儿媳妇完美得几乎没有欠缺。就是那年长的三岁，在他们的眼里此时也正好印证了那句“女大三，抱金砖”的俗话。当然，他们也不忘征求一下四公子盛恩颐本人的意见。

“把孙家大小姐说给你当媳妇，好不好?”有一次盛宣怀半开玩笑地说。

“不好！不好！”盛恩颐头摇得像拨浪鼓，“她是孙家大姐姐，不是媳妇。”显然，连懵懵懂懂的盛恩颐似乎也分得清这两个概念。

“那你还想不想喝英式下午茶了？”盛宣怀沉下脸问。

盛恩颐不吭声了。

说盛恩颐跟孙用慧的婚姻是父母之命媒妁之言，这一点都不假，这导致了他们的婚姻一生都不幸福。尤其是在盛宣怀和庄夫人辞世后，盛恩颐更加肆无忌惮，在外面花天酒地、挥金如土，一年中除了过年回家几天外，其余的时间都在外面泡“小公馆”，成了上海滩最有名的花花公子。盛老四公开“登记在册”的姨太太就有七位，而那些没有正式、没有公开的“女朋友”更是数不胜数，难以记数。盛恩颐后来在婚姻上的放荡和不负责任，不知道是不是跟他当初不喜欢这门亲事有关?但那个时候都是讲究的父母之命媒妁之言，盛恩颐不喜欢也没用。

事情决定后盛宣怀当即给吕海寰写信，托他去孙家保媒。孙宝琦在故作矜持了一番之后，也表示没有意见，但孙用慧本人却不同意了，顶了很长时间。孙用慧毕竟是经历过欧风美雨熏陶、具有现代意识的新女性，崇尚西方的恋爱自由、婚姻自主，认为这种包办婚姻找一个不懂事的小夫婿，根本不会幸福。但父亲孙宝琦已经一口应承了下来，那年头孙用慧无论怎么反抗也没用。第二年的新正，盛宣怀借着进京办事的机会，依照当时的习俗，正式登门向孙家提亲、下聘，这门亲事就算定了下来。

“丁未政潮”后好长一段时间，盛宣怀都心情郁闷，打不起精神。从最初的京汉铁路改线，到后来的强夺轮、电二局，从丙午官制改革中的被排挤、打压，到“丁未政潮”中的暗中结盟“倒袁”，他曾一次次地与袁世凯抗争、较量，但一次次地输给了袁世凯。如今袁世凯虽然不再是手握重兵的直隶总督兼北洋大臣，但他进入军机处后，更是成为自己仕途上的直接威胁。“丁未政潮”中他虽想过“只反袁，不反庆”，但事情的进展已由不得他，毫无疑问他现在肯定也得罪了奕劻；还有最高当权者对他莫名其妙的恼怒和排斥，加之他政治上唯一的庇护者张之洞的离任，盛宣怀仿佛看到了自己官场上越来越黯淡的前景。想到张之洞离任前后，他还曾写信给奕劻和袁世凯，希望他的政敌们能在汉冶萍的合并商办方面提供帮助，现在想来真是有点异想天开。对官场的前程现在盛宣怀倒是不抱什么大指望了，他唯一的心病就是汉冶萍这件事。

光绪三十三年(1907年)九月，孙宝琦奉命出任驻德国、荷兰公使。临动身赴任前，他给盛宣怀来了一封信，说他在京中得知，盛宣怀在“丁未政潮”中阴结党援、暗中供给，已经得罪了奕劻和袁世凯，他对盛宣怀目前在官场上的现状和处境表示担忧和关心。他在信中提出来，如果盛宣怀不反对的话，他愿意从中调停斡旋，在出洋赴任前帮他修复和袁世凯的关系。“当然，要保持双方的体面，最好的办法还是结儿女亲家。”孙宝琦在信中如是写，“广结姻亲不仅是结亲戚，更是政治结盟，历来官场，莫不如此。”

孙宝琦的这一番知心话，点醒了盛宣怀。

孙宝琦自己是这样说的，也是这样做的。

孙宝琦凭借自己官宦世家、儿女众多的优势，在晚清官场编织了一张巨大的姻亲关系网络。比如孙家大小姐、二小姐分别许配给了盛宣怀的四公子和庆亲王的五公子；三小姐许配给了大学士、直隶总督、总理衙门大臣王文韶的孙子；四小姐孙用履后来嫁入皇帝近臣、大甜水井胡同宝熙宝大人家为媳；五小姐嫁给了袁世凯的七公子袁克齐；七小姐孙用蕃嫁给了晚清另一位重臣、“清流党”领袖之一张佩纶的儿子张廷重，即张爱玲的继母；八小姐嫁给了天津国华银行的经理崔氏……孙家大少爷娶的是皇室近臣、旗人的女儿，三少爷娶的是北洋将领冯国璋的女儿，四少爷孙蔚青回头又娶了盛宣怀的亲侄女盛范颐（盛宣怀四弟的女儿）。孙宝琦跟袁世凯也是“双料”亲家，除了自己的女儿嫁给了袁家，袁家的六小姐袁篆桢又嫁给了自己的一个侄子为妻。孙宝琦凭借这个庞大的姻亲网络，在晚清和民国官场成了“不倒翁”式的人物。辛亥革命后盛宣怀逃亡海外，国内的资产很多被民国政府没收、扣押，他就是依靠孙宝琦在民国官场的人脉资源，成功地保全和讨要回了绝大部分家产。

相形之下，盛宣怀在儿女亲事上则不像孙宝琦那样做有心人，刻意地去追求官场联姻。当然盛宣怀也讲究门当户对，但他的儿女亲家中更多的属于富而不贵。在他的前一拨儿女中，唯一与官场结亲的是四小姐盛樨蕙。当初他的目的也并非是出于官场结盟，而是因为他觉得愧对自寻短见的刁氏如夫人，要用婚嫁来补偿他们唯一的女儿，因而四小姐盛樨蕙不仅是众位小姐中嫁妆最丰盛的，而且嫁在离娘家最近的地方——同住一条静安寺路的上海道邵友濂家做儿媳。其实邵友濂后来在仕途上也没能走得太远，他在出任湖南巡抚和台湾巡抚后就致仕在家了。董氏夫人所生的其他三儿三女，亲家都是江浙一带的地方富豪。在盛宣怀后一拨的三儿四女中，与孙宝琦和吕海寰的联姻也更多是出于别的原因，并非刻意的官场结盟，而且其中也是“土豪”居多。比如五公子盛重颐后来娶了苏州豪绅彭家的女儿，五小姐盛关颐嫁给了台湾富豪林薇阁，六小姐盛静颐则嫁给了浙江南浔“四象”（家财在一千万两以上者当地称之为“象”）之首的刘家。七小姐盛爱颐和八小姐盛方颐可算得上是自由恋爱结的婚，但夫家都算不上富贵兼得，比如七小姐嫁给了常州世家、庄夫人的内侄庄铸九；八小姐则嫁给了江西盐商、咸同年间号称江南首富的周扶九的外甥彭震鸣。由此看来，盛宣怀远没有孙宝琦那样的官场心计和眼光，这也许跟他本来做官做得不纯粹，亦官亦商的官场经历有关？但毫无疑问，孙宝琦这是为盛宣怀摆脱眼下的困境支了一招。与权贵结亲，虽说表面上看有低声下气、软骨头之嫌，但眼下也顾不得这么多了。亲家的一番好心，盛宣怀不能不心领。

接下来，该是怎么与袁世凯结儿女亲家了。

袁世凯妻妾成群，有一妻九妾，共生育了十七个公子和十五位小姐。袁世凯儿女众多,此时多未成年婚配,挑选的余地很大。但据孙宝琦信中的意思,最好是与二姨太李氏所生的子女结亲,因为他和李氏是“双料”亲家(七公子袁克齐和六小姐袁篆桢都为其所出),在她那儿能说得上话。原来李氏是朝鲜人,当年袁世凯在朝鲜驻军时迎娶朝鲜贵族金氏,金氏带来了两个陪嫁丫头,一个是李氏,另外一个是吴氏,结果袁世凯将她们三个人同时纳为了妾。婚后按照年龄大小重新排定顺序:李氏为二姨太(大姨太是苏州名妓沈氏,当年袁世凯落难时曾资助过他),金氏为三姨太,吴氏为四姨太。李氏为袁世凯共生了六个儿女,即长女伯桢、五子克权、七子克齐、十子克坚、十二子克度和六女篆桢。但相比较而言,盛宣怀这边的子女情况则相形见绌,可供挑选的余地极其有限。盛宣怀的前一拨儿女都已人到中年,孙子辈中倒是有与袁家公子小姐年龄相当的,但那样一来就会压低袁世凯的辈分,必然会引起他心中的不快,说不定还会引出不必要的误会,与联姻的宗旨背道而驰。而盛宣怀的后一拨儿女中,目前也只有七小姐盛爱颐和八小姐盛方颐尚待字闺中,其余的都已订婚。七小姐乃是庄夫人亲生。庄夫人多年来就有个私心,想把七小姐将来许配给自己娘家的侄子,跟常州庄家再结一门“回头亲”。这个想法庄夫人多年前就曾对盛宣怀说过,现在她仍然这么坚持,盛宣怀自是不好再勉强,只能将唯一的希望寄托在八小姐身上。八小姐是六姨太萧氏所生。萧氏当年原本是庄夫人的陪嫁丫头,后来被盛宣怀收作了偏房,碍着从前的主仆关系,她对庄夫人的话历来言听计从,不敢悖逆。其实萧氏的内心对此事也是极力反对的,觉得盛家那么多的小姐都嫁在眼前,唯独将她的女儿远嫁北方,天寒地冻,生活不习惯,因而内心颇有些不愿意,但是嘴上又不好说出来。盛宣怀将八小姐的生辰八字用电报拍给了孙宝琦。孙宝琦认为从年龄上来说,八小姐与十二公子袁克度正好相配,便找人暗中批了批“八字”。这一批不打紧,谁知“八字不合”,八小姐被“退”了回来,萧氏夫人自是喜出望外。此时盛宣怀手中只剩下七小姐这最后一张牌了。两位小姐同年,都出生在庚子年,只是出生的月份和时辰不同,既然八小姐的年龄相合,那么七小姐自然也是年龄相符的。但此时庄夫人却表示了强烈的反对,她认为七小姐乃正室嫡出,嫁给袁家偏房,这本身就降低了自己的身份,委屈了孩子(庄夫人将七小姐嫁给娘家的侄子,是正房正室)。她甚至当面说难听话,说盛宣怀在官场上无能,自己把事情搞糟了,现在用女儿去巴结人。但不管怎么说,此时已容不得庄夫人再有什么私心要结“回头亲”了，一切都以盛宣怀在官场上的大局为重。老爷定下的事情没有人可以扭转，庄夫人最后只有违心表示屈从。她抱着虚龄尚只有八岁的七小姐盛爱颐禁不住泪如雨下，屁事不懂的七小姐还直嚷嚷着北京好，她要到北京去玩。孙宝琦又找人批了七小姐和袁十二公子的“八字”，正好是天作地合。孙宝琦大喜，让盛宣怀“静候佳音”，他则开始在袁世凯那边动起了脑筋。

孙宝琦的策略是走夫人路线，吹“枕头风”。

孙家太太因为跟李氏是“双料”儿女亲家，所以双方来往走动很密切，经常聚在一起打纸牌“叉麻雀”。那时的纸牌“麻雀”即是后来麻将的雏形（“麻雀”牌在民国初年由纸牌发展到可以脱手的立体方块牌），清末时流行于官场和上流社会。纸牌呈窄长的形状，状如叶片，上面印着牌点和各种各样的彩画，比如《水浒》和各种戏曲故事，然后用清油将绵纸透过制成，以苏州桃花坞和昆山所产的最为著名，故又称“苏叶”“昆叶”。孙家是江南杭州人，常有人来往于京城和杭城之间，所以土特产里面常有这“苏叶”“昆叶”之类的小玩意儿分赠亲朋好友。袁家的姨太太们几乎已经人手有了一副“叶子”。

那天，孙太太照例又去袁府相聚。李氏叫来作陪“叉麻雀”的人通常都是三姨太金氏和四姨太吴氏。在袁世凯的妻妾中，常常根据籍贯、喜好、性格等因素分成若干个小帮派，这三个人因为都是朝鲜人，又因为从前的主仆关系，所以她们是一个小集团。那天孙太太带去的礼物中就有刚刚从江南捎来的最新桃花坞出产的“苏叶”：绵纸纯白，清油香醇透亮，尤其是那纸牌上套印的昆曲《牡丹亭》里的人物肖像，一个个鲜活精彩，惟妙惟肖，栩栩如生。孙太太那次还带去了刚上市的秋龙井，还有苏州乾生元的雪片糕，采芝斋的松子糖、粽子糖、花生糖等糖果。三位生于朝鲜、长于朝鲜、后来又一直生活在中国北方的袁府三位姨太太，一边打着花花绿绿的纸牌“麻雀”，一边饮着清香醇厚的西湖龙井，一边品尝着精致甜美的苏式糖果点心，她们的话题就集中到了对江南的赞美上。

“还是江南好啊！”金氏感叹着说，“连出产都这么精致。”

“就是！”吴氏附和说，因为有从前的主仆关系，她说话老是习惯顺着主人说，“京城再怎么好，那也比不上江南啊！可老爷还要骗咱们。”原来这几位出生异域的姨太太们曾多次向袁世凯要求，想去江南游历，但都被袁世凯挡了回来。袁世凯骗她们说，江南有的京城里都有。

“我想去江南，为老爷学做正宗的淮扬菜和苏州菜。”李氏说。在袁世凯的众位妻妾中，李氏以烹饪菜肴见长，所以很得袁世凯的宠爱。

“你得了吧！”金氏撇着嘴，酸溜溜地说，“你还要咋样啊？吃人家的嘴软，老爷已经被你的厨艺鬼迷心窍了，要不，怎么能跟你生这么多儿女？”

原来安东金氏是朝鲜的名门望族，当初金氏嫁给袁世凯的时候，满以为是来做正室夫人，谁知后来成了妾不说，还跟自己的两个陪嫁丫头平起平坐，并且还排在了李氏的后面。这事让金氏一想起来心里就不痛快，凭着从前的主仆关系，她老是爱拿话来敲打李氏。在袁世凯的众位妻妾中，李氏是为他生儿子最多的。李氏一共生了六个子女，其中有四个是儿子。

“那既然这样，何不设法在江南结个儿女亲家？”孙太太不失时机地插话说，“将来也好有由头常去走走亲戚嘛。”

“是啊！”三位姨太太恍然大悟，面面相觑着，齐声说。

“孙太太，你是江南人，有这样合适的人家吗？”李氏赶忙问。

“有啊！”孙太太说，“常州盛宫保家就门当户对。盛大人和袁大人曾是北洋同僚，同在李傅相手下共事。盛家和我们孙家也是双料亲家：我们孙家的大小姐许配给了盛家的四公子，孙家的大少爷又娶了盛家的亲侄女。”

“孙太太，盛家那没定亲的到底是少爷还是小姐？”金氏急着问。

“不好意思，盛家的少爷都有主了，我说的是盛家的小姐。”孙太太不急不慌地说，“盛家有位七小姐，为当家人庄夫人所出，庚子年五月出生，虚龄八岁，待字闺中——对了，我这里还有张相片呢。”说着掏出照片。

三位姨太太传着看了照片。

“哟，还真是个小美人呢！”金氏说，“只可惜我的儿子都定亲了。”

“江南的女孩就是长得水灵。”吴氏说，叹了口气，“只可惜我的儿子都生早了，他们长大了，配不上了。只有你家的十二公子克度年龄合适。”

李氏拿着相片，左看右看，越看越满意。

“行，相片就放我这吧，到时候我再跟老爷说说。”李氏说。

其实袁世凯对家事操心过问得很少。在清末那些妻妾成群的封疆大吏中，他是少有的不依靠男权而依靠自治来治家的人，是封建大家长中少有的开明者。在袁世凯的十房妻妾中，除了原配于氏在河南项城老家外，其他的十二位如夫人都在他的身边，他根据她们各自不同的特长作了分工。比如大姨太沈氏，在袁家属偶像类的人物。当年她曾是红极一时的苏州名妓，资助落难的袁世凯求取功名，袁曾发誓今生不辜负这位风尘知己。如今她年老色衰终身未育，袁世凯把她排在头把交椅的位置，对外以正室夫人相称；规定在家中，任何一房小妾都必须对她恭恭敬敬，孩子们也必须一律喊她"亲妈"。再比如二姨太李氏，精通烹调技艺，袁世凯就让她负责"总厨"，安排全家的膳食；还比如三姨太金氏、四姨太吴氏，她们原本是朝鲜人，擅长歌舞，袁世凯就让她们领头，把那些没有特长的小妾都组织起来，天天训练歌舞表演；比如五姨太杨氏善于当家理财，袁世凯就将钱庄的存折交给她，图章和账目则交给另一位姨太太保管，以达到分权制约的目的。袁府的女人们每天忙忙碌碌都有事干，有事干她们就少了许多是是非非。袁世凯是个把家事和国事分得很清楚的人：国事他决不允许她们插手干预，家事他也尽可能地任由女人们去自行处置，一般很少插手干预。

"上海有户很不错的人家，也是官宦世家，门当户对，托媒人上门说，他们的七小姐想跟咱们的十二公子结亲。"有一天，李氏对袁世凯说。

"十二少爷还是孩子呢！"袁世凯说。

"对方也是孩子，订娃娃亲。——对了，这还有张相片呢。"

"你以为咋样？"袁世凯端详着相片。

"依妾身看，两个孩子很般配，年龄相符，生辰八字也相合。媒人催着回话，老爷以为可以定下来吗？"

"你说行就行，回话定下来吧。"袁世凯说。

袁世凯同意订婚的消息通过孙太太传到孙宝琦那里，又通过孙宝琦很快反馈到了盛宣怀那里。盛宣怀悬着的一颗心放了下来，心想袁项城还不算是小肚鸡肠的人。他在电报里只对孙宝琦提了一个要求：聘礼可以不计较，但脸面不能不要；根据当时婚俗，男方家长必须亲自到女方家登门提亲。孙宝琦的回电上只回复了四个字：诚然！当然！

不久，机会终于等到了。

原来那年浙江商人为维护路权，决定组建公司，募集商股修筑沪杭甬铁路，撕毁了此前由盛宣怀签署的向英商借款的草合同，从而因拒借英款而与英商公司发生矛盾。英国新任驻华公使朱尔典态度蛮横强硬，把公司之间的商业行为上升到两国关系，借机寻衅滋事，扬言要"下旗撤使"，用武力解决问题，吓坏了清政府。清廷派时任外务部尚书的袁世凯前往上海，会同会办商约大臣盛宣怀,共同安抚和平息浙路风潮。清廷驻德、荷公使孙宝琦正好要经上海放洋赴任,所以带着一家人,也一块跟着袁世凯来到了上海。

“这回去上海办差,慰廷兄正好公私兼顾,一举两得。”在天津前往上海的海轮上,孙宝琦对袁世凯说,“抽个办差的空隙,去杏荪兄家登门求亲,把这门亲事早日定下来,也算了却了一笔心事。”

“去他家……求什么亲?”袁世凯愣住了,大睁着双眼问。

“贵府的十二公子和盛家七小姐定亲呀!”孙宝琦也愣住了,“怎么,亲家母二姨太李氏没跟你说过这事?”

“说过呀!”袁世凯回答。

“说过不就结了吗?”

“可我不知道那是盛家的小姐呀!”

“袁慰廷,你什么意思啊?”孙宝琦有些发火了,他是个性情中人,仗着自己跟袁世凯过往交情很深,来不及了也敢在他面前使性子,“当初是你亲口答应的,我也给人家回了话。如今你又想反悔赖账了,不承认了是不是?红口白牙,言而无信,你还是不是个男子汉大丈夫啊?”

“慕韩兄,你先别急别急,听我把话说清楚。”袁世凯挠着后脑勺说,“贱内在跟我说这件事的时候,并未说清楚女方是谁家,只说是门户相当。而且你也知道,我对家事向来不太细问,所以,所以就误会了……”

“误会?你说得倒是轻巧!”孙宝琦大喝一声,“没问清楚,那是你们家自己的事,怨不得别人!如今我已经托媒人回话给盛杏荪了,莫非连带我孙宝琦也要跟你一起做言而无信之人?你若想反悔——罢罢罢!”孙宝琦往地上啐了一口,“你现在就把它舔起来!”

袁世凯的脸上红一阵白一阵。

“你倒是说话呀!这事现在怎么办?”孙宝琦追问。

“你别逼我,反正这件事不成。”袁世凯说。

“怎么不成?即便从前没问清楚,现在知道了,做个儿女亲家又有何妨?”

“那可不行!做儿女亲家至少得两人私交好吧?可我和盛杏荪没私交!”

“我知道,你还在计较你们从前的过节,耿耿于怀,是不是?”

“你既然把话说到这儿了,我也明白告诉你,从前所有的过节我都能原谅他,但唯独这次不能!”袁世凯也毫不掩饰,气冲冲地说,“不能原谅他暗中与岑、瞿勾搭,阴结党援,在我和老庆的背后捅刀子下手!”

“原不原谅他那是你们之间的事,与我无关。我只问你:我现在怎么办?我到了上海怎么见盛杏荪?怎么向他交代?别人又会怎么看待我孙宝琦?你现在翻脸不认账了,岂不是把我也涮了吗?”孙宝琦连珠炮似的发问,振振有词。

袁世凯翻着白眼,回答不上来。

经不住孙宝琦这一路上的数落、唠叨和软磨硬泡,袁世凯最终还是勉强答应,等到了上海办完差事,就抽空去趟盛府登门提亲,算是给了孙宝琦一个面子。

“反正两个孩子现在还小,将来你要是万一觉得这门亲事不合适,做亲家也做得别扭,到那时你还可以选择退婚嘛!而且即使退婚,也比你现在的出尔反尔强!”孙宝琦就是用这样的理由说服了袁世凯。

到了上海,盛宣怀和地方官员倾巢而出,自然又是一番兴师动众的盛大欢迎,隆重而热情的款待。几天后孙宝琦因为船期已到要启程离开上海放洋了,临行前他悄悄告诉盛宣怀,已和袁世凯私下谈妥,袁答应在公事完毕后抽个时间正式上门提亲,请他放心。盛宣怀对亲家的好意心中自是感激。送走孙宝琦后,盛宣怀全身心投入了办差。两人从前虽同在北洋李鸿章麾下,但并未在一起共事,这是盛宣怀人生经历中唯一的一次与袁世凯短暂相处。他兢兢业业、勤勤恳恳,办差干练而努力,比如接见江浙绅商代表,对民间股东的安抚与弹压,对洋人的谈判与驾驭等,他都尽可能地表现出自己稳重处事的才干,给袁世凯留下一个良好的印象。盛宣怀要利用这次难得的共事机会,努力地扭转和改变袁世凯从前对他的某些看法。但盛宣怀拿捏得准分寸,从不越俎代庖,谁主谁次在他的心里清清楚楚。毫无疑问这次的主角是袁世凯,他只不过是一个配角。配角就是多干活多跑路,遇上麻烦了需要担责任的时候抢在前面,遇到上台面露脸面的时候就尽量往后站,把位置让给主角。盛宣怀凭借自己年长袁世凯十几岁的人生阅历和见识,凭借自己一辈子在官场的历练,精准地处理好了与袁世凯的微妙关系,既能让他觉得有面子,还得让他心里满意舒坦,而自己又能做得不卑不亢不露痕迹。但是唯一让盛宣怀心里有点不踏实的是:工作的过程中,他曾有无数次和袁世凯单独相处的机会,按照人之常情,对这门儿女亲事,两个未来的亲家翁在公事之余,私下里闲聊的时候,总该会说点什么吧?但袁世凯偏偏就是一副公事公办、公私分明的模样，在盛宣怀的面前私事绝对只字不提。盛宣怀不明白他的葫芦里到底装的什么药，而这种事情又不便贸然地由自己挑头去说破，于是盛宣怀就只有心里忍着，作着百般的揣摩和猜测。

好不容易挨到了差事办完的那天，两个人都长长地松了口气，袁世凯忽然用商量的口吻说："要不……明天去贵府拜访？"

盛宣怀等着的就是这句话，连谦让、客气都忘掉了。

斜桥的盛公馆里开始忙碌起来，洒扫庭除，修剪花木草坪，张灯结彩，准备迎接贵宾。要说几年前袁世凯也到盛家来过一次，但那次是盛父去世、盛宣怀在常州守孝期间。那时的袁世凯刚刚接手李鸿章的两江总督兼北洋大臣，踌躇满志，羽翼未丰。他来盛家名义上是吊唁，实则是包藏祸心而来，他要向盛宣怀摊牌，抢夺轮、电二局。几年后袁世凯又要来登盛家的门了，现在的他已非当年可比：手拥重兵，权倾天下。这次他是登门提亲来了，他和盛宣怀要做儿女亲家结秦晋之好。几年的事实已经证明，他盛宣怀根本斗不过袁世凯，斗不过就转而乞和，这在盛宣怀看来也算不上是什么有失脸面的事情，和亲也许是政敌间握手言和的最体面方式。为了以示隆重，盛宣怀还在上海最奢华的汇中饭店订了几桌法国大餐，给上海的地方官员，驻上海的外国领事，还有自己在工商界的好友都发了请帖。请帖以喜帖的名义发出，烫金的大红双喜字旁，明明白白地写着一行小字：袁府十二公子与本府七小姐正式订婚志喜。

第二天上午十点钟起，盛宣怀就开始盛装在门前等候——这是他和袁世凯约定的到访时间，但袁世凯却迟迟没有来。盛宣怀从前听说过他是个很守时的人，那他到底是什么原因耽搁了呢？时间一分一秒地过去，盛宣怀望眼欲穿，袁世凯矮矮胖胖的身影却始终没有出现在盛公馆门前。

临近十二点钟的时候，等来了袁世凯下榻饭店的一名侍应生，侍应生交给了盛宣怀一封袁世凯的亲笔信：

杏荪兄台鉴：昨夜突接朝廷十万火急电旨："火速返京毋误"，倾即登今日上午十一时之海轮北去。昨日所允之事，恐只能改作他日了。致歉！

袁慰廷

即日

盛宣怀呆呆地捧着那封信,愣怔了许久。那一刻他的心仿佛被人揪着掐着,一阵阵地刺痛。哪有那么凑巧的事,这边的差事刚刚办完朝廷就来了急电催他返京?这分明是托词推诿,熟谙官场的盛宣怀对这一套太熟悉了。他分明感受到了袁世凯对他的轻慢、蔑视和拒之千里,感受到了拿热脸去贴人家冷屁股的无奈和尴尬。在被人戏弄和欺凌之后,他的那一点点可怜的残余自尊终于在那一刻苏醒了!为了这次的奇耻大辱,他在心里暗暗发誓:告诫儿孙后代,除非海枯石烂,今后盛、袁两家决不联姻!将来如果有可能,他一定会以同样的方式睚眦必报,出出今天心里的这口恶气!

后来盛、袁两家众多的后世儿孙中,果然没有通婚的,不知是不是跟这有关?反正盛七小姐和袁十二公子的婚事因此而夭折了——也幸亏是夭折了,要不然哪有若干年后盛七小姐和宋子文的那场轰轰烈烈的恋爱?盛宣怀后来也果然有机会以同样的方式报复了袁世凯一把。不过那得等到三年之后,袁世凯回到河南老家赋闲、盛宣怀出任邮传部尚书以后。

第九章 猜不透的谜底

颐和园的秋日,慵懒而漫长。

午膳后的小憩,从前她通常都是去乐寿堂后面的西暖阁寝宫睡午觉。也许是年纪大了的缘故吧,最近她懒得动弹了,用膳完毕,饱困袭来,她喜欢和衣斜靠在罗汉床上,手撑着额头,眯着眼睛打一会儿盹。那时候午后的斜阳正从乐寿堂高大的镂花雕窗里斜斜地照进来,洒在她身上盖着的九龙团花薄锦被上。斜阳是金黄色的,锦被是金黄色的,她身上绣着凤穿牡丹图案的黄缎长衣也是金黄色的,还有乐寿堂及周围所有皇家建筑的屋顶上也是金黄色的,这位帝国执掌最高权力的老太太,在这个秋日的午后,被笼罩在一片祥和瑞霭的金黄色之中。

她又做梦了。她梦见了"逃难",这是她最近魂牵梦绕、挥之不去的梦魇:一队皇家车舆在崎岖的山路上颠簸着狂奔着,无论君臣都是一张张惊恐的蓬首垢面的脸,又饥又渴,疲惫不堪。傍晚时分他们在一个小山村前停了下来,她问咱们这是到了哪儿?一个总管太监模样的人(梦境中看不清他的脸)上来回答说,回禀老佛爷,咱们刚刚过了怀柔,这是到了密云地界。她连声说走错了走错了,咱们明明出德胜门后往西的,怎么往北边来了?咱们要走的是怀来,不是怀柔!总管太监模样的人说老佛爷,咱们绕不回去了,往北就往北吧,北边有承德避暑山庄。反正不是逃难吗?往哪逃都是逃,只要能逃得出去就行。这时有人从村民那里讨来了一盆黑乎乎的玉米糊糊,用粗陶碗盛了分送给皇帝和后宫。她实在喝不下去,这时候旁边一个饿极了的小孩忽然跑了过来,抢过碗几口就喝干了。她定睛一看,那小孩很像自己的儿子、六岁的同治皇帝载淳。她正在奇怪的时候，洋人的骑兵呼啸着追赶而来，马蹄声和呐喊声已越来越近了。她慌忙起身去问光绪皇帝：号令天下督抚起兵“勤王”的谕旨早已经发出，他们为何还不赶来救驾？光绪皇帝低头不语。她愈加火了，厉声呵斥，年轻的皇帝忽然像川剧变脸那样扭过脸来说：放肆！你问朕，朕怎么知道他们为何不来救驾？都是你把事情搞糟了，才弄得他们对朝廷有了异心！这时候她才发现，那年轻的皇帝原来不是光绪，而是她的丈夫咸丰！就在此时，追上来的洋兵已经把他们团团围住，骑在马上的一个敌酋模样的洋人哈哈大笑着说：你们还在做梦“勤王”兵马来救驾吗？告诉你们吧，你们指望的东南督抚来不了啦，他们已经派出盛宣怀和我们串通好了，正在搞“东南互保”呢。说罢那敌酋挥刀就向着她和皇帝砍来……她大叫一声，从睡梦中惊醒了过来。

她从罗汉床上倏然坐起，心口还在怦怦地跳。回忆着刚才梦里的情景，真是奇怪荒诞！竟然把她前后两次、相隔四十年的逃难经历奇妙地糅合在了一起。在大清朝两百多年的历史中，在数以千计的后宫宫眷中，能“有幸”经历两次京城陷落、帝后蒙尘逃难的，唯有她慈禧一人。第一次是咸丰十年（1860 年），英法联军攻陷北京城，她和咸丰皇帝仓皇逃到热河避暑山庄，那一年她还很年轻，只有二十五岁。四十年后的光绪二十六年（1900 年），八国联军再次攻陷了北京城，风烛残年的她不得不再次踏上了逃亡之路。诚然这前后两次的逃难，她的心理和所扮演的角色都有所不同：前面的那次，她只是作为后宫中的一员跟随丈夫逃难，她唯一的希望就是丈夫和儿子平平安安，无须承担任何责任；而后面那次则与她有着直接的关系，她负有不可推卸的责任，她是造成这次国家灾难的罪魁祸首！弃都逃亡便成了她不得不选择的最终结果。相比于第一次，这一次她在精神和心理上的刺激更大，逃亡路上的惶恐不安、担惊受怕，沿途的凄风苦雨、狼狈困顿，以及种种的不堪回首，在这个身处国家权力顶峰的老女人心里，从此留下了一个可怕的梦魇。越是随着年龄的增大，这个梦魇就越是魔鬼般地缠绕着她。尤其不可理喻的是，在这个秋日午后的梦境中，冥冥之中那两次逃难的经历竟然莫名其妙地重叠在了一起，并且借先皇之口和那个敌酋说出了一个前所未闻的秘密！常言说日有所思夜有所梦，这难道不正是她多年来的心结所在吗？

这时候总管太监李莲英急急地跑了进来，匍匐在地道：“奴才该死！奴才这才刚刚离开一会儿，老佛爷您就惊醒了。”

“做了个噩梦。”慈禧说。

“肯定是这么靠着坐久了，腿脚压麻了。”李莲英说，看搀扶慈禧下地，“午睡的时候您就该睡到炕上去，这样手脚才能伸展开。”

慈禧在地下走了几步，腿脚活动开了，不麻了，坐下来问：“小李子，你猜猜，我刚才做了个什么梦？”

“老佛爷您做的梦，奴才这凡夫俗子怎么猜得着啊！”李莲英嬉笑着说。

“我刚才又梦到了跟皇上逃难。最近老是做这个梦。”慈禧说着叹了口气，“都说人老了才喜欢怀旧，看来我这是真老了啊！”

“那件事已经过去了七八年，老佛爷您就别老是搁在心里了。有些事该忘掉的还得要忘掉。”李莲英劝慰说。

“何止七八年？我这回梦到了四十多年前的那次逃难！”慈禧有些激动地说，“我梦到了先皇咸丰爷。那是咸丰十年，我们从怀柔、密云地界往北去热河。可奇怪的是，那中间怎么也扯出了个‘东南互保’？”

“是吗？”李莲英也有些发愣，“大概其是您把两件事混了。”

“今天我才算弄明白了，原来他们早就对朝廷有了异心，‘东南互保’就是他们和洋人——”慈禧忽然打住不往下说了。

“老佛爷您说谁啊？”李莲英怔怔地问。

“小李子，三点钟到了吗？”慈禧忽然冷冷地问。

“回禀老佛爷，还有半个钟点呢。”李莲英掏出怀表看了看。

“该动身去仁寿殿了。”慈禧起身说，“洋人都很守时，宁可我们早到一点，以免失礼。——你去告诉孙小姐，让她直接去仁寿殿。”

李莲英垂首弯腰：“是。——老佛爷起驾仁寿殿！”

下午三点，慈禧要会见俄国公使夫人勃兰康。她说的孙小姐就是孙宝琦家的大小姐孙用慧。原来孙宝琦出国后，不久前的一天，慈禧忽然用一道懿旨把孙家大小姐召到了她身边，给她当通事（翻译）。本来是准备召孙家姐妹俩的，后来听说年底庆亲王家就要迎娶孙家二小姐，所以只召孙用慧一人进了宫。

慈禧到达仁寿殿不久，孙用慧随后就赶到了。

“会俄语吗？”孙用慧进来后，慈禧问她。

“不会。”孙用慧说，“但俄人中懂英语、法语者很多。”

慈禧点头称是。下午三点整，勃兰康夫人准时来到颐和园仁寿殿，参见慈禧皇太后。慈禧端坐暖阁内之宝座上，光绪皇帝坐在左边，孙用慧侍立右边，为其翻译；旁边还有光绪的皇后、嫔妃以及庆亲王家的两位格格。勃兰康夫人用英语，会见持续了大约半个钟点，双方交谈甚欢。勃兰康夫人送给慈禧的礼物是最新拍摄的有关俄国皇室生活的纪录影片，慈禧送给勃兰康夫人的礼品是一块翡翠。会见结束后，慈禧皇太后还请勃兰康夫人共进了晚宴。

当晚慈禧迫不及待地在乐寿堂放映勃兰康夫人送她的那部影片，勃兰康夫人还特地留下了她的俄文翻译。放映时先由俄文翻译将解说词翻成英语，然后再由孙用慧在现场直译成汉文。但是很扫兴的是，电影放到中途出了故障，找颐和园的电工来修也修不好，电影放映不得不半途而废。乐寿堂那部电影放映机是宫里唯一的一部电影放映机，还是英国公使在多年前送给慈禧皇太后的，这些年因为没有新影片已放置多年没用。第二天去找外面的人进宫来修，但意想不到的是，满北京城竟然找不到一个会修电影放映机的人。

“看来只能去上海找人修了，上海的洋行多。”看见慈禧闷闷不乐的样子，李莲英在旁出主意，“老佛爷给上海的盛大人下道懿旨，把这件差事交由他去办，让他在上海找个会修电影机的人来。”

听到盛宣怀这三个字，慈禧的眉头皱了皱，脸上有很排斥的表情。

李莲英察言观色，试探性地又继续说：“当今中国，若论跟洋人打交道者，最懂洋玩意儿的人，莫过于盛宫保盛大人了。……”

“住口！”慈禧忽然喝了一声，“早就跟你说过了，今后别在我跟前再提这个人，怎么没长记性？”

“是，是。——奴才该死！该死！”李莲英诺诺连声。

几天后，在菜市口米市胡同便宜坊楼上那间朝东的雅间密室里，青衣小帽的李莲英和陶湘坐在了一起。

“宫里要修电影放映机，这件事好说，在下马上给盛大人禀报一声，让他在上海给找个人来就是。”陶湘说。

“你知道吗？老佛爷对你们盛大人的成见深啊！”李莲英叹息一声，“在她的面前，连你们盛大人的名字都不能提。”

“是吗？”陶湘怔着，“那原因到底是什么，李公公打听到了吗？”

“你说得轻巧！上哪去打听？老佛爷的心思，她能跟咱们这当奴才的说吗？”李莲英白了陶湘一眼，“只能自己去猜想了。”

“那是那是。”陶湘赶忙附和。

“老佛爷最近老是做噩梦，每次都是从噩梦中吓得惊醒。你猜猜，她的噩梦是什么？”李莲英又问。

“是什么？”

“逃难和‘东南互保’。”

“逃难……和‘东南互保’？”

“我冥思苦想了好几天，才终于想明白了这原因所在。”

“请公公明示，到底什么原因？”

“原因就是这‘东南互保’。”

“不可能吧？”陶湘不相信，“我们盛大人就是因为策划‘东南互保’有功，朝廷才最终以三品京卿破格赏赐‘太子少保’衔。这是只有一二品督抚大臣立功后才能得到的殊荣。”

“说你是红口小儿，果然你还是太嫩了。”李莲英冷笑着，“那都是老佛爷做的表面文章，你难道看不出来？”

陶湘愣着，不解地望着李莲英。

“京都陷落，帝后蒙尘，传旨天下，发兵‘勤王’。可有人偏偏按兵不动，还要去和洋人勾勾搭搭，搞什么‘东南互保’。你知道如果在从前，这是什么罪吗？”

“什么罪？”

“抗旨不遵，这是死罪！可最后老佛爷却不得不肯定‘东南互保’有功，违心奖赏有关人员。这其中有她不得已的苦衷啊，你知道吗？”

“什么苦衷？”

“我问你，后来参加‘东南互保’的都有哪些人？”

“东南三大帅——两广总督李鸿章、两江总督刘坤一、湖广总督张之洞以及山东巡抚袁世凯。后来四川总督、浙江巡抚、福建巡抚等都通电响应。”

“你想想，老佛爷她敢明着得罪那些坐拥半壁江山、手握实权的地方督抚，治他们的罪吗？君臣本是同林鸟，大难来时各顾各。明知道这些人对朝廷有异心，可国家刚刚经历大难，她不敢随便动他们。要知道那可是中国领土的一半，是大清最富庶的省份啊！弄得不好就会真的天下大乱，老佛爷的心里掂得出这分量。从大局计，她只能睁只眼闭只眼，打落了牙齿往肚子里吞。可你想想，她背地里，睡梦里，能不为此恨得咬牙切齿吗？”

这一番话，让陶湘听得目瞪口呆！

“‘东南互保’对国家是功，可在老佛爷的心里实则乃过。盛大人是‘东南互保’的始作俑者，也是众人的替罪羊，老佛爷心里对他之恨、成见之深，也就可想而知了。盛大人是个聪明人，当初如果他不是拉着那些大牌的督抚来做他的靠山，他的项上有十颗人头也早被老佛爷砍掉了！”

“李公公果然眼光老辣见识超凡！一番条分缕析，令晚生受益匪浅！”一股飕飕的凉气直往陶湘的心里钻，他站起来，心悦诚服地打了一拱，又坐下去说，“不知有何办法可以破除这成见？恳请指教一二！”

“自然是想办法伺候得老佛爷舒坦了，她对你有好感了，让她看到了你的孝心，也就慢慢地少了疑心。天下的老太太不都得这样哄着吗？”

“烦请李公公进一步明示。”陶湘笑了起来。

“……也罢，看在你们盛大人这些年来待李某不薄的分上，我就给你们再指条路径，提供一条线索。”李莲英沉吟着。

“公公请讲。”

“不久前皇上和老佛爷谈话中说到，明年清明节想去易县的西陵谒陵，从前谒陵总是东陵去得多。皇上的那点心思当然瞒不过老佛爷的法眼：皇上的崇陵就选址在西陵，但一直没有开工，他早想亲自去看看了。老佛爷答应了皇上，不过她顺口说了一句：要是能坐火车去就好了。”

陶湘坐着，一时没有反应过来。

“你还不明白吗？老佛爷这句话，是给你们盛大人一个机会呢！”

陶湘如梦初醒，站起来长揖致谢：“在下明白了，多谢公公指点！”

“辛丑回銮那年，老佛爷就是坐着袁世凯给她准备的火车，从保定到北京的。她对坐火车的印象，好着呢！”李莲英又补充说。

陶湘立马将这些情报发给了盛宣怀。

接到陶湘的情报，盛宣怀真是如雷轰顶，震得目瞪口呆！他没有想到自己对大清朝忠心耿耿，为朝廷保全了半壁江山，竟然还引来了最高当权者的无端忌恨！想想李莲英说的那些话，凭着自己对那个自负狭隘的老太太的了解，他开始相信这是完全可能的。要不然就不能解释，自从“庚子拳变”

这些年来，他为什么会在官场上屡屡受人排挤、打击，屡屡被官场边缘化？就连正常的官场旧例（比如“丁忧”守制期满后官复原职）也要在他这里被打折扣？看来症结的所在就是这个“东南互保”！唯有它才能从内心深处真正触怒最高当权者，引起她的敏感和猜忌。想当初，自己还曾为此而沾沾自喜呢！

按照陶湘的建议，盛宣怀立即给朝廷上了个请修西陵铁路的折子，投其所好，讨好和巴结慈禧老佛爷。当然，他还得有自己的理由，并且堂而皇之：“……现在时事艰难，民情困苦，常在朝廷廑念之中。以往历次谒陵，车马尤觉繁多，沿途州县，供应亦复浩大。……今西陵靠近京汉铁路不远，地势平坦，亦有铺轨之便，如能先期兴修一条铁路，抵谒西陵，火轮车一路疾行，不停或少停站台，可省地方供乙之繁。……”

盛宣怀相信，这样的话一定是慈禧喜欢听的。

送走了奏折，盛宣怀就动身前往湖北。这一年，汉阳铁厂的技术改造工程已全面完工，他要亲自前往视察、验收。

光绪三十一年（1905 年），盛宣怀任命曾赴欧美考察钢铁工业回国的李维格取代其堂侄盛春颐，成为汉阳铁厂第四任总办（前三任为蔡锡勇、郑观应和盛春颐），领导汉阳铁厂的技术改造工程。从当年开始至光绪三十三年（1907 年）前后历时三年，汉阳铁厂的技术改造和扩建工程基本完成。这次的技术改造和扩建，遵循的是通过考察欧美钢铁工业后得出的两个原则结论：一是要相应地扩大汉阳铁厂的生产能力；二是引进碱性的马丁炉生产工艺，以取代酸性的贝色麻炉生产工艺。全部工程包括在炼铁厂新建 477 立方米高炉（3 号高炉，日产生铁 250 吨）1 座；在炼钢厂将原有的 2 座贝色麻酸性转炉拆除，先易以容积为 30 吨的碱性马丁炉 4 座，并暂时保留原有 10 吨之小马丁炉，直至建成 7 座平炉为止；新建用煤气加热的 150 吨混铁炉 1 座，配 35 吨电动钢水包吊车 2 台，10 吨电动桥式吊车 1 台，50 吨电动行车 2 台，立式钢锭脱模机 1 台；在轧钢厂新建煤气地坑（均热炉）1 座，容积为 80 吨，用于钢锭加热，同时配有 4 吨电动行车 1 台；新建一台辊径为 1016 毫米的全蒸汽可逆式初轧机及其辅助的设施，一台轧辊直径为 760 毫米的全蒸汽可逆式钢板轧机及其辅助设施；在初轧机后面装设一条可逆式全蒸汽钢轨轧制线和一条钢梁轧制线，用于轧制钢轨和钢结构型材;兴建车辘厂、竣货厂,扩充机器修理厂、电机厂;改造江岸装卸码头,在码头上增设电动起卸装置和铁索道,使码头运输能力达到每小时运输铁矿石 100 吨,煤 50 吨,焦炭 50 吨;将厂区铁路由 6 公里增加到了 24 公里。

上述工程共耗银 1200 余万两,大大超过了原来七百万两的预算;连同萍乡煤矿基建工程(含购置轮驳)740 余万两的费用,已总共耗银约两千万两,除去老商股、息转股和预支的矿价、轨价等,汉冶萍此时的总负债已达 1000 余万两白银,主要是借的日债。

但到达湖北后的盛宣怀在李维格和洋工师吕柏、赖伦等的陪同下,视察了新的汉阳铁厂后信心百倍,对汉冶萍未来的前景充满乐观。他在写给亲家、外务部尚书吕海寰的信中兴冲冲地说:“……弟来鄂验收新钢厂,其电机之神速,钢质之精美,东西人阅厂者叹为观止,英美报章惊为意外。目前,两炉日出精钢二百吨,并已开造第三化铁大炉,约可日出三百吨(共五百吨),足供各省路轨以及各厂船械之用,不仅杜塞漏卮,尚欲溢出外洋,与欧美争胜,此汉阳铁厂已成之大效也……”

在汉厂逗留期间,盛宣怀等到了朝廷的谕旨,召他进京陛见,这也是在他的预料之中。他到湖北来,既是为了视察、验收汉阳铁厂,也是为了一旦朝廷有召,他便于乘京汉路快车迅速进京。

盛宣怀心里当然明白,朝廷召他进京,毫无疑问是因为西陵铁路。

果然,这件事很快就得到了证实。

到北京后,慈禧在颐和园召见了盛宣怀,那天在场的还有光绪皇帝。这是自辛丑回銮以来,她第二次见这个她最不愿意见到也最不愿意提到的人。辛丑回銮那年,盛宣怀“丁忧”在籍,因为他仍身兼着芦汉铁路的督办大臣,慈禧和圣驾到达保定后,要乘坐芦汉铁路的火车返京,所以被特别允许以守孝之身在保定迎驾。那时候他以三品京卿的身份混迹在众多的红顶子大员中,丝毫不引起人注目,慈禧对这个置朝廷安危于不顾、敢于策动“东南互保”的罪魁祸首根本没有留下什么印象,现在她可以仔细地瞧瞧这个人了。

“你年庚是哪年?”望着匍匐在地下的那个人,慈禧开口问。

“回禀皇太后,臣出生于道光甲辰年。”

“哦,那也是年逾花甲六十好几的人了。”慈禧温和地说,“你起来吧,不用跪了。——给盛大人看座。”

盛宣怀从地下爬了起来，在太监搬来的座位上正襟危坐。

慈禧望着他，原来是个瘦骨嶙峋的糟老头子。

“庚子那年的‘东南互保’，我听说你是首谋？”慈禧突然单刀直入。

“是。”盛宣怀的心咚咚地跳了起来。

“说说，当初你是怎么想到要谋划‘东南互保’的？”

盛宣怀平复了下心情，如实禀报说：“庚子拳变，团民作乱，皇上和皇太后身边又有群奸包围，蒙蔽圣听，推波助澜；东南乃膏腴富庶之地，朝廷赋税仰赖所出，又是多年洋务重地，国家投入大量财力，成果卓著。臣实在不忍心看东南一隅陷入动乱，毁于一旦，故而斗胆联络各省督抚互保。”

“当初你敢于这样做，那是很需要一番勇气和胆量的。”慈禧意味深长地说，“你那样做很对，为国家立了功，所以朝廷奖掖你。”

“臣虽有功，可也并非无过。自庚子以来，臣无时无刻不内心惶恐。臣万分感念皇上皇太后对臣的宽容和谅解！”盛宣怀索性把话挑明了。

慈禧点点头，转了话题：“甲午后这些年，国家仿效泰西各国大举兴修铁路，变法图强，你运筹帷幄谋划布局，堪称这方面的人才。”

“多谢皇太后的褒奖！臣世受皇恩，不敢不竭尽驽钝，报效国家！”

“皇太后对辛丑回銮那年坐着火车回京，至今还印象深刻，经常在朕的面前念叨呢。”光绪皇帝这时在一旁插话说。

“那年迎驾主要……是袁大人的功劳。”盛宣怀说这些话的时候他始终低着头，说起来这还是他平生第一次面对天颜，心中免不了有些紧张。

“你在修铁路上还是很有见识的，就比如这次。”慈禧又说，终于回到了正题上，“请修西陵铁路的折子我和皇上都看了，你说得很有道理。”

“你打算怎么修？”光绪皇帝问，他是最关心西陵铁路的人。

“从京汉线上的高碑店车站分轨，”盛宣怀胸有成竹，原来此前他就派陶湘带领工程技术人员对线路进行了初步勘测，“然后到达距离西陵最近的易县梁各庄，初步估算全长不超过五十公里，即一百华里以内。”

“从现在起到明年清明节，满打满算只有六个月的时间了，能修得起来吗？”慈禧怀疑地问。

“西陵铁路工程难度不大，线路也不长，只要统筹兼顾妥善安排，如期完成应该没有问题。”盛宣怀答。

“那就由你来主持修吧。”光绪皇帝脱口而出，说完又望了慈禧一眼。

“行,那就照皇上说的办吧。”慈禧说。

“臣领旨谢恩!不过臣还有个小小的请求。”

光绪皇帝问:“说吧,什么请求?”

“西陵铁路总工程师,臣想咨调詹天佑担任。”

“詹天佑不已经是京张铁路的总工程师吗?”

“臣想请他兼任。”盛宣怀侃侃而谈,“两条铁路同在京畿,应该可以兼顾。臣此前所修株萍运煤铁路,与洋人闹翻后即是聘请的詹天佑主持。该员胆识兼备,才堪重用。最主要的是,臣不想洋人染指西陵铁路。”

“嗯。”光绪皇帝点点头,“朕明白了,你下去吧。”

盛宣怀磕头谢恩退下。他还想听关键的一个问题:西陵铁路的经费从哪来?可是这个问题提都未提,召见就结束了。

盛宣怀从仁寿殿出来,又故意在颐和园里逗留了一会。原来此前他在朝房里等候召见的时候,有一个意想不到的发现:在慈禧身边众多的随从中,他似乎恍惚看见了自己未过门的儿媳孙用慧。他很惊讶,也想留下来证实一下。后来果然有个短暂的机会他跟孙用慧见了一面,匆匆说了几句话,这才知道她不久前刚刚应召进宫来,现在是慈禧的女秘书兼外文翻译。孙用慧进宫是在孙宝琦出国以后,不久前才有的事情,所以盛宣怀此前并不知晓。这自然令盛宣怀很高兴,因为毕竟在慈禧身边有了自己的人,将来可以通通内廷消息,万一有什么难办的事情,也可以通过孙家大小姐帮着说说话。

不久正式的谕旨下来了:任命盛宣怀为西陵铁路督办大臣,全部工程的工期为六个月;詹天佑兼任总工程师,由邮传部负责咨调,同时兼顾京张铁路和西陵铁路。谕旨里总算说了西陵铁路经费的来源,“由内务府拨付”。

接旨后盛宣怀坐镇京汉铁路局,亲自组织修建西陵铁路的班子。这期间他任命了陶湘为西陵铁路会办兼备料处长,又通过邮传部将詹天佑咨调了过来,还从正在修建的正太铁路工地上,将盛宣怀从前修筑芦汉铁路的一帮老部下、老技术骨干临时抽调了过来。詹天佑到任后,马上带领工程技术人员风餐露宿、夜以继日地开始勘测和设计。一个月后设计图纸拿出来了,此时西陵铁路已正式更名为高易铁路,从高碑店到易县的梁各庄全长42·5公里,初步预算六十万两白银。随后就是征地,征调民工上路,首先开始了路基工程。工程进展起初倒还顺利,后来到了路基工程基本完成、即将要铺轨的时候,内务府那边的经费来源断了。原来这六十万两银子的修路经费内务府并不是一次拨付的,而是零零碎碎,一次三五万两,盛宣怀不得不经常跑京城,进宫去找内务府要银子。到后来连这三五万两也拿不出来了,内务府大臣当着盛宣怀的面诉苦叫穷。没有办法,内务府大臣只好上奏朝廷,请求高易铁路余款改由户部拨付。但折子在军机处就被驳了回来,理由很简单:国家自甲午以来兴修的所有铁路,或贷外款或集商股,无一官费修筑,意思是高易铁路也不可能破这个例。军机处是奕劻和袁世凯说了算,盛宣怀怀疑,这是内务府大臣和他们暗中串通好了演戏,故意来给自己设置障碍。不久,邮传部以京张铁路工程遇到技术难题为由又将詹天佑调走了,从此他再也没有回来;那些从正太铁路临时抽调来的人,也被调走了不少。铁路工程技术人员的人事调用权都在邮传部,盛宣怀在邮传部没有任何职务,他对此无可奈何。邮传部尚书那时已是徐世昌,他是袁世凯的人,冥冥之中盛宣怀仿佛又看到了藏在他身后的那只黑手。盛宣怀知道,他们都在等着看他的笑话,等着看期限到了以后他怎么去向皇上皇太后交差。盛宣怀还知道,这条短短的支线铁路,将比他以往修过的所有铁路都重要!这条铁路关乎着他和他的汉冶萍未来的命运,这条铁路只能成不能败!好在路基工程已基本完工,好在枕木此前已备好,至于钢轨及钢轨配件,别忘了他现在还是汉阳铁厂的督办大臣,别忘了汉阳铁厂还是他说了算!于是一封加急电报飞到了汉阳铁厂总办李维格的手上。于是用不着预付轨价,大批的钢轨及钢轨配件源源不断地运到了高易铁路的建设工地。那些一心想等着看笑话的人,终究还是没有等到。

在这个风雪弥漫的冬天里,盛宣怀病倒了。

他的老毛病又复发了。算起来盛宣怀的寒喘病已经有好几年没复发,不知道这应该是归功于日本医生北里博士配制的药剂有特殊疗效,还是得益于他这几年的冬天都待在家里保养,没有到天寒地冻的北方来户外办差的缘故。毫无疑问,他这次的发病是跟抢修这条铁路有关。那年的冬天北方也特别的寒冷,进入冬月以后,京畿大地上就已经是大雪飘飘了。盛宣怀将工程指挥部搬到了前沿,自己亲自坐镇高碑店,经常顶风冒雪督察在工地上,以确保工期不被延误。盛宣怀就是在这种情况下旧病复发的。他的病情一开始就很严重,喘得通宵不能躺下入睡,只能整宿地坐着,让随侍他的老仆人为他捶背,方能合一下眼。这情形颇似当年他奉旨在北方赈灾时,和刁氏如夫人落脚在冰天雪地中的小客栈一样。吃了很多中药无效后,盛宣怀用电报叫来了秦碧珍。

秦碧珍千里迢迢,在一个大雪纷飞的日子里,从上海来到了这个名叫高碑店的京南小站。下车后她看到的是这样一番情景:屋外冰天雪地滴水成冰,工地上很多人正在顶风冒雪铺轨;屋里,在一间烧着煤球炉子的狭小站房内,一位满头白发的老人正佝偻着背,在炉子旁蜷缩成一团,张着大口喘气。秦碧珍好半天才认出来,那正是她的老爷、堂堂的朝廷二品大员盛宣怀,在这个冬天里,他仿佛一下子苍老了许多。秦碧珍眼泪差点流了下来,她责问盛宣怀为何不住到北京城里去?住在这里只会加重他的病情!盛宣怀说他不能离开,他必须在工地上坐镇督促,才能确保工期。秦碧珍这次为盛宣怀带来了北里博士特地为他配制的特效药。

颐和园里的日子长了,孙用慧渐渐地就觉出了些无聊。

接见外宾的日子毕竟有限,孙用慧更多的时间则是陪着慈禧太后闲聊。慈禧天生就是个求知狂,对外面的世界有着很强的好奇心,她总有无穷无尽的问题要向孙用慧打听。大的方面比如西方国家的政体、宫廷官制等,小的方面到西方人的婚姻习俗、生活细节,比如吃喝穿戴等,有的甚至是常识方面的问题。比如路易十五式的高跟女鞋是不是适合缠足的中国女子穿,孙用慧在法国巴黎是不是曾经作过这方面的尝试,等等。她们的谈话免不了要涉及一些个人的问题上来。比如有一次聊着聊着,就聊到了孙用慧的婚姻上。

“我听说你已经订婚了?”慈禧问。

“是。”孙用慧老实地回答。

“真可惜。现在满汉已经允许通婚,要不然我给你指婚,嫁个皇室满人,像你妹妹那样,多好?”慈禧有点遗憾地说,“男方是谁家呀?”

“回禀老佛爷,是常州武进盛大人家的四公子。”孙用慧回答说。

“哦,是他家呀!是媒人撮合的吧?”慈禧望着孙用慧,“你不是说西方人都讲究恋爱自由吗?你为什么不自由恋爱?”

“我……”孙用慧的脸红了,低声道,“我不是西方人。”

“哈哈哈!”慈禧大笑了起来,“西方的有些东西,可见并不完全适合东方。就比如这婚姻,咱们还是信实的父母之命,媒妁之言。”

“这是家父……逼着我答应的。”孙用慧有点委屈地说。

“孩子，这不委屈你，咱们祖祖辈辈不都是这么过来的吗？你爹孙宝琦那人我知道，办事有章程，不胡来。”慈禧劝慰说，“可我不明白的是，你妹妹已经嫁给了庆亲王家的五公子，你做姐姐的，怎么还待字闺中呢？”

“他比我年龄小三岁，今年还只有十六呢。”孙用慧的脸绯红了。

“原来是小女婿！嘻嘻，怪不得呢！”慈禧笑了起来，拍着手念起了童谣，“一个大姐本姓焦，嫁个女婿四指高。在屋里，怕耗子咬；在院里，怕鸡子叼。小女婿担桶去打水，蛤蟆上去搂着腰。……”

这时候的慈禧活脱脱地像个孩子。就在她笑得前仰后合之时，她忽然听到了啜泣之声！回头去看，孙用慧已经泪流满面，匍匐在地了。

“你怎么哪？”慈禧问，“我……不是有意要讥笑你的。”

“老佛爷误会了。臣女只是想——请两天假。”

“请假干什么？”

“老佛爷说起了小夫婿，让我想起了我未来的公公。此时他正在京南的冰天雪地中督办西陵铁路，听说他的老毛病又犯了，咳喘通宵不能入睡。眼下是寒冬腊月，可怜他也是六十好几的人了，亲人又全在南方，我想请几天假去看看他，尽尽做晚辈的孝道。恳请老佛爷恩准！”

“你这孩子，倒是挺知事明理有孝心的。”慈禧夸赞说，“你应该去瞧瞧他，虽然还未过门，但毕竟那是你公爹。——准了，明天就去吧！”

“多谢老佛爷恩典！”

原来这是陶湘的主意。陶湘认为，为了抢修这条祭陵铁路专线，盛宣怀拖着病衰之躯在冰天雪地中拼老命，吃了多少苦，遭了多少罪，可皇上太后他们知道吗？他们不知道！他们舒舒服服地待在京城里，还要百般猜忌您对朝廷有“异心”。这里的情况应该设法让皇上、皇太后知道！让他们来看看，那些所谓的对朝廷有“异心”的人，是如何忠心耿耿、舍身忘己在这里干事的！咱们总不能事情干了苦也吃了还要背天大的冤枉吧？咱们必须让事实说话，让事实来为您洗清污名！盛宣怀为人做事向来比较低调，不喜欢“叫雀子”，但禁不住陶湘的这一番劝，也就同意了。他们商量这事要做得不露痕迹。先由陶湘去见李莲英，由李莲英把盛宣怀病重的消息带进宫，孙用慧请假来一趟工地，最后通过孙用慧之口，再把有关的情况传到慈禧的耳朵中去。

谁知孙用慧临出发前慈禧的主意又变了:她不以私人的名义前往探望她未来的公公,而是以皇太后特使的身份,代表皇太后在腊月里专门去西陵铁路工地,宣旨慰问犒劳全体官民人等,同时还派出了太医院的太医随同前往。

原本秘密的策划,反倒变成了官方的公开行动。

孙用慧以皇太后特使的身份,带着一个庞大的慰问团,满载着慰问品,乘坐京汉铁路局特别编制的专列,浩浩荡荡地来到了高易铁路的起始站——高碑店。盛宣怀作为工地上品级最高的官员,自然组织了盛大的欢迎仪式。虽然是公爹,贵为尊长,但众目睽睽之下,盛宣怀还是不得不跪倒在这位未过门的儿媳妇脚下,双手恭恭敬敬接过皇太后充满体恤慰勉之情的懿旨。慰问团为铁路建设工地上的官民人等带来了酒、肉等犒劳品,随团的太医还为盛宣怀和部分生病的民工诊治了疾病。有没有效果且不论,但那毕竟是皇太后的一番心意。公事程序走完了,接下来就该是私人的会见了。在私下的场合,孙用慧先是拜见了公爹,又拜见了年轻的七姨娘,询问了公爹的病情并劝慰了一番。然后盛宣怀、陶湘和孙用慧关起房门,三个人在屋子里密谈了好半天。

当天慰问团就乘坐专列返回京城了。

听取特使孙用慧关于西陵铁路建设的专题“汇报”,是在好几天后的事情。那天在场的,自然还有光绪皇帝。

“明年清明节,西陵铁路能通车吗?”慈禧首先问,这是她最关心的问题。

“依臣女所见,如果工程进展顺利,明年清明节前建成通车应该不成问题。盛大人也表示了,今年过年工地上不停工放假,他将身先士卒,带头坚守在工地上,纵有千万难处,也将竭尽驽钝,尽力保证工程如期建成。”

“倒也难为他了。”慈禧点点头。

“你所说的‘如果’是什么意思?”光绪帝敏感地捕捉到了话中之音,问。

“就是工程未来的变数很大。据臣女了解,现在西陵铁路的主要问题是两个字:一个是‘钱’,一个是‘人’。”孙用慧顿了顿,“先说这‘钱’字吧。皇上在谕旨里明确了西陵铁路的经费由内务府拨付,但是盛大人在内务府说话不顶事,拿不到钱。内务府在拨付了将近半数的款项后,以再也无钱拨付为由推给了户部,户部又以铁路无官费修筑的先例给驳回了,因而西陵铁路的经费问题一直悬而未决。盛大人心想,总不能因为费用问题而耽误整个工期吧?材料款没有着落倒还可以想想别的办法。比如西陵铁路的全部铁轨和铁轨配件,都是盛大人以挂账的方式从汉阳铁厂赊出来的。盛大人现任汉阳铁厂的督办,他可以作这个主,但是民工们的欠饷可就不太好办了。眼下已进入腊月,眼看着年关一天天地逼近了。就是给财主家干活,到了年底也该结算工钱了,更何况民工们在铁路工地上干了几个月,他们是给国家干活呢!拿不到工钱,他们能不闹事吗?过年不停工不放假,他们还能安心待在工地上干活吗?”

光绪皇帝和慈禧太后相互望了一眼。

慈禧道:“……接着说。”

“再一个就是‘人’的问题。”孙用慧接着说,“华籍铁路工程师都在邮传部管辖,人事调配权归邮传部。盛大人在邮传部无职无权,根本就调不动人。比如兼任西陵铁路总工程师的詹天佑,在西陵铁路建造易水大铁桥的最关键时刻,被邮传部咨调走了。盛大人没有办法,只好凭借私人交情,去请洋人工程师临时来帮忙。本来是不想洋人染指这条铁路的,可到最后还是没有办法。总不能因为总工程师的问题而使铁路工程半途而废,停工待‘人’吧?”

慈禧叹道:“内务府不给钱,邮传部不给人,真是难为了盛宣怀。”

“一条短短的西陵铁路,修起来竟然也有这么多的麻烦,倘若是修一条干线铁路,那岂不是更难了吗?”光绪皇帝感叹地说。

“所以,可见这些年盛宣怀修铁路的不容易啊!内中甘苦滋味,非亲身经历者,恐怕体会不到呀!”慈禧总算是说了句公道话。

“但是我公爹说了,如果可以选择,他宁可去修一条铁路干线,也不愿意修这条祭陵专线。”孙用慧又插了一句。

“这是为何?”光绪皇帝不解地问。

“修干线铁路跟外国银行贷款,合同一签钱就来了。洋人贷款不光借钱,还同时要负责筑路的技术问题,工程师专职专用,根本就不用操心‘人’的问题,但西陵铁路就不同了。西陵铁路虽短,但它是皇家工程,只能成不能败;督办皇家工程,更是集万千荣耀和宠幸于一身,为朝野万众所瞩目。官场同僚中,能不因嫉妒而生恨?所以多方掣肘也就不足为奇了。”

“你是说,内务府不给钱,邮传部不给人,是有人故意刁难?”慈禧问。

“不排除这种可能性。”孙用慧“扑通”一声跪下了,“臣女以为,有人并不希望看到盛大人成功,有人还在等着看他的笑话。”

“你所说的‘有人’,到底所指何人?”慈禧目光犀利。

“臣女未听公爹细说,因而不知他所指究系何人。”

“你公爹他现在身体怎么样?能吃得消吗?”光绪皇帝关心地问。

“不患身体有病,而患有专事而无专权。这是盛大人目前面临之最大困境!”

“这番话,是你公爹让你来说的?”慈禧的脸色慢慢沉了下来。

“不,是臣女自己心中所想。西方各国,欲成其事者,必先赋予其相应职权,事权专一,方能成其事。孔夫子也说过,国之大事,莫过于祀和戎。西陵铁路事关国家祭祀,恳请皇上皇太后圣思!”

慈禧和光绪相视了一眼,不说话了。

几天后圣旨下来了,着命内务府停掉了宫内的好几处工程,以确保西陵铁路的经费;盛宣怀被授予邮传部右侍郎,主管铁路事务。

光绪三十四年(1908年)三月的一天,清明时节。

太阳越升越高了,在和煦的春风里,一列由七八辆花车组成的专列从北京城缓缓地驶了出来,沿着京汉铁路往南驶去。

几年前“辛丑回銮”的时候,同是这辆花车,也曾在这条同样的线路上驶过。不过那时候芦汉铁路并未全线通车,北段刚刚铺轨到保定,这列花车就停在保定车站的站台上,迎接风尘仆仆一路从陕西、山西过来的皇上、皇太后圣驾一行,登上花车,然后隆隆地往北驶去。那时候因为时间仓促,也因为“庚子拳变”后北方满目疮痍百废待兴,花车上的装饰和接待显得简陋而寒碜。但慈禧对那次的坐火车只充满着新奇和好感,丝毫不觉得寒碜。这一方面是因为国破山河依旧,终于回銮了心情好的缘故;另一方面也因为是平生第一次坐火车的好奇和新鲜感,北京保定之间三百多里地的路程,竟然只抽了几袋烟的工夫,须臾间就到了。如今同是那辆花车,如果不说破,你恐怕很难再在它身上找到一点当年的痕迹。它已经重新装饰,焕然一新:车身上是新喷的绿色油漆,每一节车厢的正反两面,都用金黄色的油漆各喷绘了一条飞舞的金龙,张牙舞爪,金光灿然,怪不得时人称之为“龙”号专列了。而车厢里面的装饰更是奢华,车厢的地面上铺着法兰西彩毯,内壁以彩缎衬里，外套以黄绒；尤其在中间供皇上和皇太后起居的那两节主卧车厢里，拆去了原先的卧铺，另外各备了一张西洋漆画大铁床，大铁床横置，面对车窗，四周以幔围之，床上置裀褥枕被；大铁床的侧面有一门，打开，里面放置着“如意桶”——便溺器也，亦费尽心思设计：底贮黄沙，上注水银，粪尿落入水银中，没入无痕；“如意桶”外则套宫锦绒缎，仿佛一绣墩。车厢里面还陈设着各种名贵的古玩、玉器、书法、名画等，皆是从内务府古玩铺中采购所得。目光所至，车厢内到处是金碧辉煌，琳琅满目。

当初，陶湘从京汉铁路北段机务处的车库里找到这辆当年回銮的花车时，它已经被闲置了多年，满身锈迹斑斑。盛宣怀说不惜成本也要把它整修一新！他把这件差事交给了陶湘去办。最后花车整修成功，共耗银二十四万两，其中车辆的整修十万两，车内各种设施的采购和古玩字画的添置十四万两。盛宣怀明知道，连修西陵铁路的经费都没人承担，这笔钱内务府更不会出户部也不会认账，所以他听从陶湘的建议，索性赌一把，自己出了（当然不是自己掏腰包，而是从自己主管的企业内部去调剂）。花车整修完毕后，他还特地请李莲英来提前“视察”了一番。李莲英到底经验丰富，他对“龙号”的设计和装饰都很满意，但提出了两个至关重要的建议：一是火车跑起来后速度很快，车厢里的家具陈设必须稳当，万无一失；如有倾跌，出了纰漏，“大不敬”的罪名谁也担当不起。一句话提醒了盛宣怀，于是对“龙号”专列进行了反复的行车试验。他们在卢沟桥和定兴之间，首先以时速一百华里试车，看车上的家具陈设还有哪些不稳当的，当场进行了重新加固。最后时速跑到了一百二十华里，一个往返跑下来二百四十里，满车的陈设包括那些古玩字画纹丝不动，浑然一体。李莲英的第二个建议就是：既然花车的整修装饰和内部陈设的所有费用都由汉冶萍各厂矿所出，何不干脆就在器物上标明？这样做的好处，一来可让皇上皇太后及臣僚们知道，花车虽奢华，但费用并非官费，以免非议；二来也可让慈禧对汉冶萍加深印象，产生好感。几年前就听盛大人说过，正在苦苦谋求汉冶萍各厂矿的合并重组，从官督商办变为完全商办，但是碍于官场上阻力太大，一直进展不顺。何不趁此机会取悦于老佛爷，说不定你这个多年想办而未办成的事情，老佛爷只需一句话就给摆平了呢？一番话说得盛宣怀拍案叫绝，大喊一声“妙哉！”于是立即让人赶制黄签，普遍标记于珍玩之上，标签上的文字为“汉冶萍厂矿进献”。

春风和煦，阳光灿烂，车窗外桃红柳绿。沃野千里的北方大平原上，冬小麦刚刚返青，解冻的小河在潺潺流淌，春天的泥土的气息扑面而来。这一天，京汉铁路北段的北京和保定之间，为了给“龙号”专列让路，所有的列车都停运了，往日喧嚣的铁路线上，今天一片静寂，只有“龙”号专列在由北向南匀速行驶。其实“龙号”并未达到试车的时速，只有六十华里，这是按照慈禧的意思来的。“龙号”专列从永定门火车站开出后，慈禧就下了道懿旨：车速勿快，以能看清铁道两旁的庄稼为宜。老佛爷即便出来祭陵，也没忘记顺便巡视一下百姓民生，了解一下今年的农事收成。此刻她就倚坐在车窗边，观赏着外面的风景和沿途的庄稼地。“龙号”专列的中间，挂着一节代表龙廷的车厢，里面安放着皇帝宝座，宝座后面隔着纱帘，安放着皇太后垂帘听政的座位。（这是李莲英的意思，虽然皇太后早就“归政”了，但留下皇太后“听政”的宝座是为了表现出光绪皇帝的“孝心”。）龙廷的两边，还有两节装饰一模一样同样奢华的主卧车厢，一节专供皇太后起居，另一节供皇上起居。这也是李莲英的意思。当初他曾提醒盛宣怀，两节主卧车厢的装饰陈设必须一模一样，不可有毫发差异：一则恐皇上不快，再则太后尤其不能忍受忽视皇上之名。慈禧那节主卧车厢的一端通向龙廷，另一端则通向后宫嫔妃的卧车，此刻她们正对着窗外指指点点，传来一阵阵的笑声和欢叫声。春天野外的风景对许多人来说也许再平常不过了，但对那些深锁重帏的宫眷们却是充满着新鲜好奇和久违的稀罕。

“小李子，”慈禧喊了一声，并没有回头，“你看冬小麦已经返青拔节，长势很不错啊，今年的收成准差不了。”

“是。”一直弯腰垂首站立旁边的李莲英答应了一声，“托皇上皇太后的福，百姓们今年又有好日子过了。”

“去年冬天的雪下得大，今年的墒情就好。”慈禧又说。

“是，老话说瑞雪兆丰年。”李莲英附和。

“只是苦了去年修西陵铁路的盛宣怀。”慈禧感叹着回过头来，问身旁侍立的孙用慧，“你公爹去冬今春一直在铁路工地吗？”

“回禀老佛爷，他一直在铁路工地上，连春节都没顾得上回家。他这会儿正在高碑店等候接驾呢。”孙用慧回答。

“…你公爹办差事，很用心啊！”慈禧说，头又伸向了窗外。

从一登上“龙”号专列开始，李莲英和孙用慧就看出来了，慈禧今天的心情不错,她对盛宣怀承办的西陵铁路这件差事极为满意。登上专列后,慈禧从头至尾把整趟列车巡视了一遍,从皇上、太后的主卧车厢到后宫宫眷以及众位大臣乘坐的次等车厢,直至车尾的“御膳房”餐车,几乎无可挑剔,尤其在细节上考虑周全。(这期间慈禧甚至还试用了“如意桶”。)皇上和后宫宫眷以及几位王大臣、军机大臣依次跟在她身后,大家对车厢内的奢华和舒适发出一片由衷赞叹之声。尤其是听说如此奢华的花费居然没有丝毫官费开支,完全是汉冶萍厂矿报效时,大家纷纷议论开了。

“汉冶萍厂矿是哪儿呀?”有人没听说过,问。

“就是汉阳铁厂、大冶铁矿和萍乡煤矿,简称汉冶萍。”有人答。

“恐怕不仅仅是个简称了。”军机大臣中的张之洞有点酸溜溜地说,“有人早就想三合一,摆脱官府的节制,成立自己的公司了。”

“你是说盛宣怀吧?”同行的袁世凯低声问。

张之洞笑道:“他今天这番用心,你袁项城还能看不出来吗?”

“我可听说,你是坚决反对的。”袁世凯又说。

张之洞应道:“张某现在是不在其位,不谋其政。”

“张大人,”王大臣中有人发问,“这汉阳铁厂和大冶铁矿不是当初您督鄂的时候创办的吗?我可知道那时候您为了筹款,挖空心思,焦头烂额,四处碰壁,没得它的一点好处。如今这讨好的事情却让别人做了。”

“嘿嘿,”张之洞苦笑着,“有啥办法?这叫为他人作嫁衣。”

慈禧没有注意到后面大臣们的窃窃私语,她仔细地赏玩了车厢里的那些古玩字画,非常在意地观察了古玩字画上张贴的黄色标签。标签上大多写着“汉冶萍厂矿进献”,其中还有几件是盛宣怀私人出资的,黄签上写着“臣盛宣怀进献”。慈禧看了,满意地频频点头颔首。

龙旗飞舞,扎着彩旗的车头缓缓停靠在出京后的第一站——卢沟桥车站。站内兵丁林立,警卫森严,附近的老百姓潮水般地涌来,远远地跪在路基两旁,观看这百年难得一遇的皇家出行盛况。站台上摆着香案,也是一片黑压压的人头攒动,当地官员及绅商士民的代表聚集在站台上接驾。火车停稳后,但见月台上领头的一位七品文官一甩马蹄袖跪下了,他的身后随之跪下来黑压压的一片:

“臣,知宛平县事吴某某,率全县官民恭迎圣驾!恭祝皇上皇太后圣安!”

于是后面的人跟着一齐呼应："恭祝皇上皇太后圣安！"

两节主卧车厢正好停在月台中央，皇上和皇太后坐在车窗边，打开车窗玻璃，就能和跪在月台边上的知县大人零距离对话。

"你就是宛平县吴知县吗？"隔着一层纱帘，慈禧问。

"回禀老佛爷，正是。"跪在地上的知县老爷不敢抬头。

"宛平县这几年的收成如何？"慈禧又问。

"风调雨顺，无水旱蝗灾，年年丰收。"

慈禧笑道："这一路走来，我看今春的小麦长势很不错，又是个好年成啊！"

"托皇上皇太后的洪福，这已经是第五个丰收年了。"

"嗯。"慈禧点点头，示意车窗对座的光绪皇帝也说几句。

"宛平县的百姓们过得好吗？"光绪发问。

"臣感念皇上的惦记！回禀皇上，这几年宛平县境内无匪无盗、无灾无难，士农工商，丰衣足食，太平盛世，安居乐业！"

"你该不会只报喜不报忧吧？"光绪望着纱帘外那个跪着的身影，"不过去年'大考'的时候朕就知道，这几年你把宛平县治理得很不错，百姓们都有口碑。宛平地处京畿，是皇城根下的地方，尔等务必要戒骄戒躁，再接再厉，励精图治，勤谨公务，把宛平建设成为天下各县之楷模！"

"臣谨记在心，定当夙夜在公，不负皇上太后之所托，百姓之望！"

车窗玻璃关上了。

俄顷，一声汽笛鸣叫，"龙号"又缓缓启动了。

接下来的良乡、涿州、新城、涞水等站，都依前例稍作停留，皇上和皇太后照例不下车，隔着车窗纱帘接见站台上的州县地方官，千篇一律地询问一些情况，如农事收成、百姓民生等，然后启程往南而去。

从北京到高碑店八十公里的路程，磨蹭了将近三个小时。

专列终于缓缓停在了高碑店车站。

太监们尖细的嗓音在和煦的春风里此起彼伏：

"宣会办商约大臣、邮传部右侍郎盛宣怀觐见！"

盛宣怀在一名太监的引领下，登上了那节龙廷车厢。

盛宣怀在宝座面前站定了，整服扶冠，一甩马蹄袖跪了下去："臣盛宣怀，叩见皇上及圣母皇太后，恭祝圣安！"

“起来吧。”光绪皇帝望着盛宣怀,与半年前他见到的盛宣怀,已经明显地衰老憔悴了许多,“这次承办西陵铁路这个差事,你很用心,差事也办得很好,确保了今年清明节的谒陵。”

“臣竭尽驽钝为皇上办差,不敢有丝毫懈怠!”

“皇太后心里也一直很惦念着你。”光绪皇帝又说。

“是啊!”纱帘后的慈禧接着说,“去冬下那么大的雪,让你吃苦头了。”

“臣为皇上皇太后当差,吃苦如尝甘饴!”

“瞧你说的,毕竟年岁不饶人呐。”慈禧笑了笑,望望车窗外。此时“龙号”已经启动,正行驶在新修的高易铁路上,“现在已经拐到西陵铁路上来了吧?”

“是。离易州梁各庄还有八十五华里,行车约一个半小时。”盛宣怀回答说,“现在时已过午,皇上太后请传令御膳房用膳。用膳完毕,正好抵达梁各庄。”

“你是说,就在餐车上用膳?”光绪皇帝饶有兴致地问。

“是,一边行车,一边传膳。”

“一边行车看景,一边用膳,这倒挺有趣的。”光绪皇帝说,“李莲英!”

“喳,奴才在。”

“传旨御膳房,准备开筵!”

“是!”李莲英下去了。

“‘龙’号往后就作为皇家的专列了。”慈禧说,“将来去东陵谒陵的时候,也还可以用得上,是不是?”

“是。”盛宣怀回答,“现在京奉铁路也通车了,去遵化祭陵很方便,先乘坐‘龙’号到唐山,然后再转驿路,可以节省不少路程。”

“以后索性再修一条东陵铁路,从唐山分线,直达遵化。”光绪皇帝说。

“等银子有了空余再说吧。”慈禧说,“汉冶萍各厂矿这次为朝廷作了大贡献,他们的心意我跟皇上领了,但下不为例,厂家也有厂家的难处。”

“感谢皇太后的体恤!”盛宣怀等着的就是这句话,“汉冶萍各厂矿现在的难处倒不在乎这点银子,而在于谋求长远之发展。”

“长远之发展又怎么讲?”

“长远之发展就是将现有汉冶萍各厂矿合并,重新组成一个大的股份制公司,变现有的官督商办为完全商办。”

“我记得张之洞那个时候,汉阳铁厂是官办吧?”沉默了片刻,慈禧问。

“是。甲午后臣接手,变官办为官督商办。”

“现在又要变为完全商办,官家退出,是这意思吧?”

“是。”

“为何一而再再而三,要作如此的改变?”

“汉冶萍现在只是隶属于湖广总督管辖督察的厂矿,而非真正意义上的公司。既然不是公司,自然就不能按规定在农工商部注册,也就不能享受朝廷《公司律》中有限公司一体保护的权益。所以必须改变它不伦不类的身份,重组为完全商办的股份制公司。其二,汉阳铁厂炼铁炼钢,离不开大冶铁矿石和萍乡煤焦,所以汉冶萍三厂矿互为依存,缺一不可。重组后便于全盘统筹,协调调度。其三,更重要的是,重组后能得到《公司律》的一体保护,去除了商人的顾忌心理,便于招募民间商股。企业的发展需要源源不断投入大量资金,更新设备,扩大生产,引进新技术。而现在之官督商办,不仅官费投入难以为继,且商家又有顾忌不愿入股,导致企业失去了资金来源,唯有依靠外债维持。目前汉冶萍主要是借日债。”

“你这么说朕就有些不明白了。”光绪皇帝插话说,“为何汉冶萍官督商办,商人就都不愿意入股了?”

“道理是明摆着的,官督商办得不到《公司律》的保护,商人的利益也得不到保障。商人以逐利为目的,入股就得有自主权和话语权,如果入股后自己不能做主,反而由官家说了算,入股人他心里能踏实吗?所以心存猜忌、疑神疑鬼,瞻前顾后、畏缩不前,也就不难理解了。臣从甲午后接手汉阳铁厂到现在几近十二年了,所募得的商股不过十之一二,便是个明证。”

“我明白了!”慈禧说,“官督商办,等于官家这个‘婆婆’实际上是多余的。‘婆婆’自己不干事,反而在一旁多嘴多舌、指手画脚,搞得‘小媳妇们’无所适从。如果没有了‘婆婆’,‘小媳妇们’就可以放开手脚自己去干,干好干坏概由自己负责——你是不是这个意思?”

盛宣怀伏地称颂:“皇太后圣明!一番深入浅出的训示,令臣折服得五体投地!”

“如此一来,”光绪皇帝沉吟着,“这些年汉阳铁厂投入的那么多官费你打算怎么办?一风吹了吗?”

“臣不敢!”盛宣怀恳切陈词,“汉阳铁厂现有官本四百六十余万两。臣去年七月份已与继任湖广总督赵尔巽赵大人商讨了两个方案：一是债转股，用这四百余万两转为官股，组成官商合股的公司。”

慈禧插话道：“这不是也很好吗？”

“但是根据控股比例，官方还应拿出与这四百六十余万两债务配套的现银入股，才能获得沪汉入股商人的认可。根据计算，官方最少还应拿出一百余万两的现银，但是赵大人说，湖广拿不出来。剩下来的只有第二个方案：官家退出，组成一个完全商办的股份制公司。所欠四百六十余万两官费，从汉冶萍公司以后每年所生产的生铁中每吨提银一两，逐年偿还。本还清后仍按此比例继续提银，本清利不清，永远报效湖北官场，以示不忘创业之根。”

“嗯，这样还比较妥当。”光绪皇帝点头。

盛宣怀趁热打铁又说：“现任赵大人和上任张大人已经过协商，都倾向于第二个方案。”

慈禧又问道：“你估计要多少年偿还官本？”

“汉阳铁厂技术改造完成后，现在的生产能力是日产生铁两千吨，一年不少于六十万吨，估计在六到八年可还清。将来还要扩建化铁炉，年产量可翻番，还清官本更不成问题。”

慈禧点点头，又转向身边的孙用慧问：“你在海外多年，西方公司是怎么办的？”

孙用慧回道：“回禀老佛爷，西方各国无不以藏富于民、藏富于商为宗旨，大力扶持股份制公司；必要时甚至国家不遗余力，为公司利益代言。”

“这个藏富于民、藏富于商的想法很好，我看可行。”慈禧说，“皇上以为呢？”

光绪皇帝附和：“皇阿玛说行，那就肯定能行。”

“你下去后写个折子上来吧，”慈禧对盛宣怀说，“把你的想法、理由和打算怎么办公司都说清楚，然后直接送到颐和园来。”

“臣领旨谢恩！”那一刻盛宣怀心里如释重负，磕头如捣蒜，“……其实这个折子臣去年七月份就写好了，直接寄给了军机处。”

“你不用管了，这件事朕知道了。”光绪皇帝说。

祭陵结束后当天返回京城，皇太后还特别开恩，让光绪皇帝下了一道谕旨：“朕钦奉皇太后懿旨，此次祇谒西陵，所有经过之宛平、良乡、涿州、新城、涞水、易州、房山、清苑、定兴、安肃各州县地方,应征本年钱粮,著加恩减免十分之三。”圣旨下后,京畿百姓欢欣鼓舞,奔走相告,望阙谢恩。

盛宣怀也趁热打铁，再次上奏:“……为商办汉冶萍煤铁厂矿渐著成效,亟宜扩充股本合并为一公司,以期推广,而垂久远。”不久很快奉到上谕:“着责成盛宣怀加招华股,认真经理,以广成效。”然后又花了三十块大洋和专程来京的李维格一道，于当年的三月底依律在农工商部注册了公司。他注册的公司全称是:汉冶萍煤铁厂矿有限公司。

盛宣怀接着上奏:将原用之“督办湖北铁厂事务关防”撤销,请部另铸铜质“总理汉冶萍煤铁厂矿公司事务关防”。上奏当天即奉旨:依议。

第十章 香消玉殒

汉冶萍公司的成立很低调，既没有热热闹闹的挂牌剪彩，也没有大肆铺张的集会和酬宾庆典。三月末，盛宣怀和李维格带着农工商部颁发的商办汉冶萍公司登记执照双双由京返汉。不久人们发现，在汉阳铁厂那幢威严的衙门式建筑的门楣上，张之洞手书的“湖广总督衙门汉阳铁厂正堂”几个东坡体大字不见了，取而代之的是盛宣怀手书的一行魏体鎏金正楷大字：汉冶萍煤铁厂矿有限公司。上海福州路上那家貌不惊人的“汉冶萍驻沪总局”也在某一天突然改换了门庭，挂出了同样由盛宣怀手书的魏体鎏金大字招牌。与此同时，沪汉两地的新闻纸上公开刊登了汉冶萍公司的成立公告，全文刊登了《汉冶萍煤铁厂矿有限公司推广加股详细章程》。

这个章程其实是早就提前准备好的，经过了好几年的酝酿和反复修改。章程一共有十章八十八条，详细规定了公司的经营宗旨、股本构成、股东的权利义务以及公司机构的组成等。初创时期的汉冶萍公司还带着一些由母体脱胎而来的痕迹，比如公司法人无须董事会公举，而由公司奏明从原督办直接改为总理，并添派两位协理，协助并主持公司全面工作，不另设董事长。也就是说，原督办盛宣怀摇身一变成了总理，李维格自然就成了协理。章程还规定，董事会须于招股完成后，在五百股以上股东中选举十一人组成。注册时临时上报农工商部的董事会名单，暂时沿用的是原汉阳铁厂董事和原萍乡煤矿董事九人，他们是李维格、杨学沂、林志熙、卢洪昶、王锡绶、王勋、张赞墀、金忠讃（盛宣怀为例定的总理，领导董事会，故不在董事会名单中）。此次汉冶萍公司的股本构成，包括老股及新股共招募股份累计银圆两千万元，分作四十万股，每股银圆五十元。其中官督商办时期最先入股的创始股本两百万两库平银，折合银圆三百万元，为头等优先股；以七百万元推广股先尽老商认购，此为二等优先股票；另外推广加股一千万元，是为普通股。这个章程后来只字未改地继续沿用了二十五年，直到1933年召开股东大会才重新修订。

接下来沪汉两地同时展开了热热闹闹的招募新股活动。这时候盛宣怀已经回到了上海，作为邮传部右侍郎，他已经是名正言顺的京官，本该留在京中做官，但祭谒西陵结束后，在接到汉冶萍公司批准的“朱批”时，他同时又接到了一道谕旨：“仍以会办商约大臣原差赴沪。”这仿佛是明白无误地告诉他，在邮传部他只不过是挂了个虚衔而已，他仿佛再一次看到了枢廷中那只极力排斥他的黑手。陛辞的时候慈禧不解地问：“何故又要离京?”看来慈禧似乎有点舍不得他走了。盛宣怀此时才明白，要他去上海其实并非是慈禧的意思，有人并不希望他留京。但他不敢在慈禧面前把话点破，只是含含糊糊唯唯而退。

盛宣怀其实早就想回上海了，他眼下最需要的，就是好好地在家休整与调养。为了一条短短的西陵铁路事必躬亲，在北方忙碌了半年，冰天雪地中不断加重的寒喘病病情，还有日渐衰老的身体，都容不得这位年逾六旬的老人再继续拼老命了。好在汉冶萍合并重组这件大事已经完成，很多后续工作可以让给李维格他们去做，再想想官场中自己已经没有什么挂欠和多余的奢望了，两年前官制改革后曾暗自许下的那个心愿——大事完成即告老辞职，退出官场——那个奇怪的念头此时竟然又蹦了出来。对官场仕途的心灰意冷，让盛宣怀对于袁世凯他们的排斥打击已经麻木，留不留京做京官他也就根本不甚在意，获得那个官职，原本只是为了方便办理汉冶萍这件大事而已。如今目的已达，他还需要留在这官场中继续受窝囊气吗?此时的盛宣怀并不看好自己的仕途还有什么更大的前程，他以为邮传部右侍郎这就已经走到了头。如果此时致仕回乡，且不说他可以专心去做他的汉冶萍公司总理，单说他的头上顶着朝廷二品大员的红顶子，身上套着轮船招商局、中国电报总局、汉冶萍公司、中国通商银行、华盛纺织厂等十几家大小企业最大股东的花环，手里攥着大把的股票，作为中国首富，他富贵兼得，安享晚年，还有什么不满足的？但人心就是那么微妙，盛宣怀忽而又转念一想：慈禧现在不是已经改变了对我的看法吗?从离京之前的陛辞看，她还是看好我并希望我能继续留在她身边的。从前之所以受袁世凯排挤，那是因为上面没人给咱撑腰，现在误会消除了，问题解决了，还有必要再去主动辞职吗?要不，权且等等，看看后面的子丑寅卯再说?这么一想，盛宣怀就把这个念头又暂时放下来了。由此看来官场的诱惑力实在是太大了，不到万不得已，总是让人恋恋难舍，不忍抛弃。

盛宣怀要利用这次在家休养调整的机会，来完成一件家事——那是他曾经允诺了秦碧珍的，现在必须要兑现承诺了。

盛宣怀知道妻妾们会反对这件事，他想首先跟庄夫人商量，争取她的同意。那天他张了张嘴，可实在有些难以开口。

“老爷今天怎么哪？”庄夫人奇怪地望着他，“有什么话说嘛。”

“我想……趁着我还在世，哪天请个律师来，为秦氏……办理一份关于遗产继承方面的法律文书。”盛宣怀说得吞吞吐吐。

“遗产？什么遗产？”庄夫人不解地问。

“百年之后，拿出我全部财产的五分之一，作为特殊抚恤金优待七姨太秦氏，作为老年后她的鳏寡孤独之用。”

“原来老爷是要安排身后事了。”庄夫人冷笑着说，“那剩下的五分之四，是不是我们四房妻妾也平均各得一份？”

“不是。”盛宣怀正色，“我不希望看到你们以后分家，所以我生前不会留下任何关于分家的遗嘱。但是……七姨太是个特例。”

“为什么她是个特例？”

“因为她没有生育，我怕她将来会受委屈。而且两年前我蒙难洞庭湖的时候，七姨太曾经奋不顾身地与我同患难共生死，那时我就说过，今生一定要厚待七姨太。我不能说到做不到。”

“那是让七姨太赶上了！”庄夫人有些不屑地说，“换上我们之中的谁，都不会忍心看着老爷只身赴难，都会与老爷同患难共生死。”

“你们都能做到？”盛宣怀冷笑，“恐怕说起来容易做起来难。俗话说夫妻本是同林鸟，大难来时各自飞。那是生死关头，不是人人都能做到的！”

“老爷既然不相信我，还来跟我商量什么？”

“你在很多事情上都比她们深明大义，况且你还是当家人，你应该站出来，帮助老爷说服她们。”

“我没法说服她们，”庄夫人气咻咻地说，“因为我自己也不服！”

很快,其他的几房姨太太就都知道了,大家闹成了一锅粥,都表示了强烈的不满和反对,认为老爷想特别优待秦氏那只不过是老爷的偏心眼,是老爷宠她,没有一碗水端平,并没有充分的理由。她们振振有词地责问:老爷遇上劫难时,与老爷同患难共生死那是她的义务,因为跟随老爷出差、照顾老爷是她的责任;没有生育更不能成为优待的理由,难道说我们这些人辛辛苦苦地为老爷生儿育女反倒是错了?总之,大公馆里众议沸腾,连七姨太本人也表示了她并不在乎将来是否真能拿到这笔特别优待金,只要老爷有这份心意她就心满意足了。到了此时,盛宣怀不得不把这件事暂时搁置了下来。

那天,庄夫人把傅筱庵悄悄地叫到了跟前。

"阿耀,"庄夫人压低声音,神秘兮兮地问,"我记得几年前你好像曾说过,七姨太和日本人暗中有来往?"

"我,我……说过吗?"傅筱庵不想承认,装聋作哑。

"说过,一定说过!"庄夫人说,回忆了起来,"对了,想起来了,有天你说你看到七姨太,进了日本驻沪总领馆?"

"好像……是有这么回事。"傅筱庵不得不承认,"可后来干爹和干妈让我去查清楚,这才知道可能是误会了,我看错了人。"

"可不一定啊!"庄夫人压低声音,神秘地说,"最近又有了新情况。"

"什么新情况?"傅筱庵紧张地问。他想起了当年以上海和宁波乡下老小的身家性命作担保,跟日本人签署的那一纸协议。

"听七姨太房中的小丫头讲,秦氏一直使用的是日本产的金刚牌和狮子牌的牙粉。七姨太说她从小就是这么用的。"庄夫人神秘地说。

"原来是这呀!"傅筱庵"扑哧"笑了,"这事我早就知道了,而且七姨太的日本牙粉,都是我去九江路的日本商店里替她买的。"

"你想想,她不是孤儿吗?怎么可能从小就使用日本牙粉?那是很贵的!"庄夫人又说,"而且赶马车的阿林前几天也偷偷对我说,他好像有一次也看到了七姨太进了日本人的领事馆。"

"干妈您到底怀疑七姨太什么?"傅筱庵索性打开天窗问。

"我怀疑她的身世有假,不像她说的那样。"

"干妈您一定是气糊涂了。"傅筱庵笑了起来,"老爷想要优待七姨太,这才惹您生气了,您才会多心这么去想。"

“老爷真要那样做,我们谁也拦不住。但不管怎么说,这件事在我的心里堵着,得去查查。”庄夫人很果决地说,“这件事交给你了。”

“可是……那怎么查呀?”傅筱庵作难。

“她不是从洋人的女校毕业的吗?你就从那儿查起嘛。”

几天后傅筱庵去美国基督教圣公会圣玛利亚女校转了一圈,回来对庄夫人说,已经调查过七姨太秦碧珍的在校档案了,她是东北大连人,从小没爹没妈,真是孤儿,被人贩子拐卖到上海后流落街头,结果被公共租界的慈善组织收养,送进了圣玛利亚女校的小学部,后来读完中学部以后就毕业了,在基督教圣公会的教会医院当护士。再后来老爷在那所医院住院,就这样认识了七姨太。

傅筱庵所说的,与从前大公馆里众所周知的有关七姨太的身世,如出一辙。庄夫人当然不会想到,傅筱庵这个忠心耿耿的奴仆,唯独在这件事上打了埋伏,她不知道他的担忧和难言之隐。自从几年前在日本人的淫威屈从之下,他签署了那份“发誓不再多管闲事”“发誓在老爷和太太面前替七姨太守口如瓶”的协议后,实际上他心里就已然明白七姨太秦碧珍是什么人了。但他不敢有丝毫的泄露,日本人心黑手毒,说到做到,他怕危及他的家小。上海有他的妻儿,宁波镇海的乡下还有他白发苍苍的父母。

但庄夫人的心里总还是有点不踏实,将信将疑。那时候上海的公共租界里,已经有西方人开设的私家侦探事务所了,据说私家侦探调查案件很厉害,上海的很多无头案都是由他们侦破的,庄夫人于是决定请他们暗中调查七姨太的身世。当然,庄夫人为此付了一笔不菲的费用。不久以后就有了初步的调查结果,完全是另一个不同的版本:十几年前,流落到上海的十三岁东北少女秦碧珍,在虹口日租界的一家日本料理店当女招待,后来不知何故突然失踪了;再后来她被日本驻沪总领馆送进了圣玛利亚女校就读。秦碧珍是直接进的中学部,圣玛利亚女校为美国基督教圣公会所创办,开设中文、英文、圣经、女红和医学等课程,从未开设过日文课,因此学校也从未聘请过日籍老师。秦碧珍所说的向学校一位日籍教师自学日文的话,显然是谎言。

“她为什么要说谎?”庄夫人听后不禁呆住了。

“她想掩盖她很早就会日语的事实。”那位苏格兰私家侦探回答说,“实际上她在虹口的日本料理店当女招待的时候就会日语了,要不然她干不了那份工作，而不是进了圣玛利亚女校后才自学的。”

“她为什么要掩盖这一点？”

“夫人还不明白吗？她这是想掩饰自己的某种身世。”苏格兰私家侦探神秘高深地微笑着，“母语是直接联系一个人身世的密码，我怀疑老爷的这位第七房姨太太，是个日本女人。”

“啊？！”庄夫人惊得目瞪口呆。

“当然，要想彻底查清楚，只有去她的出生地旅大调查。夫人，您明白的，这就必须要增加费用了。”

钱的事情当然好说，庄夫人现在不得不把这件事一竿子捅到底了。

庄夫人想着怎样把这件事去跟老爷说清楚。

“老爷，”有一次庄夫人找到了机会，私下里对盛宣怀说，“你还记得几年前阿耀曾经说过的，怀疑秦氏的那些话吗？”

“阿耀说过什么话？”盛宣怀根本就不记得了。

“他说七姨太暗中跟日本人来往，看见她进了日本领事馆。”

“后来……不是说阿耀认错了人，是误会吗？”盛宣怀终于想起来了。

“你还记得吧？阿耀后来失踪了几天，说是被日租界的日本浪人给误伤了，在医院里住了几天。后来送他回来的时候小田切领事也跟着来了，为这件事专程登门来赔礼道歉。”

“记得呀！怎么哪？”

“我怀疑阿耀后来的改口，就跟这次被打有关。”

“这件事早就过去了，你怎么又翻出陈谷子烂芝麻？”盛宣怀有些不高兴了。

“七姨太秦氏真的很可疑……”

“够了！”盛宣怀厉声呵斥，打断庄夫人的话，“我就知道你们都嫉妒秦氏！听说我要优待她，你们纷纷都来落井下石，往她头上泼脏水！你们的那点小心眼，以为老爷我看不出来吗？”

“老爷，你冤枉我们了！”庄夫人也来了气，于是把最近发现的有关七姨太身世的新疑点以及请私家侦探调查的事，全都一股脑儿端了出来，气咻咻地讲完了。盛宣怀也愣在了那里，好半天不吭声。

“你们这不是还没有证据吗？”盛宣怀悻悻地说，“你们要是想让老爷相信，就得拿出真凭实据来！”

秋凉以后,盛宣怀的寒喘病又发作了。

盛宣怀的老寒喘病经过北里博士的治疗,这几年病情已经大为减轻,中间的几年甚至基本上就不犯什么病了。这次的犯病,显然还是跟去冬整个一冬天都待在冰天雪地的西陵铁路工地有关。而且这次的犯病,伴随出现了一些从前所没有的奇怪症状,比如流汗、颤抖、发热、血压高,还有肌肉疼痛和挛缩等。盛宣怀赶忙让人去请北里博士,谁知虹口日租界的北里诊所已经挂牌关张,人去屋空了。打听了一下,原来不久前北里医生歇业,回日本去了。

没有北里医生神秘的配方药,盛宣怀的病情就无法缓解,看来只能赴日求医了。他一面向朝廷上奏,说明自己的病情,请求乞假赴日治疗,同时说明这次的赴日是“公私兼顾”,正好借此机会考察日本的钢铁工业。他在给朝廷的奏折中说:“……(在东方)只有日本之制铁所与我并峙,彼之总理曾已亲来汉考察,臣亦宜往一行,籍资互证。”日本驻沪总领事小田切刚好任满回国述职,即将要出任正金银行北京分行经理,正好与盛宣怀同行。他在盛宣怀赴日这件事情上也表现出了极大的热情,亲自为盛宣怀办好护照并送到了府上。不久朝廷电旨下来:准奏。盛宣怀带着七姨太和一干随从,在上海登上了东渡的邮轮。

在神户弃船登岸,盛宣怀在码头上受到了日方组织的盛大的群众欢迎仪式,那些男男女女身着盛装和服,摇动着小彩旗夹道迎接,用蹩脚的汉语齐声说着“欢迎”之类的话,仿佛是在迎接国宾的到访。让盛宣怀更没想到的是,来码头迎接他的,竟然还有专程从东京赶到神户的一批日本政要,他们是日本首相桂太郎、外相小村寿太郎、新任日本驻华公使伊集院彦吉、日本银行调查局局长片山贞次郎、日本陆军中将兼八幡制铁所长官中村雄次郎以及日本前首相伊藤博文等。对于一次普通的以私人身份出国的访问和治病,日方竟然使用了如此高规格的接待,这是盛宣怀所没有料到的,也使他有些受宠若惊。此时的他还来不及去深究日本人的居心和用意,全都把这视作了是日方的友好。在盛宣怀看来,人家之所以这样接待他,毕竟是有求于我。

盛宣怀一行抵日后应邀住在浙江富商、旅日华侨商会会长吴锦堂家里。那是坐落在神户海边盐屋山下的一幢别墅,名曰松海山庄,面对明石海峡和濑户内海，终年风清气朗，景色十分宜人。

吴锦堂名作镆，锦堂是他的字，出生于咸丰五年(1855 年)，浙江宁波府慈溪县东山头村人。幼时家贫，务农之余跟随当私塾先生的伯父课读，粗通了文墨。后来在宁波做磨豆腐的小工，又经人举荐，到上海红庙前的萃丰油烛店当了店员，三年后学徒期满，吴锦堂已熟谙了经商之道。光绪十一年(1885 年)，吴锦堂东渡日本经商，四年后在濑户内海边著名的商港神户设立了“怡生号”商号，经过十多年的打拼开拓，成了阪神地区著名的产业资本家、关西财阀；在大正年间的日本富豪榜上排名第五十六名，总资产计约三百万日元 (约合两百多万两白银)。吴锦堂同时也是神户华侨的领军人物，被旅居神户的大清商人公举为商董、华侨商会会长。此后吴锦堂多次回国探亲、经商，途经上海时与盛宣怀结识并成为至交，若干年后盛宣怀还与吴锦堂结了孙辈亲家：盛宣怀的外孙、盛四小姐的儿子邵式军(邵友濂之孙)娶了吴锦堂的外孙女、浙江督军蒋百器之女蒋冬荣为妻。就是这位商人吴锦堂，不断资助和接济革命党人，孙中山辛亥革命前十一次到日本都住在他家里；戊戌变法失败后梁启超逃亡日本，在神户登岸，也是吴锦堂接待的他。

盛宣怀开始去看北里医生。那天跟他一起去的还有七姨太秦碧珍。北里医生是本州岛兵库县人，回国后他的诊所就开在兵库县的县厅所在地神户市中心，从盛宣怀住的地方去看病非常方便。在诊所进门的正面墙上，仍然挂着他从中国带回的、盛宣怀手书的那块“良医良相”的匾额。老朋友见面自然是很高兴，寒暄了一番后这才慢慢说到了病情。

“流汗、颤抖、发热、血压高，还有肌肉疼痛和挛缩……哎呀！你这些症状，好像是中毒后的依赖反应呀！”北里医生惊讶地说。

“北里博士，”一旁的秦碧珍冷冷地说，“你用提取的生物碱为我家老爷配制特效药，如果中毒，那也是你药物里的毒！”

“我用的是氨茶碱呀！……”北里医生说，抬起头来看了七姨太秦碧珍一眼。他在她的眼里似乎看到了什么，然后他的嘴唇动了动，欲言又止。

那天看病，北里医生又给开了一些特别配制的喷洒外用药剂和一些口服的西药片，并留下了盛宣怀的血样，说是要化验。他让盛宣怀下次来拿化验结果。盛宣怀总觉得那天北里医生的神情很古怪，他似乎想说什么，可碍着七姨太的面，又似乎有些不好说。

那些喷洒药剂盛宣怀后来用过了。同样的药，他总觉得不如在西陵铁路工地上用的效果好。秦碧珍解释说，西医认为，人体对药物是可以慢慢产生抗药性的，首次用药和用药时间长了以后相比，药效会有明显的不同。

盛宣怀利用看病的间隙时间，开始了在日本的参观和考察。七姨太形影不离地跟着他，全程当他的日语翻译。盛宣怀考察的重点是日本的钢铁工业和采矿业，首要目标当然是位于福冈县的八幡制铁所。那天陪同他在八幡参观的是日本陆军中将、八幡制铁所长官中村雄次郎。

八幡制铁所无论从规模、产能还是布局、气势上来讲，都不输于汉阳铁厂，甚至从表面上就能看出来，它的管理更为出色、井井有条。

“……听说八幡制铁所现在还是官办？”盛宣怀挑了个感兴趣的话题问。

“对，纯粹官办，就与贵国的汉阳铁厂初创时期一样。”中村很自豪地说，“听说贵国的汉冶萍公司已经改制为完全商办的股份制公司了，为什么要改变体制呢?我们并不认为官办体制就不好。相反，钢铁工业事关国家存亡大计，必须牢牢地掌握在国家手里!企业的成败和发展，不在于企业本身采用了何种体制，而在于企业所生存的大环境。日本自明治维新以来倾力向西方学习，在国家制度层面进行了大刀阔斧的改革，实行君主立宪，鼓励资本主义，所以国家能够竭尽全力来支持和扶持新兴工业的发展。大的制度环境不改变，单纯地改变企业体制，并不能从根本上解决问题。”

“你说的……也许是对的，”盛宣怀讷讷地说，“但是中日两国的政体不同，两国铁厂之肇始和发展走过了不同的道路。”

“其实日本的钢铁工业同样也是起步维艰。”中村通过七姨太又告诉盛宣怀，“因为缺少铁矿石资源，这种困难和阻力就更大了。本来明治二十四年(1891 年)政府就有了建立海军炼钢厂的计划，但直到几年之后的日清战争(甲午战争)结束，日本政府才利用了贵国的战争赔款从德国引进全套设备和技术，于明治三十年(1897 年)在八幡正式建厂。四年后该厂建成，正式投产，所以八幡制铁所比贵国的汉阳铁厂，要整整晚了七年。”

盛宣怀听了心里很不是滋味，酸溜溜地说:“如此说来，如果没有中国的战争赔款，没有大冶的铁矿石，何谈日本现在的钢铁工业？”

“对，您说得没错。”中村颔首表示承认，“所以，我们的心里很感激贵国，很感激宫保大人。希望两国人民再也不要有战争，世代友好，互通有无。”

“听阁下话里的意思，倒好像是中国人喜欢战争，甲午战争是由中国人挑起来的？”一句话撩发了盛宣怀心里的火气，“告诉你，如果没有甲午战争，我的亲弟弟他就不会倒在你们的炮口下，不会死在战场上！”

“很抱歉，我不小心触动了阁下心中的伤痛，今天我们不讨论战争问题。”中村赶忙转移了话题，“……我们的八幡制铁所和你们的汉阳铁厂一样，在建设的初期也同样遇到了技术上的问题。明治三十四年（1901 年）十一月十八日，是八幡制铁所首炉铁水出炉的日子，但炉门打开后铁水却流不出来，投产失败，在场的两院议员、内阁大臣等都目瞪口呆。经过三年的技术改造后，1 号高炉才重新点火成功。”

“当初汉阳铁厂还不仅仅是个技术问题。”盛宣怀余气未消，“它生不逢时，一出生就遇上了中日甲午战争。作为战败国，大清国不得不奉上巨额战争赔款，让战胜国去创办钢铁工业，自己再也无力对汉阳铁厂提供官费投入。此后的汉阳铁厂经过差不多十一年的蹉跎，才最终完成了技术改造。”

“阁下请别忘了，正是我们所提供给阁下的资金援助，才帮助汉阳铁厂最终完成了技术改造。”

“请别忘了，那不是无偿的！”

“你们需要我们的资金，我们需要你们的铁矿石，所以，这就叫互通有无、互利互赢嘛。”中村狡黠地笑了笑，“八幡制铁所眼下正在进行扩建。到今年年底，我们即将完成 18 万吨钢的第一期扩建工程。接下来，我们又制定了以年产 30 万吨钢为目标的第二期扩建计划。”

“日本的钢铁工业原本就是无米之炊。如此快速的扩建，你们准备拿什么来喂饱那些张着大口的高炉？”盛宣怀表示怀疑。

“嘿嘿，这个嘛……好说。我们不是有源源不断的大冶铁矿石，不是有友好的老朋友宫保大人吗？宫保大人这次来日本求医，我们正好可以坐下来，好好地商量商量今后新的合作。关于扩大铁矿石和生铁的对日出口，首相和日本政府也准备了一个与宫保大人的会谈计划。”

原来如此！中村一语泄露了天机。盛宣怀顿时明白了，日本人为什么在他访日的问题上，如此的高规格和用心。

从八幡结束参观回来，回到神户海边的松海别庄，吴锦堂偷偷地告诉盛宣怀，北里医生来信了，托他避开七姨太转告盛宣怀，北里医生想单独跟盛宣怀见面,谈一谈他的病情。他将那封信给盛宣怀看了,盛宣怀想起了北里医生给他看病时的古怪表情,猜想他心里的难言苦衷,不得不绕一个大弯子通过吴锦堂来通知他。

后来盛宣怀找个机会,避开七姨太秦碧珍,单独去见了北里医生。

"我的猜测没有错,你身上出现的那些症状,果然是药品中毒后的依赖反应。"一见面,北里医生就将血液化验单给盛宣怀看,开宗明义,毫不掩饰,"你看,血液化验检测出了吗啡的成分,证明了我的这个诊断。"

"吗……啡?这是怎么回事?"盛宣怀有些蒙了。

"你知道吗啡吗?"北里医生问。

盛宣怀摇摇头。

"一百年前,法国化学家弗·泽尔蒂纳首次从鸦片中提取出了一种生物碱,这种生物碱具有极强的镇痛、镇静作用,使人嗜睡。泽尔蒂纳因此以古希腊神话中的'睡神'吗啡斯为它命名。"

"你说的我有些明白了," 盛宣怀说,"我的那些症状, 实际就是大烟瘾?"

"可以这么说吧。"

"可我从来不沾鸦片,这大烟瘾从何而来?"

"这也正是我想知道的。"北里医生说,"我给你配制的喷洒药剂里,主要的成分是氨茶碱,虽然也是从植物里提取的生物碱,它有平喘、镇静的作用,但是绝对不含有吗啡。"北里医生停顿了一会儿,"除非是有人在暗中做手脚,往这配制好的喷洒药剂里又另外添加了吗啡。"

"谁?"

"当然是有机会在你身边,给你注射、喷洒药剂的人。"

"她?"盛宣怀瞬间目瞪口呆,愕然愣住了。

"当然,她每次添加的吗啡都是微量的,但去年一个冬天的使用,足可以让你慢慢上瘾并产生依赖性。由于添加了吗啡,这种药物的平喘、镇静作用更明显,药效就更加显著了。起初我以为,这只不过是一个小护士为提高疗效而违反医嘱,擅自进行的一次小试验而已。后来联系到自己的回国,我才恍然大悟,原来这是一个精心策划的有预谋的阴谋。"

"阴谋?什么阴谋?"盛宣怀越听越糊涂了。

"你知道我为什么回国吗?"北里医生问,"其实我很喜欢中国,喜欢上海。我在上海的诊所开得很成功，业务也开展得很好，但是有一天总领馆忽然毫无缘由地吊销了我的侨民证和护照，我不得不关张歇业回日本来了。”

“这和我有什么关系？”

“他们先是让你对吗啡产生药品依赖，然后再让我回国，这就迫使你不得不亲自来日本向我求医了。而这，正是某些日本人所梦寐以求的。他们希望你来，他们要向你示好，和你谈判；他们有求于你，希望得到他们所想要的东西。”

盛宣怀浑身的血液仿佛在那一刻凝固了！

“你……为什么要告诉我这些？”盛宣怀望着北里博士。

“我是一个日本人，但我更是一个医生。我不允许有人利用我的病人，利用医学搞阴谋诡计。”北里医生平静地说。

盛宣怀不露声色地回到松海别庄，他没有惊动七姨太。他想起了临来日本前庄夫人对他所讲的那些话，如果她所聘请的那位苏格兰私家侦探对七姨太秦碧珍的身世调查属实的话，那这个小女人真是太可怕了。在自己身边这么多年，自己竟然对她毫无察觉，还一直把她引为红颜知己。仔细回想起来，从前很多事情的谜团，现在似乎都能找到最合理的解释了。比如，盛宣怀为什么在借款的问题上一和欧美列强接触，小田切就立马知道了内情；比如那次在洞庭湖遇险，为什么来营救他的偏偏是日本海军陆战队，而不是别的国家的舰队；再比如这七姨太秦碧珍的长相，为何那么酷似盛宣怀当年的刁氏如夫人，甚至连按摩的手法也一模一样？日本人对他盛宣怀的好恶似乎真是揣摩透了。如此说来，这就是一个精心设计的圈套，秦碧珍莫非真是小田切安插在他身边的耳目？

吴锦堂毕竟是一个爱国侨商。不久，他又告诉了盛宣怀一个惊人的内幕消息：据吴锦堂在银行界的朋友所打听到的消息，自光绪二十九年（1903年）年底，汉冶萍厂矿向日本财团借第一笔日债开始，到不久前刚刚借贷完成的第六笔日债止，债权人虽然名义上分别是日本大仓组、兴业银行、三井物产会社、汉口正金银行、横滨正金银行等洋行和金融机构，但实际的债权人却是日本政府，这些资金中的80%以上由大藏省储金部和国库拨付。

“杏翁，你知道日本人为何要这样？”吴锦堂问。

“当然是为了借款人面子上不致过于难堪，心理上便于接受。”

“还不仅仅是如此。”吴锦堂忧心忡忡，“明明是日本的国家资本，却要伪装成商业借贷,我担心日本政府对汉冶萍别有用心。”

“你说的这些情况其实我何尝不知道?日本人对汉冶萍有野心,想通过债务控制汉冶萍,它并非现在才表现出来。”盛宣怀满腹苦衷,“说实话我也不想借日债,但汉冶萍又不能不借日债。向西方列强借债和向日本借债一样,同样都需要抵押,相形之下,日债的利息还要稍低一点。并且借日债的最大好处就是不用现金偿还,用实物铁矿石慢慢抵偿。锦堂兄你知道,从盛某接手汉阳铁厂以来,这些年铁厂无一日不在亏损,倘若借欧债美债维持,铁厂没有赢利,债务到期后拿什么偿还?说是官督商办,其实这些年招募商股很不顺利,铁厂维持日常生产需要周转资金,技术改造和扩建需要资金,解决煤焦燃料问题开发建设萍乡煤矿更需要大量的资金,这些资金从何而来?只有借债。两害相权取其轻,借欧债美债不如借日债。不借日债汉冶萍就一天也存活不下去。所以,明知道有毒,也只能饮鸩止渴了。”

“真是难为杏翁了。可个中的苦衷局外人并不知晓,反倒是对杏翁指责非议的占多。”吴锦堂同情地说。

“个人的荣辱毁誉,盛某倒是并不在意。”盛宣怀说,“在盛某人的心里是有底线的:让利可以,让权万万不行!当年伊藤博文访华,曾对我提出要求,日本政府想购买或长期租赁几处大冶矿山,自己开采铁矿石,被我当场拒绝了。后来他才提出煤铁互易的方案,这个当然可以接受。”

“看来我是多余担心了,”吴锦堂笑着说,“杏翁的心里早就有数了。”

“锦堂兄,看来你也是身在曹营心在汉啊!”盛宣怀笑着说。

“是,我虽然加入了日本国籍,但我永远是中国人。”

不久,盛宣怀就接到了日本首相桂太郎要正式会见的通知。那天,他带着七姨太秦碧珍在神户登上了高轮火车,赶到了江户(东京),在首相官邸正式与桂太郎举行了会谈。日方在座的,还有外相小村寿太郎、新任驻华公使伊集院彦吉、日本银行调查局局长片山贞次郎、日本陆军中将兼八幡制铁所长官中村雄次郎以及日本前首相伊藤博文等。让盛宣怀没有想到的是,他的老朋友——原日本驻沪总领事、现任横滨正金银行北京支店长(经理)小田切也在座。

桂太郎在说了一番客套话后,道出了会见盛宣怀的本意:“此次贵大臣来日本求医,正好趁此机会,面商铁事。”

盛宣怀接着说:“中日同种同文,兄弟之国,讲求亲睦之道,须在实际而不可徒托空言。即从商务而论,铁为日本所至急,而出数甚少,汉厂不惜大冶矿石公道售济,此其一端。总之,有无相通,患难与共,相依如唇齿,相顾而辅车,方不愧兄弟二字。”

小村外相:“诚然!吾兄弟两国相亲相依,永固吾圉。”

伊藤博文:“顾全大局,不争小事。”

中村雄次郎:“宫保盛大人已于日前参观了八幡制铁所,知晓了制铁所正在扩建,日后制铁所对大冶之铁矿石和汉阳铁厂之生铁需求量将大增,明年除原定之铁矿石进口量之外,制铁所尚需再进口生铁一万吨,萍焦一万吨。”

盛宣怀:“贵国并不缺少煤焦。当年曾以煤铁互易与我国商谈,虽最后贵国之煤炭交易并未真正实行,但如今为何反向我国购买萍焦?”

中村雄次郎:“过去贵国的开平焦和日本出口焦炭,焦比都是一比二,即是一吨钢要花费两吨焦炭冶炼。如今贵国的萍焦质量上乘,焦比只有一比一点几,所以为了降低成本,日本决定从贵国进口萍焦。”

“当年的煤铁互易最终煤炭没有成交,也是有原因的。”伊藤博文插话说,“并非是我国不讲信用,不履行合同,而是贵大臣自己放弃了。”

“不错,”盛宣怀承认,“那也是因为日本进口焦炭按国际市场价格计算,要略高于我国自己生产的开平焦炭,所以放弃了。”

“现在,我们希望从贵国买到萍乡焦炭。”桂太郎望着盛宣怀说。

“价格呢?”盛宣怀问。

中村雄次郎:“这个好说,下一步我们再具体商谈。”

“好吧,”盛宣怀应承下来,“最近那笔五十万日元的借款什么时候可以签?”

“两个合同一块谈,一块签。”小田切说。

“还有一个问题。”桂太郎说,“关于汉冶萍公司,鄙见最好是两国合办。贵国富原料,敝国精制造,资本各半,利益均分,贵大臣以为如何?”

盛宣怀沉吟着,半天不回答。

小村外相:“方今最良之办法,莫如合营之商业。”

屋子里的人都望着盛宣怀,盛宣怀不得不说话了:“……关于这个问题,盛某人实在难以擅自做主。各位都知道,不久前汉冶萍各厂矿刚刚合并重组,改制为股份制商办公司。股份制商办公司的最高权力机构是股东大会，常设机构是董事会，公司任何重大决定都需要这两个机构表决通过。”

桂太郎：“这个我们懂。我们并不要求贵大臣现在就决定。”

“但是贵大臣在日求医期间，”小村外相插话，“必须就此事拿出一个明确的态度，签署一个意向性的协议草案。”

新任驻华公使伊集院彦吉：“或者叫双方外交合作备忘录也行。”

“对不起，这件事我得再想想。”盛宣怀委婉地推托了。

但是日方揪住不放，小田切和中村不断地上门催促。但不久有件事给盛宣怀解了围：那年的十月份，光绪皇帝和慈禧太后相隔一天先后去世，盛宣怀从驻神户领馆得到消息，他有了充分的理由立即打点行装启程回国。这次赴日就医前后历时两个多月，北里医生在为他治疗寒喘病的同时，已经使用医学手段成功地帮助他戒除了毒瘾。至于中日合办汉冶萍，则从此留下了一个剃头挑子一头热、再无下文的无头案，一直到辛亥革命后再被重新提起。

盛宣怀回到上海，庄夫人聘请的苏格兰私家侦探对七姨太身世的秘密调查，此时又有了新的进展。

十四年前，在大连最早的日本人聚居地、后来被称作浪速町的地方，那时的马路还是土路，路边只有几排低矮的小平房，甲午战前全大连不足三百人的日本侨民大部分都蜗居在这里。他们是早年间就来到满洲关东谋生的日本底层民众，很多人都是手工业劳动者或是小本经营的商人。鹤田家就是经营日用百货的小商人，从老鹤田的年代开始就一直在高丽经商，后来到了鹤田成年以后他就把生意从高丽搬到了中国的大连，并娶了一个秦姓的当地中国女人为妻，后来夫妻俩养育了一个女儿，取名鹤田香子。

十四年前那一年正是中国人所说的甲午年。那年鹤田香子也满了十三周岁，在大连的一所教会学校里上中学。那一年的日清甲午大海战中国人被打得大败，大清国的北洋水师全军覆没。四月十七日，李鸿章与日本外相奥陆宗光在马关春帆楼签订了割地赔款的《马关条约》，条约中规定：“……割让辽东半岛及台湾、澎湖诸岛予日本。”消息传来，在大连的日本人欢欣鼓舞，彻夜狂欢。这就意味着他们从此反客为主，将成为这块土地上的主人；他们再也用不着像从前那样，在中国人的面前低眉顺眼、处处谦让小心了。也就是从那时开始，他们将自己居住的地方正式更名为“浪速町”——

以纪念甲午海战中第一艘开进辽东湾的日本战舰“浪速丸”号。但好景不长，高兴了没几天，仅仅七天后，俄、德、法正式照会日本干预，争夺辽东半岛，史上称为“三国干涉还辽”。日本当局最终屈服于三国压力，同意以中国多赔偿三千万两银子的代价归还辽东半岛。仿佛儿戏一般，大连的日本人被自己国家的政府戏弄了一番，空欢喜了一场。还不仅仅如此。外交方面的斡旋、谈判花费了很长时间，一直到这年的年底日军才正式从辽东半岛撤军，实现了真正意义上的“还辽”。也就在那年冬天的一个月黑风高的夜晚，一群来历不明的“胡子”突然袭击了浪速町，把能找到的日本人统统杀掉了，这就是大连历史上著名的“浪速町血案”。事后有人推测这个事件的起因，是因为《马关条约》签订后侨居大连的日本人太张狂太得意忘形，他们伤害和刺激了中国人的民族自尊心，也有人推测这和“旅顺口大屠杀”直接有关。原来日军早在四十多年后的南京大屠杀之前，就已经有过一次在中国的屠城经历。日军攻陷旅顺口后，进行了灭绝人性的四天三夜大屠城，滥杀无辜中国百姓约两万人。后经考察统计，旅顺全城的生还者大约只有八百人。有人说这八百多人中的很多人后来参加了胡子，就是他们趁着日军撤军的机会，制造了这次“血债血偿”的报复。不过很万幸的是，鹤田香子因为在教会学校里住读，从而躲过了这场劫难。

第二年，成为孤儿的少女鹤田香子，流落到了上海。

最先注意到鹤田香子的，是当时还担任日本驻沪代理总领事的小田切。那天，他照例到虹口的一家日本料理店去吃饭，那家来自本州岛香川县的料理店做出的乌冬面很地道也很有名。面端上来后小田切埋头吃了起来。吃着吃着，他发觉面前似乎还站着一个人，抬起头，原来是刚才给他端面上来的女招待。

“你有事吗？”小田切很和蔼地问，他用的是中文。

“先生是日本外交官吧？”女招待用日语怯怯地问，她看上去只有十四五岁，“我可以向您请教一个问题吗？我一直希望能当面请教日本的外交官。”

“当然可以。”小田切也用日语回答，“不过你得先告诉我，你怎么知道我是日本外交官的？”

“因为您经常来这里吃乌冬面。有一次我跟踪您，看到您进了帝国驻上海的总领事馆。”女孩老实地承认。

“说吧,你要问什么问题?”

“外交是国家大事。一个政府如果把外交当作儿戏,朝令夕改,不顾及国家尊严,抛弃和戏弄本国侨民,您说它还值得信任吗?”

“你能说得再具体一点吗?”

“比如,去年的‘三国干涉还辽’。”

“你小小年纪,跟这件事有什么关系?”

“你不知道,我的父母家人,在大连……全都死光了。”女孩喃喃地说着,她抬起头来,泪流满面,哽咽难语。

“对不起小姑娘,我又让你难过了。”小田切很抱歉地说。虽然从年龄上来说小姑娘很像是他远在东京的女儿,但他觉得作为外交官,仍有必要对一位事件的受害者讲明原因,“你刚才所说的那些话都是日本国内在野党的言论,他们常常以此来攻击政府。实际的情况并非你说的那样。据我所知,当三国联合提出还辽要求后,伊藤博文首相召集内阁大臣进行了三天三夜不间断的紧急磋商,对各种情况和可能的后果进行了研判,最后达成了共识:屈服才是日本当下唯一正确的选择。你想知道这其中的原因吗?”

“您……说吧。”

“简单地说,战争的胜算此时已经不在我方。就拿双方海军军力的对比来说,三国海军在远东的总吨位是12万吨,而我国海军在刚刚经过了与大清国海军的消耗作战后,只剩下了不到8万吨。很显然日本打不赢这一仗,屈服和退让是必需的。于是便有了日本的放弃辽东半岛,也便有了后来的‘浪速町事件’,有了你家人的死。但外交官们并没有把国家大事当儿戏,他们经过了仔细的权衡,有时候软弱和退让同样也是为了国家利益。”

女孩睁着大眼睛,不知道她是否听懂了外交官所说的大道理。

“当然,软弱和退让只是暂时的权宜之计。”小田切又补充说,“请你相信,迟早有一天,辽东半岛还会回到我们的手里!”

(若干年后,日俄战争的结果证实了小田切对鹤田香子的话。)

“也许吧。”女孩叹了口气,“但我的家人却看不到那一天了。”

“国家的利益至高无上,有些人注定要为此做出牺牲。”小田切说。

小田切有点喜欢这个名叫鹤田香子的小姑娘了,他后来经常去那家料理店,给她讲一些道理,解开她心里的那个心结。再到后来,他让她从料理店辞了工,由他提供资助,让她继续完成在教会学校的学业。她在教会学校注册的中文名字叫秦碧珍，那是她从前的中文名，用的是母姓。平心而论，一开始小田切并没有很明确的目的，想要把鹤田香子培养成他的耳目和情报人员。那时候外务省给他派驻中国的经济情报员是川贞秀子，横滨正金银行汉口分行的职员。原本是为了方便获得汉阳铁厂和大冶铁矿的内部信息，以利控制，可她却在嫁给了张之洞的心腹幕僚辜鸿铭后，基本上无所作为，甘作他人妇了。小田切当初绝没有想到，当初这位满脑子被他灌满了“国家利益至高无上”的鹤田香子，后来竟成了接替川贞秀子的不二人选，在几年后的一次偶然机遇中，意外地被盛宣怀看中，成了他的七姨太兼私人秘书。至此，汉冶萍的所有机密事务再也无一能保密，全都赤裸裸地呈现在了小田切眼前。

庄夫人把这一切原原本本地讲给了盛宣怀听。她手中还握有那位苏格兰私家侦探从辽东金州厅找到的官方原始登记注册的日侨花名册，在日文名字“鹤田香子”旁边一栏里，填着她的中文名字：秦碧珍。

“鹤田香子？”盛宣怀愕然愣在那里，呆若木鸡。

“老爷，你说吧，这秦氏——该怎么处置？”庄夫人悄声问。

“你说……该怎么处置？”盛宣怀反问。

庄夫人回答不上来。此前她已经反复想过了，实在是想不出一个妥全的办法。在老爷身边陪伴老爷差不多十年的七姨太秦碧珍，竟然是日本人派来的探子、耳目，而且她本身还是日本人！这是庄夫人先前所万万没有料到的。想想这十年来的同床共枕、耳鬓厮磨，想想这十年来的夫妻恩爱，盛宣怀心里更是如吞下了一只苍蝇般那么腻歪！现在该怎么办？毫无疑问她是不可能再留在老爷身边了。那么按老办法，责罚一顿，用一纸休书把她赶出门去？抑或用最新式时髦的方式登报离婚(那时已经有了文明结婚，自然也就应运而生了文明离婚)，脱离夫妻关系？但是两者都需要有公开的正当理由。用什么理由呢？就因为她是日本女人吗？可当初你纳妾时怎么就没弄清楚人家的身世呢？现在丑闻出来了，首先丢脸的恐怕还是你盛杏荪！再说了，这么些年你跟日本人来来往往、勾勾搭搭，朝野本来已经有了许多风言风语，那些借款内幕，通过借款你个人到底拿了多少回扣的好处，到时候人家七姨太一股脑儿抖搂出来，言官御史那儿你过得去吗？可见这都不是个办法。两个人商量来商量去，绞尽脑汁，实在没招了，庄夫人这才说，叫阿耀来问问吧，他心眼活，主意儿多。

“真有这事啊？”傅筱庵似乎并不吃惊，“查清楚了吗？”

“查清楚了，”庄夫人说，“关于她身世的证据都拿到了。”

“哎呀，这事……难办呀，难办！”傅筱庵一迭连声地作难。

“阿耀，不难办我们也不会找你了。你可是我们正儿八经收下的义子，我们待你不薄，这回你可一定要帮帮我们！”盛宣怀说。

“干爹干娘，那是肯定的，没得说的！可这件事情这也不行那也不行，没有好的解决办法呀！”傅筱庵沉吟半晌，“……要想永绝后患，保全干爹的名节，看来只有一条路了。”

“什么路？”盛宣怀和庄夫人同时问。

“死路！”傅筱庵咬着牙，恶狠狠地吐出两个字。

“啊?！”盛宣怀和庄夫人吓得脸上顿时变了色。

“胡说！”盛宣怀呵斥，“人命关天，亏你想得出来！”

“我这完全是好心为干爹着想。既然干爹您不愿意，那就当我没说这话。”傅筱庵负气，转身要走。

“行不行的，你得让人家先把话说完呀！”庄夫人一把拉住了傅筱庵，朝丈夫嗔怪地说，“阿耀，没事，看在干娘的面上，你接着说。——你干爹他也不是不愿意，他是怕人命关天受连累。”

“……我的意思是说死得不露一点痕迹。”哄了好半天，傅筱庵才接着说，“看上去就好像纯粹是一次偶然，一次意外，没有丝毫招人怀疑之处。也就是说，既不能让日本人看出破绽，也不能让公共租界巡捕房抓到什么把柄。”

“那到底是……怎么个死法？”庄夫人哆嗦着追问。

“具体的我一下子也说不上来。不过这件事太大了，你们得让我仔细地再好好想想。”

“这件事，我也得再想想！”盛宣怀丢下一句话，转身离去。

几天后盛宣怀接到朝廷的电谕，召他进京叩谒皇上和太后梓宫，并参加新皇登基大典。临行前他反复考虑了好几天，许是无法再找到更好的解决办法吧，他最终还是同意了傅筱庵的处置方案，并把处置七姨太的事全权委托给了他，向他叮嘱了许多应该注意的细节。傅筱庵二话没说，一口应承了下来。

盛宣怀走后许久，傅筱庵却迟迟按兵不动，似乎并没有动手的意思。庄夫人有点沉不住气了，几次悄悄问他，他都推说办法没有想好，要等待时机。庄夫人也不好再逼再催。再看看七姨太那边，她似乎并无察觉，还像从前那样嘻嘻哈哈，该逛街时逛街，该打牌时和姨太太们一起打牌玩乐，一点也没有起疑心。这说明庄夫人所聘请的那家苏格兰私家侦探对七姨太身世的调查做得十分隐秘，并没有惊动当事人。当然还有另一个原因：小田切离任后，新的日本国驻沪总领事还没到任，鹤田香子正好处在前后任顶头上司交接的空白时段。

盛宣怀走后，傅筱庵心里却渐渐有了自己的打算。其一，他不能白干这件事。杀人谋命那是多大的罪孽，得冒多大的风险？尽管是帮别人，自己不是主谋但也是帮凶，按大清律都将受到严惩。他得拿到与自己所冒的风险同等价值的利益！这些年傅筱庵虽然在盛公馆已经爬上了大总管的位置，通过帮助庄夫人理财自己也捞到了不少好处，但他人生的目标毕竟不在盛公馆这片小天地里，而是通过进入盛宣怀所掌管的洋务企业，取得自己在上海滩的立足之地，然后打造出属于自己的一片商界新天地。从前他不好意思向老爷提出这样的要求，他想等待一个适当的机会，或者为盛家立下大功后再向老爷开口，到那时兴许就能水到渠成，获得老爷的认可。傅筱庵认为，眼下七姨太这件事就正好是个机会，值得去冒险。试想想，倘若真替老爷办好了这件事，他该为盛家化解了多大的危机？更重要的是，他傅筱庵也从此抓住了盛宣怀最大的隐私和软肋，从此有了要挟他的资本，不怕他将来对他不言听计从。其二，他必须要为自己留一条退路。正因为冒的风险大，因此留退路就尤其有必要。留退路主要是出于两个方面的考虑：一是预防主人家的歹意和不测。傅筱庵在盛家多年，知道盛家的事情太多，而且他的手里还握有盛杏荪杀人谋命的把柄，他知道自己从此将面临另一种风险：事情办完后主人家过河拆桥卸磨杀驴，杀人灭口。这种事情从古到今屡见不鲜，傅筱庵不得不提防。二是预防日本人的报复。傅筱庵知道日本人手里握有他的把柄，他用自己上海和宁波镇海乡下家人的身家性命向日本人做出了书面保证。百密难保一疏，到时候万一计划泄密消息走漏，日本人来找他的麻烦，他必须找一个人出面为他作生死担保。这个人要能在日本人面前说一不二，日本人还必须买他的账——这个人不是别人，正是盛宣怀自己。总之，傅筱庵要确保自己在办完这件事后，既不能死在主人的手里，也不能死在日本人的手里。

心思缜密的傅筱庵把一切都盘算好了,就等盛宣怀回来。

腊月里,盛宣怀参加完大行皇帝和皇太后的丧礼以及新皇的登基大典后,从京城返回了上海。这次进京,盛宣怀明显地感受到了京城政局正在发生的巨变:宣统皇帝已经登基,其本生父、摄政王载沣被推到了最高权力中心,而载沣正是光绪皇帝的亲弟弟。坊间于是有了一种传闻,说老庆即将靠边,袁世凯也将性命难保。原来传说光绪皇帝临终前,曾留下了"杀袁"的遗诏。但是后来的情况却是:袁世凯并没有被杀,而是被朝廷开去了本兼各差,让他回原籍养病了。袁世凯的下台,让盛宣怀有了一种云开雾散见日出的感觉。摄政王载沣也对盛宣怀表现出极大的好感,知道他长久以来受庆、袁一党的排挤打击,希望他出来担当重任,并明确表示年后盛宣怀必须离开上海回到京城,回到他邮传部右侍郎的本任上来,这给了盛宣怀以新的希望。盛宣怀欢欣鼓舞,他似乎又看到了自己新的美好前程。因此越是这样,他越是不愿意在七姨太这件事情上给人留下把柄,越是希望这件事情能早日作个了结,以绝后患。

于是主仆间就有了如下一次绝密的对话。

"说好了的事情,你为何迟迟不动手?"盛宣怀责问傅筱庵。

"我不能白干。"傅筱庵开诚布公,毫不掩饰。

"你为我办事,难道还要讲条件?"盛宣怀脸上有些不好看了。

"办别的事阿耀无条件,唯独这件事冒的风险太大,所以有条件。"

"……说吧,你有什么条件?"盛宣怀望着他好半晌。

"事成之后,希望老爷能给我一个做事的位置。"

"你现在的位置还不满足吗?"

"我想离开老公馆,去外面做事。"

"你说吧,想要什么位置?"

"轮、电二局现在已不在老爷手里了,我不敢奢望;汉冶萍和华盛纺织厂搞工业生产我不懂,干不了;唯独剩下中国通商银行一家,我对商业金融有兴趣,这些年替夫人管账理财也逐渐熟悉了这个行业。"

"你想去中国通商银行当职员?"

"不,中国通商银行总裁。老爷作为督办,可以向朝廷保奏。"

"保奏要有资格,你是白身子不行。"

"嘻嘻,回禀老爷,我早已经不是白身子了。"傅筱庵嬉笑着说,"去年捐赈，我已经捐了个候补知县。”

这回轮到盛宣怀睁大眼睛，张开嘴不知道说什么好了。

看到盛宣怀沉吟半天没有表态，傅筱庵又故意说：“老爷要是觉得为难，那就算了。老爷尽可以去找别人干这件事，阿耀保证替老爷严守秘密！”

傅筱庵说的是句废话——明知道这种事情是越少人知道越好——他之所以这么说，那也是为了激将盛宣怀。盛宣怀果然满口应承了。

腊月年关将近，朝廷下了一道谕旨，擢拔盛宣怀为商约大臣，并谕令接旨后即刻回京任邮传部右侍郎本任。摄政王本来说好是年后让盛宣怀回京的，没想到提前了。看来想在上海过这个春节是不可能了。盛宣怀匆匆忙忙地打点行装北上，临行前又跟傅筱庵密谈了一次，叮嘱他就按说好的办。

上海租界最早开始使用煤气，是在同治初年。英国商人亚历克斯·肯尼迪·史密斯等人发起组织上海大英自来火房，计划投资两万多英镑，为租界内公共道路及住宅照明供应煤气。同治四年（1865 年），大英自来火房经工部局同意，首先在南京路上安装了 10 盏煤气路灯，每天夜晚引得路人流连驻足，轰动上海滩。十五年后，上海公共租界煤气路灯的数量已达到了将近 500 盏，煤气公司也由单一的英商煤气公司发展成为法商煤气公司、美商煤气公司等。清光绪八年（1882 年）上海开始使用电灯照明，“……昏暗的煤气灯光给人一种可怜的形象，它在新电灯的强光下看上去完全和紫铜的颜色那样，毫无光彩。”当年的英文版《字林西报》这样报道说。不久，煤气的照明功能就完全被电灯所取代，但煤气却并没有因此而退出上海，而是利用它遍及全租界铺设的地下管道，进入了更多的洋人和富豪家庭，成为他们的厨房及冬季取暖的燃料。

斜桥盛公馆使用煤气很晚，它在这一年的腊月开始铺设煤气管道入宅。

盛公馆从前冬季取暖，使用的是专门从英国进口的火炉，烧的是煤块。这种英式火炉，需要有专门的仆人照料，定时添加煤块、清除炉灰，不但费时费力，而且不清洁。使用管道煤气后，配套的炉子也是从英国进口的专用煤气炉，从此再也不用定时添加燃料了，只需拧开铅管上的开关、打开风门，它就可以自动地一直燃烧下去；而且没有灰烬，快捷、便利、清洁。

春节前夕，盛公馆煤气管道铺设工程顺利完工。这项工程是在大管家傅筱庵的主持下，由英商煤气公司派工程技术人员监理施工的。试火那几天，上海刚好遇上多少年难得一遇的寒潮，鹅毛大雪纷纷扬扬地下了好几天，外面天寒地冻滴水成冰，但盛公馆却因为烧了煤气取暖，屋里暖意融融盎然如春。这个春节，盛公馆里的主与仆男女老幼注定都过得温暖而惬意。但好景不长，乐极生悲，新年的那几天刚刚过去，盛公馆出事了——有一天晚上煤气泄漏，四姨太刘嫣红刘氏、七姨太秦碧珍秦氏，在各自的房间里因煤气中毒而双双殒命。事发后公共租界工部局巡捕房和英商煤气公司联合派员来现场作了勘定，煤气管道安装符合规程，并无泄漏；最后的结论是仆人当晚点火后忘记打开风门（当晚七姨太房中侍寝的小丫头也同时殒命，这个结论已无从证实），属于操作失误，英商煤气公司对此不承担责任。后来为了慎重起见，工部局巡捕房还聘请法医进行了尸检，认定了是一氧化碳中毒。这场事故，看上去就真像是一次偶然一次意外，因此当年上海《申报》还对这则轰动一时的新闻，以"乐极生悲煤气杀人，盛公馆突发意外双妾一夜香消玉殒"为题作了报道。

盛宣怀接到电报后从北京匆匆赶回料理丧事。盛公馆里挽幛挽联，幡幔飘飘，自是一番悲悲切切的景象。盛宣怀私下里见到傅筱庵，劈面厉声责问："刘氏是怎么回事？你下手也太狠毒了吧？谁让你把她也一块害了？"

"没有呀老爷，冤枉呀！……"傅筱庵呼天抢地直喊冤，"刘氏真是一个意外！我怎么知道，她凑巧就赶在了那一夜？"

"你确定，这也不是……庄畹玉的意思？"畹玉是庄夫人的小名。盛宣怀知道，自从她们俩同一天嫁入盛门以来，一直因为扶正的事而长期不和。

"老爷，您怎么能这样猜疑夫人？"傅筱庵替庄夫人鸣不平，"夫人是厚道人，她和刘氏再怎么有过节，也不至于起杀心呀！跟您说了，这就是一个意外！"

盛宣怀这才不吭声了。

"还有件事情要向老爷禀报，"傅筱庵又说，"我已私人聘请了一位洋律师，将盛公馆死人这件事的真实内幕都写在了书面上，放在一个密封的匣子里，存放在我的洋律师那里。一旦有一天我出了意外，我的律师就会将密匣子送到报馆去启封，把事情的真相公之于众。"

"你——什么意思？"盛宣怀沉下了脸。

"老爷不要误会，我这主要是防备日本人。"傅筱庵巧言解释，"七姨太秦碧珍是日本人，我怕以后日本人来找我的麻烦，不得已才这样做。真到了那一天,老爷您一定要出面救我,要不然您也会有大麻烦。”

因为是料理如夫人的丧事,所以既未登报,也未发函邀请更多的亲友,丧仪从简。只有刘嫣红的娘家来了人,就是从前她那位不受盛公馆欢迎的胞兄刘光庆。可怜的秦碧珍,连个娘家人都没有。两具棺木在盛公馆短暂停放了几天后,很快就出殡了。停放期间,盛宣怀亲自为两位如夫人守灵——当然主要还是为七姨太秦碧珍。毕竟夫妻一场,内心说不出的五味杂陈,含着种种的愧疚,想起从前的种种恩爱,想起病中她对自己的悉心看护,想起洞庭蒙难时的生死相随,盛宣怀还是禁不住老泪纵横,扶棺为秦氏伤心恸哭了一场。

后来的事实证明,刘嫣红之死真的是一个意外——即便那天晚上秦碧珍不死,她也死定了。她的死,无疑为这桩谋杀案罩上了一层扑朔迷离的外衣,使事件的偶然性和意外性显得更加真实更加迷惑人。正因为如此,后来日本人对这件事并未深究。出殡那天,日本国新任驻沪总领事永泷秀吉还以朋友的身份假惺惺地出席,已在北京的小田切还为此专门发来了唁电。

事后不久,傅筱庵就坐上了中国通商银行总裁的宝座。

第十一章 咸鱼翻身

宣统皇帝登基后一个月，光绪三十四年的腊月初九（1909 年 1 月 2 号），摄政王载沣下了一道谕旨："……着命袁世凯开缺回籍养疴。"

坊间所盛传的"杀袁"，终究还是没有能够实现。

"杀袁"之所以没有成为事实，后世一般认为有这么几个原因：

其一，"杀袁"之说完全系误传，是想当然的民间演义。构成这个传说的基础，是说戊戌变法期间，袁世凯向时任直隶总督的荣禄和慈禧太后告密，出卖了光绪帝，导致光绪帝被囚瀛台，谭嗣同等六君子喋血菜市口，康、梁亡命海外，百日维新彻底失败。但时至今日，史学家们也没有找到直接的证据证明这一点。历史的事实是：袁世凯应召进京陛见光绪皇帝，当晚在下榻的宾馆谭嗣同求见，谭口传圣旨，要袁返回天津杀荣禄，然后率新军进京包围颐和园，捕杀慈禧太后。但谭拿不出上谕，更没有所谓的"朱谕"，袁敷衍搪塞了谭嗣同。也就是在这同一天晚上，慈禧突然从颐和园回宫，接管了光绪皇帝的权力，并对他进行监控，同时开始通缉和抓捕维新派人士。第二天袁世凯照常陛见光绪皇帝，只是就一般的改革问题进行了奏陈，表明了自己支持改革的态度，光绪也并未向袁面授任何机宜。也就是说，在袁世凯陛见光绪皇帝的前夜，还不等他返回天津，北京政变就已经发生；袁世凯实际上是有密可告但他并没有告密，或者说来不及告密，也可以说没有机会让他向慈禧或是荣禄告密。由此来指责袁世凯道德上的缺陷，是没有任何根据的。摄政王载沣在掌权后想据此来诛杀袁世凯，为其兄报仇，显然不太可能，因为他手里并没有足以让人信服的确凿证据。

但这并不表明,摄政王载沣不想“杀袁”。

摄政王载沣上台伊始,真的曾一度想拿袁世凯开刀。摄政王与袁世凯之间的恩怨并非私人恩怨,主要还是以袁世凯为代表的汉族高官尤其是军事高官的崛起,不仅损害了满族贵族集团的利益,而且在很大程度上确实也威胁到了摄政王的统治。也就是说,袁世凯在政治上的坐大,已经严重影响到了清王朝的统治,这是清廷内部的满洲贵族集团尤其是少壮派所不能容忍的。

摄政王载沣自己就是这个少壮派的代表人物。这一年,爱新觉罗·载沣刚刚年满二十七周岁,在他的周围,集中了一大批满族少壮派的各类人物,他们不断地向摄政王施加压力,要求处死袁世凯,以防止他利用手中曾经拥有(至今依然实际拥有)的兵权发动政变,篡夺清朝天下。袁世凯对于满洲的贵族集团尤其是少壮派对自己的不满和敌视,其实早些年并非毫无察觉。在光绪三十二年(1906年)的“丙午官制改革”中,他主动让出北洋陆军六个镇中四个镇的指挥权,并同意成立陆军部、以满洲少壮派军人铁良为陆军部尚书的做法,就是对满洲少壮派的示好与妥协让步。但是袁世凯并没有赢得满洲少壮派的谅解与和解,相反在少壮派掌权后,他们加快了要搬掉袁世凯这块大绊脚石的进程。但摄政王还是有点犹豫:国家刚刚遭受了失去皇帝和皇太后两位领导人大丧的重大打击,而袁世凯又是慈禧生前最为信赖的重臣,他麾下的北洋劲旅,除了他谁也指挥不了,如果立即对他下手,绝非国家之福;弄不好还会社稷动荡,引发天下大乱。后世普遍认为,摄政王载沣在关键时刻缺乏决断,有妇人之心。当然,摄政王在犹豫徘徊之际,也曾就此问题秘密征询过内阁大学士、军机大臣张之洞的意见,张之洞从国家的稳定过渡考虑,自然坚决反对“杀袁”。张之洞的意见最后促成了那道“回籍养疴”的谕旨。

这是其二,不敢“杀袁”。

还有其三,不能“杀袁”,这是由当时的外交形势造就的。纵观袁世凯一生的外交,他都在与日本人抗衡、斗争,视日本为中国最大的敌人;即便是后来的中华民国总统时期,他也在想方设法抵制日本对中国尤其是对东北的蚕食和侵略野心;尽管他有时候不得不采取虚与委蛇、阳奉阴违的两面派手法。若干年后袁世凯去世,人们在他的办公桌上发现了一幅临终前他自己手书的遗言:“为日本去一大敌,看中国再造共和。”大意是说他死了,这是日本人的福音,也是共和的福音。这显然是他表明自己心迹的一句话,也是他对自己一生外交生涯的定位和总结,认定了自己是日本人的大敌。他的这种定位和总结是符合历史的事实的,并非浮夸之词。而后世强加给袁世凯“卖国”的种种罪名,尤其在对日关系上妥协投降,显然都是无中生有、不尊重历史的不实之词。

诚如斯言,袁世凯一生都在与日本人为敌,最早应该源起于他青年时代驻军朝鲜期间。光绪八年(1882 年),二十三岁的袁世凯以庆军会办营务处身份随吴长庆淮军第六营东渡入朝,先后参与了朝鲜皇室平定壬午事变和甲申事变的过程。这两次事变都是因为日本人的介入,在朝鲜统治集团内部的亲日派和亲中派之间爆发的斗争。其后袁世凯以大清国驻朝总理交涉通商事务大臣的身份长驻朝鲜,一直到甲午战前回国,在朝鲜十二年。在这期间,袁世凯帮助朝鲜训练新军,扶持亲中派势力,打压亲日派,挫败了日本人一次次企图染指朝鲜的图谋。到后来日本调整对朝鲜政策,改政治上的进取为经济上的渗透、控制,袁世凯针锋相对,积极发展中国在朝鲜的经济力量,扩充华商在汉城和仁川的商务,采取了增建华商会馆、扩充租界以及招徕华商等对策,粉碎了日本的图谋。日本人也因此对袁世凯恨之入骨,甲午战后日本首相伊藤博文甚至要求清政府处死袁世凯。

甲午战后,远东的外交格局发生了变化:日本的崛起和在中国利益的最大化,改变了原先英国在中国一家独大的局面。但英国并没有与日本翻脸(甲午海战中日本击沉的“高升号”运兵轮就是清政府租借的英国船),反而越走越近,两国随后于 1902 年缔结同盟条约。这也就是日本敢于两年后向俄国开战的背景原因。但英国和德国在欧洲却是宿敌,英国和日本亲近,德国则趁机向中国示好,甲午后的《马关条约》谈判,德国拉着俄国、法国出面,“三国干涉还辽”,不管德国主观上出自何目的,但客观上还是帮了中国的忙。日俄战争的结局使英日同盟在远东占尽上风,英日同盟对远东的垄断当然不符合后起大国德国和美国的利益,为了抵制英日同盟,德国于光绪三十二年(1906 年)发起组建中德美三国同盟。德国人的三国同盟建议引起了清政府的高度重视和兴趣,但是考虑到三国同盟必然会引起英国和日本的强烈反应,胆小的清廷因而迟迟不敢回应德国人的建议,错失良机。这一拖延招致了严重后果,两年后日本竟然与俄国握手言欢,又拉拢法国入伙,英日俄法四国同盟正式形成。此时已到了光绪三十四年(1908 年),

德国人于是再度推动三国同盟，美国也变得十分地积极，此时袁世凯正好明升暗降为军机大臣兼外务部尚书，和奕劻一起执掌大清朝的外交事务。袁世凯敏锐地捕捉到了这一外交机遇，认为这是中国走出外交困境的一个重要机会，如果能与德、美结盟，就一定能在亚洲遏制日本的扩张，尤其是对我国东北的觊觎与蚕食，甚至牵制俄、英、法诸国。袁世凯极力促成三国同盟的外交设计获得清廷的批准。这年秋季，清政府秘密派遣唐绍仪访美，以推动建立中德美三国同盟。但是这一消息却不幸为日本人侦知，日本略施小技，将唐绍仪等滞留在日本，一边自己派人秘密赴美，开出种种优惠条件与美国谈判，抢在三国同盟之前与美国签订了盟约。等到唐绍仪费尽周折到达美国时，情势已经大变，美国改变了态度，不与中国结盟了；而且国内也传来光绪皇帝和慈禧先后去世的消息，袁世凯精心设计的一盘对抗日本的外交棋局就这样被搅了局。唐绍仪的外交失败当然是日本人的阴谋，日本人的目的当然也是为了打击权势熏天的袁世凯——没有了袁世凯，在东北对日本人的抵制当然也就无从谈起，因而此时如果杀了袁世凯，就正好掉进日本人设计的圈套，正是日本人所巴不得的结果；而且此时德国在远东的影响还在，仇日已是国内民众普遍的民族情绪，“杀袁”也必将会引起民心的丧失。

袁世凯就这样侥幸逃过了一劫。

摄政王载沣上台后，袁世凯就预感到自己的末日即将要来临了。他提前遣散和安置了一部分家人回原籍，甚至还在暗中为自己准备好了寿衣、棺木等。这一年袁世凯正好年过半百，刚刚满了五十周岁，回顾自己这一生的叱咤风云，从一个穷乡僻壤的没有科举功名的乡绅子弟，能到如今的出将入相、位极人臣，创下一番流传百世的皇皇大业，可谓不虚此生了。要说此时的袁世凯，正处在他自认为的人生顶峰，从地位上来说他已经到了顶，该得到的他也都已经得到了。趁着自己还年富力强，趁着朝廷和最高当权者对自己的信任和倚重，为国家多干点事情，以报答皇上和太后的知遇之恩，然后全身而退，告老还乡，颐养天年，尊享荣华富贵，这些也许就是袁世凯为自己设计的晚年之路。但是现在情况发生了变化，他发现自己不可能全身而退了，他已经成了那些虎视眈眈心怀不满的满洲贵族子弟的众矢之的；社会上有关摄政王“复仇”的传言也风传一时。身处高位，“高处不胜寒”，几十年的官场历练，也让袁世凯敏锐嗅到了改朝换代的血腥味。他也只好坦然面对这个结局了。好在人生已没有留下任何遗憾,这让他的心里平静而泰然,他在静静地等待着那一天的来临。那天当他匍匐在地,接读的圣旨却是“……着命袁世凯开缺回籍养疴”时,他几乎有些不相信自己的耳朵了。奇怪的是,那一刻他并没有感激涕零,也没有伏地高呼“谢主隆恩”,反而让他的心里充满了一种鄙视和失望,忽而让他有些看不起那帮满洲贵族少壮派子弟了;也有了从这一刻起,他要和这个不堪辅佐的王朝恩断义绝、分道扬镳的想法。

寒冬腊月,年关逼近,一大家子人限定接旨后不得盘桓逗留,务必限时离开京城回籍,那情景应该是很惨淡的。姨太太们怨言丛生,袁世凯却很高兴,他对那些满脸愁苦的姨太太们说:“别不知足了!有啥好愁苦的?一家人团团圆圆,能活着一块回乡去,这就已经很不错啦!”那些天,北洋的一些将领和昔日的官场同僚、故旧纷纷登门探望,都被袁世凯拒之门外,吃了闭门羹;他们只好打算在袁世凯离京的那天到火车站去送行。袁世凯又放出话来说:你们要是想让俺老袁活着,赶快就别来送啦。邮传部下属的铁路总局局长梁士诒是袁世凯的心腹亲信,他特地批给京汉铁路局一辆专列花车,供袁世凯全家回籍时调度使用,遭到袁世凯的一顿痛骂。梁士诒不明白,此时的袁世凯只需要低调,不需要招摇和张扬。后来袁世凯仅仅租用了几节闷罐车皮,拉着全家老小及男仆女佣一百多号人,不声不响地离开了北京城,悄悄地往南开去。

北洋的那些将领和官场同僚、故旧,果然没有一个人到车站来为袁世凯送行。那时加挂了几节客货混装闷罐车皮的火车正静静地趴在正阳门火车站的月台旁,升火待发,月台上却走来了一个袁世凯没有料到的人,那人是盛宣怀。

盛宣怀那些天刚好还在北京,没有回上海。那天他不知怎么突然萌生了一个奇怪的念头:不可一世的袁世凯终于下台了,何不趁此机会去看看他,缓和一下两个人的关系?冤家宜解不宜结,日后他能不能东山再起现在不知道,但眼前他已经是落水之狗,犯不着再跟他计较了。他就这样来到了正阳门火车站,没想到他成了月台上唯一赶来送行的官员。

“杏翁是特意赶来看我笑话的,是吗?”袁世凯在月台上迎前几步,站定了,打了一拱自嘲地说,“落荒而逃,仓皇离京,惶惶如丧家之犬,这狼狈相杏翁看了一定觉得很可笑,很开心吧?”

“慰帅何出此言?盛某可没有这幸灾乐祸的意思。”盛宣怀抱拳,言不由衷道,“你我毕竟同为北洋旧僚,共出于李傅相门下,今日项城致仕回乡,盛某难道不应该来送送吗?”

“原来如此。”袁世凯朗声一笑,拉着盛宣怀的手说,“袁世凯倒真要感谢杏翁的情义了!看来杏翁真是个重情重义恋旧的人啊!”

“高看了。盛某不敢忘旧,倒是慰帅有些忘旧。”盛宣怀半是调侃半是宣泄,“这些年盛某久为慰帅所屏逐,郁郁不得志,一直想乞和于慰帅;无奈慰帅高高在上,不给机会。想不到今天慰帅削职为民,你我倒能当面说说话了。”

“瞧瞧,你这还是取笑我,我没说错吧?”袁世凯自己先笑了,笑得有点苦涩、尴尬,“慰廷与杏翁历来并无个人恩怨。抛开轮、电二局,从前之事如果说是慰廷有意排斥打压杏翁,那也决非杏翁一人,朝中的亲日派袁某都曾打压过。”

“难道慰帅认为,盛某……是亲日派?”

“难道你不是吗?”袁世凯站住了,咄咄反问,“你跟日本人走得那么近,汉冶萍完全是依靠日本人的借款办起来的;日本人通过汉冶萍获得了大量他们所急需的铁矿石,这些难道不是事实吗?”

“我跟日本人来往,我有……不得已的苦衷,但我……也有自己的底线。”盛宣怀嗫嚅着,“我决不承认自己是亲日派,要算也顶多只能算是个‘商日派’——只跟日本人通商往来。”

“今天既然已经把话说到这儿了,慰廷也就不妨挑明了说吧。”袁世凯忧心忡忡,“慰廷此去,朝中的亲日派将从此上台,这也是慰廷最担心的。”

“慰帅所说的亲日派是指哪些人?”

“这还用问吗?”袁世凯望着盛宣怀,“除了阁下,还有朝中那些曾经留学日本士官学校的满洲权贵子弟。”

盛宣怀执拗地说:“但盛某绝不是亲日派!将来慰帅能看到的。”

车站里铃声响起,专列就要开动了。

“但愿如杏翁所言。杏翁,将来日本人对中国只有两个目标,一个是东北,一个就是你的汉冶萍了。切记!切记啊!——慰廷就此别过了。”袁世凯说罢打了一拱,转身离去。

盛宣怀站在月台上,怔怔地看着袁世凯矮壮的背影渐渐远去,看到他登上了闷罐车，然后看到扬旗起落，列车鸣笛，缓缓地启动了。

袁世凯并没有回他的老家项城，而是去了河南省最北边的彰德府（今河南省安阳市）。光绪三十二年（1906年），清廷为了集中展示练兵成果，在彰德府举行了一次全国规模的新军会操。也就是在那次会操期间，袁世凯看中了洹水北岸的一块地买了下来，准备作为将来致仕还乡后的养老之地。那块地约三百亩，袁世凯说他买那块地的理由是："爱其朗敞宏静，前临洹水，右拥太行山，土脉华滋，宜耕宜稼。"据后世考证，袁世凯之所以选择这个地方，充分表明了他的政治野心：其一，距离那块地不远，就是著名的殷墟文明发源地，紧挨着殷商帝王之都，袁世凯想沾染王朝之气；其二，古彰德是三国时期袁氏的远祖袁绍的发祥之地；其三，彰德府靠近直隶，可进可退，而且位于京汉铁路旁边，交通快捷便利。这三条考证中除了第三条尚可令人信服外，其他两条尤其是第一条，意思是说袁世凯早就有了帝王思想，在辛亥前五年他买下这块地的时候，就英明地预感到自己五年后将总统天下，十年后将洪宪称帝，你信么？

洹水边的大宅院工程并没有最后完工，原本是留待告老还乡使用的养老福地，没想到提前启用了。袁世凯一家在到达彰德后，只好临时在卫辉等地过渡了一段时间，等到大宅院工程完工后，全家一百多号人，外带两个营的骑兵卫队这才搬了进去。袁世凯给这处占地三百亩的大院落起了个名字，并亲自书写了三个墨宝大字挂在了大门口：洹上村。

因为要正儿八经当京官了，盛宣怀便在京城里买下了一处大宅院。宅院位于东城府学胡同，从前是李鸿章的孙子李国杰的房子，是一栋两层楼的花园洋房。这一年李国杰出洋，任清廷驻比利时公使，就将此屋以七万五千两银子的价格抵押在德华银行，后来盛宣怀将它赎出。考虑到妻妾儿孙将来要在京沪两地之间来来往往，府学胡同的这幢小楼委实还是狭窄了一点，于是他又花了三万多两银子，在院子里重新添造了前后两屋。

安顿好居家，盛宣怀接下来要做的事，就是夺回轮、电二局了。

光绪二十八年（1902年），袁世凯趁盛宣怀"丁忧"之机，从他手中夺走轮、电二局充作北洋练兵经费来源，几年后邮传部成立，这些年一直有将轮船招商局和中国电报总局收归国有的计划。电报更是因为它特殊的军政作用，早在袁世凯刚刚拿到手的时候便有了"官办"的计划，无奈官方拿不出来钱赎买商股,这事便一直拖延了下来。到了光绪三十四年(1908 年)年初,盛宣怀已经是邮传部右侍郎,分管铁、邮、轮、电四政。这时候邮传部计划将电报收归国有,规定收买商股的价格是:上海每股 170 元,港省 175 元(电股当年主要在上海和香港、广东招募)。这一决定遭到股商们的坚决反对,其中尤以粤商领袖郑观应等人的反对最为强烈,一是要求仍归商办,他们"联名公秉邮传部,准其遵照商律注册,永归商办,以维商业";二是如果要收归官办,股价连息每股不能少于 200 元。其实股商们的要求并不过分,盛宣怀是算了细账的:按当时账册,电报局存资本银 370 余万两,按股份 220 万元科派,每股应为 240 元。盛宣怀是持有 900 股的大股东,自然是不愿意股价太低,他借着别人的口吻说:"其有和平之论,则谓照上年股价每股二百元,万不可再减。……若为商股请益,必有嫌疑;如竟照一百七,迹近抑勒,实于朝廷兴商之美意稍有窒碍。"最后清政府决定每股增加十元即每股照 180 元收赎。盛宣怀此时已知不可挽回,又刚刚任职邮传部,不愿悖逆朝廷,且明知收归国有后仍归自己管辖,遂改了主意:后退一步,自认赔钱,带头交出股票。他还给郑观应发了封电报:"电报归官,根于二十八年。今因推广边线,势难中止。……"劝他认清大势,就此作罢。

但对于获利更丰的轮船招商局,盛宣怀就不肯轻易撒手了。

电报局收归国有后,接下来就是轮船招商局了。要想阻止邮传部将轮船招商局收归国有,单靠盛宣怀此时的地位是不可能的:此前他还仅仅只是个挂名的邮传部右侍郎,让他长期靠边赋闲待在上海,虽然名义上分管轮船、电报、邮政和铁路,但邮传部的好多事情还轮不到他来插手、拍板;况且他上面还有顶头上司、邮传部尚书陈璧,左侍郎唐绍仪也位列他之上。盛宣怀当年不甘心袁世凯夺走轮、电二局,曾发誓一旦时机成熟,一定要将轮、电二局夺回来。现在他苦苦等待的时机终于在宣统元年(1909 年)的早春时节到来了——袁世凯被开缺回籍,整个北洋系树倒猢狲散,人心惶惶。而陈璧正是袁世凯一党,邮传部又一直被北洋系所把持,唐绍仪、梁士诒等均是袁世凯死党。盛宣怀的计划就是趁机扳倒陈璧,让轮船招商局收归国有的计划自然流产。

当然,想要扳倒陈璧,不能仅仅凭他是袁世凯一党,还必须得有能够摆到桌面上来的罪名。不久,机会来了。

原来沪宁铁路在头年建成通车后,路局局长的位置一直空缺,落实不下来。其原因是很多家底殷实又有候补头衔的江南官绅，通过各种渠道和关系，纷纷进京活动这个缺位。按正常的官场程序，路局局长归铁路总局管辖，就应该是铁路总局局长梁士诒拍板这个路局局长人选。但邮传部尚书陈璧私下有自己的人选，他依仗权势将路局局长的人事权剥夺，收到自己手中来。这一举动很明显引起了梁士诒和唐绍仪的反感：向外国银行借款修铁路的贷款权由你亲自掌握着，你每签订一笔向外国银行贷款的合同，都能获得总额百分之五的佣金回扣，沪宁铁路你已经拿到了多少好处？现在看到下属的一点点好处你都要眼红，你这样的上司太不体恤下属了吧？如此下去，谁还愿意为你卖命？而唐绍仪的不满在于他也有自己的人选，他已经允诺了别人，并且收下了别人的贿金。在邮传部官员中，据说唐绍仪的生活是最为奢华的，就单说吃吧，史载唐绍仪每天吃四顿，每顿的花费不少于十两银子（普通家庭一个月的生活费），他还说“无法下筷子”。他在邮传部的人际关系也不好，仗着袁世凯对他的特别宠信和器重，经常对部里的员司下属大声呵斥训话，颐指气使，有时连尚书陈璧也不放在眼里。就这样邮传部把一个缺位同时卖给了三个人，媒体讥讽为“一女许三夫”，是清末官场上又一个著名的丑闻。这件事因三个人的互不相让而一直搁置了下来，又被陈璧压制着不准外传。盛宣怀奉旨回到邮传部右侍郎本任以后，通过收买部内的心腹员司，他很快就知道了这件事。他认为扳倒陈璧、彻底清除邮传部北洋系的机会到来了。

当然，盛宣怀自己是不便出面的，他需要找一位御史打头阵。

四川道监察御史谢远涵，江西兴国人，出生于光绪元年，时年三十多岁，正是年轻气盛的时候。通过别人的引荐，盛宣怀跟他见了面。

“盛某听说，敬虚很早就对北洋不满了？”敬虚是谢远涵的字。

“诚然！袁党盘踞各要害部门，相互串通，贪赃枉私，沆瀣一气，晚生早就想清算他们了！如今袁世凯解职回籍，正是天赐良机！”

“敬虚打算怎么清算他们？”

“当然先从沪宁铁路借款入手。坊间传说，沪宁铁路的筑路款是向汇丰银行借的三百二十万英镑，九折实付，也就是说有三十二万英镑回扣，中外各拿一半，陈璧拿走百分之五就是十六万英镑，折合银一百五十多万两！”

听谢远涵这么一说，盛宣怀心中不禁暗暗叫苦起来！因为沪宁铁路的借款合同是他在光绪二十九年的年底，以中国铁路总公司督办大臣的身份与英国人签订的,那时候他还在“丁忧”守制期间。所以那笔十六万镑的佣金是他得了而不是陈璧得了,但是他又不好明说这件事。

“这件事……恐怕不太好说。”盛宣怀沉吟着,“佣金制度是西方商业社会中法律明文规定许可的,想凭这条打垮陈璧恐怕不行。沪宁铁路可以做一篇大文章,但它不做在贷款上。”

“那做在什么地方?”

“‘一女嫁三夫’——嘿嘿,听说了吗?”盛宣怀诡秘地笑了起来。

于是盛宣怀将内情原原本本地告诉了谢远涵。不久,谢远涵弹劾陈璧“贪赃受贿,卖官营私”的奏折送上去了。摄政王载沣正好想清洗袁党,不久朝廷谕旨下,陈璧革职追赃,唐绍仪和梁士诒也被罢免,邮传部的窝案被一锅端。

满以为邮传部尚书现在非盛宣怀莫属了,但是他想错了。不久朝廷谕旨下,邮传部尚书由刚刚卸任东三省总督的徐世昌——又一个袁世凯死党接任。盛宣怀真是糊涂了,他不明白摄政王载沣到底是怎么想的?

其实载沣这么做也是为了平衡和安抚袁党的人心,他不想把事情做得太绝。好在徐世昌很知趣,为人也谨慎低调,走马邮传部上任后他只做了一件事——找各种借口写辞呈交上去,但每次都被退了回来,摄政王对他总是好言好语“挽留”。这样一来,徐世昌就成了撞钟的和尚,每天消磨时光,邮传部的好多公务他基本上都是睁只眼闭只眼。陈璧任上将轮船招商局从北洋收归国有的决定,徐世昌只有完全交给盛宣怀,让他“酌情处理”了。

盛宣怀明白,轮船招商局现在还在北洋,一旦被收归国有后,想要夺回来,那就更难了。实际上,盛宣怀早就进行收回招商局的舆论制造了。袁世凯在控制招商局后,为了发展自己的力量尤其是军事力量,把招商局作为重要财源,竭尽搜刮之能事,经营极端腐败。正如郑观应在调查后所说“官气日重,亏耗日巨”,盛宣怀也在他亲笔起草的调查报告《招商局节略》中说,“北洋专为剥削,不事经营”。从管理机构来说,北洋大臣札委“会办五人,坐办二人,提调二人,稽查二人,正董事三人,副董事三人,漕务商董二人,帮办一人,其挂名文案领空饷者颇多”。至于亏耗,仅以光绪三十四年为例,账上名义余利两万两,但挪用了轮船自保船险三十万两,所以实际亏损达到了二十八万两。为说明北洋对轮船招商局的糟践,盛宣怀在文中将北洋接收招商局后的不景气,同自己督办时期作了对比,说自己二十年前创办招商局时“所收者实在只有华商资本二百万两”，而光绪二十八年（1902年）袁世凯从他手中夺走轮船招商局时，“所交者实值资本已逾两千余万两，不止十倍”。但几年过去，因为北洋的经营不善，长江、天津洋商轮船增加不少，而招商局轮船仍未多加；各口岸码头栈房无一处增添，反而将上海的浦东码头、天津塘沽码头和南京下关码头等产业卖出。以上种种的事实无非说明，当年北洋将轮船招商局夺走官办是非常错误的，现在招商局不仅要退回到原来的官督商办，盛宣怀更想一步到位，如同汉冶萍的重组商办一样，招商局也要脱离官方背景，实现完全商办。

但招商局的股份中，港商占了相当大的股份，而这些港商中“港多徐党”，就是说很多是徐世昌的人。徐世昌虽然不太问事了，但这些“徐党”一旦反对商办闹起事来，纠缠徐世昌不放，后果就很难说了。盛宣怀在这时候想到了寓居澳门的郑观应。郑是广东商界领袖，在粤港商人中享有很高的威望。于是为了以防万一，盛宣怀于宣统元年（1909年）的闰二月初六寄函给郑观应说：“现在沪上股商准拟呈请注册改归商办，但恐粤商又有误会，……港多徐党，或愿放弃商权，……吾兄为商务耆旧，既尚有心扶持大局，应请择同志同股（与其同股而非同志，不及同志而非同股者。因股份之有无，甚活动也）愿列名公呈者，多则十余人，少则五六人，克日密寄敝处，以便凑集四五十人，即可办理。到京谒见商部，须有体面熟悉商务大员（辅佐者已有人）前往。弟意请公三月间来沪，以便偕弟北上，机不可失。”这意思是说，其一，粤港股商那里的工作要郑去做，以抵消“徐党”的影响；其二，争取和组织商办的人员和力量；其三，速来上海做商办注册等事宜。郑观应接到盛宣怀的信函后，立即串联“同志同股愿列名公呈者”密寄盛宣怀，并如期于三月中旬到沪。盛宣怀授意郑观应在上海大力组织招商局的商办事宜，而商办的关键就是召开股东大会选举董事，而且在选举中又必须保证使盛氏集团操必胜之权。

郑观应也果真是郑观应，到沪几天后即拿出了“献议”五条，其中第一条就是在江、浙、皖、粤、闽等地广设招商局股东挂号处，以挂号处名义刊登广告，请股东携带股票或息折来挂号处登记，声明“挂号逾股份之半即开股东大会”，以便按照商律组织商办。挂号处实际是起了了解情况争取同志的作用。郑观应在“献议”五条中还明确指出，“（各地）挂号处应照广东办法，（每个挂号处）举定股东数人作为代表，……非同志兼有嫌疑者不取。”在郑观应的努力下，东南各省的挂号处纷纷挂牌开张，股东登记工作紧张热闹而有条不紊。仅以上海为例，不到两个月的时间，股商持票折陆续挂号者达两万多股；到五月底为止，东南各省“已得股份全额十成之六”，超过郑观应预期的“全数之半”的目标，于是公议同年六月三十日在上海召开股东大会。是日，招商局股东假座上海静安寺路某会馆召开大会，选举董事，组织讨论以郑观应为主拟定的商办隶部章程四十六条，并作注册立案等事宜。就在这次股东大会上，共选举盛宣怀、郑观应等九人为第一任董事会成员，公举盛宣怀为董事会主席，这九人的名单基本上都是盛氏集团成员。股东大会和成功选举董事会是企业走向商办的关键，标志着轮船招商局从官督商办正式走向商办，也标志着被袁世凯抢去的招商局现在重新又回到了盛宣怀的控制之下。这以后的事情就好办了，徐世昌及其“徐党”见生米已成熟饭，自是不好再反对了，接着在农工商部正式注册登记。

轮船招商局是获利企业，它重新回到盛宣怀手中还有另一个好处，即汉冶萍又多了一个融资和调剂资金的渠道。从盛宣怀接手汉阳铁厂开始，轮船招商局及其关系企业比如中国通商银行、电报局等，就成为汉冶萍各厂矿企业最大的股东。当时汉阳铁厂还是个严重亏损的烂摊子，萍乡煤矿正处于初创阶段，商人都是不见兔子不撒鹰，在没见到实实在在的利益之前，谁都不愿往里面投钱。那时的汉冶萍各厂矿招商困难，在这种情况下，盛宣怀挪用盛氏集团的其他赢利企业的资金，投资汉冶萍或作短期周转，就是很正常的事情了。根据汉冶萍档案的记载，轮船招商局对汉冶萍各厂矿的投资总额达到了一百〇一万两，是汉冶萍最大的股东。只是后来招商局被袁世凯夺去，盛宣怀无法控制资金，这也是促使他大量借外债尤其是借日债的另一个重要原因。

招商局商办后盛宣怀上了一个折子，假惺惺地说自己这次被股商公举为董事长，实在是无法推托，而自己同时又身兼邮传部右侍郎之职，似与朝廷规定不符，特提出辞官申请。实际他只是为了试探摄政王对自己的真实态度。果然摄政王载沣以特例批准了他继续兼任邮传部右侍郎之职，不准辞职。盛宣怀的心里有数了，以后的事实证明，摄政王很快将对他委以重任。

北京西城白米斜街是否得名于旁边的白米寺，已不可考了。在白米斜街路北有一处一进三重带花园假山的老宅,据说是乾隆年间修建的。老宅门楼下是朱漆大门,大门两侧是磨砖对缝的“八字墙”,对面有一座青砖照壁,门前石板铺路,一边一棵大槐树,有两人合抱那么粗,枝繁叶茂;走进朱漆大门,院内还有朱漆的二门、青砖月洞门,后院有门直通什刹海前海。此宅据说原是直隶公产,光绪三十三年(1907年)七月,张之洞奉调进京出任军机大臣,充体仁阁大学士兼掌学部,买下了这处宅院。张之洞素有廉声,而且向来宦囊拮据,其子孙也大多不甚富贵,不知他哪来的银子买下这么大的宅院?

宣统元年(1909年)五月,这处大宅院里进进出出的客人开始多了起来。这些客人很多都是张之洞昔日的官场同僚、门生故旧,他们来此都是为了探望这座大宅院的主人——张之洞已经向朝廷称病告假开缺了。在开始的那些日子里,客人们见到张之洞都感到诧然不解:张大人依然是精神矍铄老当益壮,并无丝毫的病容,何来称病告假开缺之说?张之洞几声苦笑后,道出心中的苦衷,原来他是不得已而装病的。

张之洞对于这次进京出任军机大臣和充任体仁阁大学士,说实话心里是颇费了一番踌躇的,证据就是接到谕旨后他在武昌城里磨磨叽叽,一直拖延了二十多天不肯动身北上。踌躇过后来到了北京上任,好在慈禧有手腕,把他和袁世凯作了分工:袁主外交他管内政,各司其职,井水不犯河水,两个人相处得还算不错;而且袁世凯对他也够尊重,加之慈禧亲自掌控全局,倒也安然无事。谁知一年后光绪皇帝和慈禧皇太后相继去世,宣统登基,载沣以摄政王监国。摄政王一意孤行,张之洞与他的矛盾和分歧越来越大了。

矛盾分歧的焦点,集中在国家行政大事上。

其一,陕甘总督易人。

陕甘总督多罗特·升允,是察哈尔蒙古人,隶属蒙古镶蓝旗,其祖、父等曾官至通州副将、前锋参领、工部侍郎等职。载沣一直想将陕甘总督这个席位送给满人亲贵长庚,但找不到理由撤换升允。这一年升允上疏,痛陈宪政危害,反对立宪,这一下让载沣抓住了把柄,要将他革职;领班军机大臣、庆亲王奕劻因素来与升允有隙,也趁机进言载沣,但遭到了张之洞的坚决反对。张之洞力劝载沣说,本朝倡议立宪广开言路,疆吏大臣有所见时皆可上奏,况当时内外臣僚、出使大臣等均纷纷上书,畅所欲言,升允何以不可?升允忠心可倚，在满员中究属正派一流，纵有不当，其心无他，不能无错撤换！但军机班里张之洞很孤立，其他的军机大臣都不表态，载沣就强行为之。

其二，津浦铁路督办、总办继任。

宣统元年，盛宣怀的亲家、原农工商部尚书吕海寰出任津浦铁路督办大臣，李顺德任总办。在铁路沿线征地时，吕海寰和李德顺贪其地利，用官势压人，有强占及廉价收购等情事发生。后被百姓告发，御史参劾，两人均被撤职。摄政王载沣提出以唐绍仪接替吕海寰，但是张之洞不同意，说"唐绍仪不洽舆情，未便继任。"载沣说："中堂以乡绅重望，如以为可，谁还能说不可？"张之洞回答说："朝廷用人，如不顾舆情，恐怕要激起民变。"载沣气汹汹地说："国家养着这么多的兵，还怕什么民变！"张之洞也来气了，生气地回答："国家养兵，不是为了打老百姓的！"两人遂不欢而散。因为这件事，张之洞回到寓所后咯血了，仰天长叹曰："不意闻亡国之言耳！"

其三，反对重用满族亲贵子弟。

载沣自从以摄政王监国以来，加紧排斥异己，为了集权于皇室，提拔重用了一大批满族亲贵子弟，比如铁良、良弼等人。随后又以弟弟载洵为筹办海军大臣，以弟弟载涛管理军咨府事务。在张之洞看来，这些人都是纨绔子弟，少不更事之流，不过是拿着国家大事当儿戏。他为这些满洲亲贵子弟的进用而"忧形于色"，当然要进行坚决的抵制，因而与摄政王载沣的争吵越来越厉害，和那些亲贵子弟间的矛盾也越来越大，他们视张之洞为眼中钉肉中刺。据说五月里的一天清晨，张之洞乘轿上朝，途中有壮汉怀揣利刃，伪装成喊冤者求见张之洞。轿停启帘，壮汉在接近张之洞的瞬间突然拔刀行刺，幸而未遂，被张的卫队随从捕获。后来由张之洞本人亲自询讯，最后的结果是刺客被释，张本人及家人从此对此事均讳莫如深。

也就是从那次遇刺以后，张之洞就开始称病不上朝了。但他其实并无真病，只不过是以此作为抗议，促使载沣反省而已。然而，载沣正好乐得利用他不入值的机会，一意孤行，我行我素，连句请张之洞"为国事力疾上朝"的客套话也没有，这使得张之洞连主动销假的台阶都没有了。据说也就在那段时间里，张之洞写了他生命中的最后一首诗，题为《读香山新乐府》：诚感人心心乃归，君民末世自乖离。

须知人感天方感，泪洒香山讽喻诗。诗中透露出张之洞悲凉的心境以及他的无奈和绝望，这几乎就是他的绝命诗了。

六月里，张之洞真的病倒了。他患的是肝病，病因是过度的忧虑导致肝气郁积所至。延医调治，未见有效。到了七月里，张之洞已经倒床不起了，盛宣怀就是在这个时候登门去看望了张之洞。

张之洞蜷缩在炕上，目光呆滞，满脸病容，已经瘦的只剩下了一副皮包骨。眼前的这个人，你根本看不出他曾经是坐镇武昌督署，叱咤湖广的那位“威仪峻整”(《清史稿》语)的制台张大人；更不会把他和那位在官场上长袖善舞、运筹帷幄，历尽艰辛，终于将一座东半球旷世未有的皇皇大厂矗立在长江汉水之滨的湖广总督张之洞联系在一起。此时的他，纯粹就是个苟延残喘、行将就木的干瘦小老头儿。想到这里，盛宣怀的鼻子里禁不住一酸。

盛宣怀面对他人生中的第二位“恩公”，心情总是有点儿复杂。

盛宣怀人生中的第一位“恩公”是李鸿章。如果说李鸿章幕府早年收留了他，后来又提携了他，给他提供了施展洋务才干的机会，那么说张之洞则给他提供了更加广阔的天地和舞台，举荐他进入了中央。甲午之后李鸿章失势，盛宣怀很快认清形势，投靠了张之洞。平心而论，如果没有张之洞，他到不了现在这地位。尽管他知道，张之洞当初让他接手汉阳铁厂，主观动机并非是为了提携他，而是出于他自己的骑虎难下和甩包袱，用民间的话说，就是一个要补锅一个要锅补，凑到一起来了。但不管怎么说，就是因为他接手了汉阳铁厂，他才有可能出任中国铁路总公司的督办大臣；又因为总管全国铁路建设，他才需要不断地和外商谈判借款，这才有了他会办商约大臣的职务，才有了他工部右侍郎以及后来的商约大臣、邮传部右侍郎等职务。应该说在仕途上，张之洞比李鸿章给予他的更多。但无论如何他在情感和心理上总觉得与张之洞还是隔着一点距离，这可能跟李、盛两家毕竟是世交有关系，也可能跟张、盛两人之间说穿了只是互相利用有关。盛宣怀对张之洞内心不满的还有一件事就是：在汉冶萍的合并重组以及商办过程中，张之洞并没有提供帮助。对待这件事，张之洞的态度始终就是不理睬不表态，这种态度态实际就可以理解为他不赞成。因为这件事，盛宣怀在后期跟张之洞的关系实际是一种若即若离的状态。但现在看到病榻上的张之洞，看到人之将死的惨况，盛宣怀心里仅存的那丝怨恨一下子烟消云散了。

张之洞的身体非常虚弱，说话的声音断续而微弱。他望着盛宣怀翕动着嘴唇说了一句什么，但盛宣怀俯下身去也没听清楚。

“中堂大人，您想说什么？”盛宣怀又问了一句。

张之洞忽然颤抖着一把攥住了盛宣怀的手!他没想到他那么瘦弱的身躯手上却那么有劲，看得出来他是使出了浑身的力气:“……保住汉冶萍，千万……不要……让日本人得逞！……”

这句话清清楚楚地传进了盛宣怀的耳朵里。

盛宣怀的眼睛一下湿润了:“中堂大人,您放心,盛杏荪一定做到!将来到了九泉之下,盛杏荪一定来给大人一个交代！……”

两只手紧紧地攥在了一起,那是两双接力完成了芦汉铁路的手。……

随后的日子里,辜鸿铭和梁鼎芬、赵凤昌等也来看过张之洞。

辜鸿铭那时已经生活在北京城里,他是在“庚子拳变”那年由张之洞亲自向李鸿章举荐而离开张之洞幕府的。其时李鸿章正奉旨与十一国议和谈判,辜鸿铭听说联军统帅是德国人瓦德西,立即自告奋勇主动请缨,说瓦德西正是他当年在德国留学时的学生,落难时他还曾经帮助过他。辜鸿铭回忆起当年的情景告诉张之洞说,那时给他和房东太太每天送食品的水果贩子就是瓦德西,瓦德西和房东太太好像还有点暧昧关系,瓦德西在房东太太的介绍下拜辜鸿铭为师,向他学习德文、法文和自然科学方面的知识。辜鸿铭说一日为师终身为父,谈判时有他在场,洋人必不致过分为难我国。张之洞听了大喜,如获至宝,信以为真,立即向朝廷和李鸿章举荐。李鸿章起初有点将信将疑,但病急乱投医,也怕万一错过机会,担不起责任。辜鸿铭就这样来到了李鸿章身边做通事(翻译)。据说辜鸿铭第一次见到瓦德西的时候,当即摆出老师的架子,用一口流利的德语将他臭骂了一顿,直骂得瓦德西面红耳赤低头立正赔不是。但是并没有证据证明,辜鸿铭在那场谈判中凭借他是瓦德西老师的身份,为国家挽回了多少权益,只知道他后来和李鸿章闹翻了,说李鸿章太软弱,谈判中很多可以力争的条款李鸿章都没有争,辜鸿铭一气之下离开了他那里。关于辜鸿铭和瓦德西是否是师生这件事,明眼人应该一眼就能看出破绽和漏洞:普鲁士职业军人出身的瓦德西元帅公元1900年率军来攻打中国时,他已经六十八岁,而当年辜鸿铭在德国留学是1876年前后,他还不到二十岁,但瓦德西却早已发迹于普法战争,1872年他就已经是普鲁士第10军团的参谋长,中将军衔了。辜鸿铭兴许真有个水果贩子的学生瓦德西,但彼瓦德西一定不是此瓦德西。辜鸿铭说了大话自然不好再回到张之洞那里去，后来他就在北京当自由撰稿人，为外国通讯社撰稿;再后来京师大学堂成立,他就应聘去当了教授,其所言所论、所穿所戴，成了清末乃至民国北京城里的一道风景。

辜鸿铭是很感激张之洞的知遇之恩的。他的学识他的才干，只有张之洞识得；而他的脾气他的秉性，也只有张之洞才能容得。同样感激张之洞的还有梁鼎芬，清末官场上大名鼎鼎的“梁疯子”。他是专程从广东进京来看望张之洞的，绕道上海时又约上了赵凤昌。自从张之洞调离湖广后，梁鼎芬颇有自知之明，他知道没有哪位督抚能像张之洞那样器重包容自己，所以索性辞官回广东干他的老本行——办教育去了。梁鼎芬年轻的时候在翰林院当编修，因性情乖张颇难与人共事，人送绰号“梁疯子”。中法战争时弹劾李鸿章“奸姿卖国，罪恶昭彰，有众可杀之罪”，结果反被以“妄劾”罪连降五级。梁鼎芬一怒之下辞官不干，跑回广东番禺老家去了。后来张之洞督两广才重新启用了他，聘为广雅书院山长。张之洞督鄂后，又跟随张之洞来到湖北，先后出任两湖书院山长、湖北学堂总提调等职，还做过一任武昌知府和武昌盐法道。梁鼎芬酷嗜鱼翅，每逢张之洞宴请宾客，他不请自来，不论席间有多么尊贵的客人，也不论自己的吃相有多么不雅，他都只顾埋头饕餮大餐。张之洞对他并无丝毫责备，就像对待溺爱的孩子；如果梁鼎芬不来，他还要让人给他留下一份鱼翅。从年龄上说，张之洞要大梁鼎芬二十二岁，两个人平时的相处就如父子一般。这梁鼎芬还真是性情中人，刚刚走进白米斜街的胡同口，就传来他的号啕大哭声，一旁的赵凤昌呵斥说：“人还活着呢，你这是嚎的哪门子丧？”梁鼎芬这才止住了哭声。他们两人来的时候正是七月底，张之洞的病情已经很重了，两个人便留了下来，守在张之洞的病榻前伺候汤药，像儿子一样一直守到为他送终出殡。

八月中旬的最后那几天，张之洞突然回光返照，能说话，能开口喝几口稀粥了。他对守候在病榻前的家人和门生故旧说，他这几天一睡觉就做梦，梦见自己又回到湖北，回到汉阳铁厂去了。他说他的魂魄在荆楚大地上游荡，在那些曾经留下过他足迹的地方流连：他走进过汉口的闹市，也走进过武昌的布纱丝麻四局，走进过汉阳的兵工厂，也走进过他亲手创办的每一所学堂。当然他最不能忘记的是大冶的山山水水，还有那座号称“东半球第一大厂”的汉阳铁厂。他对那厂里面的每一条道路每一个分厂每一个车间都是那么熟悉，如数家珍：汽笛响了，那是炼铁厂开始出铁；出钢钟声响了，马丁炉前，火龙飞舞，钢花飞溅……

这天摄政王载沣亲临舍中探望说：“中堂有名望，公忠体国，好好为国珍重。”张之洞在枕席上回答：“公忠体国不敢当，廉正无私，敢不自勉。”他的用意是讽谏载沣要廉正无私，不要再任用亲贵失去民心了。他还是放心不下国事，放心不下慈禧老佛爷临终前交给他的托孤重任。但他说的这些话已经如同耳旁风，载沣根本就没听进去。八月廿一日亥刻，张之洞在寓中去世，他给朝廷的遗折中仍然不忘提醒和规劝载沣：

> ……当此国步维艰，外患日棘，民穷财尽，百废待兴，朝廷方宵旰忧勤，预备立宪，但能自强不息，终可转危为安。……所有因革损益之端，务审先后缓急之序，满汉视为一体，内外必须兼筹，理财以养民为本，恪守祖宗永不加赋之规，教战以明耻为先，无忘古人不辑自焚之戒，至用人养才为国家根本至计，务使明于尊孝大义，则急公奉上者日见其多。

张之洞去世后谥文襄，赠太子太保，入祀贤良祠，灵柩归葬直隶沧州府南皮县双庙村张氏祖茔。张之洞为官廉正，殁后竟然连安葬费用都拿不出来，所以他的门生故旧致送的赙仪都比较重，合起来大约有接近两万两之数，张之洞的丧事就是靠这笔钱办的，治丧下来所剩无几。当时有人送挽联说：“死者长已矣，云门石甫同怅望；魂兮归来乎，朝云暮雨各凄其。”云门、石甫是樊增祥和易顺鼐的字，是张之洞生前幕府中最受器重的两位学生；朝云暮雨是张之洞的云雨二妾。这联的意思是说，张之洞一死，他的门生和家人都没了依靠。出殡那天，灵柩运到了南皮火车站，至双庙村坟地，梁鼎芬便一路号啕大哭，其声之高盖过了孝子们的哭声。梁鼎芬送的挽联是：“老臣白发，痛矣骑箕，整顿乾坤事粗了；满眼苍生，凄然流涕，徘徊门馆我如何？”送殡后又回到张之洞老宅前徘徊不去，以实践其联中“徘徊门馆”之句。后来梁鼎芬每乘坐津浦铁路火车往返京沪，接近南皮县时必问同座人到南皮境内否？若人告已到，则必定肃然离座，面向东而立；同座人说火车已出南皮境后，梁鼎芬始方落座。

宣统元年的年底，孙宝琦从驻德国和荷兰公使任上回国，通过他的儿女亲家、庆亲王奕劻的关系，出任山东巡抚。这一年四公子盛恩颐已年满十八周岁，盛宣怀于是下聘到孙家，正式迎娶孙家大小姐孙用慧为媳。

婚礼是新式文明婚礼，宣统二年(1910年)新正在北京六国饭店举行。孙家虽是浙江杭州人，但世代在京为官，很多亲友都生活在京城里；而且盛宣怀重回邮传部右侍郎本任,仕途上也有了一番新气象,也需要和北京官场联络感情、拉拢关系,所以盛宣怀听取了孙宝琦的意见,婚礼就在京城举办。庄夫人特地从上海赶到了北京,府学胡同的房子就临时当了四公子盛恩颐的新房。婚礼那天,京城达官显贵冠盖如云,还有很多曾有过交往的外宾也来了,比如一些欧美国家的驻华时节,日本驻华公使伊集院和横滨正金银行驻北京分行的经理小田切等。北洋系失势,北京官场上的很多人都看好盛宣怀,给他捧场,所以来的人并不少。三天后回门完毕,庄夫人就带着新婚的儿子和儿媳去了上海,拜见他们的姨娘。盛宣怀此时的小妾只剩下了柳氏和萧氏。然后庄夫人还要带着儿子和儿媳回自己常州的娘家去省亲。这是大家庭的礼数,必不可少的。

到了这年的冬月初,四少奶奶孙用慧在上海的教会医院产下一个男婴,这是四房的长孙,也是庄夫人的亲孙子,她高兴得涕泪横流,跪在佛像跟前不肯起来。她一生行善敬佛仗义疏财做好事,自认为这是佛家赐给她的功德。腊月里盛宣怀从京城回到上海,为四房长孙做满月,没想到还有更大的好事接踵而至双喜临门:宣统二年十二月初六(1911 年 1 月 6 日)朝廷忽有电旨到,任命盛宣怀为邮传部尚书。这是盛宣怀多年来的梦寐以求,终于如愿以偿。他"漫卷诗书喜欲狂",为四房长孙起名盛毓邮,小名传宝,把邮传部嵌进了名字里面去。

正月十五刚过,朝廷又来了电旨,让他立即启程进京"陛见",到任履新,主持部务。那时候从上海进京,因为沪宁铁路和津浦铁路的修通,比传统的先走水路到武昌,然后再乘坐京汉铁路火车进京的路线更方便更快捷了。新官上任,盛宣怀不敢耽搁,正在收拾行装准备动身之际,忽然收到儿女亲家孙宝琦自山东发来的电报,说"袁项城自下野以来,或每日垂钓洹上,或闭门读书思过,颇有省悟","欲与公重结秦晋之好,再续前缘,望公万勿以从前之事耿耿于怀","北上乘京汉铁路快车,在彰德府略作逗留,项城必箪食壶浆,携眷将雏迎公于途"。

接到这封电报,对于要不要去彰德府会晤袁世凯,盛宣怀倒是颇费了一番思量。说实话袁世凯在这个时候提出要跟他和好、重结儿女亲家,这倒是他万万没有想到的。一般人都会认为,袁世凯这么做,是因为两个人的地位发生了逆转:一个惨淡下野,一个崛起成为朝廷新贵,袁世凯才不得不高看盛宣怀一眼,想要攀高结贵。但是盛宣怀太了解袁世凯了,他绝不是那种目光短浅的势利小人——得势时将你踩在脚下，失势时又转头去讨好巴结你。袁世凯这么做显然是另有图谋。当初作为朝中手握重兵、权倾天下、说一不二的重臣，一夜之间被突然削职为民遣送回籍，他的内心肯定有太多的不甘，他也一定会寄希望于将来，等待时机，卷土重来。别看孙宝琦的电报上说他“每日垂钓洹上”，但盛宣怀相信，那其实就是袁世凯的韬光养晦。而袁世凯如果想要东山再起，他就必须重新调整策略，首先要做的就是联络朝中新贵，化解从前的宿敌，减少树敌，化敌为友。——对！就是为了要化敌为友，他才会想起从前屡屡受他“屏逐”打压的盛某人，这才会想到要跟他握手言和，永结秦晋之好。盛宣怀愈来愈相信自己的这个判断了。现在袁世凯的绣球是朝他抛过来了，他出手接吗？可他为什么又不接呢？从前他不就想和袁世凯结交吗？尽管现在已和从前不同，盛宣怀凭借自己现有的地位已用不着再向袁世凯乞和，而且袁世凯所期待的那个东山再起的机会，谁也不知道最终究竟是否会到来，但盛宣怀还是相信“和为贵”那句话：冤家宜解不宜结，官场上多个朋友总比少个仇敌好。也许正是因为今日这种地位上的差别，人家袁项城才会低下他昔日高傲的头颅，主动向你示好吧？既然如此，那我就接了吧——盛宣怀当即做出决定：乘京汉路快车绕道彰德府进京。

听说当年七小姐和袁家十二公子的那桩娃娃亲重又提起，老爷还是打算要和袁世凯结儿女亲家，庄夫人坚决不干了。

“我们七小姐金枝玉叶，你是怕除开他袁家就嫁不出去吗？”庄夫人说起当年那件事就气不打一处来，“忘了从前你是怎么受他辱的？你嫌那次丢脸没丢够啊？汇中饭店的订婚喜宴都订好了，满上海滩的喜帖子都下了，人家拍拍屁股就走了，把你一张老脸晾在那里。人家那是瞧不起你嘞！现在怎么呐？自己下野了，又看着你升官了，做邮传部尚书了，眼热了，又想来跟你套近乎了？我跟你说没门！人得有点骨气！”

“妇道人家就是没见识。”盛宣怀皱着眉头，“还说那些陈谷子烂芝麻干什么？人到什么地步说什么话，趁此时跟袁慰廷和好，未见得不是一件好事。”

“你当年还赌咒发誓，说除非海枯石烂，决不跟袁家结亲。”

“那是一时的气话，此一时彼一时。”盛宣怀耐着性子解释，“冤家宜解不宜结。袁慰廷既然有和好的诚意，我能做小肚鸡肠之人吗？”

“和不和好是你们老爷之间的事,总拿孩子的事说道什么呀?”

“那不是好有个借口,双方说话不伤脸面吗?”盛宣怀瞪了庄夫人一眼,“你放心,我这回不是去提亲,纯粹是应邀去彰德会会袁慰廷,试探他的诚意。——提亲的事还早着呢,我心里有数。”

“要提亲那也有规矩,男方上女方的门,那就该他袁慰廷托媒人到上海来提!这点尊严和脸面我们不能不要。”庄夫人补充说。

但是盛宣怀后来自己改了主意,那是到了武昌以后。

到武昌后盛宣怀跟李维格见了面,他把袁世凯此次的主动邀约、盛袁两家的联姻潜史以及这次准备去彰德晤面的计划,原原本本讲给了李维格听,征求他的意见。李维格明确表示不主张跟袁世凯会面,以避免摄政王的猜疑,引起不必要的麻烦。他说汉冶萍公司和杏翁个人的仕途眼下都处于最好的时候,来之不易,不要因此而断送了;两家真想联姻什么时候都行,没有必要选择在这敏感时刻。李维格甚至认为,袁世凯的主动邀约有明显拉拢的嫌疑,要格外谨慎对待,以免掉进圈套。对于李维格的担心,盛宣怀并不认为完全多余,但他又不愿轻易放弃与袁世凯和好的机会。李维格认为是否跟袁世凯和好,取决于袁世凯将来是否真的能东山再起;如果能东山再起,眼前做这一切才有实际意义。盛宣怀说将来的事情谁能说得准?坊间和外电的舆论倒是普遍认为,袁项城将来极有可能复出,依据就是他遍布朝中的党羽以及他现在仍然对北洋陆军的遥控指挥。但这也仅仅只是推测而已,并没有确切而且直接的证据能证明。这几天盛宣怀的心里,一直就因为这件事犹疑着,拿不定主意。

那天从汉阳铁厂出来,陪同的李维格说,汉阳归元寺新来了一位高僧住持,博学闻达,熟谙官场,通晓天下时事,很多官员都找他预测前程,要不然去跟他聊聊袁项城这件事?权当是多听一个人的意见。李维格知道盛宣怀是很迷信这一套的。果然,盛宣怀来了兴趣,北上专列开行的时间是晚上,归元寺又是顺道,他们便一起去了。

新住持法号明通法师,李维格从前跟他有过一面之交。那天两人刚刚在禅房里坐下,小沙弥进来上过茶水,李维格便介绍明通法师与盛宣怀认识。当听说眼前这位就是即将赴京上任的新任邮传部尚书盛宫保盛大人,还不待盛宣怀开口,明通法师就道出了他的来意:“如果老衲没有猜错,盛大人屈尊莅临敝寺,是来替一个人打问前程的吧?”

“你怎么知道本部堂是来替别人打问前程的?”盛宣怀以为他是故弄玄虚,笑着反问,“那个人是谁? 我为什么要替他打问前程? ”

“说起那人,却是与盛大人有扯不清的恩怨纠葛。”明通法师笑了笑,“盛大人与他不和,明争暗斗了多年,天下尽人皆知。二位本是一对冤家,一起一落,此消彼长,互为依存,他下去了,这才有了盛大人今日的高升。这些天盛大人的心里一直纠结着那个人,因为那个人的前程关系到盛大人的前程,盛大人正在为去不去彰德府会他而犹疑不决。”明通法师说罢,蘸起茶水在桌上写了一个“袁”字,“这个人,老衲猜的可对? ”

盛宣怀不由得大吃了一惊!他望着李维格说:“你……提前来跟大师说过? ”这之前盛宣怀曾给李维格来过电报,通报过他要去彰德府。

“没有没有。”李维格连连摆手,“大师可以作证,最近我根本没来归元寺。”

盛宣怀心想:看来这明通法师还真是有些神,果然名不虚传。

“法师是如何得知我要去彰德府的? ”盛宣怀讶然问。

“理由很简单,大人绕道武昌进京。”

“难道绕道武昌就是要去彰德府?本部堂身兼汉冶萍公司的总理,绕道武昌,巡视汉厂,这理由难道还不够充分吗? ”

“非也,那理由通常只可以糊弄别人。”明通法师笑了笑,“理由有二:其一,汉厂已全权委托李总办,专任不疑,他办事大人放心,一般情况下大人从来不作巡视,以免干扰;其次,大人久滞官场,如今升任邮传部堂官,正是梦寐以求,履新途中,急于赴任到职,哪有心思无故绕道盘桓,优哉游哉? ”

盛宣怀被言中心事,和李维格相视了一眼,心中暗暗称奇。

“既如此,我也就不隐瞒了,”盛宣怀索性挑明,“但请大师指教,那个人……他还有东山再起的机会吗? ”

沉吟半晌,明通法师缓缓摇着头:“难说,难说。除非——”

“除非什么? ”

“除非有乱世。”明通法师迟疑了一会说,“摄政王放虎归山,必有后患。不过唯有乱世之中,他才有东山再起、重新出头的机会。”

“为何一定要乱世他才有机会? ”盛宣怀不解。

“乱世枭雄。无有乱世,何来的枭雄? ”明通法师笑了。

“法师以为,当今天下……会致乱世吗? ”盛宣怀又问。

“盛大人以为呢？”明通法师反问。

“不可能，不可能。”盛宣怀连连摇头，“前年先皇和皇太后先后驾崩，国家危难之时，幸得老臣辅佐，平安过度，转危为安。如今乾坤初定，社稷安稳，内患已除，大局已定，百姓安居乐业，新皇冲龄登基，摄政王青春鼎盛，朝中少壮派崛起，国家一片兴旺景象。”

“盛大人既然对时局如此乐观看好，那就是没有乱世了。——阿弥陀佛！老衲多心了，但愿如此吧，那是百姓的福气啊。”明通法师说罢欲离座起身。

“法师稍等！”李维格赶忙站起来打了一拱，“听法师刚才口气，好像对时局另有看法，我等慕名而来，倾心请教，但求明示、指点。”

“不敢不敢。”明通法师赶忙还礼，“老衲之担心，就怕盛大人刚才所言盛世景象，皆是表象。至于时局看法，原不过是仁者见仁智者见智，意会于心，不可言传。佛家也不主张代言来世，替芸芸众生包打听。世事轮回，谁能说得准将来究竟有无乱世，何时有乱世？你说有它兴许真有，你说无它也许就无了。二位尽可悉心揣摩体会，恕老衲不便在此赘言了。阿弥陀佛！”

从归元寺出来，一直到夜晚登上京汉铁路局为他加开的专列，盛宣怀脑子里想着的就只有一件事：未来之天下到底是盛世还是乱世？在火车上整整想了一个夜晚，他确定无疑地相信了一个事实：没有乱世。他当然不会是毫无缘由地这么想的，他的心里肯定想到了种种支持这个结论的理由。这么想着的时候太阳刚刚从东方升起，专列正轰隆隆地从黄河大铁桥上驶过，前面离彰德府车站已经不远了，列车长进来向他请示：专列是否按原定计划在彰德府站熄火停车？盛宣怀想也没想便说：“无须熄火停车，直接北上！”

专列呼啸着通过了彰德府车站。据说袁世凯派来迎宾的亲兵卫队当时就在站台上；而三里地之外的洹上村，装束一新的袁世凯那天没有去钓鱼，他亲自站在村头，准备盛装迎接远道而来的尊贵客人。而在洹上村里，到处都在洒扫庭除，张灯结彩，打算隆重欢迎袁府未来的准亲家老爷。但遗憾的是，这位昔日巴不得与袁家结亲的准亲家老爷，这次却高昂着头路过袁门而不入，结结实实地把袁世凯戏耍了一回，就仿佛几年前在上海他戏弄盛宣怀一样。此时盛宣怀的心里也许真是美滋滋的，他毕竟用同样的手段报复了袁项城，出了心里的那口恶气，但要不了多长的时间，他很快就将为自己的这个决定而后悔。

第十二章 仙鹤补服下的危机

宣统三年(1911 年)是辛亥年。正月里盛宣怀到京后,陛见了小皇帝和摄政王载沣,在军机处领了前往邮传部上任的牒照,又在内务府广储司衣帽库领取了一品文官的冬夏朝服各一套,然后正式走马上任邮传部尚书。

清代官员的官服由内务府下辖的江南三大织造司提前缝制好,根据高矮胖瘦不同的体型分成不同型号,然后再根据上任官员的品秩,将提前绣好图案的"补子"临时缝缀上去,"补服"也因此而得名,但"着装费"归官员自掏腰包。清代官员共分九品十八级,品级不同"补子"上的图案也不同,文官补服绣鸟武官补服绣兽。一品文官补服上绣的图案是一对引颈高歌的仙鹤,从前盛宣怀二品侍郎的文官补服上绣的是锦鸡。第一次着装一品文官朝服,盛宣怀在镜子跟前照了又照。年近古稀,本以为在官场上穷途末路就此终老一生,没想到时来运转,竟然官至一品正堂,心里自然是美滋滋的。一品和二品补服初看起来并没有很明显的区别,但是一品和二品的顶戴却差别大了:一品朝冠顶上缀的是一颗又大又红的宝石,熠熠夺目;二品顶戴虽然也是红顶子,却是珊瑚,个头和色度明显要相差很多。从鸡变鹤,一飞冲天,那是官场上很多人的梦想。

陛见小皇帝时,摄政王详细询问了盛宣怀上任后的施政要旨。盛宣怀侃侃而论,谈的话题只有一个——"铁路干线国有"政策实施的必要性和紧迫性。关于"铁路干线国有",倒也不是盛宣怀的首创,早在邮传部的陈璧时代和徐世昌时代,甚至于在那之前更早,就已经提出来了。

清政府在铁路政策的制订上,有一个十多年摇摆不定的过程。

甲午战败后，面临着空前巨大的民族危机和沉重不堪的战争赔款，最早提出向外国资本开放中国铁路市场的人是张之洞。光绪二十一年(1895年)，还在署理两江总督任上的张之洞就向朝廷建议加紧铁路建设，苦于资金和技术的缺乏，他建议改变先前不允许外资进入铁路建设的既定政策，可以考虑允许西方小国的商业资本投资中国的铁路建设工程。朝廷采纳了张之洞的建议，于是这才有了后来中国铁路总公司向比利时借款修筑芦汉铁路之举。举借外债修路，只要前提是购买汉阳铁厂钢轨，就成了时任中国铁路总公司督办大臣的盛宣怀所最为拥护支持的政策。因为这不光为他盘活了汉阳铁厂，而且通过向外国银行的借款，他也从中获得了可观的个人私利，可谓公私兼顾，所以当时官场上送他的绰号就是“五路财神”。其后，随着大规模的铁路建设高潮的到来，随着一些铁路干线的相继上马，外国资本蜂拥而入，乃至于到了后来根本就不分什么大国、小国了。外国资本在中国铁路建设上获取了丰厚的利润和权益，这就引起了国内民族资本的眼红和垂涎。斗争的第一个回合，就是争夺粤汉铁路的修筑权。

中国铁路总公司成立后，对全国的铁路网进行了整体的布局规划，其中粤汉铁路将和芦汉铁路联为一气，构成中国的南北大动脉。粤汉铁路全长1048公里，工程预算为3000万两白银。粤汉铁路途经的湖北、湖南和广东绅民对粤汉铁路怀有极大的热情，倡议集股修筑，不用外资。湖南绅民迅速创办了湘粤铁路公司，准备集股修建，以抵制外资输入。刚开始时官方和清政府对民间资本的诉求还是很支持的，清廷当时曾谕令直隶总督王文韶、湖广总督张之洞、两广总督谭仲麟、湖南巡抚陈宝箴等“随时会商铁路总公司督办盛宣怀”，“……并选举各省绅商，设立分局，迅速开办。”但张之洞和盛宣怀对商办粤汉铁路表示了极大的怀疑，他们不相信三省绅商有能力自筹足够的资金。在全面综合分析了英、法、德、俄等国的政治野心后，盛宣怀提出粤汉铁路唯一可借款的国家是美国。光绪二十四年(1898年)三月，清廷批准了粤汉铁路向美国借款，几天后，盛宣怀委托驻美公使伍廷芳为代表，与美国华美合兴公司在华盛顿签订《粤汉铁路借款合同》，借款额暂定为400万英镑，不够可以续借；借款期限50年，年息5%，以铁路为抵押；借款期内铁路由华美合兴公司修筑与经营。

但是合同签订后风波并未平息。第二年，华美合兴公司依据合同中的有关规定，向清政府要求在粤汉铁路沿线的韶州、郴州、衡州开矿，但清政府此时已经有了“路矿不能兼办”的新规定，双方互不相让，为此发生了很大的纠纷，粤汉铁路的合作陷入僵局。后来中方又发现，美方违约将铁路股权私下转让给比利时，这更引起了粤、湘、鄂三省商民的不满。光绪二十九年（1903 年）春夏之交，三省绅商强烈要求清政府废除合同，收回路权，向民间资本开放，由三省绅民筹措资金自办。三省绅民的要求引起了全国性的响应，在这种情况下清政府不能置之不理了，最终花重金赎回粤汉铁路的修筑权。同年年底，清廷发布由商部奏定的《铁路简明章程》，对于铁路政策做出了重大调整，尤其对民间资本做出重大让步，允许各省官商自行筹集股本兴办铁路干线或支线。在这一政策的鼓励下，全国有十五个省陆续成立了商办铁路公司，民间资本纷纷涌向铁路工程。当清廷做出这个铁路政策的重大调整时，那一年盛宣怀正“丁忧”守制在籍，作为当时还在职的中国铁路总公司督办大臣，清政府甚至事先都没有和盛宣怀通气商量一下，征求他的意见。

但这种对民间资本开放铁路筑路权的政策调整，在稍后的几年里很快就暴露出了它的弊端。按常理来说，扩大铁路建设的资金来源，让民间资本与外国资本同等参与铁路建设，无疑是件利国利民的好事。但问题就在于，中国各省的情形差别很大，各地经济发展也很不一致，民间资本的成长既不平衡也不成熟。比如广东华侨很多，浙江、江苏等省比较富庶，资金来源自然不成问题。还有这些地方的文明程度也相对较高，有管理能力，有施工技术人员，施工质量也有保障。然而，其他地方就很难说了。许多内陆省份的铁路建设热情，其实只是来源于对铁路巨大利益的期待，他们既没有足够的人才去参与铁路建设的设计与管理，更没有足够的资金去投入。他们只是借助铁路建设这个名头去融资，去向民间搜刮财富，有的地方还采用了米捐、盐捐、谷捐、茶捐等办法。四川的办法尤其恶劣，竟然在反对外国资本的幌子下，劝说老百姓节衣缩食，以租股、加抽灯捐、土厘等方式筹集资金，这实际是由官府出面，将下层老百姓的活命钱用来修路。所以，后来四川的保路运动开展得规模最大、民众动员得最彻底，也是源于这个原因。除了资金来源的不均衡，还有另外一个重要的问题是：由于铁路修筑权下放到了地方，允许民间资本投入，因而一些地方自办的铁路在技术标准上与其他地方不统一；有的甚至从一开始就各自为政，不打算与其他省份的铁路联网。如滇越铁路、南浔铁路、粤汉铁路的粤段、湘段等，省界分明，互不相连,这就导致了规划中的全国铁路网迟迟无法实现,影响了全国一盘棋。

清政府很快就看到了这个铁路政策带来的弊端。光绪三十二年(1906年)丙午官制改革中成立的邮传部,对上述问题进行了全国性的调研,并拿出了一个《统筹全局铁路折》,根据各省已有规划制订全国铁路总图,规定主要干线和重要支线的走向,向朝廷建议将主要干线收归国有由国家主办,民间资本主要承办不太影响全局的铁路支线。这一年盛宣怀正遭受袁世凯的北洋派系排斥打击,铁路总公司督办大臣的职务也被撤销,谋取邮传部右侍郎的位置也没有成功,可见他不可能参与《统筹全局铁路折》的工作,与"铁路干线国有"政策的提出应该无关。但毫无疑问,他内心是积极赞成和拥护这个政策的。"铁路干线国有"的政策在当时并没有急于实施,一方面是因为邮传部主管官员的频繁更迭;另一方面也是因为这件事关系全国商民利益,牵涉面太广,清廷不得不慎重对待。这件事一直拖到了光绪三十四年(1908年)年中,清政府实在没有办法了,遂下令参照这个规划对全国铁路在建情况逐一调查,妥拟办法,严定期限,将各省绅商集资不足、无法开工的干线,或虽已开工而无法按期完成的,就要按照新的规定分别撤销,收归官办,实现"干线国有"。但在执行的过程中也没有一刀切,仍然留有特例。比如邮传部也仅仅是对河南、陕西以及江苏铁路公司集股不多且一直没有开工的工程作了处理,将陇海铁路各线段原来的商办改为了官商合办,后来便是帝、后相继宾天,国家进入国丧期,这项工作也就暂时停止了。袁世凯罢黜后的宣统元年(1909年)盛宣怀回到邮传部右侍郎本任,他的当务之急是铲除北洋系,站稳脚跟,还根本顾不上推行"铁路干线国有"。加之这个政策本身在设计上存在着不足:商办铁路自筹能力不足,又不允许以路权作抵押向外国银行贷款;而一旦收归国有后,官方却可以凭路权抵押借外债,这是对民间资本的最大不公和歧视,因此地方绅商通过议会途经,不断地质询中央,中央与地方关于路权的争吵从来没有停止过,"铁路干线国有"政策的推进也彷徨不前,尤以两湖地区的抵制为最。

以湖北为例。宣统元年,湖北留日同乡会在东京成立"留日两湖铁路协会"发表《致湖北当道书》,拥护赎回粤汉、川汉铁路筑路权,反对向英、法、德、美四国借款修筑铁路。该协会还公推张伯烈、夏道南二君为代表,专程回鄂运动各团体争回路权自办。张、夏二代表回鄂后,即和鄂省立宪党人合作,成立湖北铁路协会,在民众中进行了广泛的宣传发动工作。他们撰写了

《湖北商办铁路意见书》,由汉口汪日升石印局印行,广为散发,影响颇大。不久,湖北铁路协会开会筹款,谘议局全体议员认筹一百万元,荆州府认筹一百万元,襄阳府认筹五十万元,德安府认筹五十万元……合计口头认筹三百六十二万元,可实际情况却大有差距,各界代表“言及筹款,莫不踊跃,一经征收,往往十不得一”。几天后铁路协会在汉口四官殿开会,推举北上请愿代表;更有新军士兵陶勋臣者登台,拔刀断指,以示决心,这就是轰动一时的新军士兵为保路断指流血的故事。年底,湖北铁路协会公举代表刘心源、张伯烈等三人进京请愿。他们抵京后三次上书邮传部,力陈“铁路宜于湖北自办”,但邮传部迟迟未复,延至第二年年初,湖北铁路协会、湖北谘议局、湖北教育总会、武昌商务总会、汉口商会、报界等纷纷致电清政府,陈明“湖北股款已齐,要求准予商办”。在此情形下,邮传部复又批准湖北设立商办川粤汉铁路公司。宣统二年(1910年)八月初,湖北商办铁路公司匆匆成立,选举旗人扎勒哈理为总理,曾做过户部侍郎的湖北大冶人柯逢时为名誉总理,协理为刘歆生、刘心源。但所谓“鄂路股款已齐”,其实是个骗局,其后的征集路款亦进展缓慢,成效不大。根据邮传部宣统二年底调查,“查鄂境川汉铁路,估资约费三千万两,其现收款六十五万六千九百余元,除开各项支出,实存资金四十四万一百余元。自筹资金仅占需用费总数的约百分之一二。”事实证明,单纯依靠商股,很难将铁路修成。

四川的情况就更糟了。川人修铁路,始于川汉两地督抚的动议。光绪二十九年清政府向民间放开路权以后,时任四川总督锡良和湖广总督张之洞商定,修建川汉铁路。铁路自武昌始,沿长江而上,先修到重庆,然后再由重庆延伸到成都;以宜昌为界,宜昌以上由四川修,宜昌以下归湖北修。第二年川汉铁路即开始募股,由于募股方式比较灵活,到宣统元年四川全省已募集了一千多万两。不仅士绅参股者众多,就是贩夫走卒也有不少人入股。由于相当的股份是以租股的方式征集,所以不仅地主,就连一般农夫也都有股份;四川的袍哥头面人物,自然更少不了有份。川汉铁路宣统二年在宜昌正式开工,修了一年,才在宜昌到香溪口一段修了百多公里长的路基,还没有进川呢。谁知屋漏又逢连阴雨,四川铁路公司存在上海几家钱庄里生息的几百万两银子,因那些钱庄在橡胶股票风潮中纷纷倒闭而血本无归。

铁路商办的弊端已显而易见。也就是在那次觐见小皇帝、回答摄政王的召对垂询时,盛宣怀斩钉截铁地表示,自己上任之后的当务之急就是坚决推进“铁路干线国有”。盛宣怀并非一时冲动,他早已经过深思熟虑,最终选择了这块难啃的硬骨头作为自己新官上任的“三把火”。其实盛宣怀完全是一番好心,他太急于要表现自己了,也太急于想干出成绩,报答摄政王的知遇之恩了。

“现在舆情汹汹,全国的民众几乎都在反对铁路国有。强行推进,会不会有官夺民利、失去民心之之虞?”年轻的摄政王心里没底。

“不会。”盛宣怀回答,他早有准备,侃侃而谈,“历来制订国策,以利国利民为要旨。而铁路干线国有,正是利国利民之策。”

“说铁路国有利国,本王明白;说利民,此话怎讲?”

“事实证明,商办铁路已不可行,只会坑害最广大的百姓股东;长此下去,更只会徒增靡费,致民累愈陷愈深。臣以为长痛不如短痛,趁此时果断收归国有,也是维护了百姓利益。他们将来明白了这个道理,就会拥护的。”

“可百姓们毕竟已经把身家投进去了。”

“对百姓们手中的股份如何妥为善后,可采取赎回的办法。因各路亏损情形不同,臣认为可因路而异采取不同的赎回办法。”

“推行铁路国有的阻力和难度很大, 现在很多地方官员乃至督抚也都卷进去了,这该怎么办?”摄政王点点头。

“于国于民有利的政策,不能因为民众的反对就长期拖延不执行。有一个很有趣的现象,”盛宣怀顿了顿,“几年前芦汉铁路官办修成,那时也是向外国借债,但那时何以就没有人反对?没有人骂‘卖国’,没有人要争取自办?”

摄政王望着盛宣怀道:“……盛公请讲。”

“那是因为,那时候民众还未看到铁路的好处,还不知道铁路所带来的巨大利益,所以争路权实质上就是眼红洋人之利。——行,现在朝廷也给你这个机会七八年了,让你集股商办,可你自己办不成,既没钱,也没技术,这能怪谁?难道说你办不成,还不准别人来办?这也太没道理了吧?臣以为,有些政策的推行愈有阻力愈有难度,也就愈说明这政策切中了时弊,就愈有强力推行的必要!至于那些推行不力的官员, 浑浑噩噩不明是非的官员,”盛宣怀又停了一下,“统统靠边!该撤的撤,该换的换。”

“这样做……会不会激起民变?”摄政王不无担心地问。

“拖延下去,只会使问题越积越多越积越大,将来愈加不可收拾。”盛宣怀忧心忡忡,“不能害怕民乱民变。有几个不法之徒出来闹事,国家养着兵,坚决弹压就是了。当断不断,必有后乱,恳请摄政王早作定夺。”

不久,为仿行宪政的内阁正式出台了,在这个被后人称为“皇族内阁”的组成人员名单中,盛宣怀荣幸地以邮传部大臣的名义忝列其上,是为数不多的几名汉大臣之一,足见摄政王载沣对他的倚重和期许。内阁出台第二天,摄政王即应盛宣怀“明降谕旨,晓示天下”的奏请,发布诏书:“……干路均归国有,定为政策。所有宣统三年以前各省分设公司、集股商办之干路,延误已久,应即由国家收回,赶紧兴筑。除支路仍准商民酌行外,其从前批准干路各家一律取消。……如有不顾大局,故意扰乱路政、煽惑抵抗者,即照违制论!”

不久,原两江总督端方被任命为督办粤汉、川汉铁路大臣。两天后,盛宣怀在北京与英、德、法、美四国银行团签订《湖北、湖南两省境内粤汉铁路、湖北境内川汉铁路借款合同》(又称《湖广铁路借款合同》),共借款六百万英镑,由四国均分承办,年息五厘,期限四十年,以两湖厘金及盐厘税作抵押。

有一个人的到来,是盛宣怀没有料到的。

自从三年前盛宣怀开始正儿八经做起京官以来,从上海斜桥盛公馆派往北京府学胡同五号盛府坐镇的女主人,就一直是五姨太柳飞雪。那时候四姨太刘嫣红和七姨太秦碧珍新殇,庄夫人必须要留守上海的大本营,她的手里能够外派的人就只有两个:一个是五姨太柳飞雪,另一个便是六姨太萧小红。盛府里的人都知道,老爷后娶的五个妻妾壁垒分明地分为两大阵营:庄夫人是当权派,萧氏因为从前就是庄夫人的陪嫁丫头,所以肯定跟老主子一伙;柳氏跟刘嫣红一伙,是专门跟庄夫人作对的;七姨太秦碧珍则时而是中间派,时而是两面派。如今老公馆人去物是,从庄夫人内心来说,她当然是希望柳氏跟随老爷去北京——柳氏不在眼前,她的心里清静。但是这次去北京不是短期逗留,而是长期陪伴老爷,照顾老爷在京城的生活起居。从那时的整体生活水平来说,北京肯定远远不及上海。在南方生活惯了尤其是在十里洋场的上海滩生活惯了,猛地去满城扬土的京城里居住,也肯定不习惯。还有一个不能割舍的,是不能忍受跟亲生骨肉的长期分离。六小姐盛静颐、七公子盛昇颐为五姨太柳飞雪亲生,这一年盛静颐十二岁,盛昇颐八岁；八小姐盛方颐为六姨太萧小红亲生，跟七公子盛昇颐同年，也是八岁。孩子们在上海的教会学校上学，接受的是最好的西方教育，家里还聘请了家庭教师，环境优越，生活优裕。如果孩子们也跟随母亲去北京，他们就很难享受这么好的教育条件了；如果不去，则要长期忍受分离的痛苦。所以萧小红私下里撺掇庄夫人让柳氏去，她唯一的理由就是：柳飞雪本来就是天津人，让她去北京，既能照顾老爷，自己离娘家也近了。没想到庄夫人跟柳氏一商量，柳飞雪立马痛快地答应了——刘氏新亡，柳飞雪待在老公馆里没了依傍，也想暂时出来避一避。没想到这一出来就在北京城里待了整整三年。三年间到了寒暑假孩子们就到北京来团聚，实在想他们了柳飞雪也能去上海，反正现在京沪间火车、轮船交通便利。长住北京还有一个意想不到的好处，那就是没有了妻妾间的钩心斗角，府学胡同五号大院里的大小事情都是她说了算，一个人做主；能天天和老爷厮守在一起，还能经常回天津娘家去看看，柳飞雪觉得这就是她想要的生活。到后来，她甚至连先前说好和萧小红每年一轮换的约定也不再提起了。

五月里的一天后晌，京津间每天开行一班的小票车从天津返回，抵达了北京的前门火车站。从末等闷罐车厢里最后走出来一位身背褡裢、小商人打扮的老者，到了跟前才看出来，他其实看上去年龄并不算大，五十出头，身材精瘦，佝偻着腰，眼睛小而透着机敏和狡黠。他向站前的那些黄包车夫们打听去府学胡同的大致方向，却一次次谢绝了他们向他发出的坐车的热情邀请。他徒步穿行在前门大街的人流和黄包车流里，不断向路旁的店铺和行人打听着。当他最后终于站在府学胡同五号的大宅门跟前时，天色已经向晚了。

得到门丁的通报，五姨太柳飞雪匆匆从里面赶了出来，面对来者，不禁有些发愣："爹，您……怎么来哪？"

来者一言不发，黑头乌脸，一脚踏进了大门。

说起来，这还是天津估衣街上的柳掌柜十几年来第一次登门大女儿、女婿家。十几年前，柳掌柜的第五个女儿——也就是柳家最小的闺女都出嫁了，但是大闺女柳飞雪却还待字闺中。她似乎对自己的终身大事不闻不问，从来不上心。柳家是个聊以温饱的小户人家，在天津卫最繁华热闹的估衣街上开着一家卖酱菜的小门脸，前店后厂，每年雇几个伙计腌酱菜。凭着柳掌柜在生意场上的精明和算计，才将一家人的温饱勉强支撑了下来。柳掌柜一生为女儿所累，本来想生个儿子的，却一口气连生了五个闺女，最后只好认命，在老家的宗亲里过继了一个远房侄子为嗣。柳掌柜的这五个闺女里面，论长相论身材顶属大女儿飞雪出众，虽然不是倾国倾城，但也的确算得上小家碧玉。这柳飞雪到了及笄之年，柳掌柜便寻思给她寻个门当户对的人家，心想既然自己是做小买卖的，那也托媒人给她说个小买卖人家吧。谁知飞雪死活不允，这场亲事最后被她自己搅得满天风雨、鸡飞蛋打。从那以后，但凡有媒人要上门来给她提亲，她便以死相逼，吓得媒人不敢上门了，老姑娘便一直养在家里。柳掌柜实在猜不透大闺女的心思，不知道她到底想嫁个什么样的人家？逼急了柳飞雪终于说出了心里话，她说她这辈子非官老爷不嫁，她将来要做个又威又福的官太太！话出口把柳掌柜吓了一跳，说你别白日做梦了吧！咱们寻常小户人家，平时想见官老爷一面都难，哪有那样的机缘跟官家谈婚论嫁？你是心比天高命比纸薄！谁知在柳飞雪二十四岁的那年，机会居然来了。那一年盛宣怀继山东青莱登道后，再次出任实缺官职天津海关道，从他的寓所去海关街的道台衙门，正好要从估衣街上柳家的酱菜小铺门前经过。于是在每天的早晚，八抬绿呢官轿前呼后拥而来，前面是衙役鸣锣开道，旗牌衔牌肃静回避牌紧随其后招摇过市，一路浩浩荡荡好不威风。有一次盛宣怀无意中掀起了轿帘，看见一位如花似玉的大姑娘正站在柳家酱菜小店门前，痴痴地朝官家仪仗张望，既不躲闪也不回避。后来好几次盛宣怀从这经过的时候，都能看到那姑娘。于是再后来盛宣怀就看上了那姑娘，托人上门去提亲。柳掌柜一听说来提亲的是天津李中堂跟前的大红人、新任天津海关道盛大人，尤其听说这盛大人的贵庚比自己还要大十岁时，便一口回绝了。柳掌柜是个心高气傲、不爱虚荣却颇有自知之明的人。他说官家跟咱平民百姓那是两条道上的人，咱高攀不起，尤其这女婿大过了老丈人，说出去也太难听，往后这亲戚不好相见也不好相处。但柳飞雪这次却喜出望外一口答应了！她说她这么些年来日思梦想等着的就是这个机会，虽然离先前定下的目标稍稍有点距离，不是官太太而是官姨太太，多了一个字，但毕竟还是官家眷属；况且机会难得，她也就不作计较了。柳掌柜拗不过女儿，到最后也只得勉强同意了这门亲事。估衣街上的小买卖人是决不做赔本买卖的，人可以给你，但聘礼上不能通融。他狠狠敲了道台女婿一杠子。后来这柳掌柜果然硬气，十几年间虽然和大女儿来往不断，但他从不登大女婿的家门，表示他不巴结做官的大女婿。

他不以做官的大女婿为荣,从不在亲友街邻间炫耀张扬。他做人低调,只安分守己地做他的小买卖人。

“爹,这是嘛风把您给刮来了?”柳飞雪安顿好老爷子坐下,又是茶水又是点心,欣喜地问,“这搁从前,那可是八抬大轿都抬不来的。”

“别废话! 跟你说不上,我找姑爷说! ”老爷子似乎一肚子气。

傍晚时分盛宣怀回家,听说天津的老丈人来家了,只好褪去官服,屈尊来见。虽然做着一品堂官,又兼年长,无奈却是晚辈,胡子拉碴的老女婿恭恭敬敬地给老丈人行礼。那柳掌柜居然端坐着不动,心安理得地接受了。

“我问你,你辅佐皇上,为嘛要出幺蛾子,搞嘛铁路国有? ”待女婿坐下来后,老丈人的脸一沉,劈头盖脸地发问。

盛宣怀被问得一愣,没想到老丈人是为这事找上门来了。他望着老爷子黑沉的脸说:“您误会了。这是国家的政策,是皇上亲自定下来的。”

“你别哄我了! 你当我不知道啊? 皇上嘛小,他还是孩子呢! 你不出幺蛾子,他知道个嘛?外头的人都说,是你鼓捣撺掇小皇帝!你知不知道,这回有多少人要被你鼓捣破产了? ”说起这事,老爷子气得唾沫星子横飞,脸上都变色了。

原来柳掌柜也是这“铁路干线国有”政策的受害者。几年前津浦铁路就作为全国第二条南北铁路干线上了《统筹全国铁路折》,不过那时候它叫津镇铁路,是天津通往镇江的,后来沪宁铁路开建,才把南方的终点改在了浦口。津浦铁路从庚子年后开始筹建,也经过了从商办到官办的过程,陆续募集的商股历经近十年的亏损消耗、靡费贪污,已耗去了半数,是全国铁路商办过程中亏损仅次于川汉铁路的第二倒亏大户。此次推行铁路干线国有政策,朝廷有个很明确的观点:国家只管收回路权,对于各路此前商办过程中拉下的亏空和损耗,国家决不买账。国家的钱是全国老百姓的,没有道理单独为哪一省或哪一路的亏空填窟窿。因此,各省、各路就相继出台了对原铁路商股五花八门各种不同的善后办法。比如湖北、湖南,退还商股但还本不还利;广东只发还原商股的六成,其余四成给无利股票。再比如四川,愿意的可将原商股一律换发成国家铁路股票,概不退还现款,至于股票何时可以获利,鬼晓得;如果不想要铁路股票,那就什么都没有了。津浦铁路局则承诺按原商股的半数向股东退还现款。几年前,柳掌柜也跟着天津卫那些一哄而上的小市民、小商户,将过去辛辛苦苦十余年间积攒下来的全部身家,拿来购买了津浦铁路的股票——那可是白花花的三千两银子,是柳掌柜一根萝卜条一根咸菜地算计着积攒下来的啊! 如今铁路国有,官家轻飘飘的一句话,老百姓的血汗钱就亏损了一半,你想谁的心里能不痛,谁的心里能不淌血能不骂人? 估衣街上的商户当然都知道分管铁路的邮传部大臣是柳家的乘龙快婿,于是大伙儿一致推举柳掌柜进京来请愿。柳掌柜也顾不得从前的硬气了,愿意为自己也为大伙来大女婿家走一遭,心想凭借自己老丈人的脸面劝说大女婿收回成命,应该不成问题;或者给津浦铁路局下道命令也行:即便要退还原来的商股,那也必须连本带利全额退还,不能让老百姓赔血本!

"哪是……你想的那么容易啊?"盛宣怀哭笑不得,"你以为这件事情我想改就能改,想变就能变的么? 这是朝廷政策! 国家大计!"

"是啊爹,"柳飞雪帮腔,"这么大的事情,姑爷他一个人哪能做得了主?"

"没你说的!"老爷子气得胡子翘,"我跟姑爷说事,你来帮嘛腔?"

那以后柳掌柜就和盛宣怀暗暗摽上了劲。他认为大女婿在朝廷做着那么大的官,他是完全有能力改变这件事的,所以盛宣怀一天不答应他的要求,他就赖在他家里一天不走。老丈人住女婿家天经地义,别人自然谁也说不了什么。每天盛宣怀回家,柳掌柜就来和他理论争吵、"泡蘑菇",在他面前还要端足了老丈人的身份架子,搞得盛宣怀烦不胜烦,轻也不是重也不是。盛宣怀只有背地里呵斥柳飞雪,责怪她有这么一个不明事理的爹,小买卖人太自私,只顾盯着自己的那点蝇头私利。为这么个爹受气柳飞雪自然很委屈也很无奈,她私下里做了老爷子很多工作,她甚至愿意拿出自己的私房体己,把老爷子在股票上亏损的一千五百两银子给垫补上,让他回天津去。谁知老爷子坚决不干!老爷子是个倔性子,他已经在同行和街邻间拍着胸脯夸下了海口,不达目的决不返回。老爷子来京的目的绝不是为了找补回自己的那点亏损,他有着更大的目标:他要让自己的大女婿要么取消"铁路国有",要么连本带利给大伙全额退股。

要仅仅只是"泡蘑菇"倒好说,老爷子待着还会生出许多别的事来。

有一天凌晨,盛宣怀上朝前突然发现朝珠不见了。那是一串红玛瑙的朝珠,家里独此一副,是多年前盛宣怀出任会办商约大臣时花重金从上海的珠宝商那里定制的。朝珠显然是失窃了,此前家里从来就没有发生过这样的事情。没有朝珠就上不了朝，每月一次的大朝会，六部九卿谁也不敢迟到缺席；天马上就要亮了，把盛宣怀急得不行。为追查失窃的朝珠，整个盛府大院在那天的凌晨灯火通明，拷问刑讯男仆女佣，闹得天翻地覆。后来眼看事情闹大了，柳掌柜自己把朝珠拿了出来——原来是他拿去藏起来了。他竟然有个孩子似的荒唐想法：想以朝珠来要挟盛宣怀，答应他的要求。还有一次，府学胡同五号大宅门前来了一个年轻人，留学生模样穿戴，在门前席地而坐，号啕大哭。细听他的哭词，竟然是为了路亡国亡而哭。原来他是旅日湖北同乡会铁路协会派回国的张伯烈，为了争回路权，此次跟随以议长汤化龙为团长的湖北请愿团入京，恳请朝廷收回铁路国有的政策，遭到拒绝。张伯烈热血男儿年轻气盛，竟仿效春秋战国时期楚国的申包胥去秦国借兵时大哭七天七夜的“秦庭之哭”，在盛宣怀私宅门前通宵达旦痛哭，声嘶力竭，大有不超过七天七夜快不罢休的架势。有好几次他哭得身体虚脱晕厥了过去，但抢救过来后仍是坐在门前，恸哭不止。不想这柳老爷子知道后，竟然很快就和张伯烈同病相怜惺惺相惜，成了他强有力的支持者。最开始只是当他的后勤。当盛家大院里从上到下都奉行老爷之命，对门外席地而哭的那个年轻的留学生一致采取不理不睬的态度时，老爷子却主动站了出来，渴了给他端茶送水，饿了给他送饭送菜，天晴了给他搭凉棚遮阳，下雨了给他撑把油伞挡雨，感动得张伯烈涕泪横流。他告诉老爷子，他已经留下了遗书，抱定了“路亡人亡”的决心，要为路权抗争到底，准备死在盛宣怀门前。老爷子连连夸赞他，到后来为了表示对年轻人的支持，就索性跟他站到一起，结成了同盟——两个人并排而坐席地而哭，一老一少，从早到晚，此起彼伏，你方唱罢我方登场，演戏一般地煞是热闹。到了这个时候柳飞雪再怎么劝阻父亲都没用了，老爷子越劝越来劲，她也索性懒得去管了。府学胡同五号门前的风景每天引来成千上万人的围观。盛家当家人庄夫人此时恰好也来了北京，她害怕不理不睬会在自家门前闹出人命，于是果断报了案。警察赶来，把这一老一少抓走了。

几天后五姨太接到通知，去警察署把自己的亲爹领了回来。警察署的人起初以为这老爷子只是个爱凑热闹跟着起哄的普通小市民，并不知道他是当朝邮传部大臣的老丈人，加之盛宣怀也有点恼他，想让他进去吃点苦头，故意不出面去保。柳掌柜自己当然更不会拿大女婿当挡箭牌，主动说明身份，所以警察对他动了刑。到后来老爷子实在受不了刑罚，这才说出自己和那留学生并不是一伙的，自己是邮传部尚书盛宣怀他岳丈。警察署一调查，果不其然，这才赶快把老爷子释放了。柳飞雪开始是很恨自己的爹的，恨他小商人的身份给自己带来的卑贱出身，使得她在盛家的妻妾里面受人侧目，恨他这次来北京后给自己惹下的麻烦和丢脸出丑。如今看到老爷子被打得遍体鳞伤，她又开始心软了，恨盛家的人了：她恨老爷当初不肯出面营救，也恨庄夫人不顾及亲情，狠毒报案，让自己的亲爹吃苦头。那天晚上柳飞雪陪着老爷子说体己话，她劝说老爷子返回天津去，不要再在北京闹了，你闹不出个结果来的。说了好半天，老爷子终于同意第二天返回天津了，不过他仰天长叹了一声说："就这样走，嘛有脸回去啊！"

第二天上午，太阳升起老高了，马车已经停在了门前——该送老爷子去前门火车站了，但是老爷子住的客房里却还是没有一点动静。柳飞雪的心里开始忐忑不安起来，她赶忙让下人破门而入，结果让她看到了她最不愿意看到的一幕：在府学胡同五号大院里，柳掌柜已经悬梁自尽了。……

在盛宣怀忙着为老丈人办理丧事的同时，全国的形势也在急剧变化着。

清政府"铁路干线国有"的政策颁行天下后，引得全国一片沸沸扬扬，抗议反对的声音不绝于耳，其中反应最快、反响最强烈的首先当推湖南省。湖南各界人士奔走呼号，上下串联，全省沸腾，舆论哗然。

宣统三年（1911年）四月十六日，也即是清廷宣布"铁路干线国有"后的第五天，湖南各团体组织上万人在长沙召开大会，一致主张要求清政府收回成命，维持原议，继续执行过去宣布的铁路商办政策，不得侵害商民在铁路修筑方面的权益。集会议定保路办法十五条，要求湖南巡抚杨文鼎将这些条件上报朝廷，呼吁朝廷爱民如子，充分考虑他们的要求，维护商民的基本权益。他们甚至扬言，假如朝廷不能答应他们的要求，不能满足他们的条件，那么他们就毫无顾忌毫无保留地组织罢市、罢课，抗捐抗税。他们甚至放出狠话来说，假如朝廷或盛宣怀胆敢违背民意，执意剥夺商民权益，执意将路权转让给外国人，那么这些外国人或督办胆敢到湖南强行修筑铁路，他们这些血性的湖南骡子们决不会束手就擒，听凭宰割，他们一定会动员全省人民奋力抵抗，不论酿成何样的血案，无论死掉多少人，他们都在所不辞，在所不惜。

湖南各界在省城的集会极大影响了周边地区的民众，特别是那些筑路工人。这些筑路工人在两天后也进城示威，反对清政府卖国卖路。他们表示，如果湖南巡抚没有办法从朝廷挽回路权，那么他们一定会动员全省商人罢市，学生罢课，至于全省的粮饷、租税，那当然更不会去交纳了。大家横竖是一条死路，就把这条性命与他拼一场，看他真的能把我们湖南的老百姓斩尽杀绝？湖南绅商对这场群众运动的推波助澜是显而易见的。湖南的绅商自近代以来一直具有很大的政治能量，他们一直左右着湖南政局的走向，借助于民意，深刻影响着官府的决策。这一次，湖南绅商依然故伎重演，他们以铁路公司、谘议局的名义领导民众进行抗争，反过来又以人民的名义向政府施压。他们请求湖南巡抚杨文鼎遵从民意，无论如何请求朝廷考虑老百姓的切身利益，明降谕旨，收回成命，遵守先前所发布的政策，遵守先前与各地商民的约定，不与民争利，让各地商民继续修筑铁路，一切按照原来的规定进行。民情激愤引起了杨文鼎的同情，杨文鼎的恻隐之心迫使他硬着头皮，请求朝廷考虑能不能对政策有所调整，至少不要使对立的情绪继续恶化；至于路权归属究竟应该怎样解决，杨文鼎请求朝廷不妨从长计议。但是朝廷不愿意让步，对杨文鼎的建议根本不予考虑。他们大概认为，即将要仿行宪政了，民众反对政府的决定将是家常便饭，如果动辄就收回成命，将来国家何以颁布政策法令？朝廷要求杨文鼎严行禁止，剀切晓谕，不准刊发传单进行串联，不准聚众演说进行煽动。倘若别有用心的人从中煽惑，扰乱治安，意在作乱，那么就应该按照惩治乱党办法，格杀勿论！朝廷的强硬态度当然吓不倒拥有群众基础的湖南绅商。四月底，正在北京的谭延闿等湖南官绅向都察院递交了一份抗议书，揭露所谓铁路国有政策其实只是邮传部那几个人假借外国人的力量以营私，他们请求朝廷阻止这一政策的继续执行，这是湖南绅商首次将斗争的矛头指向了盛宣怀等人。但朝廷对湖南各界的请求充耳不闻，我行我素，一意孤行，继续执行铁路国有政策，将湖南民众特别是那些有头有脸的官绅头面人物逼到了绝境，没有缓和的余地，没有了退路，他们只能一鼓作气领导民众往前冲了。五月初，湖南民众的情绪几近失控，省谘议局全体议员愤而辞职，全省学堂相继罢课，全省商人一律罢市。湖南新政当局在朝廷的高压下勉力维持着局面，调配大批军警严密布防，以防出现更大的社会动荡；同时按照朝廷的指使，对民众强行镇压，禁止集会，取缔印刷传单的各种商店，禁止一切传单散发。

湖北绅商随后而起，发动全省民众，对清政府的铁路国有政策进行了有力的抨击和抵制。盛宣怀签订《湖广铁路借款合同》后，湖北籍京官由哈汉章等联名抗争，并指劾盛宣怀罪状多端；湖北谘议局亦刊发传单，于四月中在汉口四官殿铁路公司召集军商学界会议，商讨对策，对付鄂路借款问题。其后以省议长汤化龙为团长的湖北绅商学各界请愿团抵达北京请愿。与此同时省谘议局、铁路公司及宪政筹备会等团体联名致电朝廷表示抗议，要求朝廷收回成命，将湖北境内的铁路继续按照原先的政策交给湖北绅民自己办理。他们在电文中表示，如果朝廷不能改变这个新政策，那么素有九头鸟之称的湖北人民只能按照自己的意愿行事，第一步就是抗捐抗税，朝廷再也不要想从湖北收走一厘的税金。四月底湖北民众代表再次赴京向都察院请愿，要求朝廷严惩盛宣怀的欺君之罪。

在湖北的抗议浪潮中，新闻媒体起了很重要的宣传发动群众的作用。年初才刚刚创刊的《大江报》，这时适时发表了黄侃的文章《大乱者救中国之药石也》，认为国危如是，事事皆现死机，处处皆成死境，然上下醉梦，不知死期之将至。此时非有极大之震动、极惨烈之改革，唤醒四万万人之沉梦，中国可以说连一点希望都没有了。黄侃强调，和平改革不可能，无规则之大乱予人民以沉痛巨创，使至于绝地，或许还有生还的希望。所以黄侃的结论是：大乱者，实今日救中国之妙药。很显然黄侃由铁路国有政策引申到政治改革，甚至对清廷自以为顺利的君主立宪变革提出了质疑。与黄侃同样观点的还有何海鸣。他在《大江报》上发表《亡中国者和平也》，以为要想打破目前的僵局，最重要的是打破稳定的幻想，中国只有经过一场脱胎换骨的大乱，才能重构一个理想的和平机制。湖北人对铁路国有化的反对，几乎从一开始就带有很强的政治色彩，并不就事论事谈政策，而是期待从根本上解决。当局当然从这些文字后面嗅到了危险煽动的味道，很快予以了查封。一查封才知道，这《大江报》总编辑加记者兼编辑总共才有两个人，两个人本来都可以跑，但他们没有跑。两个人在法庭上侃侃而谈，把个法官驳得一愣一愣的。但此案毕竟属于因言获罪，这种伤害言论自由的恶事，在当时的名声很坏，影响很坏，所以全国的舆论也在铺天盖地支持《大江报》。

广东的情况与两湖稍有不同。广东粤汉铁路的股款全属商股，主要为华侨的投资，投资的效益也比较好，所以他们对清政府铁路国有化政策更是痛心疾首，愤怒万分，以为清政府简直就是在卖国，各地明明白白正在做得很好,却想了这么个馊主意。在他们看来,所谓铁路国有,其实就是要将铁路交给各国所有,路亡国亡,朝廷果真将全国的铁路干线收回,交给各国,大清国也就走到头了。所以粤人无论如何不能答应朝廷的这个混账要求,即便拼命也不能将自己的路权拱手相让。五月初,粤汉铁路公司召开股东代表大会,到会的一千多股东代表强烈抗议朝廷强占粤汉路的决定,通过了一个措辞强硬的抗议声明,表示清政府如果执意撕毁过去的协议,破坏商办之局,派人强占,那么他们势必要起来抗争,路亡国亡,国亡人亡,在所不惜!为了持久反对清政府的政策,粤汉铁路公司决定成立争路机关部,专门从事宣传鼓吹,号召民众起来一致抗议,拒用官发纸币,挤兑现银,想尽一切办法维护铁路商办的权利。

粤汉铁路的资本主要来自海外华侨,那既是他们的血汗钱,也是他们的希望所在。现在一个政策就要剥夺他们的权利侵害他们的利益,这实实在在地让这些华侨伤透了心。海外华侨纷纷致电粤汉铁路公司表示声援,坚定支持粤汉公司誓死不认,以为铁路国有的前提是政府自己有钱有能力自己修筑、自己管理,现在政府根本无力筹集款项自己修筑,更没有能力自己管理,就这样悍然要求人民让渡自己的权利,将本该属于人民的权利转让给列强,这些当然是人民绝对不会答应的!股东大会的第二天,粤汉铁路公司致电川汉铁路公司沟通情况,指责朝廷铁路国有化失信天下,请求川汉公司和其他铁路公司联合起来一致反对,并就相关事宜多沟通多协商,彼此唇齿,务求全国联动。

四川的反应较两湖、广东看起来是迟了点,但四川的反抗情绪就像四川人本身一样,一旦惹毛了,就更为激烈,不可遏止。特别是因为哥老会的深度介入,因而引发了后来的一系列问题。

川汉铁路公司最初是官办公司,成立于光绪三十年(1904年)。稍后因为四川绅民一再呼吁商办,所以川汉铁路公司在成立后的第二年就吸纳了一些民间资本,改为官商合办。又过了两年,完成公司化改造,成为纯粹的商办公司。然而公司改为纯粹的商办之后,其中的问题却越来越多越来越尖锐,比如四川省内的铁路如何修建,走向如何,先修哪儿后修哪儿,公司内部吵得一塌糊涂不可开交。更严重的是,川汉铁路公司内部管理非常混乱,对于筹集到的资金,由于铁路工程一直没有开工,于是公司高层有机会挪用路款达三百多万元,拿到上海各钱庄存款生息。结果没有生到利息,反而因为很多钱庄的倒闭,损失本金达两百多万元。再加上其他各种损耗和各种开销,川汉铁路筹集到的款项还没有修路,就已经花费、损耗了近一半。因此清政府宣布铁路国有这项政策,对于川汉铁路公司的高管来说,或许正好求之不得。条件当然是清政府收回路权,支付已经花费的全部费用。换言之,川汉铁路公司其实并不真的反对清政府收回路权,只要能将他们的亏空补回来就行。所以,清政府宣布铁路国有化政策后四川大致平静,并没有立即引发两湖、广东那样的混乱。

当时的四川总督赵尔巽已经离任,遗缺由他的弟弟赵尔丰接任,赵尔丰未到任前由布政使王人文署理。清政府宣布铁路国有后第三天,署理四川总督王人文收到朝廷以电报发来的正式文件,他立即找川汉铁路公司主席董事彭芬等人商谈解决方案,谈了很长时间找不到共识,彭芬等管理层遂前往省谘议局,找议长蒲殿俊、副议长罗纶等商量,寻找解决方法。商量的结果也就是尽早召开公司临时董事会,以合法程序寻求解决办法。公司临时股东大会筹备仓促,出席会议的股东并不太多,但是在成都的省谘议局全体议员却全部出席了会议,他们对朝廷决定将铁路收归国有的政策并没有表示坚决反对,经过讨论,只是要求朝廷一定要考虑投资人的利益,一定要将公司历年花费特别是在上海钱庄的倒账倒亏等亏损部分还上。他们具体的要求是:偿还六成现金,再搭上四成股票,并把宜昌所存现金七百多万元和公司陆续收到的股款,一律交给此次特别会议支配。显而易见,川汉铁路公司高层、股东以及省议员们对于铁路国有化政策有点乐观其成,甚至认为如果能趁此机会将路权交出去,由朝廷去办,也未尝不是一个比较理想的选择,总比将这个烫手的山芋抓在手里要好得多。但四川官绅的乐观情绪当然只是单方面的,前提是清政府要将他们已经花费的、亏损的都要补上。然而,他们万万想不到的是他们的谈判对手是盛宣怀,关于铁路事无巨细都瞒不过他,四川人想到的问题盛宣怀都想到了,四川人没有想到的盛宣怀也想到了。四川人想从盛宣怀那样精明的商人那里获取额外好处,真的是没门。盛宣怀毫不客气地拒绝了四川人的要求,而且理直气壮,理由十足:全国各省都在商办铁路,唯独你们四川一省的亏损、挪用、倒账要由国库去弥补,有什么道理呢?你们川汉铁路公司纯粹的商业活动,为什么要国家财政补贴才能解决呢?五月二十一日,朝廷正式宣布了对粤川湘鄂四省商办铁路公司股本的处理办法,该四省所抽所招股票,尽数验明收回，由度支部、邮传部换发给国家铁路股票，常年六厘给息，嗣后如有余利，按股分给：倘愿抽本，五年后亦可分十五年抽本。说到各省之差异，规定指出：粤路全系商股，现从优每股先发还六成其余亏耗四成，并准格外体恤，发给国家无利股票，路成获利之日，准在本路余利项下分十年摊给；湘路商股准照本发还，其余米捐、租股等款，准其发给国家保利股票；鄂路商股准照本发还，因其路动用赈粜捐款，准照湖南米捐办理，发给国家保利股票。至于川路最为麻烦，规定表示川路宜昌段实用工料款四百余万两，准给国家保利股票，现存七百余万两是入股还是留作川省兴办实业的资金，悉听其便。方案公布后，粤湘鄂三省的商民基本平息了反对铁路国有的声音，尽管从纯粹商业的角度来说他们吃了亏，但是那也没有办法，个人、公司永远不是朝廷不是政府的对手，他们也就只能默认了。至于川路中的那些倒账和亏空，清政府的善后方案只字未提，川人心中的愤怒一下被点燃了，他们对政府彻底失望了，他们从此由心存幻想走向了旗帜鲜明地反对铁路国有，川汉铁路特别股东大会也应时紧急召开。会议地点设在成都岳府街川汉铁路公司大院内，到会的有一万多人。四川谘议局副议长罗纶登台演讲，开口说盛宣怀将我们的四川给卖了，川汉铁路完了，四川省完了，中国也完了，说完这几句便号啕大哭三十分钟，全场万人一片号啕痛哭声。罗纶号召全省人民组织起来抗争，建议成立一个临时组织，这个组织就是保路同志会。罗纶的创议获得了大家的齐声赞成，会上推举了议长蒲殿俊为会长，罗纶为副会长。会议还发表了宣言，认为朝廷新成立的责任内阁野蛮专横，政府的借款合同，其本质就是要将人民置之死地，是一个彻头彻尾的卖国合同。宣言强调，借用外债，我们并不反对，借债而不交资政院议决，则我们誓死必争；收路国有，我们也不反对，收路而将路权送给洋人用来借款，不待谘议局、股东会议议决，则我们誓死必争。会后全体与会者步行前往总督衙门请愿，署理四川总督王人文同情川人站在绅商民众一边，也表示愿意为民代言，向朝廷上书力争；一争不行就再争，哪怕争丢了官也在所不惜。会后不久，各州县保路同志分会也如雨后春笋般地纷纷成立，在不到十天的时间里，四川省保路同志会会员就激增至十万多人。

没想到四川省闹出了这么大的动静。朝廷在接到王人文的奏报和反复劝谏后，摄政王载沣毕竟年轻，有些沉不主气了，又召见了邮传部尚书盛宣怀，想听听他的意见。盛宣怀刚刚办完了老丈人的丧事。因为老丈人是死在盛府的，五姨太柳飞雪的娘家亲属不准移尸回天津，坚持装殓、停丧、出殡、发丧等一应丧事都在府学胡同五号院内进行。盛宣怀年近七旬的人了，还为此披麻戴孝送葬。无端的多了这场丧事，让他心里觉得很晦气。因为如此，盛宣怀总觉得府学胡同这处宅院不吉利，所以他后来又在西城的小石桥胡同置办了一处纯中式的大宅院，名为“盛园”，只可惜他连搬进去住的机会也没有了。

“川路的倒账、亏空是不是先由朝廷认下，然后等风潮平息后再相机处置？”摄政王咨询盛宣怀。连他似乎也看出了，朝廷到了该作点让步的时候了。

“王爷，千万不可！”盛宣怀坚决反对，“此时让步，粤湘鄂三省也照此要求，如何答复？况且此例一开，长此以往，朝廷就别再想令行禁止了。”

摄政王担心的也是这点，他沉吟着。

“王爷可知道，四川的风潮为何闹得最凶？”

“盛公请讲。”摄政王望着他。

“川路商办过程中，铁路公司高层大量贪污、挪用路款，导致亏损倒账甚巨，平常这些事情就都被掩盖住了，不为一般股东所知晓。假如铁路继续商办下去，那些问题就会一直掩盖着，说不准那些亏空还可以再想别的办法找补回来。但现在铁路国有将这些阴暗处的扯烂污都彻底暴露出来了，于是川路公司的高层无法向民众交代，他们只有一个办法：那就是蛊惑煽动，转移视线，设法将四川民众的怨恨情绪引到对铁路国有政策的不满上来。现在四川风潮的煽动者，基本都是愿川路公司的高层，原因就在这里。”

“原来如此。”摄政王恍然大悟。

“可见铁路国有政策于国于民都是对的，决不可倒退，只能继续推进。”

“那四川的乱局怎么办？”

“王人文治川不力，应立即调离；着命赵尔丰立即赶赴成都上任，对为首滋事者严惩不贷！”盛宣怀斩钉截铁地说。

宣统三年的闰六月，四川总督赵尔丰日夜兼程，赶赴成都上任。

赵尔丰字季和，汉军旗人，是清末官场中比较强硬的政治人物，长期在西南边疆从事边务工作，曾任驻藏大臣兼川滇边防务大臣，对川滇藏一带的社会民情熟悉并有独到的了解，主张对西南少数民族“夷狄”采用高压政策，所以有杀人魔王、刽子手、屠夫等恶名。抵达成都就任后，赵尔丰首先调查研究，弄清楚了铁路国有化的来龙去脉和详细情形后，却对川人在铁路国有化过程中的损失深表同情。赵尔丰联名地方官员给中央政府写了一份报告，希望朝廷能从大局考虑，“俯顺舆情”，尽快改变铁路国有既定政策，并建议朝廷从速将负有倒账亏损重要责任的原川汉铁路公司宜昌分公司总理李稷勋撤职查办，以平民愤，尽快平息这场骚乱，否则持续下去后果将不堪设想。四川民众还自发组织了一个赴京请愿团。摄政王和盛宣怀没有料到连赵尔丰也会持这样的态度，朝廷一方面下旨训斥赵尔丰，命他“多派员弁，实力弹压”，一方面反而继续任命李稷勋为官办川汉铁路公司总理，代表朝廷接受原川汉铁路公司股权，摇身一变成为国有公司代表，并将赴京请愿的四川代表押回成都。这更加激怒了四川人民，此后全省许多地方都出现了罢课、罢市、罢工、抗税、抗捐活动，有些地方的民众甚至还在公共场合设立光绪皇帝神位，供以香火，有的旁注“毅然立宪者”，也有旁注“庶政公诸舆论，川路仍归商办者”。也就是说，保路运动此时已开始由简单的经济诉求转向了政治诉求。参与这一系列活动的，除了具有合法身份的立宪党人、谘议局议员外，还有不少革命党人和具有秘密社会性质的哥老会会员。四川的形势已经到了非常危险的局面。赵尔丰此时还算清醒，他在七月初再次致电朝廷，犯颜上谏，建议执政当局不要再颟顸从事，一定要按照目前立宪预备阶段的体制，将铁路国有化的来龙去脉和政策要点向资政院报告，要征得议会的意见再往下进行；如果资政院议决停止，责任内阁决不要觉得失去了面子，一定要遵照执行，否则责任内阁一味坚持到底，不知妥协不知让步，则大祸可能很快就会降临。然而遗憾的是，朝廷在盛宣怀、端方等人的力挺下，不仅不愿接受赵尔丰的建议，反而抱怨赵尔丰镇压不力，动机不纯。端方向朝廷上疏严厉弹劾赵尔丰，建议先派重臣赴川查办，然后再选派强势人物接替赵尔丰出任四川总督。与端方的建议遥相呼应，湖广总督瑞澂此时建议朝廷，先从湖北选派一支有战斗力的新军入川镇压；在湖北新军尚未抵达前，依然责成赵尔丰严厉惩办四川省内那些居心叵测用心险恶动机不纯带头闹事的人。七月初九，朝廷命端方率领湖北新军一部，开拔前往四川“平乱”，由此四川人胸中的怒火终于被引爆了，星星之火在布满干柴的四川全省开始蔓延。

应该说，端方是清末满族官僚中具有革新思想的政治领袖。端方字午桥，满洲正白旗人，他年轻时的名声毁誉参半，既是“八旗三大才子”之一，又是八旗纨绔子弟，素有“京城四少”之称。但他成年从政后奋发有为，于内政外交尤有心得，是慈禧太后、光绪皇帝最后几年新发现和信赖的重要亲贵。光绪三十一年（1905年）他作为“五大臣出洋考察”成员之一，在对欧美的宪政考察和其后的预备立宪中做出过重要贡献，是慈禧太后和光绪皇帝刻意培养的满洲亲贵。端方在考察归国后即出任两江总督，后来接替袁世凯继任直隶总督兼北洋通商大臣。如果不出后来的那个意外，端方完全有可能成为恭亲王奕䜣、庆亲王奕劻或者荣禄那样的满洲政治领袖。结果端方在慈禧太后出殡的路上拦路拍照，被视为大逆不道，撤职查办，像袁世凯一样被赶回老家赋闲。其实明眼人一眼就能看出，那是摄政王载沣为排除“袁党”借故找茬。因为端方不仅是袁世凯的死党，两人还是儿女亲家。皇族责任内阁出台后，赋闲三年之久的端方在朝廷用人之际，得以侍郎候补衔充任督办粤汉、川汉铁路大臣，被朝廷派遣前往湖北等省份办理铁路收归国有等事宜。端方在思想上是坚定的改革者，他看到了铁路建设在过去那么多年中存在的问题，认同盛宣怀的建议和改革方案，同意铁路国有化政策，因而他不仅乐意重新出山，就任非常设的铁路督办大臣，而且坚定地支持盛宣怀的主张，对于那些借机闹事的人力主严惩，甚至对于同情民众的赵尔丰，端方也毫不客气地上疏弹劾。

与此同时，赵尔丰在受到端方的弹劾和朝廷的严旨训斥后，内心经过激烈的斗争和利害权衡后，立场开始了暗中的转变，他不再坚持弹劾盛宣怀，不再坚持将铁路国有化方案提交资政院讨论，而是改变为坚定支持中央的稳定措施，主张强势镇压平息骚乱，恢复秩序，但是保路同志会的高层并不知道这些。七月中旬的一天，他们接到赵尔丰的邀请，说北京来了电报有好消息等待商量，于是四川保路同志会、谘议局和铁路公司首领人物蒲殿俊、罗纶、邓孝可、张澜、彭芬等九人前往督署议事。刚进大门即伏兵四起，九个人在督署院内悉数被抓捕。消息传出去，整个成都全城轰动，各种各样的传言满天飞。成都民众成千上万，不约而同，扶老携幼，沿街号泣呼冤，头顶光绪帝牌位，潮水似地向总督衙门涌来。人越聚越多，天色也阴暗了下来，阴雨绵绵。人群从白天到半夜不散，他们强烈要求赵尔丰立刻放人。而赵尔丰态度也异常强硬，要求围观者必须退出总督衙门，否则格杀勿论。失控的民众直往大堂冲，赵尔丰下令开枪，一阵排枪过后，血泊中倒下了三十多人的尸体。“成都血案”的第二天，大雨竟日，赵尔丰下令三日内不许为死难者收尸。成都民众不忍看死难者暴尸街头，纷纷抢尸，谁知赵尔丰再次下令开枪，又有数十人毙命街头。……

赵尔丰的残暴早已激起人民的愤怒。深受同盟会影响的哥老会，早在几天前就在资州组织了保路军，准备武装起义。“成都血案”发生后，同盟会员龙鸣剑缒城而出，直奔城南农事试验场，与同盟会员朱国琛、曹笃等人裁木片数百个，上写“赵尔丰先捕蒲、罗诸公后剿四川各地同志速起自救”，然后将这些写了字的木片涂上桐油，制成“水电报”投入锦江。时值江水上涨，这些木片乘着秋潮漂流而下，不一日就传遍西南各地。各地保路同志闻警大惊，为防范赵尔丰派兵围剿，遂主动出击，揭竿而起。这时哥老会的介入，使得武装保路顿成燎原之势。保路同志军的主体当然有反清的革命党人，但他们更多的是具有革命倾向的哥老会会员。比如华阳的秦载赓在辛亥前加入了同盟会，但他早就是哥老会的首领。至于新津的侯宝斋，早年参加新津哥老会，被推为“新西公”的龙头大爷；光绪三十年（1904年）新津九个哥老会联合组成总社，号称“九成团体”，他又被推为总“舵把子”，是新津一带著名的“社区精英”。还有张达三，也是川西著名的哥老会首领。哥老会原是成立于明清之际的民间秘密结社，又称“汉流”，俗称袍哥，相传是郑成功反清复明洪门的一个分支，后因反清复明无望，遂逐步演变为民间礼俗相交、患难相恤的社会互助组织。至晚清社会动荡之时，哥老会重新浮出水面，其成员多为农民、手工业者、被遣散的兵勇以及游民等，他们本是社会边缘阶层，无依无靠，能够走到一起主要还是经济方面的原因。铁路国有在四川是最广泛层面的对民众的掠夺，所以振臂一呼，万人景从。七月十六日一大早，秦载赓率同志军千余人从成都东门强攻，连攻数日，引来数万会众云集。四川各地还有许多会众正在赶往成都的路途中。数万同志军云集成都城外，英勇奋战，重创清军。他们虽然无法有效攻进城内，但他们有办法将城外的电线杆全部砍断，甚至将清政府与地方督抚往来传递文书的驿站全部占领，致使官府音讯不通，耳目失灵。赵尔丰坐困孤城，心力交瘁，彻夜不寐。在北京的中央政府与成都失联，弄不清成都城里的真相，只是潜意识感到不妙，大祸临头。朝廷先是三令五申，敦促端方率领湖北新军星夜兼程前往成都，督兵震慑，除暴安良；又急调湘、陕、黔、滇周边各省军队入川协助，务必设法平息。七月二十三日，又急令正在上海已开缺的前两广总督岑春煊前往四川,会同赵尔丰办理剿抚事宜。然而,他不仅不能认同清廷的镇压措施,反而建议清廷公开承诺铁路国有化以后,先前商办期间的一切亏损、倒账、挪用,均由政府买单;宣布政府即刻释放所有被关押的绅商、民众,承诺决不秋后算账,决不会无辜杀戮任何一个反对铁路国有化的人;不会扣留先前各省铁路筹资中的一分一厘。岑春煊还郑重建议朝廷下罪己诏。他相信中国的老百姓是最讲道理的,一旦朝廷做到这些,四川的局势立马好转,不仅无须用兵,而且老百姓一定会感激涕零,山呼万岁。但是岑春煊的这些建议并不被清政府认同,更得不到盛宣怀等人的支持。端方也致电朝廷,指责岑春煊的建议是沽名钓誉,意在攘夺内阁总理大臣一职,归罪于他人。有了这样的心理障碍,摄政王载沣和盛宣怀回不了头,只能在一条路上走到黑了。岑春煊也一路上磨磨蹭蹭,接近八月中旬才抵达武昌。他在那里停下不走了,又故技重演,给朝廷发了一个电报,说他生病了,不能去成都赴任,要求朝廷开去他所答应的差事。朝廷明知岑春煊生病是托词借故,但也无可奈何,对四川的局势,只能另想办法另请高明。八月十六日,清廷命令湖广总督瑞澂,加派湖北新军作为端方一部的后援,紧急入川;又谕令湖南巡抚酌派湘军两三营迅速赶往四川,与先期入川的端方部会合,以最大决心、最大力量扑灭川乱,恢复秩序。

湖北新军不断地被派往四川,湖北空虚了,武昌空虚了,这正是湖北革命党人所盼望的机会。清廷的眼光此时只顾盯着四川,他们忽略了武昌,忽略了这个革命党人和立宪派活动最为频繁的九省通衢之地。

宣统三年八月十九日(1911 年 10 月 10 日)午夜,武昌城外南湖畔打响了辛亥革命武昌首义的第一枪!

此时的端方,还带着湖北新军第八镇第三十一标全部和第三十二标一部一千多人,带着他曾在日本留学铁路建设的六弟端锦,慢吞吞地行进在前往四川成都的路上。按照日期和里程推算,端方应该早在八月初就抵达了成都,但直到八月中旬,他才走到资州,离成都还有六百多里地。这时候武昌起义的消息传来了,他索性命令部队停下不走了。

端方对四川的保路运动是力主镇压的,但轮到他自己亲手来干这件事了,他又犹豫彷徨,迟疑不前了起来,据说这与袁世凯有关。端方在领受了督办粤汉川汉铁路督办大臣后,雄心勃勃、踌躇满志地前往武汉上任,途中特意在彰德府洹上村盘桓了几天,与亲家袁世凯小聚,请他面授机宜。袁世凯的一番话给端方兜头浇了一盆凉水,把他复出后的热情全部浇灭了。袁世凯告诉端方说,现今的局势早在他意料之中,其实他早就看出来了,“铁路国有”是个恶魔变的美女,关在笼子里好看,放出来了则害人害己害国,它会让天下大乱,百姓遭殃;也会让放它出笼的人身败名裂,千夫所指。袁世凯说,这同样的话他曾对出任邮传部尚书的陈璧说过,也对后来的徐世昌说过,所以这个“妖魔”在他们的任上一直不敢放出来,只关在笼子里供人参观摆样子。端方惊讶地说:既如此,慰廷兄何不对盛杏荪也直言坦告,让他也摹仿照行?难道说就因为从前的过节,你就忍心看着国家受难,百姓遭殃吗?袁世凯连呼冤枉,他说,其一那得盛杏荪肯听袁某人说呀,盛杏荪是听我话的人吗?其二那也得袁某人有机会跟他说呀!年前他上任邮传部尚书,正是春风得意的时候,原本我想通过孙宝琦跟他见一面,作一番推心置腹的交谈,以尽绵薄。谁知他过境不停,扬长而去,看来却是袁某在自作多情了。端方连叹可惜可惜,如果当初盛杏荪肯在彰德稍作停留,听君一席话,何至于有今日的满天风云?袁世凯给端方的临别赠言是:“路潮平息前千万置身事外,宜先驻汉阳,分投委员勘查,步步为营。”端方到汉后果然按照这句话行事。他守在汉阳,修修督办公所,派员绘制铁路线路图,四处张罗招聘铁路人才,对于千里之外的四川发生的事情,睁一只眼闭一只眼。只是他后来没有料到朝廷会把剿灭川乱的重担搁到他肩上,他又不能抗旨,所以只能一路走走停停,磨磨蹭蹭。现在他停在资州了,进退两难。结果这支湖北新军中的革命党人以闹饷为由趁机发动兵变,将端方兄弟砍了头。头颅分装在两个铁盒子里,为了防止腐烂,他们还将铁盒里注满煤油,带回武昌,交给了起义后的湖北督军府。

年底四川也宣布了独立。赵尔丰因为制造了“成都血案”,得不到四川人民的谅解,同样也被身首异地。

第十三章 辛亥大逃亡

武昌首义仿佛点燃了一场不可遏止的燎原大火，迅速地向全国蔓延。短短的半个多月时间，先后有湖南、陕西、江西、山西等省新军起义响应，成立督军府，宣布独立。日夜守候在邮传部的盛宣怀，每接到这样一封宣布某省独立的电报，就仿佛是又挨了一记当头棒喝，神思恍惚得半天都缓不过神来。

自武昌起义的消息传到北京后，盛宣怀就再也没有回府学胡同五号的那个家了。为了便于了解全国各地的形势，联络各地督抚，盛宣怀守在邮传部的电报房里指挥调度。武昌起义初期，盛宣怀还是很乐观镇静的，听说有人要炸黄河铁路桥以阻止清军南下，他马上致电河南巡抚宝棻："……望速饬就近防军赴黄河赶紧守护，明日即可运兵到桥"。又致电两江总督张人骏："鄂军需饷甚急，已电饬南京造币局，将已铸银圆火速运往，请密派妥人护送上船，万勿张扬。"还同时致电各省督抚将军，给大家打气："武昌兵变，不及万人，城中无粮，水陆到齐，不难克复。请各省荐引宿将多招防军，度支部已奏准先顾国防，暂缓他用。"他这是稳定天下督抚的心，告诉他们经费是不成问题的。他还紧急致电轮船招商局："速备大轮船五只(运兵)，须要船身宽大，吃水稍浅，能由秦皇岛直达汉口，……必须能装四五千人，战马七百匹，炮十二尊，火车七十一辆……秦皇岛二十八九日人马辎重一气登舟……"但是随着形势的发展，越来越多的省份开始响应武昌起义，纷纷宣布独立，随着盛宣怀在资政院里成为舆论指责的中心，他的心里也开始慌张起来，有些沉不住气了。他深知这一团乱局跟自己强力推行铁路国有的直接关系,可他也实在百思不得其解:不就是一个铁路国有吗?从前国家贷款修铁路修得好好的,怎么到了现在就不行了,就会惹来如此的一天横祸呢?当然他的心里也更明白:当前的乱局如不迅速平息扭转,他将更加罪责难逃!

八月二十七日,武昌前线传来清军大败、民军“刘家庙大捷”的消息,此时武昌前线清军总指挥、陆军大臣荫昌贪生畏死,躲在信阳,连武昌前线都不敢去。盛宣怀的心里更发慌了,这时候他突然想起了去年底途经武昌时,汉阳归元寺明通法师“乱世枭雄”的那句话,心里突然一亮:难道现在已到了该他出山的“乱世”吗?但他知道,现在能救大清朝的人恐怕真的只有他了。他顾不得从前的那些宿怨,赶忙给朝廷写奏折,请求朝廷起用袁世凯,授以全权,统制前线各军,可保克日平息叛乱。一边赶忙给彰德的袁世凯发了一封电报,以老朋友的口气说:“此乱蓄之已久,若不早平,恐各省响应。治乱之人,唯有公耳!公出处关系中原治乱,并请默念此身负环球重望,岂能久安绿野?与其迟一日,不如早一日,万勿迟疑。”但是袁世凯不冷不热地回了封电报,短短十几个字:“衰病侵寻,入秋尤剧。俟见电钞,拟请另荐贤能。”盛宣怀碰了一鼻子灰。他不知道袁世凯这封电报背后的潜台词是:你自以为是惹出了乱子,现在想到我了,想让我出来帮你收拾烂摊子了?你想得美!

有一天,盛宣怀收到儿女亲家、山东巡抚孙宝琦转发袁世凯的一封电报,他这才知道袁世凯回绝他的原因。袁世凯在那封电报中告诉了孙宝琦实情:年前盛宣怀上任邮传部尚书,袁世凯曾托孙宝琦出面邀盛到彰德一晤,对外名义上是跟盛谈儿女亲事,实际上那是他找了个借口,想跟盛推心置腹谈一谈,除了希望他上任后不要在邮传部搞大清洗,重点就是规劝他不要推行“铁路国有”。袁世凯似乎已经摸准了盛宣怀的脉,知道他雄心勃勃上任后要干这两件事。袁世凯电报中说,陈璧和徐世昌当年就是因为听了他的劝阻才没有搞“铁路国有”,因而没有闯祸,他也真心希望盛宣怀不要闯祸。但是盛宣怀过彰德而不入,他也就没有机会跟盛说这番话了。如今闹出了乱子,这才想到了他,来电劝他出山,去为盛收拾烂摊子擦屁股,可他袁世凯是那么好说话的人吗?

看完这封电报,盛宣怀真可以说是泥塑木雕一般,呆坐了许久,他没有想到去彰德那件事会有这样的内情。不过当初如果真的去了,他会像陈璧和徐世昌那样听袁世凯的话吗？这倒是很难说了。不过至少袁世凯的话会给他一个警醒，至少能让他在推行这件事的时候变得谨慎起来，而不是一味地强硬。显而易见，袁世凯是早已预见到了“铁路国有”政策的推行，将会引发的天下骚乱。如此说来袁世凯倒是的确比他更有远见更有眼光。可他盛宣怀看到的，只是“铁路国有”于国于民的好处——当然也包括对他自己的好处。他似乎是第一次发现自己原来和袁世凯有着这么大的差距！若论人生阅历和官场历练，他还要年长袁世凯十几岁，应该姜是老的辣吧，但他就是不如袁世凯！这到底是怎么回事呢？这些天来盛宣怀一直在冥思苦想，试图对自己作一番反省：为什么自己执政邮传部以来，宵衣旰食，忠心报国，但结果却是把国家引向了灾难？他找不到答案，回答不了这个问题。但现在，他似乎隐隐感觉到了那个答案就在眼前：因为自己和袁世凯原本就是完全不同的两类人。他盛宣怀是什么人？是商人，商人的眼里只有商业利益，斤斤计较。这些年来他经历了太多的和洋人的谈判，不管是代表国家利益的商约谈判还是为了自己企业的借款谈判，他都把自己作为商人的本能发挥到了极致：分毫不让，寸土必争。洋人都知道他谈判的厉害，用中国话笑称他为“铁公鸡”，在谈判桌上要想让他做出点小小的让步，难乎其难。说他是职业的商贸谈判专家，那是一点也不夸张。所以公平地说，朝廷给他会办商约大臣的差事，真是恰如其分，人尽其用。商人以商业利益为重当然没有错，但如果不知进退，不知道在必要的时候舍弃某些商业利益，那就大错特错了。比如这次川路风潮，矛盾的焦点，其实就集中在商办时期的亏损和倒账部分如何善后的问题上。作为商人的盛宣怀寸步不让，锱铢必较，坚持必须让对此负有责任的川路公司高管们，自掏腰包来垫赔亏空，国家决不为此买单。但如果换了政治家就不会如此简单地处理了。政治家知道审时度势，在必要的时候做出必要的让步，以牺牲局部最小的商业利益来换取最大化的政治利益——就比如早期的赵尔丰和后来的岑春煊对朝廷所建议的那样。袁世凯懂得进退，用很淡漠的态度对待金钱，一掷千金，却用金钱在朝野换取了数不清的政治利益。两相比较，盛宣怀就因为坚持那么一丁点的商业利益而葬送了更多更大的政治利益，因小失大，这就是商人执政的悲剧，也是问题的根本所在，盛宣怀苦苦追寻的答案就在这里。当然这只能归咎于年轻的摄政王，他在用人的问题上犯了一个致命的错误，最终把大清王朝送入了万劫不复的深渊。

袁世凯的复出当然是有条件的，徐世昌为此专程去了一趟彰德府的洹上村，据说他是作为摄政王秘密特使的身份去谈判的。袁世凯当时提了哪些条件，这从后来朝廷对他的优待上约莫猜得出来，但他肯定没有提对"铁路国有"罪魁祸首的惩处这一条。袁世凯是聪明人，明明知道盛宣怀已经落水了，他不会再去得罪这条落水狗。其实用不着袁世凯提，盛宣怀现在已经成了千夫所指，众矢之的。先是御史王宝田奏疏："此时鄂事决裂，实由川民之变。其致变之由，由于铁路收回国有之政策，而住持此事者，则邮传部尚书盛宣怀也！……"继而御史履晋也参了他一本："窃自铁路国有政策宣布以来，全国哗然，民心尽失，以致四川糜烂，鄂逆趁机起事。赵尔丰之激变，瑞澂之潜逃，固罪无可逭，而罪魁祸首则为盛宣怀！……迨事变猝起，复住持严办，压力愈大，反动力亦愈大，革党土匪遂乘机煽惑，酿成大乱。盛宣怀之肉，岂足食乎？"接着御史范之杰又参他："……一己之私图，激万民之公愤，敢为祸首，不恤人言，神奸巨蠹，横绝今古，推厥罪魁，盖莫如邮传部尚书盛宣怀者！……"由各省代表议员集中的资政院，成了从舆论上围攻盛宣怀的批判阵地，各种罪状集中到一起构成了四项主要的指控："一、违宪之罪。即不交院议与破坏商律是也。二、变乱成法之罪。凡重大事件，必付阁议，铁路国有何等重大，乃贸然擅行，非藐法而何，按律宜绞。三、激成兵变之罪。四川事起，内阁主和平，盛乃主强硬，激成大乱；而武昌失陷，亦是源于此。按之激变良民因失城池之律，亦当绞。四、侵夺君上大权之罪。擅调兵，擅绝交通，此种紧急命令，事属大权，盛擅行之，罪无可逭。"看到资政院这份"宜绞""当绞"的弹章，盛宣怀的心里既委屈又恐慌，他不能不为自己辩护。

九月初五那天，盛宣怀正在邮传部办公室里伏案疾书："……英法德美四国借款合同，系宣统元年所草签。本年正月，四国使臣向外务部正式催促画押；而合同画押，必先提议铁路国有，取消商办成案。经外务部、度支部、邮传部大臣迭次会议，始行会奏。国有和借款，均有谕旨，故不得谓'侵权'。其次，借债签字不交院议，也非违法。本阁臣曾请求召开资政院临时会议，皇上有过'克期办妥，一俟九月开常年会，即交该院议决，所请开临时会议之处，著毋庸议'之谕旨。至于断交通、调兵等事，均是为了应付紧急事变，何谈跋扈？……"盛宣怀还想继续写下去，他的报国忠心还未泯灭，正准备为朝廷出谋划策如何迅速地平息叛乱，突然门外传来了一声大呼："圣旨到！盛宣怀接旨！”盛宣怀放下手里的笔，整服扶冠，赶忙出来跪地迎接。宣旨太监宣读：“监国摄政王面奉隆裕皇太后谕旨：资政院奏，部臣违法侵权，激生变乱，据实纠参一折，据称祸乱之源皆邮传部大臣盛宣怀，欺蒙朝廷，违法敛怨，有以致知……怨苦郁结，上下争持。川乱既作，人心浮动，革党叛军乘机窃发，该大臣实为误国首恶。盛宣怀受国厚恩，竟敢违法行私，贻误大局，实属辜恩负职。盛宣怀着即革职，永不叙用！”

那份没有写完的奏折用不着再写下去了，盛宣怀被夺去了顶戴，他丧魂落魄、衣冠不整地回到府学胡同五号。此时门外的清兵卫队也已经撤去。原来当初很多省份因为反对“铁路国有”进京请愿，很多人跑到盛宣怀的私宅门前静坐示威，摄政王怕出事，派出重兵对盛府加以保护。如今刚刚一革职，那些卫兵就撤走了。

五姨太柳飞雪在门前迎住了盛宣怀，望着他的狼狈相，也不禁大吃了一惊：“老爷，您这是怎么哪？”

盛宣怀说不出心里的苦楚，摇头摆手，叹息着走了进去。

盛宣怀在家里脱下了那件缀着仙鹤补子的一品文官朝服，在镜子前他照了又照，这意味着他从此再也没有资格穿这件官服了。他舍不得脱，可他又不得不脱。那会儿他的心情既伤感，又沮丧，还满腹委屈。他用一双苍老的手抚摸着那对栩栩如生、展翅欲飞的仙鹤，禁不住老泪纵横、潸然泪下。从腊月里算起到现在，这件一品文官的朝服他满打满算才穿了八个月，还不到一年就落得个身败名裂的下场，不得不把它脱了下来。他还有重新再穿起它来的机会吗？看这形势是很难了，即便袁世凯出山，把全国的叛乱平息下去，大清朝也不会再给他这个机会了。况且他已是年近七旬的人了，人生七十古来稀，官场上他已经走到了头，他还奢望什么呢？他叫来五姨太，让她去吩咐下人，将官服烫洗后好好收藏保存起来，那毕竟是他人生的一个重要纪念。

傍晚的时候盛宅来了一位西装革履的年轻人，大约三十岁的年纪，戴着眼镜，脑后不梳辫子，那年头一眼就能看出来他不是中国人。他名叫高木陆郎，是日本三井物产株式会社原北京支店长，宣统二年(1910年)受汉冶萍公司之聘担任公司的高级顾问兼任公司驻日商务代表，他来是向盛宣怀通报外面的情形的。

“资政院里的那批人并不满足于对您的撤职处罚，”高木陆郎显然知道了盛宣怀已被革职的消息,“他们聚在一起向朝廷请愿,大声嚷嚷着‘盛宣怀当诛’‘盛宣怀当绞’‘不杀盛宣怀,不足以谢天下’。”

“盛某人已被朝廷处罚,他们为何还不肯放过?”盛宣怀的脸色一下变了。

“御史们都认为,仅仅对您作革职处罚太轻了。今天他们又操纵资政院全体议员开大会,一百多人以举手表决的方式通过了一项决议,要求朝廷立即逮捕您,‘明正典刑’。他们还不依不饶,一致要求将您绑赴菜市口,公开处决,当众施以极刑,以平民愤。”

“啊?”盛宣怀满脸惊恐,“那朝廷……怎么说?”

“朝廷现在当然还没有对资政院的决议做出表态。”高木陆郎偷觑着盛宣怀的反应,“但是我和小田君商量过了,认为朝廷屈服于资政院的压力这是完全有可能的,只要那批不肯放过您的人在资政院里坚持下去,朝廷最终就会答应他们的要求,到那时就来不及了。”高木陆郎说的小田君,就是横滨正金银行驻北京分行的支店长(总经理)小田切,盛宣怀的老朋友。

“那怎么办?”盛宣怀慌了神。

“所以我们不能坐以待毙。中国的兵法说三十六计走为上,我们必须在朝廷下令逮捕您之前逃走。”

“也好,我正准备革职后回上海去呢。”盛宣怀说,“从此不再过问政事,回到上海一心一意打理生意。”

“怎么,盛公还敢回上海去?”高木陆郎的表情很夸张,“上海已经是革命党的天下,您虽然可以逃脱朝廷的抓捕,但是革命党会放过您吗?”

“那能逃到哪里去?”盛宣怀不禁愣住了。

“我们都已安排妥当,您的安全完全由我们负责。”高木陆郎说,“我们已经为您选择了一个秘密的临时藏身地点,可保万无一失。”

“是哪里?”

“小田切的家里,您去过的。那是外国人的私邸,非常安全。”

“那好吧,”盛宣怀想了想说,“今晚我把家里的后事安顿一下,明天大清早我就上支店长的公馆去。”

高木陆郎走了,晚上盛宣怀却悄悄躲进了美国公使馆。他在临走前偷偷把自己的行踪告诉给了五姨太柳飞雪,嘱咐她务必保密。

柳飞雪诧异道:“老爷不是说好了要去日本人那里吗?”

“你以为我真的会去日本人那里？那是哄日本人的。”盛宣怀狡黠地笑了笑，“现在我在难中，我担心日本人不怀好意，想趁火打劫。”

临走前盛宣怀又叮嘱五姨太，为防止抄家，把府学胡同五号的家里清点一下，金银细软以及一切可以带走的值钱东西都带走，留下少数几个人看门，其余的人都返回上海去。上海斜桥的老公馆在租界区，那里应该是安全的。

第二天，高木陆郎在小田切家里等到中午，还不见盛宣怀的人影，赶忙赶到府学胡同五号，这才知道盛宣怀昨天晚上因为害怕提前走了，说是去日本人那里躲风头。五姨太柳飞雪还问高木陆郎：怎么，你们没见到老爷吗？

高木陆郎心里不禁暗暗叫苦起来。原来盛宣怀革职后，日本国内很快获知了消息并给驻华公使馆发来指示：务必确保盛宣怀安全，并保证其在我方控制之下，设法将其送到日本来，以便促成中日合办汉冶萍的谈判。但自从前年那次诱使盛宣怀去日本治病，商谈中日合办汉冶萍流产后，盛宣怀对日本人的戒备之心显然增强了，这次他居然阳奉阴违，脱离了日本人的控制。看来日本驻华公使伊集院彦吉交代给他和小田切的这个任务，还真不怎么好完成。现在的首要任务当然是找到盛宣怀的行踪，看他到底躲到哪里去了。从逻辑推理上说，毫无疑问他要确保自身安全，只有躲进外国公使馆。而北京有那么多的公使馆，他会选择哪一家呢？自然是跟他有往来关系的。就关系亲密的程度来说，除了日本外，他最有可能去的就是英、德、法、美四国，因为几个月前邮传部刚刚跟四国银行团签了合同，借款六百万英镑修筑川汉、粤汉铁路，盛宣怀正跟他们打得火热。但这四国中他最有可能去的又是哪国？高木陆郎挠破脑壳也想不出个所以然。

但事情很快就有了线索。盛宣怀被革职的第二天，素以消息快而来源可靠在西方享有盛名的《泰晤士报》刊出了一则报道：大清国被革职的邮传部尚书盛宣怀，因不堪舆论的围剿与压力，已躲进某国驻北京公使馆谋求“政治避难”。写报道的人是《泰晤士报》驻北京记者莫理循。莫理循在北京新闻界素来号称为消息最为灵通的西方记者。高木陆郎在第三天看到了《泰晤士报》上的这篇报道，高木陆郎平日交游很广，他和莫理循原本就是好朋友，于是他立即约见了莫理循，从他那里得知了盛宣怀藏身美国公使馆的消息,以及这条消息的确凿可靠来源。

高木陆郎拿着报纸马上去了美国公使馆,要求会见盛宣怀。但是遭到使馆参赞爱德华和汉文秘书丁家立的否认,他们都不承认盛宣怀现在藏身在美国使馆。现在只有自己想办法,把盛宣怀从美国使馆“逼”出来了。

高木陆郎心生一计,他去了资政院,通过在资政院的一个议员朋友,将《泰晤士报》上“盛宣怀藏在美国公使馆”的消息透漏了出去。资政院的议员们正在因为他们处死盛宣怀的决议得不到朝廷的批准而群情激愤,听到这个消息,大家不约而同地将愤怒情绪转移到了美国人身上。他们跑到美国公使馆,每天都有数十人到一百多人将使馆团团围住,示威情愿,一致要求美国使馆把祸国殃民的罪魁祸首盛宣怀交给他们处置。盛宣怀在里面藏不住了,终于有一天趁着夜色偷偷从里面跑了出来。盛宣怀现在失去了对西方人的信任,他耿耿于怀于西方记者将他的行踪泄露刊登在新闻纸上,所以从美国使馆跑出来后他决计不再去西方使馆,而是径直去了小田公馆。盛宣怀经过深思熟虑,知道日本人因为跟汉冶萍的利益关系,是真心想保证他的安全的。而这正是高木陆郎和小田切所算计好的,他们摸透了盛宣怀的心理,已经在家里恭候他了。

躲在日本人的家里,盛宣怀的心里还是惴惴不安,每天似乎都在风声鹤唳中度过,时刻觉得说不定哪一刻军警就会闯进来逮捕他。他问小田切:“这里真的很安全吗?是不是应该躲到日本公使馆里去?”小田切笑着安慰他说:“您放心吧,这是私邸,比公使馆安全,因为使馆的目标更大。”

有一天高木陆郎急匆匆地从外面回来,手里拿着一张刚从墙上揭下来的、还有些湿漉漉的通缉令,告诉盛宣怀:摄政王果然向资政院屈服,下旨通缉他了,并且这上面还有他的画影图形。盛宣怀看了通缉令深信不疑,不由得在心中暗自庆幸自己早早逃了出来。他甚至还很有些佩服日本人,佩服他们提前对形势的精准预判。但盛宣怀所不知道的是:这份通缉令其实是日本人伪造的。日本人知道欲请盛宣怀去日本,明请他肯定是不会去的,所以日本驻华公使伊集院和小田切、高木陆郎三人,这才商量出了一个“三请不如一吓”,“把盛宣怀吓到日本去”的计划。这个内幕,盛宣怀要等到一年后,他从日本返回的时候才会知晓。

一份假“通缉令”,真的把盛宣怀吓破了胆。他知道现在只有逃出北京城才会获得真正的安全,这种想法正中日本人的下怀。可是如何从北京逃走呢?逃出北京后又往哪里去呢?盛宣怀原本的计划是:逃出北京后乘火车到天津,然后再从天津乘船去青岛。儿女亲家孙宝琦是山东巡抚,目前山东还在他的控制之下,局势较为平静;青岛是他的治下,在他的保护下安全应该不成问题,权且在那里待上一段时间,静观时局变化。如果南方时局平稳了,再回上海去也不迟。日本人当然也有自己的计划:带着盛宣怀从天津乘船先去大连,然后从大连去日本。日本人当然不希望盛宣怀去青岛,大连是日本人的天下,青岛是德国人的天下。但也不便过分反对,他们担心盛宣怀会起疑心。日本人想,权且就顺着盛宣怀的意思先去青岛也行,等到了青岛之后,再想办法让他去大连。

剩下的问题就是如何逃出北京城了。盛宣怀原来打算乔装成一个跑单帮的小老头,混入前门火车站乘车。后来高木陆郎去北京城里转了一圈,回来编了一套谎话说,现在北京四九城全城戒严,每道城门前盘查极严,插翅也难飞过去。而前门车站更是戒备森严,布满了警察,三步一岗五步一哨,每个进站的旅客都要严格盘查。盛宣怀从出任邮传部右侍郎到邮传部尚书这三年来,每年都要到前门车站去巡视好几次,站上的官员、乘警以及员工几乎都见过他,万一认出来就麻烦了。所以日本人说他的计划太冒险,必须想个万无一失的办法。于是大家抓耳挠腮,搜索枯肠,最后还是日本人想到了一个办法:盛宣怀不是刚刚死了老丈人吗?正好用棺材李代桃僵运丧回天津。具体做法是:先去前门车站申请加挂一节运丧的闷罐车,然后买一口棺材,到时候就让盛宣怀躺在棺材里,坐着京津间的小票车去天津。为了装得更像,还必须得要有送丧的家属,五姨太他们刚好还没有回南方,正好让她和男仆女婢们化装成送丧的家属,一家人搭乘专车一块去天津。到了天津再分手,盛宣怀去青岛,他们坐船去上海。

对于这个主意,大家都拍案叫绝。

“就是有点晦气,要委屈盛公了。”小田切歉疚地说。

盛宣怀连说:“没事没事。为了要活命,现在哪顾得了那许多?”

其实这也是日本人计划中的一部分,早就精心预谋好的。让盛宣怀躺在棺材里不露面,一个最大的好处就是:他藏在里面,对于外面真实的情景完全看不见,当然不会对日本人所编造的假通缉、假“戒严”起疑。

一切都在按照日本人的计划进行。

几天后,一支送丧的队伍吹吹打打走进了前门火车站,路幡飘飘,纸钱飞洒，满是那回事。事情也赶巧了，那几天有传闻说革命党潜入了北京城，要在京城里起事搞爆炸，所以北京全城还真的实行了戒严。棺材上是留了缝隙给盛宣怀透气的，一路走来，他在里面真真切切地听到了沿途的警笛声和警车轰鸣声，听到了前门火车站里军警们此起彼伏的呵斥声，这一切都为日本人的计划作了天衣无缝的配合。躺在棺材里的盛宣怀，还以为那些都是冲着他来的呢。

棺材登上了闷罐车，不想麻烦在这时候来了。临开车前，几个乘警登上运丧的闷罐车，作例行检查。他们从送丧亲属没有眼泪的干号中看出了破绽，以为棺材里运的是违禁品或走私品，坚持必须开棺检查。亲属怎么求情、贿赂都没用。后来高木陆郎也出面了，他亮出自己日本人的身份，说明棺材里躺的是日本驻华公使馆的一位中国厨师，现在去世了，亲属要运丧回天津原籍去。但那几个乘警愣是不通融，最后棺材还是被打开了，从里面走出来一个狼狈不堪的大活人，把几个乘警吓了一大跳。他们马上就认出了，这个从棺材里走出来的小老头，就是他们的前任顶头上司、邮传部尚书盛大人。他们不知道该怎么处理，只好把盛宣怀暂扣在前门车站，然后逐级上报，最后由京汉路局报到了邮传部下属的铁路总局局长梁士诒那里。梁士诒闻言大喜，他报一箭之仇的机会到了。

原来前年盛宣怀重回邮传部右侍郎本任后，趁袁世凯被摄政王赶回原籍养疴的机会，利用沪宁铁路窝案，一下把邮传部北洋系"三巨头"扳倒了，他们是：邮传部尚书陈璧，左侍郎唐绍仪，铁路总局局长梁士诒。如今盛宣怀被革职，袁世凯重新出山，北洋系卷土重来，唐绍仪当上了邮传部尚书，梁士诒官复原职，又回到了他铁路总局局长的位置。而且更加凑巧的是，后面的事情竟然被日本人弄假成真：盛宣怀在前门车站羁留期间，摄政王终于没能顶得住朝野舆论的强大压力，向资政院作了让步，下旨逮捕盛宣怀"以谢天下"，"暂押于司法部大牢，听候审判议处。"当然，去府学胡同五号逮人的军警扑了个空，看门人说盛宣怀早就走了，朝廷为此还真的发了通缉令。当初盛宣怀巧打时间差，本来可以堂而皇之、大摇大摆地在前门火车站乘车离开京城的，结果日本人因为那个计划弄巧成拙，把假通缉变成了真通缉。梁士诒也没有想到，正所谓冤家路窄，盛宣怀畏罪潜逃不成，竟然落到了他的手中。

为此，梁士诒还专门去"看望"了盛宣怀。

前门车站羁押室是专门羁押铁路罪犯的地方，堂堂的朝廷一品大员就和那些小偷、骗子、飞车大盗关在一起。不过看在他曾是邮传部尚书的份上，车站还是给予了优待，专门给他一个单间。盛宣怀蓬首垢面神态凄惶，蓦地从天堂到地狱，仿佛一下子苍老了许多。突然看到梁士诒走进来，他愣住了。

“盛大人，真没想到我们在这样的地方，以这样的方式见面了，不知盛大人有何感想啊？”梁士诒咬着广东官话，幸灾乐祸。

盛宣怀自惭形秽，难为情地低下了头。

以胜利者的姿态来奚落从前的对手，实在是一件令人愉悦的事情。

“盛大人，你恐怕没想到会有今天吧？”梁士诒微微笑着，“所谓三十年河东三十年河西，其实只不过转瞬之间。昨日台上宾，今天阶下囚，你不就是这样吗？有些事情大概你还不知道吧？袁慰廷已重新出山，梁某人官复原职，唐少川升官坐上了你原来的位子。”

“翼夫，”盛宣怀叫着梁士诒的字，脸色铁青，声音颤抖，“直说吧，落到了你们的手里，你和唐少川想要怎样处置我？”

“我们无权私自处置你，当然是按照法律程序来。朝廷不是正在通缉你吗？我们只能将你移交给巡警部，等待司法的公正审判！”

“翼夫，”盛宣怀忽然可怜巴巴地望着梁士诒，眼睛里充满着哀求的目光，“你能不能……看在昔日同僚的分上，网开一面，放我一马？”

“同僚？”梁士诒哈哈大笑起来，“当年你对我们下狠手的时候，怎么就没有同僚？如今想活命了，就想到同僚了，晚呐！国法如天，梁某岂敢私纵逃犯！杏荪大人，还是别做梦了，等待认罪伏法吧！”

自此盛宣怀心灰意冷，自以为在劫难逃。五姨太已将下人遣送回南方去了，她自己没走，主动留下来陪伴盛宣怀，算是最后尽点夫妻情分。这其间高木陆郎也来过，他劝盛宣怀不要灰心，日本人现在正通过外交途径营救盛宣怀。他说，日本公使馆正在向外务部施压，力争铁路局在向巡警部正式移交逃犯前，迫使清政府取消对盛宣怀的通缉令。日本人的理由是：盛是巨额日债的债务人，任何对盛的羁押和法律惩处，都将会使法定债务人脱离日方监控，致使日方蒙受重大损失，这是日方所不能接受的。不久高木陆郎又来告诉了盛宣怀一个好消息，现在英国公使朱尔典、美国公使嘉乐恒、德国公使哈豪逊、法国代理公使裴格威经过紧急磋商，由四国公使联合出面向清廷施压,表达了他们对盛宣怀安危的高度关注。他们的理由和日本人一样:盛宣怀是川汉铁路、粤汉铁路向四国银行团借款的谈判人,合同签字人,也是法定债务人,他的安全不容出任何问题。高木陆郎的话让盛宣怀心里稍稍有了些许安慰,他似乎又看到了一线希望。

那段时间袁世凯正在北京调兵遣将,准备一鼓作气杀向南方。因为需要频繁调用火车皮,铁路总局局长梁士诒经常奉命去袁世凯那儿听命。有一次他无意间向袁世凯透漏,盛宣怀现在就在他手里。

“听说他不是逃走了吗？怎么会在你手里？”袁世凯很诧异。

“他出逃未遂,被我底下的人无意间截获了。”梁士诒得意地说,于是便把盛宣怀如何装死人,运丧逃离的经过讲了一遍。

“翼夫,你对资政院全体议员举手表决,全票通过对盛宣怀的死刑决议,有何看法？”袁世凯忽然问。

梁士诒不明袁的用意,说:“这是否说明了……民心向背？”

“不,你错了。”袁世凯摇着头,“资政院没有司法裁判权,它无权采用表决方式,判决一位前政府高官的死刑,这在世界各国的宪政史上都是史无前例的。”

“那该怎么办？”梁士诒有些茫然,“盛杏荪怎么处置？”

“这件事有几天了？朝廷知道吗？”袁世凯沉吟着。

“有四五天了。这件事只有路局内少数人知道,朝廷应该还不知道;人犯也未来得及向巡警部作正式的移交。”

“幸好没有移交。”袁世凯果断而低声地说,“立即封锁这件事,知道的人越少越好。然后马上放盛杏荪逃出北京。”

“啊？”梁士诒哭丧着脸,呆愣着说,“放他走,那岂不是太便宜他了？这老小子好不容易落到咱们手里,我本来还想留着再玩他几天,解解心头之恨。”

“你怎么尽往大事里面掺杂个人恩怨？”袁世凯瞪了梁士诒一眼,“你知道盛杏荪身上背着多少外债吗？他如果落到朝廷那帮糊涂蛋的手里,死定了！他们那是自己给自己找麻烦,明白吗？——必须放！”

梁士诒偷偷地把盛宣怀释放了。为了确保他路上的安全,梁士诒还派了四个便衣乘警护送他到天津。梁士诒记着袁世凯的叮嘱,本来不想告诉盛宣怀实情的,可放他那天,盛宣怀百般恭维梁士诒,说县官不如现管,虽然有外国人出面子帮忙,但归根结底还得要梁局长痛快放人呀!梁士诒还是很念旧的,等等,等等。在盛宣怀的心里,还真的以为是日本人和欧美人对朝廷的外交努力起了作用呢。盛宣怀的这番话说得梁士诒心头火起,忍不住回了他一句:“屁!你搞清楚啊,不是慰帅要放你,这回你死定了!”

“你说……是袁慰廷要放我?”盛宣怀愣住了,“他为什么要放我?”

“你说为什么?”梁士诒大喝一声,“慰帅说了,就因为汉冶萍离不开你!”

盛宣怀由高木陆郎陪同到了天津,然后登上德国“提督”号商轮到了青岛。

孙宝琦早已委托青岛方面的可靠人士,为盛宣怀安排了私密的藏身之所——那是崂山脚下临海的一个小渔村,一户官绅人家闲置的私宅。主人全家都去济南经商了,盛宣怀便化名刘愚福,以远房亲戚的名义住了下来,理由是在海边养病,所以需要一个偏僻安静的地方。那小渔村与世隔绝,人迹罕至,主人家仆佣齐全,盛宣怀住着很舒适,也很安心。唯一感觉不太方便的就是离市区太远,盛宣怀经常要接发电报,只有让高木陆郎为他代劳,定期雇马车去市里的邮政局,高木陆郎成了盛宣怀的临时秘书。

但是不久,孙宝琦就泥菩萨过江,自身难保了。

原来武昌起义后,全国各地纷纷揭竿而起,起义响应,到了这一年的九月下旬,全国已有十余个省份宣布独立,山东自然也是山雨欲来风满楼。九月廿三日,山东联合会召开山东独立大会,到会的有山东各派政治势力的代表:联合会里的各界代表,同盟会革命党,驻山东新军第五镇的官兵,以及商界、学界代表等共计万余人。山东巡抚孙宝琦也应邀参加了会议。会上群情激愤,众口一词要求独立,逼孙宝琦表态。孙宝琦说:“吾为朝廷守土,土不能守,唯有死耳!即便不死,亦不能率诸君独立。”无论众人怎么劝说,终不为所动。大会整整僵持了一天。第二天,新军第五镇参谋、值日官黄治坤忍无可忍,掏出手枪威逼孙宝琦。生死关头孙宝琦终于软了下来,他沉吟片刻,将头上的顶戴花翎摘下来,放在桌子上,说:“既然大家都认为独立与山东有利,我也不坚持己见了。”山东就这样宣布独立了,会上孙宝琦被推举为山东督军,但他内心是并不赞成独立的。孙宝琦在政治上喜欢搞两面派,当年他当清廷的驻法公使时,就曾故意放跑孙中山,以此私下里讨好革命党。这次他又故技重演了:一面做着革命党的山东都督,说着满嘴的革命词语,一面却暗中与清廷联系,向朝廷说明自己当时身不由己的处境,表明"独立"只是暂时的权宜之计。甚至他仍然在济南珍珠泉的抚署旧邸办公,用的仍然是清廷的关防和宣统皇帝年号。在袁世凯的授意和清廷的威逼下,山东独立仅仅维持了十三天后就又被孙宝琦宣布取消了。孙宝琦视政治为儿戏,宣布独立是他,取消独立也是他,既为清廷所不容,也为革命党所不齿,不久即被朝廷解职,狼狈下野离去。

盛宣怀在山东一下子失去了靠山。

有一天,小渔村里来了两个陌生村民,在盛宣怀的住所外面窥探张望,形迹十分可疑。初时盛宣怀也并未在意,以为是村野之人没有见过世面,对外面来的人抱好奇新鲜之故。后来差不多每天都有人来窥视围观,这就引起了盛宣怀内心的不安。他不知道这些人都是高木陆郎有意安排的,反而让高木陆郎去请那些人进到屋里来坐,询问他们窥探的原因。

"大家都说,村里顾家新来的刘老爷,很像是从前的一个人。"窥探者中一位年长者吞吞吐吐说,"故而大家好奇,不揣冒昧前来看看。"

盛宣怀问道:"你们说我像从前的一个人,像谁?"

年长者望着盛宣怀说:"老爷应该不姓刘,而是姓盛吧?"

"你们怎么知道我姓盛?"盛宣怀吓了一跳。

"阁下是从前在胶东做过道台老爷的盛大人吧?"年长者干脆直通通地问,"二十多年前我见过您。您的眉眼相貌没怎么变,只是老了些。"

盛宣怀惊得目瞪口呆,说不出话来。

原来二十多年前的光绪十二年(1886 年),四十出头的盛宣怀受李鸿章举荐,出任山东青莱登兵备道兼烟台东海关监督,做了整整六年的地方官,那是他人生中从候补道到实缺道的第一个重要转折。青莱登道管辖青州、登州、莱州三府,几乎占了小半个山东省;山东沿海的几个重要城市如烟台、威海卫、青岛都在他的辖区内。盛宣怀在这六年的青莱登道台任上,很干了几件利国惠民的好事。比如他创办了烟台缫丝局,利用山东柞蚕缫丝织绸,使许多农村的大姑娘小媳妇当上了女工,可以维持一家的生计了。又比如他创办了山东内河轮船公司,便于商货运输、人员往来,繁荣了内地经济。他还筹集巨款,以工代赈,整治了历年泛滥成灾的山东小清河。原来咸丰五年(1865 年),黄河在河南铜瓦厢决口,从南边夺淮河入海故道,又掉头向北，夺了大清河和小清河的狭窄河道入海，以致三十多年来两河沿岸不断泛滥成灾。盛宣怀上任后决心解决这个当地最大的民生问题，他发动大批民工，主持疏浚了从济南府历城县至青州府的寿光县、羊角沟的小清河入海口共四百多里的河道，化灾为利，造福一方百姓和数十万亩良田，至今还为地方百姓所称道。

“盛大人为山东百姓办好事，百姓们至今不忘啊！”年长者唏嘘感叹说。

“不敢不敢！为官一任，造福一方，原是应该的。”盛宣怀谦虚地回答。

高木陆郎随后来找盛宣怀商量，要他赶快离开青岛。

“在这里住得好好的，我为什么要离开？”盛宣怀诧异地问。

“因为盛公的身份暴露了，百姓们已经认出了您，这里不安全了。”

“为啥百姓们认出了我，这里就不安全了？”盛宣怀很执拗。

“盛公是官府悬赏通缉的逃犯。您能保证百姓里面就没有那见钱眼开的角儿，为了赏钱去官府举报您？即使不去官府举报，万一消息走漏出去，革命党知道了，把您抓去，也同样没有好下场。”

“放心吧，百姓里面没有你说的那种人。”盛宣怀很自信，“我在山东有政绩，老百姓感恩于我，没有恶意，他们不会干那种事的！”

高木陆郎不得不另想办法了。他对盛宣怀的官场履历烂熟于心，知道他历史上曾在这一带做过官，原本以为只要把盛的真实身份透露出去，让百姓们认出他来，盛宣怀就会心虚发慌，就会慌不择路地逃离青岛，但是他想错了。

不过还没等到高木陆郎谋划好下一个计划，盛宣怀就自己决定要走了，而且走得越快越好。原因很简单——那家的主人闻讯从济南回来了。

那天，一位五十多岁、乡绅模样的人突然出现在盛宣怀的面前，他自报家门姓顾，是这家的主人。不久前村里有人去济南，说他家住了一位大贵人，是从前的青莱登道，后来的邮传部尚书盛大人，他为此而专门从济南赶了回来。

“怎么，盛大人难道忘了，认不出敝人了？”顾家主人忽然问。

“阁下……到底是谁？看着好似面熟。”盛宣怀说。

“卑职、原青州府顾品轩给大人请安了。”顾家主人撩起长衫，欠欠身子，竟然行了个官场上下属见上司的单腿跪拜礼。

听到“顾品轩”三个字，盛宣怀顿时惊得目瞪口呆！

二十多年前，盛宣怀在整治小清河的工程中，打击了一批虚报冒领以工代赈工程款的贪官污吏，这其中就有知青州府顾品轩。顾品轩的贪污手法，就是勾结下属各州县官，每天虚报治河工地上工的人数，然后集体分赃。顾品轩个人贪污所得钱款其实并不多，也不是主犯，案情也不算最重，平时的官声也还不错，但他是那批贪官污吏里面官职最高的。案发后顾品轩曾亲自到盛宣怀这儿跪地求情，希望看在他科考功名得来的不容易（瞎眼寡母做针黹拉扯他长大，供他读书），看在他还有寡母高堂要奉养，也看在他是一时糊涂初犯，放他一马，他愿意积极退赃，还愿意拿出自己一年的官俸助赈，戴罪立功。但盛宣怀不为所动，决意要拿顾品轩开刀，整肃吏治。盛宣怀本来是想让朝廷杀一儆百严惩顾品轩的，但毕竟贪污钱数不多情节不严重，结果在他的参劾下，顾品轩被朝廷革去顶戴花翎，判处流刑流放新疆。后来盛宣怀自己也意识到，对顾品轩的处置有些过分了。

"没想到二十多年后卑职还能够与大人再相见。"顾品轩叹了口气说，"大人知道卑职流放新疆后，家母是怎么去世的吗？"

盛宣怀面有赧颜，默然无语。

"……她是活活饿死的。"顾品轩老泪纵横，"等村里人发现的时候，她已经白骨化了。……大人知道卑职流放新疆后，又吃了多少苦吗？"

盛宣怀不敢正视顾品轩那双发红的眼睛。

"算了，不说那些了，往事不堪回首。"顾品轩收回话头，"卑职当年贪赃枉法，理该惩罚，卑职决不是责怪大人不该惩处。卑职只是认为，大人为了政绩为了树立威权，滥施淫威，小罪重处，不给出路，不留退路，以上凌下，不分宽严，实在是恶吏作风。二十多年后，大人强力推行铁路国有，同样是不给出路不留退路，毫无体恤之心，结果不是把自己也逼入了绝境？"

说完这番话，顾品轩就回济南去了。

盛宣怀却没法安下心来了。真是冤家路窄，他没想到躲到青岛来，却躲进了二十几年前的仇人家里。孙宝琦当初托人给盛宣怀找藏身之处，并没有说他的真名，而是用的化名，所以才会有了这样的巧合。盛宣怀不知道现在顾品轩心里是怎么想的。一个毁掉了他一生的仕途前程、让他吃了那么多苦遭了那么多难、让他家破人亡的仇人，现在就在他面前，住在他家里，对这样的复仇机会他难道会轻易放过吗？在盛宣怀看来，顾品轩接下来要做的，不是报官就是向革命党告密，尤其当他听高木陆郎说，顾品轩现在是济南商会的会长，跟拥护山东独立的革命党走得很近的时候，他更是慌了神，一刻也不敢多停留，当天便和高木陆郎悄悄溜出了青岛，乘船去了大连。

在大连，他们住进了日本人办的大和旅馆。甲午战败《马关条约》签订后，清政府本来是要割让辽东半岛给日本的，但因为俄、德、法“三国干涉还辽”，日本被迫暂时放弃了对辽东半岛的占领。光绪二十三年(1897年)，俄国与清政府签订《旅大租地条约》，租用辽东半岛南端三千多平方公里的土地，租期九十九年。但七年后的日俄战争俄国战败，不得不将其租用的土地又拱手让给了日本，旅大租地从此正式沦为了日本的殖民地。日本人称这块土地为“关东州”，并在大连设立关东州都督府，派驻大都督管辖，是大清国版图中的国中之国。而大和旅馆则是日本人在南满铁路沿线城市建造的连锁旅店，从大连到哈尔滨一共有六家，其外观之气派威严、内部设施之豪华舒适，为东北地区独一无二。

住在比日租界还要“租界”的“国中之国”里，在日本人的层层保护之下，下榻在如此奢华的旅店里，既舒适而又安全，盛宣怀竟有了乐不思蜀之感。但是从南方不断传来的消息，却使他夜不能寐、寝食难安。时令已经到了冬月初，东北已是冰天雪地、滴水成冰。南方的战事已经暂时停了下来，袁世凯的北洋军在连克了汉口、汉阳后按兵不动了，据说是在开始议和。上海南阳路十号赵凤昌的寓所惜阴堂，现在成了南北议和的中心场所，不光南方议和总代表伍廷芳要靠赵凤昌面授机宜，甚至北方议和总代表唐绍仪遇事也不忘先征求赵凤昌的意见。而此前的九月中旬，清廷已认命袁世凯为内阁总理大臣，授权他组织责任内阁。现在的袁世凯，集军政大权于一身，既有能力立马踏平武汉三镇，平息南方“叛乱”，也有能力把大清朝兜底掀翻，生死予夺。袁世凯的停战，盛宣怀不明白他葫芦里卖的什么药。李维格来电说，汉阳铁厂在战火纷飞的阳夏前线首当其冲，厂房、机器设备损失惨重；铁厂的三座化铁炉因工人逃离战火而被迫熄火停炉，致使炉膛中的铁水凝结成块，将来若要恢复生产，恐怕非得使用炸药炸开不可。至于大冶铁矿、萍乡煤矿及其他汉冶萍下属各厂矿，在辛亥军兴中也各有不等的损失。从上海家中来的电函更让盛宣怀五内俱焚。原来他逃离北京后不久，上海、江苏先后宣布独立，民军政府将目光瞄准了众怨所集又广有私财的盛宣怀，也波及了他的族人。当时坊间盛传，盛宣怀贪污所得家产有五千万元之多，民军筹集军饷，当然首先把他列为第一大肥羊。江苏光复的第二天，都督府即派人来到盛氏在苏州的留园，宣布查封。盛宣怀生母于太夫人幸已故世，居住在苏州留园里的父亲遗孀富氏和许氏等四房老姨娘，均被扫地出门，啼号街头，惨不忍闻。都督府还查封了盛氏在苏州的所有典当、义庄、祠堂和义田、房地产，苏州中市老家和散布苏常各地的盛氏财产纷纷遭到扣押和充公，迫令捐款助饷。庄夫人来函连连向他告急："留园四位师爷均被革军看守，中市师爷（盛宣怀之父盛康的小妾许氏住处的管事）已被关闭三日，苦不堪言。……"江南已经是四面楚歌，身处关外的盛宣怀只能是望南兴叹，束手无策。不久又有消息传来，盛家设在无锡、江阴、常熟、嘉定、扬州、杭州、南京、武昌等地的房地产、典当、义田、义庄、祠堂等均告"失守"，仅余下北京和上海两地的自家住房尚在手中。幸而北京府学胡同五号的房产，盛宣怀出逃前已抵押在了正金银行北京分行的小田切那里；上海静安寺路斜桥的老公馆又在租界范围内，两处房产因而才得以保全。静安寺路上的老公馆乃盛家大本营，成了盛家唯一的立足之地，必须牢牢守住。庄夫人情急生智，通过盛宣怀同横滨正金银行上海分行的老关系，恳请他们派人进驻盛公馆，在门口挂上"日本国横滨正金银行上海分行"的日文招牌，这才杜绝了革党和督军府的觊觎与窥探。她写信告诉给身在大连的盛宣怀，盛宣怀回信连连夸奖她聪明，应对得当。

不久，盛宣怀的两个儿子应召来到大连，陪伴身边。逃亡途中幸有亲人相伴，盛宣怀的心里这才慢慢好受了些。那两个儿子，是四公子盛恩颐和五公子盛重颐，这一年他们都已年满了二十周岁。

有一天，高木陆郎外出了，大和旅馆突然来了两名日本警察，将盛宣怀带到了关东州警察厅传讯问话。

"姓名，年龄，籍贯，职业。"

"刘愚福，六十七岁，江苏人氏，商人。"

"江苏何处人氏？"

"江苏……上海人氏。"

"恐怕不是上海人氏吧？"那位问话的日本警长忽然抬起头来望着他，"听你说话的口音，是常州府人氏吧？"

"祖籍是常州府。"盛宣怀的脸红了红。

"我们怀疑你是支那朝廷通缉的要犯。"警长说，拿起桌上的一张照片看看，又望望盛宣怀，“大清国前邮传部尚书盛宣怀。”

“不不，小民真的姓刘名愚福，是个商人，不是什么‘尚书’。我的日本人朋友高木陆郎先生，可以向你们证明我的身份。”

“你住在大和旅馆里，和支那南方的电报往来非常频繁，是吗？”

“那都是生意上的往来，我的生意主要在南方，高木陆郎先生也可以证明。”

“支那警方正是依据你的电报，追踪到了你的行踪，从而认定你藏身在大连。所以他们向关东州警察厅发来了你的照片和通缉令，要求引渡。”

“警长先生，千万……千万别听他们胡说！”盛宣怀慌了，“我真的是刘愚福，不是什么盛宣怀，是他们搞错了！……”

“当然，关于刘先生的身份，我们不会听他们的一面之词，还要作进一步的核实。”那位警长很和善地说，“这段时间，请刘先生住在大和旅馆里不要随便外出，要随传随到。”

盛宣怀被释放了回来，他这一路逃来已成惊弓之鸟，这一吓真是非同小可。他当然不知道，这是高木陆郎和关东警察厅串通演的一曲双簧。晚上的时候高木陆郎回来了，盛宣怀将白天的这一幕跟他讲了。

“有这事？”高木陆郎假装吃惊，“这么说我们的行踪还是暴露了？”

“暴露了。”盛宣怀沮丧地说，“据说是电报泄露的行踪。”

“哎呀！我本来让盛公保持电报沉默的，可盛公偏偏不听。”高木陆郎埋怨。

盛宣怀他叹道：“家里和公司有那么多事，怎么能沉默得下来？”

“高木先生，请别埋怨了。”盛恩颐插话说，“这里已经很不安全，还是赶快想办法转移吧。”

“四哥说得没错。”盛重颐附和。

“如果连大连这样的地方都不能保证盛公的安全，那天下就只有去一个地方了。”高木陆郎想了想，说。

“哪儿？”兄弟俩问。

高木陆郎回道：“日本。”

“你能保证，日本国政府不会引渡我吗？”盛宣怀问。

“当然！日本财团可以说服政府，因为你是他们最大的债务人。正如同伊集院公使和小田切君同我此前倾尽全力，帮助您逃亡一样。”

“那就去日本！”兄弟俩极力赞成。

“正好今晚日本邮船株式会社有一条船要去日本。”高木陆郎说，“起锚开船的时间在后半夜，现在还来得及。咱们赶紧收拾一下，趁午夜时分神不知鬼不觉，偷偷地溜出去！”

“台中丸”行驶在茫茫大海上。

那一天刚好是1911年的最后一天，盛宣怀从大连乘船逃离了他的祖国，前往日本。从九月初他从北京城里逃出来后，在青岛、大连两地辗转藏匿，已经整整两个月。这两个月来，他以年届七旬的老迈之躯，尝够了逃亡路上一夕数惊、担惊受怕的滋味。这种滋味，哪是从前养尊处优的他所能想象得到的？到了如今这个岁数，本该在家颐养天年、儿孙绕膝，乐享天伦的时候，他却不得不别家离土、亡命天涯、寄身于异国他乡。而且此一去还不知道能不能够再回来。如果此生再也不能回到家国故土，到老来落叶飘零，百年之后客死他乡，他的那一把老骨头岂不是也没了归葬之地，只能胡乱抛撒在异国他乡，做异乡的孤魂野鬼？想到这里盛宣怀心境凄凉，禁不住几滴老泪濡湿了眼眶。他只能一次又一次地在心里懊悔，责怪自己在官场上的太欠稳妥，责怪自己的失误。正是因为自己的固执、无知和自以为是，才为国家带来了如此灾难，才导致了眼前所有这一切后果，也让他跟着自食其果。

那时候盛宣怀正站立在顶层甲板上。凭栏远眺，冬云低垂，海浪滔滔，阳光偶尔从云层的缝隙间漏下来几抹亮色，渲染在他花白的须发上。他对自己这次的海外逃亡之旅，心里总有一种不祥之感。

盛宣怀从登上“台中丸”开始，就不断地回眸眺望渐渐远去的大陆海岸线，在心里反复问着自己：我还有可能再回来吗？能不能回来，当然取决于国内形势最后的发展：大清朝渡过难关继续执掌江山，或者革命党坐了天下，盛宣怀都是不受欢迎的人。那么还有没有第三种可能呢？——比如袁世凯执政，盛宣怀就有可能获准回国，因为袁世凯当初既能放他逃走，现在也就能让他重新回来。这种情况也并非完全没有可能。就国内局势来说，迄今为止，全国绝大多数的省份已宣布光复独立，前线的局势已成停滞状态，本来在攻克汉口、汉阳后可一鼓作气再克武昌的袁世凯，却与武昌隔江对峙，按兵不动了。袁世凯的停战看起来似乎是为了议和，但他分明却别有所图，另有深意。那么是袁世凯对大清朝存有异心吗?以盛宣怀对袁世凯的了解,他应该不会有。世受国恩固然是一个理由,国家到了危难关头,趁火打劫做乱臣贼子,从孤儿寡母手中窃取江山,毫不顾及身后的遗臭万年,敢于冒天下之大不韪,这些巨大的心理障碍毕竟让他难以逾越,袁世凯不会不想到这些。袁世凯不是乱臣贼子,他充其量只能算个立宪主义者,与朝廷有些同床异梦,梦想着在皇权下为自己攫取更大的权力。这从几年前他提出的"解散军机处,实行内阁责任制"的政治主张就可以看出来。那么他在前线拥兵不前,是不是以此作为筹码来要挟朝廷,逼迫朝廷答应他关于立宪的主张呢?盛宣怀相信这事袁世凯做得出来。很显然,清廷不是已宣布解散"皇族内阁",任命袁世凯为内阁总理大臣,授权组阁吗?这就说明清廷已经对袁世凯开始了让步,盛宣怀对自己的这个判断深信不疑。接下来,袁世凯还有可能会以"立宪"的既成事实与南方革命党"议和":朝廷既然已经推行了"立宪",各位还有"革命""起义"的必要吗?息兵罢战,君主立宪,这很可能就是未来形势发展的另一种结局。袁世凯完全用不着篡国夺权,留下后世骂名,他只需凭借君主立宪,同样可以拿到他想要的权力。到那时解散资政院,解除对他的通缉令,他不就可以回国了吗?想到这里,盛宣怀长舒了一口气。

"父亲,外面的风很大很凉,该回舱去了。"一直站在身边的四子恩颐说。

"是啊,"五子重颐跟着说,"您一受凉,就又该气喘了。"

两个儿子,是庄夫人为了他逃亡路上有人照应而专门派来的,庄夫人在这些问题上向来考虑得很周到,却把两个儿子的大事情都耽误了。四房的孙子盛毓郎(传宝)已经一岁,可以断奶了,四子恩颐和四儿媳孙用慧,盛宣怀按计划原本打算老历年后就送他们去英国留学的,看来不得不往后延了。五子重颐则早已定下了亲事,女方是苏州的大户人家彭氏,原本婚期定在新年正月,看来也不得不往后推了。重颐正好乐得推延,原来年少英俊的他最近正与新上任的上海督军陈其美的小妾"绿牡丹"暗中勾勾搭搭,打得火热,陈其美蒙在鼓里,盛家人也全部蒙在鼓里。就连这次出来跟随父亲"护驾",重颐心里惦记着"绿牡丹",还老大的不乐意呢!

"今天走了,往后还不知道能不能回来呢!"盛宣怀长叹一声说。

"父亲请勿忧虑,您很快就可以回国了。"恩颐说。

“你凭什么这样说？”盛宣怀问。

“全国大部分的省份都已光复独立，大清朝的天下眼看就完了。通缉您的人是大清朝，他们自己已朝不保夕，还能挺得过几天呢？”

四子恩颐只看到表象，完全不懂政治。

“你说呢？”盛宣怀问重颐。在他的眼里，五子重颐素来稳重，有乃父遗风。

“革命党四分五裂，依我看他们也根本成不了气候。”重颐说。

两个儿子都不懂政治，对局势的判断都不在点子上，这兴许跟他们都太年轻太嫩了有关系吧？两个儿子平时也对政治不感冒，恩颐感兴趣的是奢华和追逐时髦，重颐感兴趣的是做买卖。盛宣怀同他们讨论局势犹如对牛弹琴。

“你们兄弟俩……一直站在这？”盛宣怀忽然问。

“是高木先生让我们形影不离跟着您的。”恩颐说。

“他怕您想不开，出意外。”重颐跟着补充。

“笑话！”盛宣怀冷笑一声，“怕我想不开？我要是想不开，就不会到今天了。你们哥俩放心，我还有好多事情没做完呢，我不会出意外的。”说着他向身后瞥了一眼。高木陆郎站在远远的地方，眼镜后的那一双小眼睛正笑眯眯地望着他。也许他正在暗自得意，任务终于完成了，终于将盛宣怀弄上了开往日本的邮轮。盛宣怀心里对日本人的意图早就明镜似的，他已打定主意，做好了应对准备——千变万变，唯有一条不变：只谈借款，不议合办。

“台中丸”的终点港口是日本长崎。到达长崎后，从当地的新闻纸上得知，中华民国已于 1912 年元旦正式成立，推举孙中山为临时大总统，定都南京，年号用民国，历法用西历公元。关于孙中山其人，盛宣怀倒曾经跟他有过未谋面之缘。那还是光绪二十年（1894 年），盛宣怀在津海关道任上的事。那年的五月，老友郑观应来函，推荐孙中山给盛宣怀，说澳门孙逸仙医士“胸怀救国之抱负，尤通洋文洋务”，务请转荐于李鸿章，并请在总理衙门为孙办理游学泰西护照。盛宣怀在信封上亲笔写上“孙逸仙医士事”，向李鸿章举荐。据说后来孙中山在李鸿章那里受到轻慢，一气之下出国闹“革命”去了，孙中山从此认定了要救中国只有推翻满人皇室集团，“反满”成了他后来百折不挠的目标，并最终成了大清朝的死对头，掘墓人。

在长崎小住数日后，盛宣怀一行又搭乘“红叶丸”前往神户。穿过风光秀丽的明石海峡，到达盐屋山下，浙江富商、旅日华侨商会会长吴锦堂早已在海边码头上恭候了，当天即入住松海别庄。三年前盛宣怀到日本考察、治病，就曾经住在这里，他对松海别庄的安静和雅致留下了极好的印象。不过此番重来，心情和心境已大为不同：他已是朝廷通缉的逃犯，逃到此地来只是为了隐匿藏身。神户一地多革命党人和清廷官员，为了确保安全，盛宣怀还是花钱请明石郡警察署派了两名日警前来保护。

安定下来的盛宣怀开始频频向国内发出函电，遥控指挥，这一时期主要是为保全家产之事。他在给庄夫人的信中嘱咐说："斜桥西首亭式洋房已经租出，而从前汉冶萍公司办事之老洋房，尚未有租户。吾意此处毗连自己的住宅，最好借与领事官作住宅，不论何国，不收房租。唯楼下须空出两间，留一大餐间，吾回沪后若有意外烦恼，即到此间暂避。此意务先期讲明，并可订期半年。彼既可免费，又省搬动，或可易于招徕，请即商之熟悉西人代为绍介，以速为贵。……"在盛宣怀所发出的信函中，还有很多是给他的一些洋朋友的，请他们出面帮兄弟一把，保护盛家的财产。受其委托的人主要有：日本人森格（三井洋行职员），英国人答拉斯（英国通和洋行经理），美国人福开森（字茂生，南洋公学学监兼总教习，盛宣怀的私人洋顾问，曾由盛宣怀保荐为大清国邮传部的洋文秘书）等，还有已经回到中国去的日本人高木陆郎。盛宣怀接连签署多份授权委托书，比如委任森格："所有别表目录记述一切财产，原来归盛氏独产极其股份之私有者，现次为森格君代表盛氏，所有以上一切财产均交付森格君。故兹言明：森格君有一切全权（随时电商）。特给为据。"又与高木陆郎订立由朝日商会出面保护盛氏财产的合同，合同规定："所有盛杏记苏州、南京、杭州、湖北各地基并江苏各典当以及各市房，委托朝日商会保护。"在此之前，还曾将一份在日本正金银行上海分行的五十万两银子的押据，过户于福开森的名下，又请福开森出面帮忙管理一部分房产。通过答拉斯，办理招商局各码头在汇丰银行抵押一百四十五万两。盛宣怀这样做的目的，就是将财产转移或者委托于洋人，借洋人在中国当时特殊的地位，来达到为他保护财产的目的。这些从前的洋朋友鉴于旧情都是肯帮忙的，问题是革命浪潮到来的时候，洋人的身份也掉价了很多，尤其是日本人。有时候日本人越出面越糟，底层民军根本不买账，越是依靠日本人越是说明你卖国！三子盛同颐对父亲的做法不同意，来电说："还产无公令，骤由日人出面，无论有效与否，恐群起反对，内地尤虑生枝节。万一决裂,几无立足之地。乞详酌再办。”李维格亦来电表明了不同观点:“察看情形,公若借外力,不但财产不保,尚恐激成他变。朝日商会事亦万不可行。只有静候风渐过去,再筹保金,押股人极疑虑。”这样一来,盛宣怀便只好束手待变,等待命运的发落了。

而聚集在盛宣怀头顶上的更大的暴风雨就要来临了。

第十四章 人在屋檐下

有一天,日本驻华公使伊集院,日本陆军中将、八幡制铁所长官中村雄次郎,以及刚刚陪同伊集院公使回国的横滨正金银行董事、北京支店长小田切等,突然莅临盐屋山下的松海别庄。在他们的身后,跟着一大群随从以及日本和西方媒体的新闻记者,最后面居然还跟着一支部伍整齐的铜管军乐队。这阵势把盛宣怀弄得云里雾里,有点摸不着头脑了。

"我们代表日本政府前来看望盛公,为盛公压惊。之前未来得及提前告之,请盛公鉴谅。"伊集院公使首先表明来意。

"我们还带来了一个盛公意想不到的好消息。"小田切以老朋友的身份悄声说,"等会盛公马上就知道了。"

接下来,就在松海别庄门前的空地上,举行了一个临时集会,首先由伊集院公使代表日本政府宣读对盛宣怀的嘉奖令:"……前大清国邮传大臣盛宣怀心系中日友好,睦邻邦交,多年来致力于两国钢铁工业的互通有无,共同发展;尤其在其领导下之卓越汉冶萍公司,对于援助我国钢铁工业进展做出了贡献,日本国政府决定对盛宣怀阁下授予蓝绶褒章,以资奖励。"

小田切带头鼓掌起来,其他人也跟着鼓掌起来。在掌声和乐队的奏乐声中,中村雄太郎健步上前,为盛宣怀佩戴奖章。

盛宣怀完全没有思想准备,只能像个玩偶似的任人摆布。

记者们手中照相机的镁光灯闪烁,记录下了这个镜头。

日本的褒章制度设立于明治十四年(1881年),最早设为三项:见义勇为舍己救人者授红绶褒章,品德高尚出众者授绿绶褒章,为社会福利及国家公共事业作出杰出贡献者授蓝绥褒章，后来又陆续增加了黄绶和紫绶褒章等。

授勋结束后，记者们被允许对盛宣怀进行了简短的采访。

“阁下从大清国高官到通缉犯，被迫流亡海外，可否请阁下谈谈逃亡路上的经历、心情和感想？”一位西方记者哪壶不开提哪壶。

“敝人到日本来，并非是流亡海外。”盛宣怀死要脸面，“前在大连时，日本医院院长笠原君说，日本之气候风土非常适于养病，敝人三年前曾在此地养疴，疗效极好，故重来此地。”

“阁下对中国前途有何看法？”又一西方记者问。

“现在还很难说。”盛宣怀想了想说，“南北议和拖了这么长的时间，最终是否能成，鄙见未见得，因为民党主张共和，袁世凯希望立宪，双方的目标不同。现在民党抢先一步，民国临时政府已宣告在南京成立。如果民党坚持不作退让，则议和必然破裂，到那时战火重启，又是生灵涂炭，百姓遭殃。抱歉，未来中国之前途，敝人才疏学浅，眼下实在看不出来。”

“阁下是日本明治内阁设立褒章制度以来，第一个获得蓝绶褒章的外国人，阁下对此有何感想？”一位日本记者问。

“能荣膺贵国政府的嘉奖，获此殊荣，敝人十分荣幸。”盛宣怀感动地说，“尤其敝人正处于人生低谷，客居异国，举目无亲，贵国政府对敝人的抬举，更令敝人感念。敝人定当不负贵国政府所望，在有生之年为睦邻中日邦交，为中日两国钢铁工业的共同发展共同进步，竭尽绵薄之力！”

在众人的掌声中，记者见面会宣告结束。接下来，盛宣怀和伊集院公使等人就在松海别庄举行了临时礼节性的会谈。

“贵国从发生内乱开始，”伊集院公使首先说，“我们就对阁下的命运表示了异乎寻常的关注。大清国朝廷对阁下的处罚，表明阁下成为朝廷失策导致内乱的替罪羊，我们对阁下的遭遇表示同情。”

“感谢贵国这次对敝人所提供的帮助。没有公使先生和小田切先生的谋划，没有高木陆郎先生一路的陪伴，敝人不可能顺利到达贵国。”

“作为老朋友，这些都是我们应该做的。”小田切说，“现在您已经安全了，尽管放心住在这里疗养，想住多长时间就住多长时间。在贵国内乱没有平息下来之前，请千万不要考虑回国之事。”

伊集院又补充道：“有什么要求请尽管说。比如说安保问题，用不着盛公私人花钱去雇保镖,我会让明石郡警察署直接派警员来的。”

“谢谢,谢谢。”

“不过还有一件事,”一直坐在旁边没有说话的八幡制铁所长官中村雄次郎,趁着他们说客套话的空隙,不客气地插话说,“八幡制铁所已经有两个多月没有收到从汉阳运来的生铁以及从萍乡运来的煤焦了,从大冶运来的铁矿石也日渐减少,时间上也不准时了。你们没有严格执行合同规定的义务,原材料的短缺已经严重影响了八幡制铁所的生产,我们不得不濒临停炉的绝境。”

“很抱歉,这是由于国内发生战乱所造成的,并非是我方有意违背合同义务。”盛宣怀赔着小心说,“武昌是这次战乱的策源地,汉阳铁厂首当其冲,不可能不受到影响。据国内来电所知,汉阳铁厂已全面停产。由于铁厂工人在战火中自行逃离工作岗位,铁水在炉内冷却凝结成块,将来想要恢复生产,还须花大力气清除铁块,有可能还要使用炸药。”

“但是大冶和萍乡呢?”中村雄次郎又问,“据我所知,大冶和萍乡并无战火波及,为何运往日本的铁矿石和煤焦也一再受阻?”

盛宣怀解释道:“虽无战火波及,但两地邻近武昌和长沙,受到战乱的影响牵连在所难免。况且战乱已波及长江中下游数省,长江水道不畅,冶铁萍焦运输受阻,不能按时出海,也当情有可原。”

“说到这里,让我又想起了当年那个老生常谈的话题。”小田切说,“三年前盛公来日本治病的时候,我们曾经磋商过那个话题,只可惜并没有结果,贵国的皇帝、太后驾崩,盛公便匆匆回国奔丧去了。”

“什么话题?”盛宣怀问。

小田切接着道:“中日合办汉冶萍。看来这件事已非常有必要了。”

“倒要请教各位了。”盛宣怀沉吟了一会说,“敝人认为,眼下的合作方式已经非常圆满:贵方得到了你们所急需的原材料,我们则得到了短缺的资金,双方各取所需,何必还要多此一举,搞什么中日合办自惹麻烦呢?”

“不然,不然。”伊集院连连摇头,“如果是在正常时期,日本可以保证按照合同从中国取得钢铁生产所需原材料。但如果遇上特殊时期——尤其是战乱时期呢?日本的原材料供应就会受制于人,就如同眼下这次一样。”

“中日合办,难道中国就没有战乱了?”盛宣怀大惑不解。

伊集院笑道:“非也!到那时我们就能用保护我国财产之名义,采用非常手段,出兵保护。这也是国际法通常所允许的。"

"原来如此!"盛宣怀心里恍然大悟,日本人总算说出了真心话。

"同时还可以杜绝中国的地方当局对汉冶萍资产的觊觎。"中村雄次郎说,"可能阁下还不晓得,但我们已得到了情报:湖北督军府正在约同江西督军府派员赴上海调查了解汉冶萍资产情况,为接管汉冶萍公司做准备。湖北军政府都督黎元洪为弥补鄂省军费不足难题,日前已派出军政府财政科长陈再兴、科员万树春、陈维世三人打前站前往大冶铁矿,准备接管矿务。"

"有这事?"盛宣怀惊得目瞪口呆。

伊集院补充道:"我们的情报准确无误,其来源是正在大冶的西泽公雄君。"

"并且湖北督军府还任命了蔡绍忠为汉阳铁厂监督,纪光汉为大冶铁矿监督。"小田切插话说,"只是碍于现在南北和谈尚无结果,战火仍随时可能重燃,所以接管汉冶萍的计划才暂时未予实行。"

"当然还有我们外交上的努力。"伊集院说,"我们正在通过外交途径,向南京临时政府施压干预,不允许任何企图侵犯汉冶萍财产的行为发生。同时我海军已派出'千早'和'满洲'两艘军舰停泊石灰窑江边,派海军陆战队登岸,随时准备对日方核心利益所在地实施军事保护。"

"所以说中日合办汉冶萍已迫在眉睫。"小田切补充说,"如果能合办成功,中国的那些地方政府当局,就不敢对汉冶萍存肆无忌惮的吞并之心了。"

"现在还没有合办,贵国不是照样也派兵在中国的土地上保护你们的利益吗?"盛宣怀抓住对方谈话中的漏洞反击,"所以是否合办,其实并无必要。"

"不!汉冶萍必须中日合办!"中村雄次郎腾地站起来,脸红脖子粗,气势汹汹地说,"这是我们坚定的国策和目标,阁下无法回避!"

"对不起,这件事恐怕不是敝人能单独说了算。"盛宣怀婉言推托,"汉冶萍是股份制商办公司,最高权力在股东大会和股东选举的董事会。任何事关公司的重大决策,都必须提交股东大会和公司董事会通过。"

"这个我们懂。"小田切笑着说,"不急,不急。反正盛公这次有的是时间,盛公可以慢慢考虑,我们也可以慢慢磋商。"

送走客人，回到松海别庄，盛宣怀当即取下胸前挂着的那枚蓝绶褒章，交给盛恩颐，让他放在箱底保管起来。

“怎么，父亲不准备再戴了？”盛恩颐问。

“你以为日本人真想表彰你？”盛宣怀冷笑一声，“他们送这个所谓的奖章来，目的只有一个，逼你同意中日合办汉冶萍！”

南京临时政府成立后，军费成为财政危机中最为紧急的开支。孙中山在给友人的信中曾多次说道：“度支困极，而民军待哺，日有哗溃之虞”，“环视各省又无一钱供给”，“每日到陆军部索饷者数十起”，“前敌之士，犹时有哗溃之势”。当时民军的组成主要由清廷的新军起义而来，政治基础极不牢靠，一旦哗变，将不可遏止。据临时政府实业总长张謇预算，临时政府一年的军费开支约 5000 万两，中央行政与外交开支至少需要 3000 万两，加上其他支出，一年的财政支出约为 1.2 亿两。而岁入仅有海关税和两淮盐税共 4000 万两，每年的财政赤字最少为 8000 万两，借钱筹款渡过难关已是必然。实际上在武昌起义后不久、南京临时政府成立之前，革命党人便开始了为未来的革命政权筹集经费的努力。时任革命军“暂定大元帅”的黄兴，以“军事需财孔亟”签署委任状，特委何天炯（时为广东军政府顾问）东赴日本“借募巨款”，但是“借募”效果并不好孙中山回国后，由三井物产株式会社上海分社职员山田纯三郎出面斡旋，与三井会社上海分社社长藤濑政次郎晤面，主动提出用汉冶萍公司作抵押向日本借款，以支持即将成立的临时政府。藤濑政次郎当即电告总社请示，但遭到了总社理事山本条太郎的拒绝。山本援引苏浙铁路借款为例，示意必须使汉冶萍公司中日合办，方能“设法借款”。

革命党人之所以选中三井物产为筹款对象，一是因为三井家族在四十多年前曾凭借雄厚的黄金实力，支持过明治维新政府，打败了德川幕府的反扑，有支持革命的传统。二是因为三井的实力。三井家族的金融从业经历，比英格兰银行还早十年，比山西票号早一百多年。三是因为三井曾是汉冶萍公司的海外合作伙伴，汉冶萍所生产的钢铁产品都是通过三井洋行在海外总经销，同时三井洋行也正与临时政府做着军火生意。

翌年初临时政府宣告成立，孙中山即电令何天炯，同在日本“避难”的汉冶萍公司总理盛宣怀接洽借款，电文中曾有“华日合办”之说。但孙中山深知，全国民众对于中日关系向来敏感，此事传出后可能会引起全国反感，所以不久后又改了口:“唯所拟中日合办,恐有流弊”,“不若公司自借巨款,由政府担保,……再多借数百万转借与民国”,并允诺盛宣怀,“民国于盛并无恶感情,若肯借款,自是有功”,“不动产可承认发还,若回华,可任保护”。盛宣怀在给李维格的信中一针见血指出,孙中山之所以前后说话不一致,盖因“……抑孙与他人谋,不欲担此坏名耶?”意思是说,孙中山可能想与日本人合谋汉冶萍中日合办这件事,但他又不愿担此恶名,盛宣怀自然也不愿意担此恶名。但孙中山给他许诺的条件太诱人了,他很想为民国“立功”,拿回自己被查封的财产,然后安全回国。于是他试着给正金银行驻北京董事小田切写了一封信,以公司急于恢复生产需要资金为由,愿以公司产业作担保,向贵行商借日币五百万元。但遭到了小田切的回绝:“贵公司能否开工,实无把握。前欠尚无着落,断难再行添借”,“敝行因贵公司无货可抵,按照敝行章程断难再行通融,唯闻三井条太郎曾有华日合办之说,……除此亦别无办法。”由此看出,日本人早已统一好了口径布好了阵势:想借钱不难,但必须以中日合办汉冶萍为前提。日本人看准了南京临时政府过不去财政危机这个坎,也摸准了盛宣怀急于想保护家人生命财产安全的心理,通过临时政府向盛宣怀施压,远比他们自己跟盛宣怀磨牙费口舌来得更为便当直接。他们的这一招果然奏效了。1912年1月21日,被财政危机逼得焦头烂额的南京临时政府,再也顾不得从前所谓的“流弊”了,正式批准中日合办汉冶萍公司。同一天,临时政府代表何天炯致函汉冶萍公司,这封信便成为历史上遗留下来为盛宣怀洗污辩屈的一道铁证:

> 汉冶萍公司大鉴:刻接南京政府来电,须将该公司改为华日合办,因筹巨款以接济军事,兹请贵公司即日照行,所有后事新政府能一力保护,断勿迟疑可也。即问
>
> 鸿安
>
> 何天炯顿首
>
> 民国元年1月21日

就在盛宣怀还在与小田切函电往来磋商的时候,同年1月25日,急不可待的南京临时政府之前既未与汉冶萍公司通气,也未与盛宣怀作任何协商,在汉冶萍公司缺席的情况下,与三井物产株式会社签订了关于中日合

办汉冶萍公司草案(俗称南京草约)。该"南京草约"据日文本抄件,题为"中华民国政府、汉冶萍公司、三井物产会社关于共同事业合同书草案",计十二条,其要点为:

(一)公司资本为3000万元,中日股数相等,股权相同。日股除现存汉冶萍公司已借入之1000万日元外,再借入500万日元充抵。

(二)上列之500万日元,由公司借与民国政府。除一部分以现金支付,余款用作向三井购买军火价款。民国政府须于一年还清,年利8厘。

(三)上列政府借款之支付、本利之偿还及汇兑,并其他有关事宜,均由三井经手办理。

(四)民国政府须免除中国输出生铁的出口税,须承认公司既定之合同条款、嗣后制定与修改之条款及董事之选任,须承认公司向前政府已取得之权利。

在此草约后并附有"中华民国政府之认证"一通,兹照日文本抄件译录如下:

(一)中华民国政府承认本件所附合同草案,将汉冶萍公司作为中国、日本两国人之共同经营事业以及该合同草案所订之各项条款。

(二)关于该共同事业之经营方法,汉冶萍公司督办盛宣怀在日本商定之条件,中华民国政府应使公司董事予以承认,并使股东大会予以通过。

(三)中华民国政府承认在股东大会开会前,公司先以大冶铁山为抵押,借入二百万乃至三百万日元,作为该合同草案所订之公司借与中华民国政府,余款须经股东大会决议后方能支付。

(四)中华民国政府承认采取适当措施,与汉冶萍公司事业经营所在地之湖北、湖南和江西各省官宪交涉,不得因其他地方事故而妨碍公司业务。

与此同时,民国政府与三井物产会社尚订立有一份"权利合同",并附民国政府"认证"。其合同主要内容为:

"根据本日缔结之中华民国政府、汉冶萍公司和三井物产会社间之合同,给予中华民国政府贷款五百万日元","中华民国政府同意将来对中国之矿山、铁路、电气及其他事业让与外国人时,如条件相同,则优先让于三井物产会社";"中华民国政府承认采取适当措施,与汉冶萍公司事业经营所在地之湖北、湖南和江西各省官宪交涉,不得因其他地方事故而妨碍公司业务。"其后所附的"认证"原文为:"本件所附中华民国政府和三井物产会社合同书草案各项，中华民国政府确已承认，此证。”

合同草案既已签订，盛宣怀却仍在小田切、黄兴和何天炯之间借故找茬推诿，踢皮球。盛宣怀的态度激起了黄兴的愤怒，他在合同草案签订的第二天（1月26日）致电盛宣怀：“前电谅悉。至今未得确切回答，必执事（指盛宣怀，下同）不诚心赞助民国。兹已电授全权于三井洋行直接与执事交涉，请勿观望，即日将借款办妥，庶公私两便。否则民国政府对于执事之财产将发没收命令也。”原来末尾那句威胁的话是三井物产会社的原意。“南京草约”签订的当天，三井物产会社致电南京政府说：“如本月底各项条件未能为盛所接受，谈判即做破裂论，贵政府即可对汉冶萍及盛氏产业采取必要之步骤”，“请阁下将此点电盛”。三井总社将“南京草约”底稿交给了时在日本的盛宣怀。

现在，全部的压力都聚集到了盛宣怀身上。

盛宣怀接电后绕室彷徨三日。他知道此事的利害，一旦他在合约上签了字，国内舆论必定对他群起而攻之，而无人知晓背后有人在逼他；若不签字，又保不住自己的财产。那天，李维格恰好也从国内来到了日本。汉冶萍陷入了山穷水尽的绝境，他是专程来与盛宣怀商量未来汉冶萍之前途的。两个人看完了“南京草约”的全部文本，半晌无言。接下来两人之间便有了如下一段对话：

“日本人终于等到了一个千载难逢的良机。”盛宣怀长叹一声说，“南京政府焦头烂额、走投无路，步步紧逼；盛某人流亡海外、寄人篱下，自顾不暇；家小资财，生死予夺，仰人鼻息。奈何？奈何？”

“盛公请勿心焦，南京政府也许不至于那么绝情呢？”李维格安慰。

“你还没看出来吗？黄克强这封电报就是最后通牒。”盛宣怀默然片刻，“你刚从国内来，说说国人对中日合办汉冶萍这件事怎么看？”

“自从新闻纸上披露此事后，国内舆论一片哗然。国人纷纷撰文，众口一词大骂汉奸卖国贼。骂得最多的——”李维格停下不说了。

“就是盛某人，是不是？”盛宣怀苦笑，“你不说我也知道。”

“其中骂得最厉害的，是上海的《民立报》。他们把盛公的铁路国有和合办汉冶萍连在一起骂，骂盛公祸国殃民、汉奸卖国，要求民国政府没收汉冶萍产业，将盛公全家开除国籍，驱逐出民国。”

“盛某人这回是背黑锅背定了。”盛宣怀连连摇头。

"还是说说眼前怎么办吧。"李维格收回话题,"现在南京政府已经做好笼子,逼我们去钻。我们钻吗?"

"在人屋檐下,岂敢不低头?"盛宣怀长叹一声,"不过我还是有些不甘心。如果可能,我想留个转圜的余地,以作最后的挽救。"

"盛公打算如何转圜挽救?"

"一琴,"盛宣怀忽然叫着李维格的字,望着他,"你是知道的,国际惯例,只要在合同上签字盖印,便成铁案,无法挽回。"

"盛公,一琴明白了,如果可能,那就权且请公后退一步,让一琴冲锋陷阵在前吧!"李维格是何等聪明机灵之人,立刻明白了盛宣怀的意思。

"盛某正是这个意思。"盛宣怀动情地拉着李维格的手,"一琴,并非是盛某不敢担责,临阵逃脱,实在是不甘心看日本人之图谋轻易得逞。故而采用策略,抽身退后,以便留有余地,暂时让你顶在前面替我挡枪子。"

"一琴心甘情愿,盛公莫非已想好了对策?"

"想好了。"盛宣怀说,便和李维格耳语起来。

三天后,小田切以日商代表身份来到神户,拿着"南京草约"找到盛宣怀,逼他画押,但此时盛宣怀已躺在神户的医院里了。医生说他"痼疾复发,咯血卧床",已不可能参加谈判。但盛宣怀已签署委任状,全权委托李维格代表汉冶萍公司参与谈判,并赋予他"先行签押"之权。李维格已拟定了一个更为翔实具体的中日合办汉冶萍草合同,亦称"神户草约",它的标题是《汉冶萍公司与日商代表会订华日合办草合同大纲》,计十款,要点如下:

(一)改汉冶萍公司为华日合办,总公司设于上海。股本定为 3000 万元,华股 5 成,计华币 1500 万元;日股 5 成,计日币 1500 万元。

(二)新公司股东公举董事 11 名,内华人 6 名,日人 5 名。董事中公举总理华人 1 名,协理日人 1 名,办事董事华日各 1 名。股东另举查账员 4 名,华日各 2 名。总会计用日人 1 名,以后添用华人总会计 1 名。

(三)汉冶萍公司所有一切欠款及一切责任,均由新公司接认;所有一切产业物料及权利并所享特别利益,均由新公司接收。

(四)新公司之合办,须俟民国政府核准与过半数股东赞成,即签订正合同,立行照办。

小田切和李维格在"神户草约"上分别签字后,躺在病床上的盛宣怀又在合同末尾处再次亲笔附上一份声明:"本合同俟由民国政府核准,再开股东大会,决议过半赞成,方能彼此议订正合同,本总理签押盖印。”签约前,盛宣怀复电黄兴:“南京陆军总长黄鉴:二十六日尊电已授全权三井直接交涉,即日办妥。三井来函,所授全权系华日合办汉冶萍公司营业,并从速决定借款,与何天炯君来函相同。小田切照此来议草约,坚持要挟,既欲速定,何敢观望。宣因咯血不能起,已派协理李维格直接与彼妥议,即赴东京签押,请转陈孙总统并致农工商总长(张謇)。”

中日合办汉冶萍的消息一经披露,立即激起了全国人民的极大愤怒。社会团体、政府内部一些人士和汉冶萍股东,纷纷发表措辞严厉的声明或函件等,谴责这一卖国行径。民社、湘赣川豫四省的共和协会或联合分会、国民协会、中华民国联合会共七个团体,在《申报》上发表《汉冶萍合资公揭》,斥责盛宣怀“倒行逆施,言不顾行”,“阴柔奸诈,才足济奸”,强烈要求将“盛宣怀所有私产概行充公”,“凡盛氏家族一律逐出民国之外”,“汉冶萍股东应立即反对盛宣怀合办之举”。《申报》接着又发表《湖北省共和促进会致南京临时政府孙总统、各部总长及参议院各团体通电》,指出盛宣怀“丧权辱国,莫此为甚”,表示“倘用以抵押借债,鄂人誓不承认”。临时政府内部也是一片反对之声,总统府枢密顾问、著名爱国人士章太炎上书孙中山,反对日本借机染指汉冶萍。孙中山致函章太炎,解释自己的苦衷:“……非弟有不知利权外溢之处,其不敢爱惜声名冒不韪而为之者,犹之寒天解衣付质,疗饥为急。”实业总长张謇也对合办案提出质疑,他在致孙中山、黄兴的信函中说:“……凡他商业,皆可与外人合资,唯铁厂不可;铁厂容或可与他国合资,唯日人则万不可。日人处心积虑谋我,非一日矣!”

但不管舆论如何沸腾,“神户草约”签订后不久,国内形势发生了急剧变化。1912年2月12日,袁世凯软硬兼施,迫使清皇室下诏宣布退位,孙中山随后辞去临时大总统。3月10日袁世凯在北京就任临时大总统,南京临时政府宣布自行取消,民国政府的财政危机转嫁给了北京,现在该轮到袁世凯去操心了。3月22日汉冶萍召开临时股东大会,到会股东四百余人,代表股权约二十一万股,占全部股份的80%以上。与会股东对中日合办汉冶萍全体投了反对票,遂宣布取消中日合办草约。至此,中日合办汉冶萍案草草收场。

幸亏是盛宣怀预留了一手,日本人的图谋眼看就要成功了,最后却功败垂成。但是他们并不甘心,中日合办汉冶萍是日本的国策,既定目标,他们再次提出这个要求,要等到三年后向袁世凯的北洋政府提出的“二十一条”。

斜桥盛公馆里最难熬的日子,是在盛宣怀逃日前后。

盛家当时面临的“勒捐”军饷,主要是两大笔:一处是江苏督军程德全勒捐的三十万两;另一处是上海督军陈其美勒捐的二十万两,总计五十万两。说实话以盛家的经济实力,拿出这五十万两应该不成问题,但盛家的当家人庄夫人错误估计了形势, 以为还像前清那样有盛家人说话的余地,可以讨价还价,不愿痛痛快快地拿出来,结果导致了后来的许多麻烦。

程德全字雪楼,原籍江苏常州,跟盛宣怀是同乡,宣统二年(1910 年)出任江苏巡抚,在“铁路国有”问题上跟盛宣怀意见相左,两人之间很打过一阵子“口水仗”。辛亥首义后程德全主动转向革命,被拥为江苏都督。程德全盯上了家私丰厚的盛宣怀不放,江苏光复第二天,即派兵查抄了盛宣怀在苏常一带的产业,勒令充公捐饷。盛家当时有许多人住在苏州留园,这些人都被赶了出来,留园开始驻军,督军府打算公开拍卖留园,抵充军饷。从留园被赶出来的人中有盛宣怀父亲遗妾富氏、许氏等四房老姨娘,有盛宣怀胞弟盛善怀之妻张氏(苏州拙政园主人张月阶的小姐),还有海颐(盛宣怀堂侄)少奶奶程氏等一大批女眷。这些人流落街头无处安身,便一齐拥向了上海斜桥的盛公馆。

那天斜桥盛公馆门前主仆老幼来了一大帮子人。只见公馆大门上往日挂着的“汉冶萍煤铁厂矿有限公司”的牌子摘下了,换上了日本横滨正金银行上海分行的牌子,让出一座洋楼,里面已经住进了不少日本人。原来这是盛宣怀在青岛时给庄夫人出的锦囊妙计,目的就是为了保住盛家这最后的一块根据地。从苏州来的这批女眷被挡在门外,她们嚷嚷着要见盛公馆的当家人庄夫人,但是门上人说,庄夫人已经不在这里了。原来庄夫人已提前得知她们要来,特意跟门上打了招呼,她自己则躲在另一栋楼里,不愿意出来见她们。双方正在相持不下之时,五姨太柳飞雪不知怎么出现了,她当面戳穿了庄夫人的把戏:“谁说庄畹玉不在里面?她分明就躲在南边那栋楼里不肯见!乡下的亲戚遭了难跑来,连门也不让人家进,这说得过去吗?你庄畹玉还有没有骨肉情分啊?”五姨太不由分说,将苏州来的女眷带到了庄夫人藏身的那栋楼里,庄夫人藏不住了。

原来来者不善，庄夫人怕的就是她们来，她有自己不得已的苦衷。

庄夫人掌管的太记账房，多年来在总管着整个盛公馆的衣食住行等各项花销外，同时还经营着生意买卖。盛家老四房以及盛宣怀父亲这一支其他各房的亲戚都经不住庄夫人的撺掇和蛊惑，纷纷往太记账房投资附股做生意。太记账房的生意主要是做囤积居奇，买空卖空，比如棉花、粮食、生丝等，有时候也兼做黄金、股票。做生意当然有赚有赔，太记到底是盈是亏，除了总账房谁也不晓得，只晓得每年年底都会分一些红利，算起来还是比钱庄和银行里的利息高，所以太平盛世里，盛家的亲戚们还是乐于把钱放在太记这里。如今她们遭难了，想拿回这些钱去赎回自己被扣押的产业，恢复正常的营生，天经地义。但关键问题是庄夫人已经拿不出钱来了，不知是经营上亏损了，还是辛亥军兴以来生意上受了损失。外人不知道内幕，但是没有钱退给苏州来的亲戚却是事实。

庄夫人不得已，下楼来尴尬地和众位亲戚见了面。

"大房当家的，长话短说，"富氏是直筒子脾气，又仗着自己是姨娘、长辈，首先开了口，"今天我们来，就是要拿回在太记的本息。"

"怎么，要抽股退本啊？"庄夫人明知她们的来意，却故作惊讶。

"是啊，这日子没法过了。"许氏附和说，一边抹着眼泪，"革命党限定时日，勒捐充饷，拿不出钱就查抄产业。革命党来留园查封那天，正好赶上你侄子复颐与苏州陆家联姻的日子，因无法成礼，只好临时改为入赘陆家。咱们盛家，可是在苏州丢了脸啦！"说着，呜呜地哭出声来。

"这么一大家子人，不拿钱回去捐饷，不要回自家的产业，到哪儿去安身啊！"又一位姨娘哭了起来。

"好啦好啦！"庄夫人皱着眉头，"在我这儿哭嚎顶什么用？说吧，你们几房各需要捐饷多少？"

富氏应道："各房数额不等，少则几万两，多则十几二十万两。最少的是海颐少奶奶家，三万两；最多的是你四弟善怀家，二十万两。"

"这么多啊？"庄夫人愣住了，"我还以为几千万把的，咬咬牙就匀出来了。这么多，实在是难以想办法。别忘了，我家还有江苏三十万两、上海二十万两，总共五十万两的捐饷无处筹措呢！"

"那不行，大嫂，你一定得把本息三十万两都退给我。"盛宣怀四弟媳张氏说，"我们家没有三十万两过不去这个坎。捐饷要二十万两，还有我娘家……"

“等等，等等。”庄夫人打断说，“我记得你家总共入股了还不到二十万两，怎么变成了三十万两？”

“这些年的红利和本息我都没有拿，存在太记里转本。我算了算，刚好有三十万两。”张氏说着拿出一个账本，“上面记得清清楚楚。”

庄夫人道：“不行不行，你记的账不算数，要看太记的账。”

张氏接口道：“那你把太记的账拿出来对啊！”

“拿不了。”庄夫人说，“太记总账房顾咏荃不在家，他乡下的母亲病重，回乡下照顾母亲去了。”

张氏问道：“那他什么时候能回？”

“那谁说得准？没有总账房，谁都退不了股！”

“那可怎么办？”众人的脸上一齐现出失望的表情。

“拿不到钱，我们也回不去了，都住在这里！”富姨娘发狠说，“什么时候给我们退钱，我们就什么时候走！”

“对！对！我们就住在这里！”众人纷纷附和。

“悉听尊便。”庄夫人冷冷地说。

一群人就在盛公馆里住了下来。盛公馆总共只有两栋楼，因为让出了一栋楼给日本人住，原先的家眷全部挤在一栋楼里，本来空间就有些狭窄，现在一下子增加了这么多人，更显拥挤了。从苏州来的女眷们毫无顾忌地抢占一切空间，从书房、客厅、贮藏室、小餐厅甚至到过道、走廊、楼梯间，只要是稍稍可以容身的地方，她们也不嫌委屈，主仆一拥而上全给占满了。这一大帮子人住在这里，吃喝拉撒睡，因为是至亲，还有几位长辈姨娘，庄夫人在生活上不敢过分怠慢，还得装出笑脸伺候。剩下来的，稍有闲暇便是应付她们轮番的算账、理论、争吵，无休无止的软磨硬泡、死缠烂打。这样的日子庄夫人实在是过不下去了。她想，三十六计走为上，我走了，要债便成了无头债，未必你们还能在这里待得长久？于是她将家里暗中作好安排，悄悄地躲出去了。

庄夫人从老公馆溜出来后，先是去了上海城区的几家老亲戚。庄夫人不好说是出来躲债的，只说是受老爷的连累，家里待不住了，出来躲避革命党的抓捕。这就搞得亲戚们人人自危，都怕祸及自身不敢收留了。比如同在静安寺一条马路上的四小姐盛樨蕙的婆家邵府。邵家在前清也是官宦之家，正在担心自身难保，庄夫人来避难了，谁敢收留？只有婉言谢绝。上海城厢还有盛氏大家族的好几户儿女亲家,但出于同样的心理亲戚们都不敢收留庄夫人。庄夫人无奈,最后只好去了南市的近郊乡下,太记总账房顾咏荃的家里暂避一时。

发现庄夫人撇下苏州来的亲戚自己躲了出去, 大家一下子炸了窝,愤怒到了极点。富氏和许氏捶胸顿足,大骂庄夫人良心泯灭,全然不顾大家庭的骨肉亲情。发泄完了大家才觉得自己已然没有退路,还是只能去把庄夫人找回,把钱讨到手。于是主仆分头出动,把上海城厢所有的亲戚家以及庄夫人可能去的地方,统统都找了一遍,但还是没有庄夫人的影儿。大家都纳闷了:她能躲到哪里去呢? 城里没有,莫非躲到了乡下? 还是海颐少奶奶程氏聪明,她想到庄夫人是坐着马车走的,浦东和闸北的乡下虽有亲戚,但隔着黄浦江和苏州河,马车靠小船摆渡根本过不去;而沪西的乡下又没有亲戚,剩下的就只有南门外的乡下了,因为总账房顾咏荃的老家就在那里。程氏于是亲自跑到南市去打听寻找。果不其然,她在顾咏荃家里撞见了庄夫人。庄夫人绝没想到海颐少奶奶会寻到这里来,不等程氏回来报信,她又坐着马车跑了。这回她直接去了南洋公学,求助于盛宣怀的洋顾问、南洋公学总教习、美国人福开森。福开森直接把庄夫人送进了公共租界,安排在英国人开的格哩饭店里住下。至此,庄夫人才稍稍安下心来。

从苏州来的女眷们,又开始了在上海城区对庄夫人的新一轮寻找。恰在此时,已故四姨太刘嫣红的娘家哥哥刘光庆——就是从前曾被盛公馆宣布为不受欢迎的那位亲戚,如今又重新回来了。原来刘光庆这次是专为了报复而回来。他知道盛宣怀流亡海外有家不能归,庄夫人留守老公馆独木难支,盛家已到了穷途末路。他要利用这个机会搞垮庄夫人,为他死去的妹妹了却一辈子的心愿。当然这其中也怀有他自己的私心:打算在盛家即将到来的四分五裂中捞一把。五姨太柳飞雪在刘嫣红生前原本与她是同伙,两人共同与庄夫人作对,如今兔死狐悲,正在她孤掌难鸣、势单力孤之时,从苏州来讨账的女眷们,意外地壮大了她"倒庄"的阵营;而刘光庆的到来,更让这帮女人们顿时有了主心骨。刘光庆很快就了解了事情的经过,教了她们一招——以马车找人呀! 因为人可以躲在房间里不出来,马车也可以藏在车库里,但是每天的早晚,马夫却不能不出来遛马。况且庄夫人乘坐的马车也很特别, 当年阿耀为讨好巴结庄夫人而特别定制的法国亨司美马车,拉车的马都是清一色的来自云南的矮种小马,在上海滩阔佬贵妇们乘坐的马车里独树一帜，特别惹眼。循着马的线索去找，果不其然，没多久她们就找到了英租界格哩饭店的楼下。

毫无疑问庄夫人是住在这里了。但庄夫人躲在饭店里既不出门也不下楼，她住在哪一层楼哪一间房无从知道。格哩饭店有着很严格规范的管理，住宿客人的信息都高度保密；而且饭店还雇有专门的大胡子印度巡捕——上海人称作“红头阿三”的巡逻保安，想随随便便进入饭店里面去打听寻找，根本是不可能的事情。这时候刘光庆又想出了个毒招：向革命党告密。原来格哩饭店的楼下就住着很多从广东来的革命党，他跑去对他们说，前清邮传部尚书、“铁路国有”的倡导者和执行者、现在正逃亡日本的盛宣怀，其妻庄德华现在就躲在格哩饭店的楼上，你们抓不抓？革命党当时缺钱，正打算物色绑票对象勒索赎金，闻听饭店里住有这么一位人物，顿时来了兴趣。但是他们也有所忌讳，不敢明目张胆地在租界里抓人，所以他们设法找到了庄夫人的马车夫，先是对他威胁恐吓了一番，又许以厚利引诱说，如果马车夫能设法把庄夫人拉到华界，事成之后革命党答应奖励他一万元；如果胆敢向主人通报消息，一经查实，严惩不贷，立刻枪毙！好在那个马车夫亦是盛家老臣，几代人均服务于盛家，不忍心戕害女主人，暗中向庄夫人和盘托出实情。庄夫人吓得魂飞魄散，不敢再在格哩饭店住了，再次仓皇逃出了虎口。这次格哩饭店的经历让庄夫人觉得，外面到处布满了风险和陷阱，还是只有自己的家里面最安全。她重又跑回了盛家老公馆，吩咐将前后大门紧闭，躲在屋里不出来见人。但是躲在屋里也不是长久之计，外面的人可以不见，里面的人却无论如何也躲不过去。那些从苏州来讨债的亲戚们，重又将庄夫人包围了起来，天天索诈、逼讨，闹得大公馆里鸡飞狗跳。尤其让她心里不安的，是那个每天用一双仇恨的眼睛盯着她、如影随形跟着她的可怕的身影。她认出来了，那是已故四姨太刘嫣红的娘家哥哥刘光庆。她不明白，他是如何趁乱也混进盛公馆来的？很显然，女眷们已经和刘光庆相互勾结在了一起，来共同对付她。那个刘光庆甚至公然宣称自己就是革命党，他和外边的革命党来往密切，有几次他甚至把几个貌似革命党的人带进了盛公馆，到处察看，还不时对着她指指点点。她不知道他要干什么，但她知道他来者不善，不怀好心。她还看出来了，盛公馆里的女眷们现在都听他的，她看见他们经常背着她聚集在一起，咕咕哝哝的，好像是在合谋一件什么事情。关键时刻还是自己的人贴心。从前庄夫人的陪嫁丫头、现在的六姨太萧氏悄悄跑来向她报告，原来他们正在密谋趁老爷流亡海外的机会，将盛氏财产变卖一部分，偿还亲戚债务。庄夫人心里说他们休想！我庄德华还没死呢，有我在就容不得外人胡来！庄夫人并不担心他们的密谋，因为盛氏产业的契约、债券、股票等都掌控在庄夫人手里。幸亏她早有预见，时局刚开始动乱的时候，她就将那些地契、票据等都转移到了外国银行里保存。他们想变卖盛家的财产，拿不到契约票据也是枉然。但此时在盛公馆里，庄夫人势单力孤，身边已经没有可以依靠的人了，尤其是没有可以依靠的成年男人。长房长子昌颐已于一年前感染时疫过世，二房和颐过继给了盛氏家族其他支系，三子同颐与庄夫人同年，因平日里与这位继母不和，基本上不管事；四公子恩颐和五公子重颐现陪伴在老爷身边，盛公馆里剩下来的成年男子便只有长房长孙盛毓常了。盛毓常的年龄跟他四叔恩颐和五叔重颐差不多，正是老话所说的同年叔侄如兄弟。本来在盛宣怀的计划中，这一年是要送四子恩颐夫妇和长房长孙盛毓常一块去英国留学的，因为辛亥事起把这个计划耽搁了。这盛毓常本性上也是个纨绔子弟，突然有一天父亲去世爷爷流亡海外，对他的家庭监管一下子解除了，他成了一位自由自在、无人管束的风流公子哥儿。他因此而惹出了一桩麻烦事。

有一天，在一家外国人开办的舞厅里，正在风流快活的盛毓常，突然被一群不明身份的便衣人绑架。盛家本来已经四面楚歌，而长房长孙的被绑票，更是让风雨飘摇的盛家雪上加霜。尽管这又是一个不幸的消息，庄夫人还是不敢隐瞒，赶忙发电报通知了远在异国他乡的盛宣怀。但奇怪的是，等了很长时间，却一直没有等到勒索赎金的电话或书信，人被绑走后似乎人间蒸发了，消失得无影无踪，悄无声息。这与寻常的勒索绑架案迥然不同，令庄夫人百思不得其解。但人却不能不救，盛宣怀从海外发回的指令是：不遗余力，不吝资财，唯以救人事大。正被讨债的亲戚缠身、整天弄得焦头烂额的庄夫人，从此又多了一件操心事：不得不四处电话托人，为这件事奔走打听。原本以为是上海黑道干的，于是从上海滩五花八门的帮会一路打听下来，却没有打听到任何消息。后来好不容易打听到了，原来竟是沪军都督陈其美的手下干的——他们绑错了人，原本是要绑架盛家的五少爷盛重颐的，却错绑了盛家的孙少爷盛毓常。

后来的事实证明，这件事也跟刘光庆有关。

原来盛重颐跟"绿牡丹"的奸情，有一天终于东窗事发，被陈其美发现了,两个人从前往来的情书也落到了陈其美的手里。自己的小妾竟然与盛家五公子有染,这让陈其美怒不可遏。他派出自己的手下去抓捕盛重颐,准备抓到后与“绿牡丹”一起秘密处死。但陈其美并不知道盛重颐此时已去了日本。有几次刘光庆带着革命党进入盛公馆指指点点,其实就是为了这件事。刘光庆当然不敢说自己就是盛重颐的亲舅舅,但他肯定要为亲外甥遮掩袒护,他说的盛重颐已去了日本的话革命党又不相信,于是在反复的威逼之下,他就胡乱指了盛毓常为盛重颐,以为这样可以快点结案,好为外甥解脱。但是审问之下陈其美很快发现,这个“盛毓常”不仅交代不出“奸情”,还直呼冤枉,他根本就不像是盛重颐。到后来,连“绿牡丹”自己也承认是抓错了人,说盛重颐现在日本,你们根本抓不到他,她还主动拿出了盛重颐最近从日本的来信作为证明。“错绑了那也是盛家的人!”正在气头上的陈其美一不做二不休,索性将盛毓常囚了起来。庄夫人赶快将实情报告给了远在日本的盛宣怀,同时委托傅筱庵向沪军都督府游说说情,请求沪军都督府将错绑的盛毓常放回。此前傅筱庵接受庄夫人的委托,正在为勒捐二十万两的军饷与沪军都督府斡旋,讨价还价。陈其美一口回绝了盛家的请求,不光人不能放,二十万两的军饷一分一厘也不能少!远在日本的盛宣怀听说此事后心急如焚,此时责骂盛重颐也解决不了任何问题,当务之急就是尽快将长房长孙营救出来,免得夜长梦多,再出个什么变故。情急之下盛宣怀想到了日本人,因为陈其美曾经留学日本,对日本人怀有很深的好感。他请求日本驻华公使伊集院,请上海总领事出面与陈其美协商,释放盛毓常;一面让庄夫人赶快筹款,将上海的二十万两军饷优先缴上。结果费尽周折,遍体鳞伤的盛毓常才终于获释了。

上海的军饷缴上了,盛公馆里的催逼索讨却更来劲了:你既然可以筹款缴纳捐饷,自然也就可以筹款来偿还亲戚们的欠账!庄夫人继续持久战,一口咬定再也拿不出钱来了。到后来盛宣怀的四弟媳张氏甚至降到了只要求归还五万两,庄夫人还是不肯松口。她以一毛不拔来应对亲戚们的围攻,双方都如热锅上的蚂蚁,已经到了最后忍耐的极限。终于有一天六姨太萧氏又来向庄夫人报告,说他们已经商量好了,即使讨不到钱也决不让庄夫人好过,他们不准备再跟庄夫人泡蘑菇了,而是直接把她交给革命党,让革命党去处置。如果上海的革命党她讲情面,那就直接把她交给江苏的革命党,江苏都督程德全从前就跟老爷有过节。听说刘光庆这几天已经回苏州去了，他就是回去联系革命党的，准备带领江苏的革命党趁夜色偷偷摸进上海，摸进租界，把她绑走。听到这个消息，庄夫人吓坏了，她赶忙给傅筱庵打电话，电话里吓得连话都说不清楚了："阿耀，有人要谋……谋我性命，快……快来救我！"后来庄夫人在傅筱庵的帮助下，趁夜色逃离了盛公馆，登上日本邮轮"九州丸"，也逃到日本去了。

向新生的民国政权讨要回自己被查封的家产，是远在日本的盛宣怀日夜萦绕心头的大事。但鞭长莫及，面对大海这头的祖国，他唯一能做的，就是继续与国内那些有头有脸的亲友函电往来，拜托他们代为进言催讨。他当时主要依靠的有两个人：从南北会谈到南京临时政府期间，他依靠的是老朋友赵凤昌；到了北京政府的袁世凯上台执政后，他则依靠的是亲家孙宝琦。

说起盛宣怀跟赵凤昌的交情，一是因为乡谊，两人都是常州府人；二是因为张之洞的缘故。早在赵凤昌还在张之洞幕府中担任总文案时，两人就有了私下的交往；后来赵凤昌在张之洞大参案中受到牵连，"革职回籍，永不叙用"。张之洞念他革职回籍后生活无以着落，便找到了时任轮船招商局和中国电报总局督办的盛宣怀，请他为赵凤昌在局内谋个职位。盛宣怀心领神会尽心竭力，在电报总局属下的武昌电报局为赵凤昌安排了一个驻沪委员的职位，长驻上海，挂名吃空饷。赵凤昌自然对此感激不已。武昌首义后全国各省纷纷响应，赵凤昌在上海南阳路十号的寓所"惜阴堂"，成为南方革命党人的大本营和参谋本部，比如著名的南北议和就是在"惜阴堂"里策划的。那时候孙中山、黄兴、宋教仁等民国政要经常聚集在"惜阴堂"里，跟赵凤昌一起研判时局，探讨对策；即便是后来南京临时政府成立，很多重要的军国大计孙中山仍然还要征询赵凤昌的意见。赵凤昌以一布衣身份"通天"，成天和民国当局的最高层人物厮混在一起，盛宣怀自然是看到了这点，请赵凤昌设法施以援手，保全盛氏产业，便成了他理所当然的选择。如今盛宣怀落难了，对于他的所求，赵凤昌自然也是投桃报李，竭尽心力。尤其是当汉冶萍借款案中，黄兴以没收盛宣怀的公私产业相威胁时，盛宣怀便和赵凤昌合想了个办法：索性将汉冶萍公司董事会会长、总经理的职务，一并授权委托给赵凤昌，让赵凤昌来当，民国政府还好意思来没收汉冶萍吗？这个办法也真绝，自此以后，南京临时政府再也不打汉冶萍的主意了。至于盛宣怀私人的产业，赵凤昌也没少跟有关方面讲情、打招呼，只是因为民国初期的各自为政，中央允准的事情，地方上不一定认真去办；或者办虽办了，办得七折八扣，办得走样变形也是常有的事；抑或推诿，拖延，阳奉阴违，从此没了下文。总之，民国政府答应发还的私人产业，实际的执行情况却并不太理想。

后来到了袁世凯宣誓就任总统、北京政府成立后，盛宣怀就只能转而依靠他的亲家孙宝琦了。原来袁世凯上台后，立即就想到了他的双料儿女亲家、把兄弟，在辛亥革命中垮台的原山东巡抚孙宝琦。袁世凯首先起用孙宝琦为考察日本实业的专使，出使日本；后来又任用他为熊希龄和徐世昌两届内阁的外交总长，甚至还代理过国务总理。孙宝琦是袁世凯当时最倚重的亲信之一。民国初期，汉冶萍各厂矿所在地的湘鄂赣三省地方政府，一直对汉冶萍存觊觎之心，扬言要接管没收，盛宣怀请孙宝琦出面去找袁世凯说情。孙宝琦对袁世凯说，汉冶萍是股份制公司，根本就不是盛某人的私人财产，如果地方政府强行没收接管，那不是打击了一大批工商业者了吗？汉冶萍的股东都是江南豪富，他们在轮船招商局、电报局等企业均有股份，没收了汉冶萍弄不好会牵一发而动全身，还会影响其他产业；更何况该企业目前也困难重重，还欠着官款，如果把它没收，那么所欠官款日后向谁去要？不如仍旧维持原状。袁世凯听了后认为很有道理，谕令下面不得再打汉冶萍的主意。至于盛氏个人被查封的家产，孙宝琦也没少在袁世凯跟前吹风。孙宝琦写信告诉远在日本的盛宣怀，大总统的观点很明确，民国的法律就是主张保护个人的私有财产，关于盛氏个人财产的保护，当然也在此之列，民国政府将照宫保所拟清单办理，知照各省都督府完全保护等。盛宣怀听了此话，心里的一块石头落了地，但他还是不能放心，知道口说无凭，便告诉孙宝琦说，民国政府最好是能有个书面的东西（还产令）行文下去，便于下面执行。但不知什么原因，最终这个书面的还产命令还是没有下。这时候老天爷又给盛宣怀送来了一个极佳的讨好巴结袁世凯的机会。

原来袁世凯登上大总统的宝座后，眼看天下大局已定，便把家小从河南彰德府的洹上村搬到北京来了。袁世凯搬家可不是一件简单事情。袁氏家族亦是中国数一数二的大家族，袁世凯共娶有九房妻妾，生下了十七个儿子和十五个女儿，加上男仆女婢，好几百号人浩浩荡荡地开进京城，安顿的房子一下子成了大问题——不是说找不到房子，而是匆忙之中，找不到合适的能安顿得下这么一大家子人的房子。他们首先住在陆军部临时过渡。毕竟那里是政府机关，那么多的家眷进出往来多有不便，袁世凯便积极派人四出在京城里寻觅住房。想不到觅房人竟看中了盛宣怀府学胡同五号的那幢住宅。原来自从盛宣怀革职流亡海外后，这幢房子就空闲了下来，虽然已经抵押了出去，但至今还没有人接手。此时五姨太柳飞雪已带着大部分仆佣返回南方去了，偌大的宅院里只留下少数的几个人看守。当初这幢宅子是李鸿章的孙子李国杰的产业，两层楼的花园洋房，后来李国杰出任驻比利时公使，就将这宅子以七万五千两银子的价格出手，抵押在德华银行。那时候很多外任的京官出于经济方面的考虑，往往都不在京城保留恒产，而是将产业设法转手盘出；至于那些价格特别昂贵的豪宅一时难以出手，也往往作价抵押在外国人的银行里，待价而沽，外国银行也乐意从中赚取一笔不菲的手续费。盛宣怀出任邮传部尚书后，以同样的价格将这处宅院从德华银行赎出。因为考虑到要长期在京城安家，以后家眷在京沪两地来来往往，原先的一栋两层小楼过于狭窄拥挤，就在院内又重新添造了前后两屋，并加盖了一栋小洋楼。这个扩建工程总共花去了差不多四万两银子。盛宣怀后来逃亡和滞留日本需要大笔的盘费，就通过小田切，将府学胡同五号院的这处住宅以十一万两银子的价格，抵押给了正金银行北京分行。袁世凯手下的人对这处房子十分满意，可听说了这个价格后又认为太贵，便提出可否租住。看守房子的人不敢擅自做主，赶忙打电报禀报给盛宣怀，盛宣怀又赶忙发电报给孙宝琦，询问是否确有此事？孙宝琦回电说确有其事。盛宣怀闻言大喜，认为靠近和讨好袁世凯的机会到了。他和袁世凯明争暗斗了差不多十年，十年的积怨现在都抛到脑后去了，袁项城今非昔比，该拍马屁的时候盛宣怀肯定是要拍的，更何况人家对他有恩，辛亥大逃亡中毕竟是袁世凯放了他一马；二则眼下他还有求于人家呢。此时老朋友小田切已调任正金银行总行董事，盛宣怀立即电告北京分行支店长（经理）实相寺贞彦，邀请当初来看房子的人当面洽谈，请其转告盛宣怀的好意："鄙见可请大总统或家眷先行居住，如果合适，只需照李伟侯（李国杰字）所押七万五千两付还正金银行，所有契据二张即由正金交呈。亦不必拘定付款日期，其未付款之前，押息七厘，仍由敝处付与正金银行可也。……"盛宣怀开出的条件真够优惠的：首先无偿"试住"，如果满意，只需照李国杰的原价购买，至于扩建的费用我盛某人报效了；而且还不必限定付款期限，其间的利息也由盛某人认了。一向精于算计的盛宣怀,一生中如此大方慷慨恐怕也是不多见的一次。后来盛宣怀又给孙宝琦写了一封信,把条件提得更优惠了,并请他在北京代为周旋此事:“洋式楼房两重,虽不华丽,确是爽明,住眷最宜;洋式家具均备,稍有花木,并有热水管,如果合用,祈即转达,尽可即日收用。候示,当即致函正金银行,所有押款,当由敝处认还该行,项城总统可毋庸过问也。”当然也不能让亲家白忙乎一场,盛宣怀在另一封信中也不忘给孙宝琦送一点好处:“(府学胡同宅中)尚有马车一辆,青马两匹,送交尊处备用可也。”

后来袁世凯果然承其好意,把庞大的家眷队伍浩浩荡荡开进了府学胡同五号院,大约住了半年时间,才搬到中南海去了。这处宅院后来又由段祺瑞接住。当初袁世凯住在这房子里的时候,不知道是否真的帮助过自己曾经的宿怨盛宣怀,但盛宣怀的确是在袁世凯执政期间,花了差不多三年的时间,才把自己被查封的家产——主要是不动产全部拿回来了。而那些已被没收查封的动产,只能算是为民国作了贡献。

时间到了民国元年(1912 年)九月间,汉冶萍公司董事长、老朋友赵凤昌写信给盛宣怀,说是国内和沪上秩序现在安定,回国之后的安全可以无虑;发还财产之事无非是多花几文钱充交军饷,若拖延太久,恐夜长梦多,事更难办,不如回国就近交涉,当可早日解决;而且汉冶萍自辛亥军兴后损失严重,困难重重,现在还未全面恢复生产,将来何去何从还得请公回国定夺等等。盛宣怀于是决定要回国了,但为了稳妥起见,盛宣怀和庄夫人商量的结果还是派四子恩颐打前站,率领一部分随从先回国,察看情况属实后他们再启程回国。至于五子重颐,盛宣怀担心陈其美的报复,根本就不敢让他回去,便让他留了下来在日本上学。盛重颐留学东洋,毕业于日本东京帝国大学的经济管理专业,便是这么个来由。一直到几年之后,张宗昌派人暗杀了陈其美,盛重颐才敢回国。

回国之前,全家人的最后一件心事,便是劝说盛宣怀剪辫子了。

原来盛恩颐和盛重颐兄弟俩到日本后就将辫子剪了,换了洋装。为了这事,兄弟俩没少挨老爷子的骂。在盛宣怀的心里,一个人如果这么快就数典忘祖了,肯定是不肖子孙。幸而后来民国很快成立了,清廷也宣布了退位,但盛宣怀还是留着他脑后的那条如猪尾巴似的小辫子。虽然国内也不断有消息传来,民国政府已经颁布了“剪辫令”,国内的剪辫子风起潮涌,但远在异国他乡的盛宣怀,仍舍不得割掉他脑后的那条猪尾巴。当然盛宣怀的心里很清楚,大清朝已经永远地退出了历史舞台,不可能再回来了,但那条“猪尾巴”毕竟是一个时代的印记,也是他效忠了一辈子的那个王朝的标志,心中的感恩、愧疚、不舍和种种复杂的情感,全都凝聚在了这条辫子上。盛宣怀从前的习惯是每天要梳两次辫子,早晨和午睡起床后各有一次;梳头的婢女也是他大逃亡时专门从家里带出来的。不久儿子们和后来的庄夫人都发现,老爷自从来到日本后,对梳辫子特别地较真和挑刺了。首先是梳辫子的时间加长了。从前在任上做官的时候,公务繁忙,有时梳辫子只能匆匆地梳几下就赶快扎起来。但现在不行了,现在流亡日本,多的就是时间,不慌不忙,从容不迫,梳头丫头必须一丝不苟,认真地仔细反复地梳理,只要老爷稍有不满意,就必须返工重来。其次是老爷现在讲究了。一个年近七旬的老翁,白发干枯稀疏,梳出来的辫子就如猪屁股后的小鬏鬏。盛宣怀看着不入眼,便买来日本市场上的所谓“养发水”“还童膏”等护发、生发用品,天天在头上抹用,希冀能改善头发状况,梳出还像从前年轻时那样一条黑油油的大辫子。盛宣怀眼下在这条辫子上所寄托凝聚的情感,绝不是他的儿子们所能够理解的。所以后来只要恩颐和重颐兄弟俩劝他剪辫子,就会遭到他的一顿臭骂。现在面临着马上要归国了,他盛宣怀到底该以什么样的面目回去?庄夫人和儿子们的一致意见是:剪辫换装,以一种全新的面貌回到鼎革后的故国家园。

“现在上海街头已基本见不到男人的辫子了。”庄夫人说,在列举了很多熟人纷纷剪辫后又说,“只有少数的前清遗老还留着辫子。”

“那我就做这少数的前清遗老。”盛宣怀固执地说。

“你做不了前清遗老。”盛恩颐接着说,“听说革命军的士兵都拿着剪刀在街头站岗,看到男人留长辫子,就‘咔嚓’一声!”说着还做了个夸张的手势。

“那我就不上街去!躲在家里。”盛宣怀气咻咻地说。

“回去后有那么多的事情要办,您能躲在家里一直不露面吗?”盛恩颐反问,“汉冶萍您不过问了?再说了,您还得去跑路托人找关系,要回被查封的家产。”

“最关键的,剪辫子还关乎您对民国的态度。”盛重颐插话,“您留着这条辫子回去,别人就会以为您还惦记着大清朝,没有忘记大清朝,心里还指望着大清朝。仅凭这一点,民国政府就有理由不发还盛家被查封的产业!”

盛宣怀被这句话镇住了,他望着他们。

“就你这长袍马褂小辫子回去?”庄夫人气恼地说,“别人一眼就认出来了,原来你就是前清那个祸国殃民的邮传部尚书盛宣怀啊!你从日本回来了?抓起来,送给革命党!——你怕不怕?”

盛宣怀再也不吭声了,后来他终于去神户剪掉了辫子。不过他没有扔掉那条辫子,而是用一块绢布小心翼翼地包裹起来,藏在了一个匣子里。儿子们不解地问他为何要留着,他说留着将来有用。他没有说留着将来有何用,但是几年后他去世入殓时,真的用上了这条辫子。

盛宣怀剪辫换装后在日本特意留下了一幅洋装照,这就是我们现在看到的他那张照片:头戴高筒礼帽,一身笔挺的黑色燕尾服,白衬衣,黑领结,足蹬锃亮的皮鞋,左手自然下垂,右手很有绅士风度地斜插在胸前。

盛宣怀比他先前所有的官服照和便衣照,都更显得神采奕奕。

第十五章 喇叭不响调头吹

1912 年 10 月，盛宣怀乘日本邮轮“九州丸”回到了上海。巧合的是，去年从大连去日本，也是乘的“九州丸”。盛宣怀从辛亥年的十月份开始大逃亡，蛰居海外，前后差不多历时一年。如今重新回到阔别的故园，物换星移，革故鼎新，上海已是一片新天地，自然心里生出许多唏嘘感慨。

盛宣怀是悄悄回来的。他不敢声张，唯恐上海各界群众在码头上堵住他让他难堪，所以临行前他的行踪绝对保密，不敢对新闻界透露。“九州丸”到上海的那天，来杨树浦码头迎接的只有傅筱庵一个人。在盛宣怀逃亡日本期间，傅筱庵受委托为盛家管理产业，成为盛宣怀在轮船招商局、电报局和汉冶萍公司等企业的股份代表。如今见了干爹、干娘的面，傅筱庵也不多言，只是略略地问了问安，就立刻出了码头，手一招，一辆黑色的汽车驶过来，停下，车夫下车向贵宾鞠躬，然后打开后车门请他们上车。盛宣怀和庄夫人在后座坐下，坐在前座的傅筱庵对司机轻轻吩咐了一声：“斜桥盛公馆。”汽车便开动了。

“阿耀买了汽车啊？”庄夫人问。

“没有，是向朋友借的。”傅筱庵回头说，“免得路上有麻烦。”

“还是汽车坐着舒服呀。”庄夫人说，“又快又平稳。”

听了这话盛宣怀不吭声。上海租界 1901 年才有了第一辆汽车，行驶途中有时还会熄火抛锚，所以那时上海滩的许多官绅富户都宁愿使用马车。盛宣怀在世的时候就没有买汽车。尽管儿女们追赶时尚新潮，一直闹闹嚷嚷着要买汽车，但盛宣怀就是坚不松口。直到他去世以后，讲究排场的四公子盛恩颐才买了上海滩上的第一辆“奔驰”，将门把手换成银把手，并以重金从犹太富商哈同手上收买了公共租界工部局颁发的“0004”号黑底白字牌照。

汽车驶过了钢架外白渡桥，不久前外白渡桥还是木桥。下桥后便是外滩了，耳边传过来一阵叮叮当当的声响，只见一辆拖着长辫子的有轨电车迎面驶了过来，开到外滩调头回驶，车上乘客很多很拥挤。盛宣怀贴在车窗上看了，感慨道：“我在同治六年初来上海时，租界上只有轿子和独轮车。后来有了马车，又有了汽车，现在又有了有轨电车，上海真是日新月异。”

傅筱庵笑道：“这几年上海的变化确实很大，听说又要办无轨电车了。有轨电车已经通车了好几条线路，这一条从静安寺开来的1路，是乘客最多的，不过它规定头等车厢只许洋人乘坐。”

盛宣怀叹道：“这有什么办法？电车是洋人开办的，他们歧视中国人。”

汽车拐弯，傅筱庵说：“我们从大东门进城，沿新修的肇浜路横穿上海县城，去沪西的斜桥盛公馆。”

盛宣怀问：“肇浜路？这名字好新鲜，什么时候修的？”

“刚刚才修好。”傅筱庵说，“就是原来的肇家浜。因为臭水横流，又妨碍交通，从去年开始东段肇家浜已被填平，筑为肇浜路和方斜路，并拓宽了徐家汇路。西段肇家浜则由打浦桥改道，经日晖港流入黄浦江。”

到了大东门，只见那一带尘土飞扬，往日熟悉的堞楼、城门和城墙忽然都不见了，成千上万的民工肩挑背扛，往来穿梭奔忙。盛宣怀不解地问：“他们这是在干什么？怎么不见了大东门，不见了上海城墙？”

“都拆了。”傅筱庵笑着说，“现在城墙外面的上海已大大超过了城墙里面的上海，除了阻碍交通，上海城墙实际已毫无作用。所以租界当局和上海道决定，从今年七月份开始，分期分批拆掉老城墙。现在先拆的是东边的这一段。”

庄夫人问：“拆完城墙后，上海县城和外滩不是连在一起了？”

傅筱庵应道：“正是。听说老城墙拆掉后，要修建一条宽阔平坦的环城马路，听说名字都取好了，就叫中华路和民国路。”

“民国了，上海毕竟又有了新气象，好啊！”盛宣怀由衷地感叹说。

到了斜桥盛公馆，只见大门上正金银行的牌子已经摘去，被盛宣怀请来看护家园的日本人也已撤走。见老公馆确实无恙，盛宣怀心里的一块石头方才落了地。这时候五姨太柳氏、六姨太萧氏及提前回国的四子恩颐以及众多的子女和孙子辈们，一齐欢欢喜喜地迎出来，迎接老爷和庄夫人的归国。

盛宣怀回国后要办的第一件事，就是恢复汉冶萍的正常生产。此时的汉冶萍仍在停产状态，稍事休息了一天，盛宣怀便迫不及待地找来李维格等人，商量如何尽快复工。恢复生产的困难主要是两个：一个缺钱，一个缺人。因为汉冶萍已无资产抵押，外国银行都不肯贷款，启动经费罗掘俱穷，筹措无着。恢复生产要修复损毁的高炉和机器设备，其中很多零配件还要专门从国外订购，海运回来；被遣散的工人要召集回厂，回厂就要补发先前拖欠的薪资；外籍工程师都已回国，发电报召集他们回厂，途中也需要几个月时间；而洋工程师不回厂，高炉和机器设备的维修也无从进行。关于经费问题，冥思苦想了好半天，盛宣怀这才想起：民国政府还欠着汉冶萍的钱呢。原来中日合办汉冶萍谈判期间，南京临时政府曾向汉冶萍公司拆借过250万日元救急，后来这笔债务转交给了北京政府，现在该袁世凯来还这笔钱了。于是顾不得人家大总统会怎么不高兴，盛宣怀马上以董事会的名义，给北京政府发了一封电报讨债，恳切陈述汉冶萍公司目前的困境，希望政府施以援手，帮忙解困。盛宣怀又给亲家孙宝琦写信，希望他在大总统跟前美言，玉成此事。其实民国政府的财政此时也在焦头烂额中，不过袁世凯果然还算有气量，慷慨地拨出新发行的民国公债500万元给汉冶萍。汉冶萍以此为抵押，向正金银行借款，解决了恢复生产的经费问题。

关于人的问题，考虑到时间紧迫，盛宣怀并不主张坐等外籍工程师回厂，而力主启用自己的人。这天他在四川路三十三号的公司总事务所，召见了一位年轻的技术员。这位年轻人名叫吴键，字任之，江苏上海县人，光绪二十八年(1902年)由盛宣怀亲自选派，到英国设菲尔德大学冶金系学习，六年后学成归国，被聘为汉阳铁厂工程师。盛宣怀在仔细听取了吴键关于机炉设备维修以及恢复生产的设想后，认为他的想法很有见地，切实可行，于是当场拍板，任命他为工程的总负责人。后来汉阳铁厂的外籍人员纷纷回厂，吴键仍然担任总负责。他果然不负所望，出色地完成了恢复生产工作。吴键后来成为汉冶萍的高层领导和技术权威，曾先后出任过汉阳铁厂和大冶铁厂厂长，主持新建了大冶铁厂。

不久，闻听盛宣怀、庄夫人回国，富氏、许氏等几位老姨娘和盛宣怀四弟媳张氏以及海颐少奶奶等，纷纷又找上门来告状。原来自从庄夫人也逃到日本去后，苏州来沪讨账的亲戚女眷们自觉这讨无头债很无趣，加之当时刘光庆不知道因为什么事情得罪了上海督军府，遭到通缉，树倒猢狲散，女眷们闹腾了几天也就自己散去了。如今当面听了她们的哭诉，盛宣怀这才知道，事情远不像庄夫人到日本后给他讲的那样，都是亲戚们的不是。他只有好言抚慰，向长辈姨娘赔罪，并设法调动一部分资金，先期周济各房。盛宣怀心里明白，其实庄夫人的手里并非没有钱，她如此一毛不拔，是对亲戚们刻薄吝啬的性格使然。盛宣怀自然在私下里对庄夫人批评训责了一番。

把公私事情稍稍安顿妥当，盛宣怀便去南阳路十号"惜阴堂"，专程拜访了老朋友赵凤昌。赵凤昌此时因足疾已不能下楼，看到盛宣怀西服革履归来，自然高兴得很，拉着他的手，调笑道："削发易服明志，看杏翁这身打扮穿戴回国，便知杏翁已跟大清朝作了决裂。"

盛宣怀面有赧颜，讪笑道："大势所趋，只得与时俱进。"

"赵某可是望穿秋水，正盼着杏翁回来呢！"赵凤昌接着说，"你要再不回来，赵某人可等不及了。"

"竹君兄何有此言？"

"我现有足疾行动不便，既不能去公司视事，更不能为公司事必躬亲，当着这个挂名的董事会长，何以服众？"

"你本身是汉冶萍大股东，又是董事，有资格当选董事会长。"

"可我这心里难受呀！"赵凤昌苦笑了笑，"我是如何当上这个会长的，你我心知肚明。反正现在袁世凯当国，我跟他素无来往，也没必要再挂我这副烂招牌了。你回来了，我就解脱了——从现在起完璧归赵，这把交椅还给你了。"

"且慢，且慢。"盛宣怀连连摆手，"这个董事会长不是你说不当就不当了，按照公司章程，还得经过董事会选举和任免。"

"这好说，我马上向董事会递交辞呈。"

"可董事会估计一时半会开不了，恐怕还得请竹君兄权且委屈。"盛宣怀笑着说，"反正一年的时间都过去了，还在乎这几天吗？"

赵凤昌苦笑了一声，不吭声了。

盛宣怀又问："程雪楼那边的事进行得怎样了？"雪楼是江苏都督程德

全的字。

赵凤昌应道："财产发还已无问题，只是江苏缺饷，你是出了名的财神爷，外界风传你有五千多万两的家私，不指望你还指望谁？"

"嘿，竹君兄不瞒你说，我这是高山打鼓鸣（名）声在外，有名无实了。"盛宣怀一脸的苦笑，"哪里有五千多万两？充其量不过一千多万两。"

"报上可说得有鼻子有眼。"赵凤昌在案头上翻出一张《申报》，念了起来，"据三井洋行和日本媒体估计，盛氏财产达到惊人的四千多万元，其中汉阳铁厂 1227 万元，大冶铁矿 1130 万元，萍乡煤矿 1550 万元，轮船及码头 175 万元，这还不包括电报局、扬子机器厂、华盛纺织厂、中国通商银行等其他企业的股份。据估计，盛氏的实际财产总在五千万元以上。"

"虚言，虚言。"盛宣怀无奈地摇摇头，"那些数字不假，但汉冶萍里的很多股份，明里挂着我的名，实际上并不是我的钱，而是我们盛氏大家族其他各房的钱，外人如何晓得？——算了，还是说说程雪楼打算怎么样吧。"

"三十万两捐饷，程雪楼那里一点商量的余地都没有。我看你无论如何东拼西凑想想办法，不要因小失大。财产启封了才能慢慢恢复元气。"

"盛氏财产以房屋田产等不动产为多，现在都被查封了；现银则有限得很，一时候哪里拿得出那么多？不怕竹君兄笑话，我在日本的时候节衣缩食，连旅馆都不敢住，住在别人家里。这次流亡海外匆忙，来不及预先筹款，全部费用都是以我在京的寓所作为质押，向日本正金银行借贷的。"

赵凤昌问道："这其中也包括你两次汇来买书的那四万日元？"

"正是。"盛宣怀点点头。

原来盛宣怀正在出资创办上海图书馆。这还是他上次去日本参观神户图书馆时萌生的志愿。流亡海外后他还不忘这件事，节衣缩食挤出钱来寄回国，委托赵凤昌代为选购图书。

"我原来以为你手中富有余钱，不料却窘迫如此。敝人越发钦佩杏翁公而忘私、献身公益的精神了。"赵凤昌由衷地说。

"不敢不敢。"盛宣怀连连谦让，"大凡改朝换代之际，民间动乱，古籍最易流失。与其为书商巨室收购据为己有，不如赶紧买下来为国家保存一份元气，为天下士子创设一个可以公开阅览的图书馆。时机难得，不可错过，所以不顾家用，节衣缩食，先后拼凑了十万元钱，北方托陶兰泉，南方托竹君兄，代为选购图书。不求版本如何精良，但求世上罕见之书、有用之书，皆可收下。”

“现在请杏翁过目,我这是否是罕见之书、有用之书?”赵凤昌说着,拿出了他的一份购书清单,请盛宣怀过目。

“好书!好书!”盛宣怀一边看着清单,一边连声赞叹。

赵凤昌解释道:“实不相瞒,我因腿疾不能跑路,都是犬子尊岳先去初选书目,然后由我再最后圈选。杏翁能对此满意,我则死而无憾了。”

“得罪,得罪。”盛宣怀连声说,“我在海外,并不知竹君兄腿疾如此严重,叨扰了!叨扰了!”

从赵凤昌那里回来,盛宣怀听从了他的劝告,年前多方设法筹款,共筹措了现银十五万元、期票五万元,不足部分以股票抵押贷款,共计三十万元送交江苏都督府,请求发还盛氏公私产业。不久都督程德全下令:“准将该公民所有公私产业发还。”最后发还的实际只有不动产。单单苏常一地,各处典铺的现银损失就有十万两之多,已经无从追索了。

还有一件事也不能再耽搁了,那就是送四子恩颐赴英国留学,同行的有恩颐之妻孙用慧。当初选定孙宝琦这位精通英语的长女为盛家四房的媳妇,就是为了今天能够陪伴丈夫出国深造。同行的还有长房长孙盛毓常。他们叔侄俩一块出洋留学,既是为了眼下有个相互照应,也是为了将来盛恩颐接手汉冶萍公司后,身边能有个得力知己的帮手。全家人将他们送到邮轮码头,庄夫人对亲生的儿子、儿媳更是千叮咛万嘱咐,有说不完的话。三位少主人连带仆佣七八个人一齐登上了开往英国的邮轮,大家挥手,依依惜别。

1913 年 3 月 29 日,汉冶萍公司在上海假青年会召开特别股东大会,会上盛宣怀被选为总理,会后又被董事会选为会长,原会长赵凤昌,原经理李维格和叶景葵辞职,盛宣怀任命王勋和于焌年代理经理职务。这次股东大会不仅选出了公司新的领导层,而且还就汉冶萍“国有”问题进行了起立表决,结果到会股东全体起立,通过了汉冶萍国有的决议。

关于汉冶萍国有问题,曾经有过一段颇为曲折的经历。

“中日合办汉冶萍”案被股东大会彻底否决后,困境中的汉冶萍何去何从,就成了全体股东和新成立的北京政府绕不开的一个话题。此时的汉冶萍公司仍在停产之中,公司在整个辛亥军兴中蒙受的损失达三百多万元,除大冶铁矿因直接关系到日本八幡制铁所的生产，因而由日本人直接注入资金还在正常生产外，汉冶萍其他各厂矿基本都已停产，工人遣散回家，外籍工程师纷纷回国，机器设备损毁严重。此时的汉冶萍公司财务也已陷入绝境，营业收入的渠道几乎全部被堵塞，每月还需支付借款利息 20 多万元，原借外债已达 2400 余万两。汉冶萍巨额债务缠身、资不抵债，已到了岌岌可危的破产边缘。

最早提出汉冶萍国有主张的，是湖北都督、中华民国副总统黎元洪。他在 1912 年 3 月 26 日的《上大总统》一文中说：

> 盛氏信用久失，国内所谓之殷实股份毫无着落，外商合资复召危险，语其流弊，不可胜言，众议纷乘，亦无足怪。窃闻欧美各国煤铁事业，多归国有，即使民办，取缔亦严，国家命脉所关，断无许外人插足者。汉冶萍公司充其实力，足雄世界。……及今改良，或者外权不溢，国力可充。且一归国有，即可立时开办，三万工人均全生计，消弭隐患，莫此为尤，其利一；且停工日久，机器锈蚀，矿穴淹没，洋工程师日事闲散，坐縻薪费。若一经兴办，即不致再庚损失，其利二。……设开办之后，再筹得大宗借款二千五百万两，偿还零债之余，作为扩充之费，假以二十五年，所有债务皆可清偿，则公司发达，自可操诸左卷矣。

黎元洪甚至对汉冶萍国有提出了具体的设计方案。汉冶萍公司董事会也于这年的 8 月 12 日召开常会，就汉冶萍国有问题“投票公决”。最终经过投筒验票，同意国有的股东 86985 权，认为仍应坚持商办的股东只有 5179 权，赞成国有的股东占股东总数的 94.4%。公司董事会据此于 8 月 20 日呈文北洋政府大总统、国务院、工商部，并公举董事袁思亮、查账员杨廷栋、经理叶景葵三人作为股东代表，“进京陈请办理”。但他们在京受到了冷遇，无功而返。当时董事会提出汉冶萍国有的主要理由是当前复工困难，以及各省地方政府对该厂矿的觊觎之心：“……而鄂省议会忽有没收厂矿之议。虽承蒙大总统批示，详明力予保护，……近日赣省复有派员总理萍乡煤矿之举，置公司于不问，风声所播，众议哗然。”其中湖北省议会没收汉冶厂矿的行动，到这年的年底已开始着手进行，代表人物就是孙武。孙武曾是湖北共进会的头目，留学日本，通晓军事，武昌起义前夜在汉口租界试制炸弹不慎引发爆炸。因为重伤，孙武未能参加武昌起义。湖北军政府成立后出任军务部长。阳夏保卫战中他因对黄兴的战略部署和战术指挥提出异议，两人之间发生龃龉。南京临时政府成立后孙武奉命到南京参加组阁，但是黄兴连陆军次长的职务都没有给他，孙武一气之下与南京政府决裂，后来转而支持袁世凯的北洋政府，任袁世凯总统府的高等顾问。此时的孙武尚在武昌没有调任北京，不甘寂寞的他于1912年12月19日，在国内各大新闻纸上抛出致北洋政府大总统等的电文，迫不及待地提出没收汉冶厂矿的六条措施。具体电文如下：

北京大总统、国务院、国维报转各报，南昌李都督，长沙谭都督，黄克强先生，上海民声报转各报暨孙中山先生，汉冶萍公司钧鉴：汉冶萍厂矿经鄂省议会议决，由鄂收办，副总统、民政长因迭次照会委武督办，全鄂党会及工商实业各团、联合会责武担任斯职。窃武对国家社会，向持牺牲小己以利大群主义，此事不仅全鄂地方利害攸关，其所以牵动国权者甚重，……而公谊所在，应尽义务，不敢不勉。谨布鄙见，用资商榷：

一曰外债之清核。凡汉冶萍所借外债，如在未起义以前，实系厂矿借贷自用，确有凭证者，应继续承认偿还；其为盛宣怀私自借贷者，均由盛宣怀偿还。

一曰股本之处分。除盛宣怀外，所有华人商股，一律保护其应享固有之权利，唯与盛氏伙串舞弊者，不在其列。

一曰厂矿之办法。暂时悉仍旧整理，俟秩序恢复，再筹款集股，以谋扩充。

一曰人员之去留。凡厂矿办事人员，才能胜任者，悉留旧供职；唯浮滥不职及煽鼓风潮者，立予罢斥。

一曰地权之解决。厂地矿山既属地方公产，应明定权限范围及相当之利益，以息纷争。

一曰督办之责任。应维持厂矿不为盛氏一人所断送，收回地方应享公权，尊重确实商业，事理就绪，再为扩充，以谋进行。务求各除私心，共谋公益，前途希望，正自无穷。倘有甘为盛氏鹰犬，欺瞒政府，蹂躏地方，祸国殃民者，武既受政府委托，责任所在，对待正自有方。敢布区区！……

那时盛宣怀已从日本归来，捧读这样的电文，可以想象他是什么心情。董事会随即向北京政府大总统发电询问：“……顷接鄂省孙武电称，奉副总统及地方党会团体公举，受任督办。将汉冶萍收为地方公产，并办法六条等云。……究竟中央对于此事如何主持，国有商办问题能否即日解决，公司对于孙武来电应如何答复之处，尚乞迅示方针……” 两天后工商部回电：“……鄂督电举孙武,未经中央认可,自不能轻易交其接办。”盛宣怀的一颗心这才放了下来。在日本归来前后,盛宣怀就向董事会表明了态度,力挺汉冶萍国有。他在致李维格的信中说,“如此大事业,动辄须数省呵成一气,断非国有不办。股东下此十年苦工,不能无奢望。……让还国有,此上策也。”在同一封信中盛宣怀还表述了自己对汉冶萍的深切关注:“汉冶萍足以扰我心胸,如焚如捣,深悔半生心血如陆沉海。……无论国有商办,必须办之胜算。”按理说,盛宣怀当年为了汉冶萍公司的重组和商办,曾殚精竭虑,竭尽全力。如今刚刚商办了不过四五年,他为何就轻易改变主张,又转向国有化,欲回到从前的官办老路去呢?揣测盛宣怀的心路历程,这很可能是凭借他多年老道的眼光,已经看出汉冶萍很难再坚持下去了。这一方面是因为国事多舛,战乱频仍;另一方面中国商人目光如豆,商力微弱,汉冶萍债多股少,不借债难以维持发展,借债又成众矢之的;况且恶魔在侧,虎视眈眈,汉冶萍之前途荆棘丛生,不可预测。加之自己已人到古稀之年,体弱多病,难免会生出沉沉暮气,再带领汉冶萍走出困境,已明显心有余而力不足。这其中可能还有个更重要的原因:汉冶萍公司在前清的时候,是凭借盛宣怀位高权重的官力来维系的,而今他普通公民一个,公司与民国其他公司一视同仁,再也享受不到特别优惠了,因而前景会极端困难。正是在这种种的因素影响之下,盛宣怀审时度势,才萌生了知难而退的心理,从一己的私心出发,欲借汉冶萍国有拿回自己的巨额投资,然后回家养老,含饴弄孙,终此残生。这应该是比较切合一个古稀老人在当时的实际想法。

1913 年 3 月 28 日的这次股东会,股东们还对汉冶萍收归国有提出了自己的多项具体要求,其中最关键的一条就是:“政府果欲将汉冶萍收归国有,必须以现款给还商股本息。……”

这次股东大会后,董事会又派出了股东三人,以傅筱庵为首,再次前往北京游说民国政府,促成汉冶萍国有。上次三位代表进京后,北京政府商部曾质疑汉冶萍国有是否是多数股东的意愿,因而这次有针对性地派出了傅筱庵等三人。傅筱庵此时是汉冶萍股东联合会会长,另外两位是普通中小股东的代表。三个人于是启程出发,乘沪宁火车进京。但是真是不凑巧,到北京后他们才发现,他们这趟来得太不是时候了。

原来就在汉冶萍那次股东会之前的几天,1913 年 3 月 21 日 22 时 45

分，在上海火车站，国民党代理理事长宋教仁准备乘火车进京，参加第一届国会开幕大会。在检票口，突然一个人从背后向他走来，掏出手枪连开三枪，宋教仁倒在了血泊里，凶手从容离去。因为子弹携有剧毒，第二天凌晨宋教仁抢救无效，死于沪宁铁路医院。“宋教仁案”引发社会舆论大哗，成为那段时间社会关注度最高的热点事件。人们有理由、也怀有极大的兴趣想知道，事情背后的真相到底如何。不久，据称是“宋案”的主谋应桂馨抓到了。应桂馨曾是沪军都督陈其美的谍报科长，又当过孙中山的卫队队长。应桂馨也很快供出了凶手武士英。武士英是个失业军人，系原滇军七十四标四营管带，应桂馨以一千大洋雇武士英刺杀宋教仁。如此说来，这案子是国民党内部的派系斗争？但应桂馨随后又供出了幕后指使者为内务部秘书洪述祖。洪述祖在前清是台湾巡抚刘铭传的幕僚，民国后他以自己的干练和能力，成了内务总长兼代理国务总理赵秉钧的秘书。矛头于是又指向了北京政府，赵秉钧也难逃干系了。当然也有人认为袁世凯并非没有作案动机，宋教仁对袁世凯所构成的威胁不可小觑。旧官僚出身的袁世凯本质上并非真正的共和党人，是历史的潮流把他推上了共和总统的位置。袁世凯热衷于立宪，对于以政党为基础的共和体制根本就不懂，也不习惯，而且共和体制对总统权力的种种制约，本来已经让袁世凯很难受了；而宋教仁全身心致力于政党共和体制的建立，他以非凡的魄力组建了国民党，在国会中取得多数党地位，同时也获得了组阁权力。种种迹象表明，宋、袁两人之间水火不相容的斗争在未来将会愈演愈烈，袁世凯极有可能提前对宋教仁下手。除此以外还有人言之凿凿，认为“宋案”是某个日本组织策划的。总之，随着“宋案”调查的深入，其真相也愈来愈云遮雾罩，扑朔迷离。

傅筱庵他们就是在这种背景下来到北京的。

相对于惊天大案的“宋案”，汉冶萍国有简直不值一提。

申请汉冶萍国有的呈状递给大总统、国务总理以及财政部、工商部总长后，仿佛石沉大海，再也没有了消息。傅筱庵他们三个股东代表，下榻在汉冶萍公司的驻京办事处里，天天坐冷板凳无所事事，只能以推牌九来消磨时光。

“昨天晚上我做了个梦，”有一天三个人又坐在一起玩的时候，傅筱庵神秘兮兮地说，“你们猜我梦见了什么？”

“会长梦见了什么？”胡姓股东问。

“会长梦见了什么，我们怎么猜得着？请会长快说吧。”杨姓股东说。

“我梦见了大总统亲自接见咱们。”傅筱庵笑着，两眼放光，“大总统派来了一辆马车，由总统府秘书长梁士诒亲自带领，到办事处来接咱们。”

“马车？不会吧？”胡姓股东当即表示怀疑，“大总统还坐马车？他怎么也得派一辆高级小轿车来吧？”

“就是马车。”傅筱庵肯定地说，“你们知道那是什么马车吗？那可不是普通的马车，是慈禧老佛爷当年乘坐的金轮马车！整个马车装饰得金碧辉煌，在长安街上驶过的时候，有多少人驻足观望、顶礼膜拜啊！”

“快说吧，后来怎么样了？”杨姓股东等不及了。

“后来到了中南海，大总统在新华宫接见咱们。他说汉冶萍这些年发展很快，为国家办了好多事情，比如中国现有的铁路，大多是靠汉冶萍生产的铁轨修筑的；还说汉冶萍国有是件好事，早就应该这样了，大总统完全同意……”

“完了完了，”杨姓股东沮丧地说，“咱们这次来北京，没戏了。”

傅筱庵有些疑惑：“你怎么知道没戏了？”

杨姓股东回道：“我试了的，做梦都是相反的。”

“那也不一定。”胡姓股东说，“大总统接见我们怎么没有可能？听说在前清的时候，咱们董事长盛公跟大总统就是北洋同僚，而且盛公的资历比大总统还要老。就凭这点，大总统也该出来接见我们。会长，您说是不是？”

“当然。”傅筱庵说，“我听说，大总统是很念旧的人。”

正在说话间，外面忽然冲进来一伙警察，为首的头目问：“你们谁是汉冶萍的股东代表？”

傅筱庵应道：“我们都是。长官，出了什么事？”

警察头目亮出搜查证：“奉命搜查——把他们住的房间统统都搜一遍！”说着一挥手，警察们对三个人住的房间分头搜查起来。

在傅筱庵住的套间里好一阵翻箱倒柜后，警察们从洗手间一个隐秘的角落里搜出了一个油纸包包，打开，里面竟然是一把手枪。

警察头目问：“看看，什么型号的？”

一个小警察拎起手枪仔细看了看后说：“报告探长！果然是勃朗宁M1910。”

警察头目问傅筱庵：“这是什么？”

“我，我……”傅筱庵瞠目结舌，回答不出来。

“把三个人都带走！”

“长官，长官！”傅筱庵醒过神来，缠着警察说好话，“我们都是汉冶萍公司的股东代表，是体面人，受董事会委托进京公干。平日办事处的人来来往往，这房间里藏着什么东西，可不关我们的事啊！”

胡姓股东和杨姓股东也帮着说好话：

“是啊！我们这才刚刚住进来没几天呢。”

“长官明察，您可不能冤枉我们啊！”

“有你们说话的地方！”警察头目恶狠狠地一挥手。

原来警察局是在接到匿名举报后，才对汉冶萍驻京办事处展开突然搜查的。在警察局里几次过堂审讯，傅筱庵都拿出公司董事会的授权委托书，以证明自己的身份，但他就是无法说明房间里搜出的那支手枪的来历。根据“宋案”法医的解剖，从宋教仁身体里取出来的弹头，就是从这样一支勃朗宁M1910手枪发射的。这种型号的手枪刚刚进入中国，是比利时勃朗宁公司于1908年在M1900的基础上改进，并于1910年在比利时FN兵工厂正式生产的，因枪口前缘的环形套上有一圈滚花，故而在进入中国后被俗称为“花口撸子”。从宋教仁身上取出的弹头，上面人工凿了很多小凹槽，很显然这是为了便于在毒液里浸泡过后保留毒性。而从汉冶萍驻京办事处搜出的这把手枪，弹匣里残存的枪弹同样也是弹头上凿了凹槽，经过化验证实，也在相同的毒液里浸泡过。型号相同，凹槽相同，毒液相同，北京的警察有理由相信，这就是“宋案”的凶器。原来“宋案”凶手归案后，凶器却一直没有找到，武士英坚称慌乱中他将手枪丢弃了。如今凶器却突然出现在北京，并且跟几个从案发地上海来的人有扯不清道不明的关系。这样一来，傅筱庵他们就百口难辩了。

傅筱庵等三人呼天不应叫地不灵，以“宋案”嫌疑被投入监狱。这场飞来横祸让他们中止了北上公干，陷入牢狱之灾。

新闻纸上开始连篇累牍地出现了关于这件事的报道，以及种种富有想象力的揣测、联想和演义。甚至有一种说法，认为“宋案”的真正幕后主使者有可能是汉冶萍公司和日本人，因为南京临时政府期间，宋教仁就坚决反对中日合办汉冶萍，所以为了清除未来的障碍，汉冶萍和日本人联合雇凶将其杀害。但这一说法有个明显的不能自圆其说的漏洞：他们为何要将凶器带到北京来？

在上海的盛宣怀,第一时间获知这个消息后,震惊之余,他的本能判断便是:有人栽赃陷害!但栽赃陷害的人到底是谁,他为什么要给汉冶萍栽赃陷害,却又一时难以判定。后来随着时间的推移,盛宣怀心中的那个疑团也渐渐明朗了起来,他确信给汉冶萍栽赃的不是别人,正是日本人。

原来日本在汉冶萍国有的问题上一直持坚决反对的态度。从后来一些解密的文件看,日本人不喜欢“国有后以中国政府为对手,毕竟不便之处甚多……与其说担心此事对我无益,毋宁说更加讨厌,即不愿国有及其他中国政府增加干涉之倾向”。(日本外务大臣内田康哉致驻华公使伊集院的信函,1912 年 8 月 20 日)伊集院次日复电称:“如果认为中国官方采纳公司之请愿,其结果可能给我国之既得利益带来不利时,即提出抗议。”正金银行上海分行在致横滨总行的信函中更是赤裸裸地建议:“日本若有非国有之意,则可以在(汉冶萍)代表们赴京之时,制造种种难题,强烈破坏国有问题,似亦并非难事。”请注意,“制造难题”“强烈破坏”,一语道破日本人的卑劣手腕。盛宣怀在当时自然不可能见到日本高层秘密往来的函电,但他从小田切董事代表正金银行向北京政府声明反对汉冶萍国有,以及日本驻华公使伊集院向外务部所提交的抗议照会中敏锐地看出了端倪。显然,给汉冶萍进京的股东代表制造麻烦,让他们卷进一场社会高度关注的谋杀案,担上莫须有的嫌疑罪名,破坏或者阻滞汉冶萍国有的进程,这显然就是日本人险恶的用心所在。事实上他们也达到了一定的目的。据事后查到的事实表明,袁世凯在汉冶萍国有问题上虽然一直犹豫不决,但为了重塑自己的亲民形象,鼓励工商业,据说在大总统的工作日程上,已经有接见汉冶萍股东代表的安排,可见傅筱庵那个梦并非毫无根据。但出了“宋案”凶器这件事,袁世凯唯恐躲避不及,哪里还敢惹火上身主动去招惹麻烦?

盛宣怀眼下的当务之急,当然是尽快把傅筱庵他们从监狱里捞出来。他频繁给京中故旧写信、打电报,托人找关系、出面担保,还派了一个专门的工作班子前往京城。他亲自给亲家孙宝琦写信,请求他务必施以援手,澄清真相,因为此事对汉冶萍的声誉影响太坏。但无论怎么努力,因为事涉“宋案”,没有人敢为此承担责任,傅筱庵他们也就只能继续坐牢。一直到后来“宋案”的真正凶器在应桂馨的另一住处被搜查出来,傅筱庵他们的嫌疑才被解除,释放出来。此时距他们当初被抓进去,已经过去了三个多月。

1913年,对于袁世凯来说实在是一个关键之年。

1913年2月,光绪皇帝的遗孀、两年前在袁世凯的劝说下同意退位的隆裕皇太后出人意料地死了。她的死,引发了很多人对一个逝去朝代的怀念和唏嘘感叹。袁世凯臂缠黑纱,下令将已故皇太后的灵柩在紫禁城的大殿里面停厝三天,举国致哀,万民同吊。袁世凯的所作所为,再次勾起了人们的回忆,让人们记住了他在历史进程中所扮演的角色,所作出的巨大贡献。

3月,"宋教仁案"发生。北京政府的内务总长、代理国务总理赵秉钧成为第一嫌疑人,他受到的指责和怀疑最多,压力也最大。不久他称病辞职,住进了一家法国医院,随后便暴毙而亡。社会上流传着一种说法,说袁世凯在送给赵秉钧的新疆葡萄里注射了剧毒,从而杀死了赵秉钧灭口。但袁世凯在赵秉钧死后的沉痛态度,又使得很多人对这种说法半信半疑。

4月初,中华民国第一届国会正式开幕。不久,新成立的国会很快发现,袁世凯瞒着国会在操作一件大事——那就是以盐税作担保,与五国银行签订了一笔两千五百万英镑的善后借款合同,以确保财政困难的北京政府正常运转。善后大借款的消息传出之后,国民党人哗然。在他们看来,袁世凯的这一举动公然违背宪法,蔑视和挑衅国会权威,国民党人旗帜鲜明地表示反对;黄兴通电,公开反对袁世凯善后大借款;孙中山则向五国银行写信,要求拒发贷款。国民党参众两院的议员们,纷纷要求以蔑视国会罪弹劾袁世凯,并向银行和报界声明,借款未经国会同意无效。但五国银行不顾国民党的反对,很快向民国政府支付了两百万英镑的预付款。美、英、法、意、德等老牌西方列强,表达了对袁世凯政府的支持。5月5日,湖南都督谭延闿、江西都督李烈钧、安徽都督柏文蔚、广东都督胡汉民,联名反对袁世凯大借款。同一天,国会参众两院否决了袁世凯的借款议案。5月中旬,黄兴组织的地下组织"血光团"在京破获,暗杀袁世凯的计划败露。此时的袁世凯已经没有了退路,他意识到了政党对于共和体制的巨大作用,一方面将以立宪派人士为主的民主、共和、统一三党进行了合并,组成进步党,理事长为黎元洪,理事为梁启超、汤化龙、张謇、伍廷芳等,在国会与国民党抗衡,抱团支持袁世凯;另一方面是以中央名义,免去国民党控制的五省都督的职务。袁世凯的铁腕政策自然激起五省都督的反抗。7月,李烈钧宣布独立;黄兴在南京成立讨袁军;接着,安徽、广东、福建、湖南、四川等省先后宣布独立,国民党人宣称的“二次革命”正式爆发。

“二次革命”并没有赢得人民群众的广泛支持。当时的社会各阶层对于党派纷争没有兴趣,多年来的封建正统观念,更使得普通民众都支持袁世凯以及中华民国政府。所以尽管“二次革命”看起来轰轰烈烈、声势浩大,但很快被袁世凯平定。袁世凯凭借他的军事优势,在江西战场和江苏战场势如破竹,很快攻下了九江、南京等城市,大获全胜。轰动一时的讨袁军不及两月便土崩瓦解,孙中山、黄兴等人败走日本。此后,袁世凯乘着军事上的胜利,乘胜追击,开始对各地方势力进行“削藩”,解除地方都督的兵权,基本上实现了对南方的统一。同时他还在国会内部对国民党残存势力进行清洗,以同盟会议员与“二次革命”有联系为借口,逮捕、枪杀了四名同盟会议员。到后来他正式当选总统后,干脆签署总统令,以同盟会发动“二次革命”为由,下令解散同盟会,收缴同盟会议员证书、徽章,同盟会共四百三十八人被剥夺议员资格。两年多来的共和总统,让袁世凯处处感到了掣肘,憋屈无比,如今他终于可以一泄心头的愤懑,按照自己的意志行事了。他再一次体验到了强权政治给他带来的快感。“二次革命”也是袁世凯思想意识的一个重要转折点,他从之前在共和与立宪之间的犹豫不决,很快转向了铁腕与集权。在他看来,这种以欧美为师的民主共和政体,明显不适合中国的国情,除了徒增无谓的争吵、分裂甚至可能带来内战外,不会给国家带来任何好处。袁世凯决意重拾权威,建立强权,以保证国家的正常运转。

没有了党派的纷争、掣肘和干扰,从这一年的下半年开始,袁世凯终于可以腾出手来,抓经济建设了。

搞洋务新政,袁世凯是一把好手,也是一把熟手。他基本上沿袭清末新政的老路子,为建立和繁荣自由市场经济,先后推出了经济法规一百多部。比如为鼓励制造业和加工业等民营公司,推出了《公司保息条例》,由政府出资建立保息制度。所谓保息,就是由国家出钱建立保息基金,在公司创办初期投资金额达到国家规定的基数后,即由国家承担利息。该制度规定,从公司投资第一年开始,即可获得四至六厘股息补贴;第六年起,按保息金总额的二十四分之一分年摊还。政府还在整顿金融秩序、深化金融改革、整顿和健全财政税收制度上做了很多工作,比如收回各地乱发的纸币,统一铸造了银币(袁大头),奠定了统一币制的基础;比如制定了银行和证券交易法规,各种证券和期货交易所开始在各地涌现;降低税收,简化开办厂矿的手续等。袁世凯还制定了一系列经济法规，完善了市场机制，诸如《公司条例》《公司注册暂行章程》《奖励工艺暂行章程》《商人通例》等。这些政策实施一段时间后，很快便获得了成效，很多大公司、大工厂应运而生，社会上兴起了一股创办实业的热潮，民族工商业发展迅速，速度超过了以往任何时期。据统计，到政府注册的工业公司，1912 年为 14 家，1913 年为 25 家，1914 年增加到 89 家，1915 年则增加到了 102 家。因为当时的注册制度尚不健全，当时工业公司的实际数目当远远不止这些。也是在 1913 年，袁世凯签发了《保护华侨投资实业之通令》，给予华侨回国投资许多优惠政策，大大刺激了华侨回国投资的热情。1913 年至 1919 年间，仅华侨回国投资企业就达 1042 家，后来民国的一批知名企业，如无锡的荣氏兄弟、南通张謇所创办的纺织工业等，都是在这个时候创办并奠定基础的。有统计数字表明，第一次世界大战前，中国民族工商业发展较快，战后发展速度更快。工商业的发展带来了财政税收的大幅增加。从 1912 年到 1913 年，因为各省各自为政，不向中央上缴财政收入，民国政府中央财政两年的收入只有 260 万元。而经过短短的两年时间，到了 1914 年和 1915 年，袁世凯政府竟然很快就实现了财政的收支平衡，并且略有盈余，“约计每年可余两千万”。这不能不说是北洋政府创造的一个经济奇迹。

在倡导自由经济、鼓励工商业发展的经济大环境中，汉冶萍此时要求国有，确实是与大气候显得有些不合时宜。

实际上北京政府对汉冶萍国有问题一直没有明确表态。

还在董事会第一次派人进京，呈文大总统、国务院、工商部后，工商部即做出了批示：“振兴实业，煤铁为先；该公司造端宏大，国计攸关，功败垂成，至为可惜，无论国有商办，本部力予维持。现已派员分途调查，仰候查明后再行核办可也。”工商部派员调查了一段时间后认为：“……汉冶萍地连数省，易启纷争，债多股少，运掉不灵，事大人众，督察不易，员司丛弊，整饬无方，外债纠葛，关系主权。请发布命令，收归国有。……”

工商部是力主汉冶萍国有的，但它的理由却是汉冶萍内部积存的问题太大太多，是个烂摊子，而非黎元洪所极力主张的“欧美各国煤铁事业多归国有，……国家命脉所关，断无许外人插足者”。以工商部的理由收归国有，那是由国家来收拾烂摊子；而以黎氏的理由收归国有，那是国家应尽的责任义务。国家愿意背这个沉重的包袱吗？但不管哪种理由，我们都没有看到大总统本人的亲笔批示。也许作为全国第一家跨地区、跨行业的股份制钢铁煤大型联合集团公司，亚洲数一数二的钢铁托拉斯，它的任何一点微小的改变都足以引起世人和全社会舆论的关注，因而北京政府才不得不对它特别谨慎小心？

总之，工商部的呈文报上去后，从此没有了下文。

汉冶萍董事会在1913年1月9日，在呈报北京政府大总统、国务院、工商部的电文中催促说："自代表递呈以来，已阅五月，国有商办，迄尚未定。股东惶恐万分，危难纷乘，办事异常棘手。……宜速宣布。"北京政府不仅没有正面回应公司董事会的要求，反而对汉冶萍公司董事会严加训斥。1月23日工商部针对汉冶萍上述电文发出指令称："本部筹议国有，不过欲为国家复垂败之业。即使早日宣布，该董事、经理等岂能遽置不问？仰仍督率厂矿各员维持现状。"1月27日工商部又发出指令："公司呈请国有，关系既巨，决策自难，仰仍静候。"

于是公司董事会就在这"静候"中虚掷了很多时光。不过在1913年的年初乃至整个上半年，人们还看不出来北京政府未来的经济规划，袁世凯的很多经济构想，因为政治上的纷争和掣肘，都还只能在腹中酝酿。一直要到这年的接近年底，袁世凯排除政治上的羁绊后，随着一系列经济法规的出台，他的经济蓝图才逐渐显出轮廓。有人便从中看出了汉冶萍的未来之路。

这个人便是因病已经辞去经理职务的李维格。

"汉冶萍国有看来是不可能了。"有一天，在和盛宣怀的谈话中，李维格很肯定地说，"恐怕要丢弃幻想，准备继续商办了。"

"你凭什么这样说？"盛宣怀问。他一直在这件事上充满着信心，也一直在努力，通过袁世凯身边的人如孙宝琦等，不断向大总统进言。不久前他还接到了孙宝琦的来信，对汉冶萍国有持非常乐观的态度。

"我最近研究了北京政府发布的所有经济政策和法规，都是鼓励商人投资，激励商办公司的。这表明政府发展经济的主导方向，是倡导自由经济，而非国家垄断经济。在这样的经济大环境中，袁世凯不会将汉冶萍这样具有表率意义的大型商办公司收归国有。此乃其一。"

"……嗯，你接着说。"盛宣怀毫不惊讶地望着李维格。李维格素来以爱动脑、喜琢磨、有见识而为盛宣怀所器重。

“其二，北洋政府现在面临着空前的财政危机。去年董事会推举我作为代表进京去呈文，会见财政部次长向叔予时他还说，由于地方上的赋税各自为政不向中央缴纳，中央财政一年的收入不及百万，不借债根本无法维持政府的正常运转，袁世凯瞒着国会搞善后大借款就是这个原因。”稍稍停顿了一下，李维格接着说，“我概算了一下，汉冶萍虽然整体上债多股少，但要收购商股，最少需要一千万两，政府目前是拿不出这笔钱的。”

“恐怕最难的也是这点。”盛宣怀叹息说，“政府如果不拿出真金白银来收购，股东们又都不放心，不肯干。”

“这些还都是内政之难。第三点外交之难，那就是跟日本的关系不好处理。”李维格表情有些凝重，“谁都知道，日本人对汉冶萍早存觊觎之心，汉冶萍国有日本人不喜欢，袁世凯也不喜欢。明摆着的，汉冶萍商办，压力是在民间，在别人身上；汉冶萍一旦国有，这种压力就转移到了政府，转移到了他袁世凯身上。多一事不如少一事，自找麻烦，他袁世凯傻啊？”

“一琴所言极是。”盛宣怀沉吟着，“依你看，现在怎么办？”

“不能再坐等国有徒耗光阴了。请立即召开董事会常会，言明当前国有化之困境，就汉冶萍未来去向作出决议。”

“我赞成。实在不行，咱们就喇叭调头吹吧。”盛宣怀说。

李维格的分析可能是切中肯綮的。在汉冶萍国有问题上，袁世凯始终没有明确表态，不置可否。他的这种不表态可能本身就表明了他的态度。但这并不表明袁世凯对汉冶萍不支持，恰恰相反，他尽自己的职权所能，给予了汉冶萍最大的呵护、优惠和关照。下拨500万元公债基金帮助汉冶萍恢复生产就是一例。除此之外，民国元年(公元1912年)六月，汉冶萍公司向民国政府呈请，永远免除所产钢铁煤焦出口、转口一切关税厘金及内销捐，财政部批示展缓五年。汉冶萍恢复正常生产后，盛宣怀向袁世凯一共提出了12项有关公司生产经营上的特权，这些要求是：(1)继续开采阳新锰矿；(2)照旧案定萍乡矿界；(3)大冶官矿归汉冶萍开采；(4)汉阳铁厂大别山穿洞通车；(5)由政府颁定全国铁轨式样；(6)由政府通令全国铁路购用汉阳铁厂钢轨；(7)株萍铁路从速添车修桥；(8)公司厂矿运料轮驳，免纳船钞；(9)核减株萍铁路运费；(10)免缴大冶铁矿自治捐；(11)发还各铁路结欠轨价；(12)发还政府租用煤价款。这些要求或者直接通过袁世凯，或者通过孙宝琦的努力活动，大都获得了实现。袁世凯对汉冶萍的关照盛宣怀心照不宣，他对此当然感激不尽。两个人的关系自辛亥以后进入了一个微妙时期，由先前政坛上的此消彼长、剑拔弩张的对抗，转而面对一个尴尬的局面：一方面是位高权重、如日中天的袁世凯；另一方面则是落魄失势、日暮途穷的盛宣怀，双方已不再是对等的对手。此时的袁世凯，更多地表现出来的是对盛宣怀的宽容、让步和关照。很难分得清这是因人还是因事，或许这两方面的因素都有。但袁世凯办事的原则性却可略见一斑：他决不会因为个人的恩怨而影响他对事情的准确判断。诚如当年他料定若干年后汉冶萍离不开盛宣怀，因而在辛亥大逃亡中放了盛宣怀一马一样。岁月正在这对多年的冤家对头之间，逐渐地填平那些旧隙。

1913 年 5 月 20 日，汉冶萍公司假上海青年会召开股东常会，到会股东 917 人，盛宣怀任主席。会上一致通过了股东汪幼安、孙铁舟、章佩乙提出的议案："取消国有，主张完全商办。"接着常会研究讨论的重大问题是筹借款项，确定汉冶萍未来之发展方向："现定办法，汉厂全行炼钢，大冶另设铁炉。筹借轻息大宗款项，圆活金融机关。……"

股东孙铁舟起言："此事重大，宜用投票法表决。"

主席（盛宣怀）答："因时间短促，议件甚多，请仍用起立法表决。"

股东汪幼安起言："借款问题可用起立法表决，唯将来借款订立条件时，须预开大会，逐条审查，再用投票表决。"

主席（盛宣怀）："借款问题现用起立法表决。"

全体股东一致起立通过。

常会后董事会议定，与横滨正金银行及日本制铁所订立 1500 万日元借款合同，并授予会长盛宣怀签押之权。借款分甲、乙两合同，甲合同借款 900 万日元，是辛亥年 1200 万日元借款中尚未来得及支付的部分，其作用："充大冶添设新炉二座及改良汉厂、萍冶二矿之用"；乙合同 600 万日元为善后借款，用于偿还短期重利旧债。董事会委派公司驻日商务代表高木陆郎赴日接洽，授权高木代表汉冶萍公司与日方商谈借款事宜。

在大冶设炉炼铁，那是盛宣怀多年未遂的一个夙愿。

光绪元年（1875 年）年初，受直隶总督兼北洋大臣李鸿章委派，轮船招商局会办盛宣怀奉命前往湖北勘查煤铁，办理矿务。当时轮船招商局刚刚创办不久，此举专为内河和外洋航线轮船解决燃料自给问题，因此湖北的勘矿、采矿均以煤为首要宗旨。那一年盛宣怀刚过而立之年，英姿勃发、踌躇满志，带领洋矿师和一干随从，前往鄂东广济县（今武穴市）、兴国州（今阳新县）一带勘矿。他们在广济县的阳城山、盘塘山勘得煤苗，遂正式设立煤局，准备采用西式方法大规模开采。但由于所雇请的洋矿师马立师是骗子，根本不懂采矿，遂不得不中途另择洋匠。直到两年后的光绪三年（1877年）年初，才与英国人郭师敦正式签署聘用合同。郭师敦又对广济县和兴国州所有的煤窿进行了全面的复勘，得出的结论是："上述各矿煤无佳质，层不整齐，既不合汽炉熔铁等用，又无阔大矿形以供采择。机器开挖，均毋庸议。"鄂东勘煤自此失败。那是盛宣怀实业人生的第一次重大挫折，他不仅挨了朝廷和李鸿章的训斥，而且还承受了经济上的惩罚：整个探矿期间官款本利二十万串钱的损失，朝廷饬令由他个人承担赔偿。盛宣怀不得不变卖祖籍房屋田产偿还。但这次失败也有一个意外的收获，那就是发现了大冶铁矿。原来郭师敦在复查煤矿的时候发现了兴国州的锰铁矿，后来沿着矿脉一路追寻到了大冶铁山，优质的露天铁矿石和巨大的蕴藏量让这位英国人惊呆了。李鸿章原来的打算是鄂东勘煤失败后，把盛宣怀他们这批人调回直隶，协同创办开平煤矿。但盛宣怀着迷于大冶铁矿，向李鸿章反复申明愿意继续留在鄂东，弃煤勘铁。李鸿章为其热情所动，同意了他的要求。结果盛宣怀带领探矿人员，前后又花了差不多两年的时间，对大冶铁矿所有的铁山进行了勘查、绘图，摸清了铁矿石的含量、贮量以及每座铁山的地形、地貌，并会同大冶县地方政府，用直隶官本从老百姓手里购买了铁山产权。接着盛宣怀建议李鸿章在大冶黄石港江边择地建炉炼铁，李鸿章批准了盛宣怀的计划。就在盛宣怀准备放开手脚大干一场的时候，因为直隶实在拿不出设厂安炉的官本，李鸿章虽批准招股商办，但因经费实在难以筹措，第一次办铁的计划不得不搁置流产了。

这一搁置就搁置了十年。光绪十五年（1889年）张之洞受命督办芦汉铁路，从广州移督武昌，他的一个宏大计划就是不向外洋订购铁轨，自己设厂炼铁轧轨。盛宣怀实现梦想的机会再次来到了。但是与张之洞在上海晤谈的结果是，两人之间有很多根本性的分歧。比如设厂安炉的地址，盛宣怀主张在大冶县江边的黄石港，靠近煤铁产地，降低成本；但张之洞却执意要把铁厂建在省城，建在他湖广总督衙门附近。再比如铁厂的体制，盛宣怀主张官督商办，但张之洞力主完全官办。两个人谈不拢，自然也就没有再合作的可能。其实盛宣怀的心里也明白,张之洞这是戒备李鸿章插手湖北铁政,所以并不想让盛宣怀掺和进来。一直到又过了几年,甲午战后巨额的战争赔款和清廷国库的空虚,官办汉阳铁厂难以为继,张之洞这才不得不想方设法,让盛宣怀出面接手了这个烫手的洋芋,改官办为官督商办。但奇怪的是,在大冶设炉炼铁的念头,这些年来竟一直萦绕在盛宣怀的脑海,挥之不去。莫非那是他年轻时的一个梦想,只因倾注了他青年时代的全部热情、向往,寄托了他对人生事业的憧憬?如今在大冶建设新厂安炉炼铁,竟成了挽救汉冶萍的一剂良方。当他在股东常会上重又提出这个设想时,全体股东以起立方式通过了他的提议。当年的那个梦想终于可以付诸实施了,而距当初他提出那个设想已过去了差不多四十年。自己此时已然是一个七旬老翁,花了一生的努力去实现那个年轻时的梦想。后来盛宣怀在致亲家兼国务总理孙宝琦的信中说到了那个梦想:"……一息尚存,若能赶成化铁炉八座,每日出钢铁两千吨,不特(汉冶萍)转败为胜,且可为输出熟货一大宗,则死无余憾矣!"所以股东常会通过他提议的那天,盛宣怀的激动兴奋难以言表,竟至夜不能寐,辗转反侧,四十年前在鄂东探矿的场景,一幕幕地出现在眼前……

借款谈判的进展基本顺利。日本的钢铁工业正处在大发展时期,需要扩大从中国进口钢铁生产原料,因此尽管日本不是资金富余国家,但日本的内阁会议还是于1913年(日本大正二年)10月14日,批准了正金银行向汉冶萍借款的计划,只是在借款期限、利息、还款计划、抵押等通行条款外,又增加了一条:"日本政府推荐日本人为采矿技术顾问(一名)及会计顾问(一名),由公司聘请,以监督公司事业及会计事务。"此后双方又在合同的细节上进行了反复磋商。最后双方争论的焦点集中在合同文本应用何种文字的问题。这本来应该不是个问题,过去跟日方的多次借款谈判以及国际惯例,合同应同时使用中、日两种文字。唯独这次日方利用汉冶萍公司急于借款的心理,蛮横地想把中文本合同降为日文本合同的翻译附件,不作为双方签字的正式文本。担心日方在日文合同中设置语言陷阱,也出于民族的尊严,日方的这一意图遭到了盛宣怀的坚决抵制,他认为,"以前历次借款谈判,均系使用日中两种文字……此次则仅限用日文,殊难承认。"在盛宣怀的坚持下,日本人不得不做出了让步。

汉冶萍大借款的消息传出后,北洋政府高度关注此事,派员赴上海调查,想阻止这次借款。盛宣怀和日本人怕民国政府下达干涉借款的命令,加快了借款合同签字的步骤。同年11月30日,盛宣怀匆匆召开董事会,完成了借款的程序,并于12月2日以董事会的名义报日本制铁所及横滨正金银行。12月3日在日本驻沪总领馆,盛宣怀与日本制铁所长官、男爵中村雄次郎的代理人藤濑政次郎,横滨正金银行头取(总经理)井上准之助的代理人、横滨正金银行上海支店副支配人(副经理)永津弥吉正式签署了甲、乙两合同。其要点如下:

合同(甲),借款900万,扩充厂矿,自本年起至四十年止,逐年偿还,由第一年至第六年为止,年利7厘;第七年以后年利6厘,皆付现款,以现有财产及因此次借款发生之将来之附属财产作抵押,并将所有财产开列清单,交付日本保管。自本年至民国四十二年止,以头等矿石1500万吨、生铁800万吨供给日本,作为偿还本金之用。将来即使能以现款还债,此合同仍继续有效。

合同(乙),借款600万元偿还旧债,其他要点与合同(甲)相同。

随后,公司还与大岛道太郎签订了《最高顾问工程师合同》及《职务规程》。《职务规程》规定:公司与一切营作改良修理工程的筹计及购办机器等事,应先与最高顾问工程师协议后实行;对于日常工程事宜,顾问工程师可随时提出意见,关照一切;最高顾问工程师为执行其职务起见,随时可调查公司工程进行及其他事业的情形,并得要求关于此类事件为须要之计表,或可发为质问;公司每年应兴事业的计划,应先与最高顾问工程师协议后作决定。同日,公司还与池田幸茂签订了《会计顾问合同》及《职务规程》。该《职务规程》规定:公司所有收入支出之事,应与会计顾问协议后实行;会计顾问随时可以查看公司所有财产、文件、证券及营业报告,并要求关于此类事项以为须要之计表,或可发为质问;公司关于其新起之借款、偿还债务或更改现有债务之条件,不论巨细,应先与会计顾问协议。

这两个顾问合同一签,汉冶萍公司高层的管理权就受制于日本人了。

1914年新年伊始,农商部总长张謇向汉冶萍公司发出指令:公司借款合同要先呈部核准,方准签字,否则无效。国民政府派驻上海调查的大员向盛宣怀表示,政府不愿意汉冶萍公司向日本举借新债,今后可向日本以外的欧美国家借入;并告诉盛宣怀,上述意见乃大总统本人表示。这显然是袁世凯的好心,他不愿意汉冶萍在日债的泥沼中越陷越深。但此时盛宣怀的心里对袁世凯有了情绪：申请国有你不批，现在人家要借钱自己发展，你又出来干涉了，他对国民政府派来的调查员不满地说："请转告大总统，此次向日本借款交涉，全由我自身担当！……此次交涉借款中九百万元，实系履行旧约，乃前年北京交涉之一千二百万中借款，当时清政府已有存案，日本亦曾以此事通过内阁会议来完成此一合同签字手续。"意思是说，这 900 万并非是新债，而是前朝旧债。另外的那 600 万元，"系借轻息还重息，借长期还短期，于公司债额并无出入"。至于为何只向日本借债而不愿向欧美借债，盛宣怀给大总统写了个禀牍，托国府调查员转呈，内中解释说："……且从欧美借款，到底不如向日本借款有较多有利条件，即向欧美借款时完全系一种借贷关系，贷主每多注意于更多的利益，利息也高，借款(提取佣金后)实收九八或九五，最近甚至还只八九和八五左右，且尚有技师会计之监督，以及机械和其他材料之买入与制品代售等均非经贷主之手不可等苛刻条件。然日本不同，只要矿石及生铁供给条件相宜就可。事实上日本若得不到此等物品，它也就非由外国输入高价而且多额之钢不可。然就矿石和生铁贩卖这点而论，乃公司利益，此只不过黑铁同黄金交换而已。日本对公司借款，无一次有九五扣或九十扣之事，借款全部得到。"盛宣怀的意思很明白：向日本借款并非是出于我的私心，因为向日本借款没有佣金回扣；若论个人利益，我肯定愿意向欧美借款，我这完全是为公司利益考虑。

针对农商总长张謇的指令，汉冶萍公司董事会复民国政府农商部文解释说："因汉冶萍奏明纯属商办性质，历来合同借票皆系公司签字，商借商还，故所订合同部未过问，公司亦未报部。……且合同已正式签字，借款已如数交收。"但农商部随即发回批文说："矿山抵借外债，本部不能视为有效，应即暂缓实行，静候本部会商财政部酌定办法，再行饬遵。"日方获知北洋政府对汉冶萍大借款横加干预后，立即介入。1914 年 2 月 21 日，日本新任驻华公使山座圆次向北洋政府代总理兼外交总长孙宝琦递交所谓"警告书"，斥责中方"关于正金银行前与汉冶萍公司所订借款合同，妄加不适当之评论"。日本外务大臣牧野发出密电，指示驻华公使山座向中国当局施压，"提出警告，不得轻举妄动，以免累及邦交。"在日方的高压下，北京政府软了下来，此后亦不再干涉汉冶萍公司的借款。张謇后来的辞职，据说就是与这次事件有关。

第十六章 西塞山前白鹭飞

光绪初年的某一天，在鄂东沿江崎岖的山道上，逶逶迤迤地走来了一干人马。前呼后拥的马弁、随从簇拥着三位骑马人：前边两位是官员，为首的看上去约莫三十出头，白净富态，天地圆润饱满，官服上缀一块文四品的云雁补服；身边跟他并辔而行的年龄稍长者，补服上则绣的是文七品的鸂鶒图案。稍后的那位则是一位深目隆准的洋人。时令正值五月端午，江南的日头已经颇有些毒辣了，烈日下跋涉的人们身上汗涔涔的。因为没有使用官府出行仪仗，所以行人也无须回避。大道上来来往往的一对对青年男女，他们手中拿着各式各样的扇子在招摇，有蒲扇、折扇、纱扇、绢扇、鹅毛扇等，应有尽有。

"林大人，"云雁补服的官员一边擦着汗，一边回头奇怪地问，"那些年轻人为何手里都拿着各式各样的扇子，有的甚至十几把？"

"盛大人莫非想讨要一二把方便？"穿着鸂鶒补服、被称为林大人的官员笑着问，他是大冶县令林佐，"敝县习俗，端午节未婚青年男子都要给女方家送扇子，所以端午节在大冶县又叫'扇节'。女方的姐妹姑嫂妯娌多，自然送的扇子就多。女婿送给丈母娘家的节礼，怎好讨要？"

"原来如此。"云雁补服的官员嘻嘻笑了，用马鞭指着前面不远处的一道山岭，"你说把前面那道山梁翻过去，就到袁家湖了？"

"正是！那道山岭名叫快活岭。盛大人，"林佐用一口标准的直隶官话回答，他是直隶顺天府大兴县人，"天气实在太热了，要不先找个阴凉地方，小憩片刻？"

“不用了，一鼓作气，登上快活岭！”被称作盛大人的官员意气风发地说。他是直隶候补道、湖北开采煤铁总局提调盛宣怀。

盛宣怀挥鞭一夹马肚子，策马狂奔上了山岭。等后面徒步的人追赶上来也登上了快活岭，一个个早已累得气喘吁吁。

站在快活岭上放眼望去，果然是一片好风景！眼前大江浩浩东去，不远处有一座峻峭的石山突兀江面，横空出世，扼锁住了江流。滔滔的江水被突然阻遏，奔腾咆哮，卷起千堆雪，隔着很远就能听到那如雷鸣般的浪涛声。右手的黄荆山麓，则仿佛一幅宁静的山水画：一片开阔平坦的地形，湖塘沼泽，沃野田畴，竹篱茅舍、粉墙黛瓦的村落点缀其中。

“不用说，那就是西塞山了？”盛宣怀遥指横亘江面的石山，问林佐。

“不错。”林佐回答，“它是三国时吴国最西边的要塞，故此得名。此地地形险要，又正好处于楚头吴尾，历来为兵家必争之地。唐时刘禹锡有一首《西塞山怀古》，脍炙人口，千年传唱：‘王濬楼船下益州，金陵王气黯然收。千寻铁锁沉江底，一片降幡出石头。人世几回伤往事，山形依旧枕寒流。今逢四海为家日，故垒萧萧芦荻秋。’”

“我记得还有一首关于西塞山的诗，家喻户晓，妇孺皆知，却是唐人张志和的《渔歌子》。”盛宣怀摇头晃脑地念了起来，“西塞山前白鹭飞，桃花流水鳜鱼肥。青箬笠，绿蓑衣，斜风细雨不须归。”

“《渔歌子》读起来更朗朗上口，所以幼童发蒙读千家诗都要读它。”林佐说，“敝县有一道名闻遐迩的名菜‘桃花鳜鱼’，就来源于张志和的这首《渔歌子》。西塞山上有桃花寺，桃花寺旁有桃花洞，每年桃花盛开的季节，用刚刚采摘下来的新鲜桃花瓣，清蒸西塞山下磁湖出产的鳜鱼，鲜美无比。只可惜现在时令不济，过了花期，倘若盛大人早两个月来，敝县一定让盛大人尝尝这道美味。”

“不晚不晚，何谈时令不济？”盛宣怀嬉笑着，“铁厂倘若勘定在西塞山下，今后不有的是机会吗？林大人说话算数，盛某可等着大快朵颐啊！”

“一定，一定，决不食言。”林佐也笑着。

“其实十几年前我就见识过西塞山了。”盛宣怀感慨地说，“那时家父在湖北粮道任上，我随侍武昌，每年都要往返于湖北和下江之间。每次坐船经过西塞山，我都被他的突兀和雄奇震惊，遥想联翩。想不到十几年后我竟亲临其地，并且还有可能要在这西塞山下做一篇惊世骇俗的文章。”

“而且是前无古人的大手笔!”林佐马上附和恭维,“当然首先是中堂李大人的胆识超前绝后。他批准在大冶用西式方法设炉炼铁,首开先河,此举可谓敢为天下先啊!”

“前无古人倒是言之凿凿。”盛宣怀颇有点自负,“大冶设炉炼铁国内首创,中堂大人谕令只能成不能败,所以选择厂地尤为关键。你看此地地形开阔、地形平展,水运便利,正好可以选作厂基。”

“我们脚下的这块地方名叫袁家湖。它上窄下宽,石灰窑这头窄,越往下游西塞山去地形越开阔,当地人称之为喇叭口或者葫芦地。我们脚下的快活岭趴在上游形似一只老鼠,所以当地人又有老鼠拖葫芦之说。”

盛宣怀问道:“这说法有何讲究?”

“当然是大吉。当地民谚有‘老鼠拖葫芦——大头在后’之说,意思是说大发达还在后头。”

“吉言!吉言!真乃吉地也!”盛宣怀闻言大喜,“大冶沿江一带我们都已跑遍,黄石港东首龙王庙虽有厂地可勉强安炉,然毕竟水运不便。唯独此地濒江靠山,尚适合建厂安炉。——不过,还是先听听洋人怎么说吧。”盛宣怀,吩咐随从,“去那边把郭先生请过来。”

所谓“郭先生”,就是英国矿师郭师敦,他正在一旁用单筒望远镜四处观望,听见主人召唤,便走了过来。

盛宣怀通过随员通事(翻译)问郭师敦:“郭先生认为此地如何?”

郭师敦回道:“这是一块东西向的沿江狭长地块,我刚才目测了一下,东西长约2英里,南北最宽处不及1英里,而且西窄东宽,越往下游去越宽。就整个目测的面积估算,摆下一座现代的钢铁厂估计不成问题。下一步就是实地测量和绘图,而且能不能在此地建厂,还有一个决定的制约因素。”

“什么因素?”盛宣怀问。

“那就是江边的水深。”郭师敦回答,“它关系到将来能否建成码头港口,能否停靠货轮。根据已经勘测的情况看,长江中游沿岸多以沙岸为主,岩岸太少,所以还必须对江岸水文、地质情况进行实地测量。”

“行,就地扎营吧。”盛宣怀问林佐,“此地可有旅馆、客栈?”

林佐笑道:“此处乡村,又非通衢,哪来的旅馆客栈?上游黄石港倒是有两三处,无奈相距十多里地,每天往返奔波,徒费工夫。不如就在此地村庄投宿，下官可让地方堡长绅士安排，盛大人以为如何？”

“如此甚好。林大人是此地父母，客随主便，入乡随俗。”

盛宣怀说罢，一行人下得岭来，走不多远就迎面撞上了一支迎神赛会的队伍。十六个青壮后生抬着一只巨大的纸扎龙舟，龙舟上五颜六色的宫阙楼宇亭榭层层叠叠，足有一丈多高；龙舟后跟着潮水般的人群，敲锣打鼓、鞭炮喧天，唢呐、玉莲环吹吹打打，一排排湖铳朝天鸣放，热闹非凡。

“乡村闹社火通常都在岁尾年头农闲时节，此处怎么在五月？”等迎神赛会的队伍走过去了，盛宣怀问林佐。

“这是敝县东北乡习俗，祭奠屈原的西塞神舟会，当然在五月举行。从每年的四月初八开始，到五月十八神舟下水止，前后要历时四十天。”

林县令如数家珍地介绍起了神舟会。原来西塞神舟会是纪念屈子、祈福祛灾的民间盛会。它与别的地方不同，整个长江流域祭奠屈原的活动，短的一两天，长的三五天便结束了，西塞神舟会从每年四月初八佛祖诞生之日开始，举行龙舟开工仪式，在西塞山上的神舟宫开始扎制神舟，到五月初五端午节子时由道长为神舟开光，然后开始出宫巡游、祭祀，同时还要唱大戏，一直到五月十八日恭送神舟下水，沿江漂流而去方算结束，前后共历时四十天。据说不独在长江流域，便是在全国，如此大规模和如此长时间的民间祭奠屈原的活动，唯独只此一处，所以西塞神舟会久负盛名。每年的神舟巡游都从下游道士洑开始，一直到上游的石灰窑、黄石港，十好几里的地盘内每个村庄都要巡游到。但神舟巡游从来只在江南不到江北。神舟所到之处，家家户户都要在门上斜插菖蒲艾叶，门口设香案燃香烛，摆上酒、茶、米、水果等供品，放鞭炮迎接，向神舟祭拜，许愿祈福，仪式十分隆重虔诚。

正说话间，官道上有几位绅士模样的人急匆匆迎了过来，见到盛宣怀、林佐倒头便拜。原来他们都是堡长、甲长等地方上的绅耆。袁家湖地区在清末属大冶县的永丰乡道士洑里袁家湖堡。

“昨天小民等就接到了县老爷的公事札子。”领头的绅士说，“本来应该前往黄石港迎迓各位大人，无奈今日神舟出宫巡游，小民等须主持完仪式后方能抽身，故此未及远迎，敬请各位大人海涵！”领头的绅士敬语娴熟，连连解释说明情况，赔着小心。经林佐介绍，盛宣怀认识了他就是袁家湖的首绅、堡长叶修泓，其他同行的地方绅耆也都一一见过了。

在堡公所里坐下来稍事休息，盛宣怀便说明了来意。

“原来官府要在袁家湖设厂炼铁?”叶堡长闻言喜形于色,“哎呀这太好了!这可是做梦都盼不来的地方上的好事啊!洋务乃富国强兵之举,袁家湖能有幸为国效力,小民等无上荣幸!”

盛宣怀有些惊讶:“看来叶堡长很了解洋务,通晓事理。”

“不敢,不敢。”叶堡长谦辞,“无非是读书看新闻纸,对外面洋务的事情略知一二。比如两江的江南制造总局,直隶的开平矿务局和轮船招商局。”

“盛大人就是轮船招商局的创始人,现任会办。”林佐介绍。

“哎呀失敬!失敬!”叶堡长赶忙站起来打拱,“贵局前年在黄石港刚刚建了码头,与英商太古公司并足而立。今年我去汉口,还坐过你们的船呢。”

“幸会,幸会。”盛宣怀也赶忙站起来还礼,“盛某来到贵地勘测铁厂厂址,还望叶堡长多多方便,鼎力相助!”

“举手之劳,定当竭尽全力!”

林佐这时插话道:“盛大人是中堂李大人麾下洋务干将,现任湖北开采煤铁总局提调,总管湖北煤铁开办事宜。”

“如果在此地设厂,”另一绅士此时插话进来问,“不知官府要多大的地盘?其中老百姓的田地、鱼塘、房舍等如何作价?”

“将来如果圈地,肯定会对老百姓有一个说法,不会让老百姓吃亏的。”盛宣怀说,“不过那是后来的事情,现在还未作最后定论。洋工师说,关键还要看江边水深,能否建港口码头,通行货轮。”

“能呀!”叶堡长脱口而出,“江北是浅水沙滩,江南西塞山这一线都是深水航道,火轮船上下来往,走的都是沿江南这一线。而且我们袁家湖百姓渡江往来的公用码头,也建在江边。”

林佐笑道:“光你说行不算数,洋矿师还要亲自实地测量、绘图。”

“当然,当然。如果最后确定在此地建厂,凡有用得着敝人的地方,请二位大人尽管明言。别的不敢说,将来圈地,只要是叶姓的山场、田地、湖塘等,只要是设厂所需,官府圈到哪里,敝人答应到哪里,没人敢出面刁难作梗。在叶氏宗族里,敝人这点说话的分量还是有的。”叶堡长拍着胸脯作了担保。

林县令熟谙民情,随后他私下里又给盛宣怀介绍了袁家湖的基本情况。原来此地是江南典型的聚族而居,一个村庄一个姓氏。袁家湖堡下辖二十多个村庄,半数以上都姓叶,供同一个祖宗牌位。叶姓人多势众,在当地历来占强势地位，比如选堡长、主持地方公益事务等，都是叶姓说了算。一年一度的神舟会名义上是整个袁家湖地区的公益活动，费用历来由各姓公摊，但凡事都由叶姓绅耆做主、把持，早已变成了叶姓一姓的宗派活动。袁家湖地区其他的姓氏对此早就不满了，但因为人少，都是敢怒不敢言。在袁家湖地区唯一敢出面跟叶姓对抗的，历史上只有袁四房的袁姓。袁姓有四个庄门，是袁家湖仅次于叶姓的第二大姓氏。据说袁姓才是袁家湖当地的土著，地名考据也提供了佐证，要不然也不可能称其地为袁家湖。两百多年前的明末清初年间大移民，“湖广填四川，江西填湖广”，叶姓从江西移民到了袁家湖地区。据说叶姓太公在此地落业时是袁姓的佃户，但后来的几百年间，袁姓衰落了下去，而叶姓却蓬蓬勃勃地兴旺发达了起来，反客为主，成了袁家湖的主人。袁姓在一百多年前的乾隆朝也出过几任小京官，仗着这点底气他们跟叶姓斗了好些年，也互有胜负。但一百多年来叶、袁两姓人口众寡多少的大局面总还是改变不了。到了近世，袁姓更是整体衰落了，子弟读书科举都无甚长进，虽然近年有人在黄石港和汉口经商致富，但毕竟富而不贵，袁家湖仍是叶姓的天下。林知县还介绍说，叶堡长祖上也得过功名，他当选堡长多年，在当地的威信很高，他对你说的那些话并非空言。

这一行十几人的食宿问题，被叶堡长他们很容易地就安排妥当了，大家分散住在了叶家塘村几位叶姓绅士家里，盛宣怀和林佐就住在叶堡长家里。叶堡长家同时接待了一位四品的候补道台和一位七品的知县老爷，这在乡间来说是了不得的荣耀，也是乡间百姓未来若干年内的一段佳话。叶堡长是当地大户，屋宇豪阔，主人家的款待热忱而恭敬，食宿都是尽其所能用最好的。盛宣怀住的是一间准备结婚用的新房，屋内全套新家具漆饰一新。原来那是叶堡长给自己最小的儿子下半年娶亲准备的。那伢子盛宣怀见过，其实满打满算才只有十四周岁，大名叶鼎新，还在县学明伦堂上学。盛宣怀自己是十六周岁结的婚，他没想到在湖北大冶这地方，早婚习俗比下江还要早。

测量工作进行得很顺利。用浮球和铅坠测量的结果，江边水深十数丈，完全可以通行货轮；而且江岸基础坚硬，是一处理想的建筑港口码头的地方。铁厂的厂基已基本确定下来。接下来郭师敦又带领他的助手，对整个袁家湖地区进行实地测量、绘图。西塞神舟会的神舟白天还是照常外出巡游，晚上则开锣唱大戏，戏台就搭在西塞山下，天天晚上人山人海。不过唱的是楚剧,盛宣怀有些听不大懂。有天晚上,叶堡长正在陪盛宣怀和林佐看戏,突然一位年长的绅士气冲冲地找到他扯皮,在戏台底下当众斥责叶堡长挟官府以营私,办事不公,没有一碗水端平。原来他就是袁四房袁姓的族长。他认为这次接待上面来的公家人是袁家湖堡的公务,是整个袁家湖地区的荣誉,不能单单视为叶家人的私事,因而应该平均公摊,各姓机会均沾。他为此抱不平,站出来谴责叶堡长沽名钓誉,目中无人,恃强凌弱,欺负他们袁姓。听了好半天盛宣怀才听明白原委,原来他是对叶堡长将他们这些人都安排给叶姓接待有意见。老百姓敬官怕官又巴不得接近官,有宗族矛盾的地方这类问题就更是敏感。后来经过林知县和盛宣怀的当场解释劝导,这场争吵才暂告结束。

没想到袁姓族长的出面仅仅只是个前兆。不久之后,两姓长久聚集的矛盾,终于演变成了一场流血事件。

事情就发生在神舟下水那天。根据习俗,神舟下水的头夜,即五月十七日的日落时分,要在神舟宫为神舟点亮四十八盏长明灯,由为首的绅耆等人通宵打醮守夜,在天明之后日出之前将神舟抬出宫放归江流。神舟放江时江上的渔船都要围绕神舟绕行三圈,并在船头摆设香案,恭送神舟一程,然后整个仪式才算全部结束。五月十八日那天天刚亮,神舟就由十六个青壮小伙抬着从神舟宫里出来了,后面跟随着成千上万送行的百姓。锣鼓喧天鞭炮齐鸣,一杆杆湖铳朝天鸣放震耳欲聋。就在他们来到西塞山下的江边码头时,才发现码头上早已聚集了如潮水般的人群,同样也是十六人抬的龙舟等待下水,同样也是鞭炮齐鸣锣鼓喧天,湖铳震耳欲聋——原来袁姓抢先一步,占据了神舟放流的码头。

叶堡长明白,多日的传言终于变成了眼前的现实。此前有种说法在坊间已经流传了多日,说袁四房今年在秘密扎制神舟,准备跟叶姓打擂台,袁家湖的“湖”要吞并叶家塘的“塘”,一雪前耻。但叶堡长根本就不相信,他认为根本没必要。现在的西塞神舟会属于整个袁家湖堡,其中就已包括了袁四房,没必要另起炉灶。其二,袁四房虽然在汉口和黄石港有几户富商,经济实力已毋庸置疑,无奈总人口太少,神舟会的场面撑不起来。但如今的情况是,对方聚集起来的阵势一点也不比叶堡长他们小,江边是黑压压的一大片人群,在黎明的曙色里,叶堡长看到了许多陌生的面孔,根本就不是他这个堡长辖下的子民。事后他才知道,原来袁四房与邻近的武昌县、兴国州、广济县的袁姓都进行了秘密联宗，请他们派出大批壮丁前来声援，袁姓因而阵势大壮。

此时叶堡长才有些后悔了，后悔自己当初没有及时看出苗头，主动上门去化解袁姓多年来聚集起来的不满情绪。但现在显然已经晚了，袁姓是成心要出这次风头，叶姓又自恃人多势众，平日称霸地方不知退让，双方的冲突已注定不可避免。此时叶堡长已失去了对局面的掌控，成千上万的人聚集在江边码头，双方都争着抢着要在日出之前的某个吉时让自己一方的龙舟先下水，抢占先机，置对方于所谓的“不利”。于是争抢、推搡、践踏、拥挤，有人落水，有人溺毙；有人趁机大打出手，有人趁乱点燃了对方的神舟，人群在熊熊烈焰中狼奔豕突、哭爷喊娘，双方到了后来就是赤裸裸的械斗。袁姓对此早有准备，他们在龙舟中早就暗藏了棍棒、鱼叉、锄头、柴刀等器具，叶姓的伤亡因而比袁姓惨重。再到了后来，双方的湖铳都派上了用场，平日用来在湖上打野鸭子的火铳，现在统统瞄着人打，开花子一打一大片。也许有人早就对叶堡长恨之入骨了，本来已经站在械斗圈外、正在声嘶力竭呼喝制止的叶堡长，不知被谁瞄准一铳打在了胸前，仰面朝天，跌倒在了血泊里。……

等到林知县和盛宣怀他们闻讯从村子里赶来的时候，械斗已经停止，江边的情景惨不忍睹：两架神舟已经完全被烧毁，江堤上横七竖八地躺满了血淋淋的死者和伤者，呻吟声、哭号声不绝于耳；江水里还漂着一具具尸首。林佐赶忙令人快马从附近的道士洑巡检司衙门和江防守备营调来了全部捕役和兵丁，不由分说首先拘押和传讯了双方为首的绅耆；同时协助在现场抢救伤者，并在西塞山东麓的回水湾设置桩卡截留打捞尸体，处理安抚善后事宜。

叶堡长终究还是没能扛过去，几天后他因伤重救治无效死在了自己的家里。临死前他对盛宣怀说，他看不到铁厂在西塞山下建成的那天了，但是他希望官府不要因为这次两姓的械斗，就放弃在西塞山下建铁厂的计划，他衷心希望自己的家乡能为洋务和国家富强作出贡献。他还说他不能再协助盛大人圈地了，但他说过的话不能不算数，所以他捋下了自己手腕上佩戴的一串紫檀串珠塞给盛宣怀，说这串手珠就代表他本人，将来圈地的时候万一遇上叶姓族人作梗、刁难，见到这串手珠就如同见到他本人一样，说完叶堡长就断气了。

在大冶设厂炼铁的计划最终还是没能付诸实施。不久,因盛宣怀申请办厂的官费无处筹措,李鸿章一纸手令将他们调走了,湖北开采煤铁总局也随之撤销。事后,大冶县令林佐因为“身在现场,未能及时发现和制止”这次流血事件而负有“渎职”责任,被朝廷革职。本来还要严究的,但因他平时官声、口碑素来不错,所以朝廷“免于追究”。官府经过调查后认定,袁四房对此次宗族流血冲突“蓄谋已久”,应承担主要的责任;密谋此事的袁姓族长、绅耆等人因而相继被捕入狱,按大清律追究了他们的有关责任。西塞神舟会因“聚众集会,易致宗族械斗纠纷”,而被官府从此明令禁止。

三十多年过去了。1914 年的早春时节,在鄂东江边小镇石灰窑,离着西泽公馆不远处的一条临江小街上,在一栋民居的两层小木楼前,噼噼啪啪的鞭炮声停歇、弥漫的硝烟散尽后,一块披着红绸的匾额露出了真容,上面以庄重的馆阁体写着:汉冶萍煤铁厂矿有限公司袁家湖圈地局。

“吴坐办,恭喜!恭喜!”门前几位乡绅模样的人,正围着一位西装革履的新派知识分子模样的人打躬作揖。

“同喜!同喜!”被称作吴坐办的人也打拱还礼,他是汉阳铁厂原工程师、留学英国的吴键,因为在领导和组织汉阳铁厂的修复和恢复生产中有功,最近刚被提升为坐办(厂长),“袁家湖购地局的正式挂牌,标志着大冶铁厂的筹建工作正式开始了。吴某这次受公司委托,兼负筹建大冶铁厂之重任,首先在袁家湖圈购土地。陶知事是地方父母,各位是乡村耆宿、地方名流,德高望重,还望各位以大局为重,鼎力相助!吴某在此仰仗各位,多多拜托了!”

“一定!一定!”众人纷纷应答。

“汉冶萍公司实业救国,选定敝县袁家湖建厂,实在是县之幸!民之幸!”一位身着笔挺中山装、头戴礼帽、手拄文明棍的官员说,他是大冶县的陶知事。

“振兴实业乃强国大计,小民等位卑未敢忘忧国,定当鼎力相助,为早日建成大冶铁厂竭尽绵薄!”内中一位年约四旬的绅士高调陈词。

“多谢各位!多谢袁堡长!”吴键说,“不过这圈地局局长一职,还须有人领衔屈就,望各位就此推举一下。”

“局长当然非袁堡长莫属!”一个绅士领头喊了起来。

“一堡之长兼任圈地局局长，实至名归，顺理成章！”又有绅士附和。

“不可不可。”前头那位高调陈词的绅士连忙谦让，“感谢各位的抬举！敝人才疏学浅，恐怕难以胜任这局长之职。”

“你就别假意谦辞了。”旁边另一位绅士不客气地说，“你是当今的国姓爷，又是堡长，地方上的事情你不出头谁出头？”

这么一说，谦让的那位绅士才不再吭声了。

“陶知事意见如何？”吴键回头问大冶县知事。

“如此自然最好。”陶知事说，“袁堡长熟谙民情，将来一定会给汉冶萍的圈地工作带来很多便利。”

“那就暂时这样定了，袁堡长兼任圈地局局长。”吴键说，“待吴某上报公司董事会批准后，可正式在公司支领薪水。其余各位，担任购地局顾问，协助工作，视贡献情况在购地结束后，由公司一次性发给酬劳。”

这几位绅士中，内中唯有一位年龄稍长者，自始至终没有参与附和奉承，始终冷脸站在一旁，仿佛局外人，一言不发。此时听见吴键这么一宣布，他背过身去，鼻子里轻蔑地哼了一声，拂袖而去。

吴键望着他的背影问：“他是谁？”

“还能是谁？叶家塘的叶鼎新。”袁堡长冷冷地说。

三十年河东三十年河西。跟三十几年前相比，袁家湖地区已今非昔比，又是一番翻天覆地的变化。原来那次宗族械斗过后，袁四房的袁姓受到官府的严厉惩罚和监视，很多年来一直抬不起头。时间到了光绪末年，袁姓族人中有人在汉口商界崛起，接着出任汉口总商会的会长，然后顺理成章地成为省议会议员。到了辛亥武昌首义期间，又因为那位袁姓会长看准时机，舍得捐饷支持革命军，因而颇得革命党人好感，首义成功后成为省议会副议长。接着袁世凯当国，袁姓成为“国姓”。那些通过省议会任命的历届大冶县知县老爷，无不秉承袁副议长的旨意，到任后在袁家湖堡明里暗里扶持袁姓，因而才有了今日袁姓的大翻身，不仅堡长易姓，而且全堡的公共事务都由袁姓说了算。就如这次汉冶萍公司的设局圈地，吴键初来乍到不明底细，自然要依靠地方的堡长和绅耆。但他知道叶姓才是袁家湖的首姓，因而在物色顾问班子的时候特意交代袁堡长，不要忽略了叶姓。袁堡长这才把叶姓族长叶鼎新不请愿地拉了进来撑门面。没想到叶鼎新硬是狗坐轿子不识抬举，自己又退了出去。

吴键在圈地局挂牌以后就离开了大冶，受公司董事会委派，伙同刚刚到任的大冶铁厂高等工程顾问、日本人大岛道太郎，出洋前往欧美考察、订购机炉去了。大冶圈购土地的事情，公司又另外委派了一位程姓的特派员，会同大冶县陶知事一起主持。至于丈量、注册登记、契证、账册之类的工作班子，或由公司派出，或在当地招聘。关于未来之新建铁厂，公司也有明确的目标，那就是要在大冶安装世界一流的“最新最良之化铁炉”；关于铁厂的规模，公司鉴于汉阳铁厂圈地过小的教训，最初计划是在袁家湖一次圈地3000亩（后来圈到了4000余亩），一步到位，一劳永逸。按照这个计划，不仅大量的耕地水田被占用，而且袁家湖地区从西到东的叶家塘、荷叶地、叶家铺、大小叶家墩、曹家铺、田家墩、蟹子地、袁大房、袁二房、袁三房、袁四房、张家大港等二十多个自然村中，有半数以上的村庄要拆迁，其中多数为叶姓。

圈地正式开始后，首先是圈定范围。征地人员使用的丈量工具是一张三尺长的大弓，一亩二十弓，从西往东丈量；量好一亩就打下一根木桩为记号。整个圈地前后花了差不多半个多月的时间，沿着边界共打下了495根木桩。圈地工作总算顺利完成，程特派员和陶知事、袁堡长等长出了一口气。他们满以为袁家湖的百姓还是老实，不会再出什么纰漏了，为此还和全体工作人员举行了一次聚餐会，以志庆贺。谁知第二天早起一看，那五百根木桩在一夜之间全都不翼而飞，不知去向，地下连一点痕迹都没有留下。半个多月的辛劳算是白费了。

这是袁家湖百姓对汉冶萍圈地的一次整体抗争。

原来这次圈地中存在诸多不合理的地方。首先是没有考虑失地农民未来的生计问题。黄荆山富藏石灰岩，因而袁家湖一带的居民多以烧石灰为业，石灰窑的地名便由此而来；其次是种田。土地一旦被圈购，业主将会失业，佃户也将流离失所。其次汉冶萍公司的出价太低，对耕地、水田和湖塘、荒地等还要划分三等论价，头等上好的水田每亩才出价不到五十串文。（串文是清末民初湖北官钱局出的一种纸钞，一串文就是一千文，相当于从前的一吊钱、一贯钱，民国初年大约可以兑换到银洋一元；遇上银贵钱贱的时候最少则只能兑换到银角子七角。）而且这种按等级划分土地的方法也不合理，比如烧石灰的石灰窑划分到荒地里面去计价，老百姓肯定就不愿意了。

圈地工作受阻,汉冶萍公司只有求助于当局的支持与协助。公司致函湖北巡按使、督军段芝贵,请求官府出面,协助购买土地,但段芝贵表现得并不积极。无奈,公司干脆上报北京政府。袁世凯亲自批转了报告,北京政府农商部颁发第542号批文,令湖北巡按使支持汉冶萍公司购地。段芝贵这才不得不照办,派余海洋为省特派员,到大冶协助汉冶萍公司圈购土地。与此同时,大冶县知事也发布告示,严令土地主遵照执行,不得违抗。圈地工作遂重新开始。这回圈地局汲取了上回的教训,不用木桩划界了,而改用石碑立桩。每块石碑高约一米,四方形,每面刻一个字,合起来为"汉冶萍界"四个字。民不跟官斗,在官府的层层高压与官权护卫下,当地老百姓虽然内心极不情愿,但敢怒不敢言,只得将自己安身立命的土地贱价拱手出让,含泪在卖地契约上签字画押。但不久,他们就发现了这圈购土地中隐藏的种种猫腻。

最早发现这猫腻的,是叶家塘的叶姓族长叶鼎新。

叶鼎新虽然一怒之下退出了圈地局,但他是个有心人,早已在圈地局中布下了眼线,不久就让他抓到了把柄和铁证。原来圈地局在袁堡长和袁姓士绅的把持下,多年来终于等到了一个报复叶姓的机会,他们在圈购土地中实行双重标准,打压叶姓。比如在丈量土地的时候采取"叶紧袁松"的办法,如果是叶姓土地,三尺弓稍微紧一点;反之如果是袁姓土地三尺弓放松一点,这吃亏的和捡便宜的就相去甚远了。再比如在土地的划分等级论价上,他们采取"抬袁压叶"的办法:属于袁姓的土地山场,他们就在等级类别上抬一抬;反之就压一压。有时候两块完全相同的地块,比如都是烧石灰的窑址,属袁姓的,可能就划在了一类耕地之列;而属于叶姓的,就划到了荒地那个级别。他们打压叶姓土地级别,但并不让汉冶萍公司得实惠,而是采取欺上瞒下、多报冒领的方式,集体贪污。除了营私舞弊,圈地局内更是贪赃纳贿成风。那个余姓的省委特派员,下来前曾到省议会拜谒"袁老","袁老"给他介绍了袁、叶两姓的世仇,并面授机宜。由此余委员下来后带着明显的宗派观点。他自恃是省里派来的大员,处处以钦差大臣自居,与圈地局里的那些袁姓绅士们相互勾结、沆瀣一气,为虎作伥,共同营私舞弊,打压叶姓群众,为"国姓爷"打气撑腰。袁堡长兼圈地局长更是投桃报李,私下许诺余委员,将从打压叶姓土地等级的收入中,每亩提取大洋一元酬谢。至于汉冶萍公司派来的那位程姓购地委员,初始倒还廉正、坚持原则,但强龙难斗地头蛇，日子一长就被排斥在外；再后来又为利益所动，慢慢被收买了过去，睁一只眼闭一只眼，成为袁姓绅士们胡作非为的帮凶。

叶鼎新拿着圈地局营私舞弊的那些证据，秘密散发，在老百姓里发动串联。不光是叶姓，也包括袁家湖地区所有其他的小姓。黑幕公开，人民群众怒不可遏！终于有一天，袁家湖地区除开袁四房以外的其他老百姓上千人，挥舞着锄头、钉耙、鱼叉、棍棒等，从四面八方怒吼着潮水般地拥上了石灰窑街，包围了圈地局。愤怒的群众打砸了圈地局，到最后还放火点了房子。圈地局的那些委员、绅士们一个个脚下抹油，幸亏跑得快才没出人命，酿成更大的悲剧。

省里自然不干了。余委员回到省里一通加油添醋的胡诌，军人出身的湖北巡按使段芝贵大怒，立即派出一标新军火速开赴大冶，弹压“民变”。他们首先是抓捕了“幕后主使者、煽动者”叶鼎新等叶姓的几位绅耆，投入到大冶县县牢，接着对参与打砸抢和纵火的主要行凶者进行追捕。袁、叶两姓斗了几十年，没想到这回轮到叶姓来坐班房了。但叶鼎新等人坐在监房里，却心安理得、大义凛然，他们知道这不是他们的错，民国是法治社会，断不会容许这些违法行为的存在。袁家湖群众的反圈地黑幕运动，得到了社会舆论的广泛支持。就在县牢的外面，许多大冶县的地方绅耆和社会名流扛着行李卷排队，主动要求进去坐牢，陪伴袁家湖的叶姓绅士们，以示声援。更让人没有预料到的是，这次袁家湖的圈地风波竟然还引发了学潮，县城内的县立中学、高等小学堂、武备学堂、教会小学堂等学校的学生纷纷罢课，上街游行，他们打出的口号是：“彻底清查袁家湖圈地背后的贪腐窝案！”“耕者有其田！反对强行圈地！”“反对北洋军阀武力干政！”等。继而学潮又连锁反应，引发了县城商界的罢市，各商号、门店关门停业，以支持学生们的行动。大冶县的陶知事在那些日子里焦头烂额，四处堵漏。他的本心是想从维持局势稳定出发，尽快放人，把事情尽可能地封锁控制在地方一隅，赶快息事宁人，不让上峰察觉追究。但偏偏省里的特派员和军队都在，他做不了主。而且事情不但平息不下来，到最后反而越闹越大，省城新闻界终于闻到了风声，纷纷派出记者前来采访。陶知事吓坏了，想方设法到处堵截，以阻挠那些记者入境。最后自然是白忙活了一场，汉冶萍在大冶圈地的种种黑幕，终于通过新闻纸公之于天下，社会舆论大哗，纷纷要求查处。许多不明底细的人，以为是汉冶萍公司贪商人之利，仗势欺农，因此也受到了社会舆论的强烈谴责。

汉冶萍公司不得不下令，暂停在大冶袁家湖的征地。

进入公元1914年，盛宣怀已经七十周岁整。步入人生暮年，他明显地感觉到了自己身体的每况愈下：腰微微地佝偻着，在斜桥老公馆的花园里散步的时候，步履迟缓、细碎而略微有些蹒跚，已经是明显的老人步态；青年时代在野外风霜雨雪中奔波落下的寒喘病始终没有根治，到老来又引发了严重的老年慢性支气管哮喘，一动就喘，以致他在家里从一楼上到二楼，都要在中途停下来歇几口气。最要命的是记忆力的严重衰退。有时刚刚处理过的比如公司或家里的某件事情，转过身他就忘记了，反而还要冲着秘书或者庄夫人无端发火。更莫名其妙的，是有些熟得不能再熟的人和事，竟然也会在突然之间失忆。比如吴键在出国前曾来向他告别、面聆训示，可吴键走后他竟然怎么也想不起他的字号了，越是拼命想越想不起来，越想不起来就越是想要知道，后来只好打电话去公司事务所询问。公司的人私下都说董事长现在有些老糊涂了。鉴于目前的这种身体状况，盛宣怀已不可能到公司视事，他已正式向董事会提出辞职。盛宣怀考虑的董事长继任人选，开始是北京总统府政事堂左丞杨士琦。杨士琦字杏城，安徽泗县人，袁世凯的重要心腹和“智囊”人物。当年袁、盛之间为轮船招商局争斗，最后袁世凯派来夺走轮船招商局、接任盛宣怀董事长的人正是杨士琦。按理说杨士琦是仇人，但盛宣怀看重的是他目前在北洋政府的地位。历史和未来都将证明，在中国，汉冶萍只有借重官权的保护才能得到生存和发展，这是盛宣怀对他身后事处心积虑的安排。但想不到一番好心竟被杨士琦谢绝了，盛宣怀不得已这才想到自己的儿女亲家、时任北洋政府外交总长的孙宝琦。孙宝琦倒是点头应允了，正在上报大总统批准。但不管是杨士琦还是孙宝琦，他们要想当选公司董事长，还有一个迈不过去的门槛，那就是资格问题——他们在汉冶萍公司一份股票也没有，连普通股东都不是。但是这难不倒盛宣怀，他想方设法将自己的股权转让、赠送了一部分给孙宝琦，让他具备了获得当选董事长的资格。北京那边的孙宝琦还在等着大总统的最后批准，上海这边也在等着开董事会常会选举，在这新老接替之际，盛宣怀获得了董事会的同意暂时在家休养，无须去公司视事。公司除开重大事务需向他告之和请示外，一般日常性的事务都由总经理和副总经理自行处置了。因此大冶袁家湖前段时间圈购土地以及官府出面支持等情况，盛宣怀并不知晓。后来事情闹大了，公司中止了在大冶的圈地，董事会才不得不报告董事长，盛宣怀这才知道他们把事情办砸了。他自己也从新闻纸上看到了关于汉冶萍圈地内幕的报道。他的心里清楚得很，大冶的事情原不该这么办，三十多年前西塞山前袁、叶两姓宗族械斗的那一幕不断在他脑际萦回，搅得他日夜坐卧不宁。他心里惦记着这件事，觉得自己无论如何也要到大冶去一次了。恰在此时，湖北方面有两件事邀请他前往出席。第一件事是张之洞逝世后，为了纪念这位中国近代钢铁工业的先行者，由汉冶萍公司出资，委托驻法公使，在欧洲最负盛名的巴黎美术学院为张之洞塑了两尊半身的汉白玉雕像。这个建议也是盛宣怀在公司董事会上率先提出来的。目前这两尊石像前后历时四年，已经从法国运回，其中的一尊就准备在汉阳铁厂安放。作为张之洞事业的继承者、汉冶萍公司现任的掌门人，盛宣怀自然要出席塑像的揭幕仪式。第二件事便是大冶铁矿为盛宣怀立了生祠，盛宣怀虽数次阻止，无奈董事会通过。生祠近日落成，主办方恳切希望他前往出席落成庆典。

汉阳铁厂的货轮“汉平”号定期往返于申汉航线送货，刚好要返回汉阳，盛宣怀正好就搭上了这班货轮。说是货轮，其实是客货混装，船上有一流的接待条件，并不亚于客轮上的头等、二等舱。这是为了方便公司高层往来于汉阳铁厂和驻上海的总事务所而专门设置的。考虑到盛宣怀近来的身体状况不好，庄夫人不放心让他单独远行，决定亲自出马陪同他走一程。

上水船慢，“汉平”号足足走了一个礼拜，才停靠在汉阳铁厂的东码头。盛宣怀到汉后很快举行了雕像的安放仪式。雕像就安放在汉阳铁厂俱乐部前的花园里，雕像高约一米，材质是产于中国北京房山县的纯白汉白玉石，红色的大理石基座高约一米六；张之洞顶戴花翎、补服朝珠，神态安详而平和，神情、眉眼甚至皮肤肌理、衣服褶皱等都栩栩如生。两尊雕像一模一样，系根据张之洞晚年的一张照片雕塑，据说出自法国现实主义雕塑大师罗丹的学生马约尔之手。另外一尊雕像准备捐献给张公祠。早在几年前武汉绅商各界就发起了捐资，计划在武昌蛇山上修建张公祠。雕像安放仪式在小范围内毫不张扬地举行。没有邀请湖北官方，除了盛宣怀，只有张之洞生前最为倚重的心腹幕僚梁鼎芬、樊增祥等少数几个人从外地赶了过来，赵凤昌因腿脚不便拍来了电报；除此之外还有武汉绅商各界推举的几位代表，以及新闻界的几位记者。大家在张之洞的雕像前伫立良久,回想起这位先贤敢为天下先,在创建汉阳铁厂过程中所经历的种种磨难和坚韧不拔、百折不挠的精神。盛宣怀更是感慨万千,他在内心不得不承认:如果仅凭招商局和电报局,他的事业到不了今日的局面;今日他之所以能在中国实业界举足轻重,完全是凭借汉冶萍。而这,正是张之洞为他铺垫的。

揭幕仪式一完,盛宣怀等不得“汉平”号的下一船期,搭乘招商局的下水轮船,匆匆赶往大冶。在黄石港一上岸,便有大冶县署派来的几乘“兜子”早已等候在码头上了。“兜子”是大冶民间抬着尊者或老者出行的一种交通工具,用两根长竹竿绑住一把竹躺椅,有点类似于四川的滑竿。大冶县新任的尹知事正在盼星星盼月亮似的盼着盛宣怀去给他解围。原来汉冶萍公司圈地内幕曝光后,在社会舆论的强大压力下,湖北军政府不得不对此事做出处理:军队从大冶县撤回,省委的余特派员和原大冶县陶知事都被撤职,新任县知事尹桐阳到任,段芝贵希望通过改军队高压为民心安抚的方式,采用怀柔政策平息事态,恢复汉冶萍的正常圈地。但叶鼎新那批绅士们偏偏不听安抚,他们赖在监房里不肯出来,表示好进不好出,要想他们出狱有两个条件:其一,官府必须向他们公开认错道歉,并在报纸上以县府的名义发表认错道歉函;其二,废止原先的圈地方案。如果官府不满足他们的上述两项条件,他们宁愿坐穿牢底。

“兜子”从北门抬进了大冶县城,沿着狭窄的北门街而下就到了县城最繁华热闹的西桥,前清的县衙和民国的县署都设在这里,新任大冶县尹知事率县署的全体公务人员在门前列队欢迎。盛宣怀在县署稍事休息了片刻,安顿好庄夫人后,他就向尹知事提出,要亲往县牢探监。

“杏翁,尹某现在真是骑虎难下啊!”尹知事一脸的苦相,“他们待在牢房里不肯出来,这不是要给尹某难看吗?请杏翁务必出手解围。”

“试试,我试试吧。”盛宣怀笑着说。

盛宣怀在县牢里见到了袁家湖叶姓的族长叶鼎新。这个盛宣怀眼里三十多年前十几岁的懵懂少年,如今已两鬓斑白;在牢房里可能是经过了刑罚的折磨,身上伤痕累累,但他的眼睛里仍然闪烁着倔强和睿智的光。

“废止原先的圈地方案后,你认为应该如何圈?”盛宣怀在听完叶鼎新的出狱条件后,征询他对圈地的具体意见。

“其一,圈地局办事要公道,丈量土地必须一碗水端平。”

“必须得公道公平！”盛宣怀附和，“董事会将另派得力人员来主持圈地局，我已经有了一个人选，那就是大冶铁矿徐坐办。此公办事素来勤谨公正，定不会让各位失望。圈地局组成人员也要公平公正，袁家湖百姓不论姓氏大小，各姓公推一名代表进入圈地局任委员。”

“其二，地价太贱。”叶鼎新勾着手指算了起来，“上好的水田每亩不到五十串文，差不多只相当于五年的收成。土地乃农民之本，没有了土地老百姓何以为生？你们这点钱给他们，做买卖不够本，放印子钱利息太少。”

“而且圈地划等级更不合理！”隔壁牢房的一位绅士插话说，“好多停烧石灰的窑地也划到了荒地里面。停烧是暂时不烧，没说以后不烧，这能算荒地吗？”

“还有佃户怎么办？”另一位绅士接着发问，“有些佃户在袁家湖世代为佃，已经很多年了，现在没有了田地耕种，他们岂不是又要背井离乡？”

“你们说，地价定到多少才算合适？”盛宣怀单刀直入。

“反正……现在这个地价肯定不行，你们至少……要加价四成吧？”叶鼎新一下被问住了，嗫嚅着半天说不上来。

“不对，加五成！”旁边牢房的绅士喊了起来。

叶鼎新又补充道：“民间市价好田现在大约在八十串文；即便按官府官价，最少也不能少于六十串文。”

“我在来之前已经和董事会部分成员商量好了一个地价方案。”盛宣怀说，“这个地价是参考了公司在江西萍乡以及湖北江夏和上海等地历次圈地的情况，历年来的物价上涨、银钱兑换率，以及袁家湖地区的田地收成和百姓生活水平等情况综合定下的。今天就算是正式征询意见了，如果各位同意，盛某就通知董事会正式开会认可，以后圈地就按这个地价方案来执行，如何？”

“愿闻盛公其详。”叶鼎新说。

“这个地价不是六十、八十串文，也不只是比原来提高了四成、五成，而是整整翻了一倍！——每亩九十六串文，怎么样？”盛宣怀逐一望着叶鼎新和其他几位绅士，“而且不再划分等级类别，无论水田、耕地，还是湖塘、沼泽、荒地，一律按照这个地价计算。凡由佃户耕种的田地，抽地价的三分之一即三十二串文付给佃户，以作另谋生计的本钱，另外六十四串文付给地主。”

叶鼎新和几位绅士们眼前一亮，瞪大了眼睛，面面相觑着。很显然，这个新出台的地价方案已经超出了他们的预料。

“将来大冶铁厂招工，还可优先招募袁家湖失地农民。”盛宣怀又补充。

“如果是这个方案，估计老百姓应该能通过。”叶鼎新谨慎表态说。

“早这样，老百姓就不会闹事了！”其他的绅士们纷纷跟着附和。

“但是还有一个问题，”叶鼎新又说，“汉冶萍应该事先给百姓一个承诺！”

盛宣怀问道：“还有什么问题，请讲。”

“在道士洑和石灰窑之间有条官道通过袁家湖地区，是两地来往的唯一通道；袁家湖河港则是黄荆山山洪暴发时泄洪入江的通道。袁家湖圈地后公路公港尽被圈入厂区范围，未来百姓的来往通行方便和汛期生命财产安全，你们将何以保障？”

盛宣怀回道：“公司郑重承诺，仍在两地之间保留一条通衢大道以利通行。如果现有的路址不能保留，则一定另劈宽阔平坦新路，照常通行。未来铁厂更需防范水患，现有泄洪河道不光要保留，还要重新疏浚整治；有的河段可留明港，靠近村庄以及通衢大道的地方，为安全起见则改为暗港。各位以为如何？”

“如果这样，我们无话可说了。”

“行，那就请吧。”盛宣怀起身做了个请的手势。

叶鼎新愣着道：“干什么？”

盛宣怀笑道：“请你们出去呀！你们不可能真的要坐穿牢底吧？”

叶鼎新摇头：“这不行，我们的出狱条件是两个，除非两个都满足。”

“你这叫作得理不饶人。”盛宣怀温婉地批评，“我问你，现任的尹知事对待各位，可有对不住的地方？”

“这倒是没有。”叶鼎新老实承认。

“这不就结了吗？”盛宣怀说，“对待各位有错的，是前任陶知事，为何要逼迫现任尹知事公开登报认错道歉？这说得过去吗？况且尹知事已代表县署，向各位当面赔礼道歉了，有必要得寸进尺、不依不饶吗？官家是无论如何需要顾及一点脸面的，不可逼人太甚，给官家留一条退路，也是在给自己留一条出路。”

叶鼎新沉吟着，不吭声了。

“这个你想必应该还认识吧?”盛宣怀从怀里掏出一串紫檀手珠,“因为想着此生终究有一天要来大冶设炉建厂,所以盛某保存了它将近四十年。当年令尊大人临终前将这串手珠留予盛某,嘱咐将来以手珠为凭,训导袁家湖叶姓后人,不要刁难、阻挠在此处建厂,想不到今日果然用得上了。”

叶鼎新的脸唰地一下红了,望着那串手珠羞愧不已。

当晚尹知事在县署设宴,款待盛宣怀,并为叶鼎新等绅士出狱接风,厨师是从县城最好的酒楼请过来的大师傅。酒过三巡,餐桌上上了一个带盖的青花大盘。尹知事说,盛公来一次大冶太不容易了,今天要请盛公品尝一道大冶的地方名菜,说罢命人揭去盘盖。众目睽睽之下出现的是一盘艳美的桃花,仿佛刚刚盛开,清香扑鼻。拨去上面的桃花瓣,原来下面覆盖着的,是一条清蒸鳜鱼。

“啊,桃花鳜鱼!”盛宣怀欣喜地说。

尹知事惊讶道:“这么说,盛公早已知道这道菜?”

“实不相瞒,四十年前就知道了。”盛宣怀笑着说,“这道菜源于唐人张志和那首著名的《渔歌子》:‘西塞山前白鹭飞,桃花流水鳜鱼肥。’四十年前在大冶探矿,那时的县令林佐就说过要用这道菜招待我,只可惜只闻其名,四十年来未见其容,更未尝其味。”

“快尝尝,尝尝。”尹知事热情相邀。

盛宣怀扒拉了一块鱼肉送进嘴里,顿时桃花的芬芳和鳜鱼的鲜美滑嫩充斥了口舌间。鱼肉咽下去了,桃花的芬芳却还在齿颊间留香。

“鲜香无比,鲜香无比啊!”盛宣怀连声赞叹。

“好吃,好吃。”一旁的庄夫人也连声说。

尹知事解释道:“这道菜的诀窍就在于,桃花在盖碗内要焖得恰到好处,焖久了就蔫了谢了,焖短了含苞未开。”

盛宣怀讶然:“你是说……桃花是在碗盖内焖开的?”

“正是。事先将新鲜鳜鱼放入佐料腌制,上笼蒸熟;桃花要选欲开未开之花苞,待鳜鱼出笼后趁着热气撒入花苞,然后盖上盖子,花苞就在蒸汽的氤氲中盛开,桃花的芬芳就此熏透了鳜鱼。”

“真乃巧夺天工也!”盛宣怀感叹不已。

“现在能做这道菜的厨师,在大冶已经凤毛麟角了。”尹知事说。

“还有一条尹知事忘了说,那就是桃花鳜鱼的桃花,必须采自袁家湖西塞山上桃花洞旁的桃树。”叶鼎新在旁边得意地补了一句。

“对，对。”尹知事笑着连声说。

“好吃，好吃……”庄夫人一边吃着，一边重复着那句话。

从石灰窑江边码头登上运矿火车去铁山盛洪卿，日本制铁所大冶驻在官西泽公雄一路陪同。本来盛宣怀不要他陪同，但他坚持陪同前往，并在那趟通勤车上停止对外售票，使得盛宣怀乘坐的运矿火车犹如盛氏专列。

盛宣怀其实此前和西泽公雄并未谋面，但他早已从八幡制铁所长官中村雄太郎和原日本驻沪总领事小田切的口中听说了此人。这位“大冶通”此前做过一任驻宁波的领事，曾是小田切的属下。他自从出任日铁派驻大冶铁矿的驻在官后，短短几年的时间里，将大冶铁矿德国人的势力排挤殆尽。即使在辛亥年的乱局中，汉冶萍各厂矿停产受损，唯独大冶铁矿除外。西泽公雄凭借日本制铁所直接提供的资金，维持大冶铁矿的正常生产，以保证对日矿石的供应；同时要求日本政府先后派出“龙田”“神风”“满洲”“千早”等军舰驶抵大冶石灰窑江面游弋，以阻止革命军的行动，保障大冶铁矿的生产秩序。

车窗外掠过的是江南春天的原野，草长莺飞白鹭啼鸣，桃花红梨花白菜花儿一片金黄。“四十年前我来大冶探矿的时候，”盛宣怀从窗外收回眼光，对同座的西泽公雄感慨地说，“那时的大冶还是一片未经开发的蛮荒之地。”

“别说是盛公四十年前了，” 西泽公雄用大冶口音的流利汉语接着说。他在学习当地语言和民俗风情上下了很大功夫，已经成功地融入了当地社会，“我在十五年前刚来大冶的时候，石灰窑还只有罗、柏、张三姓几家烧石灰的窑场和两家土榨房。自大冶矿局设立在江边，尤其是日铁码头建成后，这里的商户越来越多，在日铁码头的东边逐渐形成一条繁荣的商业街。”

“黄石港也是这样。”盛宣怀接着说，“当年我来的时候，只有几家做小生意的棚户，无一家商店，土地分属于杜、卯、李三家富户的花园。这三家富户衰败后，由詹、王、汪、谌四家占据，这四家在花园旧址上盖房开店，才慢慢形成了一条商业街。后来行驶在长江上的英商怡和、太古公司轮船以及招商局轮船陆续开始在黄石港停靠，黄石港这才形成了长江中游的水码头。”

"'港饼'也是在这时候出名的。"西泽公雄说。

盛宣怀疑惑问道:"港饼?"

"就是原来黄石港出产的芝麻饼。轮船一到,商贩们都乘坐小船到轮船上去叫卖芝麻饼,外地人慢慢把这种在黄石港停泊轮船买到的芝麻饼称为'港饼',时间一长,'港饼'名扬四方,成为长江流域知名的土特产品。"

"原来如此。"盛宣怀说,"怪不得我这次坐招商局的船来大冶,船刚到港,船上那么多的人都争先恐后买港饼。"

"大冶铁矿开办后,随着洋人和外省人到大冶的增多,黄石港和石灰窑人口剧增,成为长江中游的商埠和物资集散地。"西泽公雄又说,"现如今黄石港一共集中了十八个行帮,即疋头、杂货、药材、首饰、百货、勤坊、淮南、磁铁、屠宰、土布、竹木、粮食、花麻、土水果、杂业、旅栈、筵席、石灰行业等。这些都是盛公开发大冶铁矿给地方带来的福祉。"

"不,你说错了,"盛宣怀当即纠正,"开发大冶铁矿的首功,当在张文襄公。"

"哦对对,盛公是继往开来者。"西泽马上改口,"盛公首创的大冶铁厂建成后,石灰窑和黄石港的繁荣更是锦上添花,指日可待。"

运矿火车在铁山铺的前一站盛洪卿站停了下来,站台上锣鼓喧天、鞭炮齐鸣,大冶民间的排子锣、玉莲环吹吹打打,热闹非凡。原来这是盛洪卿村的盛氏家族以同宗同族的名义给盛公祠送匾。不一会儿匾抬上了通勤车,大匾长一丈二尺高四尺,黑底金字,制作精美,上书四个大字:德泽在民。除送匾外,还有猪牛羊等三牲祭品,几个青壮小伙抬着屠宰好的猪牛羊上了车,最后上车的,是穿长袍戴礼帽的盛氏家族的族长和几位绅耆。

这些人一上来就把通勤车挤了个满满当当。盛宣怀显得很高兴,他不断地和盛氏家族的族长和绅耆们打躬作揖,说话叙旧排辈分。原来湖北大冶县盛洪卿的这支盛氏,也是两百多年前"湖广填四川,江西填湖广"的时候从江西移民过来的,盛宣怀所在的毗陵盛氏和江西崇仁过来的这支盛氏同为"南支盛氏",而且从辈分上排起来盛洪卿的绅耆们都要高盛宣怀好几辈,这就使得盛宣怀只能不断地站起来,按宗族辈分给长辈行礼。

"免了免了。"族长赶忙拉住盛宣怀,他看上去要比盛宣怀年轻个十几岁,"毗陵盛氏是长房,我们不过是晚房占长,虚长了几辈。"

"俗话说尊长不如年长,理当是我们给家公行礼。"一位绅耆说。

“更何况家公德泽在民，我等感激不尽，理当拜谢！”另一位绅耆说，领着盛氏族人要给盛宣怀下跪，又被盛宣怀拉住了。

“说盛某‘德泽在民’，盛某实在不敢当。”盛宣怀连连摆手，“倘论这开发大冶铁矿的首功，当在湖广总督部堂张文襄公。”

“家公继往开来，汉冶萍接手几近二十年，国计民生，泽被绵延，有目共睹。”族长很会说话，“就比如我们盛洪卿，过去只是个小小的驿站，随着大冶铁矿的开发，近年来商户发展到了四五十家，其中经营布匹、杂货的有家和祥、义昌、陆泰丰等，经营粮食的有范同兴、盛启栋、胡文轩等，经营屠宰业的有詹成兴、盛年申等。此外还有经营餐饮业、旅馆业和其他各行各业的。”

“说起义昌杂货店的开办更有意思。”一位绅耆说，“家公接手汉阳铁厂后，聘请德国矿师赖伦到大冶铁矿工作，盛达泉的老子因为人老实乖巧给赖伦当了侍从。他为赖伦做饭，赖伦生病他精心护理，深得赖伦的欢心。后来赖伦让他承包矿上的工程发了财，他的儿子盛达泉就拿着这些钱在盛洪卿开了一家义昌杂货店，是当地资本最雄厚的商户。——喏，他就是盛达泉。”

一个年轻的绅士走上前来，给盛宣怀深深鞠了一躬。

“感谢盛公恩典。没有盛公，我们家到不了今日。”年轻人很诚恳地说。

“大冶铁矿的开办，还改变了盛洪卿千百年来以农为本的乡风。”族长又接着说，“许多富户不再囿于农耕，纷纷变卖田地，转而经商。”

“学风有何改变？子弟有上大学、留洋的吗？”盛宣怀又问。

“有。”族长回答，“大冶铁矿来自上海、浙江、江苏等风气开放省份的员工很多，他们有的举家入迁，在矿山安居乐业，成为矿工世家。他们的子女一般都送回上海、苏州、常州等地老家接受新式教育，学成之后又返回矿山。这启发了本地人，本地人也创办新式教育，培养自己的子弟，有些子弟后来也出外上大学，还有的去留了洋。比如现在矿上任庶务股长的盛东福就是盛洪卿子弟，他在汉口的教会学校毕业后曾在石灰窑的日铁出张所任华籍职员，后来又留学东洋。当然，他是西泽所长一手栽培起来的，他是他的义子。”

“听说西泽先生早年间，曾跟大冶铁山铺一个独眼猎户有着非常传奇的友谊，莫非就是这件事？”盛宣怀笑着问。

“正是。”西泽公雄回答,“我的干亲家已于几年前去世,我对我的义子承担了全部的义务,等一下你就可以见到他了。”

盛洪卿和终点站铁山铺之间的距离很近,一会儿运矿火车就停在了铁山铺的站台上。站台上等着来迎接的,有大冶铁矿的徐总办、王矿长以及各处、股室的头头脑脑们。内中有一位张罗接待的年轻职员,他大约还不到三十岁,跑上跑下、呼东喝西,很是卖力,西泽公雄告诉盛宣怀,这就是他的义子盛东福。后来找了个机会,西泽公雄还让盛东福过来见了盛宣怀。年轻人礼节周到,毕恭毕敬地给盛宣怀行了大礼,盛宣怀对他有了几分好感。

接下来的盛公祠落成庆典,盛宣怀作为事主自然要讲话。他的讲话里充满着睿智和诙谐。他说为活人建祠堂祭祀的习俗,最早起于西汉。西汉栾布为燕相,燕齐之间为其立社,号“栾公社”,此为立生祠之始。此后人民为很多历史大贤和名人都立过生祠,比如唐代的狄仁杰、宋代的岳飞等。活着的时候立生祠最多的历史人物,当数明代天启年间的权阉魏忠贤,各地官员为了巴结魏阉,在全国各地建了大量的生祠。盛宣怀接着说由此可见,并非功德无量的人才可以生前建生祠,好人立生祠,坏人也同样可以立生祠,这么一想我也就心安理得,对此不再反对了。(全场大笑)至于我盛某人到底是好人还是坏人,还是留待后人去评说。如果是坏人,到时候再拆也不迟嘛。(此处哄堂大笑)窃以为没有虚度此生,便足矣!盛宣怀的讲话,博得了经久、热烈的掌声。

盛公祠建在铁山铺的山上,靠近露天采场。盛公祠的背后正好是一堵绝壁,上边有一幅摩崖石刻,历数汉冶萍的创办艰难和历史功绩。最后的一句话是:“……大冶一隅,日跻富庶,人才蔚兴,屹然为扬子江流域一巨镇。”

第十七章 龙吟浅底

自从搬进中南海，袁世凯便让人堵了西华门，扒倒南边的宫墙，直接往西长安街上开了一道大门，这便是新华门。

从此进入中南海，不用再走故宫西华门了。

走西华门给袁世凯带来太多的回忆。自从四十岁那年他出任山东巡抚开始，到三年后他接替李鸿章出任直隶总督，作为独当一面的封疆大吏，他开始有了太多的入都觐见天颜的机会。那时候慈禧虽已长住颐和园，但一年之中她仍然会回宫住上一段日子，南海仪鸾殿就成了她的行宫。去觐见这位一辈子对他恩重如山的女人，袁世凯常常都是从西华门入宫，然后通过西苑门进入中南海。这条熟悉的路径可以说是他仕途上的起始发达之路，他在这条路上不断感受到的是皇家的眷顾、倚重和皇恩浩荡。每当走在这条路上，他总会回忆起一些难以忘怀的往事，包括枢廷召见他的每一次不同的因由和细节。但是有一天——自从三年前在他的软硬兼施之下隆裕皇太后发布了清室逊位诏书后，袁世凯便从心理上不太情愿走这条路了，似乎这条路上见证过他崛起的每一座楼台亭榭、每一块砖石和每一株花草，都在向他发出诘责和疑问：前朝待你不薄，国难当头，你不能报恩"殉国"也就罢了，你何苦还要勾结南方"贼寇"联手逼宫谋位，欺负人家孤儿寡母？你居心何在？袁世凯回答不出来，他只能说这是大清朝气数已尽，大势所趋，识时务者为俊杰。但是封掉西华门、重开新华门，并不能从根本上隔断袁世凯对往事的记忆，从新华门进去，中南海依然是山重水复、殿阁宏伟、金碧辉煌的皇家园林，这里的每栋楼宇、每棵树木、每块石头、每处墨迹,都是昔日王权的符号与象征,昭示着诱人的皇家霸气与梦想。浸淫在这浓浓的帝王氛围之中,日子久了,袁世凯的心里不再仅仅只是对前朝的愧疚,他内心深处的那块"心病"也在慢慢加重,突然在某一天急剧膨胀了起来。

说不准袁世凯那块"心病"到底起源于何时。但毫无疑问,1915 年时任参政院参政的湖南湘潭人杨度开出的"药方",倒是正摸准了他的病根。杨度年轻时曾拜湖湘大儒王闿运为师,后来东渡日本学习政法,研究各国宪政,一直主张君主立宪。同盟会在日本成立时,孙中山曾力邀杨度加入,但因道不同不与谋而遭到杨的拒绝。清末时袁世凯倡导立宪,一直视杨度为智囊,曾亲自题匾称赞杨度为"旷代逸才"。辛亥革命后中华民国确立了民主共和制度,杨度对此一直持有异议。杨度为袁世凯开出的这剂"药方",就是洋洋洒洒两万余言的《君宪救国论》。这篇文章分上、中、下三篇,上篇论述君主立宪救国的理由,中篇论述总统制的缺漏,下篇批判清末民初的立宪。"中国如不废共和、立君主,则强国无望,富国无望,终归亡国而已。……故以专制之权,行立宪之业,乃圣君英辟建立大功大业之极好机会。"杨度认为共和国必须有很深的民主自由传统,一般意义上的共和国经济强盛,军事实力相对较弱,比如美国和法国等;共和国的国家元首由选举产生,往往导致政局不稳。至于君主立宪制国家,一般都有服从和等级的传统;君主立宪国家一般来说军事实力比较强大,比如英国和德国。杨度还根据中国国民认识的现状出发,认为中国人多数不知共和为何物,亦不知所谓法律、自由平等诸说究为何义,因此无论谁为元首,欲求统一行政、国内治安,除用专制,别无他策。杨度还认为,君主立宪有一个最大的好处,那就是政局能够长期保持稳定,因为君主制不存在最高权力的更替,而是凭血统继承,这样就避免了因共和制所引起的变更纷争。很多国家因为共和制所产生的纷争,往往几年就会出现一次;如果再加上有野心的外国势力从中干预、挑唆,就会引起全国性的动荡。所以杨度最后得出的结论是:实行君主立宪制是中国救亡图强的最佳方案。

杨度论述君主立宪制的这篇文章,因为既考虑到了中国国情,也考虑到了文化传统,并且列举了中国实行共和制之后出现的种种问题,所以它在报章上公开发表后,立即在社会上引起了广泛的影响和共鸣,不啻在思想和理论上对现行国体进行了一次颠覆性的重新认知。袁世凯在读到该文后更是深有感触、赞不绝口，称为至理名言。这一方面是中华民国成立后的一系列问题让袁世凯大伤脑筋；另一方面也是因为袁世凯一直有君主立宪情结，对于这种国体相对亲切和熟悉。袁世凯心中最崇尚的，就是德国的君主立宪制度。他认为中国和德国在传统上有许多相似之处，都是强调国家利益至上、民族利益至上、集体利益至上，对个人的权利、个人的自由较少予以考虑；而德国之所以能在短时期内迅速崛起，与它拥有强大专制力量的立宪政治制度有关。继杨度之后，袁世凯的宪政顾问、极富名望的美国哥伦比亚大学教授古德诺应邀到中国考察并写出了《共和与君主论》，发表在《亚细亚报》上。古德诺的这篇文章从纯学理、法理出发，对欧美国家的政治制度一一进行了述评。他的主要观点是：就君主立宪和民主共和而言，并没有孰优孰劣的区分，关键在于是否适合本国的国情，因为政治制度的决定，关键在于本国的历史沿脉和传统。古德诺因而得出结论说，中国有数千年的帝制传统，大多数中国人智识不高，也没有参政习惯，四年前中国由封建专制一举变为共和，显得太突然跨度太大，因而很难有良好结果；所以君主立宪国体比共和政体更适合中国。紧随古德诺其后，北洋政府的法律顾问、日本人有贺长雄也写了《新式国家三要件论》，认为一个新式国家必须具备三大要素：一是以民主规则运行的国会；二是司法独立；三是基础教育之普及发达。他认为中国目前尚不具备这三大要素，因此还是以“旧式”帝制为好。这些有背景的文章，在这一年似乎都在向国人释放一个明白无误的信号：中国还是有皇帝好。

那么这个皇帝会是谁呢？该不会是那个刚刚被推翻的宣统小儿吧？很显然不是。那个旧日朝廷的孤儿寡母气数已尽，烂泥巴糊不上墙；况且数千年的华夏泱泱古国，即便轮流坐庄，现在也该轮到汉人来坐天下了。那么这个未来的汉人新皇帝会是谁呢？莫非……大家的眼光不约而同聚焦到了袁大总统身上。

在民国四年的这个春天里，似乎为了印证这个说法，袁世凯的身边也出现了太多的“祥瑞”之兆。比如从老家河南项城传来消息说，父亲袁保中的墓旁，已长出了一条长达一丈多、形似龙形的紫藤，那紫藤上的“龙尾”“龙首”甚至包括“龙眼”“龙须”都已基本成形。颇信风水的袁世凯听后将信将疑，但他还是忍不住悄悄派长子袁克定以“探母”的名义回乡查看。袁克定回到项城后不久，就写了一封信禀报袁世凯：“藤滋长甚速，已粗逾儿臂，且色鲜如血，或天命攸归，此瑞验耶！……”不仅仅如此，前清的一位钦天监官员呈文上书给袁世凯，说他夜观天象，发现一颗大星正从南方冉冉升起，呈帝王之相，后经勘测研究，大星升起之地正是河南项城。目前帝星北移，不久将达京城上空，照临袁大总统的皇帝宝座。在中南海内，袁世凯身边的家仆们，更是把这种“祥瑞”之兆传得神乎其神。有一天一位仆人给袁世凯送茶，袁世凯正在睡觉，仆人一不留神，将手中上等的碧玉杯摔碎了。这只杯子是朝鲜国王当年送给袁世凯的。袁世凯惊醒后，那个乖巧的仆人怕主子怪罪，赶忙信口胡编了一个理由，说他刚才受了惊吓，他看见躺在床上的不是一个人，而是一条全身金光闪闪的金龙。仆人因此而逃脱了一场责罚。听仆人说得那么肯定、真切，袁世凯自己也有些信以为真了。这以后仆人们捕风捉影，编出了更多的故事。比如在袁世凯居住的中南海深宅大院里，深夜常有游龙掠过，有一次竟然还真的应验了。那天晚上袁世凯正要准备睡觉，忽然听见院内人声嘈杂，一个侍从满头大汗、惊慌失措地跑进来向他禀报，在居仁堂的旁边出现了一条大蛇。袁世凯赶忙赶过去，果然看到一条大赤蛇，通体呈深红色，正伏在假山的角落里。待袁世凯走近，那条大蛇还朝着他点了点头，然后顺着假山慢慢游走，钻入洞穴之中。袁世凯看得目瞪口呆，这一晚他辗转反侧，彻夜未眠。

袁世凯不得不相信这些所谓的“祥瑞”之兆。出生在那样的官僚士大夫家庭，生活在那样的历史年代，接受的又是那样的文化传统和教育，他对相命、风水、堪舆之类的迷信和看重，就是再自然不过的事情了。实际上袁世凯在当选大总统后，对这一套就更加笃信不疑。当年他从府学胡同五号盛宣怀那套借住的大宅院里准备搬进中南海的时候，他就特别谨慎小心，或者说做贼心虚。因为曾有一个民间传说，说当年李自成打进北京后不敢进故宫，一进故宫就头疼，皆因李自成非真龙天子之故。中南海也是前朝皇家园林，袁世凯不敢贸然搬入，因而特意请了一位“青鸟大师”来占卜吉凶。这位风水大师一番装模作样的测试后告诉他，中南海居震、离两方，而震为雷，为龙，为玄黄，乃帝王之所，跟大总统的“八字”并无冲突，有百利而无一害。袁世凯大喜过望，这才在“青鸟大师”的指点下，选了个“黄道吉日”搬进中南海。随后，袁世凯又请了一位据说当时很有名的郭姓堪舆家，专程到河南项城去观察袁氏祖坟的风水。郭某看了十处墓地后，认为第七冢袁世凯母亲的墓最为不同凡响，他说：“此坟外形，来脉雄长，经九迭而结穴，每迭上加冕，应九五之象，左右边送护卫，罗列诸侯，直帝王肇陵之形势。”袁家人听后皆兴奋不已。郭某回到京城后，袁世凯问其“东兴之运”有多少年，郭某心里无底，正不知如何回答，急迫之中忽然想起了八卦与阴阳二气，乃信口说出“八二之数”。袁世凯接着问“是八百二十年，还是八十二年?”郭某故弄玄虚，强调“八二之数，天机不可泄露。”袁世凯于是自言自语说：“就算是八十二年，已历三代，我也满足了。”没想到郭某的话竟一语成谶。后来袁世凯的称帝事实证明，所谓“八二之数”，其实既非八十二年，更非八百二十年，而仅仅只是八十三天。不光是袁世凯身边的这些所谓“祥瑞”之兆，更有甚者，官方也在以实际行动有意无意地配合和强化这种称帝的氛围。京都警视厅竟公然贴出布告，通知全市卖元宵的人一律改称“元宵”为“汤圆”，并在店铺前书写“汤圆”二字，以便利市民叫买。这是因为有“社会贤达”提出，“元宵”音同“袁消”，于袁世凯不利。有人因此写了一首打油诗发表在新闻纸上——偏多忌讳触新朝，良夜金吾出禁条。放火点灯都不管，街头莫唱卖元宵。”

民国四年的这个春天，若非日本人节外生枝地跑出来横插了一杠子，袁世凯这台紧锣密鼓上演的称帝大戏，既然已经开了锣，就会一直热热闹闹地“演”下去，不会中途停下来。而现在，他不得不中途“剧场休息”了。

日本人太叫人扫兴了。

那是个寒潮来袭的日子。早春的北京有着太多这样的时候：阳光明媚的日子里，天空中突然卷起一阵阴霾，风卷着雪花漫天飞舞着刮过来，一会儿就天地混沌一片，寒气刺骨了。这个阴暗寒冷的日子给国家带来的灾难，最初与天气只是一种偶然的巧合——在中南海居仁堂的总统府里，袁世凯依照事先的日程安排，要在这一天例行会见各国新任驻华公使，并接受他们递交的国书。日本驻华公使日置益在递交国书后，又径直向大总统递交了一份《觉书》文本，也即后来所称的“二十一条”。《觉书》是日本的外交备忘录，按外交程序应该首先递交到外交部，但日置益却直接递给了总统，可见日本人在中国的倨傲态度。日置益在递交《觉书》时还强调，这些条款是给中国一个机会，向日本国民表明中国对日本的亲善。日置益还半是恫吓半是利诱说，日本政府对袁大总统表示诚意，愿将多年悬案和衷解决，以达亲善目的，兹奉政府训令面递条款，愿大总统迅速商议解决，并保守秘密，否则要负一切严重后果之责任。日置益还同时话里有话地威胁说:“中国革命党与日本在野人士过从甚密,势力甚大,倘袁政府不表示友好,则日政府实难控制革命党不在中国行事。”又把话挑明了,“日本人民皆反对袁总统,彼等相信袁总统为有力的排日者,其政府亦采取远交近攻之策。总统如接受此种要求(指‘二十一条’),日本人民将感觉友好,日本政府从此对袁总统亦能遇事相助。”这是暗示袁世凯拿国家利益跟日本做交易。袁世凯当然知道日本公使的目的何在,他不卑不亢地回答说:“中日两国亲善,为我之夙愿,但至于交涉事宜,应由外交部主管办理,当交曹(汝霖)次长带回外交部,由外交总长与贵公使交涉。”说完,袁世凯将《觉书》往桌上一搁,并未当场展阅。

《觉书》的文本共分五号二十一款:

第一号共四款,关于山东问题。要求中国政府承认日本继承德国在山东的一切权益,包括对胶州湾、青岛的占领,胶济铁路及沿线的利益,并加以扩大。

第二号共七款,关于南满洲及东部蒙古问题。要求中国政府承认日本在南满及东部内蒙古享有优越地位,包括将旅顺、大连租借期限和南满铁路期限要求展至九十九年。日本人在两地享有土地租借或所有、居住往来以及经营工商业、开矿、筑路等各项权利。

第三号共两款,关于汉冶萍公司问题。要求公司由中日合办,该公司附近矿山,未经同意,概不准该公司以外之人开采。

第四号共一款,关于中国沿海港湾及岛屿问题。要求中国政府声明,所有中国沿海港湾及岛屿,概不让与或租与他国。

第五号共七款,关于中国政府聘用日本人为各项顾问及其他问题。要求中国中央政府聘用日本人为中国财政、政治、军事等各方面顾问,两国用同一军械,警察由日本训练,小学用日本教师,有在江西、福建修筑铁路,开矿等权利。

有一个意味深长的细节是:这本《觉书》纸张上的水印图纹,竟然全部使用的是兵舰和机关枪。

1914 年 8 月,奥匈帝国太子在塞尔维亚的被杀事件直接导致了第一次世界大战的爆发。随后以德奥同盟国为一方,以俄英法协约国为一方,在欧洲战场上展开了大厮杀。第一次世界大战的爆发,使得西方列强无暇东顾，给了一直觊觎中国的日本一个绝佳的机会。日本在甲午战争中打败中国，又花了十年时间在日俄战争中打败了老牌的沙俄帝国，再花了十年时间的发展，此时日本可以征调的陆军达百万，海军总吨位逾六十万吨，已跻身世界强国之列，连欧洲老牌列强也不敢小觑。世界大战爆发后，拥有强大军事和经济实力的日本，自然成了大战双方争夺的对象，日本的地位一下子变得举足轻重。为了赢得日本参战对抗同盟国，英国对于日本利用战争期间进行周边势力扩张，比如像对中国提出“二十一条”，都是采取睁一只眼闭一只眼的态度。不仅如此，任何一个大国此时都成了天平上的砝码，英国等协约国列强也希望中国加入协约国参战。英国驻华公使朱尔典几次做工作，力劝袁世凯加入对德奥的战争。朱尔典暗示，如果袁世凯加入协约国，英国政府会支持袁世凯称帝，否则有可能会反对。但袁世凯一直不松口，他的想法是：在战局不明朗的情况下，不加入任何一方的战争，而是韬光养晦搞好国内建设，因此中国在外交上宣布中立。袁世凯的中立外交也让英国政府对他恼火和不满，但因忙于欧洲战事，对于远东事务已没有精力顾及，因而为日本放手侵略中国提供了天赐良机。

应该说长久以来日本政府对袁世凯都是深怀敌意的。从袁世凯的个人经历来说，他一生中一个重要的敌人就是日本；而日本，自始至终把袁世凯当作一个很重要的对手来看待。在日本看来，当年朝鲜之所以排斥日本，完全是袁世凯从中作梗。当日本打败欧洲老牌强国俄罗斯，取得沙俄让出的中国东北南部的利益时，又恰逢袁世凯任直隶总督兼北洋大臣，个性倔强的袁世凯对于老对手日本的心怀叵测，仍采取强硬的抵制态度。袁世凯的强人风格，以及他对日本的警惕，一直让日本人耿耿于怀。日本最不愿意看到的，就是一个统一的强大的中国。日本首相山县有朋曾直言不讳地说：“日本不希望中国有一个强有力的皇帝，日本更不希望那里有一个成功的共和国。日本所希望的是一个软弱无能的中国，一个受日本影响的弱皇帝统治下的弱中国，才是理想的国家。”辛亥革命爆发，日本人认为机会来了，一开始日本就竭力干扰中国南北和谈，希望革命党人和北洋军相互厮杀，然后伺机趁火打劫。袁世凯上台后大权在握，日本想要在中国获得更大的利益，始终绕不开袁世凯。但袁在外交政策上则明显的亲英美疏日本，如同日本驻华公使日置益在递交《觉书》时所说：“日本人民皆反对袁总统，彼等相信袁总统为有力的排日者，其政府亦采取远交近攻之策。”这对日本谋求在华利益当然是一大障碍，让日本人很是恼火。袁世凯在执政后也暴露出越来越多的铁腕以及想做一个政治新强人的野心，日本政府对袁世凯越来越不放心，对华政策很快调整为：明里向袁世凯示好，怂恿袁世凯称帝；暗中则授意日本民间人士包括黑龙会这样半官方半民间的组织，和军人中的强硬派组织反袁阵营，积极支持和培育反袁势力，等待时机，制造动乱；同时暗中保持跟段祺瑞、冯国璋、张勋等人的接触，以探讨未来取代袁世凯的可能性。

欧战爆发，从前一直被袁世凯利用制衡日本的英、俄、德等国，深陷欧洲战场无力东顾，让日本人看到了宰割中国和推翻袁世凯政府的千载良机。黑龙会在当时的一份《解决中国问题意见书》中这样阐述："……一旦内乱果真发生而没有外力帮助镇压，我们相信袁世凯绝不可能以单独的力量恢复和平与统一全国。""我们应该使中国革命党人、宗社党人以及其他失意分子在全国范围内引起骚动。整个国家将陷入混乱，袁政府将因之垮台。……"1914 年 8 月 23 日，日本对德国宣战，派军舰封锁胶州湾，破坏中国的"局外中立规定"。接着日军又与英军联合攻占青岛，完成了对中国山东半岛的控制和占领。袁世凯政府对此并无过激反应，仅仅只是停留在外交抗议上。日本人心里有底了，胃口大开，在世界大战和袁世凯准备恢复帝制的节骨眼上，实时而阴毒地抛出"二十一条"。"二十一条"的用意就是"一箭双雕"：如果中国政府接受此协议，日本不仅可以从中牟利，袁世凯政府也将会大跌颜面，在国人中失去信任；如果中国政府不接受，必将给日本进攻中国提供理由，同时对西方列强也有了搪塞交代。袁世凯政府无论答应不答应，都将面临尴尬艰难的局面。

接受《觉书》的当天晚上，袁世凯即召集国务卿徐世昌、总统府秘书长梁士诒、政事堂左丞杨士琦及外交总长孙宝琦、次长曹汝霖等人到中南海春藕斋通宵会议，商讨对策。此前袁世凯对"二十一条"已"逐条细阅批示"。他曾愤怒地对其日本顾问有贺长雄表示："日本竟以亡国奴视中国，中国绝不做高丽第二！"尤其对第五号最为不满："其中最为难堪者，曰切实保全中国，曰各项要政聘用日人为有力顾问，曰必要地方合办警察，曰军械定数向日本采购，并合办军械厂，用其工料。此四者如允其一，国即不国！……予见此四条，誓以予一息尚存，绝不承诺！"因此在会上袁世凯首先旗帜鲜明地表明了自己的态度："日本这次提出的《觉书》，意义很深，他们趁欧战方酣，各国无暇东顾,见我国事已定,隐怀疑忌,故提出《觉书》,意在控制我国,不可轻视。至于《觉书》第五项,竟以朝鲜视我国,万万不可商议!”接下来的两天两夜,袁世凯又扩大会议范围,连续召开了由各部总长及参议院议长、军队将领等参加的会议,分别听取他们对“二十一条”的意见,商讨对策。在这些会议上,由于中日之间实力悬虚无法对抗,多数人倾向接受“二十一条”。比如孙宝琦说:“外交历来是国家实力的较量,问题已没有谈判的余地,只有接受。”曹汝霖也主张接受。梁士诒则反对说:“不谈判就接受,在外交上没有这种成例。我们应与日本开会讨论,至于能讨论到什么地步,以后再看。”杨士琦也认为应该与日本谈判。连续开了三天三夜的会,袁世凯每天只在午休的时候打一会儿盹。在北洋将领参加的会议上,袁世凯睁着一双熬得血红的眼睛,不满地望着他从前的那些虎狼部下,一个个都低着头默不作声,只有陆军总长段祺瑞力主拒绝,不惜一战。

“芝泉你说,”袁世凯叫着段祺瑞的字,“如果中日间因此发生战争,你认为中方目前能有几成胜算?”

“毫无胜算。”段祺瑞老实地承认,“以中国军队目前的武器装备和后勤保障,实在难以与日军抗衡。”

“那你为何还要主战?”袁世凯双目炯炯有神。

段祺瑞悲愤地说:“养兵千日用兵一时。古人云,文死谏武死战,现在国家有难,我们不死谁死?”

“现在还不是说死的时候!”袁世凯不满地说,“你实话告诉我,如果打起来了,可以坚持多长时间?”

“二十四小时,或者……最多不超过四十八小时。”

“那剩下的事情呢?”袁世凯又问。

“剩下的事情就只有交给大总统去处理了。”

袁世凯冷冷地说:“那这样的打还有什么意义?打败了再谈还不如不打就谈。”

会上多数人的意见最终都倾向于与日本人谈判,在谈判桌上尽可能地挽回和减少损失。袁世凯自然早就想好了如何应对谈判的策略,会后他将总统府秘书长梁士诒单独留了下来磋商。

“翼夫,”袁世凯叫梁士诒,“你认为日置益在递交《觉书》时,为何一再强调,我方必须对‘二十一条’严加保密,不得泄露?”

"这说明日本人还是有点心虚，投鼠忌器。"梁士诒想了想说，"他们妄图趁着欧战机会，撇开西方列强，独自攫取在华利益。很显然，他们是想在西方列强出面干预之前，快速完成'二十一条'的谈判签约，造成既成事实。"

"对，你判断的完全对。"袁世凯说，"日本人希望这件事速战速决，越快越好。所以我们的策略是，偏偏让他快不起来。"

"怎么——快不起来？"

"说到底一个字——拖。"

"拖？"梁士诒眨巴着眼睛。

"对！"袁世凯狡黠地笑了笑，"用拖延来争取时间，然后干两件事：其一，日本人不是要我们严守秘密吗？我们反其道而行之，将'二十一条'的内容暗中透露出去，公开见报，等待西方列强出面干预，调停；其二，利用日本政府内部的派系矛盾，派人在日本高层游说、离间，删去或修改'二十一条'的部分条款，配合我方在谈判桌上的谈判。"

"以夷制夷，以内掣外，大总统实在是太高明了！"梁士诒满脸的钦佩，"可是如何拖呢？日本人不傻，他不会让咱们拖。"

"这事由不得他。"袁世凯很自信，"我已经想好了拖的办法。"

"什么办法？"梁士诒追问。

"换人呀！"袁世凯诡秘地笑着，"将孙宝琦的外交总长换给陆徵祥，孙宝琦是急性子，而陆徵祥是有名的慢性子。更重要的是，陆徵祥一直做驻欧美公使，没有出使日本的经历，他不懂日语。"

"这跟'拖'……有何关系？"梁士诒一时没明白。

"不懂日语就得靠翻译呀！"袁世凯嘿嘿地笑着，"日语翻译成中文，然后又中文翻译成日语，这样来来回回的倒腾，你说得浪费多少时间？"

"原来如此。"梁士诒摸着脑袋，恍然大笑了。

第二天，大总统发布命令，免去孙宝琦的外交总长职务，改任审计院院长；外交总长由陆徵祥接任。1月下旬，中日两国代表在北京开会，开始正式磋商"二十一条"。中方与会者三人：外交总长陆徵祥、次长曹汝霖、秘书施履本；日方与会者亦是三人：驻华公使日置益、一等书记小幡酉吉、同译官高尾亨。一开始双方就在会谈时间上谈不拢：日方要求每周会谈五天，陆徵祥则以"初履新任，部务繁忙"为由，坚持每周最多只能会谈三次，每次半天即一个下午。日本人不同意,双方僵持了下来。磋商不拢就没法正式进行会谈,而这正是中方所需要的结果。日本人终于明白过来,僵持到最后不得不让步同意。陆徵祥对大总统“拖”的策略心领神会,处处落实到位。他也真是个慢性子,每次会谈约定于下午两时准时开始,他总要以“公务繁忙”为由设法迟到一会儿;到了以后又以自己在英国多年已形成习惯,每天必喝英式下午茶。于是喝茶,一道道地上水果、点心,繁复的英式下午茶一磨蹭就磨去了一个多小时。日本人虽然心中焦躁冒火,可又碍于这是主人的热情客气,外交官必有的绅士风度,不好当面发作。

第二次会谈的中心议题是汉冶萍问题。会上日方准备了一个关于汉冶萍公司现状的调查报告,以及中日合办汉冶萍的方案大纲。这个方案大纲基本上还是民国元年日方对南京临时政府提出的那些内容。此前袁世凯的“智囊”人物如曹汝霖、顾维钧、伍朝枢等,日本顾问有贺长雄、美国顾问古德诺皆已向袁世凯递交说帖,确定了中方在汉冶萍问题上的两点原则立场:其一,汉冶萍公司乃私人之产业,中国政府碍于约法,难以转变为两国合办事业。……债权者对于债务者,各国法律如债务者能按期还本付利,履行契约,当然无干涉权,更无变债权为所有权的说法。其二,所谓汉冶萍附近各矿之说法,漫无标准。若从广义解释,则南中数省之矿山尽为日方所有,殊难允准。”袁世凯也对第三号条款作了亲笔批示:“此为商办性质,按民国法律,该公司有保有财产营业之权,政府不得违法干涉。”中方代表正是紧紧抓住了上述原则,在和日方代表的谈判中寸步不让,绝不松口。下面是第二次会谈的摘录:

陆徵祥:第三号汉冶萍公司事。该公司系商业性质,外国政府对于商业公司均思约,日后商民反对,反无以对贵国政府,此节应请贵公使体察之。

日置益:贵总长所云系第三设法保护,今中国政府不唯不保护之,反而以之与外国订约,殊觉为难。且现即定与贵国订号之全部乎?

陆徵祥:系全部。

日置益:如贵国政府提出修正案?

陆徵祥:碍难商议。本国政府对于汉冶萍公司,已有种种为难情形,且该公司已借有日本之款,无订约之必要。

日置益:如商人乐于举办,贵国政府于合办之主义不反对乎?

陆徵祥：第一款中有云，如未经日本政府之同意，所有属于该公司一切权利产业不得任意处分，是与普通之公司性质不同。

日置益：中国政府所谓困难者，系指实行而言，于主义不反对乎？

曹汝霖：商人是否愿意，不能断定。

小幡酉吉：绝无磋商之余地乎？

陆徵祥：政府与政府之间订此约，殊不甚妥。

日置益：将来商人与商人之间如果愿意合办，贵国政府当不至不许？

陆徵祥：将来如果有此事实，但与普通公司性质不相违背，政府不至不许，不过政府不能预定耳。

日置益：贵国政府于主义上应无反对。

曹汝霖：此为商人之产业，政府不能预定。

苏州留园中有三块著名的太湖石峰，玲珑剔透、婀娜百态，传说是天上下凡的仙女，取名冠云、瑞云、岫云。民国四年的春天，一个阳光灿烂、风和日丽的日子里，瑞云峰突然毫无征兆地坍塌了。消息从苏州传到上海斜桥的老公馆，庄夫人和重病垂暮的盛宣怀顿时惊得目瞪口呆，日夜忐忑不安。其时正是“二十一条”在北京秘密谈判的时候，但消息已经泄露——袁世凯通过他的英文秘书顾维钧将“二十一条”的内容暗中透露给了英文版的《亚细亚报》和《字林西报》。消息很快传遍国内，国人抗议和反对的声浪遍及全国，盛宣怀也在为汉冶萍未来的命运忧心忡忡。瑞云峰的倒塌，莫非是个不祥之兆？但不久四公子盛恩颐从美国拍回电报，说在美国出生不久的二小姐小美染病夭折了，小美的大名就叫瑞云。原来盛家四房的前三位小姐出生后，先后都以留园的太湖石命名。盛恩颐最开始是在英国留学，读的商科。两年前，他和妻子孙用慧将刚满两周岁的长子毓郵、襁褓中的长女冠云小姐留在了家中，夫妻结伴出洋。去年欧战爆发亚欧交通中断，家中对他们接济不上，远在异国他乡的孙用慧只能靠变卖首饰艰难度日，吃尽苦头。眼看战时伦敦实在待不下去了，他们就去了美国，盛恩颐因此转入哥伦比亚大学学习工商管理。想不到远隔重洋，万里迢迢，瑞云峰的倒塌竟然应验了瑞云小姐在异国的夭亡。盛宣怀和庄夫人自然唏嘘感叹了一场，为那个还未曾谋面就已逝去的小生命扼腕叹息。

这一年盛宣怀感觉到自己明显地越来越不行了，老历新年过后，他就基本上很少下地,喘病越来越厉害,咳嗽中竟然还夹有血丝。请教会医院的德国医生看过后,诊断说他的肺病已经到了晚期,只能卧床静养。公司董事会已不能出席,非他出席不可的会议,或者是移会到斜桥的盛公馆召开,或者就委托公司总经理王存善兼作他的代表。董事会会长一职的推荐人选孙宝琦,目前已改任中华民国审计院院长,相对于外交总长公务已略为清闲,袁大总统原则上同意了由他兼任汉冶萍董事长,现在就等着召开股东大会选举了。到了这年的春夏之交,汉冶萍股东大会终于假上海青年会地址召开,到会股东 1224 人,总计代表 144569 股权。盛宣怀因病未能参加,委托总经理王存善代为主持。盛宣怀在写给股东大会的辞职书中说:"……心羸力绌,歉疚万分。迩来肺病日深,起床日少,艰危之局,势难以孱躯支拄其间。谨奉书辞谢,务祈各股东另举声望卓越经验宏富者接办会务,以匡不逮,幸勿再举敝人,感祷无极。"股东大会最后票举孙宝琦、盛宣怀、王存善、李经方等九人为董事,孙宝琦权数最多,得票 39258 权,当选首列。这当然是按照盛宣怀事先的策划和安排来的。盛宣怀得票其次,29338 权。嗣后新董事举行董事会,选举孙宝琦为会长,盛宣怀为副会长。

其时孙宝琦尚在北京,未能到沪履任。忽一日董事会接农商部来电,谓大总统询问:现在外界舆论汹汹,国人皆以为中日合办汉冶萍一事,乃盛公当年逃日时与日人暗中约定,合办大纲亦彼时拟定,此事当真乎?大总统希望盛公能亲自来京,当面说明详情。盛宣怀接电后满腹委屈,说:"哪有此事? 光绪三十四年我赴日治病,日方首次提出合办汉冶萍,被我婉言谢绝。辛亥以后南京临时政府为向日本借款, 日方提出以合办汉冶萍为先决条件,被我巧妙推脱,由李维格权且代签。合办草案最后因股东大会全票反对而作罢。"盛宣怀于是一面回电称因病不能亲自赴京谒见总统,一面在沪召见记者会,说明当年合办汉冶萍的种种内幕,希望借此来澄清事实,洗刷自己背负的不实之名。不久孙宝琦来沪,他受大总统派遣亲自来沪调查汉冶萍合办一案的前后原委;同时因为他刚刚当选新一任董事会会长,也需来沪履行到任仪式。公务活动完成后,盛宣怀和孙宝琦这对儿女亲家私下有一番很私密的谈话——

"慕韩兄,"盛宣怀叫着孙宝琦的字,"你是大总统身边的人,请直言相告,这次大总统是不是真的要将汉冶萍拱手送与日人? "

"杏翁何出此言? "孙宝琦问。

“外界多有传言，说这次日方提出‘二十一条’意在和大总统做交易。中方承认‘二十一条’，日方同意大总统称帝。”

“一派胡言！”孙宝琦愤愤地说，“你们把大总统看成了什么人？国家贫弱，强邻窥伺，受弹丸之邦欺凌，大国颜面尽失，你想大总统的心里好受吗？听总统府有人出来说，日使递交‘觉书’那几天，大总统彻夜未眠；更有仆人夜半闻大总统号啕痛哭声。唉，大总统心中之痛，常人谁知？”

“那倒也是。如此说来不仅国人误会他了，盛某也误会他了。”盛宣怀略作沉吟，“你是知道的，前清时我与项城不和，龃龉多年，我以为他会趁此机会在汉冶萍问题上报复。”

“杏翁，你要这么想，可真是冤枉大总统了。”孙宝琦很认真地说，“这些年北京政府对汉冶萍的优惠和关照，在全中国的商办公司中再找不出第二家。你的很多要求虽说有敝人在上头为你疏通游说，可那些最后毕竟还得要大总统点头批准呀！说实话大总统不是你想象中那种小肚鸡肠的人，我可以作证，这些年他真的对汉冶萍、对你盛杏荪不薄！”

“这倒是真的。”盛宣怀老实承认，“说到大总统的胸怀和肚量，盛某其实也并非完全没有感受。就比如辛亥那年我出逃日本，差一点没能逃出北京城，后来还是袁项城放了我一马。”

“你瞧，这不就结了吗？”孙宝琦瞪着眼，“你知道吗？当年袁项城之所以要保全你，还不是出于对汉冶萍未来的考虑？”

“对，他当时就是这么说的。”

“所以说项城的眼光、胸怀、胆识，决非你我辈所能及。”孙宝琦感叹地说，“就比如这次和日本人交涉‘二十一条’，反反复复，呕心沥血，全面权衡考量，最终还是只能忍辱退让。不在其位不谋其政，外界的人不明内情，对大总统产生种种偏激情绪，指责，误解，甚至背负骂名，势所难免。”

“现在谈得怎样了？”盛宣怀问。

“外交历来是实力的较量，既然打不赢，现在也就只能寄希望于在谈判桌上磨嘴皮子，据理力争，尽可能地减少损失了。”

“但愿能保全汉冶萍吧。”盛宣怀叹息一声，“慕韩兄你是知道的，盛某一生献身洋务，身后留下不少事业，其中唯以汉冶萍局面最大，难度最难，耗时最长，倾注盛某的心血亦最多，于国计民生意义亦最重，系盛某平生最大理想。如果说为人父者常常会偏爱某个孩子，那么汉冶萍则是我众多‘孩子’中的最宠最爱。日人亦觊觎汉冶萍多年，屡屡相逼，百般引诱，盛某始终坚守只借债、不让权之底线，此生以终未入日人圈套为幸事荣事。盛某现在已病入膏肓，不久于人世，此生最后之心愿，就是不想看到汉冶萍落入日人之手。”

“杏翁请放心。关于‘二十一条’，大总统已逐条作了批示，明确作为对日谈判的基本原则。至于汉冶萍，大总统的批示原文是：‘汉冶萍乃商办公司，政府不能代谋之。’可见总统也是不同意合办的。”看到盛宣怀说得如此恳切动情，孙宝琦也感动了。

“这就好了。”盛宣怀松了口气，“这样一来，我也可以安心无忧了。”

“不过……杏翁也别高兴得太早，事情还是很难说。”孙宝琦又迟疑起来，“话虽这样说，至于最后到底什么结果，现在还真说不准。”

“你什么意思？”

“谈判说到底就是互相让步的过程。我当外交官多年，对这一点太了解了。”孙宝琦叹了口气，“杏翁你想想，‘二十一条’除开汉冶萍那两条，条条都牵涉到国家主权、领土完整；尤其是第四、第五号那八条，大总统更是明确指示免谈。到时候日方让步了，中方不能不让步吧？可中方能在什么地方让步呢？两害相权取其轻，丢卒保车，牺牲汉冶萍可能是最后的选择。”

“那……现在该怎么办？”盛宣怀愣住了。

“尽量努力争取保全吧。现在日方在谈判桌上揪住不放的，就是假设汉冶萍股东同意合办了，中国政府持何态度？他们逼迫中国政府表态承诺，签署协议。”

“谁说股东同意中日合办了？”盛宣怀来气了，“这事早在民国元年就开过股东大会，全票反对！”

“所以我们就需要及时拆穿日本人的谎言。”孙宝琦压低声音，“这次我来还有个特殊使命，大总统让我捎信给杏翁，杏翁如不能亲自去北京，那最好派一个股东请愿团赴京，在外务部谈判会场外请愿。”

“为什么……要这样？”盛宣怀不解。

“造势呀！既为谈判解围，也堵上了日本人的嘴，让他们在汉冶萍的问题上开口不得。”

“袁项城够鬼的。”盛宣怀笑了，“行，这个没问题，能办到。”

孙宝琦临走的时候，盛宣怀又叫住了他。

“慕韩兄，”盛宣怀压低声音：“你常在大总统身边，项城他……莫非真的要恢复帝制吗？”

“依我看，大总统本人……倒好像没有这个意思。他曾不止一次当众说过，他没必要‘脱裤子放屁，多此一举’，去犯这个大忌。想想他这么说也确有道理。大总统现在掌握着全国的最高权力，外电评述，他的实际权力已经超过了美国总统。而君主立宪的皇帝只是个‘虚君’，倘若称帝了，他还得把手里的大部分权力让出来，拱手送给内阁。”

“那……会不会是因为子孙后代的继统原因？”盛宣怀又问。

“至于世袭的理由大总统也否认过。他说他的那些儿子都不是从政治国的料，别说是做皇帝了，连给他们个排长当他都不放心。”

“话虽如此，可现在社会上恢复帝制的浪潮声势是越来越高涨了。”盛宣怀面色忧虑，“各地各行各业都在上‘劝进书’，有的地方还组织了什么恢复帝制的‘请愿团’进京请愿，比如将军请愿团、警察请愿团、商会请愿团、学界请愿团、报界请愿团乃至人力车夫请愿团等等，五花八门。”

“那是大总统身边的一群文人谋士搞起来的。以杨度为首的‘六君子’组织了个‘筹安会’，‘筹安会’的后台老板据说就是袁家大少爷。”

“袁克定？”

“对！他对恢复帝制最上心最卖力，因为他将是未来帝制的直接受益者。不过，”孙宝琦顿了顿，“大总统身边也有很多人反对恢复帝制，比如孙某人便是其中之一。还有大总统原来的旧部，许多手握重兵的北洋将领如段祺瑞、冯国璋等人都持反对态度。这件事将来到底什么结局，只能走一步看一步了。”

“当年项城上台执政，众目睽睽之下面对临时约法宣誓效忠共和，如今真要走到了那步，当众食言，看他如何向全国民众交代啊！”盛宣怀直摇头。

股东请愿团很快组织起来了，一共二三十人的规模。为慎重起见，盛宣怀让汉冶萍股东联合会会长傅筱庵亲自挂帅当请愿团团长。请愿团出发的那天，盛宣怀还带病亲自送他们到了上海火车站，登上了沪宁铁路快车。

在头等软座车厢，一群浓妆艳抹的女人叽叽喳喳、嬉笑打闹，看上去很像是一个什么妇女团体。她们领头的是一位年轻漂亮的女子，雪肤花彩，煞是惹人眼。傅筱庵看着那女子面熟，可就是想不起来。车过苏州，他忽然一激灵想起来了，起身走到那女子跟前，很有绅士风度地鞠了一躬：“陆琴太太好。”

那女子抬起头，望着傅筱庵问：“你……是谁？”

“陆琴太太好大的忘性。”傅筱庵笑着说，“辛亥年沪军都督府抓错了人，把盛家长房长孙当成了盛家五公子，我几次到府上通融交涉，莫非太太都忘记了？”

这么一说，那女子才终于想了起来，“哦”了一声。

原来这女子正是沪军都督陈其美的下堂妾、五公子盛重颐的相好，姓陆名琴，当年上海滩上赫赫有名的头牌“绿牡丹”。辛亥那年革命党人陈其美雄踞上海，他英雄爱美看上了陆琴，给她赎身纳为妾。但不久他便发觉陆琴与一富家公子哥私下来往，打得火热。陈其美派人暗中跟踪调查，这才查明白那富家公子哥原来是盛家五公子盛重颐。其时盛家风雨飘摇，盛宣怀正在辛亥大逃亡中，陈其美便派人将盛重颐抓了起来——谁知抓错了人，抓来的不是五公子盛重颐，而是盛家的长房长孙盛毓常。傅筱庵就是在那时候受庄夫人的指派，出面跟沪军都督府谈判交涉，见过“绿牡丹”几面。最初陈其美本来想以盛毓常“侄顶叔罪”，但禁不住社会舆论的压力，加之日本驻沪总领馆出面施压，最后才被迫释放了盛毓常。至于陆琴，则一纸休书将她逐出了沪军都督府。陈其美之所以最终还是放了陆琴一条生路，后来有两种说法：其一说是民国了，即便沪军都督也不敢草菅人命；其二是说陈其美心狠手毒，睚眦必报，他放掉陆琴是想以陆琴为诱饵，引诱盛重颐回国。盛家人都相信这后一种说法，盛宣怀因此多次给滞留日本的盛重颐去信，反复叮嘱他上海正张网以待，千万不要掉以轻心，回国来自投罗网。

“陆琴太太这是要去哪？”傅筱庵搭讪着问，在旁边找了个位子坐了下来，“你们……好像是一个团体？”

“没错，去北京，请愿！”陆琴兴奋地说，指着行李架上卷成一团的横幅，“上海花界请愿团，我是团长。”

“花界？”傅筱庵忍不住笑了起来，“说得好听，不就是妓女吗？”

“傅先生你可别瞧不起，我这些姐妹可都是‘长三堂子’里的头等，是正儿八经有身份的，不是那些野鸡咸水手。”陆琴噘着嘴不高兴地说。

“那是那是。由当年上海滩的头牌‘绿牡丹’亲自带队当团长，能差到哪儿去？”傅筱庵赶忙恭维说，一边眼睛滴溜溜地在“绿牡丹”身上扫来扫去。虽然此前他已见过陆琴几面，但毕竟那都是匆匆一瞥。今天是他第一次近距离地靠近“绿牡丹”，她的美貌让他不禁怦然心动，多了几分非分之想，“嘿嘿，汉冶萍股东请愿团进京请愿，敝人也是团长。”

“傅会长，太好了！我们一路同行，可以有个伴了。”

“非常愿意为陆琴太太效劳。”傅筱庵殷勤地颌首点头，“岂止是做伴？我们这两个请愿团还可以相互声援，相互支持。”

“要不然干脆合并好了！”陆琴兴奋地说，“只要你们不嫌弃我们！你们都是汉冶萍的大股东、财神爷，反正也是我们姐妹往后的靠山和衣食父母！”

“对呀，合并！合并！”其他的妓女也都叽叽喳喳地跟着喊。

“这恐怕……有些不妥吧？”傅筱庵迟疑着说，“进京后我们是去东城东堂子胡同四十九号外交部，你们是去西苑总统府，不是一路。”

“怎么，你们的后台老板不是袁大公子？”陆琴低声问。

“哪里呀！我们进京请愿，是反对签订‘二十一条’。”

“原来是两码子事。”陆琴脸上有失望的表情，“我们这个请愿团可跟你们那个请愿团不同，阿拉是进京向袁大总统劝进的。”

“事情不同不打紧，可咱们同路！同路！”傅筱庵赶忙嬉笑着打圆场。

这一路上傅筱庵极尽献殷勤之能事，处处巴结讨好陆琴，博取她的欢心。在南京等候津浦路快车的时候，两个团体还结伴游览了玄武湖、明孝陵等风景名胜。股东请愿团里的几位股东通过短暂的旅途接触，已经结交了几位红颜知已，反倒是团长傅筱庵自己却一直未能上手。陆琴明确说自己只卖艺不卖身，她要为盛五公子守身如玉，但谁都知道她那只是一句遮人耳目的鬼话。一位因为生计所迫而不得不重操旧业的青楼女子，怎么可能洁身自好？即便从前嫁给陈其美之后再怎么身价显赫，毕竟那已经是明日黄花，只要是舍得花上几个钱，大约应该是不难上手的。但偏偏傅筱庵这个人生性吝啬，不想花钱只想白占便宜。“绿牡丹”呢也是风月场中老手，对傅筱庵这种人很会逢场作戏，若即若离，不见兔子不撒鹰，撩拨得他心里起火。

那天，两个请愿团的人在下关上了渡轮，一同前往江对岸的浦口，换乘津浦铁路快车。船到江心时忽然抛锚了，说是船上有人不慎失足落水，正在停船打捞抢救。后来人终于打捞了上来，却已经没有了呼吸，傅筱庵还特地赶去看了看。让他万万没有想到的，那个失足落水的人竟然是陆琴。听陆琴的同伴说，她仅仅就去底层的尾舱上了会儿卫生间就不幸发生了那样的事情。“绿牡丹”在扬子江香消玉殒，花界请愿团群龙无首，只能是打道回府、偃旗息鼓了。傅筱庵的心中也是懊悔不已，本来他已经在津浦路快车的火车票上暗中做了手脚，偷偷将自己换到了跟陆琴同一个头等软卧包厢。眼看就要成功了，却飞来横祸，机关算尽白忙活了一场，他只能怨自己的艳福太浅。

袁世凯期盼以拖延战术争取欧美列强抑制日本的愿望，终究还是落了空。

1915 年 5 月 7 日，日本政府向袁世凯发出四十八小时内必须满足日本要求的最后通牒；与此同时，日本军舰也开进了中国的渤海，准备向中国发动进攻。在此生死关头，那些自顾不暇的欧美列强没有一个站出来声援中国，反而顺水推舟劝袁世凯接受日本的条件。5 月 8 日，袁世凯召集中央政府会议，副总统、国务卿、各部总长、参谋总长、政事堂左右丞、各院院长、参议院参政、外交次长等均参加。袁世凯以悲愤的心情向各方通报日本人的最后通牒，外交总长陆徵祥也通报了英国驻华公使朱尔典刚刚跟他面谈的情况。朱尔典让他传话给袁世凯：以他在中国四十年、并且与袁世凯三十年的交情，劝说中国忍辱接受日本人的通牒。陆徵祥说，朱尔典甚至声泪俱下，要中国忍气吞声等待十年后再与日本决一死战。熟悉中国历史的朱尔典，很明显是让袁世凯以当年的勾践为榜样，卧薪尝胆，“君子报仇，十年不晚”。彻夜未眠的袁世凯声音低沉地向大会宣布：有条件接受日本的《觉书》。整个会议期间，袁世凯表情阴森可怕，他在大会上发表的演讲甚至由于悲愤难遏而泣不成声：

> ……为权衡利害，而至不得已接受日本通牒之要求，是何等痛心！何等耻辱！语云：无敌国外患国恒亡。经此大难以后，大家务必认此次接受日本要求为奇耻大辱，本卧薪尝胆之精神，做奋发有为之事业。……所谓埋头十年，与日本抬头相见，或可尚有希望。若事过境迁，因循忘耻，则不特今日之屈服奇耻无报复之时，恐十年之后，中国之危险，更甚于今日！

“二十一条”的谈判，从 1912 年 2 月 2 日正式开始，到同年 5 月 7 日日本发出最后通牒时止，前后历时一百〇五天，交锋二十余次。在最后一刻，袁世凯同意除第四号一条和第五号七条外，部分接受了日本的要求。5月25日，陆徵祥与日置益正式签订所谓《中日条约》，这个条约的内容已经删去了原第四号、第五号的共八条，实际上仅为十三条内容了；而且就是这十三条也作了很多修改，这已经算是挽回很多了，不能不说是中国当时弱国外交的一个胜利。当然这也与日本的让步有关。因为“二十一条”是秘密交涉，内容曝光后全球舆论哗然，在强大的舆论和国际压力之下，日本人也想尽快结束谈判，体面退出，因而主动就一些条款做出了让步。

其中有关汉冶萍之事日中两国达成协议换文，中文文件的表述为：

> 中国政府因日本国资本家与汉冶萍公司有密接之关系，如将来该公司与日本资本家商定合办时可即允准；又，不将该公司充公；又，无日本国之资本家同意不将该公司收归国有；又，不使该公司借用日本国以外之外国资本。

由此看来，傅筱庵所率领的汉冶萍股东请愿团，进京后并没有起到任何实质性的作用。

“二十一条”的风波一过，袁世凯称帝的龙辇就该全力向前冲刺了。

早在与袁世凯谈判“二十一条”前后，日本就由首相、外相出面，向袁世凯暗送秋波，信誓旦旦地表态支持袁世凯称帝。日本驻华公使日置益对中国外交部次长曹汝霖说：“敝国向以万世一系为宗旨，中国如欲改国体为复辟，则敝国必赞成。”日置益在见到袁世凯后也当面说：“袁大总统，我还是认为中国复辟帝制好，为什么呢？因为我们中日两国为近邻，若贵国君臣易位，我大日本天皇也受影响啊！”这一年的9月底，日本首相大隈重信公开发表谈话，声称：以今日中国民情以及国民知识发达程度的实际情况视之，均未达到共和程度，声言袁世凯可以做中国的皇帝而无愧。大隈还通过中国驻日公使致意袁世凯，关于君主立宪事，请大总统放心去做，日本愿意帮助一切。

迄今为止，我们在所有的历史文献档案记载中，透过字里行间，基本都可以捕捉到袁世凯在称帝过程中的心理：犹豫与迟疑。比如除了在居仁堂接受过一次百官朝贺，相当于是一次彩排外，正式称帝后他甚至没有举办过隆重正式的登基大典，没有戴皇冠，没有穿龙袍。这是否表明了袁世凯内心的顾忌和对共和的敬畏？我们还同时可以看到，正是因为有了日本人的表态支持，袁世凯的称帝活动才正式进入了快车道。就在大隈重信那番讲话后几天，10 月 6 日，参政院根据各省代表“请愿书”八十三件，咨文袁世凯，决定以原国民会议初选当选人为基础，选出国民代表，组成国民大会，以决定国体。两天后，袁世凯正式公布国民代表大会组织法。至 11 月 20 日，全国投票一律完成。12 月 11 日，参政院开会，汇总票数，各省国民代表共一千九百九十三人，全部投了君主立宪的赞成票，且众口一词：“恭戴今大总统袁世凯为中华帝国皇帝。”当大会秘书长林长民公布选举结果，全场起立，雷鸣般三声“万岁”后，当场通过了“拥戴书”。但是日本人又开始在这个时候出面反对袁世凯称帝了。10 月底，日本驻华代理公使小番酉吉在本国政府的授意下，串通英、俄、法、意，向袁世凯口述五国反对中国恢复帝制的口头警告，但此时恢复帝制已经刹不住车了。到了年底，国民代表大会全部投了君主立宪的赞成票，恢复帝制已成既成事实，日本又代表五国向袁世凯发出第二次警告。日本人的所作所为很明显是给袁世凯“下套”——把你哄上墙头，然后撤掉梯子；或者给你设计一个陷阱，等你掉下去了然后再落井下石。这个时候的袁世凯明白过来已经晚了。对于此时的袁世凯来说，为恢复帝制所做的一切已经是骑虎难下，此时如果贸然停止，同样也会引起很大骚动。袁世凯只得派特使赶赴日本，询问日本的确切态度。日本的回答是：从前答应的事一律不算数，还是希望袁世凯不要恢复帝制。而此时的袁世凯已经无法退场了，大幕已经徐徐拉开，展现在他眼前的是一根悬空的钢丝——他不得不硬着头皮、战战兢兢地去拼死一搏了。在他的身前身后，都是万劫不复的深渊。

这以后的事情简单而明了：

日本的对华方针已很明确，就是全力支持中国国内反对党，运用各种手段，让袁世凯下台。日本的内阁会议甚至做出这样的决议：“……无论何人掌权都比袁世凯更符合日本在中国的长远利益，故必须使袁世凯退出中国的政坛。”在此方针下，日本一面干涉袁世凯恢复帝制，一面支持各种反袁势力，想乘中国政局混乱之际，造成中国的分裂。恢复帝制最关键时期，日本陆军的青木中将奉命来华“考察”，策动反对袁世凯的各派势力。蔡锷从北京逃到天津后也是先到日本，然后转道云南参加护国军起义。护国战争爆发后，日本通过越南境内转运武器弹药和军用品给护国军，同时通过云南接济四川反袁势力以步枪大炮。护国军策划与组织者之一的梁启超离开上海前往广西，途径香港、越南，也是日本武官青木中将一手安排。在此之后，日本还贷款一百万元给岑春煊，成立肇庆军务院。青木宣布：日本愿以大宗军火及巨款接济反对袁世凯的武装力量，在长江沿线发动起义。除支持南方反袁势力外，日本还在东北、内蒙古支持满蒙亲贵和宗社党暴动；策动在南满东蒙建立特别独立国，以在大连的逊清肃亲王善耆为皇帝，帮助这一地区实行独立和自治。……后来，日本内阁外务大臣后藤新平在《日支冲突之真相》一文中承认，日本"出于扰乱支那全国之策，卷起支那各地抗袁运动"，"凡上海民党夺取军舰，山东起事，云南举兵"，"无非我国间接左右于其间"。日本在推翻袁世凯运动中所起的作用，已经看得非常明显了。

1915年的春天过后，经历了"二十一条"的沉重打击，袁世凯的身体已经明显地虚弱了。其中最明显的一点，就是睡眠变得越来越差。原先袁世凯精力过人，白天从不知疲倦，夜晚只要一倒下，就鼾声如雷。而现在不行了，伴随着身体一天天地臃肿，袁世凯感觉到自己一天天衰老了，不仅精力不济，夜里也开始失眠了。由于睡眠不足，袁世凯在很多时候变得忧郁而急躁，愚蠢的举动也日益增多。后来事态的发展果然如袁世凯所料，到了年底，蔡锷、唐继尧在昆明通电全国，宣布成立护国军，云南独立。因改变国体一事而引起动乱，这是袁世凯最不愿意看到的，他不得不强打精神，开始调兵遣将征讨护国军。但他手下的那些将领们不再像从前那样对自己唯命是从了，他们不约而同地打起了自己的"小九九"，以一种磨磨蹭蹭的方式对他进行消极抵制，发泄他们的不满情绪。最典型的如陆军总长段祺瑞，因不满袁世凯大权独揽，称病不出，不愿担任前敌总指挥的职务。冯国璋也同样以有病为名，托词不就。到了1916年3月，袁世凯的处境更为不妙了：军事上的接连失利，接着又是外交方面的压力——日本公开干涉帝制，扬言将承认南方护国军为交战团体。在日本公使的鼓动下，五国公使接连提出口头警告，向袁世凯施压，并拒绝袁世凯用"洪宪"标志发出的公文。外交上的捉襟见肘导致无法获得列强的财力支持，财政状况每况愈下，国库空虚，之前通过发展生产、鸦片烟税以及救国储金积攒的一点钱，战事一开之后几乎用得精光，这个仗实在无法打下去了。3月中旬，广西陆荣廷也在梁启超和其老上司岑春煊的策动下，通电宣布独立，拥护共和。在南京的冯国璋也在串通多省将军，准备向袁世凯"逼宫"，逼他取消帝制，回归到以前的内阁制。

袁世凯扛不住了,决心要取消帝制,并且明确地对恢复帝制行为表示了后悔。袁世凯的犹豫,更加强了反袁势力的坚定。尽管袁克定力劝袁世凯不要取消帝制,理由是西南各省军队并不可怕,军费也不充足,内部也有问题;北方大局已稳定,如果决策反复,反而会引起混乱。但袁世凯再也不想听袁克定的意见了,袁世凯只想快速地解决问题。3 月 21 日,袁世凯召开了有特邀人员徐世昌、段祺瑞、黎元洪等人参加的各部总长会议,主要议题就是撤销帝制。会议做出五条决议:一、撤销承认帝制,取消洪宪年号;二、召开参政院会议,公布撤销帝制决议案;三、以徐世昌为国务卿,解除陆徵祥国务卿之职,回任外交总长;四、任命段祺瑞为参谋总长;五、由徐世昌、冯国璋、黎元洪主持南北和谈。3 月 22 日,袁世凯发布申令,撤销承认帝位案。他在这篇申令中,对全国人民作了深刻的检讨和忏悔。至此,从 1915 年 12 月 12 日袁世凯接受拥戴承认帝制, 到 1916 年 3 月 23 日下令撤销,运行了八十三天的洪宪帝制终于落幕了。

袁世凯把问题想得太简单了,他以为自己撤销帝制后,还能继续待在大总统的位置上。但是护国军旗帜鲜明地提出了六条善后方案:一、袁世凯于一定期限内退位,可免其一死,但须逐出国外;二、诛帝制祸首杨度等十三人以谢天下;三、帝制大典筹备费及此次战争军费六千万元,应由查抄袁世凯及杨度等十三人财产赔偿之;四、袁世凯子孙三代,剥夺公权;五、袁世凯退位后,以黎元洪继任大总统;六、除国务员外,文武官吏均照旧供职,但关于军队驻地,须接受护国军都督指令。这些明显是跟袁世凯过不去了。到了 5 月份,局面变得更无法收拾了——前方战事一直没有进展,后院却不断起火,四面楚歌,众叛亲离。到了 6 月初,袁世凯已经决定要退位了,他明白也许只有退出政治舞台,才能得到人们的谅解,才能使这个国家重新归于稳定。袁世凯让段祺瑞拟定了一份退位后的优待办法,共有六条:一、往事不追;二、公权不褫夺;三、私产不没收;四、居住自由、五、全国人民予以应有的尊重;六、民国政府每年给以岁费十万元。但是时间已经不给袁世凯任何机会了,他的膀胱结石症导致的尿毒症越来越严重,每到小解时就疼痛难忍。巨大的外部压力下袁世凯没有心思关注自己的身体,异常爱面子的袁世凯很是忌讳自己生病的部位, 他只是让中医开了一些利尿的中药,而不敢去面对他周围那些医术先进的西医。

第十八章 最后的日子

到了1916年的春天,盛宣怀已经基本不能下地了。

按今天的医学观点看,盛宣怀老年患的应该是严重的肺心病,这大概与他年轻时的寒喘病史有关。盛宣怀自知时日不多,早在春节前就给远在美国留学的四公子恩颐和滞留日本的五公子重颐发了电报,希望他们能赶回家。日本距离近,加之沪军都督陈其美已死,盛重颐回家已不成问题。只是恩颐回来要费些时日,邮轮即便从最近的美国西海岸起锚远渡重洋,通常也需要将近两个月时间。按照日子计算,这几天应该是盛恩颐和孙用慧夫妇俩回到上海的日子。

3月底的一天,在斜桥盛公馆的大客厅里,大沙发上正襟危坐着一位年轻人。他大约二十岁出头,西服笔挺,皮鞋锃亮。鼻梁上架着一副宽边的近视眼镜,看上去文质彬彬,风度儒雅,是一副留洋归国的派头——不错,他就是刚从美国哥伦比亚大学留学归国的宋子文,应聘到汉冶萍公司给盛宣怀当英文秘书。从现在起宋子文将一直陪伴在盛宣怀身边,为他处理来往的英文电报、文件,为那些来探访盛宣怀病情的西方朋友担任翻译。今天是他正式到任的第一天,也是他第一次面见盛宣怀,听说那个老头儿对下属很苛责,所以尽管不露声色地在沙发上正襟危坐,但他心里多少还是有点儿紧张。

说起宋家和盛家的渊源,还要从宋母倪桂珍讲起。

宋家祖籍海南文昌人。宋家的男主人宋耀如年轻时跟随舅父在美国生活,入基督教公会,回国后定居上海,在上海的教堂里拉小提琴;宋家的女主人倪桂珍当时则在盛家当“养娘”。因为宋家的基督教家庭背景,所以宋家的子女成年后都有留洋的经历。宋氏三姐妹曾先后留学于美国佐治亚州梅肯市的威斯里安女子学院。此时宋家的大姐宋霭龄已经嫁给了山西人孔祥熙,但那时孔家在美国还是普通商人,没有发迹;宋家二姐宋庆龄也已嫁给了孙中山,此时的孙中山正为讨袁护法战争在海内外奔走。宋霭龄回国后,通过其母倪桂珍的引荐,在盛家给五小姐盛关颐当英文家庭教师。宋子文留学归国后应聘汉冶萍公司给盛宣怀当英文秘书,估计也有可能是宋母或宋家大姐起了引荐作用。当时四公子盛恩颐也正在哥伦比亚大学留学,是宋子文的不同届校友,可能与这也有关系。

春天的日子里,窗外蜂营蝶舞,一个人在屋子里独坐久了,宋子文不禁有些恹恹欲睡。这时候客厅里忽然传来一阵轻微的脚步声,宋子文微微睁开镜片后的双眼,只见从外面袅袅婷婷地走进来一位妙龄少女,年龄在十六七岁,脸上略施了一点粉黛,明眸皓齿,蛾眉弯弯;穿一袭拖地的白绸薄夹裙,更显得身材窈窕修长。从她身上一眼就能看出大家闺秀的贤淑和端庄。

“您好。”宋子文站起来,彬彬有礼地打了一声招呼。他一看来人的穿着打扮就断定是盛家的女眷,但因为不认识不好贸然称呼。

少女毫无思想准备,她没料到客厅里会独自坐着一位英俊儒雅的陌生后生,更没有料到他会主动站起来跟自己打招呼。少女顾不上回应对方,脸上顿时飞过一片红云,“噔噔”地跑上楼去了。

好半天的工夫,少女又下楼来了。她站在宋子文面前,不敢抬头,说:“您是宋先生吧? 我父亲他让您现在可以上去了。”

“是,小姐。”宋子文说,转身欲走。

“请等等! ”少女说,“……家父已经不能下地了,只能靠在床头上批阅文件。请宋先生保证他的作息时间,每次看文件谈工作最好不要超过半个钟点。”

“是,明白了。”宋子文走了几步又回过头来问,“小姐,不知往后我该如何称呼您? ”

“我是……七小姐盛爱颐。”少女红着脸说。

公元 1916 年春天的这个下午,宋子文和盛七小姐在上海斜桥的盛家老公馆里就这样认识了。这是一段爱情故事的开局,也是一段注定爱得轰轰烈烈却又不可能有结局的爱情故事。若干年后在世俗的门第偏见中，两个恋人不得不分手，当宋子文一气之下义无反顾地投奔南方的革命时，七小姐愁肠百结，她最终还是没有勇气跟他共同私奔，但七小姐送了他一把“金叶子”作为盘缠路费。“金叶子”是黄金打造的艺术品，是当时的上流社会相互赠送的礼品，它避免了直接赠送金钱的尴尬和俗气。此后的七小姐便如同古典戏曲中的富家小姐一样，送走了潦倒失意的如意郎君赴京赶考，她就成天沉浸在爱情的痴心美梦中，等待着有朝一日他的如意郎君“捷报飞传”“衣锦还乡”，等待着嫌贫爱富的父母回心转意，等待着比翼双飞洞房花烛夜。几年后她的如意郎君果然在南方发达了，荣华富贵了，出任中央银行总裁、国民政府财政部长等要职，但与此同时他也似乎彻底忘掉了那把“金叶子”。不久报纸上刊登出宋子文与张乐怡小姐结婚的消息，多少年的期盼和等待在这一刻化为了乌有。愤怒的盛七小姐从此心如止水，她在大病一场擦干眼泪后选择了默默嫁人。原本以为从此两个人的生活轨迹不会再有交集了，殊不知抗战胜利后国民政府还都南京，盛家因为沦陷期间的汉冶萍“附逆案”而受到牵连，资产面临没收，整个家族即将遭受没顶之灾。时任国民政府行政院院长的宋子文，此时手中掌握着盛家的生杀大权，整个盛氏家族都在撺掇七小姐出面，利用从前的那段旧情去向那个负心汉求情。心高气傲的七小姐会折眉弯腰吗？面对盛家从前的爱恨情仇，那个当年的小秘书是终于等来了报复的机会，还是最终会对盛家网开一面？

当然，这些都是后面的故事了。眼下的宋子文，最要紧的是如何俘获美人的芳心。盛宣怀在最后日子里的生活起居都是由七小姐亲自负责，作为英文秘书的宋子文又时刻陪伴在盛宣怀身边，两个年轻人因而有了整天厮守在一起的机会。宋子文当然知道七小姐最感兴趣的是什么。据说是出于人身安全和免受外间教化影响的考虑，盛家的小姐们从小都只在家里接受严格的旧式教育，延聘教师在家教学，她们从未跨出过家门，走进现代大学的校门，接受现代正规的高等教育，她们因而对外面的世界和现代科学知识一无所知。不过这反倒成全了盛家小姐们另一方面的才情。过去的私塾先生只看重古文和写字，布置的作业也主要是背诵古诗文和抄写古诗词，因而盛家的小姐们琴棋书画样样精通，尤其是一手书法都规规矩矩，颇见师承。比如七小姐盛爱颐写得一手娟秀漂亮的蝇头小楷，历来为盛家的长辈及亲戚朋友们所赞赏。闲来无事的时候，宋子文便给盛七小姐讲外面的世界,尤其是大洋彼岸那个花花世界的异域风光、风土人情、历史文化,那些都是生长在闭塞家庭环境中的七小姐平生闻所未闻的,听得她着迷。宋子文本来长得一表人才,举止谈吐儒雅得体,加之他的博学和口才,很快就征服了七小姐那颗高傲的心。七小姐又缠着母亲庄夫人解聘了原先聘请的那位"洋泾浜"英文教师,改由宋子文兼任她的英语家庭教师。从此,两个年轻人便有了更多的公开在一起学习、谈心的机会。

事情终于被庄夫人看出了一些端倪,有一天她私下里把这件事说给老爷听了:"七女子……好像跟你那个秘书宋先生有些意思。"

"有这事?"躺在床上的盛宣怀愣住了,"当初她可是差点就许配给袁十二公子,给洪宪皇帝做了儿媳妇呀。"

"当初那不是你自己变卦,没有做成吗?"庄夫人没好气地白了丈夫一眼,"罢罢罢!你以为皇亲国戚是那么好当的?如今天下大乱,袁家自己还不知道啥结局下场呢! 那份富贵没要,说不准是件好事。"

"那倒也是。"盛宣怀老实地承认。

"我看……宋先生人长得不错,又有留洋的背景,两个孩子呢也还投缘,"庄夫人看来有些动心了,"就是不知道他家世怎样?"

"你想想,当下人的,那家世能有怎样?"

"那倒也不一定。宋家毕竟是吃洋人饭的,说不定祖上也曾经有过什么背景,只是后来衰败了呢?"

"那就……托人去打听打听吧。"盛宣怀说。

托的人是义子傅筱庵,他在上海滩上的洋人朋友多。傅筱庵去打听了一圈回来报告说,宋家是广东海南人,原本姓韩,祖上务农,没什么背景,宋家主人宋耀如十二岁就去了美国谋生,投奔他舅舅。舅舅家没有儿子,后来他就顶继给舅舅当了嗣子,从此改姓宋。宋耀如在美国入了基督教圣公会,成年回国后在上海的教堂里拉洋琴,家里没有什么资产。宋家现在上海莫里哀路 29 号仅有的那套住房,是宋家二姐宋庆龄嫁给孙中山后,由海外华侨赠送的。

这样的家世,跟显赫富贵的盛家相差了十万八千里。

盛宣怀在生前的时候是坚决反对这门亲事的。那时候他连说话都有些困难了,他在口述遗嘱交代后事的时候强调说了两件事:其一,汉冶萍无论如何都不要与日本人合办,避免将来落入日本人之手;其二,七小姐千万不能嫁给宋子文，宋家与盛家门户不当。七小姐是老爷的掌上明珠，老爷怕她将来受委屈。老爷说这话的时候，庄夫人和四公子盛恩颐就守在身边。

“你妹妹……决不能嫁给宋家，你得……记住。”盛宣怀反复叮嘱。

“孩儿记住了。”盛恩颐答应说。

盛宣怀去世后，盛恩颐成为汉冶萍公司实际上的掌权人。父亲的临终遗嘱他当然不敢违背，而且他要拆散宋子文和七小姐的恋情也很容易：他首先以盛家不再需要专职的英文秘书为由，将宋子文调到武昌，担任汉阳铁厂的会计处科长。从此宋子文和七小姐盛爱颐便迢迢千里相隔，一个居江之上游，一个居江之尾，靠鸿雁传书，苦苦相思煎熬。盛恩颐还想方设法阻止宋子文和七小姐见面，为了达到这个目的，他甚至长期派宋子文出国工作；平时连休假的时候都不让宋子文回到上海探亲。宋子文自小接受的是西方教育，他哪受得了这个？到后来七小姐在母亲和哥哥的高压之下，思想上也渐渐产生了犹豫彷徨，畏首畏尾，她没有勇气为了追求自己的幸福而跟着宋子文赴汤蹈火。最后宋子文一气之下负气南奔，就是自然而然的事情了。

1914 年爆发的第一次世界大战，英、法、德、俄等国互相厮杀，无暇东顾，世界钢铁市场的需求量猛增，钢铁产品及原料价格猛涨，为汉冶萍的崛起和发展提供了千载良机。比如国内生铁价格，战前每吨约为例银 20 两，战争爆发后的 1916 年涨至每吨 40 两，1918 年 8 月达到每吨 190 余两。东京市场上生铁的价格 1914 年上半年每吨 46 日元，1918 年 8 月达到每吨 480 日元，涨了十倍还多。但受历次借款合同的约束，矿石和生铁的定价权掌握在日方手中，汉冶萍销往日本的矿石和生铁并不能随行就市。但毕竟在中方的反复争取下，日方还是在价格上作了一定的让步，生铁后来提高到 96 日元，最高时也曾达到 120 日元。汉冶萍从 1916 年开始扭亏为盈，这是自汉冶萍公司成立以来的首次盈利，也是汉阳铁厂自创办以来的首次盈利，只可惜盛宣怀没有看到。因此欧战时期可以说是汉冶萍的“黄金时代”。从 1915 年开始，汉阳铁厂开足马力满负荷生产，每天开 250 吨高炉 2 座，日产 100 吨高炉 2 座，开容积 30 吨的平炉 7 座，每日约产生铁 700 吨、钢 210 吨；大冶铁矿年产铁矿石 50 万 ~ 60 万吨；萍乡煤矿年产煤 90 多万吨，产焦 23 万 ~ 26 万吨，煤焦、铁矿石、生铁、钢材产量都有了大幅度的增长。

1916年的春天，中日双方在日本举行的关于生铁价格的谈判取得突破性进展,日方同意将汉阳铁厂售日生铁提价到每吨96日元,当汉冶萍公司董事长孙宝琦带着这个刚刚收到的喜讯赶来盛宅向盛宣怀报喜的时候,两个老家伙竟然孩子似的相拥在一起,喜形于色、唏嘘感叹。

“事实证明,我们扩建大冶铁厂的决策是极其英明的。”盛宣怀兴奋地说,“应该抢抓欧战机遇,加快建设,加快投产,扩大出口！”

“汉冶萍扭亏为盈,指日可待了！”孙宝琦连声地说。

“我虽不能看到那一天,但死而无憾了。”盛宣怀无限感慨地说。

“不,杏翁一定能等到那天的！”孙宝琦安慰说。

这年的3月底,袁世凯宣布取消帝制,刚刚使用了八十多天的洪宪年号也取消了,又恢复了民国纪元。有很多老朋友来斜桥的盛公馆探望盛宣怀,他们说起昙花一现的洪宪帝制,话题常常会不经意间转到对袁世凯的评价。

“现在回过头去看,项城搞恢复帝制真是昏了头。”有一次孙宝琦和盛宣怀又谈起袁世凯,惋惜地说,“你想想,欧战之对于中国,那是何等好的韬光养晦良机啊！西方列强忙于世界大战,中国新兴的工业正可以乘机摆脱外商的压制,加快发展的速度。就比如汉冶萍这样。这样的机遇千年难遇，谁知他偏偏要去搞什么改变国体呢？”

“的确是个昏招。”盛宣怀接着说,“现在的中国其实已经有了比较好的工业基础,利用欧战的机会,如果沉下心来好好地干上几年,国力在短期内强盛起来,十年后与日本抬头相见,也并非没有可能。重工业如汉冶萍的发展就不必说了,再比如中国的棉织品、面粉、火柴、卷烟、水泥、罐头食品以及其他类似的大众商品制造工业,已经有了迅猛的发展;尤其是一些劳动力密集的行业,比如纺织等行业,发展飞速;上海、天津、汉阳等已经成为全国的工业中心,在一些铁路的交叉点上又逐渐形成了如济南、徐州和郑州等新兴的工业城市。实业兴国本来已经初见成效。”

“改变国体导致了国人思想的混乱和政局的不稳定。天下一乱,这样的千载良机也稍纵即逝了。”孙宝琦摇头叹息。

盛宣怀评价道:“袁世凯聪明一世,糊涂一时。”

“从这点来看,项城的聪明最终还是小聪明。所以说到底,他只能算是一个治世的能臣,而非治国的明君。”孙宝琦又说。

“依盛某看，治世的能臣他也未必能算得上。”

“那是你跟项城有成见。据我所知，比如他在山东巡抚和直隶总督任上的所作所为，都可以看出他的政治理想和抱负。而且项城从政非常勤勉，从不懈怠，也从不轻言放弃。他在个人私德上也还不错，知人善任，关心体恤下属，不贪图个人利益，不贪污，不敛财；个人生活也颇健康，不喝酒，不抽烟（只象征性地抽点雪茄）；不玩物丧志；虽然妻妾成群，却从不沉湎于女色。”

盛宣怀冷笑道：“慕韩兄，你们是儿女亲家，所以才会有这些溢美之词吧？”

“你可以问项城身边的任何人，我说的句句属实。但项城缺少治国之才，尤其缺少的，是国之公心以及审时度势的能力。”

“这么说慕韩兄还是承认项城有私心？”

“当然！要不然他的称帝怎么解释？但他的所作所为又非常矛盾，不能自圆其说。”孙宝琦说，“比如他从不重用私人。他有那么多儿子，但在中华民国政府内，他没有安排一个儿子做官，这是有目共睹的事实吧？再比如他对金钱的态度。袁世凯是深知金钱的力量的，但他个人从不贪钱。他不奢侈，也从不铺张。按照规定，大总统的年俸为三十六万元，公费每年一百五十万元，交际费每年五十四万元。袁世凯考虑到国家财政的困难，自己主动减薪，每月只拿了八成薪俸；公费和交际费也相应降低了很多。”

“这恐怕多少有点作秀的意思吧？”盛宣怀冷笑说。

“你别说风凉话，大总统能做到这样，不容易了。”孙宝琦瞪了盛宣怀一眼，“袁项城他要是不错走这一步，而是埋头领导全国人民搞建设，若干年后他绝对可以彪炳史册，成为名副其实的‘东方华盛顿’！”

“历史没有假设。盛某对慕韩兄此言实在不敢苟同，盛某更愿意相信梁启超对他的评价。”盛宣怀拿起病榻旁的一份报纸，“这是梁任公刚刚发表的《袁世凯之解剖》一文，你看里面这段话，言辞虽尖刻了点，但大抵说的是事实：‘袁氏一生，其言与行，无一不相违；其心与口，无一而相应，彼袁氏盖古今天下第一爱说谎且善说谎之人也。以前清大臣而盗卖前清，以民国服务之公仆而盗窃民国，既假借外人言论以劫持吾民，复冒用吾民名义以欺罔列国。不自量度而贸然尝试，一遇挫折则腼然乞怜。以总统未足则觊觎皇帝，若皇帝做不成则又将谋保总统。险诈反复，卑劣无耻，一至此极。以此等人而为一国元首,吾实为中国人羞之;以此等人而全世界人类四分之一归其统治,吾实为全世界人类羞之。'”

“梁任公刀笔犀利,可杀人也。然如此评价并非功过兼顾,而是重在指出过失,也还是有些失之偏颇。”

“我就没觉得袁项城还有什么功劳。”

“那是因为你们俩结怨太深,以偏概全。你不理解袁项城。”

孙宝琦这句话道出了症结所在。在过去的岁月里,盛宣怀和袁世凯这对生死冤家结下的仇怨太深,尽管后来袁世凯也曾表现出了种种和解的善意,但盛宣怀还是不能忘记袁世凯对他的种种排挤、打击,更不能忘记在袁氏权术的拨弄之下,那些把他逼仄到困境和绝境的日子里的尴尬和绝望。——那是一个至死都不可饶恕的政敌！这就是盛宣怀心里的袁世凯。这种深埋在心底的成见,让他对袁世凯始终存有戒心,轻易不敢侥幸。他把袁世凯的存在看成是他的潜在威胁,只要他袁世凯还活在世上一天,他就没法安心一天。说来好笑,甚至连在生命的最后时刻,他都要比拼着,不愿意先袁世凯一步辞世而去。

进入 1916 年 4 月中旬以后,盛宣怀的生命就已经处在了弥留状态。那时候他已经失语,四目紧闭,牙关紧合,汤水不进,每天只知躺在床上昏昏然大睡。从经验和常识上来说,生命垂危一旦进入弥留状态后,剩下的时间就不会太长了,一般在三天、五天,顶多不会超过七天。庄夫人知道老爷的大限即将到来,她开始安排各房的儿子们在老爷的身边日夜轮番值守,交代务必尽心,一定要给老爷“送终”。但三天过去了,五天过去了,七天也过去了,老爷还是没有落气;最后连十天、十五天都过去了,老爷还是不肯落气。有时把手放在他的鼻翼前,分明已经感觉不到任何气息了,在床前跪满一地的儿孙和女眷们正要放开嗓子号啕大哭“送终”,他的眼睫毛忽然又动了动,再把手放在他的鼻子前,却分明又感受到了他的气若游丝——只有出气,没有进气。庄夫人知道,老爷这是对这个世界留恋太多,挂欠也太多了,他之所以迟迟不肯离去,一定是心里头还有什么事情惦记着,或许是还有什么事情没有交代清楚。可那是什么事情呢?该交代的,他清醒的时候全都已经交代过了。

“老爷是不是对七小姐的终身大事还是不放心啊?”有一次庄夫人贴在老爷的耳边问,“你放心去吧,有我呢。只要我庄德华活着,他宋家就别想娶七小姐。”

可是，分明盛宣怀微微地摇了摇头。

“那么是因为不放心汉冶萍了？”庄夫人又问，“老爷，关于汉冶萍公司的事，您已经交代过四儿恩颐了——恩颐，你自己对老爷说。”

“……父亲！”四公子盛恩颐跪在病榻前，“孩儿记住了您的嘱托：日本人对汉冶萍有觊觎之心，汉冶萍可以借日债，但决不跟日人合办！”

盛宣怀还是微微地摇了摇头。

“是不是……因为分家的事？”庄夫人想了想又问，“妾身已经向老爷承诺过，老爷百年之后，只要妾身还活着，大家庭就永不分家！”

盛宣怀又是微微地摇了摇头。

庄夫人想破了脑壳，也猜不出来老爷到底是因为何事。

那时候弥留期已经过去了半个多月，老爷还是始终不肯落气，这样拖下去也绝不是个办法呀！4月底的一天，儿女亲家孙宝琦又到上海公干来了，他顺便到斜桥的盛公馆来探望老亲家的病情，庄夫人把这前前后后都跟孙宝琦说了。

“有这事？”孙宝琦愣着。

“该回来的都回来了，老爷就是不肯走，不知道他在等谁？”庄夫人叹息说。

“我知道了！”孙宝琦忽然茅塞顿开，“走，我去试试。”

孙宝琦来到了盛宣怀的病榻前。

“我刚刚从北京来，”孙宝琦对病床上不省人事的盛宣怀说，“特地来告诉你一个消息：大总统因为严重的尿毒症，已于昨晚七时过几分在中南海居仁堂病逝，享年五十七岁。”

没想到病榻上的盛宣怀倏地睁开了眼睛，瞳孔里奕奕闪光。

“是真的，我没骗你。”孙宝琦又强调了一句，“大总统的尿毒症在高层早已不是什么秘密。北京政府方面目前还未正式对外宣布这一消息，等到安抚好南方的反袁势力后，新闻纸上很快就要公布了。”

盛宣怀缓缓地闭上了眼睛，令人惊奇的是，他的喉结蠕动了几下，从喉管里传出来很响的“咕咚”声——盛宣怀终于咽下了最后一口气。这一天，是1916年4月27日，中国近代史上的这位实业先驱、洋务巨擘，终于走完了他七十二年的充满着争议的生命里程。

孙宝琦不过是对盛宣怀撒了个谎。四十天后他的谎言一语成谶，1916年6月6日，袁世凯因尿毒症逝世于北京新华宫。

一对冤家对头，死也要相约着死在同一年！

盛宣怀入殓的时候，穿的是那套大清王朝颁发给他的、绣着仙鹤补服的一品文官的官服；他的脑后枕着几年前才剪下的那条小辫子。他躺在名贵的金丝楠木棺材里，朝服马褂，顶戴花翎，红珊瑚的顶子红得耀眼；补服上的仙鹤引颈长鸣，展翅欲飞。他身上的那套官服还是新的，他在邮传部尚书的位置上满打满算穿了它还不到一年，就不得不脱了下来，压在箱底留作纪念了。他在生前也许早就想好了，他为大清王朝鞍前马后、竭尽驽钝操劳了一辈子，死后他要穿着它入葬。盖棺论定，这既是对他自己这一生所能获得的最高荣耀的肯定，也是对前朝旧主的怀旧之情。

穿官服入葬，这也是盛宣怀生前的遗嘱内容之一。

按家乡习俗，盛宣怀的灵柩在老公馆停厝了一年半后，到第二年冬至(1917年12月18日)才正式举办出殡仪式。这就是至今还为老上海们所津津乐道的“盛杏荪大出殡”。

也是事有凑巧，临到要出殡的时候，上海公共租界工部局有求于盛家，上门来拜访庄夫人。原来上海市政正在重新规划、改善城市交通，工部局希望从盛家花园中开辟出一条南北公共通道，以连接成都路，便利交通。斜桥的盛家老公馆建成于城市道路规划之前，最早占地一百多亩，前门在静安寺路(现南京西路)，后门在北京西路，后修的成都路因为有盛家老公馆横亘其中，而不得不分为互不相连的南北两段。庄夫人深明大义，她平生吃斋念佛，毕生襄助公益善举，当场表态同意让路，但唯一的条件就是：希望租界当局在盛宣怀大出殡那天提供方便，整条南京路为之开绿灯，并为之维持交通秩序。租界当局欣然应允。成都路由此南北贯通，盛家花园也分成了互不相连的两处。

盛宣怀去世后，位于上海外滩的轮船招商局总部以及福州路上的汉冶萍公司总事务所，都下半旗三日致哀；航行在江海之上的招商局轮船也都鸣笛、降旗致哀。盛宣怀去世后，庄夫人决定为丈夫举行厚葬：老爷一辈子走南闯北，为国家民族创办了轮船、电报、钢铁等富强要政，他是活活被大清朝累死的，既然如此，出殡时就必须由大清朝皇帝的抬杠班子来为老爷子抬棺！老爷子的事业起步和大半生都是在上海度过的，既然如此，出殡时就一定要走上海最繁华的马路南京路！送丧的队伍三人一辆马车，有多少人就雇多少车。老爷为盛氏家族及后世儿孙攒下了数千万的家私，成为名副其实的中国首富，既然如此，丧礼上为老爷花多少钱都是应该的，因为家当都是老爷子挣来的。……于是盛宣怀的大出殡，遂成为上海滩上百年来空前绝后的盛举。当年的《申报》和《民国日报》都详细报道了这次大出殡，称它是一次"不是国葬而胜似国葬"的盛典！

在盛宣怀的丧事上，庄夫人——这位盛公馆的女主人，再次展示了她一个女强人的执拗与魄力。

报载，出殡那天午后一点，出殡队伍从盛家老公馆出发，先是仪仗队，中为灵柩，后为送葬队伍。灵柩先由十六人夹杠将之从灵堂抬出，到了大马路门前，换成从北京请来的六十四人皇城大杠，吹吹打打，负而前行。整个队伍从静安寺路、南京路折入广西路、福州路，直达外滩，蜿蜒三公里之遥。先头队伍已经抵达外滩了，而老公馆的后续送葬队伍还没出完呢！的确是三人乘坐一辆马车，除了自家亲戚朋友，还有招商局、汉冶萍、电报局、慈善机构的队伍，浩浩荡荡地走了整整一下午。

报载整个队伍的具体序列为：开头是印度巡捕马队开道，接着是纸扎的"开路神"两对，那"开路神"各高两丈余，头如斗大，披甲戴盔，如怒目金刚，足下安有木轮，用人推以行进；继以洋号旗枪（旗帜高扬，鼓号齐鸣），雕有虎头图案的洒金"肃静""回避"牌各一对，由扮作清代府役的执事肩扛而行；接下来是"铭旌亭"，系挂幡长亭，其幡红绸金字，上书盛宣怀的名号、官衔，总高三丈二尺，由三十二名杠夫肩扛而行，这是出殡中的招魂旗帜；洋号一班，小步号四十九把，横排竖排各七人，组成一个四十九人方阵，均穿蓝白制服，戴将军帽；继而香亭一座，八夫抬行；銮驾全幅；马上清音一班；黄亭即御赏亭十座，内供前清皇帝赏赐的诰命、福字、佩玉、匾额、暑药、茶果等，每亭由八人一抬，每亭前有黄云缎曲柄大伞一柄；西洋鼓乐一班九十六人；遣客一座，八人抬行；红黄牌：红色金字的官衔牌、功名牌数十对；卫队百余名；执事一班；招商局、南机工役百余人执香步送；招商局各轮船所送黄色奠幛数十幅；七彩虹桥一座；花汽车一辆，内供盛氏灵牌；洋鼓洋号全班四十八名；花花亭：人物、狮子、象、麒麟、松树、仙鹤、神鹿等数十对；"祝文亭"一座；汉冶铁厂送的"纪念石"一座，十六人抬行，还有德政牌数十对;汉阳铁厂、大冶铁矿送的多色锦旗,名为“万民旗”“万民伞”数十事;清音锣鼓一班;萍乡煤矿送的各式锦旗、锦标、银盾、银鼎、银炉数十件;紫禁城骑马肖像亭一座,八人抬行;全猪、全羊两亭;谋得利音乐全班;彩饰花火车头一辆;执事全幅,分为三组;普益习艺所送的盛公头像一尊,八人抬行;天津锣鼓一班;白云观道士一队;各界所送挽联、挽幛数百轴;留云寺僧人两百余人执香相送;玉佛寺僧人一百人击法器相送;龙华寺僧人两百人搭衣持香相送;上海孤儿院学生百余人,列队相送;闸北惠儿院师生全体列队相送;中国救济妇孺会数十人列队相送;留义孤儿院男女全体执香相送;茅山道院道士约数十人,道服步行相送;八人抬绿呢领魂轿一乘,内供盛氏主牌;军乐全班,由淞沪警察厅厅长徐国梁所送;盛氏灵柩上覆盖着红缎绣花大棺罩,上缀合金顶,六十四名皇家杠夫训练有素,步伐整齐;送殡的马车、暖轿、肩舆百余乘,俱扎素彩,缓缓而行。……

出殡队伍所路过的街道,举城空巷,万头攒动,途为之塞。沿途各界均设有路祭棚、路祭桌、茶桌、看台等,所到之处,无不人山人海,热闹非凡。上海人原本就喜欢扎闹猛、爱猎奇,这下来了如此声势浩大的盛典,岂能白白放过?所以不仅市区、近郊,还有不少从杭州、苏州赶来看热闹的人。而沿途马路边的旅馆、茶肆、饭店和一般的店铺、游乐场所,更是乘机大做生意,排好座位,卖票收钱。那些没有位子而愿意在街上挤来挤去的人可就惨了,人拥车挤不说,还要挨巡捕的棒槌;被挤掉鞋子的不计其数;至于呼妻唤子、寻哥找弟的失散者,更不知道有凡几。《民国日报》后来居然不厌其烦地列举了当天沿途市肆的“座位”票价:游戏场、新世界售八角,电梯九角;绣云天售四角,电梯五角;天外天距离稍远,而至其屋顶观者极多;先施公司入门仍售兑货券两角,而沿阳台除女股东们列座外,概不许开窗;酒家菜馆、西餐馆有售一元半、两元、三元者,中餐以包桌居多;即使是小餐馆,亦皆包出;菜馆则停止卖菜,专售座位卷,有八角者,亦有一元者。戏园子方面丹桂第一台虽仍开日场,但无甚看客,旋即停锣关门;其余各舞台日场仅售数十人。各种车辆包括人力车,在上午十时以后已经不能通行,各处巡捕面对汹涌而来的人潮虽极力弹压,亦不能阻止。……

三天后,灵船到达苏州。在苏州盘门的苏纶纱厂的码头上,早已搭好巨大的芦棚。早晨七八点钟,阊胥一带早已是人山人海,人们纷纷拥来观看盛杏荪出殡的盛况,至十一时各城门已阻断不通。按照习俗,盛宣怀的灵柩将移入苏州留园的盛家祖祠停厝三年。从码头到留园，又是一番空前绝后的大出殡场景。盛宣怀的灵柩在留园里停放到1920年农历二月二十一，才用一支庞大的船队载到江苏江阴马镇，在一个名叫老旸岐的盛氏墓园里正式落土安葬。盛宣怀的葬礼前后历时近五年，才正式画上句号。

盛宣怀去世后，社会各界以及生前好友、同僚纷纷致送挽联、挽幛，以悼念他的辞世。这其中尤以他一生志同道合的挚友、《盛世危言》作者、澳门郑观应所送挽联最为对仗工整，语言朴实：

> 忆昔同办义赈，创设电报、织布、缫丝、采矿公司，共事轮船、铁厂、铁路阅四十余年，自顾两袖清风，无惭知己
>
> 记公历任关道，升授宗丞、大理、侍郎、尚书官职，迭建善堂、医院、禅院于二三名郡，此是一生伟业，可对苍穹

这副挽联，应该算是对盛宣怀平生事迹的最好概括总结了。

2013年7月—2015年2月
完稿于鄂州花湖“子申居”